矯情的武陵人

未之聞齋

批評文集

何懷碩◎著

矯情的武陵人：未之聞齋　批評文集

【目錄】本書總頁數720頁

第二輯　藝術批評

第三輯　社會批評

自序

十多年不出新書，這一次我一口氣出版四本，把近二十年所發表的文章，與過去已經絕版的舊文，在「立緒」的《懷碩三論》及《給未來的藝術家》之後，分類合集，編為四本，同樣在「立緒」出版。這四本書是近兩年多耗時費力編輯的成果。其中《批判西潮五十年》書名與內容一目了然之外，其他三書，一是有關人文藝術的論集（《什麼是幸福》）；一是批評文集（《矯情的武陵人》，分文學、藝術與社會批評三輯）；一是我的隨筆、散文集（《珍貴與卑賤》）。我歷年在各出版社出版的書，本書的附錄有「何懷碩著作一覽」，方便查知。

《矯情的武陵人》這個書名，只是本書中一篇文章的文題。

我一生寫作，基本上離不開論與評。論就是論述：對萬事萬物的理解、分析、評論。評就是褒貶、評價、批評、批判。前者所論述的對象，比較抽象、普遍、廣泛；後者則較具體、特殊、個別。此書屬後者；我的另一本書《什麼是幸福》則屬前者。

〈矯情的武陵人〉是一九七三年所寫的少作批評文章之一，近一萬字，當時在讀者最多的「中副」登了四天，很得文壇共鳴。年紀相當的讀者當有記憶。四十多年前的書絕版已久，現在已成「出土文物」，或可見證時代變遷與批評的價值。

本書是我六、七〇年代到現在（二〇一八）前後近半世紀對文學、藝術與社會三類批評文章的選集。裡面社會批評有〈德行的邊界〉一文（當年原題為〈言論的道德責任〉），所評的是沒想到後來當上阿扁總統副手的哈佛法律碩士，二〇一八年三月還打算參選台北市長，自稱祖母綠的呂秀蓮。一九七六年，我在紐約能讀各大報航空版，繼續為大報副刊寫稿。此文批評她當時推動新女性運動之荒腔走板。後來飛黃騰達當副總統八年，以及更後她對許多重大事件的態度與言行之令人失望，回頭看她早年的見識如此，則後來種種，便可知良有以也。

批評是深刻認識事物本質的途徑。許多人明哲保身，圓滑做人，對批評沒有好感。過去因為沒有法治，所以常勸戒不談是非，以免惹禍。有人以為批評就是「罵人」。其實人身攻擊才是罵人，批評是說理的行為。對人生、世事，深入探究，客觀分析，價值判斷，才能維護價值、真知、公平與正義。批評是白血球，是防腐劑。不批評常常是掩蓋劣行與黑暗，是媚俗、自私、懦怯，助惡的表現。其實，一切語言、文字的表述都不可能不涉批評。明是非，辨真偽，別善惡，審美醜，都直接間接是批評。

本書分文學批評、藝術批評與社會批評三輯。一九九八年出版的《懷碩三論》四冊中有許多亦是批評文章，加上本書，就是我平生所寫大部分的批評文字。

書快編好時，發生一件不可思議的事。二〇一八年六月四日「政經看民視」播出「呂秀蓮的心聲」。呂淚流滿面，徹底對民進黨失望。她不願看民進黨主政亡台，要為二千三百萬同胞切腹自殺。她指出民進黨「貪官汙吏，營私舞弊，吃掉國家財產……」。說「卡管」（台大校長當選人管中閔）是為想變賣台大龐大土地公產，不是政治考量，是「利益考量」……。「綠色再執政下去，台灣被掏空，禍延子孫……。她更言綠營所不敢言；民進黨之外所不能言的嚴重指控：「請大家好好想一想：為什麼民進黨一上台，就立即廢除特偵組？特偵組是專門辦大案子的單位，如果當年沒有特偵組，那個阿扁也不會被關起來。『菜政腐貪汙集團』怕被特偵組監督、查辦，因此才不擇手段將特偵組廢掉了，真是膽大妄為，無法無天。……全世界沒有一國敢這麼幹的。冀望大家轉傳，讓全民了解，俾能自救台灣。」這位綠營大老，前民進黨副總統發出這樣嚴重、具體的指控，幾個月過去，朝野沒有反應，司法不吭聲，輿論沒有重視，政府違憲違法的事照做，這是什麼「民主政治」？……

另一件不可思議的事是讀者不可能想到我在四十多年前便批評呂秀蓮。本書收入我上世紀七〇年代發表批評呂秀蓮的一篇文章（見本書〈德行的邊界〉五五二頁）。呂早年顯露價值觀的偏差。她從事新女性主義運動，追隨美國新潮，愛出風頭。沒想到她後來成為民進黨大老，且位居副總統。更沒想到她老年看到民進黨的墮落，痛心疾首，竟能大義滅親，摘奸發伏，保住寒花晚節。這種大徹悟與大勇氣，我們應給她按千萬個讚。過去雖有可批評之處，但她最後的表現，歷史不會忘記。

（二〇一九年三月在澀盦）

第一輯

文學批評

咖啡杯中的詩人

詩與藝術有些世代是至高無上，差不多與立法同樣顯赫；但在某些世代，它又表現出寒傖困窘，近乎無用的長物，其原因自然有「環境」與「本身」二方面的因素。

英國小說家及詩人皮考克（Peacock）說：

「在我們這個時代中，詩人乃是一個文明社會裡的半野蠻人。他生活在過去的時代裡。……不管詩歌培植到任何地步它總是要忽略一些有用的學科的。並且眼看著一些頭腦，能作更好的事體的，卻趨向到那耗費心智，空虛縹緲，而又戲謔嘲弄，似是而非的怠惰中去撒種，這總是一件可悲的事。在文明社會的初期中，詩歌乃是一種心靈底急語，能喚起心智的注意。但是關於成熟的頭腦，把童年的玩物當作一件嚴重的事體，則未免有如一個成年人使用珊瑚磨牙齦，或啼哭著要人用銀鈴底叮噹聲催他入睡那樣的可笑。」拿這一段話來啟發我們想想目下我們的詩與藝術近乎多餘的窘狀，或竟可使我們在羞赧之餘得著深深的猛省。

詩與藝術在我們目下的「作家」手中，是作為一個樣本陳列著，一如料理店櫥窗中陳列著蠟製的菜式一般。一種是依賴著傳統的恩澤，在那兒翻版，一種是將外國詩的翻譯樣本作為模倣的對象。不能說我們沒有詩與藝術，沒有詩人與藝術家，只是我們的詩人與藝術家是依存於「過去」或「別人」。這麼一來，我們的作品便連「能喚起心智的注意的心靈底急語」都不如了。一如製造囈語式的「玩具」，無怪乎皮考克說「他生活在過去的時代裡」，成為「文明社會裡的半野蠻人」。

不從即時的生命活動中汲取靈感，而依賴傳統的構思方式與形式（如詩中的句式、韻腳等，畫中的筆墨、佈局等），僅沉溺於古人和外國人的思感中的製作，我們都有理由說「他生活在過去的時代裡」。因為「現代」的意義之重要一面是「速度」，如果我們不能立定自己的腳跟去創作，而仰賴自己以外的「營養」以造成「先入為主」的觀念，然後才安心地以為匯合在「現代的潮流」中，無論如何是遲了。

另一方面，自十八世紀以來世界之進展步入平民世紀，詩與藝術隨著特權社會的瓦解，加強了它的社會性。詩人、立法者、聖者、哲人那樣的權威性業已消失，創作已成為與「勞作」、「生活」、「工作」等同意義的事，但詩人與藝術家卻有一點與常人不同，便是在勞作、生活、工作中他抱著像卡萊爾（Carlyle）所說「做一雙鞋子也懷著宗教的虔誠來工作的」那樣的心情。詩人與藝術家的「宗教虔誠」，乃是悲天憫人的情懷。藝術已不是「象牙塔」裡的產品，而是「十字街頭」——現實社會——的卑污與喧囂之批判以及指示通向人類理想之路的南針。

但是返觀我們的詩人與藝術家，許多是鎮日泡在咖啡館裡（或者沙龍，或者什麼團體會社之類，姑且以咖啡館代表之），他們永遠在侃侃而談，他們談沙特（Sartre），談卡繆（Camus），談米羅（Miro），談托背（Tobey），談普普藝術（pop art）……這是好的現象；但是他們談自己的時候很少，甚至不談！他們自鳴得意，在彼此的交談中互相肯定，而得到滿足。他們的作品亦不是沒有嘔心瀝血的地方，但是他們的心靈園地是出借給他人的。沒有自己的種子，也便沒有自己的果實了。我稱他們為咖啡杯中的詩人（或藝術家）。但我們得了解，他們的生活是清苦的，比起寫低級趣味，庸俗媚眾的色情、打鬥、神怪故事的作家，或製作假古董與商品畫的作者，他們是清高超脫得多，也窮苦得多。他們甚至沒有發表的園地，只好用自己的筆謄寫，張貼在卡座旁邊有燈光的牆上；是畫，則掛在咖啡廳暗淡的燈光尚照不到的角落裡展出。

詩與藝術在大眾眼中近乎無用的長物，顯示出無比的寒傖困窘，與詩與藝「本身」的貧弱不振有莫大的關係。另一方面，我們來看看「環境」方面的因素。

十九世紀在西方是迷信科學萬能的時代，在意識形態上所反映的對於傳統的叛逆性，主要由於科學思想的衝擊而來；但到了本世紀初，西方有一大覺醒，而以史賓格勒（Spengler, 1880-1963）的《西方之沒落》為代表。西方在兩次大戰之後已認識到他們的文化之危機，而陷入一個迷惘悲觀的境地中。代表對傳統思想之反抗者，而且表達對西方文化之悲感者，當推存在主義，可以說是詩與哲學的融合。

我們中國的詩人與藝術家有一種人是仍然在崇拜科學主義。曾聽到席德進這位明星畫家說：今後藝術是沒有個性的。此為科技文明之俘虜，已甚昭然。另一種詩人與藝術家是以西方人的哀痛為哀痛，但西方的哀痛由對唯智主義文明之失望而來，我們能與他們有共同之哀痛麼？

這些詩人與藝術家實不能埋怨大眾對他們不理解、不重視，因為他們自己沒有「聲音」，沒有「語音」，只作為「西風的迴響」與鸚鵡學舌。他們真是「身在中國心在外國」，像那些頑固的保守主義者「身在現代心在古代」一樣，都不是我們此時此地活生生的中國人。這非但是中國藝術之可憂處，且亦是中國文化之可憂處。詩人與藝術家本是時代的先知先覺者，但是，似乎今日許多詩人與藝術家變成後知後覺，可說已成為我們時代中的「多餘人」了。

詩與藝術當然有而且必須有強烈的個性色彩，屬於一己的感情風味，但是咖啡杯中的詩人與藝術家過分珍視自己下意識的喃喃自語，那些瑣屑而貧乏的感觸頂替了對於嚴重、宏偉之主題的追求；過分「私有性」的感觸在傳達上造成如此阻滯，亦造成與觀賞者隔閡過甚。失去普遍性，便無法塑造典型。那樣的詩與藝術一如風中的雞毛，使有心捕捉者亦無法得逞，只有悻悻然離去。

「世界性」是他們所著重的，這個口號幾成為不思創造的遁詞。設若一富有世界性與時代意義之主題，在不同的國家或民族的環境中沒有特質上絲毫的差異，那麼天下已到了萬邦協和的境地了麼？事實不然，而即使到了世界大同之日，我想，中國人喝茶的比喝咖啡的可能還更普遍，所以我想民族甚至地域的特色是永遠值得保持的，而且可貴的。到了未來的時代，由機械製造的過於劃一的產品，在人心中沒有較高的估價與深刻的興趣；而詩與藝術的民族與地域的特色這個品性是必然更受尊重與珍視的。空泛概念的「世界性」的提倡是一條絕路，到萬國博覽會去參展的不是什麼，乃是各國參與人類進步與繁榮的努力之富於傑出特色的成績。藝術上的要求自然更嚴格。我們的詩人與藝術家的作品如果在萬國藝展中「世界化」了，雖然不能證明中國文化傳統之式微，起碼證實了我們這一代是「不肖子孫」。

詩與藝術是要增富這個世界的精神價值的，是要使一切按照物性規律發展起來的世界在人性的檢定中得到批判，以使心靈在世界的變化中保有其敏銳性與理想性。最消極來說，起碼它是一制衡的力量——使人不至於在其他事業的發展中忘失本性。

如果詩與藝術不能負起其使命，那些在咖啡杯旁邊借著昏黃的燈光作文字的遊戲，與昔日書齋中落第秀才的吟哦是一樣無望的；那麼也就難怪大眾把他們視同多餘人，也難怪皮考克說他們是「一個文明社會裡的半野蠻人」。

（一九六九年十一月於華岡）

《秋決》評論

從中國人開始拍電影六十餘年以來（電影始創於法國巴黎，時在十九世紀末葉；中國第一部影戲是光緒三十一年即一九〇五年北京大觀樓影院拍的譚鑫培的戲曲片《定軍山》，公認為中國電影之濫觴），我認為《秋決》是優秀的作品之一。照我個人的主見，它就是中國這多年來大家所期望的一部可稱為「古典」的傑作。

國片長久以來未能受到我們一般人的重視或讚賞，這裡面的原因究論起來實在很複雜，很廣泛。國片藝術水準未臻理想，因為我們的市場太小，製片環境也太多局限，所以很難吸引藝術界最優秀的人才投入；電影界少數有抱負的，也不容易抗拒來自大眾口味的票房壓力。電影是一門特殊藝術，其特殊之處粗略地說，起碼有三方面：第一是電影不可能是一個人獨力製作完成的，雖然十幾廿年來的所謂「現代電影」以導演為作品的靈魂，但電影終究是所有藝術的綜合體，亦是參與製作者一切人才華的結晶，這裡面只要是有某一部門或某一位工作人員不能配合，這集體的作品便打了折扣；第二是電影比起其他文藝門類特別需要豐厚的物質條件，不論是「工具」與「材料」，它都要耗費相當的資本。所憾有抱負而又有才華的青年多半缺乏雄厚的資本；第三是電影與大眾有著特別密切的關係，甚至可說是像魚水那樣的依存關係。一支曲子或一幅繪畫在世上哪怕只有三五個知音，作者已感到稍不枉此創作的苦心（琴師俞伯牙只有鍾子期一位知音已足），何況若從生意立場說，一幅畫也只求一位購者肯買就行了。但是，電影不行。一部電影若只有三五人賞識的話，第二部作品就不會有了。上舉三大特殊因素亦即構成電影三大特殊的困難。

《秋決》就是在這樣困難的環境中誕生的傑作。它使我們對國片不能不刮目相看，對中國文化價值的再認與復興充滿信心。

解題

古裝片，可以是歷史故事的搬演或改寫，亦可以是基於虛構的完全的創作，只是把時代背景置放在古代。《秋決》是後一類的「創作劇」，而非「歷史劇」。在時空的因素上沒有極嚴格的限定。我們從氣候與其他因素看，地點大約是中國北方。從服飾、居宅、道具的造型看，時間大約是漢代。不取與史實有關的題材，無疑地在創作上有更大的自由，而且可避免歷史故事與民間傳說容易陷入訴諸觀眾固定反應的因襲模式。

《秋決》這個片名，在歷來中國電影的片名中，是十分突出的，它冷冽、峭險而更有其字面以外內在完美的意義。中國古代自黃帝有以四時五行為名之官，後代多沿習之。秋官掌刑法，亦稱「秋卿」。囚犯被判決大劈（殺頭）者，奏請勾決，秋間處斬。這自然就是「秋決」字面意義的來源。

中國自來尊崇天道。《史記》〈太史公自序〉：「夫春生、夏長、秋收、冬藏，此天道之大經也，弗順則無以為天下綱紀，故曰，四時之大順不可失也。」我看《秋決》一片，覺得老夫人晚年之痛苦懺悔與裴剛之不得善終，尤其戲裡裴剛有一句話說：「我只怕今後家裡會很苦。從前我就沒想到這些。」我體會到《秋決》一名也含有從前種種因，變為今日種種果，春種秋收，無可旁貸其罪責之義，這片名的意味就更深長了。

意蘊

一部真正的藝術品，它是一個完美的精神整體的表現，是一個飽含著感覺的圓滿性的作品。所以，我們若要揭示它的主題意識或思想內涵，而渴望一語破的，實在是不可能的事。我覺得《秋決》頗具備這個特性，這亦就是一部可稱為「古典」的作品才具有的品性。（淺陋的或說教的作品，其主題是十分簡陋或明顯的，因為那個主題就是它僅有的目的企圖。）所以，我們必須多方來發掘《秋決》在思想上、精神上所內蘊的啟示。

從宇宙觀與人生觀方面來探索，天人問題，生死問題，本片觸及這些問題，而且發揮了中國人生哲學的觀念。可能有人以為那些古老陳言，不足為創造，或以為與現代有相扞格處。我以為不然。宇宙人生的大問題，永遠是沒有結論的問題，況現代的成就，獨於人生問題束手無策，現代人內心世界的憂患顛連，更形深重。中國的人生哲學是否現代人應棄若敝屣？我想沒有人敢於肯定回答。而在現代中國人的藝術品上，能深入傳神地、精確巧妙地把中國的哲思融入其中，成為故事與人物的靈魂，即是說，抽象觀念化成有血有肉的形象之表現，無疑地是創造！

「天有好生之德」，這是片頭所標示的，而書生的話語，以及蓮兒的懷孕，加上四時景物的變化，都顯示了宇宙大生命自強不息的體認。四時代序，日新又新，宇宙萬物的生生不息，新的降臨代替了舊的死滅。作者竭力拿這個中國傳統的宇宙觀來沖淡《秋》片肅殺與淒慘的氣氛，安慰觀眾，提示了希望，故而不至讓《秋決》的悲哀的感情澎湃流盪以至泛濫不可收拾，此即中國文學對感情之節制與含蓄之傳統優勝所在，所謂「哀而不傷」。

這個宇宙觀落實在人生觀上便為對大生命與小生命、宇宙生命與個體生命之對待觀念上。犧牲小生命、個體生命，乃為生命之意義，這也正是古代忠孝節義的「君子」與慷慨悲歌之士的堅定信念。老夫人與蓮兒的犧牲自我，完成家族乃是這個人生觀的寫照。

中國有最深沉的人生智慧，絕不是消極與積極二個極向可以概括的。書生說：「人一生下來就註定要死，早死晚死是由天作主，由不得人；可是要死得光明磊落是由人作主，由不得天」。這番話平平常常，但我們透過了它，已體悟了作者對中國人生哲思的宣示。孔子說：「朝聞道，夕死可矣。」《秋決》透過兩個女性（老奶奶和蓮兒）的愛，以及牢頭、書生兩個人對裴剛的教化、使死囚裴剛恢復了他天賦的良知與德性，他死前悟道，便獲得了再生的報償——蓮兒懷了他的新生命，這就是新生，這就是涅槃！這個暗藏著的希望之喜悅，就是東方人在悲劇的人生中所滲悟出來的曠達與遠見。

《秋決》分明在描寫「死」，其實在歌頌「生」。冬孕育著春；蓮兒孕育著裴家的新生命；裴剛，這個本來暴戾狂肆的紈袴子弟，在影片的發展中，由入獄前的迷失到死前悟道，裴剛的靈魂亦何嘗不是新生。作者寫到最後上囚車赴刑場時的裴剛，那種從容、平靜的神態，直如寫一個英雄赴死之悲壯。

從刑法的角度來探索，《秋決》亦表現了中國文化中對刑法的觀念。中國的政治理想是仁政與德治。孔子說：「道之以政，齊之以刑，民免而無恥。道之以德，齊之以禮，有恥且格。」，所以法家那種主鞭策的法治不為儒家所取，而代之以德禮之引導。故有所謂「法外施仁」，有所謂「天理國法人情」。《秋決》所表現的，比較著重在仁厚方面，固然中國古代不無冤獄，不無酷刑。有人或會覺得《秋決》對牢獄的描寫不真實，好像一個家庭，全無監獄陰森恐怖的況味，且小偷與死囚在一起，有違常識。我以為這部片子不是歷史劇，沒有嚴格的朝代與地點的限制，似不必吹求。而作為藝術品，藝術的「真實」與現實的「真實」是不能亦不必等同視之的。故事既發生在牢獄裡，突破現實的「真實」，作主觀的安排，使它更緊湊，更集中，更概括，更合乎理想的需要，作家原可以有限度地取捨與誇張，這個作為死囚裴剛待決過程中由惡趨善的轉變所在的牢獄，就不能拿一般對牢獄那樣的概念來設計了。

《秋決》表現中國刑法兼顧天理、國法、人情。裴剛這個殺人犯，他的本質並不無善良，而他改過遷善，已為天理所寬恕，使他不致斷絕了香煙後代；論國法，殺人償命，無所逃於天地之間，說到人情，如書生代父受刑以及裴剛牢裡成親，都是法治社會所無之事。這些地方，都看出作者對傳統的中國文化與社會之瞭解，以及對傳統的中國美德之揭示。

中國文化本質之重要支柱，便是倫理的思想。在近代以來，傳統倫理觀念雖受新思潮的攻擊，但我覺得中國有某些美德，無礙於在現代存在，而且還有發揚的永恆價值。從這個角度看，《秋決》揭示的觀念，主要地它指出中華民族綿延的一個因素，就在於家族的倫理觀念。這個觀念亦就延伸出上述為大我犧牲小我的人生觀。所謂忠孝節義，如果撇開狹隘的禮教觀念的束縛，它們仍不可否認是人性中光輝而有永恆價值的品質。《秋決》無疑地歌頌了這些品質。如果寫老奶奶逼迫蓮兒成親，蓮兒反抗，便落入盲目反對中國倫理價值的濫調，故事又成為壞人與好人二分法的俗套了。

史賓塞．屈賽（Spencer Tracy）主演的《山》與保羅．紐曼主演的《永不讓步》，前者寫手足之情，後者是表彰家族的團結奮鬥，可見即使在美國，也還有與中國古代相同的某些倫理思想。是美德，總能得到人性普遍而持久的認同與歌頌的。「秋」片的作者，並沒有盲目趕潮流，而是有見解，有自信心，站在承續發揚中國文化精神的立場上的。

對《秋決》一個最淺俗的見解，說是它提出家庭教育的問題，故認為它極富教育意義。我覺得這與說它宣揚廢止死刑一樣，是在現代社會中比較淺近而帶功利色彩的聯想，此或可見仁見智，各抒所感，但我覺得似乎不是《秋決》的重心。但這個教育功能，《秋決》是具備的，這就是真正的藝術品不為宣教而創作，但因為它揭露了人生的本質，故使我們體悟到它包涵了人生理想的展示，同時亦包涵了對人生的批判。

《秋決》的誕生，我覺得不是偶然的成就。中國古老文化傳統的種種因子，實在是構成《秋決》的最原始、最質樸、最根本的質素。它們便是《秋決》的源頭活水。中國古老文化傳統不但提供他們一個故事的粗坏作題材，更重要的是提供了中國的氣質。

中國文化永恆價值在現代的考驗，《秋決》提示了一個批判的方向。這與一般庸俗的「發揚中國文化」與盲目的「全盤西化」是絕不相同的態度。《秋決》一方面真正頌揚了中國文化的樸厚、仁愛與中國人的種種美德，一方面也批判了「親情」、「傳宗接代」與「家族」等觀念的泛濫所造成對個體的戕害的那一面。這方面中國泛道德主義的觀念有時確抹殺了某些生命真理，亦即造成近代以來激進主義反傳統的話柄。我覺得李行先生他們對待這些問題，既穩健又老練，態度不文不火，處理手法既公正又雄辯，不可多得！

「親情」害了裴剛，在《秋決》中是一個不爭的事實。「傳宗接代」害了蓮兒，「家族」在二叔（王宇飾）身上反映出冷酷與腐朽亦都雄辯的表現出來。但我看作者對「親情」（愛），「傳宗接代」（生命綿延）「家族」（構成中國文化的核心）的正面價值是毫無鄙夷之意而且大力頌揚的，事實上在《秋決》中這些觀念是使觀眾感動的接受的。那麼，很明顯的，作者對負價值的另一面的批判是暗藏在戲裡，他所批判的是「親情」中的盲目驕縱、「傳宗接代」中的狹隘自私，「家族」中的名位觀念不幸造成的邪害的「權威」。（《秋決》不著重在二叔的戲上，但我們可想像，蓮兒今後生活中的困厄，必一部分來自這位二叔的侵奪，這是舊時代大家族常有的現象）。

《秋決》把中國古老文化傳統拿到現代人面前來重新檢定，使我們從而再為中國文化的價值作一番反省與重估，這在我看，是深刻體認《秋決》的一個中心方向。

人物

《秋決》的人物，表現了中國人的典型。雖然它裡面描寫幾個不同方面的人物，但其人物表現之內在意圖，我認為主要在於表現了中國的「父性」與「母性」的鮮明形象。

父性的人物，一個是葛香亭所飾的牢頭，一個是歐威所飾的遷善後的裴剛；母性的人物，一個是傅碧輝所飾的老奶奶（老夫人），一個是唐寶雲所飾的蓮兒。

圍繞著這個人物描寫的中心意圖，其他的描寫，都為襯托、對比、陪伴而存在。有人說《秋決》很好，可惜「床戲」太草略，對裴剛與蓮兒的愛情描寫太不夠。我的看法不同。我認為李行先生他們的處理，充分表現出對中國文化深切的瞭解與本質的把握。古代中國人的愛情的濃度，不像現代人表現在夫妻的生活（包括性生活）的濃蜜上，而更表現在父性與母性的發揮上。夫妻之愛表面上比現代人淡薄得多，但恩義以及對子女的慈愛，都比在愛情生活表面的甜蜜與綺麗的現代夫妻有更堅貞而持久的愛。可以說，古代中國人男女之愛時常與家族連結在一起，亦與後代連結在一起，故這裡面對種族後世的責任與盡天職的良知，使中國有更多的貞女與守節帶兒的寡婦。愛情時常升發到超越了夫妻兩個個體的更廣大的範圍。現代人覺得這對個體的愛的追求是一種阻礙，但是，中國文化為求「仁」的實現，從大生命長遠的眼光來看，它是有其深刻的道理的，中國讀書人傳道的內容，亦就是在撒佈這種人生觀的種子。狹隘的貞節觀念與強迫寡婦不得改嫁這些事，是傳統中一些流弊，固為我們不取，但那些塑造我們中國母性品質的人生哲理，是無法一筆勾消得了的。

牢頭是一個刑法部門的小吏，但他主要的是一位中國的「父親」。他是一個中國人，他的遭遇類似老奶奶。他對裴剛不止於盡了他囚管犯人的責任，而且盡了「父親」的天職，殺他的野性，啟迪他的良知。牢頭通過這些行為，也贖了他以前沒有盡父職的罪愆。這些都超過了刑法的意義。牢頭表現了一位寧可犧牲自己的「父親」的德性之光。

裴剛的暴戾、桀傲不馴以及放縱的性格，歐威表現得極為淋漓盡致。裴剛在公堂的「猖狂得意」（縣太爺說的），他敘述殺人經過而得意大笑，及至聞死刑之判，居然怒吼：「你判我死刑，我先要你的命！」並跌跌撞撞衝向縣太爺。被押下去時還大叫：「你等著看好了！想殺我沒那麼容易……我奶奶會把我弄出去的……」這都表現了裴剛的幼稚無知的暴虎憑河，這都是驕縱的結果。但是這亦表現了裴剛的另一面——坦蕩、單純、耿直與童騃之真率。我想，這些都是他善良一面的基礎。作為他以後遷善的可能性之暗示。這裡面有些對白極佳，如：「那兩個男人不是什麼好東西」、「縣太爺！我不會說謊，一是一，二是二！有一句說一句！我沒有什麼神智不清，就是氣極了我要殺！」這些孩子氣很重的言行，加上影片開始時逃獄被追捕到，裴剛哀哀地說：「我不要回去，我不要回去，我不要回那鬼地方去！」都讓人同情。

促使裴剛轉變的人物，如奶奶、書生、牢頭之外，最重要的當然是蓮兒。蓮兒給他愛情，融化了他的暴戾，而給他以希望（懷了下一代的孕），使他成熟、使他天賦的父性被激發出來，他變得安詳、平靜，尤其謝絕牢頭的釋放，正義凜然！

蓮兒一角在戲中表現了中國女性最偉大的品質。我們看，老奶奶與裴剛都是前半生犯了錯，後半生懺悔贖罪的人，我們對他們二角色，尚都不由興起寬恕與悲憫。而蓮兒，一個無辜的少女，她必須承擔裴家整個的罪過與災難。在可預見未來的歲月中，蓮兒的忍辱負重，可以想見。蓮兒是何等大仁、大愛、大勇，她的毅力與女性的韌性是何等令人感動！她愛老奶奶，愛裴家，愛裴剛，但她之所愛的不意中都成為她一生辛酸痛苦的源頭，而她毫無怨尤，這種偉大的女德，在舊中國的歷史上，實在是所在多有。我們上一代的許多做母親的女性的美德，蓮兒身上不過是一個集中的、強化了的典型而已，絕不是虛構無憑的。中國的母親到世間來似乎是來受苦的，來代這個世界負擔災難的，她們相夫教子，盡了種族生殖繁衍的天職，便忍辱含悲地離開了這個世界。她們沒有奢望，沒有權勢。在以男人為中心的社會中，她們先是躲在不可見人的閨房中，然後是廚房；到客廳來的時候，她們是辦酒菜的「女佣」——時至今日，多少中國母親仍然處於這個地位。

蓮兒的理想，只在嫁一個莊稼漢，一個與大地命運結合在一起的平凡的農夫。她嚮往「日出而作，日入而息」那種中國農業社會普遍的理想；當她這個平凡的理想都不可能時，她忍耐，她安分（老奶奶說「這是命」）。她在獄中擦地板，為裴剛的腳鐐包布條，「哪怕只有一天一夜，也都是一生一世，我們是夫妻！」這令人肝腸寸斷的情景，表現了中國女性的無怨與溫婉貞淑的婦德。蓮兒，這個承擔所有痛苦的女人，在《秋決》中以最少的淚，表現最深沉的悲哀。她懷了孕，不但懷了希望，也負起了母性的天職，她變得更堅強。

她對貪婪卑鄙的二大爺的斥責以及她在目送裴剛走向法場的表現，都表現了中國母性的堅強。她的心是充滿愛的，當她發覺裴剛不是那麼壞，當她看到裴剛業已恢復善良的本性，她深愛這個將要被處決的丈夫。同時，她對裴家，對老奶奶亦有一份深切的愛，所以，她決然選擇自我犧牲一途，超過了「報恩」的意義。她說：「老天待人太不公平」，一如老子說：「天地不仁，以萬物為芻狗。」天地的「不公」與人為的惡，都由蓮兒女性的愛來彌補，來撫平，在《秋決》這部悲劇中，作者通過蓮兒，歌頌中國的母親，中國的女性。不過，古代中國母親與女性的犧牲，是近代「人的自覺」之前的產物，現代人不會同意，但對此更有無限的同情。

老奶奶驕縱裴剛，造成了悲劇的發生。她卻也有她的好的一面。她肯承當她自己的過錯，勇於懺悔，她晚年的努力贖罪，雖然沒有效果，以至含恨而死。但人而能悔過，接受命運的鞭笞，老奶奶是得到一定程度的諒解的。她一生愛裴家，但她的錯誤的「愛」足以發人猛省。

另外兩個值得一提的人物，一個是書生，一個是小偷。這兩個人物，雖然是次角，但對於戲味的增濃、情節的發展與人物性格的刻劃，功不可沒。書生是作者透過他來替「道統」發言。有人認為因而有強說教的壞處，我覺得雖不無可考慮的地方，但在《秋決》中，書生與小偷，強烈的對照，如善惡兩極，而裴剛則是兩極中由惡趨善的人物。這三個人物，正如耶穌受刑時與另外兩個強盜一起，一個是靈魂終將得救，一個是永遠沉淪。前者是裴剛，後者是小偷，而耶穌就是「書生」。他臨出獄時對裴剛說：「今生今世，我們恐怕不會再見面了！只要我們有緣，來生還會再相聚的！」這等於給裴剛一個寬恕，如同耶穌應許那個悔改的強盜然。他又說：「可是死要死得心安理得，光明磊落，這是由你做主，由不得天！」這一番話，便給裴剛以生命的啟示，成為他處決之前的人生觀念，我認為書生與小偷的安排，基本上是很必要亦很成功的。

餘感

《秋決》的劇本是一個絕好的故事。好的故事不但要有深刻而有普遍性的思想內涵，且要有活生生的人物與緊湊的結構，以及交纏曲折，步步逼向高潮的情節。最後就要有一個妥當而有啟示性的結束，所謂餘音嬝嬝，在觀眾心中引起無限迴盪。《秋決》確頗具備這些條件。《秋決》

一開始就吸引觀眾，片頭之後，就是裴剛在樹林裡帶著鐐銬倉皇逃命，鏡頭甚快速，到了觀眾將透不過氣來，突然來一個牢頭含怒肅立前面的鏡頭，動極而靜，這種強烈節奏，在《秋決》中運用得極好，又如裴剛在牢獄院子搥胸痛哭，直打得自己身上血漬斑斑，撲伏地上悔恨交加這一情節那樣激烈的動的鏡頭之後，接著就是樹林裡，秋聲颯颯，刑曹騎著小毛驢，帶著鈴鐺清脆的聲音，慢慢走過的平靜鏡頭，以下的情節，大都運用這種形式的蒙太奇效果。使觀眾的情緒，起伏交錯。

《秋決》的對白，簡練精妙，又傳達了各個不同人物的身分，隨手舉幾個例子：「再活，就活見鬼！」（裴剛。表現其粗魯又帶有孩子氣）；「你不會見到我的，我白天不去，半夜裡才去……去拿點東西」（偷兒。表現其狡猾無羞恥感。「拿」字若不是經過推敲的功夫，用了「偷」字就無此精采了。）；「來了你收下就是了，咋唬什麼！」（牢頭，北方土話）；「蓮兒，我沒叫你去！你是我娘家的孩子，我不疼你，有誰疼你！可是你替我想想，眼前除了你還有誰呢？」（老奶奶。表現她語氣步步進逼的厲害以及為了傳宗接代這個願望她不得已的苦心。）

在氣氛的渲染方面，《秋決》這一東方的悲劇，沒有被弄得只是肅殺蕭條，它總暗示著一點希望，總照顧到哀而不傷。但是畢竟是悲劇，又是中國風的，故《秋決》的色彩是素淡的，這和它的背景音樂很多地方是「空白」一樣。全片只有一處顯出紅色來，那就是蓮兒「成親」時披著一條紅帶子——但它不是大紅或朱紅，而是絳紅！這些地方都看出李行先生他們為《秋決》所作的慘澹的經營。《秋決》具備了一個古典作品的許多品質，所以我們可從多方面來發掘它的優點和意義。這部片當然也有一些可商榷的地方。也有一些表現得不夠的地方，甚至有一些敗筆，（以配樂最為不理想）因篇幅太長了，不擬多說。而事實上，小瑕不足以傷大瑜。

從《秋決》的誕生，使我聯想到古今世上許多偉大的文藝作品，至少有相當大一部分是根植於作家文化背景那個「土壤」中，經由作家的天才而綻放的花朵。我們可回憶托爾斯泰、曹雪芹、羅曼羅蘭、毛姆、川端康成、三島由紀夫……我們可以提出一連串的名字來。一個作家在他生長的文化背景中所受的薰陶及孩提時代所見所聞，常常是偉大作品的藝術生命之活潑的源泉。《秋決》僅僅是好的一個開端，但它就是取得了這個源泉的一部作品。我們在欣喜、感動之餘，希望有更多更好的中國電影問世。我們不能忘記或忽視這個源泉，因為它永遠是天才的創造之母。

（一九七二年三月七日凌晨六時完稿）

矯情的武陵人

《武陵人》是張曉風女士的新作，並已在台北演出。筆者沒有躬逢其盛，未便置喙；但讀了《武陵人》劇本，覺得這樣的作品，竟獲得那麼多青年觀眾的激情與為數不少的評論中大多數的頌揚，頗可思慮。我這篇評論，擬就張女士的劇本原作及其所發表有關《武陵人》的文字為對象，希望通過深入的分析與討論，對《武陵人》有一個確切的評價。

一、「理念」的謬誤

《武陵人》是所謂現代理念劇，它企圖啟示的是人生諸形而上問題的解決。實在說，這類問題永遠沒有絕對的解決的可能性；但人類自建立了「理念的世界」，便立下了永不止息的探索之決心。藝術之表現「理念」，乃是通過感性之形式來顯示藝術家對宇宙人生之本質之認識與其價值之觀念。不同的時代與不同的個人對宇宙人生均有不同的感應，形成不同之觀念，本難判斷其間的正誤。但是，文化的歷史之演進，促使觀念之演進，古老的世界觀與人生觀就因為建立於古老的文化基礎之上。一個現代劇我們之所以能檢定其理念是否謬誤，我們可以分析它是否對觀眾提供了什麼新的啟示，看看它的「理念」有沒有現代的意義。

對於《武陵人》在理念方面的謬誤，我擬由兩方面來分析：

(1)虛妄的「天國」

哲學之有「理想國」，宗教之有「天國」，猶之文學之有「桃花源」與「烏托邦」，皆為困乏痛苦之人生之幻想與寄託。由於科學之動搖了宗教信仰的基礎，以及感性生活之膨脹，近代以來在人生思想上是以人間現世為歸依與價值的根本，此亦即近世哲學所楬櫫的人文主義。天國已為現代人所懷疑、淡漠。充其量它只是一個美麗的「虛妄」。

《武陵人》是一齣宗教意味極濃的戲，張女士承認這一點，而且「覺得很榮幸」，她說：「大概所有嚴肅的東西都有些宗教意味吧」，又說「古希臘所有的戲都是宗教劇」。從其語意看來，她不希望《武陵人》被稱為宗教劇，但自恃它「嚴肅到某一程度，就會接近宗教」。——以上均見《幼獅月刊》元月號〈桃花源記的再思〉。

我以為從《武陵人》劇中所標示的「天國」，只能屬於宗教的天國。張女士亦自認她這個

「我」有兩種東西，一個是「中國」，一個是「基督教」。《武陵人》中的「天國」，還只是宗教的玄想，沒有人間的意義，在現代人的思想中，只是虛妄的天國。一個追求而永無結果的虛無。就對於這個「天國」，《武陵人》一劇中亦並沒有詳細的描寫，深入的表現，只是極曖昧地道出一個空洞的概念來（所謂「第一等的美善」），此外，我們只能從她對桃花源的否定，從反面知道那個「天國」的含糊印象。即不是「一種次等的幸福」；不是「一種仿製的天國」；不是「低劣的歡樂」。全劇所追求的「天國」，也就只有這幾句臺詞的表示。姑不論其藝術的表現之貧乏，就「理念」上來說，《武陵人》所揭示的此一「天國」，還只是一虛妄的天國，毫無現代意義。人類一方面在心靈上追求神的天國，一方面孜孜不倦地在地上勞作，經營一個真實的，可以企及的人間幸福的世界，也可以說是理想中的「大同世界」，雖然人間世界永遠不可完美，然而比虛渺的天國那個「畫餅」更能使眾生獲得實際的福利，這是人類創造文化的目的。《武陵人》所揭示的「天國」，可以說是反文化的，因為它鄙視人類在地上一切創造文化的努力。首先，作者對「生活」抱著譏嘲的態度：

黃道真：再見了，朋友，我的不幸的朋友，你去賣你的柴吧！賣完了，好騰出你的肩膀去扛明天的柴！去吧！到市場上去吧。

樵子：再見，朋友，我的比我更不幸的朋友！你去網你的魚吧，網夠了，你就曬乾你腥氣的魚網，好接受明天的腥臭吧！

黃道真：衣服啊，你被掛在樹上了，我不喜歡你，你大概也不喜歡我吧。你看，我把你吊死了，我想全天下的人都討厭他們的職業吧，越是靠著活命的東西，恐怕他們越恨吧！打漁的最恨簑衣和網子。砍柴的最恨斧頭和扁擔，教養的最恨孔夫子和戒尺，（說著，說著忽然愉快起來，一種感覺到窺探了別人內心奧秘的愉快）泥水工人一定最恨鏟子和鏝子，裁縫最恨剪刀和尺，種田的最恨犁和耙。

這種譏嘲實際已到了詛咒的程度。如果我們又說：母親一定最恨生小孩子；寫文章的張女士一定最恨筆和紙……人生的生活既如此可厭可恨，張女士所宣揚的天國還是人類從草昧期以降所迷信的來世「天國」，如此陳舊而不可恃的「天國」，不是一句「第一等的美善」那樣空洞的概念可以掩飾得了的。用這個天國的「畫餅」，來抹殺人生艱苦勞作的生活之意義，它能引導觀眾向什麼美善的境界？嘲笑人生，詛咒生活，高標虛無妄執的烏有之「天國」，除了可能誤導人生觀念偏執於宗教的獨斷之外，便只能宣揚一種虛無主義的思想。《武陵人》天國的觀念，不但毫無創意，而且極其陳腐、虛妄，了無現代意義與積極的價值已不容詭辯。

(2)對於「桃花源」的歪曲與妄貶

「不薄今人愛古人」的態度，應該是我們對於現代與傳統適宜的風度。我覺得張女士之採用〈桃花源記〉來創作現代舞臺劇，原無可指摘。但是，歪曲了〈桃花源記〉的本質意義，妄貶了它的價值，無形中蹂躪了古典文學的精華，這是一個作家不應有的態度，還說什麼「我真喜歡這篇文章」（指〈桃花源記〉——見《幼獅月刊》一月號第七九頁）！

《武陵人》劇本中稱「桃花源」是「一種次等的幸福、一種仿製的天國、低劣的歡樂」，這是何等謬妄張狂的口氣！如果《武陵人》劇中的「桃花源」不是陶淵明〈桃花源記〉中的「桃花源」，而真是張女士再創造的一個所謂「次等的幸福、仿製的天國」，那麼又何苦襲取古人的字眼，而糟蹋其本義？何況，《武陵人》劇本中所描寫的「桃花源」，完全抄襲陶淵明「桃花源記」中的描寫，所以，《武陵人》中對「桃花源」的妄貶，實質上是對陶淵明的「桃花源」的妄貶。〈桃花源記〉：「豁然開朗，土地平曠，屋舍儼然，有良田美池桑竹之屬，阡陌交通，雞犬相聞，其中往來種作，男女衣著，悉如外人，黃髮垂髫，並怡然自樂。……」這些描寫，都在《武陵人》劇本中再現，甚至簡單的情節，也襲取〈桃花源記〉原來的構思。好了，讓我們來分析自稱她這個「我」包括「兩種東西，一個是中國，一個是基督教」的張曉風女士對「中國」的東西是如何無識與妄貶。

「陶淵明的思想裡充滿著儒家和道家的衝突」，這是張女士說的，不錯，陶淵明的思想有儒道兩家，但主要的不是一種衝突，而是糅合。進一步說，陶淵明是糅合了儒家積極用世的熱情與老莊的沖淡自然以及佛家和游俠的精神。陶淵明之所以為「六朝第一流人物」（清沈德潛語），不只是他平淡自然，超逸跌宕，而且是他有憂時念亂，憂勤自任的積極精神。魏晉多少詩人作家在詩中追求「理想國」，都傾向於神仙的思想，乃是窒息於魏晉黑暗的政治之下一種消極的逃避。借著老莊的無為遁世，道教的迷信與佛家的厭世，以古代神話傳說為材料，在詩文中建立了充滿迷信色彩與消極的人生思想的玄虛世界。崑崙、蓬萊的仙境，王喬、赤松子、河上公等仙人逸士都是魏晉文人所追慕的。但是，陶淵明的「桃花源」，卻在幻想中，在虛渺中表現了他的積極的、現世的意義。他沒有熱衷於求仙訪道的迷信，煉丹服食的邪道，而肯定了「良田桑竹」之美，田野阡陌與耕織勞作之樂。「桃花源」表達了中國人自古以來所追求的一個積極的、有現實人生意義的崇高的理想。在詩歌文學上，遠自帝堯時代的「古逸」有〈擊壤歌〉：「日出而作，日入而息，鑿井而飲，耕田而食，帝力於我何有哉。」便表現了中華民族心中的幸福與理想國，便是沒有暴力政治的自由生活，而以在自然中的勞作為人生快樂與幸福的源泉。

張女士不懂這個「中國的天國」的理想之崇高與本質意義，也不懂基督教所謂的「天國」與中國之「桃源」在本質上是一致的——皆為痛苦的人生中對美善的追求。然而畢竟有其區別，「桃源」是肯定人生意義的、地上的天國；基督教的「天國」是肯定來世意義的、天上的天國。站在宗教的立場來說，「桃源」不算是天國，因為「桃源」還須勞作，還有人倫之別，還有生老病死。但是，張女士拿基督教的「天國」來妄貶、否定中國的「天國」，其意義何在呢？《武陵人》劇中否定現實人生，尚可邀得我們的同感，因為對現實生活的不滿，才有所追求，而連「桃源」也否定了，我們只有束手以期基督教「天國」的再臨了。如果作為在教堂裡演出的宗教劇，我們沒有批評的興趣，（正如沒有一個學者會在牧師的講壇前對神是否創造人等問題反駁牧師一樣）但是，標榜現代舞臺劇而稱為意念劇，在社會公開演出，並引起大眾注意，我們不能不首先指出《武陵人》在理念上的謬誤、陳腐、毫無現代與中國的精神和意義。

二、「表現」的概念化

藝術可以表達概念，但不能是概念化的表現。因為藝術是訴諸感受性的，故必須為感性的形式；而概念本身是知解的，無法感受。

作為如上文所批判的，理念根本謬誤的《武陵人》，其表現上的概念化，更注定了它無法成為一部好的作品。

(1)「經文」的背誦者

《武陵人》中不是沒有較好的臺詞，但是，表達理念的吃重處，作者是安排了演員在背誦「典雅」的「經文」，充滿生硬、空洞的概念。曉風女士在「後記」中說「嚐試著用詩的精神和詩的句法來寫它」，姑不批評《武陵人》的語言在詩的表現上如何。我只覺得充滿概念的語句，很像聖經經文。試舉例看看：

白衣人：你該活著，

因為活著比什麼都好，你該讓你的心靈活著——而不僅是四肢，

你該讓你的靈魂活著——而不僅是肉體，

你該百分之百的活著——而不是活一部分，

你該永永遠遠的活著——而不是活一剎那。

黑衣人：好，我且問你——你活著圖什麼？

黃道真：哦，天哪，天哪，你不要來折磨我這可憐的腦子吧。其實，不問這問題大家都好好兒的，一問這問題，大家就要發狂！

做人最受不了的問題有三個：

一個是「人類從那裡來」，一個是「人死了往那裡去」，一個是「你活著幹什麼」。

白衣人：但是在苦難裡，你可以因為苦難的煎熬而急於追尋第一等的美善。但是在這次等的歡樂裡，你將失去做夢的權利，你會被欺騙，你會滿足於這種仿造的冒充貨。

黃道真：不，武陵不是天國，但在武陵的痛苦中，我會想起天國，但在這裡，我只會遺忘。

忘記了我自己，忘記了身家，忘記了天國，這裡的幸福取消了我思索的權利。

……

黃道真：你們被一種次等的幸福痲痺了靈魂。

你們被一種仿製的天國消滅了決心，

至於我，我已不屬於這種低劣的歡樂。

我寧可選擇多難的武陵。

上舉這種臺詞，在《武陵人》中觸目皆是，這種「概念的詩」，是作者要演員背誦出來的。我以為一個平凡的漁夫，絕不會為「人類從那裡來」、「人死了往那裡去」那些難以索解的形而上問題而苦惱、發狂，這完全是作者為強要表現「理念」而生硬安插上去的，完全失去生活中真實的體驗，實在是作者在「強說愁」。作為散文，倒還不談；作為詩，就太空洞，幾為「口號」；而作為戲劇人物的對白，完全不顧人物的身分與生活的真實，便成為作者的賣弄「學問」，這樣的「人物」只有一個概念化的「心靈」，不是有血有肉的活的人物。

任何偉大的文學作品，都蘊含著「理念」，並非所謂「理念劇」才有之；而「理念」在文學中的表現，都化為有血有肉的感性形式。在小說中，人物的對話與表情、行動，成為典型的塑造，表現了理念；在戲劇、電影中，理念化為「動作」，成為感性的形式。《紅樓夢》、《處女之泉》等中外古今名作，都是蘊含深刻的「理念」，而有強烈感人的感性表現（即形式）的作品。「理念」直接自「人物」口中道出，或直接由字幕標出，不是高超的表現手法，因為那是說教，其藝術的生命，是蒼白貧血的。

(2)造作的語言與沒有化為動作的概念

《武陵人》在語言的運用上，除了如上述概念的搬弄之外，在「詩的形象語言」方面，過於矯揉造作，失去漁父樵夫、農叟村婦應有的質樸與活潑的生命與真實性。戲劇開場的語言比較好，但冗辭過多，表現漁夫的胡鬧，意在點破「生活」的庸俗，處處刻意表現出作者的慧黠。但樵夫出場後，長篇散文詩的臺詞顯得很造作：

樵子：你看，在山上，草綠得不一樣了，起先是淺淺的，好像綠得不太好意思似的，後來就一大蓬一大蓬，理直氣壯地壯著膽子綠起來了，然後就一不做二不休地綠得滿山滿谷。樹也不一樣，你好像可以聽見樹醒了，咕嘟咕嘟的在喝地底下的泉水，喝完了，就伸伸懶腰，往這邊這麼一伸，就長出一根新枝子，往那邊那麼一伸，又長出一根新枝子，新枝子們一天一個樣子，害得我老是走迷路。

黃道真：可是，你不知道，在水邊，春天比山上來得還早，起先是化冰，化得嗤嗤喀喀的，那些冰都你爭我奪的來不及地溶，溶得一條河像一張琴似的，後來，水就愈來愈暖和了，有時候你把手伸進去，覺得水暖和得像你的血一樣，你覺得整個一條河都是你的血，又年輕又快活的血，你覺得你的血，流到天涯海角去了，流到洪荒的宇宙裡去了，你跟天地變成一個了。

這種冗長寡味近於牙牙的童語，又近於痴人說夢的語言，到底在表現什麼與主題有關的意義呢？如果說樵夫的話表現了他對自然的讚美；漁夫的話，表現了他對人與自然諧合無間（天人合一）的體驗，那麼為什麼他們在上面相互譏嘲在自然中勞作的無聊與愚蠢呢？這種造作而廢冗的「美文」，早該刪去或修改，但作者為有些少慧黠而沾沾自喜，宜乎敝帚自珍了。下面白衣人與黃道真對於「春天」的對話，黃道真說：「我不知道我為什麼撈取這些花，它們的美使我搖動。我一到春天就變得虔誠，變得熱烈，變得謙虛。」但接著他卻說：「這裡是桃花疊成的峽谷，夾得我衣衫都紅了，我怕這桃花會坍方，我怕我會被這溫柔的紅壓死。這樣的春天叫人不敢呼吸，我低著頭，怕呼吸的空氣是綠的（燈光轉綠），抬起頭，又怕呼吸的空氣是紅的（燈光轉紅），仰頭向天，又怕呼吸的空氣是藍的（燈光轉藍）。」一個不敢呼吸春天「各種顏色的空氣」（姑不說各種顏色的空氣是如何滑稽與造作）的人，對春天是虔誠與熱烈的麼？像上舉這種語言，在《武陵人》中比比皆是，為節省篇幅，不再列舉。

戲劇的最主要基礎是「動作」。或為外在的動作（身體的動作與說話），或為心理的動作。

《武陵人》不能說沒有動作，但最重要的「理念」，都沒有化為「動作」表現，而僅為口頭的概念化的敘述（已如上文所指出）。而黃道真之有黑衣、灰衣、白衣三角，在作者與一般觀眾或讀者，或許以為是一個新奇的創舉。但是，一人多個角色的演出，除非表現分裂的人格，不能也不必如此表現。黃道真的內心活動與衝突，正要考驗作者在「動作」中表現出來。但是，《武陵人》由於採用了一人多角的處理，內心的衝突都化作概念化的說白，大大地削弱了它的含蓄與深刻的藝術效果，變成赤裸裸的舖陳，毫無餘味。濫用一人多角的處理方法，對於內心衝突的表現，不是懶惰取巧，便是無能。

三、荒謬的黃道真

作者塑造了「黃道真」這個人物，終局是歌頌他「正確、勇敢」的選擇。他戰勝了「誘惑」，不逃避痛苦，似乎成了一個「悲劇英雄」。現在我們來檢驗黃道真這個人物，看看他是否得了「道」，求到「真」。（作者對「黃道真」這個來自《搜神後記》的名字而頗得意。）

(1)黃道真的現實面

黃道真是晉太元中捕魚為業的武陵地方人，他是現實中的一個人。作為一個現實中的人，他不是一個值得讚美的人，不是一個好漁夫，這是《武陵人》劇本中描寫的。他是「一個無助的，不快樂的，不會捉魚的漁夫」。他說：

啊，朋友們，有我這樣一個漁夫，一定使你們大家覺得丟臉，我不是一個好漁夫，我的網從來沒下對過，我拉網，從來沒拉準過——可是我跟你們一樣，跟這條武陵溪旁邊所有漁人一樣，我也掙扎著，過那汗流滿面，才得糊口的日子。

如果因別人妒忌他能幹，或者別的什麼原因，他無助，則很可原諒；如果因國破家亡，苛吏壓迫等原因他不快樂，則很可同情；如果因為他本來是寫文章的人（白面書生）因某種原因「落難」打漁，尚可憫恤。然而這一切都不是，卻為了這個黃道真不屑與社會同甘共苦；為了他不安分；為了他不勤勞；為了他嫌趙、錢、孫、李們「庸俗不堪」，所以他無助，不樂，不是一個好漁夫。這個人，只有一個特長——喜歡作不著邊際，不實事求是，不肯付出辛勞代價的狂想。黃道真的現實面是醜惡的，不能算是一個「好人」！

他發現了「桃花源」——一個正是像他這樣的勞苦的人們所嚮往的「理想國」——卻又卑視

「桃花源」，自恃清高。他只為保持他個人的「清高」，不但沒有，而且不肯把這個「桃花源」引導給他武陵的百姓同胞們，也更沒有想到把「桃花源」擴大為一個世界。（試讀陶淵明〈桃花源記〉，陶淵明畢竟是有天下之心的大詩人，他寫武陵人離開桃花源之後，「得其船，便扶向路，處處誌之，及郡下，詣太守，說如此，太守即遣人隨其往，尋向所誌，遂迷不復得路。」可知〈桃花源記〉中那位武陵人是有心邀眾同往的，但張女士的武陵人又自私，又矯情，自命清高，不可理喻。）不僅如此，她貶斥「桃花源」，指為「次等的幸福、仿製的天國、低劣的歡樂」，足以使人「心靈麻痺，決心消滅」。若果如此，則張女士的「桃花源」應該描寫為酒肉徵逐，聲色犬馬的所在（如此又何苦蹂躪中國人心目中善美的「桃源」呢！），但不然，《武陵人》劇本中的「桃花源」是健康的，勞作為生的，無苛政的，倫理的，幸福的——一切悉如陶淵明原著。由此分析，可見黃道真之荒謬。

(2)黃道真的理想面

黃道真有理想，可惜是一個荒唐的「理想」。

劇本中說黃道真追求「天國」，什麼天國呢？劇中沒有著力為我們描繪，如何進入此天國呢？更沒有半點啟示。只說「第一等的美善」。此外我們只能推測作者的意思，得到此天國「消極的定義」是：

不是「次等的幸福、仿製的天國、低劣的歡樂；」

不是魚多土肥水清、日暖月圓、花紅水甜、蠶大絲長、糧香女美……那樣的天國；

不是「每一家人都在吃晚飯了，每一個煙囪都在冒煙了」那種天國；

不是「一壺茶、一塊餅、一個兒子」那種幸福的天國；

不是「一個爺爺，一個孩子，一根甜甜的麥芽糖」那種幸福的天國；

亦不是「一個女孩，一棵桑樹，一窩子蠶，不久以後所有粗糙的葉子都將變成柔軟光亮的緞子」那種幸福的天國。

這一切是《武陵人》中「桃源」的寫照，被斥為「低劣的歡樂，仿製的天國，次等的幸福」。我們看張女士借黃道真的口要引導我們選擇什麼樣的天國和幸福？追求什麼樣的真理？無非是追求宗教信仰那個天國，這「福音」已沒有現代的意義，而且無法採信，只有麻痺人心，使現實人生失去奮鬥的意義。尼采對基督教的批判，姑不論宗教家如何反感，但他從道德上來批判基督教的「奴隸道德」，足以動搖那個信仰的基礎。何況，現代人文主義思想已洶湧澎湃，宗教本身雖不盡可稱為迷信（諸形而上難題存在一天，宗教便有它存在的餘地），但宗教的思想絕無法再成為現代人安身立命的依據。或者，張女士的「天國」不明指基督教教義中的天國，而為「真理」的代名詞。但是，如果所有衣食、倫理、勞作、生殖……等人間的歡樂都不符合真理，我們應該鄙視甚至毀棄這一些人間的生活去追隨什麼「真理」麼？現代文化的精神與知識的取向，恰好是朝著重新評估感性的價值，而創造人生新價值的方向走的。「真理」云者，連大哲如羅素、愛因斯坦諸子都不敢如張女士如此妄執。賤視人生，而自己終無所逃於人生。這不更見出輕率和矯情麼？

黃道真所追求的天國既如此虛空與荒謬。隨著劇情發展到最後，並沒有寫他像嫦娥奔月一樣直飛「天國」，或許因為《武陵人》中的天國是只能「想」，不可求的。「桃源」比「武陵」為佳，但既為「次等、低劣」，不足久待；「武陵」早已如劇本所寫，庸俗無聊，醜惡不堪，那麼，黃道真應該自殺，以示對虛渺的空想的身殉——或許死後入於「來世」，天國正在腳下——但是，黃道真決定回到武陵。白衣的他說：「但是在苦難裡，你可以因為苦難的煎熬而急於追尋第一等的美善。但是在這次等的歡樂裡，你將失去做夢的權利……」黃道真回答桃源的群眾時說：「不，武陵不是天國，但在武陵的痛苦中，我會想起天國，但在這裡，我只會遺忘。忘記了我自己，忘記了身家，忘記了天國。這裡的幸福取消了我思索的權利。」作者安排黃道真回到武陵，是為了一個十分「風雅」的原因——在痛苦中才能做夢，才能渴想，才能思索。看來此黃道真回到武陵還是依然故我，既無救國救民的大志，甚至連努力做一個好漁夫的願望也沒有。既不告訴武俠大眾世上有「桃源」，又不肯把「桃源」實現於武陵。因為武陵若被改善，則痛苦就消失或減弱，他的天國之夢必然不圓滿。所以黃道真不甘自己一人受苦，他說：「而我，和我的父老，卻註定以艱難為餅，以困苦當水，並且在長久的磨難裡，切切地渴想天國！」這還不很明顯地表現《武陵人》劇本中所塑造的主角是一個荒謬的角色麼！

我的結論是：《武陵人》是一個很壞的劇本，尤其是它謬誤的、足以對人生做不良引導的「理念」，值得重視和批判。黃道真回到武陵以後，只有無盡期的空想，又懶惰又空想，注定他物質上與精神上永遠是匱乏與空虛。這種虛無主義的人生觀，不值得讚笑，而且應該唾棄。

《武陵人》無意中等於在譏嘲古往今來一切為人間眾生的幸福勇敢奮鬥的偉人都是庸俗的傻瓜。它反映出作者是一個追求虛幻的幼稚的個人主義者，沒有儒家入世與淑世的精神，亦沒有佛家悲憫眾生的仁愛，更沒有道家的謙沖與自然。矯情與自恃，正表現了知識份子中那種狂妄自大的劣根性，以及知識與人生未曾融匯貫通的偏頗與虛驕。我只覺得《武陵人》中的黃道真是一個這樣的「知識份子」偽裝成的漁夫。

我這篇批評文字，語氣十分直率，所抱持的態度亦十分嚴肅。我不在攻擊作者，但不願意不痛不癢盡繞圈子。我的批評都有證據，但或者，我也有我的疏忽或錯誤，願意接受指正。最後，我要再表示我心中另一個態度：在現代中國劇場（平劇與現代全然隔閡，不論）十分荒涼的目前，張女士是少數肯努力創作與出力演出的一位，我對作家這樣的精神，應予贊揚。但希望不斷進步，或許善意而坦誠的、嚴格的批評，亦應該被視為提防掌聲「麻痺了靈魂」的必要的針砭。

（一九七三年一月）

後記：余光中先生二〇一七年十二月逝世，未獲蔡政府褒揚令，張曉風為其鳴不平。其實，文學藝術家大可不必寄望死後得「褒揚令」，因為文藝成就不由政府評判。張的「不平」，正顯示其見識不高。

（二〇一八年三月）

明日黃花說武俠

楔子

站在嚴格的文學藝術分類原理的立足點上，我們須知，所謂「武俠小說」與「武俠片」（包括電影與電視的武俠片）的名稱是不存在的。因為「武俠」只是作品中角色身分的稱謂；而文學作品的題材與角色身分是沒有限制性的，十分廣袤、自由的。而「武俠小說」之所以被用作似乎是文學中小說項下一個「類」的名稱，實在是非學理的通俗的說法而已。它的來因是歷史時代的產物，一如歐洲中古的「騎士文學」一樣，它不成為文學中一個「類」。故歷史變遷了，這個暫時的類名與屬於這個類名的作品便成為過去。又例如產生鴛鴦蝴蝶派的時代一過去，作品便成陳跡，並不可能在文學中留下「鴛鴦蝴蝶」這一個類。小說只有長篇、中篇、短篇，或者歷史小說、傳奇小說與以現實為題材一般所稱的「小說」；電影只有無聲電影、黑白與彩色電影，或標準電影、紀錄電影、劇情電影、抽象（純粹）電影等分法。無不是從形製上或內容性質上的分類。由於商業社會廣告宣傳之需要，今日的小說與電影有所謂愛情小說，偵探小說；文藝片、戰爭片、恐怖片、動作片、武俠片……五花八門，都是沒有學理根據的、庸俗無稽的分類法。

先把流行分類的錯誤無稽指出。本文擬討論「武俠小說」（包括影片，以下同）的問題，苟且用「武俠小說」這個名稱——事實上，大多數人（包括寫文評的「作家」）已把它當作現代中國文藝中一個「類」的名稱來使用，這是令人扼腕的事！

《史記》載燕太子丹使荊軻刺秦王，至易水上，祭山川道路之神既畢，即將上路，高漸離擊筑，荊軻和歌，眾士皆痛哭，而唱出此悲壯蒼涼，千古猶存變徵之音的〈渡易水歌〉，為中國遊俠文學的濫觴。蓋春秋戰國，韓非子之前未嘗有「俠」字。韓子為法家，不但反對儒，亦反對俠，故〈五蠹〉中說：「儒以文亂法，而俠以武犯禁」。《史記》作者太史公司馬遷是一個有俠義氣概之士，嘗為辯護李陵之罪而獲罪，故滿懷鬱憤，大力歌頌殺身成仁，捨生取義的俠客義士。故《史記》中有熱情頌揚俠義之〈遊俠列傳〉、〈刺客列傳〉及對於居富貴而重俠義的孟嘗、春申、平原、信陵四君，亦備極推崇。

「風蕭蕭兮易水寒，壯士一去兮不復還。」

繼司馬遷而後者，晉張華之有〈遊俠篇〉、陶潛之有〈詠荊軻〉；魏晉以後，有曹植、鮑照、沈約、庾信、劉孝威，至唐之王維、高適、王昌齡等，皆歌頌遊俠。而繼韓非之後者，班固與荀悅，皆斥遊俠為德之賊。

古代的遊俠自有其產生之時代環境，而往者往矣，作為現代中國人，我們應有一種不同於古人的明確態度。重法律者流自必輕視、非議俠行；而在法律不能周全保護民生的古代，尤其在政治昏暗的時代中，如莊子所說：「竊鉤者誅，竊國者侯」那樣不公平的社會，無怪乎太史公提到盜跖、莊蹻，雖暴戾，卻有義行為其徒弟所稱道。太史公對於那一班迂腐的文人學士，只懂得為侯門的假仁義做粉飾，抹殺了重信義輕生死的俠客之崇高精神，則表示了激烈的憤懣，對於儒墨兩家輕賤遊俠、表示他的憤恨。而司馬遷寫遊俠列傳，把為腐儒所擯斥的朱家、田仲、王公、劇孟、郭解之徒，一一列傳，表彰其義行，以區別於「朋黨宗彊比周，設財役貧，豪暴侵凌孤弱，恣欲自快」的暴徒。太史公的確是有鐵血熱腸的人。他對遊俠的評價，是有其時代的見識的。因為中國古代的遊俠，有其在古代的社會功能——在於填補古代不周全的政治制度與不健全的法律所造成的空隙（這些空隙便是惡勢力與人間人為的不平產生的溫床）。故俠之行動雖為過激，不合於君子時中之道，於道德與法律或難逃其罪名，但對於廓清社會的邪惡與不義，鼓舞天下正氣，扶掖人性的趨向公義，自有其時代的價值在。不過，現代人不能再以司馬遷的見識為見識，因為現代世界政治制度大異於古代，民主國家皆朝著法治的方向，而社會結構的緊密，益發顯示法律的重要功能。在現代，遊俠的個人英雄行徑，完全失去其時代的功能與意義，不僅是「俠以武犯禁」實在已構成亂用「私刑」的重罪！

所以我認為所謂「武俠小說」應成為歷史的陳跡，沒有再存在於現代的價值。現代的所謂「武俠小說」，不是不思創造，專事對過去文學作品的模仿抄襲，便是睜著眼睛編織毫無現實意義的白日夢。或者，只是為提供一種消磨時間的消遣品，則談不上文學的價值。我閱中國時報七月一日〈武俠小說與娛樂文學〉一文（羅龍治）中說：「六月七日謝台寧在中副談武俠小說，他認為，武俠小說根本談不上意義或價值，只是供給殘年無事之人消閒解悶，只是令大中學生浪費時間而已，其中有些武俠過分強調仇殺，有些則插入幾段黃色，危害世道人心匪淺，因此現代武俠恐怕不會在文學史上留下痕跡了。謝台寧不正面注意武俠小說對民間社會的重大影響，『出招』已經落空；而且他居然以為沒有多大文學價值的書——現代武俠，就不會在文學史上佔一席之地，這種想法的錯誤，只要以《三國演義》為證，就可以不攻自破的了。」關於謝台寧的文章，從羅君所引的幾句話來看，似乎「出招」並沒有落空，我覺得謝文是對的，羅文並沒有支持自己論點的足夠理由。而歷史上武俠文學與現代人所寫的武俠文學是兩回事，哪怕古代武俠小說對民間有巨大影響，在中國文學史上留下光輝的一頁，也不能作為「現代武俠小說」就必能同樣有影響與有價值的保證。以《三國演義》在中國過去社會上的影響以及其在過去中國文學史上的價值，來為所謂「現代武俠」的意義作辯護與證據，以為可「不攻自破」，實在是絕大謬誤，徒然暴露了缺乏文學進化的觀念與文學價值的體認之病。羅君接著又說：「我認為現代武俠，是一種非常新穎有力的民間文學。尤其是現代中國舊文化落花飄零的時代裡，我對她更有一深遠寂寞的期望」；「而現代武俠裡面的正邪俠義的概念，往往把中國舊文化的許多種子普遍的傳佈到民間，這一層深厚的力量，不是家庭和學校所能達到的。」；「中國許多舊文化的種子，將可藉著『娛樂文學』的現代白話武俠，普遍傳入民間社會，為中國民族保留幾分淋漓的元氣。如此一來，現代武俠不但可能成為未來的娛樂文學的奇花異草，還很可能在中國文學史上大放光芒呢！」這樣的觀點，完全是一種基於對文學的嚴重性與崇高理想的缺乏認識，一種輕佻的妄捧。既為所謂「娛樂文學」，便已非純正文學的本質（文學是不供娛樂之用的，我永遠服膺梁實秋先生對文學的嚴重性的看法），如何在中國文學史上有其光芒可「放」？實在只是一種幻想！

依我個人的看法，絕不是說有關武俠的題材不能作為純正文學的寫作，主要是要有現代精神，包涵了現代人的一種批判態度，即使作為歷史小說或歷史劇來寫，亦必須有現代的觀念，而我們現代充斥市場與報章、雜誌，戲院的武俠文藝，不但是憑空杜撰，而且千篇一律，又已入於迷信與荒誕，幽玄與狂想，成為邪魔妖道者居多。至於企圖在裡頭發現文學的價值，人生的啟示，現實的意義與崇高的理想，簡直緣木求魚。它只是一種麻醉劑，如同精神上的大麻，而且成為社會進步的阻礙。

武俠行為是對現代法治社會的一種反抗或諷刺，不然便是癡人說夢，毫無時代現實的意義。所有武俠文藝均離不了報復。報復是人類原始劣根性的殘餘（這在摩爾〔J. H. More〕看來都是蠻性的遺留）。現代理想的社會是以法庭來平息人間由不平或屈辱等所引起的憤怒；報復只是那種憤怒的持續，而處心積慮以一己對仇家的「私刑」來達成滿足的行為。試想沒有報復，還有什麼武俠小說可言呢！這種內容本質上完全沒有現代的現實意義。我們若不從事現代政治的建設性的努力而幻想以武俠個人的「英雄」行徑來平復人間的憤懣，這種觀念與這種快意，實在是現代化的絆腳石，其毋視歷史社會之進化，其落伍與腐敗，實已再彰顯不過。自然，有人可以辯說現代「武俠小說」並無教人違反法治的動機。那麼，歌頌報仇，神化武功；它挑撥起人性的爭鬥本能復甦，而對讀者灌輸以不合邏輯，毫無現實依據與違反知識的荒誕妄想，復有何文學或人生的價值在？

有關武俠故事，在文學與電影上的純正創作，絕非不可能有成功的作品。但作者首先要把它作為純正藝術來創作。電影如《切腹》，揭露了日本古代武士道的殘酷與黑暗；在文學，如菊池寬的短篇小說〈殺父之仇〉。是對尋找報復者一個發人猛省的當頭棒喝。在台灣文藝天地中。今日如此充斥的這些「武俠小說」與「武俠影片」其所以大行其道，正顯示出這一種陳陳相因，毫無時代精神的頹敗文藝如莠草佔據庭園之可悲。為「現代武俠文學」巧言辯飾者，說遊俠超越了儒家道德，說《三國演義》對我國近代民眾的影響遠比四書五經及其他正統文學之上（這是因襲卅年代文人劉大杰的觀念）這樣過偏的，不加思索的快意之論，目的只在瞎捧現代武俠小說（以上巧辯均見羅文），也就等於在為莠車施肥，而在道士神俠的迷夢中，視狗尾草為香花了。

誠然，如羅文所說：「老年的知識份子是最寂寞的。出身於一些舊式家庭的子弟，他們也是掙扎痛苦的。還有好些深受傳統文化薰陶出來的人，他們也只能相呴以濕，相濡以沫而已。」但是中國在政治、社會、文學等要在現代世界迎頭趕上，我們只有希望每個老幼的中國人有一種自覺與猛省；我們的文學不能重彈才子佳人、鴛鴦蝴蝶、俠義恩仇等老調，我們要有更嚴正、更博大、更具時代性與未來啟迪性的偉大文學。至於「工廠、中研院，老教授宿舍甚至美國某些著名大學圖書館，也都藏有現代武俠的蹤影」（見羅文），絕不能證明所謂「現代武俠」的真正文學的與人生的價值。不要說看武俠小說必然大有人在，就是以舞廳與「方城之戰」為人生之樂者亦大有人在，何況「武俠小說」還是最帶「書卷氣」的殺時間妙法呢！大眾需要各種娛樂，原無可厚非。自然寫武俠小說、拍武俠電影，與其讀者、觀者，都有絕對的自由權利，無可非難。但是，我們期望的應該是有崇高理想的、嚴肅的、有創造性與時代性的純正文學與影片，來取代一切頹敗如大蔴的「文藝」。我們期望評論者的筆端所閃爍的是「良知」而非「巧辯」。

（一九七三年八月七日夜）

輕秋毫，重輿薪，再說武俠

一、先說幾句話

八月廿、廿一日我在《中國時報》發表了〈明日黃花說武俠〉以來，引起近一月中不少有關「武俠文學」文字上的論辯。有些不甚瞭解我深遠寄意的朋友認為我的筆牽涉面過廣，批評過嚴。事實上我除探討文學藝術本身的問題之外，所寫評論，均對觀念寓褒貶，不為臧否人物。而我的最終目的只有一個：我極不願意我們這一代的文學藝術喪失了對嚴正、崇高理想的追求。我的月旦，偶為一部分人所不盡諒解，因為我做喜鵲時少，充烏鴉時多。我痛感沒有最嚴肅而正直的評論，難於樹立崇高而嚴肅的理想，民族的靈魂將頹疲跌宕，則中國現代文藝自無發皇的希望。我以為評論者不應巧言辯飾；固應同情的了解，「客觀的批評與積極的建議」，但對文學藝術高遠嚴正的本質與時代性創造的理想不願（或不能）認同，則貌似豁達公正，事實上是混淆價值觀念，為莠草施肥，則一切的論辯，因為對文藝本質與理想觀念的殊異，自難有共同的抱負。我願意再表白我對所謂「武俠文學」的態度，並予反批評者以答辯，來表示我對文藝那個一般人以為陳義過高的理想之堅守的苦心與未稍猶疑的信念。

二、次說金恆煒君〈洗劍浣花論武俠〉

涉及「評價」的文字，不論是穿著「汗衫便服」來「輕論淺說」，或者穿著「西裝革履」作嚴肅的評實，實不容缺少「守正不阿」與「嚴肅不苟」的態度。如果這一點金君不承認，則「認真的說」與「閒聊的說」兩種態度不須比較。抒情解悶的「閒聊」，似亦不該遽作評價。更不應把評價作為輕率的戲言。

對於「文以載道」一觀念，我覺得應重新來一番深思明辨的體認，以免重蹈歷史上盲目擁護與排斥的覆轍。如果「文以載道」的「道」字不局限於「道德」，而擴大為「觀念」，如黑格爾所謂「絕對理念」，則「文以載道」的文藝觀是無可反對的。而且我們得承認古往今來一切第一流文學藝術都是載道的。所謂文藝者，其訴諸感性的感受，非知性的理解，自非知識或道德原理；然而，藝術絕不在於消極的模仿自然人生，或僅在於提供感官的刺戟與娛樂，它是寄寓著崇高的理想的，這自亞里斯多德到黑格爾迄現今，都已有確論。黑格爾謂「絕對理念的感性表現」，即表明了文藝的本質。「道」若當「絕對理念」來理解，「文以載道」是無可動搖的。它堅守著理想（即觀念），又絕不卑視打動感官的「感性形式」。（以前曾見顏元叔先生說「文學是哲學的戲劇化」，引起許多小說作者的反對。我認為顏先生只是把亞氏以來的觀念換一種說法來為文學作界說，在我看其基本觀念是正確的，有依據的。反對者大都因為「哲學」二字覺得討厭，以為如此界說則文學成為解釋哲學的工具，甚感不平。殊不知觀念在文藝中被透露出來，方才確立了文藝最崇高的價值。文藝的感性形式——如音樂的旋律與節奏；繪畫的線與色；小說的情節、人物、對話等等——如果沒有蘊含對宇宙人生的最高觀念，那種純粹為悅人感官的文藝，雖有其娛樂的功用，卻大減其文藝的價值。）我們反對唐宋以來，尤其宋明的腐儒們所高唱「文以載道」的文學觀，只是因為他們把「道」局限於「道德」，而且是極腐敗的道德教條，把文藝作為道德說教的工具。所以金君籠統的說我「持文以載道的理想，做衛道式的奮鬥」，實在是不分清「理想」（或理念）與「道德」之差異，硬派人一頂「衛道」的帽子，足以抵銷行文之始對我的謬獎而有餘了。

武俠小說能否在文學史上成一類，這是不消說得的肯定之論。我在〈明日黃花說武俠〉中何曾否定？故金君實不須拿姚名達的「目錄學」示教於人。我不是也曾提出歐洲中古有「騎士文學」嗎？我怎能否定在中國文學史上曾有一類「武俠小說」呢！我只是說文學史上曾經出現的類，並沒有永恆不變或不消失的事。一個時代所產生的某一類文學，時常隨時代的過去而成文學史上的陳述。「駢文」未嘗毫無價值，但「駢文」的時代與背景隨著歷史之流以俱逝，令人豈能因其在文學史上曾佔一席地位而照章仿效？這是很粗淺的道理，金君未免無的放矢。

論及遊俠產生的原因，深入的考證，自當有各種結論，但遊俠的行徑，若不是伸張正義，鋤抑不平，尚有何可歌頌的行為價值？則若無邪惡，若無不義，遊俠何從而生？則泛論遊俠產生之源，在於政治制度不周全，法律不健全，致人間有過多過分的不公義、不公平，遊俠遂應運而生，應不為謬。而金君引伸我所說現代民生法治社會與古代的不同時代背景，遂使遊俠個人英雄行徑，完全失去其在古代社會那樣的功能與意義這句話的意思，以「想當然耳」的邏輯，說我「以為『法治萬能』」，這是批評之大忌。我何曾有「法治萬能」之說？歪曲他人論點，標上一個引人反感的「結論」，而大肆撻伐，這種一廂情願式的「批評」，似過於粗心。

金君這類自語式的「批評」，實在不勝枚舉。沒有人看不起民間文學，亦沒有人不知道民間文學是士人文學的來源，（《詩經》是周民歌總集，屈賦為楚文學的發揚光大），我也不曾說「武俠小說沒有文學價值」的籠統的話，我只說「沒有再存在於現代的價值」。故我說羅龍治君舉「三國演義」來為現在武俠小說辯護，是一絕大謬誤（再說，《三國演義》可直截了當稱為「武俠小說」麼？這樣強行比附的謬說，我已姑且不論了），金君更變本加厲，竟以為像《三國演義》這種屬於「大眾平民」的、「娛樂文學」的「武俠小說」，「焉知不會成為將來廟堂文學的支柱？」其謬誤之甚，識者一眼可知，《三國演義》是否「娛樂文學」或「武俠文學」且不說，其作為文學史上一種舊題材與形式，自當隨歷史的進化而變遷，甚至為新體裁所取代，還說什麼「成為將來廟堂文學的支柱」！其次，依金君的說法，似乎文學的進化以到達「廟堂文學」為目的，這是什麼樣的矛盾呢？（他既曉得士大夫看不起民間文學是錯的，卻又希望民間文學「攀登了廟堂」，一笑！）

金君接著轉向另一個題目，他說：「何先生以為充斥報章雜誌的武俠小說大多是『憑空杜撰，而且千篇一律，又入於迷信與荒誕，幽玄狂想……』（金君引至此打住了，我在此下面原來接著說，『成為邪魔妖道者居多。至於企圖在裡頭發現文學的價值，人生的啟示，現實的意義與崇高的理想，簡直緣木求魚。它只是一種麻醉劑，如同精神上的大痲，而且成為社會進步的阻礙。』）試問：文學作品很多不都是『憑空杜撰』的？」金君又說：「至於說『幽玄與狂想』，卻泰半是文學創造的泉源。」這都因為金君對於文學藝術中，「憑空杜撰」與「虛構」；「幽玄與狂想」與「想像」；「現實」與「理想」；「荒誕」與「神祕」等對立的觀念完全混淆不清的緣故。拿「現代武俠小說」與《神曲》（但丁）與《浮士德》（歌德）比較研究，當知什麼是「憑空杜撰」，什麼叫「虛構」；什麼叫「狂想」，什麼叫「想像」、「荒誕」或「神祕」了……。

金君又說：「批評武俠小說是『邪魔妖道，千篇一律』，難道坊間許多所謂『文藝小說』沒有這種缺點嗎？」這真令人啼笑皆非，好似我專門站在坊間那些所謂「文藝小說」的立場來對武俠小說故意挑剔似的。這樣牛頭不對馬嘴的「批評」，豈不好像說：「你說我家母豬不肥，你家猴子也不見得多肥呀！」

說到遊俠有超道德的恩義行為，沒有人不承認，但絕不能據此而有「遊俠超越了儒家道德」的結論。如果某一時代某些所謂「儒者」或「聖賢」不如遊俠，只是「腐儒」或假道學的「聖賢」，如司馬遷所曾痛斥者。如果遊俠真個比儒家道德為高超，中國人不重俠道而重儒學，三千年如此懵懂，大概是不可能的事罷。這樣斷章取義，輕率下結論的態度，不是更武斷麼！

嚴肅批評，樹立理想，如果就如金君所說的「唱高調，標高格」，那麼，我們似乎不應批評，或只應與金君之流合唱「低調」、標「低格」？而說到一定要批評者「拿出具體的任何辦法來」，甚至「如果要消滅武俠小說，只要何先生能運用如椽之筆，把武俠小說中的所有角色，一一諷刺殆盡，使武俠作家洗劍封筆而歸隱，我們何愁武俠小說不能絕跡？憑空指武俠小說如明日黃花，是半絲收不到效果的。」我覺得金君對批評者的苛求，已超出批評的範圍。「拿出具體辦法來」等於要指出「寫什麼，如何寫小說？」的「答案」，我想那是作家自己的事，不關批評；要批評者也要能寫出一本更好的武俠諷刺小說來，才不至於「半絲收不到效果」，誠屬滑稽之論。至於我之所論，金君大可不同意，豈可輕率指為「憑空」？而我說到司馬遷，滿懷崇敬與景慕，金君自以為是，錯誤或根本沒能體會我的意思，反說我「厚誣前賢」，文證俱在，金君自己仔細去反省吧！

原來金君是一個武俠迷的標本，難怪他在文末露出尾巴。他說：「綜觀何文，可知他在武俠上的『功力』仍淺，以如此功力欲駁斥武俠小說千鈞之重，是難上加難了。」這樣沉迷武俠，崇拜的偏見溢於言表，實無法與之做理性客觀的論衡。（金文〈洗劍浣花論武俠〉見八月卅、卅一日、九月一日《中國時報》〈人間〉版。）

三、再論孫同勛君的〈即使黃花亦蘊香〉

「何君說武俠小說鼓勵恃武橫行，干犯法紀的行為，這是一般反對武俠小說的人所常用的理由之一。」這是孫文第二段闢頭的話。——我有一個很不平，很遺憾的感觸，先問什麼叫「批評」？再問「批評者」應有什麼態度，遵守什麼紀律？金、孫二君是否肯予冷靜自問？孫文在「何君說」三字下面的話，完全不是我曾說過的，亦不是我所曾有過的意思，如同金君說我有「法治萬能」的言論一樣是臆造的。這樣的「批評」文章，因為沒有遵守紀律的批評，只是「混戰」，已談不上「論辯」了——其實，我的觀念與所謂「反黑」的政策並不相同，我不在衛「社會道德與法紀」之「道」，那不是文學批評者的份內事，我只在衛文學的崇高與嚴肅的「道」。孫君的文章，讀後可知其與金君同是雅好武俠小說的人士，我雖不曾忝列同好，但我絕非從來厭惡，甚至我也偶而寓目。苟不論偏好或偏惡，一提起批評之筆，便得有原則，講道理，慎思明辨，作客觀理性的論斷。

我不但未曾說及武俠小說中的武俠沒有不「重視法律而且幫助官府維持秩序」為好或不好；也沒有說及「看武俠小說與犯罪行為之間的關係」如何，孫文所舉，他所曾讀武俠小說中武俠有協助官府緝盜破案的故事，以及說「沒有實地調查分析看過武俠小說與犯罪行為之間的關係」，說我「只憑個人臆測一竿子打盡一切，不是論事應有的態度。」我覺得孫君從社會法紀與道德立場來權衡武俠小說的價值，去文學批評的立場甚遠，對我的批評，乃為無的放矢。說到優良武俠小說「鼓舞正義感」，我早已說過，但那是在古代的功能，不為在現代的價值；即使「鼓舞正義感」在現代仍為武俠小說所專美的價值（即是說假定純正文學無法「鼓舞正義感」的話），在我的論斷中也不能成其為武俠小說在現代仍具有純正文學價值的依據。因為正義感是道德範疇的評價，「小說」是文學，不以道德的價值為前提。簡單說一句：我並非說武俠小說不好；也並非說它不曾在中國文學史上有地位；也並非說武俠小說敗壞人心，更不對現代武俠小說寫得好與不好，比較那些枕頭型的言情小說如何等事予以置評，——我只是說武俠小說過時了。他的題材，內容、觀念、與體裁都是歷史時代的產物，他不可能長生不老。因為文學要隨時代進化，隨社會而改變。我不料金、孫二君毋視我的根本見解，而且生枝造葉，「肆意羅織」，誠為憾事。

　　我說古代政治制度不周全，法律不健全故武俠有其時代功能與存在的意義，即在於「廓清社會的邪惡與不義，鼓舞天下正氣，扶掖人性趨向公義，自有其時代價值在。……現代世界政治制度大異於古代，民主國家皆朝法治的方向，而社會結構的緊密，益發顯示法律的重要功能。在現代，遊俠的個人英雄行徑，完全失去其時代的功能與意義。」這一段話，金君說我倡「法治萬能」，孫君則說「古代法律固然不像現在的完備，但古代社會卻並非因此而毫無秩序，處處是誘人為惡的『空隙』。因為古代除了法之外還有『禮』範圍個人行為與維持社會秩序。有時禮的作用比法還重要。所以古代並不像何君所想像的那樣充滿不公不義。而現代的法律或法治也不像何君所想像的那麼完美無缺以至完全消滅了不公。」可惜我在上面自引的一段文字中行文的謹慎，還是免不了讓金、孫二君任意添油加醋，誇曲歪大。試問我那段話如何推論出我認為現代「法治萬能」與「完美無缺以至完全消滅了不公」的結論？這不是羅織是什麼？我想沒有一個人會說現代世界社會，只要是民主法治，便絕無冤獄，絕對公平（那豈不是「天國」到來？）。我意只說民主法治社會中的不平，還須仰仗法律來申訴以求解決，雖然法律是人訂出來的，不可能盡善盡美，但是人類在法律制定的歷史中便是爭取平等與公義的奮鬥史，不是盡力在向比較完善的境界努力嗎？有誰能說現代法律比起古代毫無進步嗎？

試問，當金、孫二君遭遇到不平以至不能忍受的時候，不求訴諸律法，而去仰仗武俠嗎？況且，法律的人道主義精神在於防止動物世界弱肉強食與物競天擇過分殘酷的事實，故法律之前人人平等。即使現實社會中不無黑暗，不無冤屈，但大體上說，不平的消除，法律不盡了人間最大的力量了嗎？如果受屈者不是身強力壯的俠士，或無身強力壯的至親好友或僥倖邂逅的英雄，試問武俠與法律孰能保障人道，維持公義？

我們應明白只有法治社會才是比較公平的，我們要中國現代化，不承認法律重要的功能，不加強法治的訓練，企圖仰仗武俠來維持公道（孫君說：「則在今天俠義行為因為同樣理由應仍有其時代價值在」），我真吃驚，武俠小說的入迷，竟可使一位現代中國知識份子有這樣非非的幻想！

至於說：「義俠行為的時代意義與武俠小說的時代意義之間」有無邏輯上的必然關係？我以為一項行為若已喪失時代的意義，則在文學中，自無表現的意義；若表現之，則著重批判的態度。而對於已成歷史故事的題材，那些失去現代性的古代行為，如武俠故事，在今人的創作中，並非不可作為題材，但應有現代的觀點與創造性的表現。（舉個例來說「閻惜姣」的故事，在古代文藝中將她作為一個淫婦的典型來塑造，那是受歷史時代見識所限制。如果現代有人把她作為題材來寫小說或劇本，必須有不同於古代作家的時代見識。如果仍將閻惜姣與張三郎作為奸夫淫婦來塑造，便仍陷於人性善惡兩個極端的簡陋的二分法。閻女與宋江並無愛情可言，又非正式婚姻，她與三郎的戀愛，不見得那樣醜惡，不值同情。）既然孫君說「我無意說法律不能制裁的不公應由俠客私報」，又說「我只想說明，如果何君認為古代遊俠有其時代價值，對遊俠的讚揚有其時代見識，則在今天情形仍然如此」（碩按：孫君曾說「古代法律不周而有不公邪惡存在，在今天也是一樣」），那麼試問今天既然與古代一樣，照孫君的觀念，不就仍可由武俠來報私仇嗎？我以為孫君對文學的時代性缺乏認識，且對現代與古代社會制度與法律的功能有不正確的評價，造成他對武俠文學在現代的意義與價值過分的迷信。《三劍客》與《水滸傳》等作品為今人津津樂道，今天的文學作家正應力求創造時代性的新作品，而不能套襲《三劍客》與《水滸傳》的題材與形式。

孫君又說「他（指筆者）說武俠小說鼓勵個人英雄行徑來平復人間的憤懣，實是現代化的絆腳石。我雖然『閉關』苦思，也弄不清何先生這一招是怎樣耍的。美國被認為最現代化的國家，但是他們豈不也有西部小說嗎？三劍客、俠盜亞森羅蘋以及其他一大堆歐洲歌頌個人義俠行為的小說，顯然也沒有阻礙歐洲國家的現代化。我們這裡武俠小說大行其道，但是誰能說我們現在不正在向現代化的路上邁進？相反的倒是蘇聯與共匪等禁絕俠義說部的極權國家近代化進行遲緩。」我覺得崇尚法治，是現代化的基本要點之一，則個人英雄復仇行徑，自無鼓勵讚揚之價值。這是需要孫君「閉關」苦思也弄不清楚的什麼「怪招」嗎？而其下所舉歐美小說，都是歷史上的名作，反映一個時代的面貌的，可以成為現代歐美作家永遠仿效的目標嗎？歐美文學界現代仍以那種作品「大行其道」嗎？再說如孫君所說武俠小說大行其道的台灣，我們的文學與藝術成果沒有反省批評的必要嗎？而俄匪所禁何止「俠義說部」而已，能做為論據嗎？——這些答案難道不也彰彰明甚，孫君竟未曾想到，卻以為可以拿來做反駁的理由，不亦怪乎？

好了，孫君文中最後兩段，有的我已在批評金文中說過，有的實已不須再說。一種背時的文學遺產，千方百計要它在現代「大行其道」與「大放光芒」。窮詞竭理。最後說到「總比出入歌臺舞榭，在賭臺上呼五喝六有益得多了」（孫君太粗心，我不是曾說過「不要說看武俠小說必然大有人在，就是以舞廳與『方城之戰』為人生之樂者亦大有人在，何況武俠小說還是最帶書卷氣的殺時間妙法呢！大眾需要各種娛樂，原無可厚非。自然寫武俠小說，拍武俠電影，與其讀者、觀者，都是絕對的自由權利，無可非難」嗎？）可見孫君已把文學的崇高理想，完全拋棄，這樣的說詞，武俠小說的價值，充其量比摟舞女、上賭桌稍勝，算是一種有抱負的文學評論者的言論嗎？（孫文〈明日黃花亦藴香〉見九月十一、十二日《中國時報》〈人間〉版）

四、最後幾句話

似乎我指出武俠文學在現代中國文學中必然沒落，論者大感「武斷」，而竭盡其力保「衛俠「道」」。我覺得，個人的偏好，永遠應受尊重；而文學史的進化，即時代的進化，似絕非巧辯所能挽救。另一方面，絕非指出武俠文學之沒落，正義就同時遭受我的否定；就等於我不承認一切過去時代中外俠義文學的地位與價值；就等於我對武俠文學切齒痛恨，欲趕盡殺絕而後快……這都是很滑稽很簡陋的「推論」。

實在說，讀了諸君對武俠文學的說詞，我所深感的失望，有甚於我看到武俠文學與影片大行其道，純正文學反而萎頓未振。我們有人在觀念上竟抱著如此毫無深切反省的態度，放棄對崇高、嚴肅、純正文學追求的理想，與為現代中國新文學的傑作催生的努力。察秋毫而不見輿薪，我覺得這是可哀的事！

對於文學藝術崇高、嚴肅的創造的理想，我終必堅持，但我將不為武俠文學的批評與反駁再說話。我亦應容許別人放棄理想，在刀光劍影與俠義恩仇中銷魂陶醉。不過，我期望，現代中國文學的發皇，尚待文學有志者更堅苦努力的奮鬥。

（一九七三年九月十六日深夜於香港）

文學與政治

陶淵明棄官歸隱，無疑有其政治意識。在精神上，他創造了一個幻想的世外桃源（「桃花源」）以為避世之所，雖只為文學的創作，卻隱含了他文學家的政治理想。文學家的政治理想，姑不論是積極的或消極的；是正面的或反面的；是出世的、入世的或淑世的；是賈誼的「治安策」或王安石的「萬言策」；是屈原的「離騷」或杜甫的「北征」、「石壕吏」，其表現文學家對人生社會有所注視、有所觀感、有所冀望，即對人生社會生活的關心與憂慮，其為文學家政治的意識與理想之表現，皆不可否認，也極可貴。

傳統中國文人「學而優則仕」在現代被看做讀書人但求高官厚祿，向上爬的劣習。其實有很多誤解。在過去的時代，文人若有志貢獻所學，若有「先天下憂」的抱負，不「仕」的話，只有教書，別無他途。不像在現代除了做「公務員」，還有數不清的工作可以一展雄才。「仕而優則學。學而優則仕」是《論語》中子夏所說的，這個「優」字是有餘力的意思。「仕」與「學」在中國讀書人來說是一生志向所在：一則以實踐，一則以求「道」。朱熹說「理同而事異」。現代人以為「優」是優越，誤以為古代文人都把讀書做為得官的手段，做官則只為發財，而認為士大夫通通是要不得的，未免誣衊傳統文人那個以天下為己任的偉大傳統。我認為「學而優則仕」，就其正面來說，乃是中國傳統讀書人以天下為己任，治國平天下，為生民立命，為萬世開太平之崇高懷抱的表現。其本意絕不指以辭章求顯達，撈取榮華富貴之庸俗一面，儘管確有這種人。古代中國第一流文學家的清高超俗、嘯傲山林、憂懷鬱結，亦不是故作超邁，故意離群索居，矯情自恃，風流自賞以沉湎風月，耽美逸樂，而是其報國之志受挫，懷抱不得展，甚或就是政治理想之破滅，乃不得已歸隱田園，寄跡山林。但他們發為詩文，亦不忘救國懷民之思。至於假借隱遁，故作放達，而縱情聲色，或以之作為另一條通往仕途的終南捷徑，究為等而下之，自不足論。

文學家應該是社會之先知先覺，具有悲天憫人的胸襟者，自無置國族之興亡，民生之苦樂，大眾之生活於不顧之理。文學反映作家的人格，而衡量作家人格的高下，還看是否能把他的同情心擴大到廣大人群，所謂「民胞物與」為依據。我們可以說，偉大的人格無不有其政治的情操。一個人超越了自身的苦樂安危，將天下人的苦樂安危為苦樂安危，這便是偉大的政治情操。范仲淹早說過「先天下之憂而憂，後天下之樂而樂」。李賀、溫庭筠等詩人，在文學史上的地位之所以無法與杜甫李白相頡頏，絕不是文學的技巧上不及，乃是氣象胸襟不及，則文學的千古評價之標尺，包含了文學作品所表現的人格精神之內容，其中政治情操為極重要的部分，已不言而喻。由此觀之，把政治狹義地認為只是政治家與官吏的專利品，而空談抱負，實屬無稽。

英國十九世紀世界文學理論家阿諾德說「文學批評人生」。這句話雖然沒有明白告訴我們文學與政治有什麼關係，但是，人生的內容之廣袤，對人生的批評，自離不了對民生苦樂、社會的安危，制度的良窳，風尚的振衰等等有所關切。文學之隱含政治情操，自無疑問。

中國古來對文學藝術的傳統觀念如以文藝「成教化，助人倫」；「立言」為三不朽之一端；曹丕「文章經國之大業，不朽之盛事」；毛詩大序「治世之音安以樂，其政和；亂世之音怨以怒，其政乖；亡國之音哀以思，其民困」皆說明文學的抱負與政治抱負之統一不可分離。有人以「載道」相非難，我認為知堂老人所說的一句話，最足記取：「載自己的道亦是言志，言他人之志即是載道。現在想起來，還不如直截了當的以誠與不誠分別，更為明瞭。」又引顧亭林「文須有益於天下」（見《藥堂雜文》）。文學作品若為千古詠誦的佳作，不論載道言志甚至純文學者所標榜的表現個人「純粹經驗」之表達，皆必為真誠之發露，凡能為天下所共感共鳴者。即有其主觀的普遍性，為天下人所崇仰。

被認為六朝第一流人物的陶淵明，不但要從他「風華清靡」，從他「性樂酒德」，從他文字的「平淡自然」等方面去看，更不可忽視他在隱逸之外，還有「憂時念亂，思扶晉衰，思抗晉禪，經濟熱腸，語藏本末，湧若海立，屹若劍飛，斯陶之心膽出矣」這一面（見蕭雪卿引黃文煥語）。這種對陶淵明的了解才得稱完整。那麼說陶淵明有其政治理想與抱負，便毫不過分。

一般文對於在文藝中談及政治，或者哲學與道德，多半心存厭惡而拒斥之，實是因為文藝在近代欲擺脫過去為政治宗教道德等做奴婢的地位，謀求獨立；另一方面也因厭惡近代集權政治把文藝作為政治宣傳的工具。但是矯枉過正的結果，不但故意逃避政治，甚至遠離了現實人生。

「載自己的道」，不論這「道」是政治或哲學，只要不是奉命宣傳或諂媚靠攏，而忠於自己誠正的判斷，「載道亦是言志」。文學是文化創造的一部分，絕無法孤立絕緣於歷史、社會、人生、政治、道德等等之外。進一步說，文學如果真心要爭取獨立性與自主性，更應包含人生的內容、人性的內容、歷史文化的意識、政治的情操、道德的觀念，然後方可能言獨立。此獨立的東西，本身必須具備最豐富的包容性，本身必最完整：凡片面或局部的東西，本身必最不獨立。說文藝作品自身是一獨立自足的世界，「自足」者，豐富的包容也。文學家雖不接受良心以外一切權威教條的指揮，甚至反抗暴力的壓迫，但文學家必須有其最高宗旨，然後文學可言獨立自主。沒有政治意識與理想，沒有人生哲學，沒有道德或宗教的立場，而單憑感性而能成就偉大的文學，必為子虛烏有之談。文學與政治有關，絕非大煞風景的功利主義，實在是文學的獨立自主所不能欠缺的重要因素。

片面的理解或誤解文學與藝術的獨立性，自主性與純粹性，而漠視文化意識的統一性與整體性，是導致我們的文學藝術貧血、蒼白的原因：不是傾向於毋視人生現實、蹈空的唯美主義、形式主義，便是成為只有娛樂與消遣功用的小市民文藝；更壞的便是流露了虛無主義的傾向。

文藝不僅在描繪不食人間煙火的世外桃源；即使是描繪一個幻想的世界，也必有其現實的意義與人生理念的蘊涵。陶淵明的〈桃花源記〉有強烈的政治意識，而無損其文學的光輝。或者應該說，正是他政治嚮往的熱血衷腸與想像力的結合，成就了他作品的價值，為後世百代所珍賞。

（一九七五年六月二日於紐約）

後記：這篇文字是我當年批評魏子雲先生對陶淵明〈桃花源記〉看法的文章的後半。因為當年討論中許多細節時過境遷，不必再談，而拙文後半「文學與政治」這個題目，我覺得到今日，還是許多自認是文學家的人應該深入討論的論題，所以把它收入本拙著，以引發關心者參考。

（二〇一七年十二月廿七日）

貧富・階級・人性

對貧富、階級與人性的誤解和誤斷，以及有意的曲解煽動和利用，對人生社會都可以產生莫大的禍害……

去年國內「文學方向論戰」的時候，我寫了兩篇長文（〈平心看文學方向論戰〉與〈綱領與警覺〉，均在聯副發表），指出「綱領派」把文學當作「社會運動」的手段，當作貫徹政治綱領的工具，不但背離了文學的本質，而且足可使文學枯萎。如果要談文學問題，便應該不危害文學的自由發展與多元價值的維護，也就是不能違悖文學的本質。挾持文學以作為達到某些人政治目的的工具，實際上便是對文學的踐踏。

參加文學方向論戰的某些人士，既有彰明的政治、經濟、社會思想的「綱領」，我們當然早知其志不在文學。最近這些人士中有些已直接參與現實政治的「角逐」，當為我們早先的評斷提供了佐證。「醉翁」之意，到底是在「酒」抑在「山水之間」，在民主自由的社會中自可任其自由選擇。不過，既以「社會改革家」的姿態問世，便應以坦誠昭信於社會，大可不必假「文學」與「學術思想」的奇談怪論為煙幕。「身在江湖，心存魏闕」，別人雖拿他也奈何不得（因為在我們國家裡，任何人不違法，均享有政治上平等的權利；政治參與，為民主社會所容許，甚至鼓勵）。但必須立意誠正。

年來這一場「文學方向論戰」，其實是一場「意識形態論戰」。在論戰中，各方論者對現實社會人生的許多問題有激烈的爭辯，可惜有許多是訴諸情緒的「固定反應」或架空的高調。「警覺派」的「結論雷厲，研析粗疏」，也難收說服之效。貫串著這一場雖然轉換地盤，實際上正方興未艾的意識形態的辯論，有關「貧富，階級，人性」三個根本觀念問題，最值得我們平心靜氣地來討論。

貧富問題是一個古老的問題。它既造成人間歷史中許多悲劇，卻亦是激勵人生奮發向上，社會進展的一個動力。實際上，人間貧富的差別，恐怕永沒有絕對消滅的可能。不過，這並不意味著人類應安於貧富的懸殊，任悲劇永不落幕；或故意留著它來激發歷史的演進。事實上，古今人類各種努力的目的，很大一部分就在剷除貧窮，創造富裕社會，追求均富。

「均富」一詞，照字面來看，是平均財富。但我想絕對的「均富」與絕對的「均貧」，在人類社會歷史上都從來不曾存在過；在未來的世代，必亦不可能存在。所以「均富」這個概念，相當富於理想的色彩。如果要讓「均富」在人間實現，便不能照字面機械的直解。這裡的「均」字不能作「平均」，而應作「均衡」來理解（「均衡」則不求兩側重力相等，以移動支點來求均衡）。所謂均衡，就是改變懸殊的狀態。

改變懸殊狀態有兩種方法：一種是剷除貧窮，使其富裕；一種是剷除富裕，達到「均貧」。

共產主義便用第二種方法。當其鼓動貧富間的鬥爭，提出「平等」「共產」等誘人的許諾的時候，確使貧窮者望風景從。但結果是人人失望的「均貧」，當然是一大騙局而已。而且，共產社會連「均貧」而不可得，因為有了「新階級」，某些特點份子仍然享有物質生活上的特權。所以只有第一種方法是我們所應採用的方法，但還是不能奢望實現絕對的「均富」。只有努力剷除貧窮，追求富裕。當普遍的「富裕」實現之時，便可說是實現了均富。

一個社會是否合理，制度是否優越，不能從社會成員財富是否平均上著眼，只能看這個社會是否提供每一個人追求富裕時享有均等的權利與公平的機會。如果權利均等，機會公平，即使仍有貧富對比，或者富裕的程度有差異，就不能歸咎於社會的制度。貧富懸殊之所以可能成為社會動亂的原因，是不合理的社會制度與惡勢力杜塞了貧窮的大多數人爭取生存，追求生活環境改善的門路。

另一方面，人間貧富的相對差異既然永難消除，社會又是很複雜的一個大東西，社會制度不可能達到盡善盡美，貧富的相對差異仍然可能引起某些動亂。近代以降，錯誤、虛偽的社會革命思想，正是以一種「英雄主義」的姿態迷惑大眾，造成本世紀以來歷史更大的悲劇。

對貧富，階級與人性的誤解，誤斷（更不要講有意的曲解，煽動，利用），造成意識形態的偏謬對人生社會可以產生莫大的禍害。

一切不同的意識形態的本質最後總歸結到對「人」的認知的分歧上。也可以說是歸結到對「人性」的認知與判斷的殊異上。所以，一切文學的，社會的，政治的，經濟的等思想或大或小的分歧：不論共產主義與私有制度；左派、右派或第三種人；社會寫實主義與理想主義，自由主義，悲觀主義與樂觀主義……彼此間的矛盾衝突，都是意識形態差異的表象，都可以說歸根究柢，乃是對「人」的理解與認知或大或小的歧異。最後的本質是一個哲學的問題，是一個「人性觀念」的問題。

「人性」是什麼？有那些內容？等問題，古今哲人，言人人殊。我們就常識來說，人性是人的普遍永恆的共性。是人所共有的諸特性。人性的內容極其複雜（這裡不必也無法盡舉）。諸如生存的慾望、自我為中心、權力慾、自私、同情心、愛與恨、道德感、榮譽感、自卑感、妒忌心、愛美意識、理性與感性，中國人俗語所謂七情六慾、喜怒哀樂……等是。所要強調的是：我們肯定人性的存在，並肯定人性的永恆性與普遍性。即肯定人性是超越每個個體的特殊性，超越每個人的種族、籍貫、性別、年齡、經歷、教養、財產、地位、職業、性格……的種種特殊差異。換言之，凡健全的人必具備的某些共通性。

對於「人性」有這樣常識性的，簡單的認識，就奠定了我們對社會與人生現實的許多觀念，有正確的看法。如上所言，這個「人性觀念」就決定了我們的意識形態的基本傾向。坦率地說，自由主義與極權主義在政治與文學思想上的差別，便在於是肯定或否定這個人性觀念的基本認識上。

否定了這個認識，便不見人的共同性。轉從貧富的問題上，發現「階級性」，並拿階級性來代換人性，於是產生了對歷史發展與人生社會的一套錯誤的觀念。

近年來國內的文字（包括理論與文學創作）與言論（包括最近競選的某些「政見」），就不少是有意無意誤入這個錯誤觀念的格局中。

有人說，人性太抽象，太籠統，沒什麼意思；有人說，有什麼人性呢？有錢有理，沒錢沒理。有人在高樓上欣賞煙雨，有人在漏屋裡咒罵他媽的。對一樣的雨，感受迥異，有什麼普遍的人性？因此，有人說「人性普遍永恆」只是規避現實，是粉飾，遂加以否定，提出「特殊的人性」，並說普遍的人性不可以否定具體的，個別的人性。有人說「什麼人唱什麼歌」，自然暗示什麼階級說什麼話。但「階級」二字太刺目，不少人換為「階層」，其實都一樣。有些小說裡寫到貧苦者與有權有錢者，則善惡判然二分，有如數理公式。他們強調同情「勞苦大眾」，暴露貧富不均，以貧富來分別善惡，激發「憤怒的愛」與怨恨。

「不談人性，何有文學？」——我認為否定永恆普遍的人性，文學還是有的，不過，只是一種「工具文學」。即拿文學為工具來「載」對於人的本質意義特性加以歪曲的「道」，拿文學來作為社會改革運動的武器與工具，文學只是一種偏見的表白，甚至只是一種政治野心的鷹犬而已。

我們的想法與這種錯誤觀念的分別，不在貧富與階級的有無。因為我們一樣認為人間不但有貧富的對照，而且有階級的差別。不同的要點是我們認為貧富與階級是變動不居的，不但沒有先天的普遍性，而且也沒有後天的恆久性。只有人性才具備了普遍與恆久兩個特性。所以，對於人的觀察、理解與表現，應該把人性視為人的最高（普遍的、統一的）本質屬性，把階級性，貧富，教育程度，性格差異等等視為人的較低層次的（特殊的，個別差異的）的屬性。我們與上述偏見的不同，乃在對人的這個認知的主從的分歧上。

人間有各種不同的階級，這是無法也無須否定的。軍隊中更明顯有階級；一個企業中也有上下不同的階級。不同的階級有其對立面，也有其和諧一致的一面。肯定人性普遍的共通性，並不意味著否定人的特殊性。在文學創作來說，主張人性的文學，對人物典型的塑造，還是要做到普遍性與特殊性的統一，才能產生有血有肉有靈魂的人物。沒有人能僅憑抽象的，普遍的人性而能成功一部小說。而必須透過具體的人物與事件去呈現人生的真相。把普遍的人性當作唯一的內容與把特殊的階級性當作唯一的內容來創造人物，一樣只有公式化，概念型的，沒有血肉或靈魂的人物。空洞的「人性樣板」的文學與僵化的「階級樣板」的文學，一樣是低劣的文學。

另一方面，我們與上述偏見的分別，也在對於產生「階級」的因素，有不同的見解。我們認為階級的成因與存在，不能一味歸咎於經濟的因素。所以，以經濟基礎決定意識形態（上層建築）的理論，我們認為武斷、偏頗。階級不只是經濟地位所造成，其他的原因也不能一概抹殺。譬如：才智、遺傳、性向、體格、教育、職業與機遇等不同，也足可造成人與人之間不同階級的差別。我們可以就性向一項舉一個淺顯的例子：有一句俗語說：「乞討三年，高官不受。」性向不但可以造成階級，甚至可以選擇階級。這句俗話，雖然沒有普遍性，但人間有這種性格，則無法否定。而由各人才智的差異所造成的階級差異，當更為易於理解。例如我們有一位可佩的工廠人作家，憑他的才智，身兼作家，頗獲佳許。最近這位作家又參加競選，如果當選，階級又一變。他便是由自己的才能與努力，突破階級局限的現成例子。

我們說只有人性是永恆普遍的，階級與貧富是變動不居的。有這個認識來看人，看人生，才能得其全，不入於偏。試看共產主義本來宣揚消滅階級，但他們社會事實上是階級差別最多的社會。中共批判巴金的人性論與古往今來一切非無產者的文學，結果共產主義的文學就成為僵化的樣板。

上述這些觀念在我們的自由社會與我們的生活經驗中，實在到處可以找到許多印證，證明其不是偏見。我們各人的社會角色身分，一直在變換，而且變換的主動權相當大部分是操之在我。比如一個人小時候是學生，中學畢業可能做工人、店員或其他職業，或者升學。高中或大學畢業入伍當軍人，服完兵役則有許多就業或再深造的途徑。許多人從青少年到中年，就已經換過好幾個行業，扮演了好幾種不同的社會角色。許多人從事農業、工業等工作，又教過書，當過作家，然後經商自己當老闆，不久又可能競選參加政治活動，成為官員，或參加普考、特考，成為各級公務員。這種例子不勝枚舉。如果從階級的觀點來說，我們隨時可以自由變換階級，端看主觀條件是否能配合客觀環境的發展，絕無政治上的力量加以干預。階級的流動性這麼大；一個人的階級頭銜可以有這麼多，很明顯的，所謂「階級性」絕無固定的色彩，更無固定不變的某一階級與另一階級你死我活的強烈矛盾。這雖然是現代社會的特色之一，即使在過去的世代，也沒有絕對不可變動的階級身分。以前許多農家子弟，貧民子弟，勤讀苦練，成為文人，塾師，甚至成為官吏將相，中國歷史上布衣卿相的例子太多了。在現代社會，在今日我們的社會中，因為競爭機會均等，「階級」也者，其實只有職業與分工上的意義，絕無強烈的對立衝突的階級性。

就貧富兩端來劃分階級，比如說分成「勞苦大眾」與「財閥，資本家」兩個階級，是否能找到比人性更本質，更有普遍意義的階級性呢？我覺得「勞苦大眾」與「資本家」這兩個階級的主人翁既非固定化，絕對化，而可以流動變換，則要把人性汰除，代以兩個極端對立的階級性，恐怕並無意義。要想藉此激發階級間的仇恨，在現代自由社會中恐怕也不可能。因為人人均享有均等的競爭機會，一個小工變成豪富的故事，在我們的社會中正層出不窮，有目共睹。而有幾幢樓房出租，自己仍克勤克儉，穿拖鞋為人家做泥水工的老先生，他一身正兼有兩個「階級」；父親務農，母親當了鄉公所公務員，大兒子經商，二兒子投考進入軍校，小兒子做建築工程，女兒教書。這樣的家庭，在現代台灣的家庭，大同小異者不計其數。就階級而論，這個家庭，士農工商官兵都是，究屬什麼階級？而且三五年後，這個家庭成員職業又有所改變，試問又如何「劃出階級界線」？一個小工昨天是「勞苦大眾」，今天成小老闆，明天可能變成大老闆；後天生意虧損，可能又一貧如洗。如果要談階級立場，其貧富與階級的起落變換之大，豈有固定的特性？可見階級性不但變動不居，而且虛無縹緲，無所依據。我們不能說昨天還正在同情這個小工，明天便要鬥爭他成了資本家。我們應問，我們是希望弱者變強，貧者變富呢？還是目的在於假同情貧弱之名，以挑起鬥爭，製造紛亂？而把富者鬥貧，也便是壓抑貧者致富，是在促進社會的發展，還是在摧毀社會成長的生機？

我們肯定永恆普遍的人性，但如上所述，人性的內容極其複雜，每個人所表現的人性並非等量齊觀。即使在同一個人，不同的時空中所表現的人性在分量與性質上也有所差異。一個人窮苦的時候可能特別謙卑，儉樸，但一旦富貴，也一樣漸漸有富人的德性（豪奢，傲慢等）；一個富人一旦貧窮，也一樣漸漸有窮人的德性；當獲得權力，此人可能驕橫冷酷，但一到老病，便可能懦怯消沉。這不是意味著人性無常，而是表現了人性的某些質素在人裡面有著起伏升降。要克服人性的弱點，消除人性的負面作用（諸如豪奢驕橫，淫逸專制等），必須通過教育與道德修養來抑制疏導。當人性的弱點與負面作用在某些個人或團體的行為上發揮作用，構成對社會人群的威脅與損害，便必須通過法律來制裁。階級的分裂鬥爭，不但不能解決人間的痛苦，而且將製造更可怕的悲劇。這是歷史給我們真切的教訓。只有認識到人性的永恆普遍，才能「推己及人」，人與人才能溝通，才有真正的博愛與同情心，人間才有安寧幸福。中國古代大哲如孟子、荀子、告子、楊子等人，不論主張性善，性惡，性無善無不善或善惡相混，對人性的看法雖有不同，但都主張有一個共通普遍存在的人性在。我們有些高唱民族主義的人，卻否定普遍的人性，似乎一反民族傳統的哲學思想；民族主義而背離民族思想，豈不是無稽之談！

在文學中，因為否定普遍的人性，把人分成兩個對立的階級——一邊是受壓迫受剝削，貧賤可憐，痛苦掙扎的「善人」，一邊是為富不仁，專施殘虐，面目可憎的「惡人」。這樣觀察，是從哈哈鏡中看人生社會，結果只是扭曲。專事把握人性負面的一般公式，拿來概括整體的人生，事實上是對人的侮辱，對現實不忠。人性的正面與負面都同時存在每一個生命個體之中，而貧富與階級既是流動不居，則以貧富階級來判別善惡只是謬論。人性的暗淡與光輝兩面不論在什麼人身上都可能出現。文學正要表現普遍的人性在特殊的時空與人物中極複雜的反應，或者說透過萬殊曲折的人生相去追索，反映普遍的人性。人生是廣袤、複雜、變幻多端的，簡陋淺薄的對立二分法必然無法涵蓋，只有歪曲。我們相信人間必有貧富懸殊而相交莫逆；相信有富貴或居高位而謙遜質樸，熱誠待人的人；也相信有貧苦挫抑而心胸爽朗樂觀奮鬥的人。我們相信各行各業，各種不同的社會角色中正有無數這樣可敬的人物，才促成社會的發展進步。自然，社會難以完美，文學家如果脫離現實，漠視人間疾苦，專找光明可敬的人物事件來寫作，未免矯情。所以深入民間，發掘現實，探索民隱，萬分可佩可敬，表現工農漁礦……各階層人生生活的真相，乃是古今一切優秀文學家的良心使命。階級文學的特色不是因為它寫了「工農兵」，而是它以有色眼鏡用二分法的階級對立觀點來分割人生。我們反對階級文學，不單是為了政治上的理由，更重要的是為了哲學上的理由與文學自身的理由。

人性永在神性與獸性之間擺盪，有其光輝，也有其灰暗。好的文學不但在揭露並批判獸性，也在激發神性，以提昇人性。這是一切正常人生所應努力的方向，政治人與文學人都一樣不能忘卻或背離這個方向。我們也相信有理性的人在這些問題上不至輕易為偏見所蠱惑。

（一九七八年十二月於台北）

後記：一九七八年我剛結束在紐約客居數年的生活，回到台北。

當時所謂「鄉土文學論戰」方酣，我很關心，行李還未整頓便寫了〈平心看文學方向論戰〉及〈綱領與警覺〉兩篇加入評論的文章，發表在聯副。現在整理我過去所寫的文學批評，覺得那兩篇太繁冗了，而且「論戰」過去已久，現在台灣文壇完全不同於台獨主張未浮出檯面的四十年前，那兩篇文章已是昔日鴻爪（原收入拙著《藝術．文學．人生》，台北大地出版社，一九七九年），現在只選了與該論戰有關的這一篇，立此存證，以茲紀念，也留下我沒缺席的印記。論戰後彭歌與尉天驄各編有一本收入論戰文章的文集出版。我因為既不贊同右，也不贊同左，被譏為「和事佬」，我所寫三篇都被排斥於兩造的文集之外。我從來不是騎牆派，我既不同彭歌老K的觀點，也不同尉天驄，我有獨立見解，不肯靠邊。幾十年後，一切都看得清楚了。作家有自己服膺的政治思想，是很正常而且應受尊重，其認知的自由權利應受保障。但由某種集團的意識形態，以文學為「工具」去做宣傳，那種「工具文學」便可議。有些作家後來隨著成王敗寇的現實，不再寫作了，因為使命已達成，粉墨登台了；或者失去了舞台，而寂寂無聲了。當年叫「鄉土文學論戰」，其實是「文學方向論戰」，其真相是隱藏的「國家認同」的分歧所造成文學方向的差異。有人借「鄉土」來切割民族的整體，也有人憂心以地域與階級來分化民族的團結為由，限制自由。泛政治化的文學思想兩造的對立，皆因為戒嚴令未解除，意識形態的差異借文學來對壘激辯。這也是為什麼言論開放以後，台灣文藝界對於民族整體的文學與藝術的前程，再無人關心，更不會有爭論了。

（二〇一八年一月二日）

武俠・偵探・科幻

中西文化的差別，在消閒娛樂的讀物上也可以發見。西方的偵探小說乃至科幻小說，其樂趣在嚴密的推理。其間有引人入勝的幻想與誇張，杜撰離奇的情節，塑造非凡人的人物，但總有一個合理的時空架構，而且萬事萬物都合乎物理世界的邏輯。中國的武俠小說就大不同。中國的武俠小說是「超現實的」。不必受合理性的限制，也沒有時空的座標。與中國的藝術一樣，是來去自如。等到武俠與神怪合一，其荒誕與兒戲簡直是滑稽。

中西的不同不能草率地評判優劣高下，但是中國的娛樂缺乏知性的興趣，這也可看到中國文化中的社會風尚與國民普遍人格特徵的一斑。

不過，武俠的作者有時不忘露一點才情，表達某種人生哲學，以顯得裡面有點深度。知識份子也有不少對武俠情有獨鍾，過分誇大武俠的文學與思想的價值，有的甚至似乎要建立「武學」，以與《紅樓夢》研究所形成的「紅樓」平起平坐。很遺憾，我雖曾經排除偏見，好好讀了最當紅的兩部武俠小說，卻始終不能入迷，無法引起興趣。這當然不能證明武俠不好。而武俠作品，好壞有別。雖然優等的極少，也不能一概否定。不過，其為消閒娛樂讀物，與嚴肅的純文學總無法相提並論。

武俠中的才情與思想的傳播與影響，比教室與教堂力量更大。因為它「寓教育於娛樂」，而且是最通俗化的方式。某些動作、情境或「警句」，時常連小孩也喜歡模仿，不知不覺間，某種人生觀與價值取向，或者人生態度，便潛透入現實生活之中。尤其因為武俠進入電視，影響力更廣大。我不大接觸電視機，但偶爾寓目，曾不只一次在螢光幕上看到武俠影集中有這樣一句話，而且也好像曾經在「文藝」作家筆下讀過這一句話，我便領悟這樣的「警句」深廣的傳染力。這一句話就是：

人在江湖，身不由己。

我不知道這句話起源於哪一本武林說部，它確是當代武俠的名句。這句話可能在現實人生中廣泛的被接納。而這句話離開原著特定的情境，成為許多人自我安慰與自我解嘲的金句，這句話就變得很可怕。譬如說，逃學的學生，吸強力膠的少年，客串應召的少女，執壺賣笑賣身的女人，不清不白的警察，違法施用添加物的食品商販，貪贓枉法的官場中人，營私舞弊的民意代表，詐騙財物的種種勾當中人及一切黑道人物，都可以拿「人在江湖，身不由己」來自我寬恕，自我安慰，自我解嘲，自我憐憫，而減輕罪惡感，而增加幾分的瀟灑的詩意。

「江湖」有兩種意義，一種是指隱逸之士寄居的處所，一種是指盜匪游民的「地下社會」。

隱士的「江湖」，也稱「山林」。對隱者而言，人在江湖是潔身自愛。所謂天下有道則仕，無道則隱。隱士所追求者乃自由自在，絕無「身不由己」的話。相反地，隱士每譏諷名利場中人，種種醜態，種種嘴臉，才是身不由己。

武俠中的「江湖」，當然不指隱士的居所。武俠中的「江湖」就是「地下社會」，與之相對的就是正常的「社會」。但是，「人在江湖」，充滿瀟灑與浪漫，這正是武俠作品流行以後所造成的價值觀。如果說「人在社會，身不由己」便不倫不類，而且索然無味。因為人在社會，如果身不由己，惹出禍事，要受制裁。而人在江湖，身不由己，即使違背道德，不仁不義，也因出於「無奈」，可以寬恕。似乎還有一份受難「英雄」的瀟灑浪漫。一個人若不滿「社會」，又不願退隱「山林」，便大可浪跡「江湖」，為所欲為；闖了禍或失敗了則是因為「身不由己」，不必苛責。這就是可怕的地方。

一方面追求法治社會，追求平等人權與公平競爭，一方面卻謳歌「江湖」，美化一班逍遙於法律與道德之外的俠士，實在矛盾。雖然俠士也有「道」，也有美德，但那都是另一套「江湖」的法理與道德。中國人喜歡這樣的消閒文藝，期望中國社會達到崇法尚理，難怪還遙遠得很。

如果有人批評武俠，貶低武俠，則武林高手與愛讀武俠的徒眾便群起而攻之。在我看來，超現實，在法、理之外構築一個烏托邦的武俠小說並非不能寫，也並非沒有偉大文學價值的可能，那麼要怎麼寫呢？答案很簡單：第一要把它當「小說」（嚴肅的純文學一類）來寫，而不是寫「武俠小說」；第二，不為百千萬大眾而寫。要寫到一般租書店不願進貨，一般讀者不能在枕上廁上讀。有那樣的深度與藝術性，那便可能是優秀的「文學」，不是消閒的「玩具」。第三，寫作的動機不要為賺錢，也不要以提供大眾娛樂為目標，不過，能娛樂大眾才能賺錢，兩者是狼狽為奸不可分離。

西方的科幻、偵探小說可能促使許多少年知性早熟；中國的武俠小說則可能塑造更多輕蔑法理的中國人。

中西文化的前途，於消遣娛樂讀物中也可預見一斑。

（一九八六年十月八日，《中央日報》海外版）

《尼姑思凡》風波評論

「思凡」風波在教育部社教司充任調人，雙方妥協之下已經「和諧」解決。我們看到藝術家自失立場，對藝術認識不清；官員和稀泥，毫無原則，助長歪風；佛教界更不守分際，強詞奪理，言行完全喪失宗教精神。這是一個滑稽的社會，「思凡」事件跟「藝術與色情」之爭一樣滑稽。這個社會不但政治不及格，連文化、藝術、宗教也不及格。

先說藝術家。既然認定該劇在藝術上有意義，為什麼一經別人異議，便意志動搖？而以維護傳統文化作理由，又何其單薄。別人說傳統中不盡然皆是精華，如何便無詞以對？彩排給反對者看，求取諒解，則是自失立場。藝術表現的自由要佛教界來「審查」才能過關嗎？

如果社教司長懂得自由社會藝術表現的自由不應受侵犯，也不應審查，便應維護並保障這個自由。和稀泥的結果是犧牲了藝術不受干擾的自由，以後像這樣的惡例將層出不窮，藝術發展，往後將是步步驚魂！

佛教界的抗議，完全不合理。電視辯論主持人為什麼不問法師：憑什麼佛教界有干涉、阻撓藝術界自由表現的權利？

當然，法師能言善道，馬上會說：我們不會干涉他們的自由，而是他們的藝術表現傷害到我們，我們是受害者，當然有權抗議與反對。這樣回答，必然贏得掌聲四起，大讚法師說得好！而藝術家則招架乏力，只能支支吾吾，以「我們動機單純，絕無傷害佛門的居心，這是中國傳統藝術，唱腔美，動作繁富……」這些「理由」來「辯護」。結果是無理的變成「理直氣壯」，有理的卻委屈求饒。這不滑稽嗎？法師的辯才無礙，似乎言之成理，其實，禁不起深入分析。

就「護教組」而言，目的在保護佛教。但佛教不是野生動物，不是雛妓與無告的孤兒，保護什麼呢？用一個組織來保護佛教，這又是滑稽。宗教的崇高光大，完全以其精神的感召力來顯示，如果無此精神感召力，即使組織武裝的保鑣，必也無法「保護」佛教？

藝術家描寫一個思凡的尼姑，其他不思凡的尼姑反對什麼呢？誰能證明有一個或少數尼姑思凡，天下的尼姑就全部必然思凡呢？如果說不管思凡不思凡，既是尼姑，皆吾同類，不准描寫。那麼，哪一位佛門中人能證明所有僧尼古往今來一無「敗類」？對同門「敗類」的諷刺或批評，支持之唯恐不及，豈有幫忙掩飾，為其護短之理？況且尼姑思凡，回復常人，也不能說就是「敗類」。出家與還俗，都是人性的掙扎，皆值得同情。

藝術家的職責與本領在揭露宇宙人生的真相，對人生現實，可能有讚美，也可能有批判。藝術家不應專與某一階層人士作對，也沒有責任專為保護某些人。在藝術作品中受讚美或批判的「人」總有其角色、身分並屬於某一行業。豈能只許讚美，不許批判？而藝術中所描寫的人物，若不是僧尼，便是其他人等，包括一切角色與職業。可能有官吏、警察、教師、商人、醫師、風水師、神父、牧師……等等人物。若此次佛教界的抗議有理，那麼以後藝術家所描寫的人物，一有批判或諷刺，便「得罪」某人物所屬的階層或行業，皆群起而攻之，則文學藝術豈不陷於絕境？

宗教的偉大，便在塵世的苦厄、罪惡、污穢中，超渡一切眾生，以無比的忍耐、毅力與慈悲救助凡人。如果《思凡》一劇所表現者，對佛教是「曲解」、「誤解」，那麼也正是宗教家眼中塵世之「惡」。宗教正須發揮大慈悲與大憐憫，以精神感召來救渡「墮落」的人心，如何卻要以抗議與聚集徒眾施加壓力的方法來使人屈服？用世俗的辦法真能維護宗教的崇高與尊嚴嗎？法師在電視辯論時提及將有五千徒眾抗議，語含「警告」。這哪有視俗世的侮辱與苦厄為修煉求道不可避免的磨煉的虔敬之心呢？耶穌受世人的侮辱，卻向天禱告說：主啊，赦免他們，因為他們所做的，他們不曉得！大凡偉大的教士或僧人，都不能無此心胸與修養。試想法師坐計程車到電視台與「俗人」舌戰，不是為了得勝而來嗎？而法師與「俗人」爭勝負，又怎能表現佛教「與世無爭」的胸懷呢？

法師又說，反對《思凡》演出另一理由是怕使還俗的尼姑受人歧視而受傷害。又說，世人刻板印象，總以為當尼姑必因失戀或受到其他感情的刺激，說這是侮辱。事實上，看破紅塵遁入空門，令人可佩；而思凡還俗，成為熱愛塵世生命的人，也令人可喜。若因為他人的譏嘲而畏懼猶疑，都是對自己信心不足。有自覺的人不因他人而活，故能榮辱不動心。而因受刺激或受屈辱而悟道，也並不羞恥。佛祖也因受人間種種刺激才悟道，法師所言，不使天下因失戀而看破紅塵而削髮修道的尼姑同樣受傷損嗎？

不管任何身分，任何階層，只要是人，必皆有賢與不肖。文學藝術家面對人生，有權利表現他所觀察，所感受的一切人生現象。在過去不民主的時代，描寫僧尼或傳教士的墮落，中外皆有傑作。在今日民主時代，更不應有藝術表現的約制。當然，有創作的自由，也有批評的自由。正如有傳教的自由，也應有反教的自由。不過，無權干涉別人的自由，也無權要求別人按照你的意思去修改。更不能以「力量」來迫人就範。十九世紀的尼采宣布「上帝已死」，要是在台灣，尼采豈不要被教徒殺掉嗎？

過去因《滿江紅》中的「壯志饑餐胡虜肉，笑談渴飲匈奴血」受到「少數民族」抗議而遭禁；又曾有表現貪污警察而不准拍成電影的往事。我們的學術、思想與藝術的表達，一向因為泛政治主義而受到壓制，而喪失獨立與尊嚴。現在來自政治上的干預正可期望慢慢減少，而「解嚴」之後，如果變成各行各業都不准文藝表達人生真相，藝術豈不是更無生路了麼？

自由很可貴，但若沒有理性與公理，便只有混亂。結果是文化的萎縮，民族的衰敗。宗教與藝術皆要求自由，但沒有理由為了一方生存發展得更適意，便要壓抑另一方的生機。藝術對人生的批判不構成對某種人的侮辱。試問佛教對殺生肉食者的批判（墜入阿鼻地獄），吃肉者有理由包圍佛寺要求道歉並修改教義嗎？

對普遍的人生的批判與對具體的人的誹謗完全不同。這點道理若不能理解，藝術恐怕只有打烊了！

（一月廿三日）

寫完了這篇文章，兩天中又看到報上各式言論。有說得很對的，也有不正確的。在此再補充三點意見：

一、社會上各種觀念的混亂，可以說是理所當然。但是各專業範圍中的專門人士，如果也認識不清，問題就很嚴重。藝術家答應修改劇本，也有「文學家」贊成社教司重審劇本，這都令人扼腕。而官員觀念模糊，根本沒有能力主管社會教育，亂作主張；宗教界越界爭權，從事世俗化的鬥爭，並不能彰顯宗教崇高超然的精神，都表現了整個社會政治與文化水準的低落。

二、思想、學術與藝術永遠會有爭論，這是正常的事。但政府的做法若有錯誤，便助長了歪風，使思想見解的紛爭不能在健康、合理的環境中自由辯論。各種不同的見解，本來應循自由競賽，最後任由優勝劣敗，適者生存，才是合理的解決方式。社教司正確的做法應該是：對藝術作品與宗教界的意見，不表示態度，但卻應以政府的公權力來保障雙方自由發表意見的權利。藝術表現的自由絕不許任何干擾；宗教界表達反對意見也應有同樣不受限制的自由。當然，各種自由表達須在合法軌道上運作，不得有妨礙他人發表的行動，更不能做人身攻擊。可惜政府官員無此認識，才是助長社會混亂的原因。我們希望社教司趕快打消「審查」劇本的主意。

三、新聞媒體不應譁眾取寵。除報導事實之外，應徵詢正確的、有公信力與說服力的見解來提昇輿論，引導輿論，並對不正確的意見做必要的批判。如果事件發生，報紙與電視只是炒熱了新聞，而不能使社會「多經一事，多長一智」，傳播媒體就沒有盡到社會教育的責任了。

（一九八九年一月廿七日，《中國時報》）

批判人性，不可禁阻

——簡答釋昭慧

夏丏尊與弘一法師（本名李叔同）在浙江第一師範教書時，夏兼舍監之職。有學生失竊，夏求教於李。李作驚人之論，說：「你肯自殺嗎？你若出一張布告，說作賊者速來自首，如三日內無自首者，足見舍監誠信未孚，誓一死以殉教育。果能這樣，一定可以感動人，一定會有人來自首。——這話須說得誠實，三日後如沒有人自首，真非自殺不可。否則便無效力。」彼時李尚未出家。夏說李的感化力極大，只要提起他的名字，全校師生工友沒有人不起敬。「他的力量，全由誠敬中發出」。後來李叔同成為一代高僧，以其光風霽月的人格，廓爾忘言與嚴潔苦行的風格以及對律宗的深研，為八方眾生所崇仰。

唐高僧荷澤為北宗人誣害貶逐，卻有證道歌曰：「從他謗，任他非，把火燒天徒自疲，我聞恰如飲甘露，銷鎔頓入不思議。觀惡言，是功德，此則成吾善知識，不因訕謗起冤親，何表無生慈忍力。」

我們非方外的俗人，雖對高僧肅然起敬，但道聽塗說，一知半解，並不能深刻體悟佛教高光弘大，精奧幽邃的妙諦。不過我們相信佛教僧徒宏大之願力能使教澤廣被，是由誠敬的立身行事所發出的感召力而來。逞口舌之辯或以「塵俗」之自力救濟，斷不能收護教、弘道之功效。所以我們不勝感慨，荷澤這樣的高僧固不復可見，弘一法師也「但恨不見替人」了。

站在俗世的立場來說，我們一貫承認「現代化」的僧尼也有對任何事物發表反對意見，甚至抗議的權利。我們不能要求他們一定要做到對無理的訕謗心如止水，以「忍辱」來弘道。問題是藝術中有「尼姑思凡」這種題材，是不是醜化僧尼，侮辱佛教呢？藝術界是不是藉「藝術自由」之名，侵害「宗教自由」呢？

在《人間》一月廿七日〈雖放思凡一馬，難逃步步驚魂〉拙文中本已有澄清。但二月二日「山僧釋昭慧」有〈滑稽的步步驚魂〉一文提出十問詰難。細讀山僧之文，覺得此十問有的我原已有所解釋，山僧與讀者若肯再讀拙文，應可無疑；有的我覺得略有糾纏之嫌。比如說佛徒也有「不禁肉食」者；精神感召力與護教言行（拙文舉例說的是武裝保鑣以護教）可以相輔相成；說出抗議人數，不算「施加壓力」……等言，我都不必費辭回應，似可學世尊「拈花微笑」對之。

不過，讀了山僧之文，深知有些問題，釋昭慧可能仍未深入了解（或者因情緒化而故意不予面對），不得不在此再略作表示。

上次拙文說過「藝術家描寫一個思凡的尼姑，其他不思凡的尼姑反對什麼呢？」山僧為什麼不面對這一關鍵性問題呢？拙文又說過：「藝術對人生的批判不構成對某種人的侮辱；對普遍的人性的批判與對具體的人的誹謗完全不同。」這是更關鍵性的問題。山僧如果懂得這兩點，應不難理解她所堅持的「理由」，其實完全站不住腳。不過，我還要再次聲明，任何人對藝術的批評，都有自由權利；但要別人照你意思修改，或阻撓別人表現的自由，便是「不守分際，強詞奪理」了。

我們堅持藝術有批評，（各種）人生的自由。其實，批評人生者並不只有藝術。我上次舉宗教也有批評人生的事實（如殺生吃肉有罪）。其實，舉凡學術、法律、道德、新聞……都時常在批評人生，批判人性。比如說購買獎券若是合法之事，任何人便不得阻止。但若有學術研究或新聞評論批評此是社會病態，起於對現實之失望與心存僥倖等等，是否構成「醜化買獎券者」呢？宗教家傳道時對人生的批評，一樣不構成對某種人的醜化。假如他批評殺生的人或守財奴，屠夫與財主也都不得大鬧教堂佛寺。尼姑、買獎券者、屠夫與守財奴……皆眾生中的某一類。批評尼姑或法師，與誹謗或醜化某位尼姑與某位法師完全不同。我不曉得受過大學教育的釋昭慧為什麼對這一點老分不清呢？

世界上有不少文藝傑作，以偽善卑鄙的僧尼、教父、牧師為題材，予以揭露與鞭笞。中國歷代笑話以僧尼為訕笑對象也不少。其實，這對高僧大德與偉大的傳教士毫無傷損，毋寧說更彰顯了為宗教虔誠奉獻者崇高的德行。

我們也不必諱言，現世全球宗教精神普遍有下降的趨勢，所以禁不起權、勢、名、利、財、色誘惑的僧尼教士也相對增加。人間有像政客的和尚神父，也有簡直如現代化企業的「宗教」。甚至少數有墮落到開地下酒家者，許多傳聞不堪描述。學術、藝術、宗教、法律、道德、新聞媒露。我們都要明白，人生社會的批判精神死滅之日，正是社會人心腐敗墮落之時。批判人性並不是藝術的專利，事實上一直是各階層、各行業共同擁有的權利。在民主人權高漲的當代，也不能禁阻對社會現象與人性之惡作批評。只有對具體的人某些與他人權利無關，且在法律保障中的私人合法行為所作的批評，甚或加以揑造或歪曲，才構成誹謗罪。

「思凡」風波能否給社會一次教育與提昇？政府有關部門能不能從善如流，糾正做法？尚未敢斷言。在此不妨冒昧對釋昭慧進一言：當了尼師或法師，不應就有唯我獨清，眾人皆濁的念頭；更不能有我才是真正佛教徒，沒有跟出家人學佛便不是的驕傲。而用「慈憫眾生如山僧者」這樣的字句來自稱，都缺乏出家人的誠敬之心。若能謙卑、虔誠一點，佛門的慈光豈不更能使俗人自慚形穢而發慕道之想嗎？

（一九八九年二月十五日，《中國時報》）

文字混亂是文化的恥辱

——中文橫排字序導正的必要

中文橫式排列正確的方式，絕不應有兩種不同的規範；不論用於任何地方，橫排字序應該而且只有一種方式：自左而右。

台灣主要的報紙在中文橫排字序的排列上，只有《自由時報》及稍後創刊的《聯合晚報》是正確的。換句話說，其他一切報紙中文橫排都犯了嚴重的、長期的錯誤。

號稱兩大報的《中國時報》和《聯合報》，以及《中央日報》等「老」報，直排基本上完全是中國文字「字序」自上而下，「行序」自右向左的傳統，都沒有問題。但橫排則一向採行字序自右而左，行序自上而下的「規範」，這是完全錯誤的。這個毫無根據，而且違背文字發展原則的荒謬形式之所以延續了遷台以來四十年，不僅是對中國文字傳統的誤解，更是意識形態掛帥，以政治扭曲學術的產物。當然，應負最大責任的是行政院、教育部與新聞局。

媒體不能卸責

隨著社會的日趨開放，民主化、自由化的要求日趨迫切，政治干預與禁忌逐漸減退，意識形態的迷思的消解，中文橫排的泛政治化錯誤傾向本來應該從速糾正。但是，很遺憾，我們中文的荒謬與混亂，依然如故。這可以看出朝野對中文規範的重視與導正仍完全沒有覺悟。主管教育與文化的官方機構固應負主要責任，文字媒體尤其是報紙和文化界，也不能推卸責任。《中國時報》與同系的晚報，橫排仍然堅持錯誤的自右而左的字序，而既有使用正確字序排列形式的《聯合晚報》，為何出自同一報系大樓的聯合報橫排字序卻堅持與晚報相反的方式？這種「一系兩制」的做法，更令人不可思議。

意識型態誤差

一種錯誤既成「傳統」，便養成了習慣的懶性；而且積非成是，實在可怕。我們要特別指出，任何一國一族的文字，是其文化最重要的載體，也是最重要的表達工具。文字工具是否精確、便利與載負能力的深度與廣度，是衡量其優劣的要件。除字形、字音與字義之外，文字排列的形式也是一個不可忽略的因素。字序的規範，是約定俗成的結果。中文自古以來，大體上可說只有一種通用的排列形式，那就是傳統直排的形式；匾額與榜書有橫排自右至左者，「其實是一字一行的直排」，並不是橫排。因為誤認為「傳統的橫排方式」，便拿來與中國大陸自左至右的橫排「對抗」，自以為「維護」傳統，又表示「反共」。政府對文字橫排的規定，完全出自僵硬的意識型態與對傳統的誤解，強加於文字之規範中，早期且以此作為是否「隔海唱和」，以之判別「忠奸」，荒唐可怕，竟是另一意義的「文字獄」。不論學界中人如何批評糾正，都不予採納。我十多年來曾為此事寫過五六次文章。直到近年，官方規定雖稍有改進，但錯謬之處，尚未徹底革除。今年一月，省議員黃秀孟等三人批評報紙橫排標題一片混亂。報載行政院統一規定四點其中之（二）中文橫式書寫及排印，自左而右，但單獨橫寫國號、機關名稱、國幣、郵票、匾額、石碑、牌坊、書畫、題字及工商行號招牌，必須自右而左；（三）交通工具兩側中文橫寫，自頭部至後尾部，順序書寫。（見《自由時報》今年一月十二日）我們覺得行政院之規定，還是錯誤依然。

規定自相矛盾

我們要明白，中文字序排列，在傳統中只有直排，並無橫排的傳統。中文橫排方式完全是吸收西方文化之後的新形式。世界各國文字橫排差不多全採字序自左而右的方式。這不僅是傳統的習慣，更有生理上的原因。既然行政院統一規定已比以前「進步」，「允許」橫排自左而右，又何必有上述（二）（三）兩條自相矛盾，徒增混亂的規定呢？坦白說，行政院有「規定」文字法則的能力與權限嗎？文字是人民在歷史中依約定俗成的原則產生、演變、發展的，政治權力對語言文字的干預（不論是揠苗助長或強力壓制），結果都證明只是愚昧與妄為而已。過去的扭曲與壓制，今天政府只要交由學術界研究討論，讓文字在不受干擾的自由環境中自我演革，實在沒有以行政權加以管制的必要。況且，一國的文字竟可以自左而右，也可以自右而左？這種缺乏知識的「規定」，破壞文字統一規範，實在是文化罪人，也暴露了官方官大學問大的心態。國家落後，良有以也！

政府既然扭曲、壓抑中文橫排正確規範數十年，為今之計，應主動函請官方及民間文字媒體，糾正以往的錯誤，並在各級學校中，以正確中文規範教育青少年。我們在此呼籲朝野每一個使用中文人士，拋棄過去橫排字序可左可右的錯誤，共同維護中國文字統一、精確的規範，勿使中文成為現代文明國家的恥辱。

停止虐待讀者

中文橫式排列正確的方式，絕不應有兩種不同的規範；不論用於任何地方，橫排字序應該而且只有一種方式：自左而右；交通工具兩側中文橫排，也只有自左而右一式，絕不應自作聰明，分別頭尾。而匾額、石碑、書畫等藝術性文字，若一字一行，當遵守傳統直排，「行序」自右而左，不應誤為「橫排」。

我們認為，橫排左向右向混亂的出版品和報紙，不只虐待讀者，而且破壞文字正確規範，我們有理由懷疑其「文化水平」。我們期望所有寫中文，印刷中文的人共同來結束中文混亂的局面。只有當中文精確、統一的規範不再受到扭曲，中文才能稱為現代化的優秀文字。

（一九八九年六月）

後記：一九八八年曾任《聯合報》採訪主任、《自立晚報》總編輯的顏文閂到《自由時報》擔任社長。不久，他完全贊成我宣揚「中文橫排字序應自左至右；自右至左不是中文傳統，是誤認。」的主張。約我寫了此文，刊於一九八九年六月廿九日《自由時報》頭版頭條。這是從未曾有的事。台灣報紙橫排採由左向右行，由顏文閂始。其他各報，橫排字序都不肯導正，多年後才從善如流。

（二〇一七年七月一日）

〈中國時報四〇年代入選書單評析〉

貧乏、狹窄、麻木、與逃避

在匱乏困苦，恐懼不安，而且不自由的時代，一份大眾讀者印象最深的「書單」，正反映了那個時代客觀的時空環境和主觀的人的心態。

民國四〇年代台灣地區的讀書觀眾，在四十年後所做的票選累計，是《未央歌》到《塔裡的女人》等十冊中選。四〇年代的讀者而今已然老邁，或已經過去，這票選的結果，雖不能絕對正確，但應有相對的準確性。對於關切歷史、社會、政治、文學以及這個特殊時空中的人群者來說，這份書單，值得深入反省、研究與批判。個人僅提供一點「主觀偏見」，俾予參考。

這份書單，反映了當時在政治的箝制與意識型態的罟罩之下的文化氣氛：貧乏、狹窄、麻木與逃避。

首先，我們注意到除了葉宏甲（創作日本味漫畫的本省作家）之外，全部是所謂「外省」作家。為什麼四〇年代台灣本土的作品完全落選？那個自殖民地時期早已興起的台灣新文化運動，以及那些反映本土文化，爭取自由的作家（如賴和、呂赫若、楊逵、吳濁流等等）為什麼完全沒有一席之地？原因便是大陸失去，國府遷台後對思想與文章嚴密的管制，不僅五四新文學與三〇年代的書籍大多遭禁，連本土文化運動的成果也列為禁忌；二二八整肅之後，更使本土文化啞然無聲。對近代大陸與本土的切割，遂形成了文化的斷層。所以，能通過嚴密「文網」的作品，自寥寥無幾。

這十本書中，梁實秋、徐志摩、林語堂、朱自清四位是五四以後大陸成名的作家，他們那些與政治無關的作品，得以倖免查禁，而以其文學成就為讀者所仰慕。《藍與黑》是愛情包裝意識型態的小說。它的作者是與當時的文藝總管，提倡「三民主義文藝論」的張道藩相呼應的資深國代王藍，對於未有電視可消遣的大眾，當時巴金、老舍、沈從文、魯迅等人的作品既看不到，除了讀梁、徐、林、朱等人的閒適、幽默與抒情名作之外，《藍與黑》、《未央歌》與《塔裡的女人》等「說部」，正好聊作充饑之糧。

《未央歌》比較動人。而抗日戰爭的悲痛，在它裡面只是歡樂、酣醉、唯美與幻夢。正如齊邦媛教授所說的「冷漠」、「怪誕冷酷」。《塔裡的女人》是平庸者所喜歡的浪漫傳奇。兩書各提供了合乎時宜的麻木與逃避。對於中國的社會環境和教育政策所培育的廣大讀者來說，這更有吸引力。在後來，便有武俠小說與一大群說香豔故事的女作家風靡另一代的讀者，管領了「文壇」的風騷。

羅家倫的《新人生觀》雖然不敢面對現實，有點空談與八股，但較具「思想性」，因為被選入教科書而影響力大增。他的反共思想以及重「大我」，輕「小我」的觀點，被教育體系用來當黨化教育的教材，很有用處。蔣夢麟的自傳體著述《西潮》，是「勵志」佳作，為政策性指定的學生課外讀物，當然暢銷。羅、蔣二氏飽學，在政治與學術之間的「元老」中，確是不可多得的人物。因為他們青少年時期所讀的好書，都沒有被查禁，良有以也。

四〇年代本應是大失敗之後的大反省時期。但是當局並沒有大覺悟、大懺悔，還是以思想與心理的控制為鞏固政權的法寶。等到世局潮流皆變，無法控制，我們現在便看到四十年來成長的「人才」，多的是油滑畏葸的政客與不學無節的學者；也看到社會的庸俗、缺德與墮落；看到國家面臨更大的危機。四十年來的暢銷書單，正無情地為歷史的因果做了說明。

後記：這篇文章是應《中國時報》報社之邀的評論，一九九〇年十月。

希臘左巴

電影在不到一百年的歷史中，發展成為人類歷史上最光輝燦爛的新藝術品種。沒有任何一種已有的藝術能夠包容人類一切文明的成就，只有電影。隨著科技的不斷拓展，電影的技巧與時俱進。不過，藝術電影裡面的哲學、文學、社會與人性的探索與表現，並無所謂進步與落後的問題。許多膾炙人口的老片，像其他藝術的經典一樣，歷久彌新。

令人難忘的好電影太多了。現在只說其中的一部：《希臘左巴》（*Zorba the Greek*）。該片的原著是上個世紀末希臘的卡山札基的同名小說。（《基督的最後誘惑》也是他的名著。）五〇年代由希臘名導演卡可雅尼斯拍成電影，由安東尼昆與阿倫貝茲主演。就我個人的所見與偏愛而言，此片與柏格曼的《處女之泉》是少數堪稱經典的藝術作品的範例。

左巴與書生代表兩種完全不同的人，也可以說人性中就有著這兩種矛盾衝突的品行，所以人生就是一場激烈的戰鬥。生命的激情迸發出光熱、歡欣與酣醉，但是「存在」的宿命與人性的缺憾，教人不能不直面殘酷、醜惡與腐敗。然而生命的掙扎與苦鬥永不屈服的意志，卻顯現了悲壯的美。這當然是頗為「尼采」式的人生觀照。事實上，希臘這個國家的悲劇與人類共同的悲劇，在屈服於現實與徹底絕望之外，戰鬥的意志總值得歌頌。

安東尼昆演活了毫無顧忌、沒有教條、赤誠、曠達、放蕩、質樸、熱血的左巴，與阿倫貝茲的書生成為相反的對照。此外，老寡婦的殘敗可憫與年輕寡婦的冷豔、悲憤、無助，都不在「演戲」，乃人生之苦楚驚心動魄的呈現。血肉之軀的眾生，為追求理想、自由、愛與慾的滿足，在無盡的悲苦、折磨中付出了最高的代價而無怨無悔。

《希臘左巴》是一切人的悲劇最壯烈淒美的形式。

（一九九二年五月）

《天下第一樓》觀後

——大陸戲劇激起的省思

「說」得好才能「演」得好

一九九三年六月在台北看了北京人民藝術劇院演出《天下第一樓》，有許多感想。

這齣話劇與先前也在台北轟動一時的京戲《徐九經升官記》大家可能心中不由一震：這麼好的戲劇，台灣怎麼沒有？我想，並非台灣沒有人才，也並非台灣的藝術水平普遍不如大陸；那麼，到底為什麼？

話劇本來是外來的，大陸的文藝界近百年來努力將外來的品種落地生根，栽培灌溉，使之「中國化」。現代早期出了許多戲劇創作家，如田漢、曹禺、老舍等等；京戲是中國傳統文化，《徐九經升官記》是老樹發新芽——將舊形式拿來表現新創造，對時代現實予以諷刺、針貶。這可說是傳統的「現代化」。西式話劇的「中國化」和傳統的「現代化」，這兩化，台灣還應加油。

我們的舊戲還是舊戲；有的用京戲表演西方故事，卻過於生硬。新戲呢，多半洋味十足，沒有在地氣息。標新立異，連個「戲名」也存心讓人看不懂。更重要的是，台灣的戲劇與電影思想內涵很少時空特色，普遍與生活現實脫節。

影劇的生命來自生活與語言。台灣的「語言」主要有「國語」與「閩南」。寫小說與戲劇，語言第一重要。台灣本土占百分之八十以上的人口所說的「國語」不夠道地、流利，這對戲劇來說一點也不要緊；台腔的「國語」，正是本地活潑生動的語言，本土特色。其實所謂「外省人」也南腔北調，那裡有標準「國語」。這不重要。本土的風俗、人情與中華文化出自同一個歷史傳統，國語的南腔北調，毫無害處。

而台灣過去長期抑制本土語言，那些母語非「國語」者早期難以用流利的國文（國語的書寫即國文）來創作。這也就是為什麼早期台灣的「詩」與「小說」、「散文」作者相當比例由從大陸來的軍人所「包辦」的原因。難道大陸來的軍人特別有文學天賦？當然不是。主要是因「語言」的「便利」使然也。從大陸來台的軍人，正值青年，血氣方剛，又遭逢了家國離亂，心頭的感情與苦悶正多。來台後不再打仗，於是將滿腔情緒藉一枝筆一張紙宣洩出來。語言的優勢以及報刊多屬外省黨政軍人員所包辦，「軍中作家」與「詩隊伍」遂成了文壇的「異軍」。這是一個值得寫學位論文的題目。

但是百分之八十的本土母語的人，他們的感情與苦悶，卻因語言的不便與發表園地的限制而成了無聲的大多數。根植於生活的泥土中的人發不出聲音；遠離了大陸生活的泥土者卻在異地聲震全島。這是過去四十年的荒謬。這才是台灣除了歌仔戲，新的戲劇不興的原因。待到蘭陵劇坊等本土新劇團出現，才有現代的舞台劇。

不過，軍中作家漸漸老矣，他們不容易從生活、語言、感情等方面本土化，便注定漸漸如涸轍之鮒；他們與「生活」已脫離，正如根離了土，只好枯萎。

另一方面，操台灣母語的下一代已經不大能操道地的本土語言（北部地區尤其嚴重）。如此，操台灣國語固不大能「暢所欲言」，本土母語又何嘗能「滔滔不絕」？地方戲曲用地方方言，中國各地都如此，沒有問題。但新的小說、詩與話劇，就應以生活中最能通用的語言來創作。語言在戲劇中很重要，要能「說」得好，才能演得好。台灣國語是中原語言本土化的結果，它自成一格，它與上海國語，四川國語，廣東國語一樣，有在地的特色，一樣是語言藝術鮮活的材料。除了歌仔戲、粵劇、越劇一定要用地方語言之外，當代的話劇、小說、詩，台灣作家用台式國語的「中文」，創作了大批中文佳作。黃春明等作家已樹立了表現本土生活的典範。他們的中文正是台灣式的中文，這與老舍北京式的中文，沈從文湖南式的中文，一樣是生活中的語言，不分軒輊。

民族文化的主體性，不可含糊

《天下第一樓》的好，完全是生活與語言的真切深刻與鮮活。老舍創作了《茶館》，差不多成為中國話劇中的經典，也成為世界水準的中國話劇。而何冀平女士的劇本《天下第一樓》，不論就構思、時代背景、舞台、場景與人物活動的方式都從《茶館》脫胎而來。我覺得這不是貶語，其實是褒揚。何女士承傳了一代大師的香火，將來大可有全然獨特風格的創作，真正前途無量。

這一「館」一「樓」，不論是劇本或演出，都令人擊節。那是從老北京社會，從中國文化與中國人過去的痛苦生活中提煉出來的藝術創造。哪怕中國人的生活與中國古舊的文化是一灘爛泥，它們正是以爛泥的營養長出來的蓮花。令人擔憂的是，這樣的藝術表現往後可能要漸漸式微了。中國社會的急遽變遷，中國文化的現代化還未能好好設計醞釀，恐怕一個相當洋化與功利的工商社會就要徹底取代中國的一切（包括中國的「沃壤」與「爛泥」）。台灣社會的變遷比大陸緩和，尚且如此失調，大陸的情況，快速急切，更可憂慮。——「台灣經驗」應該吸取，不但有正面經驗，也有負面經驗。如果失去了民族文化主體性的獨特性與自主性，藝術創作將無源頭活水，也無前途。

我擔心中國的影劇未來會與中國近年的「現代畫」一樣，扭頭向西方現代主義的目標飛撲而去。我擔心中國的變革贏得了財富，文化上卻失去了自我；肥了荷包，瘦了靈魂。

北京人藝的院長是曹禺，總導演是焦菊隱，導演是夏淳、顧威，顧問是英若誠、吳祖強。此次來台團長是于是之。這一串響叮噹的大名，多為大眾數十年來所熟知的大文學家與戲劇家。《茶館》中飾演痲子的英若誠，飾王利發的于是之的演出，最令人打心裡嘆服；《天下第一樓》的林連昆（飾常貴），韓善續（飾羅大頭）等演員，也教人曉得什麼叫「爐火純青」。他們都是人藝的中堅或領頭人。人藝四十年來的成就，可貴就在於集合了一時之上選，倒沒有什麼政客型的「文化人」插足期間。這一點，反而叫敏感的台灣有關單位，有點慚愧。而北京人藝能不能「後繼有人」，令人期待。在西方現代主義衝擊與宰制之下，能否堅守民族獨特的主體性，我很擔憂。

（一九九三年五月廿七日）

後記：一九九三年六月，「北京人藝」來台北演出《天下第一樓》。正宗的京味兒，展現的盡是北京的風土人情。當時《中國時報》藝文生活版約我寫劇評。我寫了這篇評論刊在該報當年六月十日。歷史的機遇稍縱即逝，今後難有了。

（二〇一七年五月十六日）

藝術？商品？

前幾天，華人導演李安又得奧斯卡影展導演獎。台灣所有媒體鋪天蓋地贊頌：龍應台稱「是真正的台灣之子」，電郵中寫：「擁抱你」，「李安是華人的驕傲」；許多報紙說是「台灣之光」；據說官方要再頒「一等景星勛章」……我心中的評論，完全不同。

我們先得弄清楚：這是藝術的成功，還是商業的成功？似乎今天不論上智下愚都把商業的成功視為唯一重點。

我寫了幾百字評論，但不曾寄投任何報刊（我知道今日台北報刊的商業化，只用合乎「主流」的稿子）。本文是為我未來要出版無所不談的隨筆而寫。正如兩年前「蘋果」電腦的賈伯斯逝世，各報刊和電媒狂熱讚嘆哀悼當代「巨人」，如喪考妣，我完全不以為然，寫了〈三個蘋果〉一文一樣。

我認為李安與許多華裔美國人如約翰張、羅拔李、查理陳沒兩樣。人家拍的是好萊塢美國製商業片。什麼「台灣之光」，不可笑嗎？

中國人如果在電影上真正有成就，重要的是要有中國風格，不在乎得不得到什麼洋獎。奧斯卡也好，坎城也好，還有諾貝爾文學獎，其實都是洋人所設，以洋人品味與標準，加上現在全面商業化綜合的觀點，一個非西方的藝術家或文學家，會以得那些獎為藝術最高的成就嗎？

一個華裔美國人，浸淫在美國文化中數十年，他的心智與技巧可以取代白人，去拍一部很成功的好萊塢電影，證明他的手腦可為白人所用。換言之，他與優秀的白人沒兩樣。這當然不是華裔人人所可能。但怎能說是中國人的光榮與驕傲？其實正是華人的危機。因為「優秀的華人」若只落得為西方白人做替手，不正像中國人電子企業的大老闆一樣只為白人企業做代工嗎？他們在華人中是大企業家，但與喬布斯比，就小巫見大巫了。他們致富的基本是靠華人血汗工廠，有多少驕傲可言？

現在已經沒有「作家導演」了，更沒有「民族文化導演」了。因為西方科技商業巨獸把許多有價值的文化、藝術都吃掉，屍骨不存了。日本以前有小津安二郎，瑞典有柏格曼，波蘭有波蘭斯基與奇士勞斯基，希臘有安哲普羅等大師。以前像《處女之泉》、《希臘左巴》……全球有無數令人終生難忘的佳片；美國以前的商業片還有相當高的藝術性和個人風格，如希區考克和伍迪．艾倫。現在商業化已吞噬了一切。電影只是娛樂的商品，賺錢的魔術了。

沒有藝術風格，沒有民族文化獨特的光輝，只有美式商業的成功，賣座、得獎有什麼藝術成就可言？中國如果有一天有傲人的中國電影，應該是反好萊塢式的「藝術電影」，恰恰不是李安這種品性與背景的人所可指望的。

（二〇一三年五月）

自卑的罪孽

——讀《菊花與劍》隨想

江戶搖籃曲，以及許多日本的民謠與兒歌，那柔婉與淒迷，那如怨如泣如訴的素樸而幽悒的情調，在我童年到少年的心中，引發我對日本的哀憐與同情之愛；許多曾經旅日的中國文人對日本的地理及人文的描寫，尤其對日本女性的摹繪，更引發少年的我一股如詩般的憧憬之情。如同我對印度的文學、電影與民謠的痴戀一般，日本的風情，那都是東方的傷感與淒迷之美之極致，長久使我嚮慕。

《荒城之月》，這一首日本民歌是甚著名的，小時候所偏愛的中外名歌，歌詞大都忘了，但它尚依稀在我心中記著：「歲月如流春已去，消逝花叢裡，狂歡時節最難忘，燕爾新婚時，荒城繁華今何在，歡聲已沉寂，悠悠往事如雲煙，朦朧月色裡。秋來大地顏色變，披上紅衣衫，雁行成群天上過，年年復年年，逝水流光逐飛鳥，明月照高天，月色茫茫城影暗，無語對愁眠。」無常的幻滅感，如櫻花之璀璨一時，旋即凋萎。一方面是壯麗，另一方面卻是哀慟。

日本的性格，大概來自人類最深重的一種自卑感。不論表現為武士的強毅、冷靜、自制，或表現為軍事侵略的兇殘頑惡，或表現為經濟掠奪的囂張跋扈，皆為其深重的自卑感之表現。在這一點上，一個國家與一個人是一樣的。一個人的自卑感來自肉體上的或心理上的殘缺；一個國家或民族的自卑感，則來自地理上的或歷史上的諸因素。

日本作家長谷川如是閑在《日本的性格》中說到日本的地理環境說：「日本的地勢南北長，從北端的寒帶到南端的亞熱帶，氣候差別很大，中央部屬溫帶，氣候溫和，可是由於地勢狹長，中間縱貫著險峻的山脈，兩側土地分向日本海及太平洋急劇傾斜，缺乏平原；河川除少數外，大多淺而急促，雨量一多，就有氾濫之虞，加之常有火山、地震，和颱風等災害，這些自然條件，殆無法使人有幽悠的心情，因此日本人往往為一時打算，而不為永遠打算。日本人雖然敏捷，可是不夠持重，日本人對外界的刺戟非常敏感，往往陷於盲目模仿，以及其他非真正大國民所有的特質。」讀了這一段文字，聯想到一九七二年我在日本旅行時所看到日本鄉野老式的民居，那些像火柴盒一般輕靈、狹小、簡陋、單薄，一如旅人的帳蓬。生活在這種房子裡的日本人，世世代代，似乎有一種惶惶不可終日的危機感，準備隨時棄家他去，另造「帳蓬」。自然災害的頻繁與威壓，使日本民族產生了及時行樂、眼光短近的特性。與中國人在那種深宅大院、樹木森森、苔痕滿階的古老民居中涵養出來的悠遠博厚的氣質，自不可同日而語。

地理的缺陷，造成民族的自卑心理，日本遂永世擺脫不了這自卑心理的陰影。但是，一個產生武士道的日本民族，其性格的另一面是勇武精競。日本人亟需要世人的尊敬，勇於對榮譽的博取。過去日本天皇與中華大帝國的外交文書，常用「日出處天子致日沒處天子」或「東天皇敬白西皇帝」等語，日本之不甘以小國的卑屈立足世界，矢志與大國獲取平等之地位，這一番願望，都因地理環境的缺陷所造成的自卑感而絕望，但卻反而激發了日本兇悍的蠻性和狂妄的野心，以尋求自卑缺陷的彌補。日本在歷史上所造成的罪孽，無疑的由於深度的自卑所引起。

然而，日本並沒有因自卑自頹唐消沉，反而，因自卑而激發起最奮發與進取的德性。這種矛盾的現象，促使行為科學家致力於日本民族性的深入研究。尤其在二次世界大戰的期間，美國面對這一個最陌生的敵人——日本——的思想觀念與行為習慣感到困惑不解，因而聘用了一群行為科學家從事研究，以為戰爭提供了了解敵人行為的內在性格根源的服務。露絲・潘乃德（Ruth Benedict）的《菊花與劍》（*The Chrysanthemum and the Sword: Patterns of Japanese Culture*）就是研究日本民族性格、文化模式的名著。

必須指出的是歷史上有關一個民族與國家的文化與性格的論著，並不新鮮，而且，即使說汗牛充棟，也不過分。就對日本而言，中國有關日本的論文或專著，就已為數不少。《菊花與劍》一書之不同於許多其他論及日本的著作者，乃在於這本書是以昌盛於美國的一個新科學——行為科學（behavioral science）——的方法來寫作的。行為科學是心理學、人類學與社會學的合作，是廿世紀下半以來對於十九世紀的「專門主義」（Specialism）的反動，而趨向於科學的統一（unity of science）或科際的整合的一種新學術。《菊花與劍》就是在這個學術氣候之中的產物。這本出版於一九四六年，直到今年（一九七四年）我們才欣見中譯本的出版（華新出版公司六十三年四月出版）。

在解釋自卑與進取之間的矛盾上，《菊花與劍》所提供的日本民族性的根源，給了我許多資料與論據。

一個自卑的人若不肯（或未到）自甘墮落，時常表現為極端的愛好榮譽。日本的奮發與進取，就是這樣的情況。日本人很在意世界人士對他們的看法。書中說「美軍登陸瓜達堪農島時，日本所下的軍令是：現在他們在舉世注目之下，因此必須表現日本人的特色。日本海軍官兵有一條戒令：如果他們受到魚雷攻擊而受令棄艦，那麼在登上救生艇時必須極度遵守禮節，否則『將會受到全世界的嘲笑，美國人會把你們的醜態拍攝下來，送到紐約放映』。他們把世人的觀感看做嚴重的事，而他們對這一點的注重也是深嵌在日本文化之中。」在日本，「重名譽之人」就是「知恥之人」就是「有德之人」。書中第十章論及「罪感文化」與「恥感文化」，說日本是恥感文化，倚賴外在強制力以達到善行，與罪感文化倚賴內在的罪惡自覺，截然不同。「罪感」者是自覺有罪；「恥感」者是因暴露於世人之前，必遭嘲笑與擯斥而生的羞恥感。我想如果世界沒有許多比日本更強大優秀的國家，日本可能喪失榮譽感的爭求心，便不致演成歷史的悲劇罷。

希求榮譽，在戰爭中可以是勇敢與頑強，在和平中便常是虛榮與炫耀。我們可就近取譬：日本之爭取達文西名畫《蒙娜麗莎的微笑》到東京展出，不無炫耀之動機，此與以前辦世運之出力，與東京鐵塔之比巴黎埃菲爾鐵塔高出一小截，皆為滿足名譽的心理所驅使。我們都知道日本人住宅之整齊與潔淨，到了驚人的程度，那已超過了衛生與舒適的目的，而是一個主婦炫耀能幹、尚潔等德行的表現了。這種極愛面子，在意於他人臧否的習性，是日本藉以發奮圖強的一股激動力。

日本人極重視「義理」（小節），更重視「忠」（大節），是以一個本來弱小的民族，由於有了極端的忠於國族的精神，故服從亦是堅強的內涵之一，因而日本民族極其團結，而以皇天為最高崇拜對象。對於自己的名分所應盡的「義理」與對天皇的「忠」，有時到了不可理喻的「虔誠」。比如到了年終而無法清償債務，或者因向民眾奉讀天皇敕語犯了口誤，都可導致當事者引咎自殺。

生存的意志與奢望榮譽，使日本民族有了勤奮、踏實、團結、服從、忠勇、負責、善變……等特性。投降後的日本，明白了通過軍國主義之路並不能給日本帶來世界的地位與榮譽，他們立刻承認謬誤，並馬上將精力投向別的方向，而有戰後日本經濟的突飛猛進。投降後十日，《讀賣新聞》已經開始論述「新藝術與新文化的誕生」：「我們必須堅信，軍事的失敗並不影響一國的文化價值；軍事失敗毋寧是轉機的原動力……國家失敗雖是慘痛的後果，但反過來說，這卻能提昇日本人民的心靈，由而正對世界、客觀的審觀事物。使日本人思考偏曲的一切非理性因素，都必須藉坦率的分析加以去除……正視戰敗的冷酷事實，需要具有極大的勇氣，（但我們必須）對明日的日本文化抱持信心。」日本一切的努力，常表現了他們對曾經付出極大代價的一句口號：「日本必須求得世界各國的尊重。」的狂熱實踐。這表面上是自尊心的表現，實際上，我認為是日本民族極深重自卑感的反映。

潘乃德的《菊花與劍》，對日本民族所作的分析，不能說最完善，但以最新的方法來探索一個民族心靈的本質，有尋常的「日本論」一類的書所不及之處。中文本譯筆清晰可愛，因為作者與譯者都是文學修養很高的人。據「譯序」言，潘乃德在從事人類學研究之前，主修英語文學，並曾發表詩作，故此書雖為一「科學」論著，但充滿了文學的氣息，單是書名《菊花與劍》，便令人感到飽含詩的象徵，使我們在閱讀本書之前，便充滿一種審美的心情，來欣賞一位美國學者對東方一個國家的描繪。

日本是我國的老鄰居，曾經因中國文化的滋養而成長，又曾經回過頭來侵略中國，復由經濟上的暴發而再度有對中國不義的行為。我們對日本的了解與對日本的態度，首先需要對其民族性格與文化模式有深入的研究，《菊花與劍》在提供參考上，有不可多得的價值。自然，此書出版至今已過了廿八年，日本的國情與民族性格已有很多變遷，需要吾人進一步研究。我在《苦澀的美感》中有〈扶桑走馬〉一文，敘述我在日本的觀感。

但這本書並沒有在日本民族的自卑心理上有所發掘，我卻深深感到這一點是了解日本民族的命運與性格十分重要的關鍵，故我等於把潘乃德此書的論點，拿來做為我的結論的註腳。自卑感並不一定是惡劣的情愫，因為古今中外許多偉大的人物與事功相當多是由此情愫所激起的。但是，日本的自卑感，已造成它在近代史以降在軍事政治與經濟上，對人類（尤其對中國）犯下了罪過，所以我悟到自卑不一定止於自身的失敗，且可造成對別人的罪孽。這種不幸的感情，如果不能成為「生長」的激素（像「大化革新」之仿效中國，「明治維新」之仿效西方，終成為日本進步之原動力），便要成為毀滅的因子。日本人現在大概已經不大唱《荒城之月》一曲了，因為，那曲中的感傷與沉寂中的慨嘆的況味，大概已為拚命做生意的現代日本人所忘卻了。

（一九七四年六月廿七日）

後記：此書書名有 Sword 一字。在中文可以譯劍，也可譯刀。中文以劍著名，如「長劍一杯酒」、「劍膽琴心」、「劍及履及」。但日本以刀著名，如武士刀。此書既研究日本民族性，Sword 字自應譯為刀。後來大陸譯本皆譯《菊花與刀》。

舊酒與新瓶

歷史故事、歷史人物、宮幃秘史、傳奇傳說，乃至武俠故事，一切過去時代的人生生活，在國內的文藝創作中，從小說、電影、舞蹈、戲劇到電視節目，形成了相當的比重，似乎是一種偏好。不過，這種情形，在古今中外文藝史上，並不罕見。

文藝的創作，匠心獨運，自然沒有公式可循。但是，對於這種題材，歷史事實與歷史精神的把握，新觀念的建設，新價值的發掘，在取捨增飾與重新鑄造之前，更須一層慘澹經營的功夫；要求作家在觀念的認識上，包涵更多歷史的見識以及思想的創見與深度。我們某些作品之所以受人詬病，與其說是文藝創作上的失敗，毋寧說是歷史見識的淺陋錯誤與理念的庸俗低拙所造成的失敗。

「新」「舊」兩造，不論指其內容或其形式，在文藝創作中的糾葛，皆因理念的混亂所導致。本文擬對這些問題，提出討論。

文學藝術隨時代而進化或演變，是很明顯的事實。當一個新時代產生了許多新的觀念與新的內容，而文學藝術的表現形式還來不及創造出一種與之相應的、和諧配合的新表現形式的時候，便常常有「舊瓶裝新酒」的做法與論調（比如用舊詩詞表現新事物）。「舊瓶」是否可以裝新酒？如果依據文藝的內容與形式是二而一的，不可分離的說法，答案自然是否定的。但是，從「新內容」與「舊內容」雖然有時代因素的衝突性，亦仍不失其在人生與人性的範疇中的和諧之一致性上；從「舊形式」雖然有其適應「舊內容」的頑固性與統一性，亦仍有其可以再加改造的可塑性，我們不能武斷地認為，舊瓶絕對裝不了新酒。

內容與形式的新與舊，都只是相對的，並非絕對的。因其有相當程度的內在一致性，故並無絕對對立的事實。更明白地說，「新內容」在人性的範疇與人生的內容上，與「舊內容」並非絕對的歧異與對立；「新形式」在美學的原則上與人類審美心理的普遍感受上，亦必無與「舊形式」水火不容、南轅北轍的差別。故從某個角度來說，「舊瓶新酒」的可能性與「內容與形式的統一論」，並無嚴重的齟齬，尤其在文藝類型轉換的過渡時代為然。

「舊酒新瓶」的可能性，不但比較「舊瓶新酒」大得多，而且舊題材在任何不同的時代的再創造，亦沒有限制。形式或類型，雖然有改造的可能，但是不可能漫無限度；某種形式與類型常伴隨時空的變遷而成為文藝史的陳跡。而舊題材的內容，雖然是「過去的人生」，但把它作為文學、藝術創作的「素材」，則其為人生的內容，自無分今昔。「舊酒」若不能還原為創作的「素材」，則再創造的工作不能發揮。假若將「素材」再創造為新內容，則已不能視為「舊酒」。所以嚴格來說，舊題材的再創造，並非原封不動的「舊酒」裝入「新瓶」。

舊題材，不論是過去人生舞臺上發生的人物或事件，或者是定型化了的傳說與故事，乃至過去的經典之作，如果作為再創作的題材，只有把它還原成素材，才可能提供文學、藝術創作者再創造的可能與自由。這是觀念上極其重要的認識。而再創造的第一步，自須將素材經過一番新的檢驗或批判，以尋求新的發現。如果不能有新的發現，這個「再創造」便只是「舊作品」與「舊題材」無意義的重複。假如將其轉換為其他媒介的形式出現（如將歷史小說轉換為戲劇或電影之類），其「創造」的價值，還是大打折扣。

如前所說，當題材的再創造，並非今日才流行，更非藝術創造的小徑。毋寧說中外古今佔著相當數量的第一流文藝作品，是從舊題材上再創造中產生的。最古老的題材當為神話。不論是希臘的神話與中國的神話，在後世的文學、繪畫、雕刻等創作中的比重之大，皆有目共睹。而中國的《三國演義》、《水滸傳》、《西遊記》等著名說部，西方文學如歌德的《浮士德》以及莎士比亞的戲劇，皆為歷史故事、民間傳說或者前人著述中舊題材的再創造。這種例子實不勝枚舉。在繪畫中亦情形相似。中國畫史上，竹林七賢、虎溪三笑、蘭亭修禊、老子出關、巢父洗耳等歷史故事，為歷代畫家所一再創作，都各有千秋；西方如最後的晚餐、維納斯女神、聖母與聖子等題材，也皆習見之舊題材。

舊題材之所以永為文藝創作重要泉源之一，大約有以下諸要素：

首先，舊題材有其最深刻的人生現實意義與普遍性。因為在歷史的流播與反覆的傳說或記載中，可謂已集合了多人的智慧，經過長期的鍾煉與增汰，其精警的人生現實意義與表現人生的普遍性，達到了更高的程度。

其次，舊題材最深入人心。毫無疑問地，過去的傳說與故事，不是家喻戶曉，起碼為多數人所熟知（如果不能為後世的肯定或接受，極難流傳久遠，而必為歷史所漸漸淘汰或冷藏。歷史總是很無情地、相當公允地對作品做無言的褒貶）。這種舊題材的再創造，容易引起共鳴，達到藝術創作與欣賞最完滿的深度。

第三，舊題材的採用，較易達到美學上所謂「心理的距離」，易於塑造美的典型。因為以往的事件與人物，使我們可免於習俗與現實利害等因素的干擾，較能把它作為一個獨立自足的意象來欣賞。

第四，在歷史上許多時代，因為政治、宗教、風俗及其他現實因素的限制，不便以當代現實題材來表達作家的思想與感情，舊題材便起了以遠譬近、借古諷今的作用，寄託了作家的意念，一樣做到批評人生。所以舊題材的採用，其積極的意義，不是開倒車的仿古與戀古，也不是為了逃避現實人生，而是能更巧妙而隱曲地表現了作家對現實人生的啟示與批判。

第五，舊題材蘊涵了一個作家所生長的文化背景中最鮮明而熟稔的理念與感情的精髓。兒歌、民謠、神話、傳說、故事、歷史人物、前代的一切經典作品……在心靈深處留下了不可磨滅的印象。一個創作家心靈中創造的種子，常常在這個豐饒的文化土壤中孕育出來，最有希望綻放絢爛的花朵。我曾經認為：一個作家在他生長的文化背景中所受的薰陶及孩提時代的所見所聞，常常是偉大作品的藝術生命之活潑的源泉。在中外歷史上，我們可以找到可靠的印證。舊題材對文藝的創造之珍貴，實無可忽視。

舊題材的再創造，較之新題材的創作或更艱難而不自由。說它艱難，是因為必須深刻了解舊題材產生的時空條件與內容本質，再提出作家對這個題材的新見解、新發現與新啟示。舊題材對人生與人性的發掘，反映和批判，表現和頌揚，在「再創造」中如果不能從更新的觀念，更獨特的角度，更廣袤的幅度來著手，便失去利用舊題材的積極意義。說它不自由，是因為既選取舊題材，便不能忽視它在過去時代業經建立的象徵意義與精神特質；再創造的增汰、改易、誇張、潤飾、附麗與提煉等等手段，要能充分發揮舊題材所蘊蓄的精神特質，而不是隨意歪曲或捏造，盲從或妄貶。對於歷史上已有充分根據的定評之人物或事件，對於史實上徵信的題材，固應尊重其歷史的真實性；對於過去的創作、虛構與傳說等題材，也應重視其早已深入人心，在過去時代大眾心目中所凝聚成功的典型意義，自亦不宜故意顛倒與歪曲。

上面所說，並不意味著對舊題材的再創作，必須原封不動地因襲舊說。我們對於舊題材的處理，由於從更獨特的角度，或從更寬闊的幅度來把握其人生、心理、社會等複雜的因素，而有了新發見與新創獲。但一切的發見與創獲必須在這個題材所蘊蓄的可能性與必然性中去發掘、去開拓，而不宜空穴來風的架空的捏造與羅織。這就是舊題材的新創造在衡理與創作之間艱難之所在。

舉例來說：《水滸傳》中的林教頭，其正直、忠厚等本質，不容歪曲。但其懦弱、愚戇、逆來順受、苟且偷安的一面的發掘，或可幫助創作者塑造一個更有血肉的林教頭。又如三國中關羽這一個神話化的人物，如果再創造者對他沒有不同於過去時代的評價，不能驅散歷史上某些道德教條的過分褒揚所造成的迷霧，亦必無法塑造出一個活的形象。但是不論如何，這些英雄式的人物，其忠義勇猛的本質，斷不能歪曲。

另一個水滸傳人物閻婆惜，如果作為舊題材來再創造，我們固不能把她作為貞女節婦來描寫（古代的所謂貞女節婦，在今天的現實意義是什麼？那是另一個問題），但是她與宋江並無真愛情，則她與三郎的「私通」，在再創造中，實應另有一番評價。平劇的宋江殺惜、烏龍院、活捉張三郎等均為同一題材，其觀念還是逃不脫對於古代社會重男輕女，盲目歌頌婦女單方面的節操，忽視女子愛情自由自主等等不合理舊道德的維護。醜化張三郎與閻婆惜，同情並美化宋江的妒忌與殘酷。這樣的平劇在今天反覆搬演，只成為戀古的娛樂節目，自然談不上再創造。

歷史上的舊題材，雖然有取之不盡、用之不竭的材料，但是所有的人物、事件，都附著過去時代的色彩，有著過去時代的評價。這些評價裡面，有的具有永恆性，有的因為過去的時空中觀念的侷限，有重新評估的必要。再創造者在選材與再創造時，須別具隻眼。如果僅取其故事，毋視本質，任意宰割與曲解，便只是糟蹋。倒不如採用現實題材，不受限制，亦一樣是藝術創作的正途。一個作家之所以採用舊題材，多半是因為該題材有切合當代的現實意義，與作家的情思發生強烈的共鳴。在西方的文學中，採用神話來作為象徵與比喻的例子，更比比皆是。如歌德在《浮士德》中用希臘神話伊卡盧斯（Icarus）以用蠟裝上的翅膀高飛，因接近太陽，以致其翼上之蠟融化，墮海而死的故事，寄寓其反對浪漫主義的意旨；又如沙特在名劇《蒼蠅》（*Les Mouches*）中，利用希臘神話 Oreste 替父報仇的故事，來暗示對納粹德國的反抗。神話故事在這裡是局部的採用，雖然與舊題材的全面再創造不同，但是其選材的恰當與巧妙，善於發揮舊材料的精神本質，並驅遣它來表現作家的情思，均達到了再創造的要旨。

一個高明的作家，當他利用歷史性的舊材料做再創造的工作的時候，在理念的權衡與想像的飛躍之間，能做到相輔相成，便能保有相當的創造的自由。既不受歷史考據全面刻板的約束，創造性地發揮並拓展舊材料的內蘊，又能緊扣歷史題材的精義，在取捨增削之間，大見智慧。從事舊題材的創新，多半為兼具學者心智的作家方能勝任。對於僅憑個人純粹感性經驗的作家，毋乃奢求。

中國的舊題材，由於在長遠的歷史中漸漸定型化，故每局限在過去時代的特定理念中。隨著時代與社會的變遷，觀念與思想的變革，文藝本身的演進，以及隨著西方文藝學術思想的注入，使中國的作家，面對豐盛的文化遺產，不論是作學術上的重估、再認，或文藝上的再創作，都提供了極廣闊的天地。不論從各種不同的觀念、立場與方法來著手，都應該有大顯身手的餘地。就某些歷史人物來說，過去一般是偏向於善惡兩個極端的評價來範圍極複雜的人性，以及在善惡報應等簡單的願望上來寄寓教育的功能。現代中國作家在觀念與知識的修養上，應當有超過過去時代局限的眼光。比如說，梁山泊眾好漢，既是盜寇，又是草莽英豪；曹操，既是一代奸雄，又是一代文豪；武則天，有其雄才大略一面，也有專橫放縱一面；石濤這個大畫家，有其理想面，也有其現實面；《金瓶梅》裡面的女子，既有淫逸刁毒的一面，也有其為過去男性社會作祭品的可悲憫的一面……數說不盡的舊題材，只有在對人生社會、心理、制度種種時空因素有了透闢的研究與發掘之後，再創造的工作方有實現之可能。至於中國的神話、傳說、戲曲、說唱藝術等等舊題材的學術研究與文藝再創作，都提供無窮豐富的材料。只看有沒有高超的見識，卓越的技巧，來做這種點鐵成金，化腐舊為神奇的再創造的工作了。

現在流行的歷史小說、武俠小說、古裝電影與出奇之多的古裝連續劇，大概多半為了小市民消遣的需要，看過即丟，原是美國式工商社會的「消費品」，有如「可口可樂」。我們這兒所說的「舊酒新瓶」，期望未免過奢。我們只有等待典衣沽酒的文豪來嘔心瀝血了。

（一九七六年九月於紐約）

雅舍的真幽默

對於梁實秋先生的文章，種種恭譽裡面，似乎未見有「幽默大師」一說。每次再讀兩冊《雅舍小品》，輒思及此，都要引起一次訝異。

有人說中國人較諸西方人缺少幽默感。一本正經，道貌岸然，即有犯錯，也必「一以貫之」，以保持「威嚴」。社會上、政治上尤其如此。中國人不懂得自我調侃是一種智慧的表現，正因缺乏幽默感。也有人說中國人的幽默，恰似「撒哈拉沙漠的砂土」。說是「自從有了莊子和他的著作，一切中國政治家和盜賊都變成了幽默家。」而且以為此種情況「削弱了中國人辦事的嚴肅態度」。

到底中國人的幽默感是缺少或者過多，因為難以計量，不易有標準答案。設若缺少，應有一個好處，便是嚴肅；設若過多，也應有另一個好處，便是智慧。而智慧雖然不等於嚴肅，但是，荒誕不經，距智慧毋寧太遠，也還不算幽默。總之，幽默感的多寡若不得當，或幽默的濫用，不失卻嚴肅，或必失卻智慧。最糟的當是兩者兼失！

幽默是舶來品，不同於中國的滑稽突梯；幽默不在引人捧腹大笑。這些理論，早有專家點破。而幽默家的姿態，與真正幽默文學的創作者，常常難集一身，或因幽默不盡因為「知足悠閒」而有，也不大因為煙斗的緣故。大概對人生沒有入木三分的體悟，讀書沒有廣博而透徹，其人智慧裡面沒有幾分淡泊（最好要頗具「逃名」之癖），都難以寫出真正幽默的文字。

幽默與滑稽的差別，現在不大有人理會。文壇所見，盡多惹笑發噱之作。迎合小市民趣味，正可以「群賢畢讚，少長咸宜」，合乎商場之需。

有人用奇特驚人的題材與題目，譬如砍頭剝皮之類。光憑題目，已死而可休——因為驚人；有人也曉得極平凡的題目也一樣可蒙讀者垂青，譬如姓名、男女、理髮之類，也必語驚四座。「語不驚人不值錢」，這樣妄改老杜的名句，自忖卻頗能道出「驚人」的目的，亦算「古為今用」。

有人說過雅舍的幽默，「在最尋常的人生態中體味到人世間最深沉的悲哀」。雅舍的題材確為最尋常的人生態。如果站在人生之外的客觀地位，對人生作諷刺，可能是「冷嘲」。要能既站在人生之外客觀點觀察，又回到人生裡面，代表人生最高的機智，對人生作一番「自嘲」，才有雅舍的真幽默。那不是「冷嘲」，而是「熱諷」。

「冷嘲」失之涼薄，只是玩世不恭。「熱諷」則仍執著於人間愛；機鋒之犀利，而不失溫厚。「人世間最深沉的悲哀」為諧趣所化解，只見其幽默；裡面仍隱藏著這「悲哀」，正是嚴肅。真正的幽默，必是亦莊亦諧。惹笑發噱文字之屬下乘，因為未能觸及人生普遍的、深沉的問題，只徒油嘴滑舌，故不堪玩索。雅舍的幽默之精純，四十年來文壇，實在不作第二人想。一本書一時間暢銷，大不可作為評隲優劣之證據。數十年間不斷再版，令人念念不忘，交相讚譽，捨《雅舍小品》之外，大概難有第二本。

《雅舍小品》之膾炙人口，如名茶方釀，各人自能品味，不須多說。讀過《西雅圖雜記》的人，亦當可感到梁實秋先生的幽默風趣。即使是在《讀者文摘》中「字辭辨正」的專欄中，仍然流露了他的幽默感。教人認字而趣味橫生，不免令人抱憾無緣坐在講臺之下聽他講課。想像中梁實秋先生講書，或許才用得上「如坐春風」一句成語。以筆者個人而言，十多年前在大學裡的回憶，所「坐」不是「北風」，也以「秋風」居多。晚生幾年，或進錯教室，有時就要蒙受偌大損失。運氣不佳，只能徒嘆奈何。所幸兩冊《雅舍小品》，隨身奔走天涯，其幽默的真趣，常將我們自己及所遇見的人生苦樂、荒唐拙陋、虛榮乖謬、得失成敗種種，導向詩人的曠達，哲慧的透闢與幽默的風趣。

海天遙闊，仰懷雅舍，而寫此小文，海內或有同感。

（一九七六年寫於美國「萬聖節」）

受苦者的出路
——小說《花落蓮成》涉想種種

「受苦的人沒有悲觀的權利。」這句話是我少小時最憧憬的羅曼羅蘭所說的。我一直不曾忘記，覺得很可以為不幸的人生或人生的不幸以熱切的勉勵。

《花落蓮成》是姜貴先生去年的新作。姜貴先生是老前輩小說名家，他過去的《旋風》與《重陽》等名作已有學者、批評家評隲過。我很遺憾一直未有「緣」一讀他的大作。最近卻偶然從友人處看到《花落蓮成》已成書出版，因為不是磚頭型的大書，便借來一閱。一個傍晚便看完了，並隨手作了幾處劄記。姜貴先生的文筆樸質平實，沒有想在語言的矯揉妄作上建立「獨特風格」的野心；在技巧上沒有故弄玄虛，追逐新潮的小家子氣。儘管作者用極曉暢平易的中文，但在對話中口語的自然，行文用字的經濟，很給我們一種樸茂的感受。

這部小說寫三個少女經由不同的遭遇，先後共同走上削髮為尼之路。作者所採取的觀點是客觀敘述的第三人稱寫法。因為不加入作者的主觀，也不貿然遽作價值判斷，所以當讀完之時，合上書本，必然為作者所留給我們的種種問題所困逼，使人細細尋思。這本書讀後所涉想的，是引起我回到現實的種種問題上，憂慮感慨，不能自已。且先說幾句題外話：

不久之前台灣南投有三個乩童因「坐禁」而窒息死亡的事件。另外從報上新聞及《光華畫報》，也知道國內近年興建大型寺廟之風空前旺盛，大拜拜之風仍未能改變，畸型的宗教熱以及荒誕愚昧的種種迷信，對國力民力的消耗，實在驚人。尤其是迷信，不但耗財，而且戕害民命，阻塞民智；不但是憂痛，而且是恥辱。這是一個夠嚴重的社會問題。這個傾向不得導正，足以直接阻礙社會的進步，抵銷國家社會一部分現代化的努力。我們的社會學家，心理學家，醫師，護士，教育家，文化人，教師（尤其是鄉村教師）乃至我們的官員，我們社會中口若懸河的「新女性主義者」等人士，有沒有十分重視，著手研究對策？實情我們不能盡知，實效似未盡見，我們也都不能說沒有根據的話。但是我們得先感激從不靦顏標榜「靈性」、「昇華」，不作「精神裸體」的自我暴露，而天天所寫的「方塊」，皆關切民生，為民喉舌的，可敬的何凡先生。他時時在提醒社會注意，輔佐社會進步，不做「無足觀」的，顧影自憐的「才子式的文人」。何凡先生真正負起社會教育家的責任，這枝筆實在令人欽遲久之。

小說家姜貴先生則通過《花落蓮成》這部小說，揭示了社會一個特殊角落裡的人生真相。讀了這部小說，使我們可能突破個人生活經驗的狹小範圍，延伸我們的同情和關懷及於另一種人生的經驗範圍；感動我們以至把這小說所表達的人生的痛苦與危殆當作我們切身的遭遇，而逼使我們對其所提示的人生普通問題做深切的思索。

記得讀過知堂老人曾有一文痛述佛教末流思想之危害。此文作於民國廿五年六月。知堂雜文多短而精警，且不厭其煩抄摘幾小段在這裡：

近日承友人的好意，寄給我幾張《紹興新聞》看，打開六月十二日的一張來看時，不禁小小的吃一驚，因為上面記著一個少女投井的悲劇，大意云：

「城東鎮陳東海女陳蓮香，現年十八歲，以前曾在城南獅子林之南門小學讀書，天資聰穎，勤學不倦，唯不久輟學家居，閒處無俚，輒以小說作為消遣，而尤以『劉香女』一書更百看不倦，其思想亦為轉移，民國二十年間由家長作主許字於嚴某，素在上海為外國銅匠，蓮香對此婚事原表示不滿，唯以屈於嚴命，亦無可如何耳，然因此態度益趨消極，在家時茹素唪經，已四載於茲。最近聞男家定於陰曆十月間迎娶，更覺抑鬱，乃於十一日上午潛行寫就遺書一通，即赴後園，移開井欄，躍入井中自殺。……遺書云不願嫁夫，得能清禍了事；今生不能報父母辛勞，只得來生犬馬圖報之語……。」

這種社會新聞恐怕是很普通的，為什麼我看了吃驚呢？我說小小的，乃是客氣的說法，實在卻並不小。因為我記起四十年前的舊事來，在故鄉鄰家裡就見過這樣的少女，拒絕結婚，茹素誦經，抑鬱早卒，而其所信受、愛讀的也即是《劉香寶卷》，小時使聽宣卷，多在這屠家門外，她的老母發起的會首。此外也見過些灰色的女人，其悲劇的顯晦大小雖不一樣，但是一樣的暗淡陰沉，都抱著一種小乘的佛教人生觀，以寶卷為經史，以尼庵為歸宿。此種灰色的印象留得很深，雖然為時光所掩蓋，不大顯現出來，這回忽然又復遇見，數十年時間恍如一瞬，不禁愕然，有別一意義的今昔之感。……

北平未聞有「宣卷」，「寶卷」亦遂不易得。湊巧在一家舊書店裡見有幾種寶卷，《劉香女》亦在其中。書凡兩卷，同治九年十一月吉日曉菴氏等敬刊。

完全的書名為《太華山紫金鎮兩世修行劉香寶卷》，敘湘州李百倍之女不肯出嫁，在家修行，名喚善果，轉生為劉香，持齋念佛，勸化世人，與其父母劉光夫婦，夫狀元馬玉，二夫人金枝，婢玉梅均壽終後到西方極樂世界，得生上品。文體有說有唱，唱的以七字句為多，間有三三四句，如俗所云攢十字者，體裁大抵與普通彈詞相同，性質則蓋出於說經，所說修行側重下列諸事，即敬重佛法僧三寶，裝佛貼金，修橋補路，齋僧佈施，周濟貧窮，戒殺放生，持齋把素，看經念佛，而歸結於淨土信仰。這些本是低級的佛教思想，但正因此卻能深入民間，特別是在一般中流以下的婦女，養成她們一種很可憐的「女人佛教人生觀」。……《劉香女》卷以佛教為基調，對婦女的同情自深厚，唯愛莫能助，只能指引她們往下走去，其態度亦如溺女之父母，害之所以愛之耳。……

（見《劉香女》，載於《瓜豆集》中。）

因為這千字出頭的幾段對我們今天來說仍極有一讀的價值，而且於今不易見到這本書，故抄存大意以饗讀者。知堂文中所說「有別一意義的今昔之感」，是說時代雖然在進步，但是信仰輪迴報應，悲觀寂滅，自戕生機的低級佛教人生觀，還時時死灰復燃。姜貴先生的《花落蓮成》寫於民國六十五年，距知堂寫該文又過了五十年。我們遂更感嘆「百年時間恍如一瞬」，我們國家社會的大進步，卻在乩童、邪教、迷信、拜拜、求神問卜，江湖密醫以至信奉三寶與來生極樂世界種種愚行上面顯露了極不相稱的落後，能不教我們猛然反省，力求補救？

在知識低落，民智閉塞社會制度與風尚腐朽的環境中，受苦者的出路，除了揭竿而起，只有死與出家。聰明如賈寶玉，尚且只有出家一途。但今天我們的社會知識之普及，社會之開放，民生生活頗為富足；制度是民主，風尚也相當洋化的「新潮」，似乎不易解釋某些少年信仰佛教末流思想，以尼庵為歸宿的原因。

姜貴先生的《花落蓮成》，是他因養病而住廟五個月及移居霧峰鄉南柳村護國寺一年（見《書評書目》第四十九期〈護國寺的燕子〉文中所述）中的見聞所創作的小說。既為小說，自不能當事實看待。但從作者在該書前記中所述，我們有理由相信書中的人物情節，有相當高的真實性，足以反映這些出家為尼的少女的遭遇和心理（作者說：「我儘畫作客觀的描寫，以確保其可貴的真實性。」）我們可以在小說的鑑賞之外，將它作為一個社會人生的嚴肅問題來看待。我想就連作者姜貴先生也必不反對；甚至我們深信作者寫此小說的動機，正在揭示現實真相，提起問題，發人思省。小說家不一定兼為哲學家、心理學家或社會學家。小說可以或隱或顯地表露作家的判斷與主觀的愛憎、褒貶。但客觀描寫，留待讀者或批評家去思索答案，或更居多。

就《花落蓮成》中所寫「三個少女出家為尼的故事」來看，我覺得她們的問題與社會上許多「不良少年」的為非作歹，膽大包天，有著某種相同的心理基礎。就「為非作歹」與「厭世出家」兩者來說，沒有「過人」的膽量，實不易做到。而他們的相同之處，主要在於「人生觀」上的問題。站在多數的「平常人」的觀點來看，他們的人生觀當然是極不健全的。他們的「不健全」在於對人生世界看法上的偏差，對人生意義與價值的歪曲、誤解。除開特殊的因素，一般上說，這兩者的心理都認為：他們是受苦者；他們所受的苦痛超過一切人；人生世界沒有改善的希望，一切正道上的努力皆必白費——他們覺得自己看透了人生，故頑固的「自信」其看法的「徹底」而「正確」。他們在心理上雖然相當一致，在實際行為上卻南轅北轍，大不相同。「為非作歹」者以積極的「進取」為手段，他們殺人放火，搶盜劫奪，詐騙脅迫，以攫獲他們所欲所需，遂行對人生世界不公的報復，亦以為彌補其受苦而「自我調整待遇」。「厭世出家」者則以消極的退避為手段，自怨命苦，也認前世罪孽，而採用寂滅自戕，棄絕生趣，堅苦修持的途徑，希冀來世的極樂。同樣有不健全的人生觀，但是「為非作歹」的因為危及他人生命財產與自由人權，不但為人所共憤，亦為法所不容；而「厭世出家」的卻因為苦樂得失止於本人自己，且常有修橋補路等善行，況在「深宏的悲願，卓絕的苦行」，其意志力非一般人所及上面等等原因，不但得到諒解，且易博得某些敬意。

一個人自願出家為僧為尼，因為不妨礙他人，基於宗教信仰的自由，沒有人可以反對或阻止，甚至無權鄙視。我們也可以相信對某種飽經人生閱歷，有特殊秉賦，心智成熟，加上環境與個人性向種種「機緣」（實在就是偶然因素）的湊合，必有人從事宗教的探索，實行和教儀的執事者。我們也希望沒有人對這些宗教人士予以阻撓或鄙視。但是，基於人道的立場，基於知識的立場，我們應該對不少「皈依三寶」，甚至出家為僧為尼的少年的行為及其人生觀念予以極誠摯的同情與關切。

東方的人生哲學中，佛家與儒家、老莊都有重要的地位，即使在哲理以下的某些宗教教義，對人生之價值，也不能全盤否認，就其好的一面來說，在疏導人性中婪欲與貪得佔奪之心；在予某種人生以精神之憑藉，慰撫其創痛；在引人向善等等，皆不無貢獻。但是對於受過現代教育，未曾參與改善人間的努力，前程未可限量的少年來說，為了厭懼「人生苦」，放棄生命的無限希望，消極逃避，甚至削髮出家，實在令人惋惜。這種人生觀，其根源是哲學上的虛無主義（nihilism）。否定人生一切可能與希望，以生命意志之寂滅為苦行手段，企圖尋求現世之「安寧」與「來生的極樂世界」。自以為達到大智的參悟，其實未必是大智，可能只是愚昧。

我們不能否定虛無主義有其論據。（差不多愛好文哲的青少年，都曾為從東方佛教思想所發展出來的、叔本華的悲觀人生哲學所傾倒。）但我們現在只能相信對人生終極等玄學問題有肯定的答案，不是武斷，即是迷妄。我們現代的科學、醫學、生物學或人類學等等知識，還不足以對人生終極問題求最後確切的答案，我們何能相信古代的釋迦、老莊、耶穌或已死於一百十七年前的叔本華為人生終極問題找到絕對正確的答案？我們不認為科學與現代知識法力無邊，所以我們對未知的問題只能採取懷疑的態度；我們又何能相信幾百幾千年前對人生對世界的了解更茫昧的時代有些「超人」對人生、生命、生死、靈魂、來世的種種看法為不易的真理？況且各種宗教都有它的一位「超人」的創教者，而且教義立說各不相同，我們何能判別佛教、基督教、回教等等那一種絕對正確，比其他更「偉大」？我們只能承認，以我們有限的生命，受種種局限的人生去尋求一個絕對正確的人生終極問題的答案，或許永無可能；對於人生歸宿等玄學問題，若有武斷的結論，只是幼稚與虛妄之言；宗教的說法，只能當作假設而已。

我們只能在地上生存，在地上努力。我們只曉得人生的善行，雖不是恣意縱情貪得，也不在寂滅虛無，一番耕耘，可以得到一些收穫；遭受挫折，應該更加辛勤努力，絕不輕言放棄。這種態度，似乎更能顯示生命的強韌與光輝，更能使生命有意義。我們大概永遠看不透人生種種奧秘，但既生為人，必須善用我們的智慧與力量，去做一番在現實世界上對別人，對自己有貢獻的事業。

「未能事人，焉能事鬼，」，「未知生，焉知死？」孔子這些質樸老實的話，教人致力於現實人生的努力的「淑世哲學」，雖不如神學之玄妙動聽，似乎更值得我們相信。我們也知道大乘佛教也有入世「利益天人」者，「利益天人」便應該是「求最大多數的最大幸福」。兢兢於求一己的修行超生或規勸世人滅絕改良世界的努力之決心與信心，視人生世界為煉獄，以致人生世界永無進步，永不得改善，必永遠為強霸歹惡者所控制，眾生更永受苦厄，總不是「利益天人」的做法！

上面所說本極淺顯，卑之無甚高論。但我想對某些青少年朋友，或有參考價值。我覺得我們的中小學教育，對少年人生觀的培育與輔導，在升學主義猖獗的當代，實在十分忽略。現在教育不能滅絕過去因知識閉塞而有的迷信與種種低級宗教行為，實在是很遺憾的事，國內一般知識水準之高，可說空所未有；對易經、佛學、禪宗做真正學術思想的研究者，或許不多，但卻有某些知識孤陋，以玄學唬人的「易學專家」或「禪學大師」，設帳講道，危害少年，與漢奸講學，一樣令人憂憤。社會上也頗有信仰占卜，以「推背圖」之類「天書」為「聖經」的人士。自然，最使人痛惜的是有如寫實小說《花落蓮成》中謝寶蓮之類極聰慧的女子出家為尼姑的事。在她們身上，可說教育敵不過尼庵，能不使人扼腕太息？我們再回頭看看這部小說中的人物和其他的某些問題：

《花落蓮成》中的人物，上兩輩人如謝瑞昌、朱綬宜、佐野合子和褒子這一對日本姊妹、卓老闆、張吉利以及謝三媽等人，代表了人性中醜惡的一面。他們都為了錢財（有的兼為色慾），不擇手段，甚至卑鄙殘酷，泯除人性。他們都是金錢的奴隸；愛情、肉體、親情、子女的幸福，都只當一場買賣。他們辛苦營奪，結果只是「一場春夢」，不但背德喪行，連家庭、產業、愛情、親情、幸福都摧毀殆盡，最後的結局只是死亡、悔恨，失望，以至有的皈依三寶，虛無寂滅，了此殘生。

下一輩人如謝寶蓮、卓小春、莫錫義等，面對這樣醜惡敗德的家庭，面對各人實際處境的壓力與刺激，加上從小受到低級佛教的薰陶（謝三媽終生迷信；卓新嫂從旁慫恿——她早就皈依三寶，且常宣揚「佛法」。但她塵緣不斷，還「貪戀現世」，只做到「在家居士」），尼姑的勸誘（小春小學四年級時，學校曾來了一位尼師；十二歲就跑廟結交尼姑），老早已在心裡種下了虛無主義的種子，等到漸漸長大，家庭的悲劇、自己的不幸遭遇，逼迫自己必須尋求一條出路的時候，她們的「反抗」之路，便是消極逃避，泯滅求生的意志，走上出家之路，幻求渺茫的超脫輪迴生死。極可驚的是這些少女的出家，不但有家庭、社會環境的遠因，還有許多沉迷佛法的同學朋去互相「勉勵」（在此小說中沒有出場），而竟如傳染病一樣，一個個最後都走上同一條路。這部小說既然有高度的真實性，則我們社會中所隱藏著的一股銷毀生命意志的衰颯的陰風，對心靈敏感，經驗薄弱，心理單純，智力與身心都不曾真正成熟的少年之蠱惑與腐蝕，其可怕的程度，應提起我們高度的注意。

我們且討論一個最重要的問題：受苦者的出路何在？

什麼是「受苦」？如果說因為暴政的迫害，或外來的侵凌而受苦，只有堅決的反抗；如果因為制度與風俗局部的不良而受苦，便需做一番社會改革的努力；但是如果是來自生命本身的先天因素，來自人性的不完善，來自人生的局限性，來自人生社會中人與人之間無可奈何的不理想與不完滿所造成的「人的受苦」，這「受苦者」便不是只有一個謝寶蓮或卓小春，也不是只是某甲與某乙少數人的不幸而已，乃是人類無可逃避的，普遍共有的不幸。這些不幸如以生老病死為其大端，他如不滿足、貪慾、佔有、權力、妒忌、虛榮、仇恨……等等人性的弱點，該導致人生更多的殘破、失望、痛苦與不幸，這些不幸，不論帝王將相，富豪巨室，或者販夫走卒，貧賤小民；不論是什麼時代，什麼地方，也不論身分地位或男女老幼等差別，凡屬人類，皆無可逃避。但是，絕大多數的人生並不因為這種種的不幸而退縮，而消沉甚至自戕生機，卻能頑強地克服種種困厄，互相安慰，互相鼓勵，力求發揚人性的優點，改善人間世界。這一番無休止的偉大的努力，建造了文化。不只是幾個英雄豪傑所能獨力擎天，乃是世世代代的人生合力建造的結果。人生總懷著無限的希望與一切困阻作戰。有人得到巨大的功績能澤被眾生，有人或只能爭取到為少數人謀求幸福，至少也應該做到自己安身立命，坦坦蕩蕩，無虧於心。但是人生若不肯勇氣百倍地、積極地戰勝一切不幸與阻礙，以為受苦的出路，不是搶奪攻掠，便是自殺或出家，實在只是極懦怯極愚昧的做法。

說書中主角謝寶蓮愚昧，或不適當。其實，她還只是愚昧，雖然她本來極聰慧。她過於早熟，缺乏一股少年人原有的熱烈的生命力；她少年老成而又懦怯。她所遭遇的人生困境，只是極普遍的人生不幸之一種，但她失去戰鬥的生命意志，以為「看破人生」，早早走上寂滅之路。她和其他兩少女都只是戰鬥的人生的退卻者。她只是一枝柔弱的小花，經不起一點風霜，旋即枯萎；她放棄在人生的熔爐中承受鍛鍊的機會。她以她的小聰慧，誤認她狹隘灰暗的生活小天地為人生世界的全體，而做了可悲愚昧的人生抉擇。她與兩少女人生抉擇之錯誤，拿來與在極險惡的環境中猶能頑強戰鬥的人生相比，拿來與為迎接慘烈的戰鬥而高傲犧牲的人生相比，其懦怯與暗淡，不言而喻。就拿她和書中的卓玉春、王美玉或那一位為她剪髮的理髮小姐來對照，都顯得她的蒼白，畏葸與令人失望。

書中雖然描繪了各個不同的人生悲劇，但沒有大奸大惡，也沒有單純的正反面人物。令人可敬的人物是王美玉的堅強克己，卓玉春的真誠感人。書中著墨不多，極為次要的配角「理髮小姐」，卻最富人性的光輝。作者的「曲筆和隱筆」（見該書封底的介紹），可能在極易為讀者忽略的這個地方埋伏著。當她要為寶蓮剪去長髮，作者寫道：她實在有所不忍。端詳一下，天真的說：「小姐，我很冒昧地說句話，你好不好改變主意，不要出家？我有點狠不下心來給你落髮。我見過多少好頭髮，沒有誰及得上你。」她對生命的熱愛，連一頭好髮都寄予無限欣賞；而人生的美好一面，自然超過一頭好髮許多。她終於「含著淚，儘快地推動電推子」。接著作者寫她心裡想道：「她想，可不是稀奇古怪。這個謝寶蓮家裡有的是錢，兩代守著她一個女孩，人生得像個世界小姐，又讀著第一流的大學，真是要什麼有什麼。她卻放著現成的福不享，偏要剃光了頭當尼姑。我承認我是個普通女孩，和她相比，我是地上的塵土，她就是天上的星星，可差得遠啦。但我都情願理髮，也不當尼姑。……」我們可以想到。（在人生各方面，遠比謝寶蓮不如的理髮小姐不能沒有她自己的種種不幸與痛苦，但是「我情願理髮，也不當尼姑」這是一個遠比謝寶蓮「愚昧」的女孩子極聰慧，極感人的話。

書中用「花」來象徵謝寶蓮。先是謝三媽希望「先開花，後結果」，卓玉春「護花」，但後來一切希望步步破滅，「花落」了，成為「蓮」。「蓮」心是苦的，而「蓮」是「極樂世界」「西方淨土」，「願生西方淨土中」，是為死作準備。作者在幾個字眼上所寄寓的深意，實在很見功夫。而最令人讀之不忍，不禁心酸的是卓小春失戀絕望後的一夢，夢見白衣大士來為她做媒：「大士說，小春，我給你做媒，你今天結婚，快換上衣服。大士一說換衣服，我的衣服已經換好了。自己看看，卻是一身僧服，金線大紅僧衣。伸手往頭上一摸，頭是光的。我心裡納悶，什麼時候我出家了？就聽見大士說，叫新郎來。我又納悶，我沒有男朋友，又沒訂婚，這個新郎是誰呢？忽然聽見一片聲叫小春，我想這個要緊的時刻，不該有人叫我，叫我，我可不答應。正在僵著，眼前一亮，不見了大士。心裡一急就醒了，原來叫我的是你們。」我們讀了，當然知道大士給他的「新郎」，名叫「虛無寂滅」。就以「在家居士」的卓新嫂（小春的媽媽）的說法，出家等於百分之九十的自殺。所以「新郎」的名字，也叫「百分之九十的死」。作者成功地通過這一夢，揭示了非人性生活的可悲與對生命一絲殘戀的難以割捨的痛苦。謝寶蓮「十年苦修」之後，仍為卓玉春一封信而「雜念侵襲，近乎迷亂」，反人生的生活，畢竟永無寧靜可言。書中好幾處由這幾個女人表示婦女的屈辱，沒有享有獨立人格，希求來世修成個男身等等；又據姜貴先生在「前言」所說：「使我領略最深的是，這間廟裡有個佛學院，我在這個佛學院擔任幾小時國學方面的課程。學生四十人，全屬女眾，其中四分之三為比丘尼，其餘為所謂菜姑。年齡二十上下，教育程度高初中。她們聰明善良，勤勞刻苦，各方面都很健全。假如她們不出家而留在社會上，也都不是沒有辦法的。我看過她們每個人的自傳，有的原都有很好的職業，如洋裁、打字、司機、會計、出納等等，月入不薄。有從事藝術的，如繪畫、聲樂、小提琴等。文學方面她們閱讀的範圍也很廣泛，幾個重要女作家的譯與作，她們都特別喜歡，並無門戶之見。至於佛學，那是她們的本行，我這個門外漢就莫測高深了。」我們深為當代社會中出家者以女子居多的比丘尼的種種有關婦女問題所震撼，更覺得《花落蓮成》這本小說的社會意義與現實意義，值得重視。像圓明法師那一班「舌粲蓮花」的宣道師，對青少年灌輸「婦女佛教人生觀」的魔力之高強，我們的社會教育人士及天下父母，似不能不予嚴重的注意。

這本小說的缺陷，是有些地方言不成理（如謝瑞昌那樣人物的主張防止人口爆炸和異族通婚的理論及其荒唐的實行辦法）：有些地方人物言行轉變太突兀（如謝寶蓮在卓玉春飛美之前還談到「假如你我有緣，我遲早是你的人」，但「等到卓老闆送來她和卓玉春在飛機場大廈裡合照的照片，她不曾拆開來看，略想想，便狠狠心一逕投入火中，看它灰飛煙滅之後，才像是從愛別離苦中解脫出來，覺得輕鬆了。」這樣驟然的轉變，不大合理）等等不盡完美之處，可能作者匆促寫成，未及細細推敲之故。此外，現在的觀寺，照姜貴先生小說中所寫那樣，不但奉公守法，而且高潔單純，清淨無瑕。我沒有住過寺廟，尤其不熟知台灣鄉間的寺廟，當然很信任姜貴先生的「寫實」。但是曾閱《中國時報》海外週刊一月廿六日第十三版上〈指南宮的職業和尚〉（轉載自《綜合月刊》六十五年九月號）一文，明瞭當代寺廟中種種荒唐可笑，完全喪失宗教「清高超俗」的情形，尤其把宗教當商業來牟利的報導，拿來與姜貴先生所寫的對照，不大相信兩者竟有如此巨大的差別。姜貴先生當不會刻意美化，但有無觀察不深入不周全或片面誤解等情事？我們當然不能憑瞎猜武斷，只好存疑，不過，這一點似可提起姜貴先生與讀者的注意。

姜貴先生這部小說，指示了社會中不大為人注意的一隅之真相，提起我們的關注和思索。我由拜讀該書，引出種種涉想，作了零碎片段的分析，初無批評或書評的意圖，僅著眼這個人生問題的討論，但不意之中，各處涉及書評的工作，小說中對人物與事件沒有直接表示作者的判斷或批評，也不作過分明顯的暗示，這都因為作者不打算在小說中有明白的褒貶態度，故憂喜抑揚不假詞色，完全按照情節發展，作冷靜客觀的描寫。如果拿文學批評人生的標尺來看，作者的意圖與人生宗旨的意向，有些地方頗為模稜。但因此更覺餘音嬝嬝，發人深思。我的理解與議論，未必深中作者的本旨，但就小說本身來說，當不至有所誤解。我的一番話可能對青少年讀者有參考的價值，而提起社會對這幾個問題的注意，更是本文所深願企望的。對於徘徊在人生歧途的少年朋友，但願羅曼羅蘭的名言給你以有效的勉勵。天下無人不是「受苦者」，唯一的光明出路就是努力戰鬥。

「受苦的人沒有悲觀的權利。」

（一九七七年五月十九日於紐約）

後記：夏志清對姜貴甚重視。在他的大著《中國現代小說史》中有評論〈姜貴的兩部小說〉。一九七七年春他介紹我看姜著《花落蓮成》，我讀後甚有感想，志清兄要我何不為它寫一篇文章，於是有此文。刊《時報》海外週刊，一九七七年六月底。

（二〇一九年三月十日補記）

傳記・勸學・風義

一個人回憶漸多，雖然說明去少年日遠，但經驗漸豐，便更趨成熟。人生的經歷，是生命換來的代價，我覺得最可寶貴，若任其忘失，實在非常可惜！

好多年來，我常奉勸某些人寫傳記，有時且不惜用種種方法加以「激勵」。不少少年時意氣風發，一生飽經滄桑，功業也不無建樹，且代表一代某種人生型式的人物，到了老年，有的卻常感孤獨煩苦，百無聊賴。我便想到他們為什麼不寫傳記？因此，我常常暗自欣慰：我終生將不愁會有百無聊賴的時候，到了老年，我個人傳記的撰述，便是一件極其充實的工作。

傳記寫作是對時代，對自己的負責。有志寫傳記，其實不應等到老年。因為時間的間隔，將使人物事件記憶模糊。所以傳記的寫作，從青壯年寫到老，各成章節，應該提早動筆。

胡適之先生很早就提倡傳記，他自己四十歲即寫了《四十自述》。一個人的傳記實在可貴，而且不必限於老年人才可動筆。雖然「回憶錄」常偏於老年人的工作，但將「傳記」看成是一種老氣橫秋，日薄崦嵫的「迴光返照」，實在是中國一般人很不正常，很陳腐的想法。

一般人不瞭解「傳記」廣闊的含義，也不體認它巨大的價值與豐富多采的寫作方法。以為僅為「年譜」那樣刻板的記錄才是傳記；以為限於偉人或某方面大人物才值得有傳記；以為傳記必是流水帳似的記載才是「正宗」。事實上，傳記既是歷史，也是文學；有著重歷史的傳記，也有偏於文學的傳記。當然，文史並茂，既美又真的傳記，更其可貴。而且，偉人固應有傳記，普通人若有此可能，其傳記也一樣有價值（歷史的與文學的價值）。廣義的傳記的寫法，可以是寫史的形式，更可以是文學創作的形式；可以第一人稱，第二、三人稱；可以不寫「全傳」，只選人生的片段……。

傳記如果做為歷史來寫，首重真實。中國的傳記之不發達，大概許多人怕「真」。為了掩飾，為了避諱，為了鄉愿，為了種種原因，許多人不自己寫傳記，旁人更不好冒昧。真切的傳記這樣少，諛墓的「傳記」卻十分多。自己不肯將第一手資料故實交付歷史，任其埋沒；後人又多世故，只選名人恭維一番。當然也有人自己寫傳，為自己吹噓，卻極少人出來揭露真相，任其欺世盜名。做假的結果，歷史的真相便不易顯示，這損失多大，影響多深遠？恐不易計算！

傳記若做為文學來寫，一樣要重視「真」。《四十自述》是最好的典範，尤其前面部分，可說真美兼備，但若完全是文學創作，「歷史」只是材料，人物便不用真實姓名，而出於虛構。到了這一步，「傳記」與「文學創作」便沒有區別。事實上，古今中外無數第一流文學作品都是或多或少以「歷史」作為材料：個人遭遇，所見所聞等「傳記」材料融化在文學創作中。許多大文學家雖然不一定有「自傳」，其實他一生的作品中總或多或少隱涵了他的「自傳」，這種例子是不須列舉的。

有些人寫小說找不到題材，其實每個人都有一個絕佳的題材，那就是你自己的經歷。其次就是你最熟稔的人物的人生經歷。傳記與文學的差別或可有態度、宗旨與方法上的不同，但兩者絕無鴻溝。進一步說，歷史記述常常兼為文學名著；文學名著，又常常兼有歷史的價值，在中國，想想《史記》與《紅樓夢》，當可曉得。西方也不曾例外。

如果各行各業有些有心人士，把他的時代，人物，環境與遭遇等等在傳記中真切寫下來，對後世認識過去，史家寫史，貢獻之大，實無可估量；如果文采斐然，成為文學作品，更具雙重價值。

我小時候便喜歡讀傳記，覺得一人一生，十分局限，傳記可以擴充人生經驗，突破自我的孤陋。這個愛好多年來並未稍減。因為我有寫傳記的興趣，長期間斷續作了些「備忘錄」。而於別人所寫傳記，更特別留心各種寫法的比較。每有心得，也都作了紀錄，為以後的參考。傳記可說是任何行業的人士都可以考慮的「兼職」，到老不必退休。在我這一輩年紀上下不超過十歲差距的青中年朋友之中，似乎不大有人抽暇從事這種寫作。兼顧到歷史的真實與文學的手法來寫的，更不易見到。我的同一輩人大概還存在「傳記是老人的回憶」這樣的偏見，不禁令人感到遺憾。

劉紹銘教授一九六九年在香港出版《吃馬鈴薯的日子》一書，近兩三年來在台北報上副刊發表《二殘遊記》，可以說是在我的朋友這個小範圍內唯一「兼職」傳記寫作的一人，紹銘兄的《二殘遊記》，相當於《官場現形記》與《圍城》的特色。內中人物，雖用作者自撰的名字，但影射的同代人物，都可呼之欲出。《吃馬鈴薯的日子》，則是一個台灣大學畢業生從留美到學成執教的一段記述。是一篇真切的自傳式的，名符其實的「傳記文學」。紹銘兄命寫評論，姑妄言之。

《吃馬鈴薯的日子》是作者人生與知識成長過程的自白。就其坦承的態度來說，可說是自我暴露。甘願作自我暴露多少得有一些道德的勇氣與一腔對人生的執愛。我們讀著這種文章，因為作者對世人推心置腹的熱誠，常激起我們如遇知己的感受；一個真實的人生，必有一段或者數段或長或短，暗淡的，平凡的歲月。記得羅曼．羅蘭曾說過：英雄並非沒有卑下的情操，只是不致最後為卑下的情操所戰勝而已（大意如此）。我們都不敢自比英雄，但如何戰勝環境的威壓與自我的缺限，求取我們意志的更大自由，應該是任何人必須面對的長期的考驗。

許多「苦學記」式的自傳，都能給人「將相本無種，人人當自強」（「人人」本作「男兒」，現在應改變字眼才對。）的鼓勵，作者說該書是抱著「勸學」的心情而寫，這正是一份入世的熱腸。《吃》書在這個意義之外，更有其歷史的價值：它記載了我們這一代留學生的生活，思想，遭遇與命運。就我在美國三四年來的見聞，《吃》書所反映的中國留學生的「現實」，相當確切，本身就是一份「歷史文獻」。

《吃》書雖然在兩年前所寫的序中誡告打算留美的學生：今天的美國大不同往日，如果拿不到獎學金，不要心存僥倖，但是他自己徒手闖江湖的「苦學成功記」，所給予懷有留學美夢的青年人的激勵與「壯膽」，恐怕不大有人留心那個誡告。

我在美國沒有體驗過吃馬鈴薯的日子，所以不大知道這種日子的甘苦。就我看到形形色色赴美求學的中國青年學生以及赴美定居的「文藝界」人士。坦白的說，其中有些人不但沒有「進境」，反而步步「退墜」。原因是既無苦學的決心，又無苦學的方法；主觀條件與客觀環境，都不能配合所夢想的美願，便徒然製造了許多人間悲涼的故事。不過，現在只重學位證書不重人的怪現象，迫得許多人即使不來美國，也總想法到其他不大高明的「外國」弄一紙證書，以示「脫胎換骨」。這些笑劇與悲劇，實在是現代的《儒林外史》。

作者寫他在西雅圖華盛頓大學就讀時，找到一份餐館的全工，每月連小費三四百美元。有朋友勸他到紐約去，因為在紐約餐館做服務生，每月可賺六七百元。但作者意志堅定，寧肯「守節吃苦」；終於天助自助，後來得到了印第安那大學的獎學金（福特基金會所給），而終於完成學業，以我所知，作者這一段經歷，可說是學業成敗的關鍵。因為我見過許多留學生貪圖大城市中國餐館較多，打工易找，收入也較豐厚，而不忍放棄。但是每天從中午到半夜，累得昏頭轉向，根本無時間讀書。而且錢既易賺，不免花費不吝，以為自我慰勞。不少人書唸不成，倒真正成為「飲食界」老手。「留」而不「學」，豈是事先所曾料到！所以，作者對後來者的一番誡告，還是值得參考。如果沒有獎學金，自己條件又未成熟，光有吃馬鈴薯的「宏願」，實在不大濟事。

讀《吃》書最令人既感動又羨慕的，是書中所記述師生極真切的情誼。

陳世驤先生會以夏完淳的一句詩：「千古文章未盡才」，來寄託對壯年早逝的亡友夏濟安先生的懷念和感概。紹銘兄不只一次用「一師半父」來表達對這位恩師的感念。對作者的精神人格與文學研究影響最深的這位老師，在一師半父之外，實在還給予他如同兄弟與摯友般的感情，在作者苦學的過程中，有這樣一位推心置腹，不斷給予呵護、教導、激勵與支持的老師，不能不說是一個青年學子不尋常的幸運。而且，從台大到留學美國，師生倆都有幸不時相聚，這真是人生難得的奇緣。書中對此敘述之生動、詳盡、筆端感情之深摯，都令人感動不已。這樣的師生之情，在現在時代，是越發顯得珍貴了！

以極誠敬坦率的態度，作者寫了兩篇懷念夏濟安先生的文章，附於書後。無緣親炙的後生，讀了這本書，或能依稀想像到這一位「師父」的形象；乃師未完成的志業和不言的心曲，作者都留下了「第一手」的史料，紹銘兄大概亦是有「歷史癖」的人。學術文字，永遠只有一部分讀者，而涉及歷史、人物的傳記文學，可能更能傳諸廣遠。這些「雪泥鴻爪」，事實就是人生的「一步一腳印」，在一般學術性文字之外，另有文學與歷史的價值。

作者說到中國傳統的師生關係，「今已失傳」，事實上當然沒有這樣悲觀，但確令人不無感慨，李商隱詩有「平生風義兼師友」的話，這是人間極可歌頌的「美」。我們希望現在與未來做「老師」的人，不要忘棄傳統中這永可珍惜的瑰寶。

紹銘兄要我寫《吃》書讀後感，我讀後很有感想，尤其對他們師生的情誼之厚景慕，而有此文。

（一九七七年十月廿四日凌晨於紐約）

同情

——讀吉眉先生三短篇雜感

志賀直哉的《清兵衛和葫蘆》，許地山的《春桃》這兩篇小說，十幾年來讀了兩三遍，留下很深的印象。已經深埋在胸臆中的印象，也可以說等於淡忘了。不過，在人生種種駁雜奇兀的際遇中，常常因觸機而再現。文學的印象幫助我們深入體味，領略人生的真象與隱秘；幫助我們拓展，豐富人生的經驗；同時引導我們與芸芸眾生同歌哭，同悲喜。且不辯爭文學藝術有沒有哪些「功能」，它起碼使我們擴大「同情」，突破「自我」狹仄的樊籠。「同情」，在道德上說是偉大的情操；對個體生命來說是擴展，是解放；在審美上是共鳴，感動，而獲得心靈的淨化；就人生的活動上說都是一種與高潔寬弘的精神相默契的境界。

上面提及的兩篇小說那已經淡忘了的印象與感受，最近因為拜讀了羅吉眉先生在《聯副》刊出的三篇大作（〈上元燈〉——二月二十一日；〈鳥店的姑娘〉——四月八日；《瘋子》——五月二十六日）而重新觸發，對普遍的人生某種情境的況味，頗生感慨。

《清兵衛和葫蘆》是寫一個叫清兵衛的小孩子的一段小故事。他十二歲，還在小學讀書。因為喜歡收集葫蘆，但是買不起古董店裡的乾葫蘆，便自己節省零用，以三四分到一角半的小錢在青菓店買了些葫蘆，自己開口把種子取出，削塞子，用茶汁除去葫蘆的氣味，再把父親喝剩的酒倒進去，然後不斷的磨擦，使它發亮。上學的時候把它掛在屋簷下晒太陽；睡覺時放在被窩裡一起睡。一個這樣入迷地愛著葫蘆的小孩子，正像我們大多數人童稚時代曾經有過的某種醉心的嗜好一樣。但他的教師說他沒出息，沒收了他苦心經營的，最好的一個葫蘆；他做工的父親因為教師的告發和責備，狠狠打了他一頓，而且拿大鐵鎚一個個給敲碎了。清兵衛傷透了心，但連想哭都哭不出來。（後來被沒收的那一個葫蘆，輾轉給一個收集古董的富戶以六百塊錢買了去。不久，清兵衛找到代替葫蘆的東西，熱心繪畫。他父親對他繪畫這件事，又漸漸說起責備的話了。）

《春桃》是寫被鬍子土匪拆散了家庭，顛沛流離的婦人春桃和後來逃難中同甘共苦的一個男子以及終於重逢打日本鬼子受傷斷了兩條腿的丈夫，三個人悲哀淒苦而恩義感人的故事。（故事較長，無法詳細憶述。）

清兵衛與春桃，一個小孩子與一個婦人的故事，時空，背景，情境，內涵等等各各不同，但是都隱隱在暗示著，在誘發，啟迪著我們去頓悟「同情」。因為沒有同情，童稚的心靈受到永難消除的刺傷，那是何等殘忍！因為同情，婦人與兩個患難的男子滌盡了人性的污濁（這裡指妒恨、私心等），成全了恩義。雖為販夫走卒，也與俠客、聖哲無異。

羅吉眉先生的〈上元燈〉，寫一個窮人家的小孩阿長買不起燈籠，只好持著一把業已油漆剝落的木頭關刀參加燈火遊行。因為沒有人欣賞不起眼的木頭刀，阿長自卑、傷心，而偷偷溜回家中灶邊哭泣。廿七年後阿長已是中年農夫，在中國大陸上是「人民國家的主人翁」，但因過度的勞役而未老先衰。他「躺在兩條長凳，四塊木板的硬床上」，回憶童年這段傷痛的往事。更可悲的是，從此已「沒有元宵，沒有燈火，沒有自由，沒有一切。」

〈鳥店的姑娘〉也許是作者童年一段蒙昧的愛情的回憶。最令人感慨的是愛慕鳥店少女的那個小孩子，積攢一年的零用錢，打算買下那隻最靈敏的金絲雀的時候，少女因為家中行將絕糧，已在前一天忍痛將牠賣掉了。

小孩子感情的純真，童稚的失望與無可奈何的落寞之情，在〈上元燈〉與〈鳥店的姑娘》中只是透過兩件微不足道的小東西（燈籠與小鳥），使我們對稚弱的心靈所受的創痛，發生無限同情。也許我們在悲憫我們自己的童年的某些傷痛之餘，覺悟到大人的自私與忽略所予弱小無助的孩子們的心靈無意的損害，竟成殘酷。

〈瘋子〉是對一位經歷抗戰，身心備受傷殘的老兵，一個流浪漢的同情，以及對於他之飽受現實人間揶揄侮辱，終於負屈自沉的悲慘，寄予不平的憤慨。而且作者感到自己對他只有「空白的同情」而自愧。當然，這個故事只是對往日的回憶背景為抗戰時代，對今日年輕的一代，不易引起共鳴。不過，人間在意識的溫愛柔情之外，也有無意識的冷酷，有因無知而來的殘忍。這也許是作者最深的感慨所在。

現實社會大概只是成人搏鬥競爭的舞臺。為兒童的事業，不論是玩具糖果，兒童節目，故事書，大概也只是成人商業競爭的項目而已。甚至孤兒院，也大有募捐舞弊，大飽私囊，成為賺錢事業的情事。我們每個人都從孩童來，但是因為健忘，因為現實競鬥的間不容髮，我們都忘卻了一小半人口無告的弱小者。如果我們從孩子的心靈世界回望成人的現實人間，確是何等卑污、虛偽、殘酷，或應令人怵目驚心！我們也許才能夠認識人性的另一面，憬悟到我們所執著的人生竟是什麼價值？

幾年前，我在加州遇到一位攻讀文學的極優秀的留學生，她剛從台北探親回美。她說到在台北看電視，有一個節目是軍人節訪問老戰士：一位花枝招展的「名歌星」持麥克風嗲聲嗲氣，所問不是令人啼笑皆非，便是不倫不類，介乎侮辱與調笑之間的「問題」。老兵則神情慌張，支吾無措。她說她看到台北的電視節目這個樣子，偷偷哭了一場。我很理解一個誠樸敏感的文學者對這事心靈上的感受。我常想人間同情的重要，而無心的殘忍，或無知的殘酷，首先是缺少同情心。

我竭力試學著以同情為戒尺，寫了兩篇討論當前「文學方向論戰」的長文在《聯合報》發表，近日有人寫文說我是「和事佬」。我覺得希冀壁壘分明的罵鬥，不但不同情目前國族的處境，而且對於曾經被虛戴皇冠，事後只得到鐐銬的「勞苦大眾」沒有真正的同情。如果有人大聲疾呼地說：「受苦的人們，我同情你們……」或許比無心的殘忍更應讓我們警惕。正如種種色素可人的兒童食品的製造商儘管笑容可掬，慈愛的父母或更應該提防孩子們受傷。

清兵衛與葫蘆，阿長與燈籠，以及兩位受傷殘疾的戰士辛酸的故事，都只是人間最冷落最不顯眼的，小角落裡的故事。它們的主題內涵，思想深度，寫作技巧如何，本文未敢置喙。因為不是批評文字，只能算是讀後雜感而已，拉拉雜雜，不成章法。

特別要說明：本文所說「同情」兩字，一般人誤用為憐憫，可憐，恩恤等意思，實在不對。憐憫（pity）他人，似乎是德行，其實也大有問題。因為憐憫人者常常暗暗覺得自己比較優越。我所說的同情（sympathy）是指交感共鳴；設身處地而達到最深刻的了解，是指心靈與心靈之間和諧的交契。

（一九七八年六月二日凌晨四時）

永恆的滋味

——契訶夫給我們的啟示

我一直對契訶夫（Anton Pavlovich Chekhov, 1860-1904）有特殊偏好。自少年時代起，讀他的小說，覺得那是一個真正的「人」的文學家。他高貴的相貌，愁蹙的眉宇下面的夾鼻眼鏡，正如他的身分：醫治人類身體疾痛的醫生與剖析人類心靈的文學家。尤其是他的名字在中文裡早期譯為「柴霍甫」，別有一番古奧而神祕的況味。這些都使我對他特別憧憬與仰慕。我初中的文學教師，在課堂上講世界文學，柴霍甫與柯洛連科的名字，那樣優雅而莊重；那聲音至今似乎還在耳畔，不曾忘卻。

俄羅斯文學，尤其在十九世紀，出現了許多世界級的文學彗星。自普希金到契訶夫，中間是萊蒙托夫、果戈里、屠格涅夫、杜思妥也夫斯基、托爾斯泰、柯洛連科等等。他們與莎士比亞、雨果、巴爾札克以及中國的羅貫中、施耐庵、曹雪芹等等文學大師，都是我匱乏的少年時代精神上極豐富的營養，他們使我從狹仄的樊籠解放出來，認識全世界與人類的真相，給我以驚心動魄的感動，狂醉的嚮往與強有力的鼓舞。

我對俄國文學並無精研，而特別鍾情於契訶夫。讀過他的小說以及有關他的許多傳記、評論與回憶文字，也看過以他的戲劇拍成的俄國電影，似乎對這一位早夭的文豪自感深知。在今日重讀他的作品，覺得仍然給我們莫大的啟示。

這就是純正的文學給予我們永恆的滋味。

一切文學家對人類，對社會，對人生的痛苦、悲慘、墮落，都有巨大的同情、悲憫與深切的瞭解；而且他投身在人的生活中，他必有最切膚的體驗。對於黑暗、不公、愚蠢、殘酷、野蠻，都懷著失望與憤怒。而真正的文學家，對這一切的態度是：對現實予以揭露，對人間予以批判，對受苦者予以慰撫，對未來予以希望。真正的文學家，對光明的未來懷著希望，是藉著愛對人道的力量來促其實現，不是採取仇恨鬥爭的手段。但是另有一種「文學家」，是拿文學來充當社會革命的武器，充當政治的工具。他們假借人道主義，卻致力於挑起仇恨的事業；他們自以為負起了拯救人類脫離痛苦的歷史使命；他們要做受壓迫、受欺辱、窮困的人民的救贖者；他們要成為勞苦大眾的英雄，以激發階級的仇恨來完成暴力革命。信奉共產主義的文學家正是這樣的以文學為工具。其結果是蹂躪了文學，也犧牲了受愚騙，受激而狂的大眾。

柯洛連科的文學天才雖然不受懷疑，但是因為他堅持「美學」與「道德」的信念，不贊成人類所渴求的「仁愛」必須以暴力流血與犧牲去取得，所以，蘇俄的初期著名文評家，也是得到列寧特別「偏愛」的紅色政客盧那察爾斯基（1875-1933）譏諷他是衣冠楚楚的「正人君子」。屠格涅夫與柯洛連科在盧氏看來，是貴族和耽美主義者，是剷除黑暗，締造「新世界」的「偉大戰鬥」之前懦弱的逃兵。只有高爾基，被歌頌為「世界第一個無產階級作家」。高爾基靠攏布爾什維克黨的時候，他的文學確曾充當紅色革命銳利的工具，但他終於成為暴虐政治的犧牲品，死於他所謳歌的，所催生的新政權的暗算。有中國的高爾基之稱的魯迅也同一命運：他們同樣為無產階級的政治綱領做工具，他們的天才只被當作魔王登基的墊腳石。

契訶夫也是舊俄與新俄交界時代的文學家。一個真正偉大的文學家假如必須一定是愛人類，那麼，當必須愛一切的人類。不論是驕奢的富人，或者貧賤的窮人。契訶夫原來是一位醫生，他的文學在本質上深刻地印上醫生的標記。在醫生的聽診器中，任何活人的肺在呼吸，心臟在跳動；在醫生的手術刀之下，任何活人的皮肉一樣會流出殷紅的鮮血。階級的謬說，在醫生的心目中沒有立足的餘地。契訶夫正是這樣一位真正的「人」的文學家。

契訶夫筆下的人物，是這個世界上最多數的平凡人物，帶有種種毛病。他特別慣於描寫的是人生陰暗、卑屑、敗壞的一面，沒有什麼特別優秀的人。他的人物，各階層都有，地主、貴族、商人、官吏、教師、牧師、手工業者、農人等等；他不大寫工人。整體說，他表現了生活在沒有涯際的泥淖中的俄國人極度的悲哀。他是以冷靜的觀察，理性的「診斷」，對可悲的俄國人的心靈予以剖析。那些不健康，罪惡，甚至瘋狂的人物，喪失生活的意義，在苦悶、單調與鄙陋中活著，契訶夫表現了他的同情悲憫。對醜惡的生活，他予以笞撻、譴責；對醜惡的人生，他予以諷刺，帶著眼淚的嘲笑。而對於未來，契訶夫寄予無限的希望；雖然俄國像鉛一樣沉重的陰霾幾乎使人窒息，但他忍耐地等待著未來的光明。他這樣說：「在每一個自滿而幸福的人門後，應該站著一個拿鍾的人，時常敲他，使他記得除他以外，還有許多不幸的人在。」但他不像托爾斯泰，大力宣揚倫理的教訓；他不宣傳什麼，只是表現俄國最真實的生活，而給予暗示。或以象徵的手法，如詩一樣曚曨地使人有所感悟。讀契訶夫要有耐心，他不製造高潮迭起的戲劇化情節，卻在平淡中有深意。他也不像杜思妥也夫斯基，狂熱的吶喊；他是憂愁地低吟，唱著詠嘆人類悲苦的小曲。

不做政治的工具的契訶夫，被左派評論家稱為烏托邦主義者，「看不見取得進步的明朗途徑」。高爾基就認同了無產階級革命的途徑，但是，今日的蘇俄又怎樣呢？豈不是以更大的黑暗代替昔日的陰霾！人性的愚蠢，自私，卑屑，庸俗，殘忍，絕不是來一場殺戮所能剷除。契訶夫的小說是那不斷教人警惕的鍾子，提醒我們人間如果沒有理想，沒有愛與悲憫，將無異於一窪泥淖。這正是契訶夫的永恆價值，也是予我們歷久彌新的啟示。

（一九八〇年歲暮於香港）

產生「偉大作品」的條件
——與李喬先生討論

偶然的機會讀到《自由副刊》李喬先生〈再論台文的機會〉一文（十一月二日）。茲擬略表反思，供讀者參考。

什麼樣的時空條件「最有機會成就偉大的（文學）作品」？根本上說當無法斷言。而該文所列的條件，並不構成產生「偉大作品」的「根本理由」。譬如：該文的「理由一」，台灣經濟已脫貧，政治上已無壓迫與失蹤坐牢的危險。——這樣的條件，太平常了。而說「惡的力量已微乎其微」，倒不見得，何況古今許多偉大文學恰恰因為社會黑暗才激發批判、創造，產生文學巨著。「理由二」，歐美社會「個人自由解放到了極端……，於是文學藝術置於解體狀態。」而科技挑戰的困擾使「人文癱瘓」。——似乎因為台灣不是歐美，便可免於這些困擾，所以文學創作便可一枝獨秀？其實也沒有這回事。「全球化」的浪潮中台灣常常充當文化新潮的馬前卒，崇洋附驥，惟恐落後，台灣何曾於強勢文化之外特立獨行？「理由三」，說是因為台灣面臨生態環境破毀與強鄰的威脅，「結果一方面壓縮台灣居民成為命運共同的一體，一方面又造就了個人理想追求與國族自由解放同步的奇妙處境。這個處境使藝術文學家有理由忽視上述理由二的挑戰，進而創造呼應或反映、或描繪這個偉大時代的偉大作品。」——台灣的處境正是我們可以規避（「忽視」）時代困擾的條件（「理由」）嗎？我們規避得掉嗎？因能規避就大有可為嗎？

最關鍵的是該文下面一段：「換言之，處身台灣的文學藝術家，可以不受文化認同、民族認同、國家認同等『冰冷絕物』的困擾，只要誠實地面對『處境』，忠實自己所感所想，然後以藝術手法表達它、呈現它就成功了。」

我所體認的「偉大文學」正好相反，普遍的價值，時代的精神，國族文化的特質（文化、民族、國家、地域；母文化的傳統）與個人的創造四者，合成偉大文學與藝術必具的要素。這四個要素正是由最大到最小；由普遍到特殊辯證的統一。文學是在特殊中映現普遍。普遍的價值（如人道、仁愛、正義等）有最高的普遍性；時代的精神則相對地有其時代的特殊性；民族與地域相對於時代精神又有其獨特的內涵，最後要歸結到藝術家個人的獨特性中，創造完成。顛倒過來說，偉大的藝術是在個人的創造中體現了自己母文化的獨特性，透視了藝術家所處的時代精神，同時也映現了普遍的人性所嚮往永存的價值。

怎麼把「文化、民族、國家」等「認同」視為文學創作的「困擾」呢？而這些體現了國族、地域——也就是母文化——的獨特性的因素，是何等親切、溫馨，何等可貴，怎麼是「冰冷的絕物」呢？（什麼是「絕物」？令人不解。）把這些孕育文學家成長的母親的奶水、養分說成「冰冷絕物的困擾」，文學家還怎麼可能有「誠實」、「忠實」的心？如果連「認同」都認為是「困擾」，那更是對母文化的疏離和背棄，遑論忠誠？身為文學家怎麼會有這樣離譜的認識呢？

台灣多年來努力推動「本土化」，就文學藝術上來說，強化文化主體性，凸顯自我，絕對正確。只是若自我窄化，侷限於小族群，離棄大族群的傳統，才令人擔心自斷淵源。

台灣若有「偉大的作品」出世，首先要有能睥睨一時的「主流意識型態」，有慧心與慧眼，把握住上述四要素，不為名惑，不為利誘，不為勢劫，不遵從「政治正確」的天才。

（二〇〇〇年十一月）

論詩三題

對於詩的感想——致《海韻》詩友

詩在現代，實在已大不如過去那麼顯赫。就好像自從有了電腦計算機，算盤大不如過去那樣吃香一樣；就好像自從有了數鈔票機，最靈捷數鈔票的巧手便沒有表現長才的機會一樣。文字在文學中，現代最得令當時的是報導文學、小說與評論。詩，好像只是文字的娛樂，文字的遊戲，文字的精工雕琢而已。教育普及以來，詩的地位無可避免地下墜了。文字的最普及，最大的效應，現代是在報紙與雜誌。所著重的是確切平實的敘述與表達；像詩那樣精細、隱晦、深沉，近於曖昧的文字，便不大合乎大眾化的需求。詩，無可奈何地漸漸在式微。

但是總有一班對詩懷著虔敬與熱情的人在賡續著詩的事業；而年輕的人，往往有的是一肚子幽幽切切、纏綿繾綣、熾熱難耐而又不可名狀的情思；所以最適合寫詩，也最富於詩的衝動。所以，在詩不大景氣的現代，我們不必擔心，總有人寫詩。詩大概永不會滅亡的。

到底詩是什麼？這個問題，困擾著寫詩與讀詩的人久矣！在載道言志之外，新文學以來，多半以為詩是表達感情最洗鍊的文字。我覺得詩不只表達感情，不只文字洗鍊，更重要的是要「有所寄託」。寄託什麼，那是詩人自己的事。總之，所寄託的越深刻，越廣大，當然越難，也當然就是詩的價值所在。無所寄託，便沒有餘味，沒有深意。詩，不應只是文字的幻術或文字的機巧而已。

新詩的另一困擾在格律的問題。詩該不該有格律？像中國的律、絕與五七言，西方的十四行？自由詩沒有格律，是不是就是造成它無法傳誦久遠，無法成為「古典」的原因？

我也有過寫詩狂熱的少年時代，但因為對於詩在現代的種種困局無法自解，所以我認為我所寫的詩只是個人感情經驗的記錄，不值得公開發表。我雖不希求成為詩人，但因為對詩頗關切，也非全無體驗，我覺得現代的中國詩除最好的之外，一般有這幾種情況：有些詩只是個人感情極曖昧而抽象的表現，沒有鮮明的意象，故不能獲得詩的優點，成為庾語玄言而已；有些詩只是「燈謎」。它不明白說什麼，繞了大彎子，布置一些陷阱，曲曲折折把答案（所要表達的東西）藏在裡面，要讀者去猜。詩，本來是有「隱」與「顯」的，但「隱」與「謎」之間，大有區別。作詩成謎，只是文字遊戲；有些詩只是一些俏皮話的集合；有些詩，作者受一股渾渾沌沌的熱情所驅遣，含含糊糊卻又洋洋灑灑寫出來，寫者讀者皆不知所云；有的詩把一點兒本無深意的情思，用了許多裝飾品大加粧扮，看似華美，其實平庸之至。

詩與其他藝術一樣，要有深刻的內容和完美的形式。詩的「自由」不能不在極嚴格的要求之下求解脫，而後方有可貴的自由。記得梵樂希說過，無聲的氣息要通過狹窄的簫管而後才成優美的樂章。狹窄的簫管就是格律。氣息就是詩人的感情。只有感情不必成為詩人。

《海韻》詩刊第三期中有〈吃牛肉乾的時候〉一詩，詼諧中有深意。但下半首從牛肉乾跳到和尚，似乎缺乏聯想的內在必然性。其實前半首獨立成一首小詩就夠好。吃牛肉乾而想到牛靜靜吃草，與人無爭；但人把牛製成牛肉乾，牛須歷劫而成美味。牛肉乾的美味要牛付出被虐殺的代價；被虐殺的牛當永遠不知道牛肉乾的味道。這首小詩構思奇特，富幽默感，令人再三玩索而有餘音在弦外。

幾點瑣碎的感想，聊供寫詩的朋友作為談助。詩是何等艱深超越的文字事業，所談若能摸到一點邊，就大喜過望了。

（一九八〇年一月三日）

「詩」與「畫」的現代觀點

關於「詩與畫」在今天我們應有明確的認識。我的意見簡略一說有如下五點：

（一）近代西方「純粹繪畫」的提倡，使繪畫擺脫宗教、歷史、政治乃至文學的支配，擺脫婢僕的地位，肯定「造型」本身獨立和藝術價值。這是新時代繪畫的大覺醒，也正可補救傳統中國畫只重文化意蘊，於表現技法、逸筆草草，陳陳相因，不重造型創意的舊病，不能毋視於此。

（二）詩畫結合是中國傳統文人畫的舊轍，要從舊轍中闢新路，不大可能。何況新詩不同舊詩，新詩若與畫結合，必不能沿襲老路。我認為西方純粹繪畫走到極端，變成視覺元素的排列組合，抽空了人生意義的探求與生活內容的表現，不免入於形式主義與虛無主義。中國詩畫傳統的發揚，應表現在勿使繪畫因獨立與純粹而切斷與人生生活的聯繫，則繪畫的文學內蘊，正可保持人文主義的精神於不墜。但仿襲舊文人滿紙題字，以「新文人畫」為名，其實只是舊詩詞換成打油或白話，毫無新意，徒見生硬造作而已。

（三）文人畫詩、畫、書法俱臻上品，如徐文長、金冬心、吳昌碩等人。三者稍有一項不能相匹，即焚琴煮鶴，只是東施效顰。此不可強求。今日社會分工，欲求琴棋書畫、詩詞歌賦、書法篆刻皆大備於一人，幾無可能。貪愛風雅，還是舊式「名士」的念頭，非常不現代化。

（四）詩的好壞有詩的標準；畫之優劣也有畫的尺度。兩項相加的總分，不能成就「新文人畫」的「成績」。兩項的總分要除以二。詩人作畫，與畫家寫詩，都非常值得鼓勵，非常有益。互為內涵，互相濡染，互相啟迪，都極重要。不過，畫未臻成熟，無法以詩搭救之；詩未成氣候，也無法以畫為「補貼」。蓋詩與畫皆獨立之藝術，有獨立之判斷，無可寬假也。

（五）提倡詩畫精神的融合，批判西方純粹繪畫偏失的一面，發揚中國以人為本位的藝術精神，極為正確。但應避免因襲古人，避免混淆、模糊了詩畫各自的獨立價值，也避免以風雅兼集而曲諒自己。畢竟詩畫早已分途，兩者在藝術表現中是各擅勝場，自成範疇。

（一九八三年四月十五日）

「現代詩」的感想與期望

不談理論，從「現代詩」已有的成績中，談談幾點感想與期望：

一、我希望「現代詩」先求是「詩」，再求「現代」。因為自從西方的「現代主義」以來，新奇甚至荒誕都可以是「現代」的本質。求奇求怪似乎較易，要它是「詩」甚至「好詩」就不容易。天下無新事，詩總要是詩才能論好壞。不成其為詩，「現代」也枉然。

二、我希望詩不要像啞謎，或俏皮話，或江湖「切口」（秘密會黨之隱語）。中國許多「現代詩」其實都類乎這些東西。好像繞個彎或耍點急智把尋常的事物說成隱語便是「詩」了。這是很普遍，很要不得的「詩路」。許多人嘲笑或不重視「現代詩」也以此故。「現代詩人」大概不大自覺。

三、詩人既不能只是比一般人會玩「隱語」、說俏皮話而已，故詩人的文字修養應比一般文人更高，更精鍊通達。詩人而文章不成樣子，就不只引人起疑，而事實上，詩質的提高也大為困難。詩人應該是文字素養頂高的文人。不能假「現代」之名而濫用文字，以不通為「奇特」，而責讀詩的人缺乏「想像力」或不懂「詩」。

四、「現代」固所欲，「中國」更不可不「念茲在茲」。因為中國的中文詩人，若對中國歷史、文化、文學、詩、文字……沒有深刻認識與修養，就不可能「中國」，則「現代」將焉附？若缺乏「中國」，則應以外文寫詩，做個「外國」詩人。其實，光憑運用「中文」寫詩這一項，詩人就應非常精通中國的一切。我們常見一些中文「現代詩」，如同域外詩翻譯成中文，不論內容與形式，都非驟非馬，如何能為中國文學的現代發展有所貢獻呢？

五、詩人的生活、行為、思考應該更平實、深入社會人生，不應過於重形式的標新立異，自成離群索居，飄然遠引的「族類」。如此他的詩可能更切實、有血肉，與眾生共呼吸。

六、詩稿的發表應嚴加品評，尤其應有二三有份量、高水準的詩刊刊登夠水準的「現代詩」。（某些初級刊物處登「習作」當然也需要，因為新手初試啼聲，也要有場地）今日詩的發表太濫，水準不齊，給人觀感有如中學生習作園地，易生「現代詩」不過爾爾的錯覺。對引起大眾對「現代詩」的重視與欣賞是一妨碍。

七、中國詩自五七言轉變為今日「現代詩」，應有一承傳關係。若缺乏此一關係的韌帶，則「現代詩」接不上傳統，也不能在中國人心中引起親切的迴響。故「現代詩」的創作，首重觀念的建立。詩人若沒有自己的「現代中國詩觀」，徒以感性創作，很易人云亦云，免不了互相「傳染」，互相依襲。所以現代中國詩人應為研討詩的觀念、格律、聲韻、節奏等等，建立自己的主張，再以之指導創作。我以為現代詩人要更具學識，才能有創作「現代詩」的高瞻遠矚。徒以感性創作，則年輕時人人都可為詩人，但一入中年，詩就枯竭了。當年徐志摩、聞一多等前輩，無一不是對於詩的現代化提出了個人觀念上的創見，而後其詩有如彼之成就。今日詩人太多，而中老年人絕少，可見我國「現代詩」之問題所在，在於只重感性的發洩，缺乏新詩觀念、規律的鑽研與新形式的鑄造。作詩太易，成就反而不易得。此值得深思。

以上七點，拉雜寫來，給「現代詩人」參考。至於《陽光小集》的美術編輯工作，希望加強，使其純淨大方，典麗莊重，勿似中學生刊物之格局，則更令人刮目相看也。祝現代詩揚棄三十年來的「框框」與「調調」，從頭檢討擘劃，在理論與創作上有更大收穫，為未來中國詩史接上光輝的一頁。

（一九八三年四月）

相聲

前輩藝人魏龍豪先生曾經告訴我，相聲藝術目前沒落的情形，令人感慨繫之。許多傳統技藝，不救則亡。想起日本的「能劇」在紐約賣座的盛況，深感勢利的日本人，也比我們稍有厚度，不禁臉紅心虛。

「相聲」一詞，大概清乾嘉才出現於著述。原來稱為「象生」、「像生」。《漢書》所說的「象人」，也就是後來的「象生」。由「象人」、「象生」、「像生」、「像聲」到「相聲」，是在悠遠的歷史中遞嬗、變遷而來的。「象」是生動逼真，「人」或「生」指演員。「象生」就是模仿人及事物極生動逼真的演藝人。後來漸漸減少動作的模仿，專注於聲音的模仿，便是「口技」、「雙簧」等。康熙歲貢蒲松齡的《聊齋誌異》中有〈口技〉一篇，即為「像聲」；不見動作，只聞其摹擬人、物之聲。宋已有《蓮花落》（乞兒唱民間歌曲）（辭海1163），樂府有《竹枝》，唐劉禹錫在沅湘以里歌鄙陋，依騷人《九歌》作竹枝詞九章，教里中兒歌之，由是盛於貞元、元和之間，劉與白居易皆有此作，後人效其體詠土俗瑣事，亦多謂竹枝詞，後也作詞牌名（辭海1007），另有河南墜子、山東快書、京韻大鼓。二十世紀初葉以降的現代相聲，就是我們現在熟悉的表演方式，已大不同於古代。大概就是說唱藝術的一種。有說唱、表情與動作。包括所謂「說、學、逗、唱」，把芸芸眾生的人間百相與聲口，極傳神的摹擬出來：滑稽突梯，引人發笑；冷嘲熱諷，發人深思。這就是今天的「相聲」。

詩與相聲都是語言的藝術。詩的語言是洗煉、精純、飽含豐富的意象；相聲則準確、鮮明、栩栩如生。詩是雅，相聲是野；詩是公孫大娘舞劍器，相聲是李逵揮板斧；詩是清供的水仙，相聲是籬邊野菊。說句當不得真的玩笑話：詩若是偽君子，相聲則為真小人。

相聲極富魅力，不論南人北客，優秀的相聲為大多數人所喜愛。正如雋永的漫畫，給予觀賞者精緻的繪畫所不曾有的驚奇、透悟、痛快與怪誕的美感。

相聲的生命在諷刺。諷刺是一面魔鏡，可使我們認識事物的真相；諷刺也是殺菌劑，有殺菌防腐之功。詩也有「美刺」；諷刺不是相聲的專利。不過，相聲沒有諷刺便失去生命。相聲的諷刺手法常使人發笑，辛辣的諷刺可使人笑出眼淚來。但這好笑不是胡鬧而已，是「寓莊於諧」，即在滑稽中有嚴肅的思想，深曲的感情。對於人間的揶揄，對於現實的批判，對於人性的抉發，對於正義、美好、真誠的歌頌，對不義、醜惡、虛假的揭露與撻伐。一方面使人知所反省，有所警戒，明辨黑白，謀求救濟之道；一方面予人抒情解悶，排洩積鬱，以收身心舒爽暢快之效益。相聲是中華民族曲藝中獨具一格的藝術，也是最典型的諷刺文學。在言論不自由的時代，相聲的作者與演員，透過相聲藝術，旁敲側擊，迂迴曲折，對現實，對人生做種種揭示與批判。在民主自由的時代，相聲仍一樣具有藝術的價值與社會的功能。如果批評可以有感性的形式，則相聲當仁不讓。此外，諸如人生的寫照，典型的塑造，觀念的暗示，感情的抒發，幽默的趣味，語言的鍛鍊，機敏與慧黠的表現……都使相聲成為大眾藝術的瑰寶。

平劇的盛世風光難以再現於今日，實在令人憂念。相聲藝術漸受冷落，其原因多在「人謀不臧」。平劇已經是精緻的戲劇藝術，不是野臺戲，難求永遠大眾化。而其形式與內容，既成古典，不可能「割鬚棄袍」，變成政治宣傳的「樣板戲」。那麼，平劇該不該現代化？可以現代化到什麼程度？怎樣現代化？都是大問題。起碼，題材與語言曲調，年輕一代很難適應，當為平劇「曲高和寡」的主因。相聲則根本沒有這些問題。責在維護傳統「文化財」的官署，若肯予關注，不難邀聘有識有能的學者與演員，共謀繼餘緒，開新元。

相聲的題材，完全可以自現實社會人生中取擷；相聲的語言，除北京話之外，福建話、台灣話也一樣可行。相聲語言的練達精準，該可以使今日電視國語歌曲歌詞語文的錯謬墮落，相形見絀而謀上進。我們不能只有娛樂，而其中毫無文化。相聲就是高度的娛樂性與文化相融合的民族藝術。維護傳統「文化財」，豈可忽視疏漏，任其亡失？

（一九八五年三月）

後記：台北在二十世紀末以來，有新派相聲，加上化妝、舞台、燈光、佈景等等。這正是當代「文創產業」的伎倆之一種，相聲的特色全在口說，摒除一切行頭。台北「素食」，有素雞、素滷肉等，與新派相聲同樣焚琴煮鶴。

魏龍豪與相聲

電視節目風行洋人的「脫口秀」，我國的相聲卻在苟延殘喘，說來既悲且愧！

在過去，聽相聲大多是市井平民，販夫皂隸者流的嗜好；騷人墨客，王孫貴胄，或自命高雅者則不屑聞問。因為他們嫌民間市井的藝術傖俗低鄙。但是，在時代、潮流、環境皆已大變的今日，能欣賞相聲，能全聽懂，能會心通感，實在說，當今舞文弄墨之士也未必都夠資格。

相聲是中國語言的藝術。當然，詩似乎更是語言藝術，不過，當代新詩，除了詩人，能欣賞的，似乎以慘綠少年為多。我曾有說相聲一文，說詩是雅，相聲是野；詩是公孫大娘舞劍器，相聲是李逵揮板斧；詩是桌上瓶花，相聲是籬邊野菊。開個玩笑：詩若是偽君子，相聲則為真小人。

當代相聲大家

相聲的生命在諷刺。諷刺大不同於造謠或誣蔑；諷刺是把偽裝捅破，顯露事物的本來面目。所以，「真」才使諷刺具備無比的力量。諷刺的本領全在語言的運用。

在這個語文衰落，耳膜粗糙，心思簡陋的時代，相聲的真價值是淹沒了。在表演藝術中那些綜藝節目打敗了戲曲、舞台劇；惡形惡狀的電視鬧劇，更殺絕了相聲。相聲在洋人叫「脫口秀」，是電視台引人入勝，歷久不衰的一個節目。但在始創相聲的我國，至今只能苟延殘喘，說來既愧且悲！

魏甦（龍豪）先生是當代中國相聲藝術大家。雖然北平侯寶林似乎盛譽更隆。但是，以區區之見，侯寶林不幸生活在只能歌頌，不能諷刺（除非嘲弄自己和與自己站在一道的「人民」）的「朝代」，加上政治迫害不斷，所以在相聲藝術的繼承與發揚光大上言，大不如魏甦。魏甦對相聲的貢獻之所以更突出，我認為有二方面：第一，他具有現代的時代知識，經他改編、潤飾的，或創新的相聲，都拋棄過去鄙俗無聊，或者油腔滑調的老套，而能與時代社會的發展以俱進；第二是他將只活在北平人社會圈中的相聲，改變成為凡中國人的社會皆能存活的相聲。在口音與腔調上，「京片子」給外地人聽來是一團漿糊。所以我聽侯寶林的相聲發音大不如魏甦清脆。我想相聲要使南人北客皆為之絕倒，發音上稍作改革，同時讓不易懂的北平土語俗語少一點，多包容其他地方語言，應是相聲現代化的正確方向之一。就以上兩點而言，侯寶林就做不到。

我認識魏先生，與大多數在台灣的人一樣，最先是從收音機與錄音帶上認識的。後來見了幾次面，我雖然也欣賞他說的話，更欣賞他說的聲。魏先生是了不起的語言藝術家。許多影劇界名人也都十分推崇他，但到底只利用魏先生的口齒去配音，或讓他當當配角。有人認為他的相聲，可以做學習國語的教本。這好像也算捧場，其實是焚琴煮鶴。怪不得我們雖然又提倡文化復興，又提倡文化建設，但是魏先生還只是影劇界疲於奔命的萬能角色，他所熱愛的胡聲還只有他在苦心孤詣傳薪。

我們今日社會不認識語言藝術，也就不懂相聲。以為相聲是耍嘴皮、逗笑；或者以為相聲的本領只是口齒清楚，國語發音標準，都不懂相聲藝術。

相聲是洞明世事，通達人情之後，運用高度的語言藝術的表現。通常說是「說、學、逗、唱」，其實這只是一般說法。相聲的表演藝術更重要的是語言的韻味。韻味營造「情境」——抽象的語言建構了形象生動的「情境」，或者鮮明的「心境」。不能欣賞這一層，便不能認識相聲的價值，也不能體味相聲的深度。

相聲既以諷刺為命脈，那麼，要諷刺什麼呢？當然諷刺人以及人的社會。凡人之愚昧、自私、貪鄙、無賴、橫暴、殘酷、諂媚、懦弱、無恥……，或社會之政治、經濟、文化、道德、宗教、風俗、習慣……之窳敗不良，皆可諷刺。一切的諷刺正如上面所說，不能離開本質的真實。不真實便成為揑造、誹謗或侮辱，便不成諷刺。相聲對人性的醜陋或愚昧，對不美滿的人間社會極盡挖苦、揶揄、鞭笞之能事，卻帶著了與人為善以及期望明天要更好的熾熱的心。魏甦的相聲好，不是僅僅口齒伶俐，更是因為他有這樣的眼力和心腸。

鮮活的眾生相

《魏甦相聲世界》即將問世，裡面有舊酒新瓶，新瓶舊酒，也有全新創作。從眼的觀察到心的體悟，再到口的表現，魏先生的相聲藝術呈現了鮮活的社會相，人生相；表現了語言的聲韻、音調、節奏之美；幽默使人會心，諧謔令人拍案叫絕，含蓄與暗示則給人餘味無窮之感。在裡面仔細體味，你將發現藝術的語言不只有聲音，有色彩，有味覺，有形象，而且有境界。

凡通達的人，有趣味而對語言有敏銳品味力的人，必熱愛相聲，也必佩服魏先生的造詣。在這個由腐舊向新生激烈變遷的時代，相聲將大有用武之地。我期望相聲藝術在魏先生的努力之下得到更多能共鳴的聽眾，也期望魏先生創作出更多反映民心，策勵社會的新套本。那麼，語言藝術將失之東隅，收之桑榆。

（一九八七年八月）

全球化中說相聲

說起相聲，便想起北京侯寶林，台北吳兆南、魏龍豪。清末至今百餘年，到了他們三位上台之後，相聲藝術才更膾炙人口。侯寶林一生極其坎坷，歷經反右、文革。聽說當紅衛兵高喊「打倒侯寶林！」侯說「不用，我自已躺下得了。」受難中不忘以詼諧笑傲對之。到八〇年代被北大聘為教授。晚年從事著述，有《相聲溯源》、《相聲藝術論集》等書。一九九三年逝世才七十六歲。

台北吳、魏兩位，實是相聲發揚光大的功臣。在大陸政治鬥爭不斷的時代，他們在台北，搜羅傳統段子，整理脩葺；也創作新段子。而且不遺餘力表演、傳播、錄製相聲集錦，以傳久遠。更悉心培養弟子，創立「龍說唱藝術群工作室」，現為「吳兆南相聲劇藝社」，薪火相傳。

今年八月底九月初，為紀念侯寶林九五冥誕，吳兆南號召侯寶林兩岸的徒弟與徒孫，在台北舉行《侯門深似海》的相聲表演。北京侯大師的女兒及好幾位一級演員光臨台北，同台獻藝，這是空前難得的盛事。

吳兆南再兩年便九十大壽，他與魏龍豪是相聲藝術台北雙傑。可惜魏龍豪已於一九九九年病逝。他們兩位確把侯寶林的相聲，再推向另一個高峰。原來北京的相聲，是市場、茶館門嘴賣唱的玩藝，天才侯寶林把它淨化、提升，確立其優秀民間藝術的地位。不過，北京的相聲，閒話太多，有點拖沓。在語言的節奏與韻律，情緒與調子的起伏快慢，輕重舒縮，敘事的邏輯，整體結構的嚴謹與緊湊，題材的擴大，時代精神的融入，為民喉舌與社會批評的發揮等方面，就我這個門外漢的旁觀，台北雙傑於侯大師，是青出於藍而青於藍。尤以《南腔北調》、《八扇屏》、《拉洋片》、《俏皮話》、《山西家信》等老段、新編，可說已成經典之作。

相聲藝術之所以有魅力，就因為他有不可取代的特色。他不是戲劇，不是歌舞，不是戲曲，也不是說故事，它卻可以兼取並融，融合在以口說為主的語言藝術中。它不要化妝與服飾（一襲灰青長衫，意在將視覺的干擾減到最低，以突出相聲的語言——包括聲音、表情、手勢都屬「語言」的範疇——為主的藝術特質），也不要燈光、佈景，不要背景音樂，純粹是「語言藝術」。（有人加上化妝、服裝與燈光佈景及音樂，以為是「創意」，實則是「焚琴煮鶴」。）相聲可以說是表演藝術中「物質材質」最少的藝術，它的形式與內容卻可以無限擴大。表演形式上，它可包容說話、口技、方言、各地民間說唱、戲曲、歌曲等；內容則哲理、文學、政治、歷史、民俗、語言、飲食、倫理、批評、雜學等等。優秀相聲藝術家修養淵博，技藝精湛，寓莊重於諧趣，別有慧眼看人生，絕不是逗笑而已。這使我想到他們與老舍、葉淺予、王洛賓、張樂平、豐子愷這些二十世紀民族藝術家，他們都是貼近現實人生，既通俗，又深刻的大師。老舍與梁實秋曾同台說過相聲，可見學院中人也不輕視相聲。他們有些人曾飽受苦難，大多已下台鞠躬，以後恐怕是「但恨不見替人」。

民間藝術最大的危機就是當代的「全球化」。西方社會學者老早指出「全球化就是美國化」。全球化不知不覺改變了各民族國家的文化土壤，使外來作物壯盛，本土作物萎弱。想想我們今日的小孩子天天喝可樂，吃炸雞，本土的碗糕與四神湯怎能不越來越靠邊？而今天，陳達的民歌與李天祿的布袋戲如何敵得過女神卡卡與「憤怒鳥」？如果還以為文學藝術的民族主義是狹隘、落伍的觀念，正好讓歐美的全球化吞噬了我們民族文化可貴的珍寶。當代「全球化」不是最大、最霸道的文化的「民族主義」嗎？為什麼我們不敢反對？

幸好相聲的藝術傳統薪火不息，許多優秀的傳統段子都得到很好的整理和保存。彰化建國大學土木系有一位丑倫彰教授，自認從少年起得了「相聲病」，為相聲做了許多輯錄、整理的工作，數十年如一日，十分可敬。他且與魏龍豪曾是忘年交。

優秀的文化藝術總有許多知音在天涯海角。上月十五日「聯副」刊出訪問吳兆南先生的文章中他說，相聲像一盆花，大家都說漂亮，就是沒人澆水。我謹以此小文，呈獻一瓢之誠。在全球化無情的浪潮中，我們更應該重視、呵護、獎勵、發揚我們的大眾民間藝術。

我對相聲藝術社團與社會有一些期待：應該蒐集、研究、出版有關說唱藝術的錄音與書籍、文章，尤其是已過世的侯寶林、魏龍豪及其他名家的文字。也應出版傳統與新創的優秀相聲段子的「文本」，這對認識、改進、研究相聲很有功用。其次，應鼓勵新段子的創作，也應鼓勵「閩南話相聲」的創作。事實上相聲是「語言的藝術」，什麼語言都可以創作「相聲」。閩南語有幽默、詼諧的特色，可以反映時代，應該有很好的新段子誕生。

（二〇一二年九月）

拓展小說邊界？

在小說中加入歷史、傳記、詩論等，叫「拓展小說邊界」？這只是「當代」文藝界廉價的創新之一端。

在繪畫中，「當代藝術」不亦有多媒體，又稱複合媒材？便是把水墨、油畫、壓克力、布片、舊報紙、木頭、鐵……等材料，毫無拘束地自由組合。那叫「拓展繪畫的邊界」嗎？其實是模糊了不同的藝術自己珍貴的個性與特質，顛覆了繪畫的紀律（那是歷代許多有才華的人集體慢慢構築起來的，如古代詩詞的格律），也粉碎了藝術的定義。破毀了邊界，為什麼就必然「創新」呢？

許多「創新」是古人不要的，看不起的；並非古人不會。把古人不要的、看不起的拿出來當了不起的「創意」，便好像把好好一間屋子炸成碎片，然後在上面搭帳篷住，而說是「創新」。的確，當代的創新很廉價，把牛仔褲弄成破抹布不就是最流行的服裝嗎？這叫「以退為進」——因為創造太難了，前人天才太多了，回頭撿人家看不起的，再加上一番說詞，使它「很有學問的樣子」，便是「創新」了。

捷克小說家昆德拉把哲思、歷史、散文隨筆寫進他的小說；賈西亞．馬奎斯的魔幻現實主義，許多人模仿。作得好的是受啟發再創造；壞的便只是襲取皮毛。台灣的舞台劇《寶島一村》，相對於妮可．基嫚主演的《厄夜變奏曲》（*Dogville*）中「只有骨架的房屋」那個創意，不是明顯的抄襲嗎？

文學不管如何後現代，總要對人與世界有更深的探索、發現與理解，其思想觀念自成一家言才是佳作。但小說不是哲學或思想，也不是知識的賣弄。而過分於外在形式上變新花樣，總不是上乘的文學的大道。當代太重視形式的反傳統，變成一大病症。

（二〇一四年二月廿一日）

略說「風格」

青年作家朱宥勳說「事實上，『風格』是一個中性的描述，在文學的用法中，它通常指的是『文字特徵的持續偏離』」。他還發明「風格」定義的公式：「作家的模式」－「日常的模式」＝「風格」。

老實說，「中性」、「文字特徵」、「持續偏離」、「作家的模式」、「日常的模式」這些詞組，不明不白，他想要解釋什麼是風格，只有越說越糊塗。比如：「風格」一詞怎麼是「中性」呢？難道每個詞都有左中右「三性」嗎？又：如果「作家的模式」沒有大於「日常的模式」，相減的結果，「風格」不就是「負」的嗎？什麼是「負風格」呢？

我們還是可以讀出朱宥勳的意思。他是說「風格」就是作家「遣詞用字的模式」。這很偏頗。因為「風格」遠遠大於、深於、廣於此。

怪不得他會問「有風格的作品，就是好作品嗎？」也怪不得他又說：「一名作家最需要全力以赴的，恐怕還是思想的深度、技藝的精進、核心關懷的思索，風格僅是其次而已」。其實，後面這些更是建立風格的基柱。遣詞用字是「表現形式」；它與「思想內涵」合起來，便形成「風格」。

喜歡文藝的人大都聽過「風格即人格」的名言。（所謂「人格」，不僅是品德或道德而已；包括先天後天一切因素與條件。所以出身、背景、品德、知識、思想、人生觀、教養、身體狀況……一切相加，謂之「人格」。）風格怎麼會只是「遣詞用字的模式」而已？哪一位老師說的？

朱宥勳對「風格」一詞是誤解了。但他舉王文興《家變》的一段，很造作古怪，大大不同「日常的模式」的中文為例，然後他寫道：「王文興把文字風格凸顯到極致。但若遮去他在文學史上的盛名，你自行細讀，可以捫心自問：你真的覺得每一個特殊的寫法都是有意義的嗎？每一個『風格』彰顯之處，都讓你更享受到這些文字帶來的效果嗎？保守點說，我認為這樣的努力十分可敬，但究其成果，大概只能說是成敗參半的。因此，在一定程度上，當一名文學創作者全力追求『風格』的時候，也許是落入了倒果為因的迷思。」朱宥勳的說法，令人讚賞，說得太中肯了。但提到「文學史」，還太早吧。還有，他說到「文字風格」四字，我想提醒他，要留意「文字風格」與「作品風格」兩者有別。作品或作家的風格，與作家運用文字的風格，在文學作品中是不可分割的，統一在一起的；但在文學研究與討論中，可以分別評論。小心別把兩者弄混了。

王文興是外文系教授，「風格即人格」必早已熟知。但他可能偏信杜甫「語不驚人死不休」，刻意在雕字琢句上建立風格。文學成就的追求，過分聚焦於「遣詞用字的模式」，未免還是一個大偏誤。

（二〇一六年八月卅日在澀盦）

文學諾獎與拍賣奪魁

九月下旬赴杭州參加中國美院的研習會，又應當地有名的曉風書屋之邀做了一次拙著《大師的心靈》與讀者的座談會。恰巧資中筠先生在杭州，也在曉風書屋剛剛有過座談會。有機會拜見這位學富五車的學界前輩。承書屋主人安排，茶話會之後，又共進午餐，這是我此行出乎意料的榮幸。

十月十九日與友人從日本北海道回台北，便在網路上拜讀資中筠先生〈諾貝爾文學獎有世界意義嗎？〉一文。那是她二十年前的舊文章。我大學生時代，也不認為西方文學專家可裁判全球各族文學的優劣，諾貝爾獎只能設和平、醫學、物理、化學等獎項。文學不像科學，有客觀普遍性的基準，所以「文學獎」不應列入。

但是，「西方中心」意識形態二百年來已習以為常，洋人的狂妄，到了自己都不覺察的地步。東方許多人也一樣視西洋為上國。中筠先生批得太好了，我完全共鳴。諾貝爾「文學獎」不但沒有「世界意義」，連「意義」都不具備。因為與民族性，與傳統文化緊密相關的文學、哲學、宗教、審美、藝術、思想等，都無法以一個尺度來評判孰優孰劣。所以，由極少數西方「權威」去裁定誰應得獎，是很荒唐的事。事實上，諾貝爾文學獎不但毫無意義，而且還有負面意義。因為把迎合西方口味的作品評為某國族文學的最高成就，是價值的錯亂，將有誤導後生與世人之虞。

無獨有偶，近日台北《中國時報》有一條新聞：「張大千作品去年全球最暢銷」。以中外繪畫作品賣出總價來排名，得出張大千榜首的新聞。可見當代傳媒對藝術的外行與功利主義、拜金主義泛濫的可悲。中外畫家各各在拍賣上難免出現價錢的高低，但藝術品格、成就的高低與是否「最暢銷」毫無關係。而以總成交價錢，比賽各畫家誰最暢銷來暗示藝術的勝利，是極低俗的尺度。而且不論總價是由三、五件的總和，還是二、三十件的總和，赤裸裸以金錢多寡為依據來排比，既不公平，也更沒有任何藝術品評的「意義」之可言。

張大千為何會在一年拍賣中總價掄元？若知道內情，便不值一笑：喜買張大千的藏家多為兩岸土豪或大商人，不懂中國書畫真價值何在者較多；其次，張大千的畫絕大多數是摹仿傳統已有的名作，非常公式化的甜美風格，張大千的作品數量是創作性第一流畫家的數十、數百倍。所以每個拍賣會張大千的畫最多，當然總價也最多。

文學的諸獎與藝術品市場的排行榜，與真正的文學、藝術成就的高下，毫無關聯。以之論藝術價值，可說是焚琴煮鶴。但當代已成為「權威」。這是過去與古代從未有的現象，更不要說諸獎與拍賣的內情之詭秘了。

（二〇一七年十月廿日）

第二輯

藝術批評

齊木匠的剛健與婀娜

現代繪畫大師齊白石可以說是一位對藝術十分執著的名家，其對藝術的喜好表現在詩文書畫、篆刻雕塑各方面。在傳統的文人畫風上尋找自己的獨特風格，縮短了文人與群眾的距離，也拉近了人對自然與萬物的情感。因此鄉村的景致，魚蝦蟹蛙農具等無不是其繪畫的素材。寫意自然、憐愛生命，是齊白石畫作上質樸而又雋永的表現。齊白石畫前人所未畫，就讓我們一起走進齊白石的藝術世界。

主辦單位開場白：

何教授是台北藝術大學美術學系的教授，也是很知名的藝術評論家，相信大家都很熟悉。何教授有很多非常專業的論著，當然教授也是一位非常知名的藝術家，他的作品非常具有獨特的個人風格，我們今天請到老師來替我們講解齊白石的藝術，從老師的題目，「齊木匠的剛健與婀娜」，我們可以很清楚的明白老師不同於一般演講者的文采。

何教授演講開始：

各位朋友，天氣這麼熱，大家會來聽我的演講，可能是因為這邊有冷氣，比外面舒服一點，所以講得好壞無所謂，反正大家乘涼嘛！這個題目我是想怎麼讓它不要公式化。所謂的「剛健」就是雄強的意思，所謂「婀娜」這兩個字，幾十年來我聽很多長輩講，有人唸「阿娜」，有人唸「歐娜」，有人唸「婀娜」，中國語言很麻煩、地方的方言又多，所以不曉得誰講的是正確的，甚至有些字典發音都不一樣。「婀娜」的意思就是多姿多彩，婀娜多姿，柔美嫵媚的意思。而雄強和柔美本來就是一種矛盾，因為一個人很雄強，大概就不會是那麼柔美柔弱。但齊白石的畫卻是雄強與柔美的統一。我們看很多人畫花鳥畫得非常柔美、非常細緻，或者有一些人寫大字、畫馬、畫鷹、畫虎，都飛揚跋扈，張牙舞爪。但是要把剛柔兩者統一是不容易做到的。不過很多大藝術家大概都能夠做到把兩個極端的東西辯證的統一。因為這個世界的萬物，不管是人生也好，大自然也好，宇宙也好，一方面我們反對二分法將世界看得那麼簡單，就是一個好、一個壞；一個黑、一個白。好像我們小時候看電影時都會問大人：「這個人是好人？還是壞人？」天下的東西很複雜，不能只見兩極。但是把握兩個大的極端也不失為我們認識事物非常重要的一個指標。因為天下總是這樣的，有左就有右，然後就有中間。有人高呼走中間路線，以掩飾其偏弊，這是滑頭。世界上有很重的東西，也有很輕的東西，重如泰山、輕如鴻毛，有非常黑的，也有非常白的，很亮的跟很暗的，天下都是這樣的，當然在這中間有無限多的層次。那麼做為一個藝術家如何能把握兩個對立的極端，並且在他的藝術裡面創造出多姿多彩、不同層次的種種美感？齊白石做到了，這是齊白石的本領。

記得從小我就喜歡黃賓虹、齊白石、李可染、林風眠這幾位畫家。現在只要是展覽這幾位畫家的作品，主辦單位就會邀我去演講。我講這幾個人跟別人不太一樣的地方就是，別人是因為這些人有名了，所以找一個名家來講他們；我是從小喜歡這幾個人，這幾個人尤其像傅抱石、林風眠、黃賓虹，二、三十年前很多人根本不知道他們的名字，知道的也不認為是大畫家。而我一直認為這幾個是最好的。幾十年後大家都認同我，我說好的就是好的，我當時不認為好的畫家，而今都只是小名家。現在大家都慢慢相信我，也知道最好的就是這麼幾個人。我寫了一本書叫《大師的心靈》，把從鴉片戰爭這一百多年來，我何某人認為的第一流的畫家是哪些人，做了一些評介。我花很長的時間去思考這個問題，也可以說我三十年前就想寫這本書，因為我非常想告訴大家我們近現代最好的藝術家是誰？我們社會上有很多是胡說、是商業的，政治的或者是無知的偏見與俗見，我要在歷史上留下我真誠的見解，交給後人去評判。

其實最好的畫家，一個世紀裡不會有太多人，西方也是一樣的。我們講印象派畫家，大家能夠很熟悉的就是那幾個名字，那幾個名字就是一流的。齊白石就是第一流的那種藝術家。說起剛健與婀娜，我記得他有一張很小的畫，他畫兩隻胖嘟嘟的小雞在搶一條蚯蚓，而畫邊他題了四個字「他日相呼」，就是說兩個小朋友現在打架、吵架，過一會他們忘記了，因為兩個人是好朋友。齊白石就是有這個本事，可以說齊白石的本事不只表現在畫畫上，他是一個有思想、一個對人生觀察入微，是一個鄉土的、生活的、人文的畫家，他才能夠去注意到這種題材。而且這樣的表現、題這樣的字，正好看出齊白石可愛浪漫的一面，多情柔美的一面。這四個字，「他日相呼」，呼就是打招呼。他這題得很好，他不告訴你他們兩個現在在吵架，改天就會重修舊好，他就用這麼簡潔的四個字「他日相呼」來表示。他畫的是今日鬥爭，但是他題的是「他日相呼」，這是一個人情練達、思想活潑的藝術家的情懷。

齊白石的題跋，在近代的畫家裡面我們可以說找不到第二個人比他更好，等一下我還會介紹很多他的題跋，就是他的思想的好，他的心靈、他的胸懷，他是怎麼樣去看、怎麼樣去想的。另外，在日本侵略中國的時候，齊白石很恨日本人，日本人要跟他買畫他都是拒絕的，或者是有揹客漢奸來引見，他就會掛個牌子說他生病不見客。齊白石在那個時候常常畫螃蟹，大家知道螃蟹是橫行走的，那時他題的是「看你橫行到幾時」。大家想想看，你們認識的畫家，畫花鳥畫得不錯的也很多，我們知道歷史上有很多人畫花鳥，但是有齊白石這種寓意、巧思與勇氣，這種畫畫跟人生、跟民族的苦難能夠結合在一起，這種畫家太難得。很多畫畫的人只會畫漂亮的畫讓人家掛在客廳裡當裝潢。老實講，天下大多數畫畫的人都是畫妓，妓女的妓，畫妓也沒什麼不好呀，日本不是有很多藝妓嗎？畫家畫畫為的是取悅於人，畫畫變成賺鈔票的本領，根本談不上什麼獨特的人格，與藝妓何異？老實講，張大千在某個程度上也是屬於這種畫家。但齊白石不一樣，齊白石能夠這樣子以畫作來諷刺日本人，諷刺作官的人，諷刺社會上的那些黑暗。他不畫政治畫，他只是題幾個字，但你就會感覺到他別有深意在裡面，這是一種胸懷，這是一種人格精神，一種修養，這是不容易的。所以你看他柔的地方，像他畫花、畫小鳥小雞可以畫得非常可愛，但是他也有很多畫作就像他的性格，有愛憎，有是非，有批判精神。

我本來要講一下他的生平，但是我想有一些別人講了，有一些別人不曾講的我來講。大家都知道齊白石他是一個木匠出身，一個窮苦的農村子弟。他的生平大家可以看看書，這次展覽羲之堂出了一本很厚的《齊白石的世界》，這個是我北京的朋友，跟我同年齡的郎紹君先生寫的。如果你對齊白石有興趣，這本書你應該買來看，這本書下了很大的功夫。齊白石一生的作品，甚至每一張能找得到的、有代表性的，都加以說明、加以考證，讓我們了解齊白石。他為了研究齊白石，特別到齊白石的家鄉去訪問很多人，而且全國各地有收藏的地方他都要去跑，他真的做了很多文字以外的調查工作，這是真的很不容易的。

文人畫風的特色

藝術家後來在歷史上有很高的地位，有卓越的成就，我們總想知道原因是什麼？齊白石這位畫家，基本上他是繼承了文人畫的傳統。中國的文人畫傳統是從宋朝以後慢慢的愈來愈壯大，而成為畫壇的主流，在元朝之後到明清可以說所有中國的繪畫就屬文人畫最為重要，而且中國繪畫藝術在世界上占有一席之地也是基於此。當然中國仍有其他的繪畫藝術，但以紙上繪畫而言，文人畫還是中國的代表，齊白石就是走這一條路。齊白石的文人畫是什麼呢？在民國初年有一位對齊白石有恩且是好朋友的畫家叫陳師曾，是大詩人陳散原的兒子，他對齊白石有很大影響，他對文人畫的看法是：「所謂文人畫就是畫裡帶有文人性質，含有文人的趣味的這種畫，而以思想、學問、才情、人品為他的特質。」

文人畫即是所謂士大夫的寫意畫，有以下幾個特點：第一個特點是技巧上是寫意的，基本上是以水墨為主；第二特點是指書畫同源，畫本身和書法頗有淵源，繪畫的技巧不完全是畫本身而是和書法的用筆方法結合在一起，所以畫家常於畫作上註明「寫於北京」、「寫於南京」而不是「畫於南京」或「畫於北京」。再不就說「筆」，某位畫家筆，這筆的意思即是表明這是他的親筆畫作。筆即寫、畫的意思。為什麼東方人有這樣的說法呢？這是因為文人畫在中國繪畫史上達到一個高峰，在技巧方面和書法有密切的關係。因為中國的文人畫家認為畫畫是畫家去體察萬物，而與畫家主觀的心靈高度的融和，用簡潔的筆法寫出來，達到主客合一、物我兩忘、心物交融的地步，才有藝術的價值。不像西方油畫塗塗擦擦，不管是竹片、畫刀，任何工具都可以拿來作畫。中國的畫家細心的觀察，領會於心，變成一種獨特的筆法，很簡潔地把他想表達的精神勾勒出來，幾乎像書法一樣，胸有成竹的一鼓作氣以輕重虛實的筆法表現出來。第三是詩、文、書法、篆刻和繪畫結合在一起。中國人自古即認為繪畫可以和其他藝術綜合在一起，其實中國的文人畫就是一種綜合體，但這種綜合不是像現今西方所流行的以各種材質如貼、畫、木材等等的複合媒材或拿現實生活中現成的東西來充數，而是要讓材料在人的心靈的使用之下，完全脫離物質本身的特點，轉變成飽含精神性與畫家的個性的創作。把文學、書法或其他藝術融合到畫作之中，可以說是多種藝術的綜合，而不是原來物質的呈現。其實西方太重視新奇，而這也是現代藝術家的危機。以新奇來顛覆傳統原有的好東西而洋洋自得，這種情形很多人都不敢批評，因為怕一說就會被冠上保守、落伍的帽子。

齊白石成功之因

齊白石為什麼走以前的文人畫之路，卻有如此高的藝術地位？我個人的解說認為他的成功有五點因素。一是齊白石善於從傳統及師友之間吸取營養，而不光只是學。齊白石小時候因為沒有受到良好的教育，所以非常好學，而且學得很廣，舉凡歷史上或當時令他佩服的畫師，他都以他們為師而認真學習，不像台灣社會上流行拜師習畫，單以一人為師，甚至成為派閥，緊守門戶，天地狹窄，我認為這是一種很不好的現象。齊白石是將歷史上，藝術風格相近、趣味和他相投的大師都視為知己，閱讀他們的書，臨摹他們的作品，努力的去學習他們，所以齊白石能將傳統眾多大家的精華盡量充分的吸收，是他成功的因素。他最早讀的詩是《千家詩》，是比《唐詩三百首》更早的通俗選本。他先讀詩作然後開始作詩，當然有些同鄉的前輩也教他如何作詩，主要還是他有天賦，肯努力。胡適之很重視齊白石這樣的一位藝術家，他的詩胡適之給的評價很高，胡適之曾幫他做過一本傳記、年譜，他認為齊白石的文章是完全沒有教育包袱的人寫的。既沒有受過文學的訓練也沒有學過八股文、駢文，那他怎麼能寫這麼好的文章呢？這主要是因為他沒有中國文人的枷鎖，同時他有自己的真感情，他把一位樸素的農家子弟真摯的感情寫出來，所以他的文章可以媲美古代名人的作品。一本《唐詩三百首》可以培養出齊白石這樣一位詩人，如果你們去看齊白石的詩作，你們會發現他的詩很容易懂，感覺和讀文人詩不同。文人的詩有很多的典故、套語、陳腔濫調，雖然很高深但少有真實情感。

二是他的長壽。長壽對藝術家來講是很重要的，像任伯年五十多歲就死掉了，黃賓虹就和齊白石一樣很長壽，他的畫作在七十多歲還不太有名，八十多歲時畫作達到巔峰而一舉成名。齊白石和黃賓虹不太一樣，齊白石在中年時就已經畫過一些很好的畫了，但如果他沒有活到那麼老，很多精品我們也看不到。齊白石的身體其實很不好，但後來有長輩幫他調養身體才得以好轉。三是齊白石少年貧苦，生活環境的鍛鍊讓他更能體會平民百姓的心境，塑造了他的性格而漸漸發展出他的特色，倘若他生於富裕之家，他就不是這樣的一個齊白石了！所以他的人生就是他的藝術，他的藝術和他整個的人格精神是互為表裡的。張大千的繪畫技術是無懈可擊的，簡直是鬼才，但從藝術家的角度來看，他是以一雙巧手善於模仿，而且仿得美極了，但卻缺少自己的特色，只為迎人。其實真的藝術家都我行我素，專注在自己的真誠創作中，不為取悅買畫者，就像齊白石。四是得天獨厚的天資，從小他常遇到貴人，家中長輩對他的寵愛照顧，長大時又碰到許多人的賞識，如民國初年的黃壬秋等都很提拔、賞識他。雖然他只是一位農家小孩，但卻十分有靈氣，很值得教他，甚至很多正統的文人到後來都很賞識他。五十多歲定居北京的時日，林風眠請他去大學任教；徐悲鴻也請他到中央美院教書，這種情形在今日以學位取人的社會是不可能發生的。齊白石得天獨厚，再加上他自身的努力，他也不負別人的期望。五是他不見異思遷，他從小立下志向，他本來是做木雕的，後來專心畫畫；他刻圖章，從清朝的名家印譜中學習技巧，並虛心請教他人。可以說他的一生，不管是順境還是逆境，為藝術創造的追求他都堅持到底。

齊白石的藝術為什麼這麼高呢？當辛亥革命成功時齊白石已經五十歲了。看了齊白石的畫，我們沒有辦法在他的作品裡看出他所反映的時代特色，他還是農業社會的舊思潮，或說在他的作品中看不到時代的變遷。反而是林風眠或徐悲鴻的作品可以看到時代的氣息。所以齊白石的作品確有其局限。而我們為什麼仍給予他很高的評價呢？我們都知道在中國畫史上，文人畫已經成為繪畫的主流了，但文人畫的思想內容都是士大夫階級，既傲視權貴也不和下層社會接觸，可以說，士大夫雖然思想超越，但卻也拒天下蒼生於千里之外。藝術不能傳達苦難大眾的心聲，藝術離群眾愈來愈遠，文人畫走向崇高但只是文人小圈圈中的自我陶醉。齊白石卻拉近了中國文人畫和群眾的距離，把樸素的農家情感和文人畫結合在一起，將文人畫的書卷感，貴族氣息轉換成平凡的農民情感，而這也是齊白石畫作如此受重視、受愛戴的原因。文人畫主要都是在表達文人的感情，齊白石把文人畫轉化成普通人的畫，雅俗共賞使得第一流的人佩服他，普通人也敬佩他的畫作。沒有人看不起齊白石的，因為他實在有本事，他後來讀書、寫文章、作詩都非常有成就，因為他作品中充滿著真感情，將現實人生真實的一面呈現出來，激起千萬人的共鳴。

技巧固然是藝術很重要的一部分，但並不是唯一的。張大千的畫畫得好極了，但是他的畫並沒有表現出二十世紀的藝術家不同於古人的個人獨特思想和感情。我想齊白石的地位之所以如此崇高，是因為他將中國農村、廣大人民的生活、處境，深刻地表現在畫作上。而且，論技巧，齊白石的筆墨也是第一流的，就如同吳昌碩、八大山人般，完全拋棄以往文人的作畫風格，沒有文人矯情、酸腐、陳腔濫調，而是樸直精簡。

畫作賞析

這一次的展覽是齊白石精品的一小部分，還有某些精品我們是看不到的，我們會在另外一個展覽會看到另外一些精品。之所以如此，主要原因是齊白石的壽命長，作品多而分散到世界各地。因此想將他的畫作一次看完是不可能的，但他作品中，雷同的部分也多，因為他全靠賣畫為生嘛！而且很多人上府求畫，以往文人畫的陋習，一張畫可以畫很多次，齊白石還未有「現代化」的覺悟。但此種情形在西方是不被允許的，因為西方人認為只有第一張畫作才屬創作，而這也是我個人極為推崇的一點，因為不斷地畫相同作品，猶如不斷複印，藝術價值便大打折扣，所以中國人對藝術的態度實在有須改進的地方。齊白石也有這樣的缺點，相同的畫作如螃蟹、青蛙……一輩子不曉得畫多少張，所以我們沒有辦法將齊白石的畫作在一個展覽中一網打盡這也是原因之一。

另一個原因則是近代畫家對於自己的畫作並沒有一個完整的記錄，使得作品太多而難以分辨真假，而這也是拍賣場上中國畫作的價錢一直比西方畫作遜色的原因之一。齊白石的展覽不易舉辦的另一重要的原因是中國人很自私，因為辦展覽活動有人願意共襄盛舉，有人不願意，不願把藏品和別人分享。而這種心態又和西方收藏家有很大的不同。這裡邊有些畫是我三十年前在香港就看過的，有一部分是我在別的地方看過，有些畫我就沒看過，但是那類的畫作我欣賞過，因為同樣的題材有很多張。不過，這次很多代表作都展出了，很不容易，所以是一個欣賞齊白石畫作的好機會。

以下我們來賞析齊白石的畫作幻燈片，大都是這次展覽的作品，有些則是我自己補充。齊白石的木雕在湖南的博物館保存很多，郎紹君編的，而由大陸出版社出版的《齊白石全集》就有很多資料。

齊白石在作木雕師傅的期間也同時幫別人畫肖像，清末時期照相機的使用並不普遍，肖像還是以繪畫較多，但因為那時多少受到西方畫風的影響，所以畫出的效果和照片如出一轍，在不斷地幫人畫像的過程中也訓練了齊白石描繪的工夫。

人像畫：齊白石的人像畫，有些像素描，又有些像照片。齊白石的書法也寫得很好，如「持山作壽，與鶴同儕」這一幅對聯。說到對聯，我們須注意，一般而言，右邊是上聯，左邊是下聯，寫對聯的署名人一定是在左下角。如果您問書法專家有關齊白石的書法特色，他一定會告訴你在中國書法史上齊白石學了些什麼，他融合了些什麼，創造及突破了什麼。倘若把他的行書拿來和明清以來的文人書法家吳昌碩來比，就會發現齊白石實在是一個全面的天才，篆刻、書法、詩文、繪畫都有他獨到的地方，學了他人而能再自我創新，這是不容易的。文人畫家很喜愛畫四君子「梅蘭竹菊」，梅花就是歌誦它愈冷愈開花嘛，竹子空心即虛心的表現，以做為某種道德象徵。好比出汙泥而不染，原本是很好的創造，但古今畫人不斷重複就變成陳腔濫調而無新意。而陳腔濫調也是造成文人畫後來沒落的原因之一，因為沒有真感情，變得八股起來。而齊白石的了不起就在他繼承文人畫的傳統，但他畫的卻是生活中最有感受的東西而不再是梅蘭竹菊，好比他畫農村事物往往會在畫作旁題字，使畫作變得別有深意。

農具畫：歷史上是很少有人願意畫這種的，因為這些東西並不入畫，是俗氣、便宜、卑賤的東西，在文人看來太俗氣了！他們作畫大多畫如意、鶴等高雅的東西，而齊白石作畫則主張將畫的趣味、精神表達出來，「到老亦貧誰識我，此翁真是負鋤人」，就是說他老時雖貧，但仍致力畫作，猶如老農夫每天都要耕作。從筆墨上來看，他繪畫的線條像寫篆書的寫法，這是從清朝趙之謙以來，吳昌碩、齊白石這一派的「金石畫派」的特色。清朝出了多少第一流的人才，如最偉大的《紅樓夢》作者曹雪芹，大篆刻家、書法家吳昌碩也都是在清朝，吳昌碩可以說是三千年來篆刻成就最高的一位，但中國人好古的風氣，導致近代一些有成就的畫家較不被重視，似乎年代愈久遠的作品才是愈有價值的。在中國藝術史上，我個人認為清朝不論是繪畫、篆刻、書法可說是達到高峰時期，王羲之、顏真卿、蘇東坡當然是中國歷史上第一流的人物，但是要講以書論書，以篆刻論篆刻則以清朝人成就最高，為什麼呢？因為清人看盡了從魏晉以來一直到明朝的名家作品而加以綜合，如何紹基、趙之謙等，他們將歷代的精華融於筆下，臨摹書法的人便知道學王羲之固難，學吳昌碩、何紹基更不易。「金石畫派」可說是清朝才有的，因為清人重視碑版、金石文字，而且篆書、隸書，清朝是達到最高峰，所以才會有金石（銅器、石碑）畫派的產生。從趙之謙、吳昌碩、齊白石到潘天壽，都是金石畫派。金石畫派同樣是寫意的畫，但是所用的線條結合了金石、篆刻、古文字如鐘鼎文、金文、碑等線條入畫，如畫一鋤頭的把，簡直就是在寫一筆書法。可以說筆墨上非常的俐落，齊白石畫的雖然是農民的東西，但在技巧的表達上，他可說是文人畫的精華代表。

三隻青蛙：這三隻青蛙筆墨有濃淡之分，右邊這隻最濃，左邊那隻又淡一些些，這一點點變化在中國水墨畫的表達上是很重要的。再看右上角這隻青蛙，牠的腳被水草纏住了，下面的青蛙感覺上好像不知所措，不曉得怎麼去救同伴，猶如一幕有劇情的畫。這就是齊白石可愛的地方，他將畫作賦予生命力、趣味，令人會心一笑，將人生的體會與藝術結合。而上面那幾筆水草就含有金石趣味，像篆書一樣，蒼勁而有力。

蝦：他畫蝦是很有研究的，據他的學生說他畫蝦時，幾隻腳、幾條鬚是十分講究的，晚年逐漸減少畫筆而變得更簡潔。開始是寫生的真實呈現，但後來便逐漸地精簡，以誇張的手法表現出事物的精神。如他的蝦略呈透明感，眼睛有力，將蝦真實地呈現。之所以如此，是因為他長期觀察甚至在自家庭院養這些青蛙、螃蟹、松柏花卉等，所以齊白石有他獨特的手眼。齊白石的思想很活潑，如他說「三日不揮毫，手無狂態」，他天天畫天天練，才會信手寫來都是好作品，所以齊白石是又講內容的充實、又講技巧的熟練，內容與形式兼美。還有他題字是繼承了文人畫的傳

耳食：諷刺道聽塗說的行為，所以我們應該要身體力行，實際去了解而不只是光聽別人說，要多讀書多了解，不要當耳食者，道聽塗說，隨人起鬨。

自稱：老鼠圖，喻不知斤兩、不自量、愛吹牛、自我膨脹，所以齊白石厲害，看到一樣東西馬上可以聯想到其他問題，而且這張畫完全是平行、對稱的，九十度畫法，就靠兩個濃墨的字來變化。

發財圖：算盤，他說「丁卯五月之初，有客人來，請他畫發財圖……」。他認為算盤是一種「仁具」，很公道的工具，因為跟你要錢不必用刀槍、官勢來壓迫你，只要打打算盤，你的錢就被他吸去了。齊白石會有這樣的畫風就注定他要在美術史上留名，因為他不只是畫畫，而是對中國社會的了解，有所感而將繪畫、書法、文學的趣味融合在一起，這在歷史上很少有人會這樣畫的，深入大眾社會反映出潛藏的社會問題，以另一條路、另一個方式來暴露人間社會的真相，齊白石真是別有懷抱。

（二〇〇二年七月）

嶺南畫派・楊善深

廣東之繪畫，與中原地區比較起來，其發達為時甚晚。現存作品最早者有明朝林良之花鳥畫，足堪與中原名家比肩，在畫史上享有盛名。而林良雖籍隸廣東南海，其畫藝取法於南唐的徐熙，且本人供奉於內廷，故不能直視為廣東本土繪畫之成就。大概在清朝道光以後，花鳥畫方面有了江蘇人宋光寶與孟覲乙兩畫家來粵傳授畫藝，而有居巢、居廉昆仲崛起，廣東的花鳥畫才初具本土繪畫之風格。人物、山水方面，則有蘇仁山、蘇六朋、李魁、梁于渭等。尤其廣東二蘇，個性突出，開廣東人物畫之獨特面貌。而真正廣東本土繪畫風格之確立，擺脫對於中原畫風之依循，發為新聲，則應推「嶺南三傑」高劍父、高奇峰、陳樹人為首之「嶺南畫派」。嶺南畫派由廣東人高劍父自日本回國後所首創。基本上在「新日本畫」的感召下，採用明暗與透視法與中國文人水墨相融滙，稱為「中西折衷」。自高劍父廿九歲（一九〇七）捐出作品十四幀為「粵湘贛三省水災慈善會」義賣至今八十年來，嶺南畫派，已成為廣東繪畫的代名詞。

廣東相對於中原，是為中國文化之邊陲。明朝的廣東人林良，如果不是奉差京師，斷不能成就畫史上與浙江呂紀並駕齊驅之大畫家。藝術的地方性獨特風格，固然受民族主流文化的霑渥而茁長，而本土的特質，那些地理與人文的特殊風味，如果不能激發起獨特的創造，藝術還只是中原主流文化的延展，甚或成為逾淮之枳。清末海通以來，知識之士，前往東洋日本留學，成為欲向舊中國以外廣闊的世界攫取新信息最理想、最便捷的途徑。說「最理想」，因為日本自從明治維新，比中國更快引進了西方現代化文化，而且做了一番整理與轉化的功夫；說「最便捷」，則因為日本在人種、語文、地理與風習上與中國最相類相近。所以清末民初到日本留學的中國知識份子，回國之後皆為得時代風氣之先之俊傑。

嶺南畫派的興起，乃時代與地理之因素相配合之結果。廣東以濱海的地理位置，適逢以海運的便利取代往昔絲路的艱困，開啟近代中外文化交流、「折衷」的新潮流，而得有機會嶄露頭角。人文地理學者嘗謂海洋有統一文化之使命，印度洋處歐亞二洲之間，故印度洋沿岸之文化亦介於歐亞之間。日本、廣東與台灣在地理上之共同特色是環海或濱海，在文化上距離發源於平原河流之母文化最遠。及至時代變遷，海運世紀到臨，文化資訊遂乘海浪以俱來，而日本先領西風之賜，回過頭來影響中國東南沿海各省，而激發了嶺南畫派的創生。也許正因為廣東人文的蘊蓄未如中原之豐厚，才更能突破傳統的韁鎖，生猛的接受外來文化的融合。

高劍父著有〈我的現代繪畫觀〉，他在文中即指出中國早受印度畫法之影響；謝赫的「六法」也可能由印度繪畫的「六肢」（六大規律）而來。他追隨孫逸仙先生革命，故提倡革新國畫。「要把古今中外的長處來折衷地和革新地整理一遍，使之合乎中庸之道，所謂集世界之大成。」他自己的畫，在承繼傳統之外，從題材到技法，吸收了許多日本近代畫風，也確有某些革命性的創造。

楊善深先生人稱「嶺南畫派第二代最具代表性的畫家之一」。在我看，他是當代廣東畫家在香港唯一能振興嶺南畫派的一位前輩畫家。若按定型化了的當代嶺南畫派而言，他不是「標準」的嶺南派。善深先生之所以如此，乃因為他旺盛的生命力所使然。他以近八十歲年紀，仍不斷到中國大陸行萬里路，觀察、寫生；每日清晨必到海邊游泳，不論寒暑晴雨。這是常人所不及的健旺、勤奮與毅力。尤其可敬佩的是，善深先生對畫藝的熱愛與誠摯。他有優裕的家世，不像大部分專業畫家，總得為稻粱謀。數十年如一日，熱忱的追求，其勤奮令一般年輕人也自感慚愧。看他的山水墨筆寫生稿，可見他深厚的素描功夫。這些功夫，用在他的創作上，便見獨創的枯皴乾擦的技法。古松老樹，虎皮猴毛，皴擦之妙，別有趣味，但用於山石草樹，稍嫌單調。

中國繪畫與西洋之不同，在「線」的運用與「面」的組合。「線」的特色在運筆的方向與運筆的筆法的講究。自唐代之後，「皴法」創生，大大豐富了中國繪畫的技法，及至沒骨寫意技法出，中國繪畫的「線」，有了繁富複雜的發展。「皴法」與「沒骨寫意法」可說是介於「線」與「面」之間的技法，也是線的發展。皴是特殊的線型，經由積聚與編排所構成的「面」。皴法加上渲染，便由「面」的表現進而到「體」。愈是藉獨立的線為表現，愈是古典的風格；而愈是在線之外結合皴染，便愈是近代的風格。明清諸善用皴擦的大畫家，如龔半千，如石谿，其皴擦不論如何奧妙，總是依輪廓線而存在。將皴法進一步發揮，與輪廓的線泯合甚至獨立成為寫形狀物的手段，是現代的成就。善深先生是其中典型。不過，他的枯皴乾擦，有時像西洋木炭素描，不免減損中國繪畫筆精墨妙的氣韻，是其缺失。

高劍父受日本新畫派所啟發，不只在技巧，而且在思想內容。他有許多表現時代、社會與人間疾苦的關懷，後來的嶺南畫家，可惜沒有承繼者，可謂「得技」而忘「道」。嶺南畫派後來至今，偏重畫技，而且擺脫不了日本味，獨立性不足。巧麗生動，卻缺乏深度與內涵，是其局限。

嶺南畫派先天性含有濃厚的日本畫風味，而且除高劍父之外，大都以「巧」勝。巧在美學上屬於「優美」（grace）的範疇。生動、纖巧、妍麗、柔美，是「巧妙」之諸特性。這是從居氏兄弟以來相沿的特色。善深先生卻在巧中求拙，補救了嶺南畫藝過於甜媚之病，這也正是他對嶺南畫派最有貢獻的地方。巧與拙本來是矛盾衝突的兩種品味，能將兩者調融涵化，非有博收廣納的胸襟不可。我曾有機會拜觀了善深先生精博的收藏，他對近代諸大家的推崇與欣賞，突破門派的成見，當可知他不為「標準」的嶺南派的原故。

在構圖方面，則可見其慘澹經營之苦心，而自成章法。如密密實實的雙鉤竹林，枝葉紛披，裡面藏了兩隻麻雀；如虎身充塞全紙，見首不見尾的佈局；旁逸斜出的枯草亂枝，幾隻栩栩如生的草蟲跳躍其間。章法之獨特，可想見其人別具懷抱。在用線方面，慢筆徐行，頓挫斷續，多為禿筆破筆，卻在殘破中見嫵媚，在蕭散中見嚴密，在枯梗中見豐潤。兩極對比，曲盡其致。

善深先生的書法不專攻一家，而多漢碑之趣。他自己說全用寫畫的筆法寫字，正道出其書法的特色。高劍父書法的狂怪霸悍，如疾呼吶喊的革命家本色，可能由獨創茅龍筆作書的明朝廣東書家陳白沙處承其卓犖不羈之遺緒。而善深先生的書法自成一格，奇特古奧，以字作圖，別開生面。

嶺南畫家二十世紀中期以後移居香港。香港是一個高度發達的商業城市，藝術的商業化使這個畫派革新的抱負與對時代、社會熱切的關懷完全變調，轉變成華美的裝飾與悅人的花鳥、山水，浮光掠影，油腔滑調，宛若「行貨」，與嶺南派開山畫家高劍父絕然不同。世紀末嶺南派有黃磊生、歐豪年等，由香港來台灣。畢竟是強弩之末，沿襲香港以趙少昂為師父那些媚俗迎人的習氣，傖俗豔麗更甚，較諸努力革新除弊的楊善深不可同日而語也。

楊善深先生是嶺南畫派末代最有個人風格的畫家，從他不滿足於嶺南畫派後來的定型化與媚俗，在不免商業化的香港，尚能努力追求獨特性，對後來者，必提供了可貴的啟示。

（寫於一九八七年二月，改訂於二〇一七年十二月）

畫家王己千

前記：

我這次到美國來，對中國在海外的畫家基本上增進了一些了解，其中使我非常敬佩的，是真正繼承並發揚中國繪畫傳統，又吸取西方繪畫精華，加上個人融合創造，卓立於傳統保守主義與現代西化派之間的王己千先生。

很久以前，我曾拜觀過己千先生的作品相片；好多年前，在一次宴會上亦見過己千先生。因為我自己亦從事現代中國畫的建設，故對同道前輩早已景慕之至；但未看到原作，尤其是他近數年的作品，我還不知道在紅塵萬丈的紐約，己千先生已默默地為中國畫在現代的振興作出卓越的貢獻。我亦才知道十多年來一部分走上形式主義的「新玩弄筆墨派」（所謂「水墨抽象畫」）原有所本，他們來美國襲取己千先生的畫法，只是走向歸化西方抽象畫派的另一條岔路。

客居紐約兩個月後，我立即有一個願望，打算把這一位在國內不甚為人所知的畫家介紹給我們的畫壇與社會。己千先生是極質樸的人，沒有製造自我廣告新聞噱頭的技巧，又一直未曾在台北展覽，五年前他有一冊 Published by John Weatherhill, Inc., of New York and Tokyo 的書名叫 *Mountains of the Mind*

（胸中丘壑）的精美畫集出版，可惜沒能在國內發行，故己千先生雖然在海外受到推崇，但在國內，他的名字對許許多多人或尚陌生。我這篇文字希望在我們的社會、文化界、畫壇與王己千先生之間築起一道橋樑，亦希望促成己千先生的大作到國內展出。

己千先生的作品提供一個在中國傳統繪畫的現代化的題旨上之優秀範例；一個在泥古與崇洋之上的創造性的範例。在現代中國繪畫艱難游移的困局中，後學者或可從他的作品中得到啟示性的領悟，這是我寫這篇評論文字最主要的願望。

一

中國文化的現代化，從民族的優越情結（superiority complex）到自卑情結（inferiority complex），即從泥古與封閉的復古主義到全盤西化與盲目的崇新主義，都顯示了兩個不健全的偏極，是為兩種阻礙現代化的心態。而中國藝術的現代化（或言建設現代中國藝術），根本上是中國文化的現代化之一重要環節。到目前來說，復古主義雖然在觀念上、言論上還時聞其聲，但在實際行為上，因缺乏同氣相求的聲援以及與之因應的社會環境，遂漸成秋蟬殘聲。在藝術創作上，那些高人仕女的「人物畫」，南宗北派的「山水畫」與梅蘭竹菊的「花鳥畫」，都被當作個人修為的「日課」或餘業遣興的自娛，已絕難如同早期之成為阻礙中國畫現代化的力量。

相反地，盲目西化的觀念雖然早已在現代化的觀念論爭中遭受抨擊與否定（盲目西化的前提是對中國文化傳統的反逆與否定，由自卑情結產生而走上虛無主義之路，以至盲目西化。這種偏激的心態不但現代中國知識界早已有所批判，就連西方的羅素也對早期中國知識份子對西方文化的奴態（slavish）深表遺憾——見其一九二二年所寫《中國之問題》；海耶克（F. A. Hayek）也說：「世界上大部分的人借用西方文明，並採用西方的觀念。當他們這樣做的時候，正是西方人對自己失去把握而且對西方文明失去信心的時候。」——見其一九六〇年《自由的構成》），但是，可驚訝的是在實際行為上，盲目西化還是當前一股嘯傲於中國社會的潮流。在藝術創作上，所謂「現代藝術」，所謂「前衛的」、「世界性、國際性的」，乃是自卑與虛無所誤入的盲目西化。——此一偏激的心態仍正為現代化的佔礙；文化學術思想與中國當代藝壇的脫節，大半起因於中國當代藝術從事者未能體認到中國藝術的現代化根本上是中國文化現代化之一重要環節此一重要觀念之故。

現代化，對中國來說，不能是封閉的復古，亦不能是盲目的西化。傳統與現代應該成為一個逐漸遷化的連續體。故現代化意味著經由批判、抉擇、汲取到再生的過程（此為「復興」之真義）。

從業經批判、重新明確認知過的傳統出發，汲取世界各系古今藝術有益的營養，作為個人創造的依據，必然成為中國藝術現代化的正確方向。

就已有極長遠的、光輝的過去的傳統中國畫來說，人物畫在當代仍是最保守同時是最弱的一環，而花鳥與山水畫在傳統的意境與形式上，確亦已形成極滯重的包袱。（而從健全的繪畫觀念來說，人物、花鳥的分科是歷史相沿的僻習，實不應再成為現代中國畫家的圭臬。如何破除傳統所形成的僵局，勢必要有選擇與汲取西方繪畫優長的眼光與能力。這個創造工作，在個人創造力中同時對傳統與西方有理性的取捨；既從傳統出發，又能將西方的、新的藝術質素在個人的創造中融合成一個有機體，其艱難自遠非封閉復古與盲目西化之便捷可同日而語。

上述這個中國藝術的現代化的理念，作為批評的基本標尺，是我多年來建立的一個基準，一時我還未能發現有更好的基準。而王己千先生在中國藝術的現代化的努力上所獲得的卓越成果，亦使我對我的理念有了更大信心。依照此基準，王己千先生的創作確提供了一個超越泥古與崇洋之上的型範。

二

王己千先生，原名季遷，又作紀千。（中庸：「人一能之己十之，人十能之己千之。」─張隆延先生號「十之」與季遷先生的「己千」，隱含自謙，皆異曲同工之妙。）在美國，中國畫鑑藏界與畫家，大概很少不知 C. C. Wang 這個名字的。己千先生以一九〇七年生於蘇州那個人文薈萃，畫家輩出的勝地。他的親戚、老師、朋友，都是當時負有盛名的中國畫家、鑑賞家與收藏家。從十四歲開始，己千先生就在那個環境中耳濡目染，拜師學畫。先從顧子山之孫顧麟士（號鶴逸）學山水；從陸廉夫的學生陳摩學花卉。到大學往上海入東吳大學法律系，因為己千先生的母親希望他將來成為律師。但晚上讀書，白天仍學畫不輟。約廿歲，拜當時上海大名家吳湖帆為老師，成為吳湖帆開山門第一位學生。吳湖帆同時是有數的鑑藏家，而當時上海最大一家買賣字畫的店鋪即在吳宅對門。又經吳湖帆介紹，看到當時上海另一位大收藏家龐萊臣（尤濟）的珍品名跡，在故宮尚未對社會開放的三〇年代，己千先生飽覽中國傳統繪畫名跡的良機美遇，恐怕只有極少數人有此緣分。傳統中國畫的浸漬濡染，傳統大家的耳提面授以及己千先生自己的發奮用功，奠定了他極深厚淵博的傳統中國畫的根基以及鑑別的卓識與欣賞的慧眼。但是，青年時候己千先生也受到這些前輩的識見所局限，缺乏對中國繪畫傳統在近代的滯頓與陳陳相因的積重難返之困局有所覺醒。仍然囿於清代傳統畫壇復古主義「正統」觀念的桎梏而未自覺。吳湖帆專攻四王吳惲，後轉畫郭熙，己千先生亦是攻習四王吳惲。而對較有創造性的、逸出「正統」圭臬之外的一切畫派都視如左道旁門。對石濤、八大只喜其細筆工整之作，粗筆總只是野狐禪；揚州八怪除羅兩峰、金冬心、華嵒之外都看不起；對於當時的齊白石、黃賓虹則以為太野，則徐悲鴻以及嶺南的「新派」，更不必說了。

一個秉承深厚傳統的畫家，當他與「異端」接觸，如果從民族的優越情結出發，必走向泥古與封閉的復古主義，這是今天許多傳統中國畫大師們難以勒馬轉向，另闢蹊徑的原因。在這類畫家身上，傳統確成為威壓的重負，十分值得同情。而缺乏深厚傳統素養與認識力的畫家，一與排山倒海而來的西方現代新思潮與藝術形式相遭遇，大多產生自卑情結而盲目西化。「識時務者為俊傑」，依附西方現代主義的巨流，一方面找到安身立命之所，一方面也掩飾了對民族文化、藝術傳統不識之無的困窘。

只有極難得的少數，抱持著中國文化現代化應有的健全的心態，在狂濤沖擊，風雨飄搖之中，立定腳跟，從理性出發，對傳統加以分析、批判，對西方加以認識、選擇與汲取，而終於匯歸於個人的再創造中。

我認為王己千先生就是這少數人中的一位。

四十歲起，己千先生來美定居，結束他青年時代在古老的中國的生活，投身於西方的社會與文化中。他在美國教畫，演講，在各大學短期執教，亦開始收藏中國畫名跡，並時常為美國各著名博物館中國書畫鑑定的工作提供他的意見。中國畫近廿年來逐漸在美國受到重視，己千先生和許多中國畫史學者的介紹和觀念的傳播，功不可沒。

激起己千先生對傳統作一番反省與批判，而抱定建設現代中國畫的因素，我認為一為飽遊，一為飫看。己千先生愛好旅遊，除了美國本土各地名城勝景之外，歐洲、日本、香港、台灣都有他的足跡。而他對西方繪畫的博覽，不論是古代的、文藝復興的，以及自印象派到最近的現代西方繪畫，他都獲致相當深入的認識。更進一步，己千先生並且曾經從頭修習西畫，長期間作素描習作。

西方文化、生活與藝術的刺戟，是中國藝術現代化的一個重要的激素。己千先生感到傳統中國繪畫的僵弊，一在結構，一在制式化的技巧，自然，這些都與思想觀念有關。二十多年來，他努力於創新的試驗和創作。在海外的中國畫家中，他有著真實的聲望。歷年來曾在紐約，舊金山與香港有過個展。他的畫展不輕率舉行，故成為「幽居」於世界最大城市的「隱士」，古人稱為「畫隱」的。他雖然沒有結納天下名士，名滿江湖，軼聞傳奇喧騰眾口那樣的令名遠播，但我堅信己千先生的作品，將在現代中國美術史上有其重要的地位。

三

從技巧上來分析，己千先生的畫遵循著「大膽落筆，細心收拾」的原則（胡適之先生有「大膽假設，小心求證」的名言，實是異曲同工）。他的大膽落筆應用一種近似拓印的方法，來代替傳統中國畫的鉤斫與皴擦。然後用筆在這個基礎上增飾補足，再加以渲染與著色。從作畫的程序與技巧上說，這是對傳統中國畫的一個獨創性的改革。這個近似拓印的方法的效果大半是自然效果，不是由手腕運筆所得到的效果，在傳統中國畫中，囿於「筆墨」的嚴格規矩是沒有人敢於嘗試的。己千先生大膽地創立了毛筆各種線法與皴法之外一種沒有規律與定型的拓墨法，使畫面出現了各種窮變化之極致的斑點、斑痕與縱橫排奡的線與皴以及各種無可名狀的混沌之形象，而各具大小、強弱、精粗、濃淡、乾濕之變化。用這個產生特殊效果的技法來表現山石與巉岩之斑駁錯綜、光怪陸離，形成他的畫風獨特性營造最重要的手段。

表現自然形象，古代中國畫論早已領悟到筆墨本身的生命由自然精神而來。古史記載庖犧氏仰觀象於天，俯觀法於地，又觀鳥獸之文與地之宜，近取諸身，遠取諸物而畫八卦；倉頡仰觀奎星員曲之勢，頫察龜文鳥羽山川掌指禽獸蹄迒之跡，體類物象而制文字；劉宋時王愔之〈文字志〉中說「古書有三十六種，中列科斗篆、蟲篆、鳥書、鳳書、龍書、龜書、雲書、蚊腳書等」皆是由自然形態體悟到筆劃線形技法之例證。

後代對於書法與畫法線條形象，從自然形象與法則的體悟而來，而為書畫理論家津津樂道者如：錐畫沙（指用筆如以錐畫沙，欲其勻而藏鋒）、折釵股（指用筆屈折處圓而有力，不可妄生圭角，即寓剛健於婀娜之意）、屋漏痕（指用筆如屋漏水漬之線，斷續成線，既無起止之跡，又凝重而遒勁，已千先生畫多鈐上刻有「屋漏痕」、「蟲書鳥跡」等文字的圖章。就其作品風貌視之，他有意指屋漏痕之漫漶跌宕與蟲鳥跡的自然成文，初無規則，而自成起伏錯綜之危巖險嶂；已擴大了傳統的解釋）。其他如說「點必如高山墜石，努必如弩發萬鈞」；黃山谷說布白分行「如蟲齧木，自然成文」……等等。這些頗富禪機玄理的立論，實是中國書畫技巧極重要的藝術哲學。遺憾的是這些精妙的藝術哲學，只是止於體悟與文字言詞上的論說，中國畫技法一直拘礙於以心運手，以手運筆的成規，除了一管毛筆之外，還須以書法的執筆法與運筆法來作畫，至於用刷子或其他毛筆以外的工具作畫，簡直是距離經叛道不遠了。有了這個已成歷史性的戒律的束縛，中國傳統繪畫的技法不啻劃地為牢，此即造成筆墨技法制式化的原因。試想以手運筆來作木片竹籤手指破布等等來作畫，畢竟是工具的靈活運用。

「屋漏痕」，來作「蟲齧木」等意象，其限制與束縛有多大？西方畫家可以用畫筆、畫刀，甚至

己千先生把古代畫論的藝術哲學，尋找畫筆以外的輔助工具來實踐在他的作品之上，這是一大艱難的試驗。我不知道在工具的擴大上，他是否受到西方畫家的啟示，但現代西方繪畫衝破一切傳統的狂烈與過激，不只運用了自動性的技巧，甚至將實物搬上畫面（如鐵絲、破木板、舊報紙、破布、泥沙等等），在這裡看出中西繪畫哲學之重大差異。中國藝術從一切物象的精神特質上領悟到線與形的造型觀念（如上舉錐畫沙、折釵股、屋漏痕之外，枯藤、墜石、流水、行雲、鳧飛、魚躍……無盡藏的自然物象與其運動變化，皆成為對於藝術家的靈思與技巧的啟示），豐富了藝術家感性的內容與技巧的深邃性及多樣化，其最終的目的是運用這些技巧來表達藝術家心目中的主題，達成形式與內容圓融的結合。而西方現代藝術之直接應用物質的材料，成為物質的堆砌，徒具一個新奇的感性形式，一個原始物質的自然形式；有形式而無主題，只是形式主義的遊戲。

中國藝術一切技術的運用，一切物質工具的運用，都為「境界」的創造而存在，這是把握中國藝術的人文主義精神之關鍵所在。王己千先生一方面突破傳統中國畫筆法墨法受制於成規古法的束縛，摒棄制式化的筆墨技巧，從近代中國畫玩弄筆墨的形式主義掙脫出來，但他沒有像現代西方繪畫以及許多追隨現代西方繪畫的中國畫家那樣又陷入另一個玩弄物質工具的形式主義的泥淖中，就在於己千先生把握住中國藝術的人文主義精神——主題與境界仍是他的繪畫所要表現的

最終目標。

從結構與用色上來說，己千先生的畫確實融滙了中西繪畫之特色，而再造了一個獨特的構圖與運用色彩的風格。

四

中國傳統繪畫與西方繪畫的對比，最明顯的缺陷就是結構的鬆懈。尤其近代中國畫，其構圖方式更形成公式化與定型化。這也反映了畫家對自然人生的體驗多為因襲的，無力再創造獨特的境界的結果。比如古典章回小說的結構在現代的因襲，所產生只是才子佳人或武俠小說，逃不脫宋朝以降白話章回小說的舊窠臼。現代中國小說不但在內容上，而且在形式上都有革命性的改變，面對西洋文學的借鑑與汲取經驗，無疑地是現代中國小說發展的重要因素。

中國傳統繪畫不是不講結構，早有布局、布勢、經營位置等理論，但中西繪畫的結構觀念稍有不同。中國畫是著眼於物象本身在畫面的伸展、姿態，以及物象與物象之間的關係來著眼。故有「密不通風，疏可走馬」的說法。而且「疏」之極處，根本就是大片白紙。所以就有「空靈」之說，而文人畫家正好在此空白之處大展其書法與詩文之長才。姑不論這種風尚有多少優越處，總不能不認為是傳統繪畫結構鬆弛的毛病所造成。而且濫留空白成了固定的方式，自然更成為結構上致命之弱點。西方繪畫在結構上確有其優長之處。其結構在觀念上大不同於中國畫，乃注重畫面的抽象結構，即著眼於畫面平面幾何式的分割。我們在達·文西與塞尚等人的作品上，均可由平面幾何式的分割結構來分析其畫面形式美學的原理。西方也有一套幾何學式的結構公式，其僵化一樣不足以奉為金科玉律，而西方畫家也絕無死守構圖學公式的情事。但西方繪畫重視整體畫面有機結構（畫面上任何一方寸都不許投閒置散，任其鬆弛）所形成嚴謹的構圖，確是值得我們取法的優點。

己千先生的畫結構之緊湊、嚴謹，就在他發現近代中國畫的毛病，借鑑了西方繪畫之優點之後，在長期的慎思與實踐中的試驗之結果。但是，己千先生的畫面結構亦保留了若干中國傳統繪畫優越的部分，而極巧妙地、天衣無縫的融化在這個新結構之中，不能不說是極具卓見的苦心經營。這一部分就是運用中國傳統繪畫中的明滅的雲霞，變幻的煙嵐，舒卷的行雲，氤氳的瑞靄，盤礴的靉靆……各種不同的煙雲，穿插在極蒼勁、拙厚與重實的景物之間，使密實嚴謹的構圖不至呆滯，且造成中國藝術所特有的神祕與浪漫的特色。這實在補救了西方繪畫過分拘泥於透視學與構圖均衡規則的板滯之偏弊（西方現代藝術對於這個傳統的偏弊之反叛，遂有超現實主義之不合理性結構與幻異畫風 fantastic 產生）。

中國畫自來以墨為主，色彩為輔，這個傳統是造成中國畫表現形式的特色。完全反其道而行之的例子不是沒有，如純用色彩的沒骨山水與沒骨花鳥以及朱竹，前人已曾有嘗試，只是未能成為主流。現代中國畫家頗有人企圖以極濃豔的色彩來改良中國畫，但中國的藝術哲學與表現手法以及工具材料，似無法復不必在色彩的亮麗鮮豔上來與油畫或水彩爭短長。己千先生的畫還是以墨為主，色彩為輔。他的色彩都以一種主色為調子，配合墨彩的濃淡，烘托氣氛。其他的色彩或對比或調和，都不用高彩度的色彩。

用水墨的渲染以使拓墨所已顯出錯綜、零碎、混沌的墨痕各得其所；凹凸晦明，各宜其位；飛瀑水口，層巒平岡與危巖巨嶂，各呈其形神兼備之形象，就是「細心收拾」的第二步。己千先生似乎採用了西畫「分面」的素描技巧，有些山石的「分面」法，隱然有塞尚的意趣，而貴在毫無斧鑿痕跡。「融合」與「拼湊」之間的區別，便在於是否能將各種不同質素構成有機的整體。

己千先生打通了中西畫技巧的某些扞格，融貫了兩者很多優長處，而始終堅守民族藝術的發揚與再創造的抱負，使他在傳統與西方之間有最明智的權衡，理性地發展了他自己的道路，這是他的卓越成就最重要的成因。

五

王己千先生的畫集取了一個英文書名叫 *Mountains of the Mind*，最恰當的中文是「胸中丘壑」。他所努力建設的是中國山水傳統的發展創新。從內容上來說，他的畫表達了離亂中的中國人深重的鄉愁。中國的雲山、中國的溪澗、中國的湖沼、飛泉……在他心中夢寐縈繞；他的題材稍嫌單調，主題稍嫌幽遠。但是，他在這單純的題材與主題中，反覆表現了一個描寫鄉愁的旋律的多種變奏。他的山水不是簡逸雅淡那一種傳統最專擅的境界，而常常是陰鬱凝重，伴隨著迅雷閃電與驟雨急流的咆哮，給人一種浩蕩悲壯的威壓；或有雨過天晴，湖山岑寂，亦予人一種寂寥蕭森，無語凝噎的哀切。我不想以文字來詮釋己千先生的畫境，那是吃力不討好的事，而他的畫自己飽含感染觀賞者的情韻。我只想說，己千先生的新風格的山水畫，隱祕地表達了故國夢迴的鄉愁，這是海內外一切現代中國人普遍共有的情懷。

我願意在此表示，或許因為己千先生所從事的創作，不論是體裁與工具材料都與我是同行，故可能我對這位前輩畫家的成就與貢獻比較能有深入的評析，我想許多人看到己千先生的作品，或將與我一般有「相見恨晚」之感；但是，也因為己千先生的畫常使我感到「先得吾心」，所以我所評析的或許有不少個人主見的附會，雖然我已盡力希圖勿為偏好的情緒妨害理性的論衡。然而，我想一個有卓越造詣的畫家絕不是一家之言褒貶得了的，我只希望我的評介能作為己千先生的畫與大眾之間的一道便橋。

我認為己千先生的畫是中國畫現代化一個對後學富於啟示性的範例，在這個評介中亦透露了我對建設現代中國繪畫的觀念。我們期望不論是油畫家、水彩、雕刻、版畫……等藝術家，在不同的工具、材料、體裁、題材上探索建設現代中國藝術的多樣風格之同時，應與中國的現代化目標同聲相應、同氣相求。麻木的自大與屈辱的自卑應在深切的反省中產生警覺。

藝術是個人的創造，但亦有其社會性以及與歷史、時代的關聯性，有肩負民族文化存亡絕續的責任感；藝術固有超然的一面，但參與中國文化的現代化，應成為現代中國畫家一個自覺的使命。自然，這個使命感的自覺，要以民族文化的自尊心與自信心為前提。

我們應珍惜這個機遇，亦不忘擔負我們的使命。這個使命是一個沉重的十字架，將由懷著虔誠與悲憫者的肩膀自願扛負起來。

（一九七五年三月十九日寫於紐約）

千巖競秀

——歡迎海外中國畫家王己千先生

楔子

在海外享有盛譽的現代中國畫家王己千先生於六月二十五日至七月四日應國立歷史博物館的邀請，在該館國家畫廊舉行去國數十年來第一次個人展覽。

八年前，我旅居紐約之初，寫了〈畫家王己千先生評介〉在國內發表（現收入拙著《域外郵稿》書中），曾說己千先生「真正繼承並發揚中國繪畫傳統，又吸收西方繪畫精華，加上個人融合創造，卓立於傳統保守主義與現代西化派之間」；「己千先生的作品提供了一個在中國傳統繪畫現代化的題旨上之優秀範例；一個在泥古與崇洋之上的創造性的範例。」這幾年，己千先生的畫在他自己所探索開展的道路上更臻巋然，令人欽遲不已。在促成己千先生回國展覽這件事中，個人也曾略盡棉薄，深感榮幸欣喜。對於己千先生的繪畫，謹就管見所及，略抒所得，以就正於高明。

愛古厚今——通變

在當代，論中國傳統繪畫的「行家」，最負盛名者當中，甫於月前謝世的張大千先生，在大陸的徐邦達先生以及美國的王己千先生，為海內外之翹楚，乃舉世所公認。其中徐在大陸，不可能有私人收藏，只能以鑑識、鑑定為職業。自由世界張王兩位前輩，論收藏之富，鑑識之精，眼界之廣，過目之多，以及長期浸淫於中國傳統書畫研習之中，傳統技巧之嫻熟，海內外難有出其右者。這三位當代大鑑賞家，不但互相熟稔，且互相推崇；當然亦各有所精專，各擅其能。論愛古、識古，皆為當世之佼佼。

愛古不難，愛古而能「入古」，能博能精，有深入研究與卓越之見識者難；愛古、入古而又能「出古」，能「自出機杼，成一家風骨」者，難之又難。一個畫家，同時是鑑藏家，卻能不受傳統圭臬與前人繩墨所縛，超越向前，另闢天地，其難處絕不僅憑天才與勤奮，更重要的是要別有「時代的見識」與「歷史的前瞻」。

愛古而能厚今，能眺望未來，知歷史之流變，不可能回頭依承過去光輝的業績，而要推陳出新，創造轉化，這就是「通變」。己千先生愛古又通變，故能自成一家。

己千先生於傳統無所不學，而對清代畫家王原祁則獨具隻眼，推許有加。麓臺最受董其昌影響，宗法元四家，尤崇黃大痴，上則承董巨遺緒，於「筆墨」二字，最為講求。麓臺在清代四王中，山水亦最講「結構」。己千先生推崇王原祁，與此點大有關係。因為自元代倪黃以下，除一班反傳統畫家之外，大致都注重筆墨，崇尚復古，每流於「紙上談兵」，不但遠離自然，而且布局章法，陳陳相因，毫無創造之可言。己千先生強調結構，不但從王原祁處得到啟發，且直追五代北宋全景山水之嚴密幽邃。

所謂「結構」，不單指布局構圖章法，而且包括畫面之組織、肌理、黑白對比等造形要素。己千先生之畫，畫面組織之嚴峻緊密，縱橫交錯，上下駁疊，重視整體之結構，可謂苦心經營，絕非墨、色漫漶之「摩登國畫」可相提並論。不妄留空白，不強題詩文；以造形之新意象，新語言表達胸中壘塊：畫面之錯綜複雜，而統一成有機之整體，自成秩序。並世中國畫家，尤其是年長一代，其作品能呈現嚴整的意理結構，就我所體會，己千先生之外，尚未之曾見。

如果對傳統沒有如此精研，沒有如斯功力；如果沒有審美上的時代感應，不通西畫，斷無法有己千先生這樣傑出的作品產生。

愛古厚今，能予前瞻；浸潤傳統，能開新路。只有「傳統」能為己千先生的藝術挹注如斯深美之內涵；只有如此發揮傳統，傳統才永遠有其新意義，新價值。己千先生的通變，非比尋常；化腐朽為神奇，常深得吾心。戀古而泥於古，其成績固足可炫傲世人；汲古通變，則不容易阿世討容。但藝術創造之路，正不免有點艱險，有點冷寂。而勇者不懼。

以西潤中——通融

己千先生早歲受業於上海著名中國書畫家吳湖帆先生。四〇年代到美國定居。他不曾因為西方現代藝術的狂飆猛浪而走上「以洋為師」的藝術道路，因為他的傳統認識與傳統根基太優厚了。他也不漠視西方近代藝術的奇變與激進，不沉醉於傳統高人逸士所寄身的「鴕鳥世界」。已千先生曾經投身研習西洋繪畫，長時期體悟西方藝術，不論是觀念與技法，從切實的訓練、研究中，有了深入的瞭解與體驗。

近代中國「現代化」的過程，儘管有千差萬別的途徑，就接受西方文化的影響而言，絕無例外。近世中國著名畫人，或直接留洋學習西方繪畫（如徐悲鴻、林風眠），或間接從東洋學習西方繪畫（如嶺南諸傑及傅抱石、廖繼春、洪瑞麟等），而後取精用宏，別開生面。其中或「以中潤西」，或「以西潤中」，都有一番解悟通融的工夫。

己千先生對傳統中國繪畫的推陳出新，在觀念與技巧兩方面，都可看出他批判的吸收西方藝術營養，將中西藝術做了一番不著痕跡整合的結果。

西方藝術重視結構，尤其是抽象主義，形式結構簡直是其命脈。我不知道已千先生對此看法如何，但從其作品看來，相信已千先生對抽象主義必有會心處；雖然已千先生同我一樣都不走純粹抽象之路。

在色彩的運用上，傳統不足以約束己千先生，他從西方所擷取的必也不少。他的許多白山黑水，或碧山紅水，純然依據畫面之需要而有，表現了視覺藝術獨特的造形意趣，此不只是中國傳統所無，且也不是缺乏西方藝術修養的中國畫家所可能有的手法。

西方現代繪畫，因對肌理（texture）的重視，使造形的視覺趣味大為增進。己千先生在肌理上的探索，使中國畫皴法的擴張與發展，達到前所未有的境地。嶄新的技法先作「大膽落墨」，在「細心收拾」方面（如水口、灘岸與樹木屋宇），己千先生運用了富於裝飾趣味的形象予以配合，達到相當統一的效果。這是一切「創新」者所必須努力求索，用心建立的「造形語言」。一個藝術家有沒有一套完整統一的，屬於自我的造形語言，是衡量他能否卓立成家的基本要件。己千先生自然不只有他獨特的「造形語言」而已。他的「語言」具有極高的濃度，能予人極強烈的感染力；其中蘊蓄了極強的繪畫性，擺脫了傳統定型化、概念化的窠臼；他的藝術語言從中西繪畫中脫胎而出，兼具中西傳統的特色，從而泯除中西的隔閡。不論東西方的鑑賞者，都能體認他所表現的意理。準此而言，己千先生是將中國古代的傳統繪畫語言「國際化」，使它從傳統文人畫那些僵化、固定化的筆墨中解脫出來，轉化成為具有世界普遍性的「語言」。正如現代中國詩人，捨除傳統詩詞的詞彙與腔調，運用原來活的中國字眼，重新創建了具有現代世界普遍意涵的新語言、新詩句。這就是現代中國的藝術語言。

己千先生在通融中西方藝術上的創造性建設工作，正與中國文化的現代化進程合拍共進，互相湊泊。

蟲書鳥跡——通感

己千先生的「造形語言」，不論是用近似拓印的方法或筆墨、漬染與噴灑，都在擴展傳統純粹「筆墨」的技法範疇。各種錯綜複雜的技法，使畫面出現了各種窮變化之極致的斑痕、斑點與縱橫排奡的線形或皴紋，以及各種無可名狀的形象，而各呈大小，疏密，強弱，濃淡，乾濕，精粗，虛實之變化。用以表現山石巉岩之斑駁陸離，雲霞溪壑之迷漫曲折。

表面看來，「肌理」之為物，似乎來自西方現代繪畫。然而，參證以中國古典書畫理論，其實遠在上古之世，東方由自然生命情趣互相轉化所領悟的原始美學觀念，已在荒古之世獨樹一幟。從庖犧氏觀天文地理以及自然界之動植物畫八卦；倉頡體類物象製文字；劉宋王愔之「文字志」載，古書有三十六種，中列科斗篆、蟲篆、鳥書、鳳書、龍書、龜書、雲書、蚊腳書等，皆由自然形相轉化為藝術審美的法則。中國古代書家由劍舞，由逆水行舟，由各種自然形象與事物的體悟，獲得美的啟示。這就是所謂「通感」。

歷代書畫家所津津樂道者，如錐畫沙、折釵股、屋漏痕、蟲書鳥跡等等，己千先生對這些古典美學的原理，體悟探刻，而以種種創拓性的特殊技法來體現這些美感情趣，形成他的「肌理」。中西古今的美感源頭固有不同，但在「肌理」中古今輝映，在己千先生的繪畫中匯合而成一體，這是將傳統「充分世界化」（胡適先生語）的典型成果。

永不「作秀」——通達

王己千先生，原名季遷，又作紀千。一九〇七年生於人文薈萃的蘇州。他與張大千先生是老友，比大千先生少八歲。但是畫壇上這「兩千」，性情各異。同是這一代畫家中的老前輩，大千先生是古名士派頭，海派作風，「去今遙遠」；己千先生是現代作風，完全沒有過去那些世故與圓熟。他不擅交際，懶於「作秀」，所以認識者只是藝術界中人，他沒有將自己的大名弄成「如雷貫耳」。我覺得這當然沒有豪肆曠放的令名，應叫做「通達」——因為現世的毀譽，「於我如浮雲」。己千先生在追求中國繪畫現代化的長期努力中，苦心孤詣，寄託他畢生的理想與宏願，並不汲汲於世譽。

藝術家有兩條路：一條是求現世的「酬報」，要無所不能，也要無所不為；另一條是追求實質的大成就，有一種時代使命感，則可能不易為世人所賞識。古人所謂藏諸名山，傳諸後世，其寂寞蒼涼，為現代人所不可想像。

己千先生不是現代隱士，他有所不能，也有所不為，絕不「作秀」。他作畫態度是嚴肅的；他也不以做一個風流倜儻的現代名士為滿足，他踏踏實實從傳統出發，探索現代水墨畫的新境。同時，在美國為中國藝術地位的提高，長期努力。他對傳統的精研，尤其是鑑識之高，教育了多少仰慕中國藝術的中外人士，無人不曉，無人不尊敬。他不說敷衍人的圓滑話，更不造假畫；他的誠懇與和藹，肯將金針度人，完全是一個通達的讀書人的態度。

這一次己千先生回國展覽，是許多人大力催促、邀請的結果。這一位現代中國畫前輩畫家在歷史博物館國家畫廊的展出，其時代意義將在未來的歷史上顯示出來。

謹以此文歡迎己千先生回國展覽，並敬祝己千先生健康長壽。

旅中匆促，蕪文草草，敬請讀者見諒。

（一九八三年六月在香港）

從「敗牆張素」說起

——「王己千先生畫展」的一個小註腳

旅居美國數十年的中國畫家王己千先生，六月廿五日起應國立歷史博物館之邀，在國家畫廊舉行第一次回國畫展。己千先生不但是享譽的現代中國畫家，而且亦是海外著名的中國畫收藏家與鑑賞家。他的繪畫從傳統中脫穎出來，有其鮮明的時代色彩與個人風格，卻仍顯示了從傳統發展出來的民族文化特色。

現代中國水墨畫在我們這個時代不斷在求新求變。不論在觀念，在技法上，都顯現了畫家不斷探索新路的意願與苦心。

新技巧常常是表現新觀念不可或缺的手段。但若只表面地模仿別人的新技巧，對個人的創作卻並無裨益。

己千先生慣用近似拓印的方法來代替傳統中國畫的鉤斫與皴擦。然後在這個基礎上用筆墨再予增飾補足，再加渲染、著色。這個技巧程序似乎很「現代」，但是，實在說也非常「傳統」。己千先生把傳統的觀念以非常現代的、個人獨創的手法來使之重放異彩。這亦可說是「傳統文化的現代化」之一個途徑。

這篇小文從「敗牆張素」來談談己千先生這一個創作方法在傳統中的依據。必須說明的是己千先生有他自己的觀念，而後有他的技法，當然不一定由「敗牆張素」引發他的創作方法。他是從中國傳統中，體悟吸收營養。傳統好像大海，比這個要深廣得多。我拈出「敗牆張素」，是因為覺得很適於為己千先生的畫的解析與欣賞做一個小註腳。

宋朝沈括在他的《夢溪筆談》中有這樣一段故事：

「往歲小窒村陳用之善畫，宋迪見其畫山水，謂用之曰：『汝畫信工，但少天趣。』用之深服其言，曰：『嘗患其不及古人者正在於此。』迪曰：『此不難耳。汝先當求一敗牆，張絹素訖，倚之敗牆之上，朝夕觀之。觀之既久，隔素見敗牆之上，高平曲折，皆成山水之象。心存目想，高者為山，下者為水，坎者為谷，缺者為澗，顯者為近，晦者為遠。神領意造，恍然見其有人禽草木飛動往來之象；了然在目，則隨意命筆，默以神會，自然境皆天就，不類人為，是謂活筆。』用之自此畫格日進。」（卷十七〈書畫〉）

故事中這位畫家陳用之，大概因為刻意求工，太重「形似」，而致呆板滯泥，缺乏神韻，所以宋迪教他從「敗牆」上求取靈感，「默以神會，自然境皆天就」。

破敗的牆壁，或灰泥剝落，斑駁陸離；或雨侵水漬，莽莽蒼蒼；或龜裂缺損，凹凸坎坷；或苔痕蟲跡，參差曲折……。由諦視靜觀、沉思默想而領悟山水之象，得到創作之靈感；由自然現象的「抽象美」（形式美）中發現造形藝術的美學原則，是中國美學的偉大創見。老子「道法自然」，在這裡有了新的詮釋。中國「筆墨之美」，尤其在書法藝術中。歷來有許許多多高明精闢的理論，同「敗牆張素」一樣，體現了中國美學的這個獨特的發現，遂奠定了中國美學的基本性格。審美的心靈從自然形相的體悟中，發現了美的質素，這些質素遂成為造型所依據的法則。造物之無盡藏永遠是取之不盡用之不竭的源頭活水。「美」法自然，「美」同時也法「心」，心與自然本來無違。「師心」、「師造化」永遠是中國人創拓藝術境界的不二法門。

唐朝韓愈論張旭草書：「觀于物，見山水崖谷，鳥獸蟲魚，草木之花實；日月列星，風雨火水，雷霆霹靂，歌舞戰鬥，天地事物之變；可喜可愕，一寓于書。故旭之書，變動猶鬼神，不可端倪」（〈送高閒上人序〉）。李陽冰說「畫以自然為師，而備萬物之情狀」。此外，如黃山谷在群丁蕩槳中領悟了筆法，懷素于夏雲奇峰中領悟了氣勢，草聖張旭又從擔夫爭道中領悟了草法。又如姜夔在〈讀書譜〉中說：「草書之體，如人坐臥行立，揖遜忿爭，乘舟躍馬，歌舞擗踴」；〈書譜序〉中所謂「懸針垂露之異，奔雷墜石之奇，鴻飛獸駭之姿，鸞舞蛇驚之態，絕岸頹峰之勢，臨危據高之形」，都是從自然萬象中默察靜觀，心領神會，而浮想聯翩，激發了創造的靈感，凝集了造形的意趣，而發為淋漓的興會，表現為藝術活躍的生命。此即上舉故事中宋迪之所謂「活筆」。從心理學上言，此皆由聯想、通感與移情作用而來。中國美學至今尚無專著。二十年來我曾發斯願，也曾陸續寫過零星散篇，但時間精力極其有限，未能傾力用功。中國美學的材料星散蘊藏於古代典籍之中，範圍之廣，分佈之瑣碎，實在不是一人之力所能勝任。而其內容之豐美、精闢，亦實在令人高山仰止。此是題外話，不贅。

己千先生的畫，先以他自己極為獨特的、複雜的方法闢開一個渾沌局面，然後凝神諦視，加上筆墨、渲染，顯現山水之象。他有一本畫冊稱為《胸中丘壑》（*Mountains of the Mind*）。他的山水畫，正是自然效果與藝術家匠心的結合。「敗牆張素」是從敗牆的自然形跡上得啟發。己千先生以拓印法自己製造「敗牆」於紙上（事實上，住在紐約，到處是光滑堅固、整齊平板的樓房，欲尋中國過去白灰黑瓦，久經風雨摧折的「敗牆」，當然不可能有），然後細心收拾而成畫，與「敗牆張素」是異曲同工。

這種畫法似乎人人可學，但其成功與不成功，不在「敗牆」，而在發生「通感」、「聯想」的畫家，是不是積蓄了極豐富的體驗，對藝術有高明的修養，而且有能隨心所欲的繪畫技巧。因為「敗牆」只是誘發靈感的媒觸，是藝術創作的一部分而非全部。「讀萬卷書，行萬里路」與乎繪畫技巧的訓練，才是創作的重要憑藉。

己千先生對傳統的精研與稔熟，人皆知之；他對西洋繪畫曾正式下過功夫，可能知之者不多。沒有中國傳統繪畫深邃的研究與功力，固不可能有駕馭水墨工具高強的手段，但若無西畫的認識與體驗，可能就很難有突破傳統的膽識與門徑。西方自超現實主義與抽象表現主義產生以來，有所謂「自動性技法」。從某一角度而言，與「敗牆張素」不無互相會通之點。己千先生兼具中西古今的修養，從會通處引發他走上他自己的這條路，我想我的這個論點，當不至全無可能。

這篇小文從「敗牆張素」說起，試圖揭示中國美感的一個源頭，亦用以為王己千先生的大作做個小註腳。希望對欣賞己千先生的畫有一點參考輔助之用，則已大喜過望。

（九八三年六月在香港）

細說「五百年來一大千」

楔子

如果仿照「南張北溥」的說法，地域擴大至全世界，中國的張大千與西班牙的畢卡索，當為現代中西藝壇兩大巨擘，可稱為「中張西畢」。因為他們兩人在中西美術史上，確有相似的地位。畢卡索繼承西方自希臘時代、文藝復興以至近代整個藝術傳統之精華，以一人之身，經歷並創造了西方近代以降美術史的每一個階段、每一個新變革，成為近代西方創造美術史的英雄人物，在西方畫壇其聲勢顯赫，舉足輕重，可謂前無古人；張大千亦一樣，中國美術發達史自上古迄近代，各流派、各家法，盡集其腕底。一生作品，可謂為中國畫史之縮影。其為一代宗師，不但並世無匹，衡諸先人，亦罕有廣博精深如大千者。今年四月八日，西方藝壇巨星畢卡索已殞落，東方之宗匠張大千，正老當益壯，其如椽巨筆，當愈為舉世所矚目。我想大千先生聞悉畢卡索之老成凋謝，必然百感交集，尤其回憶一九五六年與畢卡索之交誼，惺惺相惜之情，亦必益感曠古之寂然而悲。唐朝陳子昂《登幽州古臺歌》：

「前不見古人！後不見來者；念天地之悠悠，獨愴然而涕下！」可說是天地人傑亙古悲懷之抒發，大千先生或有更深之共鳴。我們期待大千先生以其不衰歇之壯懷與健康，未來的作品，必可超邁大千先生自己今日已有的成就。

有關大千先生的傳記、軼聞、作品、研究、評論諸文字與圖片，其數量之豐富，可說凡天下有報刊書籍之處，無不有之。筆者一九六七年十月正當大千先生在台北畫展期間，在《中央日報》副刊曾有〈興酣落筆搖五嶽〉一文連載介紹及評論。六年後今日，於大千先生今年二月再度個展之後執筆寫此，益感下筆不易。因為六年來有關大千先生畫藝中之底蘊，又不知被天下有心人發掘出多少來。不過，有關大千先生生平、故事、一生藝術進展路向與軌跡，雖已人人耳熟能詳，但嚴肅深入的藝術批評，尚不曾多見，本文即擬勉力將事。以期待達雅之士指正。

一、張大千和他的時代

清光緒二十五年己亥四月初一日（西元一八九九年五月十日），號稱「天府之國」的四川省內江縣望族張府曾太夫人先曾夢一仙人捧一金光閃閃的大銅鑼，鑼中蜷伏一隻黑猿相贈，囑以小心照顧。太夫人驚而夢覺，不解何意，及是日生一子，家人均以為黑猿轉世，因命名曰「爰」（爰或作蝯、猨、今通作猿）。這位張爰，就是今日名震海內的張大千先生。他的誕生年代，較國父孫中山先生（西元一八六六年生）遲卅三年；較胡適之先生（西元一八九一年生）遲八年。距民國建立十三年。一八九九年正是列強繼續在中國侵吞地盤，美國發表中國門戶開放宣言的一年。翌年（一九〇〇）義和團起事，同年，聯軍攻陷平津。張大千一生的開始，正當中國近代史由閉關自守到中國傳統古老的城垜為西方的堅船利礮所轟毀，中西文化由矛盾衝突到短兵相接的時期。到了今天，廿世紀已過了大半，大千先生的經歷，亦就是李鴻章在一八七四年所說中國近代所處的局勢是「數千年來未有之變局」以降，最艱難痛苦的階段。近百年來，對於西方文化努力瞭解與謀求調和或融合的工作，耗費了多少第一流中國的人才的心力，才慢慢的使古老的中國在現代世界社會中取得她的新地位。不論在政治體制、經濟結構與學術思想等文化的各層面，以孫逸仙博士為首的人傑，把古老頹蔽的中國作了一番石破天驚的改革。在文學方面，除了提倡以白話文來代替詰屈聱牙的文言文之外，不論在小說的勃興、新詩的創作，均與時代的脈搏相呼應而有了不起的成果。但是在繪畫方面，較諸音樂或更不如，顯示了近代中國文化史發展中不均衡的狀態。

清朝末造，中國畫壇為長久凝聚的因襲空氣所籠罩。崇尚南宋以來文人畫的傳統與元代黃公望、倪雲林諸家以枯淡為高邁的南畫風格，畫人畢生以崇拜古人，臨摹古人為藝術能事之全部。上焉者追摹元明諸家，下焉者則因襲四王。這種以抄襲為不二法門的頹疲腐敗的風氣，民國以來，可說一直煙火未斷，不絕如縷。近不及百年中，幸有少數戛戛獨造，繼往開來之大家，使沉緬於古代，毫不長進的近代中國畫壇展現了曙光。其間如劉海粟、徐悲鴻、齊白石、傅抱石、林風眠、高劍父、李可染等，為近代中國繪畫作出了開山式的傑出的貢獻。

然而，這覺醒的一群，雖對現代中國繪畫有偉大的啟迪與影響，但並未構成中國近代畫壇的主流，且為後來者所承繼。復古派之外，由於西潮的猛烈衝擊，東方精神在漸趨西化的現實生活中漸形隱晦甚至銷亡，中國藝術遺產，雖經近代開山人物的振興，展現了現代中國繪畫遠大的前程，但歷史的中斷，前代與下一代頓成隔閡，頗有後繼無人之勢。不少有才氣的畫家，投向西方繪畫傳統的研習與追隨西方近代以來的繪畫潮流。尤其到了近二三十年來，年青的學畫者對中國悠久宏博的藝術傳統、文學與哲學之內容本質普遍無知，對近代文藝新成就缺乏了解，中國繪畫之式微，西化趨勢之如狂瀾，自不易挽回，實是時代形勢下可悲之事實。

張大千先生的時代，可說是中國美術在復古與西化的十字路口，面臨抉擇的遲疑與彷徨的難局。大千先生不屑西化，他是忠於他對傳統堅定的執著的；他卻亦沒有像上舉諸大家一樣披荊斬棘開拓一條孤寂艱險的新路。他對於現代中國繪畫雖沒有啟導的功績，但對於傳統二千年來的寶藏的挖掘、整理、修葺與呵護；以一人之身集傳統極繁富的貯藏於胸廓；孜孜不倦地展示與詮釋中國繪畫傳統的精華與優勝，囑亦未能挽回西化的狂瀾於既倒，但無可否認的，他對於數不清的後來者所給予的嘉惠之豐實，使後來者對中國傳統繪畫因其誘導而得窺堂奧，其功績又遠非復古派中任何人所可比並。

大千先生如同中國繪畫寶庫的管鑰者，又如社稷宗廟最虔敬、最資深的主祭司。最深沉的懷古之幽思使他與古代傑出大師們互通聲氣，如莫逆之交，這是一種獨特的秉賦。好像古代大師們的精靈幻化成這一位豪爽、精博的美髯公，藉著他來為中國傳統繪畫之優勝作雄辯。他不是專事一家，拾古人唾餘的孤陋復古主義者。他搜羅中國繪畫史上一切的精華：不論宮廷的院畫或在野的文人畫；不論是貴族的或民間的；不論南北、古今，他的恢宏有容，兼收並蓄，在美術史上難得如此第二人。他可以說是中國傳統繪畫的大百科全書。

但是，藝術的本質，必以艱險卓絕的創造成就其最崇高的價值。故藝術新生命的降生，時常帶著狂狷怪誕，神祕譎詭。故能震懾魂魄，搖撼心旌。如梵谷、如高更、如達利、如魯奧；如八大、如石濤、如金冬心、如傅抱石……這些名字如神明，如魅鬼，他一時或被目為怪誕，但數十年或百年後，人將驚悟於其展示人類靈臺深處之真境而悸動而膜拜。這樣的藝術創造，它不只是個人的私感，且是人類心靈的共感；它不只是過去的總結，且是藝術家所處的時代的最深沉的發露與對未來的啟示；它不只呈現娛心悅目之美，且揭示了人生慘澹的苦鬥之壯麗。拿這些論點來看大千先生，我覺得他過於偏向過去看，他的目光對當下與未來忽略了注視；過於偏向唯美的營造，缺乏深重的人性體驗之表現。故他的成就，不無自外於他所處的這個苦難的時代的遺憾。

一個藝術家必要有「天下之心」，所謂「先天下之憂而憂」，以天下為己任。中國近代史的波瀾與苦痛，中國近代美術的滯頓與未來急切的展望，應該感召一位近代中國畫家以出世的精神做入世的事業。禪宗講究超凡入聖，但更著重超聖入凡。八大與石濤表現著他的時代的苦痛，為大家所熟稔；畢卡索的《葛爾尼加》（*Guernica*）一傑作，反映了他對納粹德軍炸毀了葛爾尼加的巴斯克鎮之憤怒。他在給友人信中說及此作時說：「繪畫不是用來裝飾屋子的，它是用來攻擊或抵禦敵人之戰鬥的工具。」他所謂的敵人，包括一切以自私自利的動機來剝奪人類存在的自由的敵人。藝術家的思想與感情是與人類的命運相依附的；而其技巧，亦不以匯集前人的精妍為止境，他有一種歷史的使命感，要以獨特的情懷創造出獨特的表現，以全新的音響來震動他的時代，啟迪後來。

二、大千世界剖析

「三千大千世界」是佛家語，謂一佛教化之大世界也。張先生「大千」這個名字，原為大畫家黃賓虹先生的筆名。「大千」兩字，自歸張氏所用，加上他二十歲即蓄鬍子，張大千遂成為中國畫壇上一個鮮明的符號。他一人確幾幾乎囊括了中國繪畫史的精華，成為一個展示中國傳統繪畫的「大千世界」。

評論大千先生的畫，通常見用「五百年來第一人」一語，這是徐悲鴻先生與葉遐庵先生所說的。這句話通常都被理解為泛泛的溢美之辭，但事實上，這句話是話中有話的。它的意思是葉遐庵先生所說的「趙子昂後第一人」。趙子昂是宋末元初畫史上大家，其畫山水木石花竹人馬，無不精妙，皆極力提倡復古，造成元初畫壇復古主義的空氣佔上風，崇拜古人，規行矩步，充其量只是襲宋畫之餘緒而已。但趙子昂一派雖為復古，而實際上亦有歷史的貢獻，即在於挽救宋室渡江後李唐、馬遠、夏圭的院體派山水到了後來越來越空泛無物的「作家氣」的惡習，提倡崇奉以王維、荊浩、李成、董源、郭熙、王詵及米芾等大家所前後輝映的文人畫傳統。提倡「士氣」，以對抗「作家氣」。所謂「士氣」就是著重士大夫審美情趣的典型風格。這對當時流行的、漸入浮滑甜俗的院畫的頹風來說，當有其進步意義。趙孟頫就是綜結唐宋以來士大夫文人畫傳統的成就，為後來者元朝四大家所繼承並發揚，使文人畫的山水傳統達到顛峰的畫家。

趙子昂後有張大千，同樣是做著綜合前賢的工作。趙子昂過於兢兢以古法為圭臬，缺乏特然獨造的氣魄，不免為史家月旦之筆所詬病。則評論張大千為「趙子昂後五百年來第一人」，其中絕非泛泛的溢美，更非純為獎譽，毋寧說是兼含褒貶，其微妙當可思過半矣。（五百年間，不說明朝諸大家，清朝的石濤八大兩僧，是為大千先生之宗師，徐葉二先生當然不會是五百年間無大家，唯大千一人而已的意思。）

誠然，大千先生藝事之「能」，五百年來難逢其匹。他少壯時期，所轟動畫壇的，非以其創作，卻就是仿造古畫。其技能之高，達到神乎其技，大鑑賞家亦多為其仿作所嘲弄。他最擅仿造石濤、八大與石谿。天下多少石濤八大的仿作，今日尚苦惱著多少中外考據與鑑藏家。有人送他一副對聯，第一句是「八大到今真不死」。大千先生臨摹之精，技巧之神妙，不說五百年來一人而已，恐怕後無來者了。

亂真的本領在藝術上雖沒有正面的價值，但如果對傳統技法的奧秘沒有超人的穎悟與勤奮的追摹，是無法做到的。而「大千世界」之琳瑯滿目，也正因為他具備了繁富而精妍的前人技巧的緣故。凡是中國畫史上有名的大家，大千先生都無所不能，無所不精，無所不能為，可謂筆底能招魂歸來，從藝能上說，誠古今奇才！此外，大千先生於民國卅年起以二年七個月光陰在敦煌面壁臨摹，這對他一生藝事的拓展與對中國美術史研究、介紹之貢獻，有莫大的功績。加上他一生飽遊飫看，收藏之精富，種種特殊的經歷與環境，在這位有特殊秉賦的畫家身上，造就了宏博瑰麗的風格。王世杰先生說「張大千是一個漸修『得道』的和尚，而不是頓悟『入道』的和尚」，而他自己在所著述〈畫說〉一文中也說他贊成，「七分人事三分天」。的確，歷史上綜合性的人物，都是以博厚的蘊蓄勝。如滿天慶雲之華彩，予人以悅目，非是雷爍雷霆之凌厲，予人以感動也。

過分精妍的技巧，有時以「辭章」而壓倒「義理」。大千先生最崇奉八大、石濤，不論仿作或自己的創作，都深深沾上二僧的筆韻。但在大千先生整個繪畫的審美情趣上，卻與二僧大不相謀，這毋寧是一件十分矛盾的事。最大的關鍵是二僧作畫，皆以其時代際遇與肺腑間最深沉的感受所激發，故洋溢著一股傲岸孤獨、悲愴沉痛與荒寒淒寂之況味。二僧的畫，不論於時代性、民族性與個性三方面要皆具備，構成他們的繪畫不可頂替不可移襲的氣韻。而大千先生的時代完全不同，際遇亦異，所能追摹的，便只在於技巧。加上對於自唐宋以來諸大家的研習之精，以及透過敦煌的臨摹，中國中古壁畫中的典麗矞皇之裝飾風格的汲取，使大千的畫藝由技而漸入乎道，不是二僧由道而激創其技。這是二僧與大千永恆的隔閡。

缺欠時代精神的感受與時代精神的淘洗，大千先生遂只成為遨遊於中國古藝天宮的閒雲野鶴。我可說大千先生的藝術是耽美的古典主義。而八大、石濤二僧，勉強套用西方近美術史的名稱，可說是表現主義和超現實主義。

若論中國繪畫傳統之中心思想，當然離不開老莊的人生觀、自然觀及其藝術觀。梁任公先生說中國二千餘年文藝，泰半是老莊音響，可謂一語破的。這個傳統藝術思想的哲學內容，現代人是否仍應因襲，姑且不論。但中國歷代評價最高的畫家，無不體現老莊哲學而取得了百代的欽仰。八大、石濤更不例外。亂頭粗服，蓬頭垢面，古拙天真，不論說是表現了自然的天機或個人的真性，都不出老莊哲學的堂奧。老莊是輕視人為技巧過分雕飾的，所謂「為學日益，為道日損」，提倡「絕聖棄智」，嚮往如赤子、嬰兒、淘泳乎天地之間，那種酣暢淋漓，解衣般礡。八大、石濤，庶幾近之。張大千先生亦「認為中國畫的真髓，就是老子哲學，也即是在表現靜、柔、退、讓的精神。」（此見民國五十四年《台灣》畫刊張大千特輯內文）但在我看來，大千先生並非走這一條路數。技巧與功力之過分著重，過分精妍，使他的畫境缺乏樸質天真蒼莽生拙與獨特的個性；過於雍容華貴、富麗堂皇，使他的畫境過多裝飾趣味而缺乏一種震懾心魂的孤絕的人格精神。老子說：「天下皆知美之為美，斯惡已；皆知善之為善，斯不善已」。追求美，是從生命自身直觀所產生的根本衝動為出發。如魚不可脫水，但在水中而忘水之存在，美斯至矣！

不過，平心而論，大千先生沒有完全走追慕老莊的中國傳統文人的老路，正使他免於陷入自董其昌之後文人畫蒼白虛脫的困境。原來文人畫自趙子昂之後，有元朝四大家黃公望、王蒙、吳鎮、倪瓚，皆宗董源，而各自出機杼。中國以水墨山水為正宗的繪畫，達到了極峰之境。明清承此餘緒，每下愈況，輾轉因襲，漸以古人為唯一師法，可謂紙上山水，遠離自然之師法；講究空靈、枯淡、不食人間煙火，完全為玩弄筆墨之能事，所表現的自然生命之蒼白，個人創造性亦付闕如，使中國近代繪畫成為一個虛脫的軀殼。其中以清朝四王為甚。張大千先生能於這個靡古的局勢中，回頭去師法古代匠工所創造的壁畫藝術，以及被目為匠氣的唐代北宋的青綠北派畫法，以補救元代以來文人水墨畫愈來愈空洞貧乏的畫風，可說以意匠的重視來對玩弄簡逸潦草筆墨的南畫末流頹風，作了一番補偏救弊的工作，這是有著了不起的眼光的。他排開了明朝董其昌以降對中國傳統南北宗的偏見與偏執，遂能於清末畫壇普遍陷入的泥坑之外，獨負古藝鉤沉與綜合整理的工作。人都知大千世界琳瑯滿目，不論山水、人物，花鳥；工筆寫意；水墨淺絳、青綠重彩；書法篆刻；詩文題識……樣樣精通，但不知大千先生正因為沒有偏狹地走入文人畫的死胡同，才能敞懷吸納，並蓄兼容。那些為士大夫文人譏為「匠氣」的民間藝術、宗教裝飾畫以及北派的嚴飭厚重，生動堅實的繪畫手段，卻在大千先生的藝術中，構成與文人畫的「士氣」和諧並存的一個特色。這個特色使大千先生沒因文人畫傳統的過分崇奉而進入虛無主義的高蹈派，大千世界是親切的，富麗的，雅俗共賞的。——因為他基本上是入世的。

這樣一位在美感世界中不斷追求的入世的畫家，卻沒有把國家民族在近代的命運與對現代世界的感觸表現出來，來帶動近代中國繪畫一個追尋新方向的大變革，這是令人感到遺憾的。從他對古典美術的沉醉，對現代的迴避來說，他的大千世界又似乎是出世的。

當然，一個人的秉賦與環境，都決定了他一生的價值取向與審美情趣的特質，大千先生的耽於唯美的享受，他的好古敏求（這些不僅表現在他的畫上，且亦表現在他的衣著、飲食等生活中），以及過於崇奉傳統，忽視或排拒現代世界的現象與觀念，注定他不會像政治上的孫中山先生與學術上的胡適之先生，有那種除舊佈新的革命家氣概。他也不會像西方的畢卡索那樣成為藝術史的推動者。大千先生遂成為另一種典型：他是傳統的代言人，不是魔鬼的辯護士（胡先生曾以此自況）；是近代中國美術的「保皇黨」人，而不是「維新」派。

傳統與現代的對壘與隔閡，仍然是中國繪畫目前所面臨的困境。故傳統與現代二個主題的融合與現代中國藝術思想的鑄造，仍然是對現代中國畫家最嚴重的考驗。願提出這個觀念，以就正於大千先生及關心現代中國藝術有志之士。

（一九七三年四月十四日夜初稿，十一月廿五日定稿）

附註：趙子昂到張大千，實際上七百多年。說「五百年」，可能一如孟子：「五百年必有王者興」，把「五百年」作為一個歷史階段，並非一確數。

閒雲野鶴任徜徉
——論張大千畫

楔子

中國繪畫的傳統主義，近三十年來，在自由中國，於一個遺世獨立的環境中，延展了最後的光彩與聲華。溥心畬先生與吳子深先生，分別為最後兩個逗點，大千先生是最後一個句點。古典的樂章如斯已逝，往後只有其餘韻，如蟬曳殘聲，再也召喚不回來昨日的繁華。

評論文字，不論是知人論世或衡文論藝，像司馬遷、劉彥和那樣燭照千古，後人自知「雖不能至」，但不能無「心嚮往之」之自期自策。如何做到不諛詞附會，也不「輕薄為文」；如何做到不「曲學阿世」，也不唐突前人，實在不只是難在文字，更難在胸懷、見識。「文心雕龍」所謂「逐物實難，憑性良易」。（此採陸、牟詮釋。即言探索事物的客觀真相極為困難，但若憑一己性情好惡敷染成文則易也。）

尤其困難的是，缺少時代的距離，未曾在歷史中靜定下來的事物欲予評論、則很難避免地，有陷入時習的「流行智慧」（conventional wisdom）之危險。所以，做評論要能透視歷史，預見未來，做冷靜、公正的反應。不過，現實中人，要超越自己所處的時代社會，不也難哉。但是寫評論若只為時人談助，而無不計得失毀譽，不思「迎人」之志，若無向未來歷史交卷之願，則只是游詞浮藻，憑添一時之華爍而已。

雖然有上面這一番體認，但嚮往之高，不必能有補於見識之陋；心存莊敬，或有聊備一說之價值，亦終為管窺蠡測而已。

大千先生是一位歷史人物。不僅因為他的藝術聲華之盛而成為歷史人物，亦因為他是中國現代化初期歷程中，傳統主義的社會角色之典型人物。大千先生的才華、成就、能事、風格是多方面的，斷不是單純一介畫家所可比擬。他太多面的聲光，使人目眩五色，不容易把握他完整的形象，也不容易就其一方面的成就，給予客觀、恰如其份的評價。他幾乎囊括了自魏晉到近代若干著名的中國傳統文人的許多型範。就人生的風格而言，他是「雜家」。見諸歷來文字，褒遠多於貶。而不論如何，近世人物，除了杜月笙與之有某一面之相似之外，他的人生之廣袤繁富，雄豪瑰麗，充滿傳奇色彩，近世無匹。

本文僅就多姿多彩「大千世界」中的藝術一項略抒管見。

飄然遠引　海市蜃樓

大千先生於清光緒二十五年己亥四月初一日（西元一八九九年五月十日），距民國建立前十三年。他誕生的年代，較國父孫中山先生（一八六六年生）遲三十三年；較梁啟超（一八七三年生）遲二十六年；較胡適之（一八九一年生）遲八年；較徐悲鴻（一八九五年生）遲四年。近代中國畫大家任伯年死後三年，大千先生才誕生，比大千先生早生五十九年；吳昌碩比大千先生大五十五歲，齊白石大三十六歲，黃賓虹大三十五歲。大千先生誕生那年，正是列強繼續在瓜分中國，美國發表門戶開放宣言的一年。翌年（一九〇〇年）義和團起事；同年，聯軍攻陷平津。張大千一生的開始，正當中國近代史由閉關自守到中國傳統古老的城堞為西方的堅船利砲所轟毀，中西文化由矛盾衝突到短兵相接，中國節節敗退的時期。也說是李鴻章在一八七四年所說中國近代所處的局勢是「數千年來未有之變局」以來，最艱難痛苦的階段。以　國父為首的中國第一流的人傑，無不在為中國的生存，中國文化的復興以及謀求中西文化的調和融會，乃至追求中國的現代化而努力奮鬥。孫逸仙博士把古老頹敝的中國作了一番石破天驚的改革，肇造了中華民國。在學術思想方面，梁啟超貫通新舊中西，提倡新學；嚴復介紹赫胥黎與達爾文；其他不論政治、思想、學術、文學，一時多少豪傑，不勝列舉。二十世紀初中國有「東西文化論戰」與「科學與玄學論戰」。在文學方面，林紓之翻譯外國小說；胡適之提倡白話文。在美術方面，蔡元培以美術與科學，同為教育之要綱，並提倡以美育代宗教，劉海粟、徐悲鴻、林風眠等創辦西式美術學校，介紹西方美術……。不論是保守抑激進，「向西走」或「向東走」，不論是在政治、思想、學術、藝術各方面，從清朝末造到爾後數十年中，其激盪之烈，學派之雜，影響之巨，大有先秦時代百家爭鳴之盛。這些時代的前鋒，觀念與方法容或各有不相謀甚至衝突處，但皆面對此數千年未有之大變局，亟欲為中國民族文化殫精竭慮尋求出路。——這就是中國文化現代化的歷史長程的開端。

大千先生的一生，卻自外於這個近代歷史的主流。閒雲野鶴，不食人間煙火；他的藝術，從內容到形式，是傳統精麗的華彩在現代的海市蜃樓。他是今之古人。往後研究歷史的人，將為這個人物與時代的「錯置」的案例驚異不已。他是純粹的「傳統主義者」，一位古典的耽美主義者。時代的脈搏，民族文化變遷的時代之痕跡，在他的藝術中，幾乎空白。時代之波詭雲譎，國家民族之危阨，現實之痛苦，民生之多艱，那是發生在地上的事實。然而，敦煌古畫與四僧的藝術，成了兩朵浮雲，托著這一位古典的耽美主義者，飄然遠引。這是大千先生的「福氣」，也是他的藝術的局限。

橫看成嶺　舊轍新痕

蘇東坡的〈題西林寺壁〉首句「橫看成嶺側成峰」寫山之長而闊（橫看）與峰之高（側看）。一部繪畫史正如同橫看的「嶺」，綿延數百千里，而其間參差錯落，峰巔迭起，即側看成「峰」有峰巔而有高標。歷史的「紀錄」，以高標為依據。

一個藝術家的成就，常常因為他在某方面曾經達到某一巔峰，並不在於其佔有的「點」之多與「面」之闊，「體」之廣。藝術是一創造工作，貴在獨特。獨特之物，常伴隨著孤寂高寒。此偉大藝術可感動可讚嘱可膜拜之因由所在。

但要成為巔峰高標，必須植基廣厚。而植基廣厚之後，還要有個人特然的戛戛獨造，才能側看成峰。

大千先生是中國傳統繪畫百科全書式的人物。他「植基廣厚」，無與倫比。唐宋以至明清，不論院體與文人畫，工匠與士夫畫；不論北派與南宗，青綠與淺絳、水墨，工筆與寫意；不論人物、山水、花鳥、蟲魚、畜獸；不論立軸、橫披、長卷、斗方、聯屏巨製，冊頁小品；不論繪畫、書法、詩詞、古文、篆刻，所有中國傳統繪畫中的派別、風格、畫法、題材、形式與百般能事，大千先生兼收並蓄，在逞其能。他本身是一部中國傳統繪畫簡史，一部百科全書。在在均可見他生命力豐沛，用功之勤奮，超乎常人的聰敏穎悟。就其雜博兼能而言，他不只是五百年來一人而已，我們回溯中國繪畫自顧愷之以來一千六百年間，也極其罕見。

不過，藝術的成就要看單項的高標，並非各項成績的總和。單項的高標在於達到震古鑠今的獨特創造。大千先生一生精力過分分散，以一人而欲包羅歷史遺跡，故妨礙他個人的獨特創造達到某一項的巔峰。他後期潑墨潑色的巨製且容後再論，綜觀其人物山水花鳥鱗介畜獸所有的傳統題材，完全不能逃脫敦煌壁畫、唐宋大家以及尤其是元明以降如趙孟頫、黃公望、黃鶴山樵、董其昌、陳老蓮、石濤、八大、弘仁、石谿等人之籠罩。他大半生最好的畫，最令人讚賞的畫，都是師法古代大師的仿古之作。——其中還有不少就是造古的假畫。他的得意以此，聲名鵲起亦以此。然而，藝術是創造者人格的反映，其精神內蘊，斷不能代替。「心摹手追，思通冥合」所能達到的，不外是形式技法的酷肖而已。大千先生最崇仰八大、石濤，但大千先生的「人生風格」、生命情調、審美趣味，在在皆大不同於二僧。二僧是由其時代際遇與肺腑間最深沉的感受所激發，故顯示一股傲岸孤獨，悲愴沉痛與荒寒淒寂之況味。其氣韻當不可移襲，所能追摹者，毋乃技巧而已。過於精妍圓熟的技巧，不可避免地將落於雕飾與甜美。此與二僧的藝術精神大相逕庭；此亦創造與追摹之別也。

葉遐庵先生說大千先生是「趙子昂後第一人」，徐悲鴻先生也許「五百年來第一人」，也是這個意思。這句話為後人含混籠統傳襲而不究其原意。趙孟頫是復古主義大師，大千先生與趙子昂同樣做著綜合前人的工作。今人人云亦云，試想五百年間多少人才，中間有文、沈、仇、唐、青籐、白陽、清末有任伯年、吳昌碩。僅就清初的石濤八大而言，為大千先生之宗師，若說五百年來無大家，唯大千一人而已，大千先生必亦不敢點頭首肯罷。

就復古派而言，大千先生沒有陷入自董其昌之後文人畫蒼白虛脫的困境，而以被文人畫目為匠工之作的古代壁畫以及唐代北宋的青綠重彩畫法來補救，使數十年來中國畫壇回頭重視文人戲墨以外那個被忽略、被輕視的傳統。這是大千先生的貢獻。大千先生的復古工作，遂於舊轍之中，不無新痕。

在最後二十年中，大千先生在國外飽遊飫看，加上眼睛患疾，不能再作纖細工筆，故發為豪興，突破傳統形式，以潑墨潑色製作大幅山水。這種技法，大千先生自己說明唐已有之。但歷來各家運用潑墨之法，各有不同，而以大千先生最為「名副其實」。大千先生的潑墨潑色，大多用礬紙或絹，質韌而實，大量水分不致破裂，故採用半自動性技法，即先由水、墨、色在畫面「闢」出一個渾沌的局面，然後遠觀近視，見機行事：或加上皴法，或增添臺閣、舟楫、樹木、人物、水草……。後期這種風格，才使大千先生的畫與前此復古作風有大幅度的變革。

不論如何，西方現代美術，尤其是抽象表現主義對大千先生後期潑墨作品，有直接或間接的影響，殆無疑問。這亦足以看出時代風尚對藝術的影響。真正代表大千先生的風格，遠離古人藩籬，建立一己獨特面目也以此類作品。不過，一位傳統主義者在飛躍式的發展中，很容易受到本身的局限。在繪畫思想上未有推陳出新，技法的改革未有漸變的歷程，飛躍發展的結果是「舊酒新瓶」。

在結構布局方面，大致還是傳統的格局，雖然漫漶的色墨代替了往日的皴法。其次，山石煙雲既然已用了半自動性技法，則後來增添上去的筆墨形象，需要經營一套能與新形式配合的「造型語言」。大千先生在這一點有了局限。新奇炫妙的潑墨潑色，加上去的屋宇舟橋仍是過去那一套仿古筆墨。繪畫語言不能統調一致，其創新效果當大受損減。這好似一篇生動清新的現代白話文，忽然接上幾段駢文，夾雜許多古文。這在文學創作就是文體上的混淆。就中西藝術交融而言，又好似以西方現代音樂為背景，以中國琵琶或古箏為主旋律。這種構想在方向上沒有錯，在方法上則大成問題。融合與連結的區別也在此。

西方由寫實到抽象，中間有一個長時期的歷程，不論是由印象主義、表現主義或由立體主義、結構主義而到達抽象表現主義，都有一連串經由各種不同造型觀念而有的變形，甚至進入視覺造型的符號化。西方現代主義的抽象畫，既拋棄物象的形相，就不再畫蛇添足加上人物房子。觀畫者將抽象畫看成山水或花草，是抽象畫的門外漢。而所謂「半抽象」者，只可能指實物形象向抽象化方向的轉化，如蒙德里安「一棵樹的變形」即由具象—半抽象—抽象。如果把「抽象」的底子加上現實物象（人樹屋宇之類）稱為「半抽象」，只是「藝評家」牽強附會的說法。又有稱加上山腳房屋等「只是一種社會意識的折衷」，似乎摸鼻說象。

以半自動性技巧潑出來的形象，加上古典造型的「詞」或「片語」，不能不說這種連結尚未達到融合的地步。換言之，未能創造一套全面的或完整的、統一的「造型語言」，是大千先生後期作品在雄奇穠麗之外唯一的不足處。此亦後來者承前人遺緒應加奮發之處。

高風亮節　長存梅丘

大千先生最令人景佩的是他的愛國情懷與高風亮節。他一生行事，雖不能事事可為後生楷模（比如他造古人假畫，給後世留下不少困擾，也使外人對中國畫家引起某些誤解），但他的志節之堅，他待人處世的道德，自律之嚴，有古代文人的風範，他博得大家崇敬讚美，理所當然。我們看到多少旅外畫人，為名利，為獻媚，為炫耀，為「超然」，為「識時務」，有投靠者，有「文化交流」者，有兩邊跑者，有不做中國人者……。大千先生在外國種梅花，豎國旗，老來歸回中華民國，要長眠梅丘。對照之下，雲泥有別。大千先生的逝世，不見得人人都懂得他的藝術，但整個社會所表現的痛悼惋惜，正不是一介畫人所能享有的殊榮。

好像有些人對於大千先生生前所享受的待遇之崇高，認為「不太公平」，認為「近乎特權」。我們以為世界上再民主的國家也不會把文化藝術上的傑出人才當一個普通人看待。我們從事藝術的人，到歐美國家，海關檢查時，看到職業欄是「藝術家」，都得到特別的禮遇。這是我不止一次的親身經驗。國家社會對像大千先生這樣的歷史人物的特殊禮遇，正表現了對藝術的重視與尊重，對人才的愛惜。大千先生晚年生活之愉快，與大陸老畫家像潘天壽被侮辱而跳窗自殺，正成強烈對比。

任何時代都有前衛、復古與中庸三種人物。藝術是創造的工作，這三種類型或更為明顯存在著。前衛而不忘傳統，不無「歷史感」，則終將「浪子回頭」，成為中庸；復古而不忘時代之變遷，不無「未來觀」，也終有「割鬚棄袍」，走上中庸之一日。而中庸也者，並不是「折衷」、「平庸」，而是「中堅」，則也完全仰仗對「傳統」的精研通博與對「時代」、「未來」的認識、遠見與辛勤探索而後方能成為「中堅」。老一輩的畫家有其時代背景的局限，但對傳統孜孜矻矻的研究與表彰，是為後來者之啟導與勉勵，應為後生所感激不盡而仰慕之至。不過就批評而言，也正不能不做理性的剖析。因為附會迎人，不是執筆為文的旨趣。

（一九八三年四月九日）

獨立於傳統與時潮之外

——評介余承堯的畫

法國文豪法朗士（Anatole France, 1844-1924）有名言：批評是靈魂在作品裡冒險。意指評論家的工作，就是在藝術品中發掘、探索。不過，這種十九世紀的批評方法，如果恣意縱情馳騁「創造性的想像」，批評便像散文詩一樣，雖然文采斐然，卻不是批評。

但是，優秀的藝術品都獨特不群，批評不能僅以某種固定的方法為標準。所以，批評雖然力求客觀，但是免不了還是流露了批評者相當主觀的見解。言而有據的創造性發見，還是批評最寶貴的品質。當然，藝術品若不是具備豐富飽滿的獨特性，深刻的內涵或者不同凡響的形式結構，便不能吸引有智慧的批評家在裡面探險，而且使他興致勃勃，屢有斬獲。

余承堯老先生的畫，正具備這樣的吸引力。短短兩年間，他的畫已引發了不少創造性發見的文章，並得到肯定。

余先生的名字和畫，最早（大約在五〇年代）是由王己千先生發現，並收藏了一些巨製和佳作帶到美國，介紹給華裔同道。後來，堪薩斯大學李鑄晉教授與研究中國化的羅覃（Thomas

Lawton，美國人）在美國辦了一個叫「中國山水的新傳統」的畫展，第一次把余承堯的畫與當時在紐約的王己千、陳其寬加上台灣「五月畫會」三畫家一起展出。很遺憾，此後十多年，本地畫壇還是沒有人知道有這樣一位畫家。余先生三十年來居陋巷，不改其樂，藝術界沒有人知道他是誰？住在何處？一九八三年，早已收藏余先生作品並對他推崇備至的王己千先生由紐約來台北，見到徐小虎教授與我，才因音樂家梁在平先生的引介，在中和一條小巷子中見到余先生。小虎和我決心為余先生辦一個個展，我立刻向當時歷史博物館館長何浩天先生推荐，並蒙應納。但畫展未辦成，何館長退休，小虎到倫敦深造，我遂推荐給雄獅畫廊。該畫廊為余先生舉辦了第一次個展，老先生已是八十八歲高壽。今年十一月歷史博物館國家畫廊為余先生舉行的是他在台北的第二次個展，就是九十回顧展。我們國內藝術界真慚愧，這樣一位卓越的畫家，五年前仍沒沒無聞，到八九十歲才為社會所知悉。如果不是美國的李教授和後來這少數有心人，余先生可能和大陸的黃秋園一樣只有身後名。

頗令人差堪告慰的是短短兩年間，余先生的畫不但引發了許多評介文章在報刊發表，畫廊也爭相邀展。與世無爭的余先生可能有無限感慨：過去三十年的那一頭是冷冷清清，這一頭卻熱熱鬧鬧。做一個中國畫家如果不會自吹自擂，這人間冷暖，確令人啼笑皆非。不過，余先生的情操與修養，他的豁達與淡泊，絕不會計較這些。於是，留給藝術界的，是更多的慚愧！

在台灣，五六十歲才開始創作，而過去完全沒有專業訓練的美術家有好幾位，他們多半被稱為素人畫家（或雕刻家）。雖然素人畫家的作品饒有趣味，也受到社會肯定，但還是以粗樸稚拙，原始天真勝。余先生不能以素人畫家來看待。他的作品有成熟的風格，章法結構與造型色彩等方面，有意識在超越傳統，建立他的現代中國繪畫的觀念與風格。不但比許多泥古的畫家更能顯示他在近代中國美術變遷中所扮演的積極性的角色，在開拓、探索現代中國繪畫新方向上的貢獻，與知名畫家相較也未遑多讓，甚至多有過之。

看了余先生的畫，知道他全靠自學成家，我最強烈的感受是覺得沒有天才的人，怎麼畫都白費力氣。多年來有些人以為沒有學院的訓練，可以有最大自由，憑著這自由才能創造性地作畫。但如果沒有大才氣，自由只是增加他狂妄的愚勇而已。

余先生天生是一位好畫家。做將軍或做生意都不對，做畫家才是他的天命。五十六歲以後，他把自己放在正確的位置上。

要解釋余先生的畫來自什麼源頭活水，我覺得董思白在〈鐵甲與石齒的幻生〉一文中所說，最能揭示其底蘊：「鐵甲與石齒是兩座山的名字（在余先生老家福建永春）。余承堯對永春有著刻骨銘心的懷念。在他的山水畫裡時時可以看到如鎧甲，如齒牙的岩塊所結構的奇山，盤踞在紙質的畫面之上。這種峻嶒的山石單位一次又一次地造出千變萬化的山水形狀，讓他餘白甚少的構圖充塞著豐富而迫人的力量。他的山水極少為名山大川寫生，甚至也不是對家鄉永春作呢喃的追摹，他的山水是以鐵甲與石齒為種子而幻生出來的，對自然所孕育的複雜與豐富生命的禮讚。」（見《當代》一九八六年五月創刊號）

余先生不像一般畫家。他不是先學習技法，不是受名師指引，也不是從傳統中追摹而來。當他還未畫畫的時候，鐵甲與石齒的崚嶒與奇瑰，在他心目中已經成為刻骨銘心的山靈的意象。他捕捉並且玩味與領悟的這個意象，使他獲得窺探自然山川奧秘的獨家門徑。中國的名山大川在他的鐵甲與石齒的意象中得到呼應，得到貫通。他不必寫生，全憑心領神會。山川形象在他是「一目瞭然」，「過目不忘」。經過軍旅生涯中飽遊飫看許多年之後，在他隱居的陋室中，他能滔滔不絕把過去所見一一現諸腕底。如果不用董思白的「種子」與「幻生」的解釋，當難以明瞭余承堯先生藝術的「秘密」。

也正因為以鐵甲與石齒的意象為「種子」，他很快就建立了獨特的風格。那「種子」就是他的繪畫的視覺符號。不論他畫華山、塞上、長江兩岸或不知名的山，他都以他獨特的視覺符號為元素，再加以鋪陳、變幻。他既不按照各處山川特殊的對象予以忠實的描繪，又鄙棄傳統文人畫陳陳相因的筆墨規律，憑著過人的才氣與膽識，他獨自開闢了一條生路，這是多少畫人畢生探索追求而不可得的成就！

就畫面結構的密實、曲折、豐富與層次的複雜上來看，余承堯先生是古今少數的典範之一。中國文人畫獨霸畫壇以來，以簡逸為尚。似乎簡到無法再簡，成為文人畫最高造詣。但是，我覺得簡潔、減筆固然極高極難，繁複蒼莽又何嘗容易。余先生的「長江萬里圖」，其雄渾壯闊，蒼莽積厚之美，所表現的不是逸筆草草的逸氣，而是千筆萬筆，層層疊疊，斑斕樸茂的浩然之氣。

余先生的畫另一個特色是，他從不採用中國水墨畫虛實相生的手法。他用以實對實的方法，而層次分明，乃是黑白對比的高明所致。傳統以雲、霧、氣等虛白的處理手法，固然是寶貴的傳統遺產；但是陳陳相因的濫用，也成為僵化的公式。余先生不以傳統為淵源，沒有虛實對比的運用，卻能自出機杼，調度自如。他以不同明度加上泉水、溪流等白色來調節密實的空間。黑白對比構成節奏，色彩的變化構成旋律。檀板與絲竹的結合，正如筆墨與色彩的交響。余先生是精通音律的詩人畫家，我想應該有人從余先生畫中的音樂性上來寫文章，研究他的畫與音樂的關係。

既不依賴傳統，又不仰承西潮；在傳統與時潮之外，以自然的領悟與自我的發現，余承堯先生完成了獨來獨往的藝術。他的成就不但已獲得當代有見識的藝術界人士所崇敬，後來者從他的藝術道路與成果中，必可得到更多啟示。

（一九八八年九月十四日於台北）

余承堯的畫

余承堯先生一九九三年四月四日兒童節在福建老家以九五高齡謝世。這一位世紀老人，經歷了近代中國史最坎坷慘澹的歲月，最後剛剛享有人間遲來的榮譽與溫慰，便匆匆仙逝；在兒童節那天，「如嬰兒之未孩」，回歸自然。

余老先生在他將近一個世紀的生命歷程中，大約一半在大陸，一半在台灣。他是兩岸近百年歷史的見證。他本來在歷史的舞台上曾經是一個要角，但當他洞察中國軍政界的腐敗，社會的險惡，人間的勢利，他竟完完全全拋棄一切，回到古代隱者的天地中。捨絕現實名利地位，卻獲得心靈豐美的收成。很少人有這樣的大智慧。他天生是一位好畫家。做將軍或做生意都不對，做畫家才是他的天命。五十六歲以後，他把自己放在正確的位置上。

一九六六年，我第一次看到余承堯先生的名字和畫作印刷品。那是在堪薩斯大學李鑄晉教授送我的一本展覽目錄小冊子上，那時我大學畢業不久。那個展覽叫「中國山水畫的新傳統」。來自美國的李教授是發現余先生這位獨特的畫家，並把他的作品介紹給世界的第一人。很遺憾，此後十多年，本地畫壇還是沒有人知道有這樣一位畫家。余先生三十年來居陋巷，不改其樂，藝術界沒有人知道他是誰？住在何處？一九八三年，早已收藏余先生作品並對他推崇備至的王季遷先生由紐約來台北，見到徐小虎教授與我，才因音樂家梁在平先生的引介，在中和一條小巷子中見到余先生。小虎和我決心為余先生辦一個個展，我立刻向當時歷史博物館館長何浩天先生推薦，並蒙應納。但畫展未辦成，何館長退休，小虎到倫敦深造，我遂推薦給雄獅畫廊。該畫廊為余先生舉辦了第一次個展，當時老先生已是八十八歲高齡。一九八八年十二月歷史博物館國家畫廊及漢雅軒為余先生舉行的是他在台北的第二次個展，就是九十回顧展。我們國內藝術界真慚愧，這樣一位卓越的畫家，八十八歲以前仍沒沒無聞，到八、九十歲才為社會所知悉。如果不是美國的李教授和後來這少數有心人，余先生可能和大陸的黃秋園一樣只有身後名。

頗令人差堪告慰的是短短幾年間，余先生的畫不但引發了許多評介文章在報刊發表，畫廊也爭相邀展。與世無爭的余先生可能有無限感慨：過去三十年的那一頭是冷冷清清，這一頭卻熱熱鬧鬧。做一個中國畫家如果不會自吹自擂，這人間冷暖，確令人啼笑皆非。不過，余先生的情操與修養，他的豁達與淡泊，絕不會計較這些。於是，留給藝術界的，是更多的慚愧！

要解釋余先生的畫來自什麼源頭活水，我覺得董思白在〈鐵甲與石齒的幻生〉一文中所說，最能揭示其底蘊：「鐵甲與石齒是兩座山的名字（在余老先生老家福建永春）。……余承堯對永春有著刻骨銘心的懷念。在他的山水畫裡時時可以看到如鎧甲、如齒牙的岩塊所結構的奇山，盤踞在紙質的畫面之上。這崚嶒的山石單位一次又一次地造出千變萬化的山水形狀，讓他餘白甚少的構圖充塞著豐富而迫人的力量。他的山水極少為名山大川寫生，甚至也不見對家鄉永春作呢喃的追摹，他的山水是以鐵甲與石齒為種子而幻生出來的，對自然所孕育的複雜與豐富生命的禮讚。」

余先生是一位特立獨行的畫家。他不像一般畫家先學技法，也不經名師指引，更不追摹傳統。當他還未畫畫的時候，鐵甲與石齒的峻嶒與奇瑰，在他心目中已經成為刻骨銘心的山靈的意象。他捕捉並且玩味與領悟的這個意象，使他獲得窺探自然山川奧秘的獨家門徑。中國的名山大川在他的鐵甲與石齒的意象中得到呼應，得到貫通。他不必寫生，全憑心領神會，山川形象在他是「一目了然」、「過目不忘」。經過軍旅生涯中飽遊飫看許多年之後，在他隱居的陋室中，他能滔滔不絕把過去所見一一現諸腕底。

也正因為以鐵甲與石齒的意象為「種子」，他很快就建立了獨特的風格。那「種子」就是他的繪畫的視覺符號。不論他畫華山、塞上、長江兩岸或不知名的山，他都以他獨特的視覺符號為元素，再加以鋪陳、變幻。他既不按照各處山川特殊的對象予以忠實的描繪，又鄙棄傳統文人畫陳陳相因的筆墨規律，憑著過人的才氣與膽識，他獨自開闢了一條生路，這是多少人畢生探索追求而不可得的成就！

是什麼動機與心態，驅使余承堯先生後半生四十年沉緬於繪事？苦思這個答案，就是「全然不為什麼」。余先生所營造的是最自由、純粹的精神生活。

人類的作為，可以有兩種分野：一種是為功利的目標，比如「立德、立功、立言」；一種是非功利的目標，只在追求個人精神的自由。前者常常見了達成目標，而考慮採取種種不同的手段。在其熱中追求的過程中，免不了有險阻，有鬥爭，有憂患，有寵辱，有機詐。後者因為沒有功利的目標，與世無爭，所以能夠從目的的枷鎖中解放，因而免除上述的種種糾葛。就像嬰兒一樣，其行為與目標完全一致。純粹的遊戲便是如此。而人既不為功利的目標生活，人生的生涯如何安排？純粹的精神性的追求就成為最佳途徑。因而人才能自我解放而成為自己的主人。功利的追求則使人成為完成目的的工具。木以不材得以假其天年（莊子），那些做「有用」之事的「有用之人」便因得失、寵辱而傷痕累累。余承堯先生有一首〈臨江仙〉（懷舊），後半闋曰：「白髮西風吹日緊，閉門獨自堪驚。應聽微雨曉看晴，居安山野秀，坐隱意思平。」表達了既往不諫，來者可追，只有摒除外界的誘惑，才能得到真正的安寧與自由的覺悟。

世間成就學問、知識與藝術者，大都以非功利的純粹興趣而獲致。余承堯先生全無名利之心，卻為人間創造了財富，為藝術開拓了一個獨特的境域，他自己一無所欲，但是他享有精神的自由自在，也享有了天年。他是一位不易為我們徹底了解的高士。他吃過苦，受過騙，忍受孤寂，卻能堅強屹立，毫無怨尤，欣然自得，從容和藹，無所爭求。他的藝術不平凡，他的人格更難以企及。

淡水藝文中心由張子隆教授策劃籌辦「山水清音——余承堯」週年特展，並將印行畫集。社區文化在專家的規劃與推動之下，水準與品質快速提昇，尤其是向大眾與年輕一代推介本土藝術前輩的成就，其意義與影響更為深遠。因為我對余承堯先生特別推崇，也蒙余先生以忘年之交視之，並曾寫過幾次評介文字，子隆兄遂命為本畫集作序。匆促之間，謹將多年來存於胸臆的淺見，略作整理以應命，也再次表達我對這一位天才畫家的崇仰。

（一九九四年七月五日於台北）

地底的靈魂

——論洪瑞麟先生的畫

一、「人生的畫」

洪瑞麟先生的畫和他的名字，好多年前便在我心裡留下了不易磨滅的印象。我只從幾幅印刷品和簡介中獲得這個印象。雖然沒有深入了解的可能；簡陋的印刷品也僅有如幻覺般的不切實，但是，強烈的感動與揣想的自信，我覺得我似乎了解這一位畫家。在本地畫家的名字中，「洪瑞麟」三個字在我主觀的意識裡浮現的時候，是帶著極獨特的宗教性的幽光，從混濁苦澀的塵氛裡隱隱穿透過來。

在論及洪先生的畫之先，我想說一段甚有必要的題外話，說明三種「畫的品流」。

有一種畫是「畫家的畫」。所謂「畫家的畫」是依循嚴格的訓練，依循繪畫史上的流派與觀念，技巧，以不斷研究來求得不斷的精進與推展。「畫家的畫」就是內行人的畫；這種畫的畫家就是「最像畫家的畫家」。這種畫的技巧有如人間各行業的「行話」，江湖中的「切口」，非外行人所能盡知。它好的一面是純粹獨立，精益求精；壞的一面是技術本位，絕對的為藝術而藝術，以至走上形色主義的死巷。在西方近代如塞尚、畢卡索、馬蒂斯到康定斯基、蒙德里安等；在中國從明朝董其昌到四王以及以下傳統派中只有筆墨，沒有魂魄的一部分「文人畫」。

另一種是「顧客的畫」。這種畫目的在滿足觀賞者普遍的愛好，刺激其購買收藏的慾望。這種畫之優秀者，是依循畫史發展中最寬坦，健實的風格，以恰當的題材與功力深邃的技巧來繼承畫史上「傑作」的模式，最劣等者就是以粗鄙，速成的技巧，鮮妍庸俗的趣味，畫媚俗欺世的畫（或稱為商品畫 commercial art）。

最後一種是「人生的畫」。這種畫的創作動機不在刻意為「畫史」添一寸「進步」，而主要是來自對人生具有宗教性的關懷與熱愛。這種畫的內容，主要是著眼於人生現實。題材則多為人物。在形式上，反對形而上的美學的流弊，反對形式主義，而注重樸實真切的表現。這種畫之優秀者，是淑世，入世的精神，人間本位的執著，常常有強烈的宗教情操或現實觀念（政治的，社會的等性質）或道德使命。這種畫在藝術上失敗的時候，便僅為記錄現狀或為了宣傳與說教，常常顯示了它的「工具」性格。當技巧拙劣，貧薄，不足以塑造藝術形象的時候，便只是概念化的「圖解」而已。

以上三種藝術流品，除第二種不入上乘之外，各有優劣的可能，各有性格，並無籠統絕對的好壞。而最理想的畫，應該兼具第一與第三種之優長。事實上，只要是較穩健的畫家，大都必兼二者之優勝，只有在藝術與人生的偏重有所差異而已。因為絕對超離人生的「畫家的畫」，與絕對與「畫史」無干涉的「人生的畫」，在藝術上必無可能。

洪先生的畫大致是偏重於「人生的畫」。他的一生是「畫的人生」，「畫家的畫」的優點，他事實上也相當具備。不過他的風格的主位，是偏於人生。

洪先生在這種風格中的成就，與中外一切卓越的畫家相較，當無多讓。就他數十年如一日把藝術與勞作、生活結合無間而言，在本地恐怕前所少見，以後也不易有第二個人。

二、為受苦者造象

十八世紀歐洲的啟蒙運動，為近代精神之奠基。尊重理性與天賦人權，爭求自由、平等、博愛，開啟了近代思想的新方向。由以宗教為主體的文化，轉變為以俗世為主體之文化。法國大革命是啟蒙思想的付諸行動，摧毀了君主政體和封建特權，而導引了十九世紀的另一次革命——英國的工業革命；資本主義遂由之而生。初期資本主義的罪惡與黑暗，又引導了社會主義思想的發生。

在歐洲的藝術發展上，這個時代背景所產生的現象是許多畫家拋棄宮廷或宗教的題材，而轉向描述俗世或且兼有社會意識的主題。從查爾登（Chardin, 1699-1779），荷加斯（Hogarth, 1697-1764）到戈耶（Goya, 1746-1828），杜米埃（Daumier, 1808-1879），米勒（Millet, 1814-1875），羅特列克

（Lautrec, 1864-1901），梵谷（Van Gogh, 1853-1890），珂勒惠支（Kollwitz, 1867-1945）到魯奧（Rouault, 1871-1958）已進入了二十世紀。這一連串畫家的名字，都是正視現實，敢於直面慘澹的人生的大畫家。步入二十世紀之後，這個偉大的傳統遂漸漸萎縮消沉，代之而興的，就是從立體主義（Cubism）以降，包括未來主義，幾何抽象主義，抒情抽象主義……等形式主義，虛無主義的繪畫。從一九〇七年以後的畢卡索與布拉克（Braque, 1882-1963）到康定斯基，蒙德里安以及美國形形式式的現代主義之荒謬藝術，「畫家的畫」至此可說荒腔走板，走火入魔，不可名狀。從希臘以來那個人文主義的偉大傳統，是摧毀殆盡，理想幻滅。「畫家的畫」中只有表現主義（Expressionism）和超現實主義（Surrealism）與繼承寫實主義傳統的某些大畫家，在反文化的虛無主義之外，持續著藝術的創造，堅守藝術的價值。（這些畫家極多，無法列舉）

洪瑞麟先生的畫，絕不步形式主義與虛無主義的西方現代狂潮的後塵，而且主要地他只在繼承「畫家的畫」優秀傳統的那一部分。在精神上，他所繼承的乃是正視現實人生的那個傳統。特別是從杜米埃到魯奧的那一班大家的靈魂，那個決心入世與眾生共甘苦的靈魂。

杜米埃所反映的人生相，尤其對窮苦者的同情與關愛，對不合理人間提出控訴。他畫的多為流浪者，洗衣婦，下等人的娛樂場所，酒吧；他畫三等客車的乘客的疲憊與鬱憤。他是用他的畫筆去反擊路易斐力王，要求民主政制，他自己也投身於一八四八年法國的二次革命。

與杜米埃差不多同代，寫實主義畫家柯爾培（Courbet, 1819-1877）致力於農夫與工匠生活為題材的描寫。米勒則以宗教的虔敬來表現田園生活，農家，母與子和無告的老人，拾穗的窮人家。

他的人物安詳謙卑，順時聽天。聖經上說：受苦的人有福了，因為天國是他們的。米勒的畫大不似杜米埃對人間社會強烈諷刺與揭露，而是宗教性敬天安命的感情。

以描寫都市文明混濁的生活，特別以舞女與娼妓為題材，表現他們的生活與感情，以及沉緬於尋求刺激的娛樂場所形形式式的人物。竇加（Degas, 1834-1917）與羅特列克是最特殊的兩大畫家。羅特列克尤其深入生活，與舞妓們生活在一起，面對那些被現實扭曲了的人生，表現她們複雜的心理活動，她們的痛苦與落寞。竇加不畫妓女，著眼於女性優美的普遍性之捕捉，羅特列克是將普遍性結合了巴黎蒙馬特地區的現實人生之特殊性，所以他是更具有強烈的特定時空色彩。羅特列克因為殘廢的不幸，卻有幸深入痛苦的人生舞台之底層，把他生命的光熱悉數投注在他的「人生的藝術」中。他的悲憫與愛，在他的畫上令人感動。如果說竇加是超凡入聖，羅特列克更能回頭超聖入凡。

梵谷的命運被注定不能成為一個「顧客的畫家」，他一生只賣掉一幅畫。但梵谷的偉大人格，使他的畫是他生命的告白。「當我畫一位農夫在田裡操作，我要別人感覺那農夫的生命正向下流入泥土，和玉蜀黍一樣，而泥土的生命正向上流入那農夫。」（梵谷語）

偉大的人道主義畫家，德國的珂勒惠支是一位女畫家。她採用的工具材料是木刻，素描與銅版畫，不用彩色美麗的水彩與油畫。她以整個生命去迎接，忍受，探索生命的神祕，歡愉，哀慟與恐怖。她更以刀、筆、木炭這些堅樸質實的工具，發出震蕩人類肺腑的無聲之怒吼。繪畫藝術中最沉痛，最蒼勁，最陰鬱，最雄豪，氣魄最偉大的畫家，除了這一位女性畫家之外，似乎不易再有可比匹的！她的人道精神，及以無限熱烈的母親之愛去關懷，愛護人類；對戰爭，恐怖與死亡表現了那樣激昂的控訴與悲憤，她無疑是近代最真實的偉大畫家之一。

偉大的宗教畫家魯奧，在孤獨與窮困中，畫出了對偽善的人間的揭露，畫出了一切受虐殺，受摧殘，受痛苦，受凌辱的人。他厚重的顏色，粗獷無比的黑線，單純而深刻的造型，嚴重又肅穆的氣氛，全出自他虔敬的宗教感情。他的畫不是人間的美麗，不是可愛優美的給予，而是在笨拙，污濁與醜惡的形式中昇起無限莊嚴聖潔的感情，有如基督的幽光在荊榛蛇蠍的叢林裡透射到我們的深心裡，使我們的靈魂淨化而復甦。

從杜米埃到魯奧，這些大畫家的偉大工作是為受苦者造象。承接這個藝術傳統的畫家，不只要有畫家所有的繪畫技巧，更要有一顆聖潔超脫的心靈。還要有另一個條件——要有被上蒼遣派到人間最苦難的所在，去體驗眾生一切苦厄的「運氣」。當然，若沒有一點宗教的情操與卓絕的毅力，準做半途的逃兵。

洪瑞麟先生就是繼承這個藝術傳統的精神的一位畫家。他的天秉，他的毅力，他的誠懇質樸與淡泊鈍厚的性格，加上他有三十五年時間在礦區工作，生活的磨煉與體驗，他有可貴的礦工生涯三十五年，都是使他的作品卓然獨立於一系列現代中國畫家之中的原因。他的畫是與生命結合在一起的，是用血汗塗繪出來的；他的題材，是受苦者的形象與生活，是上一個時代血淚生涯的見證。他不曾正式開個展，所以知道他或看到他的畫的人太少。（他一生勤勉作畫，不是為了開畫展而作畫。但好畫家不展出，是古人「藏諸名山」的做法，在現代不應如此「守舊」。好作品應為人間眾生所共享。他的畫展即將對社會公開。）我堅信這樣優秀的一位老畫家，在現代中國畫史（尤其是自由中國這一段畫史）上必要留給他一個不平凡的地位。

三、汗水．泥土與藝術

洪瑞麟先生與民國同年。十八歲赴日習畫。他在日本留學的時候，比他長八歲的傅抱石也赴日學畫。日本在明治維新之後，加速了近代化的腳步，在許多方面，中國回過頭來取法於日本。近代以來中國留日學生之多即為明證。

江戶文化之市民趣味，反映在浮世繪上，這種世俗的，表現民眾，農夫，工匠，仕女生活，面對現實人生，傾訴庶民心聲的風格，與文學上的「狂歌」，「川柳」，「草雙紙」，「讀本」（均為日本詩與小說的獨特風格的名稱）以及「歌舞伎」俱極興盛。永井荷風在《江戶藝術論》中有這樣的一段：

「苦海十年為親賣身的遊女的繪姿使我泣；憑倚竹窗茫然看著流水的藝伎的姿態使我喜；賣宵夜麵的紙燈，寂寞地停留的河邊的夜景使我醉；雨夜啼月的杜鵑，陣雨中散落的秋天樹葉，落花飄風的鐘聲，途中日暮的山路上的雪，凡是無常，無告，無望的，這樣的一切東西，於我都是可感可懷！」

都市生活，工業技術初步發達的近代日本社會的人間相，在藝術上這些入世的，以人生為主體的藝術思潮，有沒有感染了洪瑞麟，我不敢斷定。然而，拿這些現實人生的感懷來創作藝術，表現對勞苦的底層大眾的同情與關愛，洪先生與這個充滿社會感的人道主義精神是相呼應的。

洪先生在日本時正是西方抽象表現主義十分新潮的時候，他曾加入了「日本前衛作家俱樂部」。這是個盲目崇拜西方抽象主義的藝術團體。不久，年輕的洪瑞麟感到空洞蒼白，不願追隨。在清水多嘉示的引導下，他還是朝向面對現實人生的路，不惜背逆時髦的潮流，拒絕了「前衛」的誘惑。

洪先生繪畫藝術的淵源，在第二節我們已經有了明晰的體認。他從現代西方繪畫中所吸收的，大致說來，有後期印象派，野獸派與表現主義。他所追求的是內在精神的發掘，個性的表現與主觀造型。在洪瑞麟所承繼，景仰的一系列畫家中，無疑地，以魯奧為最重要。

東方藝術給予西方的影響，在十九世紀經由通商的橋樑，達到前所未有的盛況。東方繪畫的大特色，在哲學上是主觀冥想的，超越視覺認知的「合理性」，在技術上是線條的運用與色彩的平塗法。印象派前後期的畫家如莫內、馬奈、高更、梵谷、班奈（Bonnard, 1867-1947）的畫很明顯的受東方表現俗世生活，民間情調的影響，以及學習東方運用線條，平塗的技法。魯奧是大半生活在二十世紀的法國畫家，他的粗獷的線條的造型方法，與中國北魏敦煌壁畫中「尸毘王」（第二五四窟），「伎樂天」（第二七二窟），「說法圖」（第二四九窟）等圖畫相似的程度，幾令人不可置信！我們可說中國一千四百多年前的古藝術在現代西方大畫家魯奧的身上重現光芒，孰能否認？而洪瑞麟先生回頭來接受了魯奧的啟示，發展了他自己的風格，正說明文化相互的混交與激盪，才是新生命不斷催生的原則。即使古老的中國藝術，也可能在天才手中轉化為西方的現代的；現代的西方藝術，也可以轉化為東方的現代的。偉大的藝術才有世界性的可能！

魯奧並不是抄襲敦煌，洪瑞麟也不是抄襲魯奧。因為繼承、取擷前人偉大的藝術遺產，是藝術發展必要的途徑。魯奧有他的觀念與生命的體驗，洪瑞麟也是。只有具有充實的內在生命的畫家才有資格接受偉大的藝術遺產。否則，只是浮面的技巧的摹襲而已。洪先生從日本所吸收的西方現代繪畫，有他的特殊選擇與固執的信念，這一點與徐悲鴻，林風眠一樣。他們不是西方時髦的掮客，把西方的現代渣滓與嘔吐當作寶貝搬運回來。（像一班鼓吹新寫實主義以「師法」照片為時髦的西化派那樣。）

洪先生的畫，是揭示並表現在地底挖煤礦的勞工的靈魂。他在礦坑三十五年，由礦工做到礦長，二年前退休。在礦坑的漫長歲月，是他生活的歷程，也是藝術工作的歷程。為數驚人的素描，速寫作品，都是在礦坑生活中產生的。他使用的工具有鉛筆、毛筆、油畫筆、水彩畫筆以及粉蠟筆等等，有時在坑道裡沒有良好的工具的時候，他用土著色，用汗水混合塗抹渲染。他的風格是拙樸厚實，有如勞動者質樸實在的語言。對生活內在真實的探索，使他的技法自然地趨向於粗獷，坦率，沒有一點花拳繡腿的裝飾與迷人。他所畫的人物，是一些為生活的重壓所扭曲，所磨折的人物。無疑地，生活在地底的人們，沒有陽光，沒有新鮮的空氣，有的是煤塵，泥濘，昏黑，艱辛與生命的危險。洪先生說：「礦工是背十字架的人。」世界上艱苦的工作，大概以礦工為最。社會的變遷，工業的發展，他們付出的代價，過於艱巨。尤其是處於技術與設備十分落後的上一個時代。礦坑工作的危險，是煤氣爆炸與礦坑崩塌還有肺矽病。畫家梵谷是與洪瑞麟一樣親自體驗了礦區的悲苦。「小瓦斯美」的礦工對梵谷說他們每天都得準備死，最大的希望是死在自家床上，而不是在坑中（見余光中譯《梵谷傳》）。洪先生說，當時的礦工大家相見的時候總是一句：「你還在！」指著好幾幅礦工速寫像，洪先生歷數著他們的姓名，性格與死於煤坑的往事。（有一位礦工是一年中三百六十四天不洗腳。）艱苦的勞動，長年累月的生活體驗，鑄造了洪先生真樸憨厚的風格，也鑄造了他的性格。

像羅特列克一樣，他幾乎大半所表現的題材一直沒有改變。他的油畫創作採用地層縱切面的構圖手法，一層層的坑道重疊著，人物活動其間，這種構圖，可在漢代刻石上的圖畫拓片上看到。不論這種構圖方式靈感是得自漢拓，還是洪先生自己的構思所得，要在一個畫面裡描繪生活中人物活動大幅度的展現，這個構圖法無疑是極富創造性，極富中國味的手法。因為西畫的視覺形象只能抓住一瞬間的所見，受到時空條件的侷限，而中國藝術早在二千多年已有超越時空的表現法（如漢拓）及象徵表現法（如春秋帛畫的以夔與鳳象徵惡與善）。他的色彩又厚又灰暗，好像褐色的煤塵與泥土混合的結果。

事實上，洪先生是有意要使他的油畫像壁畫一樣，呈現一種恆久的，蒼老的況味。所以他用殘破的線條，斑駁的筆觸，古舊的顏色。有時他將水泥不平勻地塗在三夾板上，再刮出混亂的紋路，用以代替畫布，而使之顯出古色斑斕的趣味。

一個好的畫家運用種種特殊的技巧來處理他的作品，絕不是無病呻吟，也不能為趣味而趣味。

「技巧」的優劣，完全依據它施於畫面所達成的意義或目的是否成功而判定。玩弄花樣與真正創造性的技巧的區別正在這裡。我覺得洪先生所表現的地底的勞作；表現那些終年與地層裡的泥土與礦物為伴的人；表現那種原始的，艱險的工作方式與環境；表現那些從遠古以來人類為求生存而逆受的生存的威脅與痛楚；表現那一群幾乎赤身露體，在塵土，汗水，體臭，泥濘中打滾的人，洪先生的技巧，雖然像許多其他畫家一樣力求精進，也有他畫家的「技術本位」，但他畢竟不是為技巧而技巧的畫家，而是為表現深刻的生命感受而探索最恰當技巧的畫家。他自取一個外號，就叫「礦山人」。「礦山」是塵世的；「山人」是文人雅士的。「礦山人」是一個真實又幽默的名字。

四、餘論

洪瑞麟先生的畫表現了他對礦工的熱愛，同情與關懷。他對他們有悲憫，有崇敬，也有歌頌。他的油畫，黝黑的坑道中，礦工的頭部有一片模糊的黃光，那當然是礦工的頭燈的微芒。但那黃色的微芒有如基督頭上的「光暈」。基督的偉大，是因為他入世，而且為了普渡眾生而入地獄。礦工的可崇敬，在這意義上是近似的。而頭部的黃光的意義也是「雙關」的。技巧表現思想，在這個地方，是暗示了豐富的意義。

一個藝術家是否一定要以人生現實，以人物活動為題材？我們只能說，藝術家不能脫離或冷漠於現實人生，至於題材，卻不能限制。一人一物與一砂一石都可以為題材，都可以寄寓藝術家的感情與思想，都可能是極成功的表現，也可能完全失敗。藝術世界是廣闊自由的天地，只問表現是否成功，不問題材是否是現實社會中的人物抑宇宙自然。擴大來說，宇宙萬彙都可以成為優秀的題材與內容。不過，不論藝術家對題材有什麼偏愛，藝術在題材內容的深度表達與形式表現的充實完美上，總要對畫家提出嚴格的，均衡的要求。「為人生服務」而缺乏精純的藝術技巧與「為藝術而藝術」而缺乏時代現實與人生觀念，都絕不是藝術整體性的成功。在人生與藝術之間，所謂均衡即是「中庸」。但中庸只是一個理論上的說詞，畫家總有時有比較偏向一端的表現。如果過分偏重「人生」，而且把藝術作為「工具」來服務，便易淪入道德說教或政治宣傳，因而犧牲了藝術。

洪瑞麟先生表現底層人物而無綱領式的政治偏見，因為他知道人世間的悲歡是共有的。人類只有通過自己不斷的奮鬥才能提昇，才得自由。像畫家洪先生自己，由於他鍥而不捨的努力，他由礦工而成為一位成功的畫家（目前他在藝專教畫已有數年），便是最雄辯的例證。我對洪先生，在藝術成就上的欽遲之外，也在對他自我提昇，自我完成的一生，有著無限敬意。

洪先生從他父親那裡學習了毛筆水墨的技法，通過自己長期磨練，他的毛筆水墨畫在傳統中國畫之外已有相當的業績。而且他有意發展中國風格的新畫，我們寄予莫大的祈盼。我認為更重要的，洪先生應該運用他探入的體驗與大批素描速寫的素材，為畫史留下更多礦工生活創作性的巨作。七月四日至廿二日由《雄獅美術》策劃，於春之藝廊舉行的「洪瑞麟三十五年礦工造形展」，我們期望它給畫家辛勤的努力以鼓舞與安慰，也給現代中國藝術增添無比的信心。

（一九七九年六月八日凌晨）

為受苦者造象

——悼念洪瑞麟先生

與民國同齡的台灣老畫家洪瑞麟先生十二月三日凌晨病逝美國加州。台灣各報沒有大新聞，悼念文字我僅見洪素麗女士一篇，本地社會與畫壇似乎若無其事。

台灣老一輩畫家各有千秋，但論其藝術與本土的時代與民生聲氣相應，論其作品所表達畫家獨特的人格精神，沒有哪一位比洪先生更有資格被尊崇為最典型的本土畫家。洪瑞麟先生確為台灣過去半個多世紀以來最卓越的畫家。

一九七九年七月，台北春之藝廊「洪瑞麟三十五年礦工造形展」是他平生在本土最大、最重要的畫展。絕大多數的本土大眾與藝術界人士，也於是才見識了這一位沉潛創作數十年的本土大畫家。台灣向來崇尚「愛拚才會贏」的「哲學」。本土畫家像余承堯與洪瑞麟兩位老先生，從來不為名利而「拚」，他們過去在現實中可能沒有贏，但在本土美術史上，他們兩位才是真正重要的台灣畫家。他們在本土的首展我都曾寫過長文評論兩位的成就，深感與有榮焉。十七年前洪先生的那個大展是由《雄獅美術》策劃，當時我早知他的畫風，但未拜識畫家其人，更不知道他和我同住台北。《雄獅美術》主持人來找我為洪先生畫展寫文章，我很感詫異：為什麼找我呢？他們說是洪先生要求的。當我與洪先生見面，六十多歲的老前輩對三十多歲的我說，他很讚賞我過去所寫的論評文字，常常剪下來寄給他在日本的同道好友。我極樂意為我所認為最具典型本土意義的這位畫家作論評，寫了〈地底的靈魂〉一文約八千字，發表在大報副刊與當年七月號《雄獅美術》。而且極力鼓吹，宣揚洪先生的成就，促使當時《民生報》以頭版頭條報導洪瑞麟畫展的消息。這是台灣報紙從來未曾有過的。（當然不能不一提的是得到當時《民生報》文化版主任管執中兄的支持。）洪先生除油畫之外，他數十年來的礦工速寫積存一二千幅，展出部分他請我幫他挑選，並邀我在開幕式中致詞。這是我對這位畫壇前輩竭盡所能表達我的敬愛之忱所做的事，也是我與洪先生僅有的一段緣。數年之後，洪先生遠適他鄉，直到我得知他謝世為止，沒能再見一面。但洪先生的形象與作品在我心中有特殊的親切與共鳴。

我在〈地底的靈魂〉中說：從杜米埃（Daumier, 1808-1879）到魯奧（Rouault, 1871-1958），這些大畫家的偉大工作是為受苦者造象。承接這個藝術傳統的畫家，不止要有畫家所應有的繪畫技巧，更要有一顆聖潔超脫的心靈。還要有另一個條件——要有被上蒼遣派到人間最苦難的所在去體驗眾生一切苦厄的「運氣」。當然。若沒有一點宗教的情操與卓絕的毅力，準做半途的逃兵。

洪瑞麟先生就是繼承這個藝術傳統的精神的一位本土畫家。他的天秉，他的毅力，他的誠懇質樸與淡泊鈍厚的性格，加上他有三十五年時間在礦區工作，生活的磨練與體驗，都是使他的作品卓然獨立於其他畫家之中的原因。他的畫是與生命結合在一起的，是用血汗塗繪出來的；他的題材，是受苦者的形象與生活，是上一個時代血汗生涯的見證。

洪瑞麟先生早歲也留學日本，回來後他畫一個台灣畫家自己的畫。不論題材與技巧，他吸收廣泛的營養而創造了自己的風格，表現他的時代與畫家人格的特質。他不像絕大多數其他前輩畫家，以日本或印象派畫風為滿足，徒具形式地畫不能貼切表達本土時空特色與個人感受的風景、靜物、人像、人體等規格化的題材。沒有看到這個差別，就不必談本土繪畫。

有許多本土畫家的「本土」只是「籍貫」的本土，並不能表現出本土的時代脈搏與個人的人格特質。台灣畫壇從依傍日本到追逐西潮，都缺乏主體性的自覺。回顧近百年台灣本土繪畫，令人更加體認到洪瑞麟先生的不可多得。他獨特的貢獻，必將越來越受尊敬並獲得後來評論者最高的評價。

（一九九六年耶誕）

一百年的驚嘆
——林風眠先生百歲紀念

誕生於二十世紀破曉時分的大畫家林風眠先生，在迎接二〇〇〇年的此時，剛好是他一百歲冥誕的紀念。

林風眠誕生時，正是義和團起事，聯軍攻陷平津的一九〇〇年。一百年後的今天，中國文化的現代化有了不少成績，但是一個世紀中，中國人所經歷的痛苦，從禦敵到內戰，再加上政治鬥爭，付出了史無前例的慘重代價。二十一世紀全球中國人是否有智慧擺脫歷史的夢魇，就要看中國文化是否能去腐生新，重新光彩於世界，如果只是國力與經濟力的增長，在以西方為主導的全球化浪潮中，中國文化自身急速的消退與萎縮，實在比過去遭受列強侵略為更大危機。

從近二十年來中國美術部分新生代的精英，依附以西方為主導藝術的全球化浪潮，顯示了中國文化主體精神急速衰變與消亡的情勢，頗令關心中國文化前途的人吃驚。在這個時候來紀念林風眠，實在有深刻的意義。

中國藝術現代化的先行者

中國藝術現代化的第一代先行者中，徐悲鴻與林風眠是最重要兩位。他們在國家積弱，外力侵凌的時代，到近代文化發達的歐洲去學習，為的是要取經回來振興中國文化。其次，他們不是依樣學樣的引進西方「先進」的藝術，更不以西洋的「先進」來驕國人。第三方面，他們總千方百計要將西方的精華來刺激、輸入、融匯到中國藝術裡面，而無不以中國文化主體性的堅持為己任。這是我們緬懷第一代先行者功績的時候，當代美術界應痛切反省的。

林風眠與徐悲鴻，這兩位同樣突破傳統的僵弊，吸取西方的優長，發展現代中國繪畫卓有成就的大師，歷來有許多比較與褒貶。撇開派系與成見之爭，我認為兩人都對歷史有不可磨滅的貢獻。性格與品味不同，但都各有成果，同樣可敬。事實上，他們兩人在過去半世紀中都同樣遭到現實政治與畫界偏見的扭曲，而不可能在自由創造中發揮正面的、良性的影響力，展現他們不同的貢獻。

如果說林風眠所倡導開拓的是受到西方印象派以降的現代主義影響，走中西融合之路，後來在「寫實繪畫淪為政治附庸工具而獨霸天下的時候，『新派畫』不僅沒有立足之地，並成為要殺絕的孽種。」（陶咏白：〈回望歷史——徐悲鴻與林風眠〉）林風眠因之長期受到迫害、冷落以至遺忘，是中國繪畫現代化的大遺憾。而徐悲鴻借鑑印象派以上的西方寫實主義傳統，倡導「直接師法造化」的寫實方向，後來「淪為政治附庸工具」，又何嘗不是中國近代畫壇的大遺憾。兩個遺憾豈不皆為中國近代社會泛政治化對藝術的扭曲與壓抑所使然？豈不同為犧牲品？藝術觀念與表現方法的不同，本應為藝術多元價值的可喜現象。在不理想的社會環境中竟至「成者為王，敗者為寇」，豈不是中國社會之可悲？至於徐悲鴻之寫實方向「獨霸天下」，現代派的林風眠則採索居退隱的態度，實在不能否認部分原因是兩人性格不同的結果。徐的入世，林的出世，徐的重視功名權位，林後來變成消極退避、淡泊自甘，退回到個人創作的象牙塔中，這也可說是兩人不同人格特質所演變的不同的命運。公平地來看，如果換一個政治現實環境，林風眠所代表的一派若獨霸天下，徐悲鴻的一派若成為被批判的「孽種」，又豈是中國畫壇之福？我們寧肯相信藝術發展中多元的自由發展才是理想的狀態。然而，不論如何，林風眠大半生所遭受的壓抑與冷落，是歷史之恥，也是我們對他無限同情與敬意的部分原因。

傳統文化的發揚光大者

假如我們相信藝術應該具備三個要素：一、畫家獨特的人格精神；二、民族文化的特色；三、時代精神，那麼，林風眠在二十世紀的中國畫家中無疑地是最圓滿的典型。

林風眠的畫，似乎在民族文化特色上較有爭議，許多人覺得他的畫洋味很重。對於融合中西的第一代畫家，我們不必諱言，他們的實驗不可能完全成熟。但他們屬於「開山」的一代，他們的貢獻在於開展一個新的心靈空間，有待未來的人造路建屋。林風眠的畫之所以使有些人覺得民族文化特色稍弱，我認為也有某些習慣性的成見在內。

齊白石、黃賓虹、潘天壽與李可染等大家，大家都認為他們發展了傳統，所以有濃厚的民族文化特色。為什麼林風眠就不同了呢？我認為一方面是因為林風眠發展的路向不同於從中國傳統向前開拓，而是從西方現代美術向傳統裡面去搜尋、發掘。這兩個路向同樣可貴，也同樣為了中國繪畫的振興。林風眠要以歐洲的新藝術觀念來發現、鑑識中國藝術的寶藏，使它充分「世界化」（胡適之先生以「充分世界化」改正「全盤西化」）。因為中國藝術雖有寶藏，但在歷史的滯頓中已格式化、僵化了。藝術成為一個民族所供奉的圖騰，缺乏生命力的躍動與個人獨特的人格特質。林風眠西洋畫高度的修養與技巧，卻自然而然流露了「洋味」。這正好像早期詩人拿西方的「商籟」詩體來寫中國新詩一樣，很有「洋味」，但不能否認也是一種有意義的、創造性的試驗。

另一方面，我認為齊白石等大師所發揚的是元明清以來奉為主流的「文人畫」傳統，而林風眠不走這條「坦途」，發揚的是民間美術的傳統，所以許多人覺得林風眠的畫，在布局、章法、筆墨、款題、印章……都不大像「中國畫」。這其中不無習慣性的成見在內。林風眠的畫創造性地以中國民間美術的美感特質去融會西方的表現主義等現代歐洲畫風。其中最重要的就是民間瓷器上極灑脫、寫意、流暢、飛動、逸筆草草的線條與造型風格。這是長期不被重視的另一個傳統，可一樣是民族藝術的瑰寶。看慣了文人畫傳統的人，對以瓷器、皮影戲、京戲造型、民間工藝花紋圖案入畫，難免不習慣。而林風眠獨具慧眼，使這些民俗美術從博物館的標本躍進畫家的創造中，使它們重獲生命。這一位被稱為「現代派」的大師，其實同時也是傳統文化的發揚光大者。傳統與外來因素如何融合？有無限的可能，無窮的手法。我們讚賞多元價值的創造。所謂大師，差異在「多元」，相同在「價值」。許多以怪異、新奇，無所不用其極的新派，只有「多元」，卻毫無價值。

林風眠的畫，另一個最了不起的地方，是他的個人特質與時代感應之強烈，為廿世紀中國畫家中所極罕見。這正是大多數中國畫家（包括大師級）所欠缺的，而卻是世界性的大師所應具備的條件。

本世紀第一流的中國大畫家

林風眠獨特的風格，放射出特殊的魅力。他的畫，在題材方面，有風景、人物、花鳥與靜物。但西洋畫與中國畫傳統的分類與畛域，都不能範囿，他是融洽中西，別開生面。不同的題材在他的畫中並沒有傳統中那種科別的分隔。不論什麼題材，林風眠的畫都有一種共同的精神素質「一以貫之」。一般畫家，「花鳥」不近乎惲南田則近八大山人；「山水」若不出自董、巨，便是石濤或石谿；人物則或似老蓮，或似任頤……這差不多是近代中國畫壇的通病。林風眠的畫，不論什麼題材，都自成「一家面目」。總而言之，他的畫不在描繪特定對象本身的動人，不在炫耀一家一派的「功力」，而是志在透過不同題材，從不同的角度表現他對宇宙人生的觀感；在於發掘情趣，體味萬象，創造獨特、鮮明而有個性的美感。林風眠的畫，是世界萬彙通過他的心靈所映現出來的富於人格精神的意象世界。

許多大畫家表現祖國江山之美，表現自然之美，人體與草木蟲魚之美，表現歷史典故，詩文境界，或者表現筆墨之美，渾厚古拙，金石趣味……。這都是了不起的藝術成就。但若論表現了畫家這個人獨特的情懷，對宇宙、人生的種種感受，即表現了個人的人格特質，除林風眠之外，只有傅抱石（他們最佳的代表作；不是全部的作品）。

而表現時代精神，林風眠最為真誠（不為政治服務），也最為強烈而感人。

在中國的苦難時期，林風眠回國第二年，二十七歲，他看到許多屠殺，畫了一幅油畫《人道》。朱樸在〈林風眠先生年譜〉中說：「寬銀幕式的畫面上，充塞著鎖鏈、絞架與無數男女殉難者的形象。」二十九歲作《痛苦》巨幅油畫，表現中國老百姓在貪官污吏，軍閥兵匪及侵略者壓榨奴役下之痛苦。一九三四年又畫了「死難者堆積如山的作品」——《悲哀》。令人驚歎的是經過了六十年的滄桑歲月，他逝世前兩年，一九八九年「天安門事件」，林風眠以九十高齡的老翁又畫了《噩夢》組畫六幅及《屈原》、《痛苦》等表達了他的悲憤的巨作。林風眠一生的畫竟以「痛苦」為序曲，又以「痛苦」做尾聲。他是時代悲愴的歌，他是民族良心在歷史的漫漫長夜中閃光的燭火。他的藝術有自己生命中的追求，也時常與民族的哀樂共鳴。退隱之後，世界把天才遺忘了，他樂於蟄伏。沒有攀附，沒有競逐，沒有自我宣傳，更沒有長髯道袍，也沒有自立山頭，聚眾自雄。藝術真是林風眠的宗教，他的虔誠與刻苦，淡泊樸素，嶔崎磊落，使他的畫在中國藝術界樹立了特殊的典範：一個堅忍、崇高的靈魂，歷盡痛苦艱辛，不與污濁妥協的天才藝術家。由青年到年屆耄耋，藝術創作不自外於民族的苦難，林風眠幾乎是唯一的典範，他是本世紀中畫壇最具時代感的大師。

就像他畫中的孤鶩，在烏雲與草澤間逆風而飛，林風眠不做飄然遠引的閒雲野鶴，也不投奔洋人去做中國的郎世寧。他一生與二十世紀的中國共命運，與受苦的人民共歌哭。林風眠不但是本世紀第一流的中國大畫家，他的人格精神與藝術造詣所達到一致的高度，在諸大師之間也最為後人所欽仰。

（一九九九年十月）

想起龐薰琹先生

讀了龐均先生〈紀念父親龐薰琹〉一文，又讀了龐薰琹先生給他兒子龐均最後的四封信，再拜讀了龐薰琹遺作的幻燈片，懷著無限隱痛，提筆來寫這一篇小文。忽然胸中浮現「千古文章未盡才」這一句詩，就以之為題目。（這句詩是明末清初為國死節的夏完淳的名句，他殉國時只十七歲。）

龐薰琹先生兩年前（一九八五年三月十八日）逝世的時候是七十九歲。他的一生和他的藝術成就，本文不擬談及。事實上，正如龐均先生所言：「可惜的是，中國（海內外）年輕的藝術家，知道他的實在不多」。我們缺少資料。中國這樣大的國家，最重視歷史的國家，我們現在要查閱清末民國以來的許多畫人資料，恐怕很多連人名也不可得，更不必說有研究和傳記等專書了。我的隱痛有二：

我們是很糟蹋人才的民族。孫中山先生說要人盡其才，可惜我們不知道有多少人才在抑鬱中，不得意中，齎志以歿。記得許地山先生的小說〈鐵魚底鰓〉就寫一個科技天才汩沒的故事。許地山自己又何嘗不是；聞一多、老舍、潘天壽、傅抱石……，多少民族精英都抱憾而終。說

「糟蹋」其實不恰當，是殘害。龐均先生說：「二十世紀以來的中國藝術家之作品，特別是西洋畫作品，沒有一個正宗的藝術博物館去系統收藏陳列。」其實，就連傳統主義者口中的所謂「國畫」，又何曾有系統收藏呢？他又說：「難道中國二十世紀沒有文化？不是的。許多藝術家的作品放在床底下或堆在廚房。日久年長，變成了沒有用又不值錢的東西，簡直成了累贅，但又是死都不肯扔的『垃圾』。父親一生的作品，留下的約三百個幅，香港友人收藏十幾幅。家父早年間訂做了三個鐵筒，把自己的作品捲放在筒內。大約抗戰勝利之後在上海開過個人畫展，以後近四十年，這些作品都放在床底下，直到離前的兩年才又舉辦過個人畫展。一個老畫家，因為種種原因和不幸，三十多年沒有舉辦過一次畫展，實在是可憐。這在世界上也算罕見。」我想到本省許多前輩畫家。我曾看到謝琯樵的畫只賣六千元新台幣，現在青年畫家的畫要五倍十倍此數。像黃土水、李梅樹、廖繼春、陳德旺等畫家謝世之後，何曾有那家美術館系統的收藏，陳列？本省財主那樣多，對藝術的發展與傳衍盡了什麼責任呢？比較美日等國，令人為我們的有錢人赧顏！也為我們今日的富裕而俗氣扼腕！

因為對人才不懂得珍惜，對他們的工作成果也不寶愛。中國近代以來多少留洋回國的「西洋畫家」，像龐薰琹這樣不受重視，潦倒清苦一生的人太多了。另一方面，令人痛心的是我們從西方移殖來的「西洋畫」，永遠不被允納成為中國繪畫的一部分，永遠被排斥在「正統的國畫」之外。我們藝術的現代化自來又欠缺正確的認識，總認為西方的現代繪畫是「世界性」的新藝術，我們也沒有把外來藝術本土化，使它在中國文化中落地生根的共識與抱負。所以，這些「西洋畫家」的作品，很難在我國社會大眾心中發生深切的共鳴。我們也缺乏新的繪畫思想，來倡導西洋畫的中國化。我們許多西畫家不承認文化上的民族主義是藝術生根乃至開花結果的前提。尤其最近三十年來，西方流行過的任何主義，中國都模仿過。三十年前在前衛畫展中大出鋒頭的「現代畫家」，如果不出國去投效西方，便差不多從畫壇上消失了；二十年前出現的另一批現代畫家，又落入同樣的命運：今日大搞前衛藝術的，五年十年之後又將為另一批更年輕，更新潮的後來者所取代。我們何嘗有自己的「現代派」？我們為什麼不能把西洋繪畫變成中國的油畫？我們為什麼不能像義大利人把中國麵條變成通心粉，變成義大利麵（Spaghetti）？如果我們不承認我們民族的創造力衰退了，不承認我們民族文化的同化力式微了，那麼，我們便得承認我們是喪失了文化的自尊心，過分盲從西潮了！

印度的「浮屠」，入中土而為「塔」；希臘的披紗貼身的衣紋雕刻，影響中國初期佛畫，而成為「曹衣出水」的淵源。為什麼二十世紀以來，西方的印象主義、抽象主義、超寫實主義乃至觀念、身體、裝置等現代主義我們不能批判地吸收，轉化成為中國式的現代？為什麼我們不能壓根兒不理會紐約與巴黎的風潮，創造我們自己的「前衛」？我們還不能從前輩身上吸取教訓？

早期的留洋中國畫家，回國以後，多少已有一些具備了將洋畫本土化的自覺。龐薰琹先生的油畫人物，就顯露了有意樹立中國風格的努力。他十九歲去巴黎（一九二五年），二十四歲回國，便研究中國畫論與畫史。三十多歲開始研究中國歷代裝飾紋樣及西南地區少數民族民間工藝。從他五十一歲到七十四歲這二十餘年間，寫成《中國歷代裝飾畫研究》一書（一九八二年出版）。中間經歷了「反右派」和「文化大革命」的浩劫，過著非人的生活。在美術事業上，他回到中國藝術中，留給後人一份珍貴的研究心得。他在〈小序〉中說：「寫本書的目的，是為了學習美術的青年，學習了繪畫基礎之後，邁入專業學習，總得有條橋。我們是中國人，豈能不知道自己民族的美術傳統！」

在給他兒子的最後四封信中說到：「從世界各國的繪畫發展來看，必然會發生變化；要在世界上立足，自己的作品還是應該有自己的特點。」他已經有這個體悟，三十多年來的種種迫害殘摧，他已成一個心灰意冷的老人。他有那樣深厚的西洋畫修養，又長期鑽研了中國美術，如果在他生命的最後二三十年中不是為牛鬼蛇神所凌虐，我相信他必可以發展出中國式油畫的一個典範來。現代西化的青中年畫家，有誰能有龐薰琹先生這樣豐厚的中西繪畫的功力與學養呢？

龐薰琹先生壯志未酬，而後來者能從他那兒得到什麼啟示呢？

（一九八七年二月）

萬牛難挽西潮急
——熱潮小論

吳冠中先生的畫，以及他在華天雪訪問記中的自白，引起內地美術界議論的大熱潮。有心的朋友邀促我表達看法。我在台北，想到了這個熱潮雖然因海峽而隔，但這個議題的溯源（歷史）與前瞻（未來），確與共同為中國文化、藝術謀出路的所有中國人有密切的關聯。其實，吳先生的畫與觀點，並不是個別的，更不是偶然的。毋寧說是中國文化現代化一百多年來痛苦求索過程中一直存在的一個派系。簡略地說，就是西化派。儘管他們用了多少「民族文化」的標籤（他所謂「擋箭牌」），本質上認定與西方現代主義接軌就是中國藝術的「前途」。這在內地也不只吳先生一人而已。美術新潮以來內地西化的「前衛藝術」多麼令人驚訝其變遷之巨之速！台灣更早，從李仲生到六〇年代的「五月畫會」至今天台灣的裝置藝術、觀念藝術等。西化似乎是「擋不住的客觀歷史發展」。吳先生只是冰山之尖，其實下面是一大塊。西化派的方向是不是中國藝術未來的必然與應然呢？

我們先要探究的是：中國藝術界為什麼對西方現代主義有這樣的偏執與狂熱呢？我想，第一是恐懼；第二是另求依憑，異軍突起。

恐懼：包括恐懼落伍，怕孤立，怕趕不上時代，怕沒有「世界性」，惟恐不能與「國際」接軌。於是急切，躁進，求速成。方法上則是「兒子反老子」。把孔子打倒，把傳統一概否定，革筆墨的命，廢除毛筆，「先求異，再求好」……。他們沒能體認歷史發展以積累、繼承、借鑒、融匯、發揚、再創造為主脈，只強調造反與顛覆。西方現代主義激進之路正好合拍，遂以此為「勇敢」與「進步」，藉以消除恐懼。

另求依憑，異軍突起：這是比較現實的，功利趨向的動機。如果走積累、傳承、發揚與借鑒、融匯、再創造之路，很難急功近利，而且要有中西方古今精深的修養與訓練。而西方自達達主義以來偏激的現代主義反傳統的新浪潮，正是胸懷壯志，謀求異軍突起，揭竿稱雄者方便的捷徑，也是有力的靠山。投入這個潮流，便自認獲得「世界性」、「國際性」的「執照」。君不見走這條路者大多於傳統文化、藝術、文學、書法等修養乃至中西繪畫的訓練都「稍遜風騷」；他們本來就沒有多少傳統，雖激烈反傳統，卻不是反對依憑，而是另尋西方強勢文化的現代主義為依憑，以求異軍突起；有的是藉以否定、顛覆前人的成果，取而代之。

其次，我認為狂熱西化的另一原因是源自「本土性」與「世界性」的誤解。其實，「世界性」、「國際性」、「全球化」都是西方強勢文化所製造鼓吹的。說「世界越來越同化」，「世界要同化美國」那是天真。看看冷戰結束後世界被迫「美國化」所造成的危機（拜金、不饜足商業利益的掠奪、鼓勵消費、污染、資源破壞與浪費、慾望膨脹、道德崩裂等等，美國已然成為西方近代文化霸權的代表），我們豈視而不見？本來文化、藝術上的「世界性」應該是各民族本土文化最高成就的集合，同為人類世界性的共同資產，是多元化的，是各個不同文化精華的總成就。在繪畫界為什麼美國的波洛克（Jackson Pollock, 1912-1956）的形式美、抽象美就很「現代」、「世界」；吳昌碩與黃賓虹的就不配稱為「現代」、「世界」？誰反問過自己這些問題？這樣崇西薄中，什麼「對抗西方」，「愛國主義」，已不駁自垮。中國藝術家怎麼會說「我更重視西方專家的藝術標準」，卻又說「在內涵和感情上我更重視民間」？（無非是畫「荷塘」、「女媧」及江南瓦屋等題材而已）這種如同以西方熱門流行曲來填入中文《梁祝》歌詞的粗淺「合璧」，只是硬套。這與中國交響樂的《梁祝》，與徐悲鴻、林風眠嘗試融合中西，經過轉化的新創造，豈能同日而語？一個中國畫家，一邊「更重視西方的藝術標準」，要接受「西方檢驗」，使西方專家「滿意」，期望為之「鼓掌」；一邊卻要中國的「老鄉點頭」。這成一個像樣的中國畫家嗎？為什麼馴服追隨西方就「現代」又「世界」呢？為什麼不能只希望中國專家（與老鄉）鼓掌，不在乎洋人呢？川端康成若一心想博取西方專家青睞，有他獨特的風格與成就嗎？

香港「藝發局」邀請兩岸三地（及韓國）學者專家，於今年五月舉辦一個中國筆墨問題的研討會。我已交了文章，在此不容多說。坦白地說，筆墨問題的體會與實踐，不是西化派中人所能知，所能行。（說「脫離了具體畫面孤立地來談筆墨的價值，這個價值等於零」，這只是常識，連最保守的古人也不會反對。誰不曉得一條畫美人的線不論多優秀，離開了美人而去用在山石上便全無價值？）中國繪畫在悠長的歷史中創造了「筆墨」這一獨特的表現語言，歷代畫家更發展、豐富了它，今日與日後的畫家也一樣可以再創造。這正如中國的詩歌，不論如何創新，必不能忽視中國語言聲韻的特色。詩中的聲韻猶中國繪畫中的「筆墨」。覺得中國的筆墨「落後」應該反掉，而甩油漆，擠「牙膏」，或用自動性技法，狂塗亂刷或拓水法……等遠為簡陋的技巧，便是「進步」、「現代」而且「世界」？這是乞靈於西方現代主義的思路，是文化的自卑與虛無。反傳統，反文化，現在西方連糞便也用在「藝術」上了。中國藝術家又該如何做才能「讓西方專家滿意」呢？至於說「黃賓虹我是不重視的」那是必然的。因為要懂得重視黃的筆墨成就，先得具備對於宋元尤其王蒙以下石谿、龔賢、程邃、王原祈等畫家的筆墨發展變化有深入的體驗、品味才知黃的深厚積蓄。喜愛波洛克的線條，當然很難品味黃賓虹。那是「可樂」與「茅台」之別。

多年來，我提倡「傳統」的現化代，外來的「本土化」。但我不認為水墨畫走抽象化之路便「現代」（不同文化的「現代化」應該是各有各的面貌，絕不以西方現代主義為「藝術標準」），也不認為把油畫畫得像「國畫」（多用線，平塗，逸筆草草，色彩簡單等）便「本土化」，這都是比較簡陋、粗淺、「速食」的捷徑。（比如「筆墨」的「抽象性特質」又何嘗不能創造性地融入中國式的油畫中？而西方油畫的嚴謹、厚重又何嘗不能對「國畫」的草率，單薄與速就，起「攻錯」之效？）而畫種材料工具與歷史淵源不同，畫法卻相似，不太輕率嗎？

把藝術看淺了，便容易自信自滿。前人的艱辛，慘澹經營、積累土而成高臺的努力似乎是缺乏「大躍進」的「敢想、敢說、敢幹」的「氣魄」。所以覺得他們步伐太小，容量不大，幅面太窄，變速太慢。其實，藝術如果是崇高、深刻的創造，便必然是艱難的，現代化不可能一味由反傳統而能成功，因為沒有傳統的現代化便喪失文化的根，也喪失主體性；過分西化便是為其所同化，成為俘虜，開拓者的功勛即使只是起步，也比繼承者百十步貢獻更大；後來者若誤解或輕視前賢，或走上歧途，便談不上承先啓後，藝術現代化的進程便受阻滯甚至誤導。我們不能不說本世紀第一代開拓者凋零之後，令人多少有但恨不見替人之慨。中國美術現代化之痛苦，尚綿綿未盡。

吳冠中先生今日的聲名，除了他主觀的條件之外，也不能看不到客觀情勢，政治需要，市場運作等多方因素成了載舟之水。歷史與人物都有必然與偶然各種複雜因素交織而成結果。許多年前我看到吳先生說今日我們學習西方現代，去偷去搶都不要緊（我記憶很清楚，但找不到原文）。他的狂熱、率性、天真、躁切、無忌，從他的畫與言都可感受到血氣方剛的少年意態，於藝術失之粗淺簡陋，欠缺深度，於人生則是得天獨厚。

（二〇〇〇年四月，何懷碩　台灣學者畫家

《美術觀察》二〇〇〇年七月號（總第五十六期））

吳冠中好作驚人語

老年人一般來說，經驗閱歷豐富，性情比較練達平穩。知識雖然未必因年高而深廣，但智慧可能比較成熟。因血氣方剛所呈現的偏激、武斷、輕狂、驕傲等症候，在老年人身上一般而言較少發生。

但是，人之不同，各如其面。有些人雖然年少，卻早已老成圓滑，甚至奸巧腐敗。也有人雖然老大，卻還童騃未泯，甚至魯莽輕狂。這是個人修養的問題嗎？恐也不盡然。年紀輕輕卻已精於趨炎附勢，年屆耄耋尚且勇於暴虎馮河，或許是個人本性的「基因」所使然。

七、八年前，吳冠中先生的畫，他「筆墨等於零」的高論以及他接受華天雪訪問中的自白，引起美術界大爭論。當時有朋友要求我對此表示看法。坦白說，我因人在台北，不在內地「熱潮」之中，沒有參與討論的熱情。而且吳冠中先生待人熱誠，九六年還蒙寄贈《我讀石濤話語錄》大著。他是前輩，我本不想參加討論。後來因為朋友再三邀約，我剛好寫了一篇〈筆墨與中國繪畫的抽象性〉的文章，所以同意寫一短文，題為〈萬牛難挽西潮急——熱潮小論〉，發表在北京《美術觀察》與台北《藝術家》〇〇年七月號。我對吳先生的「評論」盡量禮貌又含蓄。

今年新出刊的《當代中國畫》第二期，讀到幾篇批評吳冠中先生「國畫」觀點的文章。其首篇童中燾先生且以〈吳冠中的狂妄〉為題。童先生與我在中國美院七十周年慶時晤過面，很溫文的人，題目卻很火辣，說明彼此意見差異程度之激烈。

吳冠中先生的畫，言論與作風，這些年來引起許多爭論。他時作驚人語，許多畫家大表不以為然的意見。大家耗費了相當的力氣「論戰」，報刊雜誌也占了許多寶貴的版面，但結果並未能使思想更清晰，彼此的激盪也未能互相滋補，互相促進，更不可能融合，匯集為某些有建設性的大共識。觀點儘管可以和而不同，但不能各非其是，各是其非，永遠停留在牛頭馬嘴的混戰之中。

為什麼這些爭論不能使爭論者透過彼此互相攻錯而共同得益，也不能對後生晚輩，對中國畫壇，乃至對中國藝術界提供典範、啓發思路、引導對於中國藝術前途的憧憬，只能是永無共識的口舌「筆墨」之爭呢？

首先，吳先生的驚人之語非常偏激，簡短又模糊不清。比如「筆墨等於零」、「正如未塑造形象的泥巴，其價值等於零」、「黃賓虹我是不重視的」、「柏林牆早已被推倒，國畫之牆非倒不可、救救牆下的孩子」……幾乎都是主觀武斷、邏輯混亂，不可討論或不必討論的不成議題的「議題」，但因為大膽敢言，因而引起爭論。

其次，畫家精於形象經營，多半不工於理論思考。文章人人會寫，但要寫得理路嚴整、概念清晰，言之有物，而且經得起檢驗，可以論證，必要有共同服膺的知識與學術思想的認知與規律。如果論辯雙方都缺乏應有的認知水平，也不懂得遵守論說與作文的「紀律」，許多爭論便只是各說各話的混戰，沒有什麼意義，只是浪費筆墨（比等於零還糟，是負數）。

第三個原因是訴諸「人的權威」。

「脫離了具體畫面的孤立的筆墨，其價值等於零，正如未塑造形象的泥巴，其價值等於零」。「柏林牆早已被推倒，國畫之牆非倒不可」。這樣的語句，說了什麼呢？好比「沒有吃不下去的補品，其價值等於零」、「沒有讀的書，其價值等於零」，人人皆知，何勞大師開示？而「筆墨」（人所創造的藝術技巧）與「泥巴」（自然的物料）、「柏林牆」（阻隔分離東西德人民的圍牆）與「國畫之牆」（是指中國繪畫獨特的藝術風格與表現方法？其他的畫類就沒有「牆」嗎）兩雙並舉的概念毫無共同屬性，如何能相類比？「泥巴」本身沒價值，為什麼「筆墨」也同樣沒價值？「柏林牆」倒，為什麼中國繪畫的「牆」也非倒不可？為什麼這樣毫無意義，邏輯混亂的語句會引起重視而引發爭論呢？因為中國社會到今天，「人的權威」還是有舉足輕重的地位。

年齡老大，輩分高，便「年高德劭」；位居要津，身分高，便「地位崇隆」；出品昂貴，身價高，便「聲望超群」。盡管輩分、身分、身價之高，各有可尊貴之處，但不能因其人具某種「權威」而視其思想言論亦為「權威」。觀念、思想、言論的權威應因其正確、深刻與創見而有，不因其人而然。

借自己的輩分、地位，放言高論，目空一切，當然不足取，社會上對人的權威過分崇拜，動不動以「大師」名號表示尊敬，把「大師」的一切捧上天，更造成價值的混亂。多少阿諛歌頌的評論與訪問，作品刊登與出版爭先恐後，鋪天蓋地。新聞媒體與出版界的勢利、盲目與一窩峰的作風，有時令人感慨「黃鐘毀壞，瓦釜雷鳴」。這期間最遺憾的，就是嚴肅、認真、理性、不識人情世故的「藝術批評」幾乎已凋敝、衰萎、死亡。在這名利掛帥的時代，認真的藝評，豈不妨礙人家名利的追求。批評之死亡，良有以也。

二〇〇六年十月號香港《明報月刊》有一篇〈吳冠中先生專訪〉，說吳先生「即便坐著也像是魯迅筆下的那一株兀立的棗樹」。訪問者顯然知道吳先生曾說視魯迅為「精神上的父親」。（吳先生也說過「到巴黎有到舅舅家的感覺」；在巴黎時因「缺乏生活源泉的苦悶，更加懷念父親般的屈原」。）吳先生確有天真可愛的一面。香港拍賣他的水墨畫《鸚鵡天堂》得二千多萬人民幣，他說：「這個市場心電圖不正常」，沒有人會說吳先生孜孜為利，他確有點視金錢如糞土的氣概。當今藝術商品化，他很惱火，認為現在「技」多，進入「藝」的太少了。他說：「我看不起藝術了！」而且「我也看不起這個世界了」。驚人之言，又令人錯愕。

他完全沒有覺得，藐視傳統，激進西化，把玩弄形式技術視為獨創風格，急切要世界化的作風，就是造成「美術世界」令人看不起的原因。而他不正是其中的「彪悍大將」嗎？

八〇年代，吳冠中先生為「形式美」喊冤，得到藝術界許多掌聲。他說造型藝術是形式的科學，要專門講形式，要大講特講。這都不錯，但他竟也以為「形式主義在造型藝術是合法的，是咱家專利」，這就顯示了他認為「形式美」與「形式主義」同樣是好東西。而且他對「內容決定形式」很反感，卻又把內容理解為「內容是指故事與情節，多半是屬於政治範疇或文學領域的」。如此狹窄、偏頗。所以「反」起來理直氣壯，也得到許多不深思者的喝采。

藝術界許多人追求自由創作，要掙脫各種人為的限制，這是很可理解的，也是應該的。但是，概念不清，邏輯混亂，吳先生常常以為理直氣壯、激情洋溢，把錯的說成對的（如「形式主義」是「咱們家專利」），把對的說成錯的。（如他在大自然中領略衝突又和諧，看到「蒼山似海」，那些畫家在人生、世界所感受的一切，所謂意境，所謂神遇，所謂感情，不都是「內容」嗎？有某種思想感情，便必須經營某種獨特的形式來表現，難道有錯？內容有什麼可恨？內容決定形式有什麼可反對？）說「內容不宜決定形式，它利用形式，要求形色，向形式求愛，但不能實行夫唱婦隨的『夫權主義』這是不知所云」。吳先生寫個人記事抒感的散文很感人，「畫論」則相差甚遠。

外部力量強迫藝術家表達某些「內容」，與由藝術家自己的思想感情所產生的「內容」豈能等同？自古有關「載道」與「言志」之辯，周作人說得最透徹：言他人之志也是載道；載自己的道也是言志。

吳冠中先生想法的粗糙、偏頗，對後輩確有錯誤的「鼓勵」作用。玩弄形式，以變異為「創造」千方百計製造特技，恰好與西方「反藝術」合流。繪畫變成漫畫、插畫、兒戲、惡作劇、開玩笑。現在不正有這樣的現象在大流行嗎？

「風格即人格」的老話畢竟顛撲不破。畫家的秉賦、性情、修養、知識、學問……加起來的

「人格」，確是其藝術風格的源頭。錯誤、膚淺的觀念與見解，決定了不可能採取高明的形式去表現。以怪異為創造，怎麼可能不走上無厘頭的形式主義之路？其實，此正是「內容『思想』決定形式」也。

我曾拜讀老美術家洪毅然先生〈談談藝術的內容和形式——兼與吳冠中同志商榷〉一文（《美術》一九八一年十四期）。藝術理論修養有素的洪先生的見解是正確的。但是因為沒有吳先生那樣出名，洪先生正確觀念的影響力就大不如吳先生。非常遺憾畫畫的人能深入分辨思想理論的良窳，實在也不太多。

吳先生說有一外國評論家說「八大山人、趙無極和我的《根》可同樣歸入『抽象』的範疇」，老實說，要評論這幾句泛泛之言，可要花很大工夫。我看吳先生對「抽象」的理解也不大清楚，拙著《苦澀的美感——何懷碩藝術論》（天津百花文藝出版社）有一篇長文〈論抽象〉，有興趣的朋友不妨找來一讀，願聽指教。

驚人之言不可常作；聞驚人之言則應加強免疫力，以免染病也。

（二〇〇七年十月）

開新局，創高峰

——李可染誕生百年紀念

李可染一九〇七年生於江蘇徐州，今年是他誕生百年紀念。中國千餘年山水畫傳統發展演革的歷史，到了二十世紀，正待產生為新時代開疆拓土的人才。這是「時代的召喚」。只有自覺的、靈敏的心靈感受到這個召喚。可染先生就是中國繪畫藝術現代化的先知先覺者，他是開啟現代一個新局面的大師。

在歷史上，凡能開新局的人傑，必有三項特色：一是能汲取傳統的精華；一是能呼應時代的感召，引領時代的風氣；一是能發揮個人獨特的創造力，完成自成典範的風格。

可染先生的書畫有多方面的成就，而以「山水」最能顯示他藝術創造的高峰。我個人認為可染先生在五十歲前後已經展現他成功的創造性成果，完成他自成典範的風格，在歷史上建立不可磨滅的地位。他老年時期的大幅山水，墨瀋淋漓，畫高山流水，煙霞夕照，密林煙樹，氣勢磅礡，是傳統山水畫的再創作。我大半生接觸、欣賞、鑽研可染先生的畫，就其精要而言，可染先生的畫有兩大成就，為其他大畫家所難以企及。第一是他改變了中國傳統山水的「性格」，開啟一個新局面；第二是他在寫生中創造意境，運用他獨特的造形手段，創造了有時代氣息、有鮮明個性與極具藝術魅力的風格。

中國傳統的「山水詩」與「山水畫」不是一般的自然風光的圖畫，更不同於西洋「風景畫」。它蘊涵了中國哲學的自然觀、老莊思想、魏晉玄學、禪宗精神與中國士大夫文人的意趣。在歷史的演變中建立了由獨特的隱逸思想所主導的審美觀照，也是中國文人的人生志趣之所寄。此即中國山水畫之所以在歷史上居於繪畫之主流地位的原因。

近代中國時空環境之巨變，藝術思想也不可能不與世推移。中國之「山水畫」若欲重振其光輝，「性格」不能不變。可染先生拋棄文人山水超然物外，虛靜恬淡，清高絕俗的心態，直接面對現實的景物，重新去發掘，去感受，去體驗；改造傳統，建構李可染式的「山水風格」。嚴格的說，可染先生最重要、最典型、最高成就的畫作已大大超脫並改變了傳統所稱「山水畫」的含義。但可染先生卻又繼承了傳統山水講筆墨這個珍貴的傳統。不過他不重蹈傳統的舊轍，標示「陳言務去」；摒棄「紙上之山」，而以眼前之景物為筆墨找到其源頭依據。傳統講筆墨，而不講「造形」，更無造形的藝術形象是事物普遍性與特殊性統一的觀念。傳統筆墨太注重普遍性，形成概念，這就是傳統筆墨逐漸僵化的原因。可染先生從客觀現實的逼視去體認筆墨的意義與功能，運用筆墨來建構他「心眼」所營造的視覺形象。這方面，他得力於西洋繪畫的借鑑與吸收，這是前無古人的手段。所謂「融貫中西」，說來容易，但不是皮毛、枝節的拼合，而是精神、整體的融會、重建，這是艱難的創造。

可染先生既摒棄傳統文人山水在紙上以高妙的抽象性筆墨組建遠離紅塵的烏托邦的老路，他的創作便是面對客觀現實，重新去審視河山大地，以及父老兄弟，他的同胞所賴以生活的現實世界。這個時代，這片土地，這個現實的人間，可染先生筆下的藝術世界大不同於古人，也不同於其他同時代畫家（如黃賓虹、張大千、吳湖帆、董壽平、陸儼少等山水畫名家）。這是可染先生獨特之處。他的創作方法便是在寫生中創造意境。許多人以為寫生只是習作，是素材的預備。沒錯，寫生可以只是習作，但大量的意匠加工便提昇為創作。古今第一流的藝術創作，不論什麼流派，皆包含兩大因素：客觀世界提供題材；主觀心靈運用創造力表現為藝術作品。寫生與想像兩種創作，只是創作歷程中先後與主次偏重略有不同而已。沒有只有客觀的呈現而沒有主觀心靈主導、加工而成功的藝術；當然也沒有抽離現實與生活，玩弄形式，製造視覺效果而能成功的藝術。可染先生強調「意匠」與「意境」，可知他從寫生入手創作，一樣是客觀與主觀辨證的結合。達文西的《蒙娜麗莎的微笑》、林布蘭、梵谷、孟克等大畫家的畫都在寫生中創作而成功，即使中國文人畫家許多虛構的山水畫，也都從終南、太華、黃山、富春江、長江等等客觀對象上發揮主觀想像而有。藝術的途徑雖不盡相同，但都必殊途同歸。

更重要的是可染先生創造性的開拓了二十世紀中國水墨山水畫的思想內涵，創了富於現實感與時代精神的新風格。數百年來陳陳相因，漸成古董的水墨山水在他手中重振生機。他要「為祖國河山立傳」，期待「東山既白」。表達了他藝術思想的底蘊與為中國文化再現光輝而熱忱奉獻的豪情壯志。

可染先生將傳統山水從不食人間煙火的舊窠臼中解脫出來，讓客觀存在的景物在藝術中呈現時代精神與藝術家個人的人格特質。所謂改變傳統的「性格」，這是巨大的貢獻。他畫河山景物，有濃厚的時代氣息，也表現了他對家國山川強烈的愛。歷經苦難摧折的江山的滄桑，如鑄鐵般沉毅樸厚的歷史文化，受盡風蝕雨刻仍堅強屹立，斷不是靈巧飄逸的文人筆墨所能表現，所以才有可染先生的「墨、滿、崛、澀」的形式技法，過去曾經有人誣為「墨畫」。其實，可染先生的「黑」，內涵之豐富複雜，非尋常所理解。它不僅是畫家「形式美感」上的偏好，不僅是為表現歷史的滄桑，也不僅僅因為畫家自童少以來一生飽經國難家愁所醞蓄的憂患與慷慨的情懷而有如斯動人心魄的「氣韻」；可染先生的畫，遠非抒寫閒情逸致的山水，也非自然美的再發現，而有其深沉嚴肅的寄託。這有待脫俗的真知灼見再發掘。總結一句話，我認為李可染先生是二十世紀以來中國水墨畫家中最富時代精神與卓越個人風格的現實主義大師，現代中國山水畫的先驅。

（二〇〇七年三月）

李可染的兩個時期

二〇〇七年是李可染百年冥誕，北京中國美術館舉行盛大的紀念畫展，集中展出了公私收藏李可染水墨創作主要作品。開幕當天，來自全球各地官商名流、藝術家、收藏家、學者、評論家以及熱愛藝術的社會人士，可謂冠蓋雲集，摩肩接踵。另有一場研討會，多篇論文發表後，在討論會上，有人對於我以前在文章中推崇李可染藝術成就的高峰在五、六十歲，而不在文革之後到逝世為止，即七十歲以後的晚年十餘年間，這一論述不大認同。提出這些不同觀點的評論家與畫家，都認為他晚年的「山水畫」是集大成。「其蒼茫無限的詩意和墨韻的生動感，是早年作品中所鮮見的。」（北京中國畫研究院院務委員李松先生在一九九三年李可染台北史博館畫展時於《中國時報》發表〈書畫皆成家、晚年集大成〉一文，與我〈中年攀高峰，藝術足千秋〉刊同一全版。兩個不同觀點，有如紙上擂台。）當日在北京研討會上認同李可染的畫越老越好的論調，正與李松先生相埒。

造化與心源

對於李可染藝術成就中後期不同的評價，我不主張在晚年，而主張他七十歲之前已完成他自己的高峰，有我的依據。任何繪畫藝術創造皆有兩大源泉，即「造化」（宇宙、自然、客觀世界與人生生活等）與「心源」（主觀精神、理想、想像、個人特質、心靈修養等）。沒有藝術創造不來自這兩大源泉；也不能只賴其一，而必須兩者兼具。不過，不同的藝術家因種種不同的主客觀條件，不同的人格特質，因而對此兩大創作源泉必各有偏重。李可染的創作偏重「造化」這一端。也就是說，他的創作靈感主要來自「客觀世界」。所謂「在寫生中創作」是李可染最典型的創作方式，也是他獲得獨特的成就的途徑。

非常有趣，同為二十世紀上半兩位中國水墨畫大家，其創作靈感的來源恰好是以「主觀世界」為主與以「客觀世界」為主的兩個典型。前者是傅抱石，後者是李可染。他們都有大成就，但追求的目標與表現方法不同。

傅抱石最高成就的作品，創作靈感多來自歷史、文學的人物與詩境；許多從「客觀世界」的啟示、感悟而得的靈感，也都融化於他個人繾綣磅礴的詩酒情懷，醞釀爆發出獨特、不羈的狂筆醉墨，而成酣暢淋漓的傑作。「解放」之後，他最後的十餘年，因為現實環境的改變，他再不能自由自主馳騁個人幽獨高遠的情懷，而轉向歌頌「江山如此多嬌」與訪問寫生社會主義友邦等「任務」的創作主旨與創作方式，完全背逆畫家個人的意向。傅抱石的傑作當然不在晚年。

李可染的傑作不在晚年的原因，正與傅抱石相反。這位「在寫生中創作」的畫家，因為不能旅行寫生，不能順性而為，也必因為背逆畫家個人的意向，而難展長才。

在五〇年代到六〇年代，李可染遊歷中國名山大川，風景名勝，畫了大量寫生作品，擺脫了明清以來文人山水畫煙雲供養，岩壑林隱的困局，開闢了一條面對實景，在寫生中創作的新路，才奠定了他在現代中國水墨畫中的歷史地位。但一九六六年（李五十九歲）開始了「文革」十年浩劫，被迫停筆，無法作畫，只能作「醬當體」的書法練習；一九七二年至一九七八年，畫了許多「政治任務」的大畫，並遭「四人幫」批「黑畫」運動的打擊；一九七六年因病做截腳趾手術，兩年後心臟病發，此後至逝世不能出外寫生。可以說自文革開始以後二十多年，李可染結束了過去最擅長的，在寫景中創作的生涯，藝術風格發生重大變化。

晚年的李可染，重回過去文人山水「胸中丘壑，筆底煙霞」（李可染《峽江帆影圖》自題句）之路。李松在上述文中稱「明代莫是龍說『畫家之妙，全在煙雲變滅中』，以其能充分顯示筆墨的變化與韻律感，而李可染所表現的則是萬木蔥蘢，不見土石的現代山林景觀，也是前人筆下從不曾有過的新的審美境界，兼有雄渾壯美與清明潤秀，在表現手段上，結合著運用潑墨與積墨，墨中見筆。『山隈空處，筆入虛無，樹影微時，墨成煙霧』（笪重光《畫筌》）是景象之美，也是墨韻之美。」——這些不正是明清山水大家所已有，而且早已達到高峰的藝術成就？李可染晚年走這條文人山水之路，捨棄自己的特色，如何能超越自董其昌、八大、石濤、龔賢到蕭愻等大家？李可染晚年因主客觀原因，不能繼續他在寫生中創作的方向，殊為可惜，也是無可奈何之事。也不能說晚年全無佳構，例如他以毛澤東詩意所作的《萬山紅遍》便是「政治與藝術」相結合所創作的傑作。（他一共畫了大同小異七幅，這也是文人畫的老習慣，與他前期最重要的作品不大相類。）

創作高峰在晚年之論點

為什麼有不少大陸評論家（以北京為主）與李松一樣總認為李可染的高峰在晚年呢？我在李可染百年紀念展的研討會上指出了原因所在。

第一，許多人因襲古來評論書法家有「人書俱老」的說法，總認為書畫家愈老愈登高峰，好比酒愈陳愈香。其實大謬不然。每個藝術家各有自己的高峰期，有的在青年，有的在中年，也有的在老年。當然也有的一生各期都好，如德國文豪歌德，一本《浮士德》寫到八十多歲才完成，是世界級經典。而唐朝的李賀，英國的濟慈，畫家任伯年、莫迪里亞尼、席勒，都沒有老年，均短命夭折，但他們都登藝術高峰，達到第一流的水準。也有藝術家在青、中年未曾成熟，到了七十以後才開始漸入佳境，以至成為第一流大師，最典型者如齊白石、黃賓虹。林風眠中、老年作品水準較整齊；有些畫家老年退化，不如中年成就者也大有人在。有人老年智慧成熟，有人老年痴呆。若囿於「人書俱老」的成見，很不「實事求是」也。其次，李可染一生最重要的作品，都是寫生中創作。畫既幅面不大，每一作品多數只有一幅。有些早已失落。我於一九八九年受李可染先生之邀，為台北崇雅出版社《李可染中國畫集》寫序之後，曾託出版社呂石明兄詢問可染先生他中期傑作《魚米之鄉》等作品何在？可染先生回話那一批作品在四川借展後遺失了。

此外，六〇年代我曾見捷克出版他們收藏李可染的小畫集。可知一部分最佳作品早為東歐藏家所有，現在也不易見到。而且我收藏有五〇年代李可染第一本畫冊，所以我幾乎看過五、六〇年代他所有的傑作。在半個世紀之前，知道李可染的人還很少的當年，我即已認定他是異軍突起的傑出畫家。可惜他的一些佳作已經散失，後來出版的新畫冊無從收入中期許多傑作，知道的人也愈來愈少。現在評論者所見以晚年作品居多，當然有了盲點，亦無可奈何。

第二，一九七六年之後，文革結束，改革開放，李可染脫苦海，意氣風發，大唱「東方既白」。加上全球愛好中國畫人士，來京拜謁、訪問，絡繹不絕，「李可染宅」頓成北京景點之一。求畫、賣畫、求題字（台北有些畫家就求到「ｘｘｘ畫展，李可染題」的題詞。）者眾。李可染既因身體狀況不能外出寫生，便改變作風，在家畫意造的「山水畫」。畫家、藏家、畫廊、掮客高價求畫，因而多畫大幅作品。（中國人買畫沿襲買布的概念，喜歡以尺寸計價，自明清以來「潤例」皆如此。當代一尺見方為一材。所以畫小幅不如畫大幅也。這種荒謬可笑的習性至今不改。）所謂「意造」的「山水畫」，便是完全出自想像與虛構的創作，偏重主觀的創造，這當然與李可染這位畫家的個人特色不相符，變成「捨長就短」。這些晚年作品，不但構思、內涵基本上是傳統文人山水的老套，連畫題也是如此。

最後數年的畫如：《漓江勝景》、《潑墨雲山》、《江山無層》、《崇山煙嵐》、《雨後夕陽》、《千岩競秀》等，雖然有《雨中漓江》（一九七七）、《雨後春山望入雲》（一九七九）少數佳作，但較之《山村飛瀑》（一九九四）不如，較之李可染五、六〇年代的平生傑作：《魚米之鄉》、《峨眉秋色》、《漓江漁歌》、《重慶山城》、《魯迅故鄉紹興城》、《魯迅故居百草園》、《麥森教堂》、《歌德寫作小屋》、《嘉定大佛》、《眉山大橋》、《杜甫草堂》、《榕湖夕照》、《巫山雲雨》、《蘇州千年銀杏》等「在寫生中創作」的李氏「水墨風景」更不能相比。（李最有代表性的畫，實在不能稱「山水」。譬如《百草園》與《麥森教堂》等，如何是「山水」？蓋「山水」一詞是傳統文人畫喜愛的題材，寓有老莊、禪宗與隱逸的傳統思想；不能把畫戶外景象的畫一律不加區別稱為山水畫。李晚年倒真的重入「山水畫」的窠臼，所以我認為李可染相對於他自己的前期，是「倒退」了。）

最後一點，我過去沒有表示過，李可染晚年的畫和書法，其用筆與線條，可以看出他手抖得厲害，出現許多顫抖、斷續的筆跡。尤其在房舍、牧童及其他人物線條上，可以體會到他不能控制自如的線條，與以前絕然不同。書法也如此。有人可能認為李可染要表現古拙、蒼老，所以故意如此。但過分的造作，而變成僵硬、呆板，不會是良好的表現效果。也許生理的掛礙與心理的放任，造成晚年李的書畫「無線不斷，無筆不抖」的現象，絕對不能誇飾美言說成「用筆和墨韻的奇妙變化」（引李松文）。

運動員、科學家與文藝家一樣，一生只要曾創世界紀錄，有所發明或有登峰之作，其成就便不可磨滅，哪怕年邁衰退，也永受崇敬。李可染的書畫儘管晚年不如中壯年，他的成就並不受影響。我的拙著《大師的心靈——近代中國畫家論》（立緒出版）把他列入八大家之中，就已表示我對他的推崇，但我不贊同有人說他晚年集大成，登高峰的說法。這篇文章，對於認識與理解李可染最高的成就何在，希望有所幫助。

（二〇〇九年八月）

「中國畫」應正名

「中國畫」是什麼呢？有沒有一個標準的樣品，一個固定的型範可資認定呢？實在說，是沒有的。原因是中國繪畫的歷史非常綿長，各階段，各朝代都有不同的表現；在歷史中各家各派又非常多樣；畫家所屬各不同階層又有各各不同的審美趣味，造成各各不同的風格。因此，秦漢、魏晉乃至唐宋元明清各朝，中國的繪畫，不論思想觀念到表現形式，差別頗大；而文人、畫院與民間的繪畫，風格各異；帛畫、壁畫（如敦煌壁畫）及至紙絹之作，與乎工筆寫意、裝飾性與文人墨戲……各不相屬。我們既不能取其一以摒其餘，故勢必以凡中國人之所作，皆稱「中國畫」。然而近代以降，中國人習西畫者日眾，中國繪畫在原有之各種繪畫之外已增加若干外來畫種。若以國人所作之印象派或其它派之油畫，皆稱為「國畫」，不但不能獲得國人認同，於事實也不合宜。故我國之繪畫，近百年來有「國畫」與「西畫」二名稱，畛域分明，有時形成對峙，互不融通。而國人所作之油畫，既不能入於「國畫」之範疇，民間匠工之作，也不為「國畫」所承認，則所謂「國畫」究何所指？

我們可由數十年來官辦或私辦之畫展分類，知道所謂「國畫」者，乃指傳統之山水、人物、花鳥之屬，大半以文人畫為旨趣，以水墨（或加彩）施之紙絹者，乃得稱為「中國畫」或「國畫」。梅、蘭、竹、菊，歲寒三友，乃至深山論道，野渡無人，松蔭高士，芭蕉仕女等等，加上詩文款識，書法篆刻，就是標準的所謂「中國畫」。而民間之寺廟、神龕、年畫、插畫及許多器具上之繪畫，因不入於「國畫」之列，一切由域外輸入之繪畫，更不能成為「中國畫」。可見「國畫」之劃地自限，抱殘守缺。

以這樣狹隘的範圍來界定「中國畫」，把文人畫以外的繪畫以及引自域外的繪畫摒諸「國畫」之外，顯然是不合宜的事。照「中國畫」此一概念而言，本應指「中國之繪畫」。則凡在中國文化範圍中之繪畫，皆應稱為「中國繪畫」。因此，不論以何種材料（當下限於水墨紙絹）之繪畫，亦包括由域外引進之油畫等種屬，都在「中國繪畫一範圍之內。簡稱為「中國畫」。或必欲稱之為「國畫」，當亦無不可。

不過，「國畫」一詞，自「國粹」派興起以來，有了特殊涵義。「國畫」已不單純是「中國畫」或「中國繪畫」之簡稱，猶如「國粹」之不同於「中國文化」。「國畫」一詞，寖寖乎有中國繪畫之「精粹」或「代表性」之意味。猶如「國劇」、「國樂」之代表國家民族戲劇與音樂。「代表性」的另一涵義，是「正統」之意。故正統之外，皆為次級品，非精粹的、非正統的。

不過，中華民族是多種族所構成，在藝術方面，南北東西，各種族各地區，均各有其成就，各有其獨特之色彩。拿什麼音樂為「國樂」呢？為什麼「平劇」就是「國劇」呢？為什麼「國畫」必指以水墨為主的傳統繪畫呢？

國畫？西畫？

我們應該由此而有一覺悟，「中國畫」或「國畫」這名稱，只是早期在與西方繪畫相接觸的時間才產生的。則「中國畫」今日所指涉的範圍，應該包括一切不同材料、工具與源流的繪畫（也包括由域外引進的油畫等等）。對於國內社會與畫壇而言，把傳統水墨畫稱為「國畫」，其餘為「西畫」或非「國畫」，是不對的。出現在公開畫展或「文藝獎」中，列有「國畫」、「西畫」、「版畫」、「膠彩畫」等名稱，在藝術分類的原理上言，也是悖謬的，因為「國畫」與「西畫」是地域的分類，「版畫」與「膠彩畫」等則是材料的分類。兩種不同的分類法擺在一起，在學理上也是說不通的。

我們台灣地區的藝術科系，有的不分中西，有的卻分「國畫組」、「西畫組」；「國樂組」、「西樂組」。這種分「中西」的措施，阻礙了中國藝術現代化的發展，中西永遠無法融合；而一個國家的藝術教育，竟有志在培養「西畫畫家」與「西洋音樂家」，寧非咄咄怪事？

我的看法，「中國畫」或「國畫」的名稱，除非在國際藝術交流上與比較研究上不得不用之外，根本沒有意義，且徒增困擾。在「中國繪畫」的大範圍內，無所謂「國畫」，更無所謂「西畫」。唯一可行的分類方法，就是以材料為依據的分類，「國畫」一名稱，明明白白就叫「水墨畫」。

我知道有些愛國家、愛傳統的有心人，以為廢「國畫」一名稱，擔心因之而致「國粹」淪喪，其實是一大誤解。因為我們把「中國畫」範圍擴大，包括傳統的，現代的；中國固有的與後來引進的；文人的與民間的。所以，我們也不在廢棄「中國畫」的名稱，而是使它有更大包容力，使它更壯闊。

從歷史上看，「中國畫」與「國畫」，是晚近才出現的名稱，原因是受到西洋文化的衝擊，在相遭遇與相比較之情況下，才產生「中國畫」與「西洋畫」的概念。在歷史上，中華文化君臨天下，畫就是畫，何來「中國畫」的名稱。我們翻翻畫史畫論著述，當可知道「中國畫」是清以降的新名詞。而「水墨畫」一詞早就有了，唐王維《畫學秘訣》：「夫畫道中，水墨最為上。」而早在南朝梁元帝蕭繹的《山水松石格》中，談到用墨代色。後代水墨畫也有加上淺絳（淡彩）的。「水墨畫」一詞實在比「國畫」更傳統、更古老。近世有人創出「彩墨畫」一詞，或從日本人處來，大陸畫家也常用此名稱，我以為是多餘的。因為「水墨畫」並非不許加色。如果一定要那樣機械地理解，那麼「油畫」豈不也應成為「彩墨畫」麼？

「現代中國畫」的詮釋

「現代中國畫」名稱的確立，一方面是相對於過去的「傳統中國畫」，一方面是相對於近代以來的「現代西洋畫」；為的是給當代的中國繪畫「正名」。很明顯地，「現代中國畫」不同於

「傳統的」中國繪畫，也不同於「西洋的」現代畫。而且，「現代中國畫」這一名稱，表達了對傳統中國繪畫與域外一切繪畫吸收、融合的意涵。而在「中國的」與「外來的」兩者之間，是以「中國的」為主體。（「畫」為名詞，「現代」與「中國」皆為形容詞；較接近名詞的形容詞為主要的，較遠離名詞的形容詞為次要的。如果將「中國畫」當一複合名詞看，則「中國畫」為主體，「現代」為修飾詞，則更為明顯。）這就是我近二十年來倡議「現代中國畫」，不採用「中國現代畫」的原因。稍有文法常識的人當知道詞組的結合，不能毋視語文的法則。

「現代中國畫」是什麼呢？

現代中國畫對於一切工具材料所製作成功的畫種，採兼容並包主義。不論是由中國傳統繪畫而來的水墨畫、淺絳或重彩畫、由西方輸入的油畫、水彩，及發源於我國，後來反由外國輸入的版畫、膠彩畫等，皆為「現代中國畫」。

在兼容並包之外，有兩個原則，是我們所追求的思想：一個是不論什麼畫種，必須表現「現代的特性」；另一個是必須表現「中國的特性」。換言之，那些由中國傳統繪畫為根基發展而來的「現代中國畫」，必要「現代化」；那些由域外輸入的畫種，要發展為「現代中國畫」，必須變化氣質，使之「中國化」。我們的現代中國音樂在這方面的努力，早已取得相當成就，不但在提高、強化與發展中國傳統音樂方面，取得了可欽佩的成績，在西樂中國化的努力中，也一樣可觀。現代中國舞蹈方面，凡受到藝壇矚目，取得相當成就的創作，都表現了中國的與西方的，傳統的與現代的交融結合，創造了既現代又中國的風格。其它在小說、詩、戲劇與電影上都無不朝著這個大方向邁步。而繪畫界中西分隔，傳統與現代對峙的局面，我們應承認是落伍的，不長進的，實在值得猛省。在邁向現代化的大目標上，中國的畫家應迎頭趕上。

對於「現代」概念的正確理解

modern 一詞，翻譯為「現代」，或為「近代」。到底哪一個譯法正確？曾有許多爭論。我們姑以 modern 譯為「現代」。因為這個譯法已為大多數人所認同。我認為我們繪畫界普遍存著兩個誤解：第一個誤解是以為「現代」是指當代（contemporary），所以誤以為西方的 modern 也即大家共有的「現代」；第二個誤解是以為 modern 是一個世界性的、相同的模式或型範，不遵照這個模式或型範就不「現代」；換言之，即不懂得各民族、各地區的所謂 modern，並不全然一致。

「現代」除一般常識性的用法之外，它是西方歷史分期的一個名稱，以與中古時代、文藝復興時代等對舉。「現代」既然是歷史分期的術語，它不可能明確指出自某年某月某日起為「現代」，這是理所當然的事。一般而言，自科學成為經濟技術的來源開始，至今不過一百七八十年的時間：自十八世紀英國的工業革命與法國大革命之後，開始了廣義的「現代」。近百年來，「現代」形成一個意識形態，稱為「現代主義」（modernism），西方現代哲學、文學、美術、音樂、戲劇都有現代主義的產品，都無不反映這個成為主流的意識形態，也無不受到這股「現代主義」思潮的感召與影響，從內容到技巧，勃發了反傳統的新樣態，新風格。大致可以這麼說，西方藝術的現代主義，是在科技突飛猛進、社會急速變遷、文化思想大幅度改變的背景之下，而高度集中於工商業發達的大都會的產物。就藝術而言，近數十年來，紐約逐漸取代巴黎國際藝都的地位，可以為明證，不過，美國藝術的「現代主義」，還應加上一項重要的背景因素——沒有傳統，所以也沒有歷史的負擔與歷史的蘊藉。

由此可見，「現代畫」、「現代音樂」、「現代舞」、「現代文學」，如果其中的「現代」兩字採嚴格的學術意義而言，當然是指西方近世以降所發展的「現代主義」文藝。也可以明瞭，不同的民族國家，由於歷史不同，文化性格不同，民族處境不同，藝術思想不同，不可能有共同的「現代」模式與「現代」風格。而以西方的「現代主義」意識形態為宗旨，以西方「現代畫」為圭臬，更是等而下之的愚昧無知。

我們也不否認，處於今日之世界，交通發達，文化大量而頻繁交流，科技之成為人類共同的資產與工具，加上民主政治的成為歷史巨流，跨國公司之無遠弗屆，現代世界無疑有其巨大的共通性，現代社會與社會之間亦無疑存在眾多同質性的因素。但是藝術不同於科技，也不同於政治、經濟；甚至亦不如一般人所想像那樣：「藝術就是生活」。尤其當「弱勢」文化為「強勢」文化所衝擊的「轉型期」社會中，藝術同其他文化一樣亟欲尋求新秩序、新規格的時候。

不同的「現代」

我們以為在現代世界的共通性之外，各民族國家尚存在著種種不同的因素，所以亦有種種不同的「現代」。以色列人的痛苦，絕非法國人所能體會，同樣地，中華民族的苦難，亦必非他人之所能理解。何況歷史傳統種種其它因素的不同，絕不可能有全然相同的「現代」。

以「現代藝術」為「世界性、國際性」的想法，顯然是無稽的。尤其以美國「現代藝術」為藝術的「世界性」模式，完全是一廂情願的膜拜心理與昧於民族文化特質為藝術重要價值之一端的認知。

我一貫堅信在價值的判斷上，全世界永遠不可能出現一元化的傾向。曾有人鼓吹「大一統的世界藝術即將出現」，那是毫無依賴，毫無可能的幻夢。因為在全人類藝術的大花園裡，永遠期望百花齊放；因為價值的多元化永遠是人類共同追求的目標。而藝術的「世界性」在我看來，一方面是指出藝術不訴諸理解，而訴諸感受性，故藝術本來就具備超越國族的世界性，超越時空的永恆性；一方面是指那些個人創造的，有獨特民族文化特質的偉大藝術品，其成就即是「世界性」的。

在觀念上正確認識「現代」與「世界性」，認識「現代中國藝術」未來的大方向，對於中國藝術的發展是極重要的，對從事創作的畫家而言，其重要更是不言而喻。

（一九八三年十一月）

後記：將「水墨畫」稱為「中國畫」或「國畫」，不只台灣如此，大陸也然。大陸美術學院且有「中國畫系」，可見兩岸都有相同錯誤。一九八〇年前後，本人參與創建台灣藝術學院，才將「中國畫」改稱「水墨畫」。初遭社會上老畫家非議，現在「水墨畫」一名稱已漸漸為藝壇接受。

八〇年代兩岸三地的水墨畫

留心東方繪畫的人，當感覺到近若干年以來，水墨畫的聲勢愈來愈浩大。鑑賞家與收藏家，不論中外，對於東方繪畫所鍾情的也唯水墨為上。最近佳士得公司（Christie's Ltd.）在香港的一次拍賣會，出現了著名近代畫家徐悲鴻的一幅油畫人物，原以為可以高價賣出，結果卻大失所望，與徐氏另一幅水墨松鷲圖在蘇富比公司（Sotheby Ltd.）的拍賣價不能相比。

這是不是就說明了東方畫家的油畫總比不上水墨畫的成就？是不是就說明了水墨畫畢竟還是東方繪畫的主流呢？我認為雖然其間不無某些特殊的原因（比如到目前為止，中國繪畫最重要的鑑藏者是西洋人，肯出高價購買也是西洋人，他們對中國畫家的「西洋畫」不感興趣，其情形與我們對西方的「中國通」的「中國畫」不敢恭維是同樣的道理），不能一概而論。但是，水墨畫在東方繪畫中的主流地位，似乎無法懷疑。

事實上，東方畫家自近代西潮東漸以來，從事西方繪畫的學習與創作，所取得的成就，極為可觀，斷不是西方畫家對東方繪畫的了解與吸收那樣的浮光掠影，淺嚐輒止。東方的油畫家最好的成績，並不稍遜於西方。尤其是日本，明治以降一百多年來的「洋畫家」如黑田清輝、藤島武

二、藤田嗣治、梅原龍三郎、國吉康雄等大家在油畫方面的傑出表現，與西方最好的畫家足以等量齊觀。在中國，早期油畫家如徐悲鴻、劉海粟、李鐵夫、顏文樑、龐薰琹、潘玉良、趙無極、常玉等人及本省許多前輩畫家，雖未如日本「洋畫派」聲勢之壯大，也各有成績。

不過，西洋畫東來，東方油畫很難在學習與吸收之餘，很快發展出東方油畫獨特的風格，多半為西方近代既有的傳統所範囿。文化與藝術的交流與移殖，在中外文化史中從來不曾間斷，也常常是促進文化與藝術發展的主要原因。外來的藝術與本土藝術的融合，導致本土藝術的新風格的誕生；外來藝術的移殖，則在本土藝術中增添了新品種。不論是融合或者移殖，都必須與本土文化取得協調，慢慢變成本土新文化的有機體的一部分，才能獲得新生命。正如印度佛教之中國化，成為禪宗；基督教要避免相異文化的排拒，必然努力本土化。本土化是吸收外來文化，使之與本土文化結合成為有機的生命體的不容置疑的基本法則。能將外來文化本土化，才不致喪失本土文化的主體性，民族文化才能不受外來文化的同化；能不斷吸收外來文化的異質性營養，本土文化才不致因故步自封而僵化。東方油畫家能像日本的藤田嗣治，賦予西方油畫的東方風格者，還只是鳳毛麟角。最近這二三十年來，東方畫家從事西方繪畫者更蔚成風尚。西方的「現代主義」被東方西化派畫家奉為「國際性的世界繪畫」之後，西化的「現代派」繪畫與東方文化及本土社會的疏離更日甚一日，不論在日本或在台灣，「現代派」與本土繪畫成為兩個極不協調的對壘。可以預測，當文化（或藝術）的民族主義不被「現代派」所認同之前，「現代派」很難在東方落地生根，這種對壘還要繼續下去。

儘管日本與中國有不少傑出的西畫家，儘管所謂「國際性、世界性」的現代繪畫，東方世界與西方世界呈現彼呼此應，隔洋唱和之勢，但是，代表東方繪畫主流的，無疑仍是本土繪畫的新傳統：在日本是「日本畫」及由「南畫」（Nanga School，源於中國「文人畫」）而來的水墨畫，在中國，仍是所謂「中國畫」（其實應該以自唐代已有的「水墨畫」這個名稱來稱呼才確當）。只有當那來自西方的油畫與「現代繪畫」有一天具備了本土文化的性格的時候，才能成為東方繪畫的強有力的一部分。

認為水墨畫比較「落後」，不能表達現代生活與物質環境的感受，欠缺「現代性」，不夠自由，是一般西化論者的偏見。他們不懂得任何媒體在表達人的情思上言，無所謂落後與先進。石頭是千百萬年形成的老材料，在古典與現代雕刻中一樣是可表現的媒介物質。能否表現感受，全看藝術家有沒有獨特的感受，以及能否駕馭媒體而定；至於「自由」，老實說，藝術家從來鄙視沒有節制與不經過艱苦訓練而有的表現上的「自由」。中國歷史悠久的水墨畫，確需要通過艱難的磨練，而後才能取得表現技巧上的自由。所謂「從心所欲不逾矩」，從來沒有廉價的自由。水墨畫確具較高的難度，如果水墨畫的「革命」就是切斷與中國水墨歷史的淵源，接上西方現代主義的脈絡，那麼，革命後的水墨畫便只是西方現代繪畫的支脈而已。水墨畫應該做各種吸收外來文化的試驗，但水墨畫是以中國為主的東方獨特的繪畫，斷不願意放棄它來自民族的、文化的、歷史的種種精神特質。水墨畫的現代化不應變成「西化」。

近年來，水墨畫的國際大展或者超越地區限制的交流展一波一波的推出，而且大有方興未艾之勢。即以香港一地，一九八六年五月有中文大學與《明報》合辦的「當代中國繪畫展覽」，展出集合中國大陸、台灣、香港、美國、歐洲及南洋各地知名中國水墨畫家五十餘人的作品；一九八七年一月有香港中華文化促進中心舉辦的「東方水墨畫大展」，展出了包括大陸、台、港中國水墨畫家之外，尚有日本、韓國畫家的作品。類似的水墨畫大展，在東京、漢城之外，也將在台北展出。這些展覽顯示了東方水墨畫系在長久沉寂之後的覺醒：不但要與西方的「現代主義」在世界畫壇上爭一席之地，而且試圖突破長久以來受到政治的、地域的阻隔與限制。這是極為可喜的現象。

中國繪畫的工具，從上古「以竹梃點漆書竹上」（元．吾衍《學古編》）到用獸毛製筆沾墨書寫、繪畫（一九五四年湖南省發現戰國墓中有毛筆，證明在秦蒙恬之前已有毛筆的事實。見《文物》一九五四年第十二期），形成了中國繪畫獨特的風格。中唐時「水墨畫」的概念與技法已經確立，宋元以後，發展成為「文人畫」的主流。明清的水墨畫，有因襲，也有創造，不過，繪畫思想大體停滯在中古的範疇裡，隱逸的與道德的理想主義限制了水墨畫的發展。清末以降，因為世界局勢的變遷，西方文化的衝擊、中外藝術的交遇，中國水墨畫醞釀著從傳統再出發，以尋求現代化的新路，這個歷程，直到當前尚在探索與建設之中。所謂「新傳統」，就是指百餘年來的成就而言。其間有集古今大成的金石派，有世俗化的抬頭，有中西繪畫的折衷，有中西傳統的創造的轉化（creative transformation，是林毓生先生提出的觀念，見其所著《思想與人物》），也有以中國工具材料表現西方近代繪畫的觀念（包括寫實主義與抽象表現主義）。

不幸的是，中國社會與政治的分裂，曾經造成了這個新傳統進展中的挫折。海峽兩岸不同的意識形態使本來同根的中國水墨畫向不同的方向發展。大陸的藝術因為必須「從屬於政治」，必須為政治服務，所以，藝術家喪失了創作的自由，藝術只是政治宣傳的工具。在台灣，由於藝術創作的自由，三十多年來有了與大陸完全不同的自由發展，成果斐然。但是，由於西方現代藝術浪潮的衝擊，呈現了過度西化的傾向；而傳統保守勢力的影響，則有某些倒退復古的現象。另一方面，濃厚的商業色彩，對自由地區藝術發展也不無損傷。

自從大陸打倒「四人幫」，藝術的政治枷鎖稍微解開，最近七、八年來，大陸水墨畫開始擺脫過去的教條主義，重新展現許多獨特的個人風格。台灣則自鄉土文學抬頭以來，水墨畫的發展也有了比較突出的成績，獲得社會較多的重視。香港地區因為地域的因素，向來最便於吸收多元的營養，獲得多方面借鑑的有利條件。但因為缺乏文化的自主性，而且本身是一高度發達的商業都會，香港的水墨畫遂承受了西方現代主義與商業設計的影響。然而香港畫家努力建立香港畫風的努力，也值得關注。

要為現階段各地水墨畫的現狀勾勒輪廓，不是輕而易舉的事；要展望未來水墨畫主流的方向往何處去，更是近乎不可能的困難。我覺得現階段中國繪畫的主流還是水墨畫，正表現了文化上的民族主義的重新勃興，也顯示了水墨畫還有廣袤的有待開發的新境域。對大陸、台港水墨畫發展的觀察和反省，也許對現況的了解，對未來的展望有幫助。

大陸老一輩畫家在「文革」前後凋謝太快，實在是中國繪畫界的大損失。一個中國畫家沒有數十年浸淫其間，讀萬卷書行萬里路，不可能有博厚的胸襟。「文革」前後一二十年的政治鬥爭，如何能培養人才！所以大陸中青一代，雖然不無能手，終嫌胸臆間積蓄太薄。技法的嫻熟，來自苦煉；學識修養，卻不是五年十年的功夫。所以大陸的「新派國畫」，往往過於「巧」；花樣翻新，而內涵貧乏。加上有些受到西方現代藝術的影響，未及消化，憑著「敢想敢幹」的狂熱，大膽有餘，不免深思不足。題材、觀念、意境方面未能創造性的探索出新路，僅在技法、構圖上爭奇鬥怪，結果失之浮薄。中老一輩畫家雖有較優越的筆墨功夫，中國繪畫的修養也深厚，但某些拿手題材與章法、筆法，反覆重製百數十遍，失之太濫。台港水墨畫界也多少有上述毛病，甚至也可說上述毛病就是中國水墨畫的傳統毛病。中國水墨畫要現代化，要取法西方，我想第一個應革除的老毛病便是不應過分重複自己的「稿本」，即使同一題材，運用相似技法，也要在構思上、意境上使一畫有一畫獨立的生命。中國畫家作品數量太多，不假思索，一揮而就，常常就只有重複而已，這種形同手藝表演的「創作」，很難有深厚獨特的藝術生命，不免影響了水墨畫在國際畫壇地位的提昇。

台灣的水墨畫門戶派別的痕跡過於明顯，而且過於重視「市場」，不免以華麗悅目來博取購買者的喜悅。台灣的畫風很容易形成一個模式，也許是市場導向的結果。

香港水墨畫努力建立的風格，獨立於大陸與台灣之外，其志可嘉。嶺南畫派逐漸不能滿足有使命感的香港畫家的創造慾，而別有追求，不計「市場」得失，也甚可敬。但我覺得香港的新派水墨畫往往漠視水墨畫工具材料的特性，做許多水墨畫所不勝負荷的細工夫，不免捨長取短。

不論三地水墨畫有多少問題有待探討，綜觀當代中國水墨畫的趨勢，有分而又合，互相觀摹，互相借鑑的可能。如果藝術能免於政治的壓迫與阻隔，中國的水墨畫必有再發皇的前景。而相對西方現代主義的熙攘喧囂，東方的水墨畫系正表現了東方文化靜定的智慧。

（一九八七年二月）

潘天壽藝術思想中的「強骨」

從自卑到自棄

十九世紀以後，稱雄於世數千年的中華民族及其文化，受到以科技力量崛起的西方近代帝國主義的衝擊與侵凌。從此在中西全面接觸與爭戰中節節敗退，造成吾族近二百年來的屈辱與自卑。中西文化對峙之中，中國文化何去何從，不外有三條路：死守傳統；全盤西化；中西融合。第一條路，自我封閉，是絕路；第二條路，改變文化宗祧，棄華夏，就泰西，這顯然不應該也不可能；似乎只有第三條路穩妥可行。其實自古國族間在文化上互相學習、互相汲取，互相融合，多有佳例。異文化間的交流，不但不叫侵略，而且是文化生生不息，不斷發展壯大的原因之一。從食物、工具、技術到制度，思想的交流，中外互補互利的史實，可謂不勝枚舉。清末民國初，為「迎頭趕上西方」（孫中山語），由公費與自費到歐洲或日本留學者絡繹不絕。涵蓋科、哲、政、社、經、天文地理與人文藝術，文學、教育等等，青年學者跋涉重洋，都因為近代中國的衰敗，在自卑的痛苦中要發奮圖強。為了國族的救亡圖存，有明智的認知與愛國的熱忱，並不在為一己的榮華富貴。這是二十世紀初中國知識青年普遍的抱負。

文化的範圍很廣。知識、科學與技術，有客觀的普遍性，為人類普世智慧的業績。其間較沒有民族性的隔膜與壁壘，可以交流、互補而互相促進。而文學藝術，乃文化的民族主義所產生之主觀創造。雖亦有立於共通人性之主觀的普遍性，可以穿透國界，可以使古今東西人類共鳴。但因民族精神、語言的不同，以及藝術表現方式各有其獨特性，所以文學藝術各國各族是「和而不同」，呈現五彩繽紛的多元價值。因為民族特色重點在於差異，差異乃極珍貴之價值所在，不能強求其全球趨同。進一步言，文化喜歡交流，卻最怕同一化。即以法政、社經而言，雖有其客觀的普遍性，但各國各族之交流、借鑒與引進，尚且必須配合國法民情，不能生硬接合，照搬硬套；文藝美術，更不可能歸於大一統而「全球化」。因為中西藝術各有不同之基礎與「極則」。①自古以來，希臘之雕刻，羅馬之建築；英國人擅水彩，法國、荷蘭等擅油畫；中國、印度，東方各國，各有與西方不同的繪畫。大不同於經濟、商品市場可以全球化；藝術文化的全球化，即去除民族特色，會因彼此雷同而疲乏、衰竭以至枯萎。

中國的書畫傳統歷史更悠久，成就更輝煌。但是，自從歐美強國演變成帝國主義，東方各古老文明飽受欺凌，過去各民族互相交流學習，互相尊重的局面打破了。回顧這一段歷史，前後帝國主義對各國的威脅，大有相異。早期歐洲帝國主義對被侵略者巧取豪奪，都在資源、市場與主權，沒有要毀其民族文化，令民族自棄其傳統，完全被「同化」，而成西方文化的附庸。二戰結束後，世界發生劇烈變遷：美國因二戰歐洲衰敗而崛起，並取而代之，成為西方龍頭。而且漸漸奪得全球霸主的地位。連巴黎的藝術之都地位也被紐約所奪，可見美國的狂妄。美國這個新興帝國主義比前面歐洲帝國主義併吞全球的野心更大，所欲掠奪不止於政治、經濟、主權，更有使全球非美文化全盤美國化的邪惡企圖，此即在舊式帝國主義之外加上文化帝國主義。由政府與私人企業，策劃全方位的大戰略，長期有計畫，有步驟的運作。採用美式的「統戰」方式，如水銀瀉地無孔不入；煙籠霧罩，鋪天蓋地。用威脅利誘，糖衣迷藥，誑騙蠱惑，名利引誘，獎勵親美的國家、藝術團體、美術館、畫廊、經紀人與藝術家個人。培植、豢養各地代理人，一如當年上海租界的「康白度」（compradore，買辦；仲介者；當年反帝文人鄙視的所謂「西崽」也）。從意識形態、思想、流行觀念的擴散，美式的文學、藝術、流行音樂、生活方式、影視文化、體育休閒與特別發達的情色產品、報刊書籍……傾銷全球。引導青少年嚮往先進的「世界性文化」，對自己的傳統疏離、自愧自卑，以至自棄其民族傳統。

在觀念上，美國藝術史、藝術論的學者編造歷史與藝術史發展規律，宣揚美式藝術觀。宣稱人類到了二十世紀中期（二戰後），已進入一個新時代，在藝術上，已由寫實（模仿的、再現的）進入非寫實（表現的、超現實的），最後達到抽象（純粹表現的）。美國的抽象表現主義是革命性的、劃時代的先進藝術。各國藝術也應由民族文化狹隘、保守、封閉狀況，突破國族藩籬，走向自由、開放、世界性、國際性的「現代藝術」（後來又發展成更無限制的「當代藝術」）。這些堂皇的「理論」，高明的誑騙，其實完全違背藝術的「發生學」原理與藝術價值的本質，也違背人類對藝術的期望。先抽掉藝術的民族性，再以世界性取代；而新藝術就是「現代主義」、「當代藝術」；美國是先進的現、當代藝術的創生地。二十世紀歐洲的「現代主義」為美國所接收，經後現代主義而至今日的「當代藝術」，都已由美國主導宰制。一個歷史最短，藝術史最淺的美國，摧毀了數千年東方民族文化中各有特色的藝術，為遂其宰制全球的野心，僭妄地宣示「新藝術」的內涵、形式、名稱與評價準則。這個荒謬的大倒錯的藝術革命，竟能壓服萬邦，成為今日的「現實」！美國在藝術世界悄然成了「萬王之王」，君臨天下，連文化最大、最久的中國都入其彀中而不自覺；中國藝術界「先進份子」自改革開放之後都歡歡喜喜以顛覆傳統，匯入美國的「現代」、「當代」為榮為傲，而且得到名利地位（吳冠中、劉國松、艾未未、岳敏君、王懷慶、張曉剛、徐冰……等等無法枚舉一大票當代名家。只要想想他們的作品與上一代，上上一代比較，其藝術的品質、內涵與形式風貌，其不同與異化之劇，多麼令人膽顫心驚！）我們不能不回顧一下上世紀中以後，美國在世界膨脹，藝術在美國宰制下，不斷變貌，當時兩岸的情況。

台灣在藝術上一向崇洋媚美，早年想要振興中華文化，李登輝之後已不彈此調。崇洋與遠中，實在陷入矛盾錯亂。現在藍、綠常變色，時時有人要「去中國化」；對中國傳統文化已無多少認識的年輕世代，半個多世紀以來興奮而甚感榮耀地接受美式藝術的「統戰」，自願成為跟班小廝，甚至為文化帝國主義做馬前卒，不自覺或無知地從民族內部瓦解民族文化，而成就了自己「先進份子」的地位而樂不可支。這就因為認同的混亂，教育的失敗。

大陸自一九四九到文革，有一短時間與前蘇聯及東歐有藝術交流之外，基本上是閉門謝客，靠自力求存。蘇式素描與蘇聯和羅馬尼亞的油畫（其實也是「西畫」的一部分），持平而論，中蘇、中羅在藝術上的交流彌補了當年與外國藝術文化完全隔絕的閉塞，還算有某些正面的功用。但是一九七八年改革開放之後，發生所謂「八五新潮」，由一班全無中國文化抱負，也未受繪畫基本訓練的「前衛」人士，散兵游勇，受美式藝術「感召」與有心人的鼓勵，以反傳統來爭奪畫壇主流地位的激進份子，竟一炮而紅，很快得到西方有心人的支持和贊助，揚名國內外。這是中國千餘年繪畫發展史所未遭逢過的大厄運：民族文化自己的子孫，藉文化帝國主義之外力來決傳統的堤防。從此一發而不可抑止，前呼後湧，盲目走上民族文化自棄之路，而且形成擋不住的大潮。這個威勢已有好幾代的積累。隨著傳統文化民族藝術的花果飄零，這股由反叛與無知匯成的大潮日益壯大，至今已成尾大不掉之勢。

其實「八五新潮」不完全是一個突然發生的事變，早有源頭。近者文革反傳統，破四舊餘溫未冷，是近因；遠因是「五四」運動過激的反傳統的遺緒；二戰後往西方「取經」者，淡化或拋棄以民族文化為主體的中心思想，例如趙無極等等。他們所走的是上述的第二條路。而且最後乾脆做法國人，沒有唾罵與不齒，而且普遍受到欽羨。一葉落而知天下秋。崇洋媚外心態已經成熟矣。另一方面，百年來中國美術教育方式、體制只有抄襲西方，缺乏中國文化民族精神。五四之後，已隱然接受西方與中國不僅科技，連藝術也都是「先進」與「落後」之差異。傳統逐漸萎縮，外力漸強，弱國一向慣於依附強權。以前有蘇聯，開放後是美國。開放後多少人爭赴紐約當趙無極可以想見。崇洋接軌之不暇，談何「文化獨立自主」？更不可能記得潘天壽竟有「拉開距離」之「高論」！早期那些「以西潤中」、「以西改中」、「借洋興中」、「中西合璧」、「中西融合」、「中西折衷」等等思量，後來都成「迂見」。現在都完全認同當前世界是以「當代藝術」為全球同軌的「世界性藝術」，而且相信各民族藝術都將壽終正寢，都要存入歷史博物館。當代之「西潮」，比「五四」時的「西潮」，不可同日而語！

西潮湧入才三十多年，潘天壽與許多可敬的老師、前輩所教導出來的弟子，已星流雲散，不少或已充當現當代的趙無極與康白度，能不令人欷歔？我特別感佩潘老對民族文化藝術的忠誠與守護之堅貞。上面不惜辭費，把他生存時代前後歷史和他蒙冤逝世以後世界與中國藝術的大勢勾勒出來，喚起中國藝術界的反思。

潘天壽先生有一個很有名的閒章曰：「強其骨」。什麼是他藝術思想中的「強骨」？值得我們探討。

「中西繪畫要拉開距離」

潘天壽一九六五年說「中西繪畫要拉開距離」②（相應的下一句是「個人風格，要有獨創性。」）他一九七一年文革中「在冷寂中逝世」。他當然不知道一九八五年有反傳統而得勢的「八五新潮」。及以後中國美術的大變遷。他若活到八五年，或生活在今天，他有怎樣的反應呢？這是永無答案的問號。

研究潘老的文章很多，對於他上述這句話，論者大都回避討論。大概因為贊同或反對，左右為難，所以不談。而洪惠鎮先生以此為題寫了一篇文章。③他說「潘沒有具體指明如何保持距離，他自己以創作實踐了這一主張。」洪文探討潘老要拉開距離的原因，主要在於中畫與西畫大不相同。他說中畫具五個特色：「一、中國畫的尚意；二、尚墨；三、平面性；四、時空的自由；五、筆墨。」並對中畫這五個獨特因素詳加解釋。中西繪畫不同為何就要「拉開距離」？還可探討。

潘老中西拉開距離的觀點，在當時是空谷跫音，在今天，更是絕無僅有。他的可貴在於當時是大交流，大折衷，甚至是重洋輕中的時代，他老早預見「融合中西」會一步步發展而喪失民族文化的主體性，中國繪畫的根基便將動搖。潘老的遠見，出自他對中外美術的研究，以及他對不同民族文化中的繪畫有深刻的理解：「東西兩大統系的繪畫，各有自己的最高成就。就如兩大高峰，對峙於歐亞兩大陸間，這兩者之間，盡可互取所長，以為兩峰增加高度和闊度。然而絕不能隨隨便便的吸取，不問所吸取的成分，是否適合彼此的需要，必須加以研究和試驗。否則，非但不能增加兩峰的高度與闊度，反而可能減去自己的高闊，將兩峰拉平，失去各自的獨特風格。」④

在《潘天壽談藝錄》中記載德國東方美術史家孔德氏，通華文華語，當年（約一九三五年）曾來華考察東方藝術，住杭州殊久。曾多次訪問潘老。伊曾謂中華繪畫為東方之代表，在世界上佔有特殊形式與地位，至可寶貴。當時的時代風氣，多傾向西洋畫，致國立藝術學府之杭州藝專，竟無中畫系之設立。至可惜也。潘說：「孔氏之語，是極公正之批評，亦為極誠摯之告誡。」⑤潘老留下來不論著作、談藝錄、論畫殘稿，可以看到這一位書畫家、學者，對中西文化的瞭解，遠遠超過他人。而且，他的愛國、愛民族，寶愛中國文化傳統的情操，在在都令人感動。連美國中國美術史專家高居翰也特別讚他堅貞傲岸。

在二十世紀中國畫壇諸大家中，因潘一生獻給美教，文革又受苦，未能盡其才，作品不多。論畫的成就，雖潘老不算最高，但在書法、詩、篆刻與美術史、論上的成就潘老有總體的優勝。其間書法、篆刻與詩，吳昌碩與齊白石可稱前輩。其他諸大家在書法、詩文、篆刻上，都大不及潘老修養的廣與高，這是他「強骨」之條件之一。他堅持文化上的民族主義的那根「脊樑」，一生不悔不移。此外，在他青年時代一九一九年那個激烈反傳統的「五四」運動，到一九四九年以後政治掛帥的時期，他親身的遭遇，激發他覺得應挺身而出，捍衛他認為應堅持的所謂「極則」。勇氣也非他人所有。

從陳永怡編著的《潘天壽美術教育文獻集》，可以明白潘天壽藝術思想成長發展的梗概。早在一九一五年十八歲，他以優異成績考入浙江第一師範赴杭州。一師是當時浙江新文化運動的中心。不論是校舍規模與師資陣容，當時都屬第一流的學校。經亨頤、劉大白、夏丏尊、陳望道、汪靜之、李叔同、姜丹書等，這些民國時代的俊傑，給潘天壽中西藝術、藝術教育、文學藝術的真諦，健全的人格等各方面的薰陶，奠定了他一生藝術與教育事業深厚的根基。一師畢業後，在母校任國文、算學、圖畫教員。一九二三年在上海認識了吳昌碩接受了他的褒獎和戒勉，醍醐灌頂，一生難忘，受用無窮。同年，經友人介紹到上海美專講授中國畫技法與中國美術史，與諸聞韻共同創辦了中國第一個國畫系。一九二六年他的《中國繪畫史》在商務印書館出版，才二十九歲。他與當時有盛名的陳師曾、滕固，是中國美術史、論研究的先行者。

一九二八年，中國第一所綜合性的國立藝術院在杭州成立。潘天壽受聘為中國畫系主任教授，兼書畫研究會指導教師。當時創校口號是「介紹西洋藝術，整理中國藝術，調和中西藝術，創造時代藝術」。不久，將西畫系與國畫系合併為「繪畫系」。此時普遍有「以西改中」的思想。從清末到「五四」以來，康有為、陳獨秀、呂澂、蔡元培、徐悲鴻、林風眠、呂鳳子……等許多先輩他們的思想、主張不盡相同，但同為「救國」，都一致宣導認識新時代，重估舊傳統，在這共識之下的時代風氣，對傳統文化相對地限縮、壓抑。「繪畫系」中，西畫與中畫教學時數懸殊；西多中少。潘很擔憂學生傳統根基太薄。十年後，到一九三九年，在滕固校長支持之下，中西畫再恢復分科教學。潘任中畫主任，並於二、三年級分成山水、花鳥、人物專業授課。

今天來看美院教學，在中畫方面，分山水、花鳥、人物三科，其實不妥。在我三十年前的文集中，曾有文章論及，此處無暇談這個問題。我覺得也許潘老不擅人物之故，分科教學，他比較能得心應手。另一方面，我以為潘老另有原因。因為當時中西畫時數懸殊。西畫有素描、水彩、油畫；中國畫若不分科，教學時數便不能與西畫平衡。為不使中畫成為弱勢，所以分三科教學，使課時與學生數增加，中畫才可免於萎縮。或應同情的理解，潘老用心良苦。但後來一直分三科，便沒有道理。我認為應培養一個學生會畫畫，而不在只會畫一種題材。至於後來成了畫家，有所專擅，那當然是個人的自由選擇。

潘天壽並不是「國粹派」，他對中外文化交流很有認識。最初贊同中西畫的「混交」、「結合」，可以「產生異樣的光彩」。但一九三六年之後，他在《中國繪畫史》附錄的文字中已改變觀點，認為「東方繪畫之基礎，在哲理；西方繪畫之基礎，在科學，根本處相反之方向而各有其極則。……若徒眩中西折中以為新奇，或西方之傾向東方，東方之傾向西方，以為榮幸，均是以損害兩方繪畫之特點與藝術之本意。」⑥

一九五〇年杭州藝專改名為中央美院華東分院，潘老又受到衝擊。美院領導江豐，認為政治第一，藝術要為政治服務。因為「中畫不能反映現實，不能作大畫，必然淘汰，將來是有世界性的繪畫出來。」認為油畫才有世界性。中畫改「彩墨畫」，教學時數又大減。中畫又一次挫折。一九五七年，在〈談談中國傳統繪畫的風格〉一文中，有進一步明晰的表達他對中西繪畫的看法。「東西兩大統系的繪畫，各有自己的最高成就。就如兩大高峰，對峙於歐亞兩大陸之間，使全世界仰之彌高。這兩者之間，盡可互取所長，以為兩峰增加高度和闊度，這是十分必要的。然而絕不能隨隨便便的吸取，不問所吸收的成分，是否適合彼此的需要，是否與各自的民族歷史所形成的民族風格相協調。……否則，非但不能增加兩峰的高度，反而可能減去自己的高闊，將兩峰拉平，失去了各自的獨特風格。這樣的吸收，自然應該予以拒絕。拒絕不適於自己需要的成分，絕不是一種無理的保守；漫無原則的隨便吸收，絕不是一種有理的進取。中國繪畫應該有中國獨特的民族風格，中國繪畫如果畫得同西洋畫差不多，實無異於中國繪畫的自我取消。」⑦

很明顯的，潘天壽維護中畫的獨特性，強烈的決心，說出「中西繪畫應拉開距離」這句名言，不隨潮流的大勇，原因在於：「五四」運動之後，中國知識界對傳統的輕蔑與批判，對西方科學與民主的狂熱崇拜，造成了中國本土傳統文化急速的委頓與消亡。在工業與社會制度等方面追隨西方猶有必須，在藝術與文化上自我放棄，則無異靈魂的喪失。潘天壽的堅持與苦口婆心的呼籲，還是很難抑阻西潮的氾濫。今天來看全盤西化的「當代藝術」已堂堂正正進入我們的美術校園、美術館、畫廊、拍賣公司且扎下了根，中國畫壇自我完成被「當代藝術」殖民化的目標。維護民族的大無畏精神，七十年來沒有第二人可與潘老結盟。文化的「強骨」令人敬佩。

中國繪畫「基因」的堅持

五〇年代，杭州藝專改名「中央美院華東分院」。美院領導江豐堅持「素描是一切造型藝術的基礎」，並要以西方科學的素描來改造中國畫。⑧把素描提高到美術基礎的地位，最早由徐悲鴻在一九四七年所宣導。⑨後來成為一九四九年以來整個大陸美術教育之金科玉律。近年已有許多美術同道提出許多困惑與疑問。

將素描作為美術系基本功，宣導「素描是一切造型藝術的基礎」，是五〇年代以後的「顯學」。徐悲鴻是主帥，其他畫家服膺者也很多。著名的山水畫家李可染說「素描是研究形象的科學」。⑩西畫素描講比例、立體感、透視法，許多人認為「科學」，也就是先進的方法。這是當時的信仰。但潘老和一些人反對，形成對立。

我認為對「素描」的不同認知或誤解、曲解，是「素描是一切造型藝術的基礎」一語造成「災難」的主因。我們先得認識「什麼是素描？」現在大家皆知凡生物必有基因；凡文化必有語文，凡語文必有文法；凡藝術必有繪畫，凡有繪畫必有素描。西方有繪畫，便有西方式的素描。但許多人不承認，中國也然，必有中國式的素描。素描是美術創作的基本觀念與方法，中西名稱可能不同，但實質一樣。素描就是畫畫的ABC，或叫「基礎」，或稱「入門」，也就是「基本功」。其實素描不只是手的操作，而且是「看」的方法，更上面是「思考」的方法，指導如何「看」。所以「素描」是思↓看↓表現的一套程式的名稱。可以說是畫理與畫法，它的源頭是民族文化的「基因」。不同民族的藝術，不僅是工具、材料、方法的不同，更重要是文化「基因」的差異。

我們有中醫、西醫；中文、西文；怎麼就沒有中式素描，西式素描呢？不論是drawing、sketch，中文譯為素描，中畫的白描、雙鉤，我認為連皴法、線法甚至所謂「筆墨」，都是中式素描技法的一部分，合起來，便是堂堂正正的「中國式的素描」。如果有正確清晰的理解，沒有理由把造型基礎的素描一律用「西式素描」為「標準」；如果雙方都認知「素描」有中西之別，兩者一樣重要，應該學習，徐、潘雙方也必會同意「素描是造型藝術的基礎」的說法。潘老所爭的不應是「素描這個名稱是否適合為中國畫的基本訓練。」⑪名稱叫「素描」並無不當，不當的是名稱後面的實質。潘老強調的白描、雙勾其實就是中畫的素描，應該爭取在中國畫專業設「中式素描」才對。潘老深知「西式素描」與中畫特色鑿枘不合，這是很重要的觀點。但潘老也並非完全排斥西式素描，他也認為「學一點西洋素描，不是一點沒好處。」事實上，徐悲鴻開闢了以西方寫實主義與中國寫意水墨融合，激發了水墨人物新筆墨技法的創生，確為傳統所未有的新成就。徐悲鴻、蔣兆和、張安治、李斛、李震堅、周思聰……等等畫家在歷史上的地位，不可磨滅。而這一派的成就，也不表示潘老的憂慮沒有意義。相反地，中國繪畫過分借鑒西法，中畫原來不求形似，注重神韻的可貴特色不免減損，這個缺失，更是不容忽視的大問題。潘老於一九五九年在〈談談中國傳統繪畫的風格〉⑫中說「中國繪畫應該有中國獨特的民族風格，中國繪畫如果畫得同西洋畫差不多，實無異中國繪畫的自我取消。」在一九六二年，他在〈賞心只有兩三枝——關於中國畫的基礎訓練〉一文中說：

中國畫專業的方案中也有素描課程而沒有白描、雙勾課。當時（指一九六一年各美術院校討論教學方案的會議上）我就提出「素描的含義和範圍究竟怎樣？素描這個名稱是否適合為中國畫的基本訓練？……我一直覺得中國畫造型基礎的訓練，不能全用西洋素描的名稱。

我一直覺得中國造型基礎的訓練，不能全用西洋素描的名稱……然而一般人認為素描就是西洋的素描一套，白描、雙勾是不在內的。因此，中國畫基礎訓練的課程名稱，將素描二字用上去，一般人執行教學時，就教西洋的素描而不教白描、雙勾了。……這個誤會，現在的各藝術院校是存在的……。⑬

從上面所引潘老的觀點，可知：一、留洋回來者（包括徐悲鴻等）不認為白描、雙勾、工筆、寫意等也是「素描」的一種；總認為西式素描就是「一切造型的基礎」，白描、雙勾不能算「素描」；二、潘老不知，也不敢肯定他重視的白描、雙勾，其實也是「素描」，不過是中國風格的素描而已。

他們都不認知中畫骨子裡也有「素描」。既然西畫有素描，素描就不應只有一種，起碼有中西兩種。白描雙勾是古老的名詞，新時代應相對於油畫組的「西式素描」，改稱「中式素描」，才能適應兩種不同的專業。我在八〇年代初任教台北藝術大學，曾破天荒第一回開「中國素描」課，後來後繼無人，我離開後，它亦無疾而終。一九七九年我在台北《中國時報》發表了〈中國素描的探索——現代中國美術的造型基礎〉一文。⑭那時大陸剛改革開放，兩岸尚在封閉狀況；大陸美術界剛恢復上課，拙文沒機會提供參考，有點遺憾（該文收入拙著《給未來的藝術家》台北立緒文化公司及廣東人民出版社出版）。潘老上文中所述一九六一年那一次全國美術院校教學方案研討會，竟然沒有得出合理、合宜的方案，還是堅持「西洋素描是一切造型藝術的基礎」，令人扼腕。（潘老的孤獨感，我能體會一二吧！）這個問題現在還存在，我的建議是：美術系的基本功，當然是素描。低年級應中、西素描兼修；高年級改為專修與其創作專業有關的「中式素描」或「西式素描」。（也可用「素描1」、「素描2」稱之。）

有關中國美術系素描的困惑，二〇一五年九月十六日上海《藝術評論》九位美術教授在「素描教育是與非」的總題下發表九篇文章。二〇一六年十二月二十九日我在上海澎湃《藝術評論》發表了〈素描的困惑與解惑〉一文。評論對於素描的誤解、曲解與錯誤的運用，造成現代中國水墨畫的困惑。中畫的西化，其間有正面成果，也有負面的缺失。該文有詳細的分析。素描問題造成兩派觀點的對立，以致在基礎訓練教學上困擾至今。完全出於對「素描」的誤認。潘老在這個問題上，一生耿耿於懷，其目標還是中畫民族獨特性的維護。

潘老藝術思想今日的意義

近半世紀美國文化霸權的擴張、統戰、侵蝕與宰制，世界各民族的藝術風格，民族特色，民族文化內涵已逐漸黯然退色，或飽經侵蝕而變質，乃至走上漸趨消亡之厄運。美式「現代主義」與「當代主義」氾濫全球，藝術的定義，藝術創造的材料、方法與形式都徹底顛覆。美國波普「藝術家」安迪．沃荷說：「什麼都可以是藝術，誰都可以是藝術家。」這句十足民粹、無賴的名言，激發了多少反傳統的青年嚮往，服膺西方的現代主義、後現代主義與當代藝術，甘願當文化帝國主義的奴隸或附庸。在藝術、文化上自我殖民而沾沾自喜。這些現象在潘天壽先生生前還不曾出現。如果為此痛心憂慮，我們會驚覺精通傳統的大師已花果飄零，我們已沒有潘老這種捍衛民族傳統的「強骨」，我們是何等徬徨！

潘老主張「中西繪畫要拉開距離」，我想有兩個原因：第一是他對中國書畫深厚的修養，他知道與西畫大不相同的中畫如果「隨隨便便」與西畫交流融合，在強大的西潮之下，中國畫會失去其主體性，而動搖其獨特性，從此衰敗沒落。我想「五四」以來的時代風潮，對傳統的輕蔑，使他有更高的警覺性。第二，他深知中國繪畫與書法的關係；中國畫到了文人畫出現之後，在世界上的崇高、獨特的地位是唯一的。潘老自己詩、文、史、書、畫、篆刻都有極高的修養，如此特殊的中國繪畫，如何與西洋畫交流、融合？他不贊同。雖然我們不必全部一致走潘老的道路，但應該尊重這種堅持也是多元價值中可貴的一元。因為中國繪畫的哲學走的是一條完全與西方不同的道路。西方在古代認為「藝術來自模仿」，其實廣義的模仿就是寫實主義。中國畫是詩與哲學的追求，從來不為反映現實，從來不是客觀的「再現」，所以中畫自來沒有西方「具象」、「抽象」截然二分的傳統。而是以藝術家的性靈去捕捉宇宙的神韻。自然（現實）要經過「翻譯」，成為有感情，有個性，有美感的「筆墨」才能創生高妙的藝境。潘老太熱愛這個傳統，這個民族的藝術，這個中國文化了。他一生處心積慮在守護中國傳統的精魂。他是傳統派，但不是復古派。他一心要在傳統中創造個人風格。他最愛奇險與獨特，他的老師吳昌碩還怕他「只恐荊棘叢中行太速，一跌須防墜深谷」。他與同時代的張大千，同是精通傳統，熱愛傳統書畫的人。

但張依傍古人，抄襲古人乃至造假以牟名利，兩人的藝術之路大不相謀。潘老與吳昌碩、齊白石、黃賓虹等大家有共同點——在傳統中求發揚創造，攀爬更高的險峰。潘老不喜歡中西混血，所以與徐悲鴻、林風眠不同道，但互相尊重。他那句「中西繪畫要拉開距離」下面接著是「個人風格，要有獨創性」。他是傳統派中追求創造發展的畫家，他不是復古派。

在西潮洶湧中，「拉開距離」是比較保守；但在八〇年代之後，中國藝術本來的主體性與民族特色動搖、流失甚至喪失的局勢下，潘老的「拉開距離」便是維護文化主體性最重要的策略與手段。在近百年崇洋主義、激進主義的時代氛圍中，中國藝術不幸偏離了正軌，盲目追隨西潮而喪失了自我而成為西方的附庸，也就喪失了自由。這個時代「保守主義」與「文化民族主義」應為救世良方，應該激起我們的反思，重新振發民族文化的自尊、自信。而潘天壽正是保守主義與文化的民族主義的藝術家與理論家。

「保守主義」在中國社會常被誤認為「守舊派」或「傳統主義者」；「文化的民族主義」則常被聯想到侵略性、排他性的民族主義者。這是大誤解。在歷史上保守主義是一種穩健、謹慎、理性的思想、心態。此處不容細說，且引用中國社科院著名學者劉軍寧說「從陳寅恪身上，我們不難感受到從柏克（Edmund Burke, 1729-1797，英國保守主義大思想家）以來，一脈相承的保守主義對自由的嚮往、對傳統的敬重，對人類的關懷和對激進主義政治及其意識形態的輕蔑與深惡痛絕。」[15]拿這一段話來解析保守主義的真諦，非常簡要而恰當。潘老在精神氣質上，與陳寅恪也有些接近。而「文化的民族主義」，就是以撒・柏林（Isaiah Berlin, 1909-1997，英國俄裔思想家）所謂「非進攻性的民族主義」（進攻性的民族主義指種族主義、大民族沙文主義、極端民族主義、原教旨主義、納粹主義、排外主義、文化帝國主義等；非進攻性的民族主義就是赫爾德〔Johann G. Herder, 1744-1803，德國思想家〕的文化民族主義。是歸屬感和民族精神的所由來。）在近百年中，潘老是唯一的典型。要瞭解潘老，要研究他的藝術思想，以這兩種「主義」去探究，必有更深刻的理解。

拜讀潘老文章，細心體會，好幾個深夜到凌晨，潘老中國文人可貴的傲骨，不為時代風潮所屈而改變，使我感佩之至。潘老遺留的發言提綱中有一句話：「號召世界主義文化，是無祖宗的出賣民族利益者。」⑯這句話在今天更見確切。當前畫壇中人認同文化帝國主義的世界性與全球化；留美回國的西崽正高坐講堂宣揚美式當代藝術的「聖經」，販賣他從「文化宗主國」所學來的「新知」，不斷地注入中國年輕藝術人的血管中。我們正一日甚一日為這些引誘與蠱惑而喪失了有民族自信與靈魂的下一代。他們告訴青年西方學者，十九世紀中到冷戰結束，開始了「世界主義」的時代；冷戰之後就是「全球化」時代；「當代藝術」打破藝術的國族界限成為全球藝術一統是時代趨勢，天下之必然。一派美式胡言！這不正是在民族內部瓦解民族文化？

想到潘老上面那句話，實在感慨之至。「無祖宗」是「忘本」的意思；「出賣民族利益」是「背叛民族」之意。這是很重的一句話。但如今，這種「康白度」是美國博士，中國的當紅學者或藝術界、教育界重要人士。這種人多得很。今天我們樂見言論自由，不同觀念可自由發表，也不應再受批鬥甚至戴紙帽。但潘老離世才四十多年，我們美術界如此遽變。不但沒有潘老這種

「強骨」，我們的美術院校、美術館、出版社、美術界、畫家，已難見到潘老的同志與門生了。誰來撥亂反正？

今年三月二日，台北《中國時報》有一則新聞：「上海外灘美術館四月中旬將舉辦『來自天堂的風暴：中東與北非的當代藝術』展。本展由『美國古根漢美術館』策畫……。上海外灘美術館館長拉瑞斯．弗洛喬（Larys Frogier）……」看了這條新聞，我心中沉重極了。上海過去是「租界」，早已回到中國人手裡了。但今天「外灘美術館館長」是外國人，連康白度都不必？上海願意與紐約合辦這種「當代藝術」？而且紐約是首展，上海是全球第八站。這樣子，上海在藝術上豈不又是西方的「租界」了？上海竟淪入重操康白度舊業而不自覺。紐約的古根漢美術館就是文化帝國藝術的「全球總監」之一，表面是文化交流，實際上是在藝術上專事宰制非美地區的龍頭老大。它在全球設許多據點。上海外灘美術館的作為，自動充當帝國主義的助手，協助中國被殖民，令人扼腕！你不痛心？北京在八〇年代開始，繁衍至今的西潮藝術「租界」，我們老早有「圓明園」，有「宋莊」，有「七九八」等等，誰痛切憂心？

我的結論已不必說，已說夠清楚了。我們如果沒有反思，猛省與行動，紀念潘老便只是虛文；我們的逃避，只是可恥。我們看到中國藝術毀於我們這二、三代人面前，而緘默無聲，懦怯失志；為威勢所屈服？為私利與浮名地位，為了人情，為了不傷和氣，為了明哲保身，而泯滅了對民族、國家、文化、藝術的呵護、關切、捍衛與奮起而戰的責任心、抱負與意志？我們愧對過去一切的努力，一切的枉屈與犧牲！而斷送了國族藝術的前途，斷送了未來的希望。我們哪有顏立於潘老的遺產之前？試問，若中國文化靈魂死滅，大國崛起，意義何在？

這篇文字實在不算「論文」，只是在憂心忡忡中一聲微不足道的呼籲而已。

（二〇一七年六月三日）

註釋

①潘天壽《中國繪畫史》上海人民美術，一九八三，三〇〇頁。
②《潘天壽談藝錄》浙江人民美術，二〇一一，十五頁。
③《潘天壽研究》第二集，潘天壽基金會，一九九七，四三頁。
④《潘天壽美術文集》人民美術，一九八三，一五五頁。
⑤同②，第九頁。
⑥同①，三〇〇頁。
⑦同④，一五五頁。
⑧《潘天壽美術教育文獻集》中國美術學院，二〇一三，九一頁。
⑨《徐悲鴻談藝錄》河南美術，二〇〇〇，一〇五頁。
⑩《李可染畫論》上海人民美術，一九八二，六九—七〇頁。
⑪同④，一七二頁。
⑫同④，一五五頁。

⑬同④一七二—一七三頁。
⑭何懷碩《給未來的藝術家》台北立緒，一九九八，二三二頁。
⑮劉軍寧《保守主義》中國社科院，第八頁。
⑯同②，十七頁。

兩宋山水畫二傑作賞析

楔子

這篇評論，選定評介北宋范寬的《谿山行旅圖軸》（二〇六×一〇三公分）及南宋李唐的《萬壑松風圖軸》（一八九×一四〇公分）兩大傑作。

宋朝的山水畫，建立了中國山水畫第一個高峰，而且奠定中國山水畫的型範與體制。其間，立軸與橫卷兩種形式，就是內容與形式完美的創作。這個「傳統」，也是中國繪畫獨特於世的因素之一。

在討論兩宋二幅傑作前，且先理解中國山水畫多立軸的原因；其次略說中國山水畫發展到以水墨為主的背景淵源。

一、直軸與橫卷

中西繪畫，因民族文化傳統的差異，各有特色。但從繪畫的形式上來看，絕大多數是一個長方形的畫面（方形、圓形及扇形等形狀總是特例）。長邊豎立的構圖，中國畫稱「軸」；長邊橫臥，則稱「卷」。所以書畫有時也統稱「卷軸」。「軸」在雙音詞中，常稱「立軸」、「圖軸」；「卷」則有稱「長卷」、「圖卷」、「手卷」。西洋畫有直幅、橫幅之外，沒有「圖卷」的體制。西畫不論橫直幅，兩個邊大都遵循所謂「黃金比例」；中國則不然，全看畫家表現需要，可以自由決定，狹長立軸與數百十尺如帶的長卷，屢見不鮮。這跟中西繪畫哲學與表現方法的獨特性有密切關係。這個有趣的題目，即從繪畫形式的體制窺探中西繪畫的特質，可以洋洋灑灑寫一篇博士論文。

中國山水畫在人物畫稍後發展出來。雖然說「稍後」，但若跟西洋「風景畫」比較，中國領先千年以上。中西為什麼會先後差別如此之久？中國為何稱「山水畫」？「山水畫」與西洋「風景畫」的異同如何？……都是寫研究文章的絕佳題目。

隋唐已有成熟的山水畫，但山水畫的高峰在兩宋。中國文化北方先發達，北方畫家畫北方的山，因為石山高聳，所以常有主峰矗立的構圖。有人稱之為「巨碑派」。實因以山為主的山水畫，必定多為「立軸」；以水為主的山水畫，當然就多為「橫幅」或「長卷」。如米友仁《瀟湘奇觀圖卷》，夏圭《溪山清遠圖卷》就是著名的圖卷。

二、山水畫水墨為上的原因

唐代的山水以青綠山水為尚，此時水墨山水還未成主流，還未有畫山石的種種「皴法」。重彩山水主要是墨線勾勒，填以色彩。因為用的是石青、石綠、朱砂等不透明的礦物質顏料，所以叫青綠山水。青綠山水為加強裝飾風，甚且「泥金」，都稱重彩山水。唐代吳道子與王維開水墨一派。王維《山水訣》稱「夫畫道之中水墨為上」。五代的荊浩、關仝、董源、巨然，承唐人之遺緒而更上之。水墨山水，開創了兩宋水墨山水輝耀千古的一頁。

為何唐五代之後，中國山水畫捨棄重彩，以水墨為上？傅抱石先生對此問題有極雄辯的說法。第一是「禪宗的影響」。禪宗的妙諦是求真理、本質於物象形迹之外。以筆墨的氣韻來取代彩色的實象，更能明心見性。第二是「理學的言心言性，也與禪宗一致」。外來的佛教入中土，與中土文化融匯，開出禪宗的新花，可說是中外文化交流而得新生命的範例。禪宗不但影響中國繪畫，也及於詩文，及於人生、思想。此外，在崇尚水墨與筆法的中畫中，筆墨的表現與重彩的形式，存在強烈矛盾。「基本上由線組成的中國繪畫，色彩是受到一定約束的。色彩若無限制地發展，無疑是線所不能容忍的。……這一場鬥爭，肯定了吳道子的勝利，同時也肯定了綫和墨的勝利……」工具、材料，宋代有了很大的改進和提高，特別是紙的廣泛使用，更能發揮水墨的韻味，使墨色多變，達到墨即色的妙境。中國繪畫不在模仿自然，所以當水墨發展到淋漓盡致的時候，正是拋棄色彩，追求「主觀心象」最合宜的途徑。今日畫家常以艷色附麗於水墨，且名曰

「彩墨」，似乎怪中畫不懂用色，那是焚琴煮鶴。就學理言，若繪畫之目的在反映實世，則斷無去色彩，專以墨色線條為主的道理，因實世是一有色的天地。以水墨為上，正說明中畫竭力擺脫再現實世。以水墨為主，並不絕對排斥色彩，所以有時略加薄彩，傳統有「淺絳」畫法。繪畫若要以色彩為主，則重彩自古已有，何須另設「彩墨」一名，豈不多餘？水墨畫是中國繪畫到了成熟的高峰才出現的獨特創造。所以王維的倡導，中國畫道以水墨畫為主流，才完成了中國繪畫的民族風格。今人體會不深，又受西洋影響，總體會不到水墨畫有意棄色彩是民族繪畫獨特性的提升，不是民族繪畫的缺陷或無能。彩墨一詞，實為蛇足。今人總以為傳統的破壞或扭曲，便成「創造」，這實在是很膚淺的美國式的想法。

三、北宋范寬的《谿山行旅圖軸》

這幅巨作常常被畫界人士稱為中國水墨山水畫的代表性傑作。的確是至今為止一切山水畫中的典範。一九七二年在台北的詩人高準稱五代北宋以巨大主峰矗立中央的山水圖軸為「巨碑派」，確不無創見。范華原此畫不愧為巨碑派中最典型的巨製。

此畫的構圖，以一縱向正面巨峰充塞畫面，佔據三分之二的位置，是十分險峻的安排。但他能從容做到逼塞中見空靈。巨峰的左邊虛出，下方漸為烟雲所化，就巧妙解除笨拙、呆板、逼塞而為驚險、壯觀、痛快淋漓；崇高、重實、雄強，卻又靈光飛動，全靠虛實相生的運用，此為千古典範。

畫中央自頂縱向直落的巨峰，稍偏右。上、右實而左、下虛。左中靠邊縱向向下的小山峰，用以與中央巨峰對應，也以引領下面三分之一的主題景物出台，且發揮整體畫面上下聯貫的功能；一大一小，對比強烈，以豐富畫面，也更見主峰之高壯；主峰左側向下，向左以斜弧引向畫外，這斜弧的後山輪廓，調節了主峰的板滯，也與右下端密實的巨石、林巒相呼應。整體由部分合成；每個部分都要表現自己，也要服從整體的需要。

上面約三分之二，是巨峰直落，下面應接者是約三分之一，是繁富的橫式兩層樹石與中間一道溪流與湍瀨；直落與橫接，全圖遂定了乾坤。這就是這幅巨畫基本的大結構。然後我們看畫面上各部分，大小、高低、輕重、虛實、強弱、精略、疏密……各各相生相約，許多小結構匯成中結構，再與大結構相對比，相妥協，構成畫面的氣勢。

此巨峰最大特色是呈現渾樸無華的大塊。山頂有黑壓壓的密林，依勢叢生。只見樹海莽莽，不見枝幹，以見山峰之高。濃墨攢簇，氤氳蓋頂，其下為壁立的巉巖，樹木無從寄生，故呈現大塊大塊陡峭的山崖。我說「渾樸無華的大塊」，就是范寬谿山行旅圖獨特於古今許多可稱為「巨碑式」山水畫的要點之所在。其「渾樸的大塊」，在於造形元素與皴法的處理，簡樸而不斷重複，積為強音，無可比擬。百代之下成為絕響。

許多同為巨碑式的山水畫，當然都有高聳山峰在畫面的中上位置。與此畫不同的是高峰常不止一個，甚至是一群（如荊浩《匡廬圖軸》、關仝《秋山晚翠圖軸》、董源《洞天山堂圖軸》、巨然《層岩叢樹圖軸》等）；或一個主峰，分割成許多團塊，高低錯落（如巨然《秋山問道圖軸》等）。范寬此圖要突出其磅礴壯偉，蒼莽雄傑之勢，不採用一般手法：造型變化太多，曲折過甚，過分繁複（如巨然），樹木過分張揚，造型太多重複（如郭熙），而出之以「渾然大塊」。但渾然大塊也要分割，使其曲折有致。他所用的皴法，大有講究。它不是小斧劈，也不是披蔴，兼有而變之。卻用中鋒直砍而下，而極短極勁。由千筆萬筆短小有力，濃淡參差，布滿巨大石壁之上，鑽入密林之中。這些皴法，幾十年來的記憶中，似乎有稱為「點子皴」、「雨點皴」、「雨打墻頭皴」，也有稱「釘頭皴」者，已不大肯定何者為是。但讀畫者須知皴法的名稱雖有披蔴、斧劈、馬牙等等名堂，皆出於聰明人的想像創造；有些皴法，連名字都沒有；許多皴法，實聯合多種，不是一個固定名稱所能標示，大可不必拘泥。范寬用此皴法，造成渾樸無華的大塊，才能經營出石破天驚之氣勢。此畫之外，沒再有知其奧秘者。

此外，右邊夾於石壁縫隙中先迂迴曲屈，然後飛流直下，又再一分為二的沒入烟靄之中的飛瀑。這一布局，使穩靜乾燥的山中有靈動剔透的水流，打破單一，豐富景象，倍增情趣。虛煙之下，為茂樹簇擁錯落左右二小山頭，有奔瀉山溪、流泉、湍瀨、葱蘢林木，有樓閣宮寺藏其間。下面是山徑古道，有如螞蟻渺小之騾馬行商。全畫似客觀寫實，又似主觀的想像。這是最典型的中國藝術，西方不論哪一種「主義」，用於此畫，都難以套用或比附。勉為其難，可說中國古今山水都是「主觀詩意的現實主義繪畫」。各人有各人的風格，一畫有一畫的意趣，時代自然演變而有新意。推崇慘淡經營而有派別的爭鳴，互相借鑑；反對標新立異的造勢，鼓動流行。中國藝術從來不以潮流淹沒個人。這是我們的民族文化演變發展史獨特不變之道。

范寬初師李成而後改師造化與師心，是他成為大家重要的步驟，三者不可缺一。我認為這一幅還是中國有山水畫以來最高成就，是少數經典中的魁首。

四、南宋李唐的《萬壑松風圖軸》

如果說范寬的《谿山行旅圖軸》是中國山水畫傑作的代表，大多得到贊同。那麼誰是第二位，或誰能與它伯仲間？答案可能各有不同。我個人呢，一向屬意南宋李唐的《萬壑松風圖軸》。

范寬有另一幅《秋林飛瀑圖軸》，清楚可見李唐的師承在此。北宋晚期文人畫興，喜江南畫風，雄強剛硬遂為淡墨輕嵐所取代。此圖是李唐在北宋末年所作，不同於後來清麗爽秀，疏簡雅健。李唐重振北宋雄強之風，此作不是典型南宋作風，故在當時並未受推重。但卻是兩宋繼范寬之後，不同風格的另一個高峰。

此畫李唐獨創的斧劈皴，即將范寬的直筆改為橫斫，更能表現山石的堅硬崢嶸，鬼斧神工。特別要把我對此圖與前面評介范寬的《谿山行旅》共同的特色說一說。中國畫文人畫興起之後，內容方面，在境界有所提高，但在形式上過分推崇雅淡飄逸，便產生空疏的流弊。尤其元明之後，題跋流行，畫面要題字用印，變成詩書畫印「四絕」，空白越多，越見布局散漫、浮薄甚至虛脫。也就是說，畫面的結構鬆弛，漫無章法，以虛弱為清高。若論畫崇山蒼巖，豈能不以雄強為美？千年畫史中，最戮力追求剛健壯美，厚重嚴飭，最講究畫面布局的有機性，我認為《谿山行旅》與《萬壑松風》是空前絕後的最高的成就。後代越來越不講結構。布局雷同，陳腔濫調，屢見不鮮，其間偶有有心繼承范、李者，如王蒙，如沈周、吳彬、龔賢，如石谿、石濤，如王原祈，如傅抱石、李可染等等大有後來者，但到今為止，可說還罕有企及者。當然繪畫不必侷限以雄強為優，但畫巨碑的大山，不雄強而何？

《萬壑松風》若論結構之嚴謹，為范寬所不及。他人更無論矣。是空前，也尚未有後者可以對照。第一點是全圖厚重、緊實，密不透風，形成一大威壓的氣勢。作者故意製造這個沉悶、濃重的局面，再用白雲與流水來打破悶局，而使觀者獲得水窮雲起的欣然與舒暢。這是此圖最重要的構思，最具特色的表現。

濃密的樹木與山石重疊、相接處，忽然有白雲冉冉飄來，拉開距離，出現了層次，映現了樹木枝葉婆娑的姿態。大約九百年前，中國已有近似西方近代浪漫主義、超現實主義、表現主義的構思，以主觀奇思來表現自然的不必有而可能有的狀態。中國山水，白雲烟靄，不但有形而下的美感，也有形而上的意蘊，故居極重要之地位。此圖祥雲瑞靄為所見山水畫中最奇特者。什麼是藝術創作中主觀的創造，李唐此圖，可啟下愚，發上智。《萬壑松風》也充分表現了中國繪畫自來不在謹細寫貌自然，而處處以畫家主觀心境導引自然，激發美感，創造意象與境界。李賀所言：「筆補造化天無功」也。

幾個瘦長而大小參差的遠山，為此圖增色不少。一方面調劑了全圖的大團塊，使畫面有了多樣的變化，一方面也表現了空間的深遠，為後代遠山的楷模。近山與遠山，增進空間的景深，荊關、董巨、范寬、郭熙等所未有者，令人心折。

這兩幅傑作都是水墨、淡彩。年代久遠，絹本畫作都變成深赭，淡彩漸為所淹沒。但八九百年以後，我們仍為其磅礴氣勢所震懾，不愧為世界性的藝術瑰寶。最後附帶說明一聲：讀此文章請與兩宋山水畫冊對應觀覽，才能心領神會。

（二〇一七年五月十日夜於台北澀盦）

為現代中國舞者打氣

林懷民的「雲門舞集」在台北首次公演之前，請董陽孜寫「雲門舞集」四個大字，由凌明聲設計海報，其他許多不會跳舞，而懷有絕技者，沒有人不肯為他的演出助以一臂之力的。在中山堂開鑼之後，相當程度地震動文藝界，在社會上也獲得聲勢不弱的佳評。報章雜誌對於「雲門舞集」的新聞、介紹、討論以及演出的照片，隨處可見。作為藝術界的同儕，我很為現代的、中國的舞蹈藝術之新朝氣而興奮，當時有友人促我寫點評介，表示我的觀感與欣賞，但是，我感到佳評既已甚多，我雖常寫論述文字，但對舞蹈的了解十分有限，如果執筆，除叫好之外，恐怕沒有什麼獨到的見解，故不敢妄贊。我想「雲門舞集」對現代中國舞蹈的貢獻所獲得的喝采，已不在少。

來美國之後，讀國內報紙，常關心「雲門舞集」活動的新聞。知道他們不斷有演出，不斷有新舞，而且遠征國外。又聞將要到紐約最負盛名的「林肯中心」演出，正為「雲門舞集」這一群藝術家的茁壯、發展之神速，為他們的成就之獲得四方矚目而驚喜而禱祝，並期待未來在林肯中心再度觀賞，為現代中國舞蹈的揚名異邦歡呼。但是，最近在報上，卻赫然看到「雲門舞集」舞不下去，打算暫停一個月，讓每一個舞者來決定去留，然後再決定「雲門舞集」是否要宣布解散的消息，實在令人意料未及。我不禁感到驚訝，以及感到深深的遺憾！但是，因為不明所以，心裡只有疑團。

前幾天讀到《中副》方塊「知言」中，方村先生寫的〈寂寞的舞者〉，知道「雲門舞集」的舞蹈家們的困乏，一是經濟上的，一是精神上的；沒有足夠的財力支援，以及文化界的冷漠。雖然我並不能確知「雲門舞集」這一群舞家所遭遇到的「不幸」具體的情況，不過，窮愁寂寞，大概是古今中外有希望進入第一流的藝術家難以逃避的一關。然而，古人常說「曲高和寡」之類，已屬濫調；「窮而後工」，則近於說風涼話。因為我們今日的社會，受過中等教育以至高等教育的大眾，已佔國民人口中絕大的比例；而像戲劇、電影、舞蹈、音樂等與廣大民眾的「參與」（不論從藝術的社會功能來說，或從藝術活動的全般過程的組成：藝術家——表現品——觀賞者三者不可或缺來說，大眾對於這種藝術活動的身分都應為共同「參與」的角色。故觀眾買票看戲或看舞，如果抱著掏錢尋樂，或慨然恩助的態度，則全然失去共同參與的角色身分。那麼，整個藝術活動便因「觀賞者」不具備與「藝術家」及「表現品」相配合的質素而造成缺陷。）具有最密切關係的藝術，欲使「窮而後工」，或反將「窮而後絕」。故，傳統社會所常用的表示感慨、聊以慰勉的言詞，實在缺乏現代意義。

「雲門舞集」的優秀，以及何以優秀，不少評論已說過了。方村先生的方塊中說「雲門的舞蹈，在技巧和形式上，糅合了中國和西方，貫通了傳統和現代，發揚固有藝術而未食古不化，接受西方影響而不帶洋蔥味兒。」這幾句概括的話，給予的評價之高，實已為一切從事現代中國文藝創作者最高的目標。（其中，「技巧和形式」，若作「內容和形式」，或更要當）而針對我們社會對藝術的冷漠的批評，方村先生的話也足發人深省。

在種種佳評與評論之外，我想從其他角度提出我的看法，供我們社會以及在稍受挫折中的「雲門」舞家們參考。

大眾對較有深度的藝術作品的冷漠，並不能作為解釋「雲門」受挫的充足理由。我覺得「雲門」的遭遇，可以說同時亦反映出我們民族意識之淡薄，民族自尊心與自信心之低落。

且以平劇為例：平劇，不容諱言，它漸漸在走向式微。作為中國傳統中極優秀的劇曲藝術，任何人都不願見它萎縮，希望它的精華保留下來，更希望它有新的進展與新生命的創造。但是，平劇的式微，實有著它本身的因素與時代環境的因素所使然。它本身就好像五七言詩那樣過於成熟與完美，以及它是由表現過去的時代、過去的生活與過去時代生活的情感與觀念中創造發展出來的形式，故不可能原封不動地照樣能夠表達我們這個時代、這一代人的生活與情思。而在客觀時代環境來說，年輕一代的知識、教養、性格、情趣等等方面，都越來越不能作為平劇最適宜的觀眾。這裡面大半是時代環境的變遷所必然的，無可奈何的；自然也有小半是我們的社會及學校教育對青年人的中國文化與歷史的教育，中國藝術的薰陶不足所造成的缺憾。但是，單從對平劇本身的漸趨冷漠與疏離來說，並不是真正使我們憂慮的嚴重問題，（一種藝術形式由盛而衰，正表示將激發新創造的契機；一味依戀反而阻礙了藝術的演進。），嚴重的問題在於我們的社會

（包括藝術家與非藝術家的大眾）有沒有對傳統中國藝術未來前途的關切？有沒有建設現代的中國藝術的決心？有沒有期待現代中國藝術誕生的渴望？與培植、呵護、鼓舞並為優秀的、真正的現代中國藝術喝采的愛心？

對這些問號的回答，恐怕令人失望。故我說這絕非單純是因為我們社會對較有深度的、純正的藝術比較冷漠的問題（古今中外任何社會大都如此，「曲高和寡」在這一個層次來說，自然永有其正確性在。），而實在是包含了一個民族意識與民族自愛、自尊、自信的問題。我可以再舉一個例子來讓我們反省：在國內，不少人可以毫無顧慮地說：「我不喜歡平劇」或「我不懂平劇」（或將「平劇」二字代入「中國詩詞」、「中國畫」、「中國音樂」、「書法」……等），且不說說這種話的中國人是否應該慚愧，我在國外發覺如果你當眾對任何一個中國留學生或中國人說「你大概不喜歡也不懂芭蕾與歌劇吧」？對方一定感到是對他的一種侮辱。我更從未聽到一個表示他不喜歡芭蕾、歌劇等西方藝術的中國人。而且，在西方社會上盛極一時的藝術表演，大家都以毫無所知，從未觀賞為羞愧，因為那不但表示自己教養的低下，亦表現自己「土」得可憐。

對國內的中國人來說，情形是一樣的。比如不知米勒、畢卡索、馬蒂斯的大概滿面紅霞，而不知道中國的荊、關、董、巨或金農、八大、吳昌碩等等，仍可神色自若。其他不論在文學、音樂等等方面，情形相同，不必列舉。我們投考中文系的青年，自感有一種烈士般的悲壯，雖然不倫，但亦可引人深省。總之，對中國文化歷史藝術之冷漠、生疏甚至離棄，反映了民族意識的淡薄，才是問題嚴重所在。

我們的文學、音樂、繪畫等等藝術，都只喜歡標榜「現代」二字，不要「中國」二字。隱然有拋棄「落伍」以就「先進」的姿態。我們的中國藝術非常不現代，現代藝術非常不中國。保守的復古、泥古主義因營養不繼而日趨萎縮，而盲目的崇洋、西化風尚則不斷在沖蝕我們的民族意識與民族志節。

最多數的大眾，自然最喜歡專為投合他們口味的淺俗的娛樂文藝。但是，稍有教養的人如果對現代中國的藝術有普遍的、自覺的渴望，我們的知識份子與大眾傳播界如果有這個明確的、堅定的期望並對什麼是應該抨擊的，什麼是應該支持的有明智的判斷力，則「雲門舞集」的出現，應受到更熱烈的反應與鼓勵。一種表現民族精神的現代的中國的舞蹈，即使正在初生階段，尚未達到最高的完美與成熟，我們何忍隨他自生自滅？

如果我們的大眾缺乏「參與」純正高尚的藝術活動的願望與熱情，而不以愛好低俗的文藝娛樂為恥；如果我們的知識份子不關心現代中國藝術的發展，亦不能在民眾中啟迪民族意識的高漲及作為藝術與民眾間的橋樑；如果我們的大眾傳播記者只對影歌星的一顰一笑感興趣，或一味誇大那些崇洋媚洋，毫無民族意識的「藝術家」的報導；如果我們的評論家只熱衷於搬弄西方的觀念，或者只為人情，不求公正（對醜惡乖謬，不敢抨擊，對優秀者喜於鼓舞），那麼，現代中國藝術的茁壯與發展，怕要等待不世的奇才與神助的幸運者，豈不令入扼腕太息！

當然，事實並不那麼悲觀。「雲門舞集」表現了中國的題材，中國的風格。接受了西方的表現方法的啟示，而創造性地運用中國的舞蹈與平劇的技巧，發揚了中國舞臺那種富暗示與象徵的手法與神祕的韻味。「雲門」的成就，已為大家所共見，也為藝壇所承認。更令人欣慰的，我們知道國內在「雲門」之外，還有不少舞者在朝現代中國舞蹈的方向努力，可見「雲門」並不孤單。

我覺得，即使「雲門」是孤單寂寞，經濟困乏，「藝文界的批評幾乎等於零」（此語見方村先生〈寂寞的舞者〉。事實上不能說是「幾乎等於零」，我想二年來各報刊不少好評，「雲門」當不會沒有保存那些新聞與評論吧），但對於幹勁十足，抱負遠大，才情兼美而精誠合作的林懷民和他的夥伴們，不應構成嚴重的難關；尤其已經有了良好的開始的「雲門」，只要加上沉毅，必可更上層樓。十幾年來，在頗荒涼的現代中國舞臺上，曾經有過好些開拓者投身一試，大都在一陣熱烈的掌聲中意興風發，而當掌聲冷落的時候便鬥志銷沉。但是，一個天生的藝術家或一個對藝術的堅貞到以身相許的藝術家，即使在極困頓之中，當不會考慮到從此洗手「歇業」的。一個真正的藝術不應只能活在掌聲之中。況且喝采雖然是鼓勵，有時也許是「謀殺」。真正的藝術家並不因打擊而倒下，但受到盲目的明星式的喝采，有些人不免腳跟飄浮，陡然滑落。

「雲門」兩三年來的成果，已經睥睨當下中國舞壇，若再加上十倍時間不懈奮鬥，其成就必未可限量。何困惑之有？

在紐約曼哈頓的格林威治村（Greenwich Village），時常可以看到在街頭或公園廣場上公開表演的歌者與樂人在載歌載舞，一方面等待路人樂捐，一方面期望受到選拔。一旦進入一種小型劇廳

（在這種地方表演叫 off Broadway Show），便升了一級。最後目標則是希望進入百老匯劇院（在時報廣場有許多表演歌舞劇的戲院，稱為 Broadway Show），便為成名歌舞家，從此青雲直上。此亦可謂「一將功成萬骨枯」。一個歌舞家要在嚴酷的競爭中出人頭地，在把觀看芭蕾、歌劇、舞劇等表演視為生活中一部分的西方社會，毋寧說更加難上加難。藝術家終身以赴，不成「將」，便成「萬骨」，這是人間冷酷的現實法則，也是維持藝術崇高地位的理想主義。每一個在舞臺上受千萬人矚目的歌舞者，背後都隱藏著一部可歌可泣的傳記。那是才具、運氣，更重要的，我想還有堅毅不拔的意志的綜合。

在藝術其他門類的成功，亦一樣的艱難。詩人、畫家、音樂家、小說家……如果不取媚於人，如果不附和時潮，如果有遠見、有深度，大概挫折與寂寞總要光臨。所以，有人說大概一時間最暢銷、最熱門的藝術，總是淺俗的東西，難以在時間中留下永遠的地位。現實似乎殘酷，但從另一角度來看，亦有深意在焉。不過，如果一位優秀的藝術家，碰到一位管領風騷的、有遠見的批評家，則可減少現實的許多殘酷。然而，這要有多大的運氣！

我們在批評方面，還只有文學方面較健全。美術、音樂、舞蹈等方面的批評，實嫌孱弱，這一時或難改變。故過於期望批評的鼓勵，不如朝著自己堅定的宗旨去努力。另一方面，雖然缺乏財力的支援與精神上更多的支持，但我們有創造的自由，免於迫害與恐懼，我們應聊以自慰，並加珍惜。

對於「雲門」成就的重視與珍惜，以及對於他們的挫折的憂慮，作為藝術界的同行，我願說幾句舞蹈藝術本身以外的老實話，以提起我們社會的注意，亦以為「雲門」舞家打氣。我所說的老實話，是否有打氣的功效，亦不敢自信。「雲門舞集」朝著建設現代中國舞蹈的大方向邁進，我願表示做一個參與的觀眾的誠摯。我相信所有具有文化意識與民族意識的知識份子與觀眾，在心底一直在為「雲門」喝采，並感激「雲門舞集」引導我們見到現代中國舞蹈藝術的朝暾。

（一九七五年十月於赫德遜河畔）

後記：一九七五年，雲門草創，我寫過二三次評介，為它喝采。後漸覺其不平，數十年間不再談雲門。不惟它一樹遮天，使其他花草無生；且數十年只成就一人而枯萬骨。竭澤而漁，功成名就，其間勢利與虛妄，與媒體共生之功業也。後來其鑑之。

（二〇一七年歲暮）

小論艾恩斯特

楔子

《紐約時報》四月二日在第一版左下角以極顯著的地位報導了繼畢卡索之後歐洲有數的大畫家馬克思・艾恩斯特（Max Ernst）於今年四月一日在巴黎逝世的消息。約翰・羅索（John Russell）的報導與評論，由第一版及第卅七版佔大半個版面。不難想見艾氏在歐美藝壇之舉足輕重。

我雖然對西方自達達主義（Dadaism）以降的現代主義藝術堅持嚴肅的批判態度，但對現代某些與艾氏並世的歐洲畫家，如達利、畢卡索、夏卡爾、克利、魯奧、孟克……等大師的某些作品，懷著深切的欽佩。去年春天（二月十四日至四月廿日），紐約第五大道古根漢博物館（Guggenheim Museum）舉辦艾恩斯特生前在美最後一次展出。我躬逢其盛，看到艾氏平生精品系列集中大展（六層樓掛滿各期作品，樓下並展出他代表性的雕刻）。心儀已久，看得相當用心，故對艾氏頗有心得。

羅索這篇文章，主要是對艾氏生平資料性的介紹。在評論方面，頗嫌過略，也無甚精警之處。也許對歐美人士來說，艾氏的大名赫赫，無須在新聞中多說，況且研究艾氏的專書，隨處可買。但對國內讀者乃至畫壇，可能熟知艾氏者大不如畢卡索之普遍。

我覺得國內對世界各國文學藝術名家的報導與評介，不但不甚普遍，而且甚不平衡。少數外國作家一時成為熱門對象，而對其他更多作家，即使在成就與地位上更見重要，但若無「緣」成為熱門人物，大多數人便不知不識。這是一個有待矯正的偏向。這個偏向漸漸可使我們眼界局促，趣味狹窄。另一方面，我們的報導與評介，又多半是由外國書刊迻譯而來，這種翻譯工作自然絕不可少，而且是文壇進步的動力之一。但是，我們自己人對外國作家的評論，更不可無。一個國家如果對世界沒有自己的看法，沒有立於自己見地上的評論，在文化思想與學術思想上，必造成一種依附他人，缺乏獨立思考的弊害。把別人的觀點當作我們的觀點，便難以建立自己的體系，自然永難有獨立的見解。

本文寫作因受到時間、手頭資料與能力所限制，難以長篇大論。我想雖然淺略，亦表示了一個中國藝術工作者對艾氏的看法。或許也可彌補我們對這位西方大師逝世在新聞上的缺漏。

一

艾恩斯特於一八九一年四月二日生於德國名城科隆（Cologne）與波昂（Bonn）之間的 Brühl 小鎮

上一個嚴格的、中產階級的天主教家庭。（今年四月一日逝世，恰恰差一天享足八十五週歲。）他的父親是聾啞學校嚴厲的教師，也是從事神祕的、刻板的繪畫的業餘畫家（Sunday painter）。艾氏之成為大畫家，可說有他家門的淵源。但生活在這樣一個嚴厲的羅馬天主教傳統的環境中，艾氏從小好懷疑與悖逆的天性，使他與家庭、學校和教會都格格不入。漸漸因不耐於小鎮的思想與生活之道的窒息，而成為一個早熟的尼采和弗洛依德的信徒。當弗氏發表著名的《夢的分析》的時候，艾氏正在中學時代。他對自己心理的不正常開始關切，並且特別對精神病患者在藝術上的成就表現了濃烈的興趣。這種從早期心理上的特徵與在觀念上、美學的品味上之傾向，在他一生的創作中，造成了強烈的、獨特的風貌。

一九〇八年艾氏十七歲進波昂大學。在此之前，他已讀了大量新書。參觀過許多博物館，亦看了許多新畫。同時亦作了許多取材於大自然的素描與繪畫。艾氏在大學裡攻讀哲學及變態心理學。他經常訪問附近的精神病院，著迷於精神病人的藝術；他無饜地讀書，同時也畫畫。

艾氏早期的作品受梵谷的影響最大。一九一二年（十一歲）已立志做專業畫家。他少年時代的作品，已表現了屬於他的時代的風格並奠定了廿世紀歐洲主流風格之基調。在同時代畫家中，格羅斯（Grosz, 1893-1959）和夏卡爾（Chagall）對他最多啟示。他有一雙識別英雄的慧眼，現代德法兩國的大詩人與畫家，在第一次大戰之前已成艾氏好友。

第一次世界大戰爆發，他赴巴黎的美夢破滅，並被徵入伍。到過波蘭、法國等地。第一次世界大戰對西方藝術來說，促使了達達主義的興起。達達創立於歐洲畫家之手。當時歐洲許多畫家為逃兵役，避難美國。法國畫家杜象（Duchamp, 1887-1969）於一九一六年以「便器」一作（題為《噴泉》）在紐約展出，揭開了達達主義的序幕。在德國、法國，艾氏與格羅斯、阿爾普（Jean Arp, 1887-1966）等人都是達達運動的前鋒人物。

戰後艾氏於一九一八年退役定居科隆。一九二四年正當布瑞頓（Breton，詩人）發表「第一次超現實主義宣言」，艾氏回到巴黎，成為超現實主義的健將。事實上，在一次大戰之前的學生時代，艾氏已從事潛意識創作，早已確立了歐洲廿世紀最煊赫的超現實主義的基調。因此，艾氏被尊為超現實主義運動重要的元老。

第二次世界大戰時，由兒子及美國人幫忙，艾氏於一九四一年到了紐約。雖然他一九三二年曾在紐約的 Julien Levy 畫廊開過在美國的第一次展覽；在一九三六年參加紐約現代藝術博物館（The Museum of Modern Art）的「怪異藝術．達達．超現實主義」（Fantastic Art, Dada, Surrealism）展覽，在美國不能說無藉藉名，但在二次世界大戰期間，艾氏還是無法在美國靠賣畫過日子。他一生作畫不輟，但在五十九歲之前還未得到他應得的公認的地位。一九五〇年艾氏再度回到法國，一九五四年在威尼斯雙年展榮獲繪畫大獎，時年六十三歲。自此他的成就為全世界所公認，以後二十二年中，他在歐洲藝術上盛譽歷久彌隆。而今，他終於帶著這榮譽的華采，走向他八十五高齡的生命之邊界。

艾恩斯特是達達主義與超現實主義最傑出的畫家。他的創作表現了廿世紀西方藝術的浪漫趨勢。這種藝術趨勢在思想上的基礎，是西方近世成為主流的信念，即非理性的、排除傳統的約束的、狂放不羈的以及對於「人」的否定。與此浪漫趨勢相對峙的，是否定因襲的感官經驗，以理性主義為基石的立體主義及幾何抽象主義（Cubism and Geometric abstractionism）。

艾氏與畢卡索，作為歐洲現代藝術最具代表性的人物，他們對十九世紀以來激烈的政治的、社會的動亂均十分敏感，但在藝術的觀念上，則代表了對此激變的時代兩個不同的反應。假如說畢氏是廿世紀初期古典主義的，理性主義的與史詩式的抽象概念的英雄人物，則艾氏是廿世紀藝術反叛運動的健將。代表神祕的、反理性的一派：最初由達達的虛無主義（Nihilism of Dada）再進入抒情詩的夢境幻象（lyrical dream imagination）之表現的超現實主義。立體主義的變形以至進入幾何抽象的絕對之境，乃是所謂「純粹藝術」的發展中合乎邏輯的要求之結果。但艾氏將客觀對象抽象化的變形，卻只是他開拓詩的隱喻（poetic metaphor）的必要的第一步。換句話說，艾氏不是為抽象而抽象的形式主義者。在題材、內容與思想上，艾氏的創作循著神祕主義的、反理性的道路，但在形式與方法上，他絕不放棄意識的控制。作為一個技巧的革新者，他刻意經營的藝術方法，對他的主題和形式的表現，發揮了莫大的助益。

二

綜觀艾氏一生的創作，我們可說他的藝術有如百科全書式的龐雜。可以說是由頗為奇特的，甚至極端相異的若干單元所構成。那些奇麗的、壯偉的、怪誕的、纖巧的種種各有不同獨特性的風格，表現為他的拼貼畫。

油畫：大多為傳統的油畫顏料在畫布上的表現。他也增加了其他數種新媒材的運用。譬如在作品，反映了它們所自來的、畫家從潛意識心靈深處湧現的意象，他個人的種種夢境，顯示艾氏對世界現象長久不衰竭的敏感與罕見的詭譎萬變的想像力。同時亦顯示了艾氏對西方藝術傳統在反叛以外，畢竟有不可爭辯的承續的痕跡。

從媒材、技巧與形式上，以我個人大略的分類，艾氏的作品約七大類（因為他技巧特殊，故略加說明，對國內讀者從印刷品上閱讀艾氏之畫，或稍有幫助）：

拼貼畫（Collage）：艾氏以無意識心理（或說無目的的）改變、剪拼並集合印刷品的插畫（大多是舊時代各種書籍、教科書等的銅版畫插圖）、照片，裱貼於白紙或紙版之上，而成為他的創作。有的加上鉛筆、色筆、蠟筆或水彩顏料、墨水（ink）。這種作品，常在人物身上接貼鳥頭或其他動物的頭或足；更常常把極不相關聯甚至荒謬、矛盾的物體安排在同一畫面之內，使在情景上、物理與事理上、空間與時間上等等產生巨大的倒錯、悖理與怪誕，來表達各種複雜的感覺與效果。比如奇特、驚愕、恐怖、陌生、滑稽與幽默等。平庸的圖象經他不確定的組合成一個有機形式的畫面，便產生了複雜的、多種詮釋的可能性。這個來自達達主義的技巧，卻不同達達的狂暴，而表現了艾氏對小尺寸作品的精細與圓熟，使人聯想到東方纖畫的趣味。艾氏前期的作品，以此類為大宗。以我的觀察，他的油畫和其他形式的作品，在觀念來源與主題的靈感，可木板上先塗上高低不平的石膏，再施油彩；或以拼貼加上油彩製作；或不用畫布而用紙版、合版及纖維板。對油彩的運用，艾氏的技法可說集古今之大成，豐富、奇詭到了難以形容的地步。他最拿手的是在油彩未乾之前以玻璃之類擠壓之，或局部施以拓印之法，或在畫布之下置以極粗糙有紋路之物（如木紋凸出的木板）再以磨擦法拓印（frottage）顯出。其他極微妙獨特的技法，自是艾氏獨得之祕，難以一一陳述。不過，傳統用油畫筆描繪與油畫刀塗刮的基本技巧，仍佔重要的地位。此外，他也有在油畫上安置實物，使二度空間的平面與三度空間的實體組合成畫的方法。此自然還是他的拼貼畫的悖理與怪誕的效果擴大的運用。

綜合媒材：上舉兩類雖然也有不少具有綜合媒材的運用者，但基本上保持了拼貼與油畫獨自的特性。艾氏有真正屬於綜合媒材者。如木頭、金屬絲與油漆，或油漆、石膏與軟木樹皮與畫布所綜合組成的作品。

素描：多以鉛筆，尤以在紙下置以紋路顯凸的木頭，樹葉等物，在紙面以鉛筆磨擦拓印，再加以修飾的作品為多。

水彩：或畫於白紙，也有畫於牆紙上者（印有花紋的牆紙）。

彩色蠟筆畫：或色粉筆畫。用紙多為色紙。

版畫：石版印刷，或油布貼於紙上刻出的單幅版畫。

雕刻：多為變形的人物、動物及其他抽象概念造型，喜用對稱的結構。

艾氏有一雙魔手，他可以把到手的任何材料變成藝術品。諸如銅版畫插圖，新聞照片以及從街上撿拾的東西。他的心理狀態在天性上可說與達達主義有靈犀相通之處。拼貼的技巧之外，艾氏大量運用達達派的自動性技巧（automatic techniques），但他不像標準的達達主義者那樣耽於破壞，而積極地建構他夢的、潛意識心理的藝術之宮。他可以說是達達與超現實主義在破壞與建設新秩序兩矛盾之間的統一者。在西方現代藝術的各派潮流中，除創立宗派的少數者外，大都是受激發的參與者，也即是依傍門戶者。但艾氏之成為達達與超現實主義的宗匠，是自發的，不期然而然的，合乎本性的。這與依附時髦，標榜宗派者自不可同日而語。

艾氏的作品有一部分與超現實主義的另一位大師達利（Dali, 1904）相近。正如艾氏早有先見，再三警誡歐洲日漸沒落的危機，二氏的作品，表達了對西方文明衰微崩析的浩歎。透過這個嚴肅的主題，我們可看出超現實主義畫家之傑出人物對世界、人生、社會、文化等重大課題的關切，透視與批判。他們或以赤裸的暴露，或以晦澀的隱喻，或以神祕的迷離來表現現代人類心靈殿堂最深邃的轂觫，震盪與深重的悲情，藉以喚起悲憫、警醒、渴望與憧憬。一切嚴重藝術的哲思，壯志與崇高的感情，不論其藝術假借什麼樣新奇的形式，在心智與人格上，必與古今人類最高的心靈相匯通。淺薄的純粹繪畫、形式主義的抽象派、照相寫實派與乎享樂主義與遊戲派的時髦風潮，自更不可與語。

在這個理解的基礎上，我們才能發掘艾氏的創造中最卓越的一面，而把他從西方現代主義藝術的紛紜雜沓中分別出來。所以，艾氏雖然兼採並納了超現實主義的抽象表現與虛幻主義（illusionism）兩大範疇於一身，但他對主題、思想、意象與境界的執著，已不是達達純粹的、絕對的虛無，也非形式主義的玩弄。

艾氏的油畫喜歡採用象徵性的，同時已抽象化了的題材。如樹林、頹殘的自然景色、廢墟、化石般的城市、鳥、鳥人、月亮等意象。表現了他對永久性的自然題材驚人的駕馭力與幻想力。他的主題與感情，與十九世紀德國浪漫主義風景畫有一種共有的氣息，同時是廿世紀創造力的拔萃人物。他對我們這個時代的重要性自然不僅是留下了作品而已，而是與弗洛依德、卡夫卡、柏格曼、史賓格勒、湯恩比……等歐洲心靈創造性的精英、構成世界現代文化最重要的一部分。

三

從批評的立場來說：艾恩斯特有其局限性。這個局限性是由他的時代的精神與現況，以及自印象主義、立體主義、達達主義以降的西方現代藝術的趨向決定了的。

達達主義是對西方文明進步的象徵——物質機械的嘲弄，與對文明絕望的自暴自棄。達達主義有其歷史使命上的意義，但它所遺留的弊害，對西方現代藝術應說難卸其咎。超現實主義雖然承襲了達達許多觀念及方法，但拒絕達達的否定主義，尋求新秩序結構的信念，改變達達徹底虛無的態度，回復到更傳統的材料與形式。但是，達達與超現實主義都表現了囿於一個「困惑的象徵」（puzzling symbol）的局限中。

西方現代藝術，總的來說，以超現實主義為最卓越、最有深度；最有獨創的價值又不失與傳統有密切的關聯；最具叛逆性格又不失與人生維繫著深切的內在的連絡。而且是最具建設性及與現代學術哲思的融通性的一支。但它與現代文藝一樣，規避創造行為在最後的人生價值判斷上何去何從的嚴肅問題。自然這也是今日世界人類所困惑未解的問題。不論如何，西方現代藝術還只能說是西方文化精神的缺陷在現代心靈上的反應（我們也難以逃避這個「現代的陰影」）。這個反應自然不是人生思想與文化哲學的正解，而只是一個過渡時代的混亂與渾噩的病徵，而我們不論從歷史的背景、文化的性格與現代的處境來說，與西方在本質上有明顯的差異。換句話說，我們的痛苦與憂患有與西方不同的特殊性。我們的道路亦自必須由自己來探索。但我們亦必要有了解與借鑑他人的胸懷，發現他人卓越成就的智慧，以及堅持獨立思考與理性的批判的膽識。不論是為人、為學或為藝術，這應該是值得堅守的信念。

（一九七六年四月四日至十三日於紐約，發表於《聯副》）

音樂與畫

——聽黃安源

當我第一次聽黃安源的胡琴，或激昂悲婉，或幽曲纏綿，感到那失落的又回來。失落了的是音樂的中國的況味，那從中國大地上經數千年醞釀融和，輾轉摶塑而成的民族歌樂，早已忘卻了；我們的耳膜，長期經過無處不有的西洋音樂，東洋音樂，熱門音樂，流行歌曲乃至一切現代的噪音的襲擊，早已生繭。黃安源重新磨洗了我們的耳膜，使我們聆聽到那從歷史的中國，從大地的中國而來的聲音。

任何民族皆有文化；任何文化中皆有藝術。不論是粗糙或精緻，不論是稚拙或成熟。民族的藝術是一個民族精神上認同的「圖騰」。藉著民族藝術，顯示了一個民族對宇宙、人生的體驗、認知、品味與評價。這些在長遠的歷史中便構成「傳統」。對傳統的認同，則凝聚了民族精神的特色。而傳統與民族精神是不斷吸納、淘洗、熔煉，不斷變遷發展的。民族精神在藝術上自然地表現為民族藝術的形式。在視覺上的線條、造型與色彩，在聽覺上的曲調與節奏，都表達了一個民族獨特的審美品味。審美品味根本上就是民族的世界觀與人生觀反映在感性趣味判斷的結果。

一個藝術家在藝術上的優異表現，固然是該藝術家個人的藝術成就，但就整體而言，實在是某個時空處境中民族文化的典型或象徵性的標示。

民族的文學形式根植於民族語言，以及與語言有關的人文、歷史等條件；民族的繪畫形式則根植於經由視覺觀照到所謂「形象思維」（實在就是克羅齊所謂「直覺底、想像底、有關個體底與個別事物底」，在概念以外的「意象」）。中西藝術之差異事實上也反映了對宇宙人生所獲致的「意象」之不同。音樂經由發聲體的特性而建立了民族音樂的特色。除了人的喉音形成的聲樂，與民族語言有密切關係之外，器樂的發聲，不外敲擊、拉磨、彈撥與吹奏。中國音樂與中國樂器的變遷史，充滿了外來音樂文化不斷本土化的紀錄。而一切外來樂器之能否本土化，以及本土化成功的程度，一方面取決於其與中國文化性格是否易於協調適應，另一方面則要看中國藝術界是否有雄強的創造、涵攝、包容、吸納的力量。

胡琴這項外來的樂器之所以能扮演中國音樂中極主要的角色，依我的臆見，因為它非常適宜單旋律的曲調，而且允許演奏者增加個人色彩的即興式技巧。這與中國繪畫以線條為主角的情況不謀而合。中國畫的線條，講究「一波三折」，講究「無往不復，無垂不縮」，我在黃安源的演奏中深深體會到中國音樂與中國書畫相通相感的道理。一筆之始，欲右先左，欲下先上；一筆之末，無往不復，無垂不縮。胡琴的裝飾音，使有如線條的旋律豐富而深厚，充滿了中國的風味。而在旋律運行中的抑揚頓挫之美，更與中國書畫線條的特質相呼應。而揚琴與琵琶的伴奏，便是中國畫中各種與線條配合的「點法」。

我所聽過黃安源的胡琴曲，以那一曲《滿江紅》（四川清音）最為難忘。我認為那是最能發揮黃安源出神入化的琴技，最能切合黃安源個性與精神面貌的一曲。慷慨激越，悲憤哀婉，而瀟灑豪邁。黃安源運弓如使長鋒毛筆，厚重處如篆隸，嚴謹處如小楷，秀婉處如行書，飛揚處如狂草。他不是用手指在演奏，他是用整個人去制伏胡琴，使它將音樂家的情懷，發為摧人心肝的音響。對於樂曲章句的體會與詮釋，往往是依靠音樂家的秉賦。「詩有別趣，非關理也。」（嚴羽，《滄浪詩話》）音樂的神思逸興也同樣不是樂理與技法而已。袁隨園說：「性情以外本無詩。」黃安源的成就，超越了劉天華，在當代，他是一個高峰。天才加以苦練，加上廣泛的基礎和修養。民族音樂像黃安源這樣的人才，實在是不可多得了。

中國音樂要不要現代化呢？要如何現代化？我想對於前一問題，沒有人會持否定的態度，對於後一問題，實在是一個困難的問題，而且也是許多有抱負的音樂家一直在努力探索的。最近音樂家李泰祥為黃安源的胡琴作了《酒歌》、《杜甫夢李白》（皆為胡琴交響詩），以及《春望》（胡琴協奏曲）。這也是中國音樂現代化努力中的又一新成就。這種努力必須有迎接艱難挑戰的勇氣，值得欽佩。不過，現代化了的中國音樂裡面的胡琴，如果使人覺得似乎換成小提琴更為協洽，那麼，可能對胡琴的特性，我們還得重加體認。李黃合作的三首新曲，使我們對民族性與現代化兼美的偉大目標，提供了省思與啟發。而黃安源所拿手的許多傳統曲目與許多傳統新編的樂曲，在我們展望現代中國風格的新聲之時，確也值得我們頻頻回顧。

（一九八七年二月十七日）

在痛苦中完成

——《梵谷傳》評薦

夸父不量力，欲追日景，逮之於禺谷。夸父與日逐，走入日，渴欲得飲。飲於河渭，河渭不足，北飲大澤。未至，道渴而死。棄其杖，化為鄧林。——《山海經》

文生・梵谷是藝術世界中的巨人。從他逝世八十八年以來，他的名字已漸漸為全人類所熟悉；他的人格與創造力已越來越為世人所熱愛，景仰。最不可思議地，沒有一個為世人所敬慕的巨人與英雄，生前像梵谷那樣淒涼，寂寞，被誤解，被忽略，以至在潦倒挫折中結束了他短促的一生。更不可思議地，沒有一個人能像梵谷一樣，在一生一世沒有間斷的痛苦坎坷中，從未懷疑自己堅守的志節與所投身的事業，而一癡到底，顯示了一個悲劇英雄令人驚心動魄的志行，而他生前卻並未得到應有的一絲報償。

這個世界古來不知有多少藝術家誕生了，又消逝了；多少藝術家創造了華美動人的傑作，受到了仰慕與崇敬；多少藝術家成為一時一地藝術王國的無冕王，顧盼自雄；多少藝術家以他的才藝取悅君王與權貴，或者以他的巧智奇思眩眾取寵，苟得了生時的虛榮與驕奢。梵谷，是一個不世出的天才在冷酷的人間向陰暗絕望搏鬥，以求自我提昇，自我完成的不屈不撓的靈魂；是一個在污穢偽善的人間，追尋純樸，真誠，坦率，聖潔與摯烈的愛的堅毅質直的人。英國的評論家 Sir Herbert Read 說到梵谷的奮鬥「閃耀出來一場偉大的精神掙扎之榮光、一種無限耐性之最後勝利、以及一項不朽的成就之華美。」我們的確很難在歷史上找到另外一個人更能使我們體悟到中國古哲所說的「真人」、「赤子」的形象。梵谷，是藝術家這個崇高名號的現身，是藝術家最高潔的典型。他所遺留給世界人類的，除了他的作品，更有他的一生行誼與他的人格。

偉大的傳記小說有兩個必具的要素：傳記小說家的卓見與妙筆：偉大的傳記主角。《梵谷傳》具備了這兩個要素。在中譯的藝術家傳記小說中，傅雷翻譯的法國文豪羅曼．羅蘭的《約翰．克利斯朵夫》與余光中先生精審新譯的美國傳記小說大家伊爾文．史東的這一部《梵谷傳》，合成西方最偉大藝術靈魂的生命歷程記錄的雙璧。任何有情、有理想的人讀了這樣感人的生命史，都必然受到內在深沉的震撼。（《約翰．克利斯朵夫》不是嚴格的傳記。但根據為羅曼．羅蘭作傳的威爾遜的敘述，克利斯朵夫乃是匯集了貝多芬、米開朗基羅、托爾斯泰等「羅蘭式的英雄」，重新塑造而成的，所以也含有廣義的傳記小說的意義。）

史東在書後的「作者附註」中特別聲明，《梵谷傳》除了某些「技術上的權宜之外，本書是完全寫實的」。如果《梵谷傳》的讀者是學藝術的人，可以透過這本書去了解這位荷蘭現代大畫家，同時亦可以對西方現代藝術發軔期的歐洲諸大家有極生動的印象；不論讀者是否專攻藝術，都可以從這部書去體悟一個創造的心靈最珍貴的本質，了解人生驚心動魄的痛苦的真相，以及一個高潔的靈魂向上掙扎，追求自我完美，克服痛苦的悲壯歷程。

我相信對梵谷的畫的欣賞或批評，較諸對塞尚、秀拉、莫內等人的作品，更不宜採用把作品孤立，當作一個造型的客體來分析品賞的新批評的方法，而必須用較為傳統的傳記的批評方法，即結合了對作者的人格、生活、時空背景等因素交互印證，方能較深刻地認識梵谷的藝術之特質與內蘊。所以，當我們試圖探索梵谷的精神世界，我們必須首先依照這樣的一個順序來看待他：一個人——一個純樸真誠的赤子——一個不屈的追求自我完成的靈魂——一個獨特創造的人格——一個偉大的畫家。梵谷是以藝術為生命，但與別的人以藝術來增飾生命的光采，來贏取榮耀與利益的那種「以藝術為生命」大不相同。藝術在梵谷是來體驗生命嚴肅的痛苦，來克服這痛苦，來尋覓神聖的光明以照耀人世的黑暗。梵谷一生的奮鬥，並沒有名利上涓埃之所得，而仍然持續以至生命的終點，無疑地，他不只是一個可敬佩的畫家，而且是一個悲劇英雄，一個可崇敬的人性光輝的典型。

讀這本書的時候，我們常常興起對處於冷酷人間的天才無限的憐惜；梵谷的行為與他的情操，他的真誠與勇敢，常使我們有不可企及的嚮往，以及自慚形穢的謙卑。

梵谷對愛情有著最熾烈的渴求，但是他終生可說是一個失戀者。從他第一次對房東女兒愛修拉初戀敗北起，他便開始接受了為人間所遺棄的命運。他第二次戀愛，是暗戀著比他大兩歲的表姐凱伊。但是她已生了小孩，和他丈夫有一個美滿的小家庭，梵谷無可奈何地壓抑下他對凱伊的愛的渴望。凱伊丈夫死後，他們又相遇。自從他失戀於愛修拉，七年以來他是何等孤寂，「他一直不知道自己有多少成分已因缺乏愛情而枯萎。愛情是生命的鹽；有了它，人世才有滋味。」當他以極兇猛的熱愛撲向這個纖弱的寡婦時，她退縮了，恐懼了。世俗的與貞潔的愛他都不能得到，他找到第三個戀人，是一個殘花敗柳的妓女。梵谷與她都是受人間遺棄的，克麗絲汀給了她感恩的愛和肉體的慰勞。他容納這樣的一個女人和她與陌生人所生下的孩子。他有博愛的寬容，他想：「她從未見識過良善的事物，怎能怪她不學好呢？」但是，同居之後，克麗絲汀又回復惡習，梵谷為了堅守他畫畫的志業，忍痛離開海牙的這個女人。

第四次戀愛的對象是一個渴求異性的老處女瑪歌。潦倒失意，對愛情十分飢渴的梵谷接受了這個可憐的、瀕臨自殺的女人。但是在她的寡母和五個刁刻的老處女姊妹惡毒的阻止之下，瑪歌自殺了。第五個是以馬鈴薯為食的農家的少女。因為教堂的司事誘姦了她，神父嫁禍於梵谷，逼他搬走；第六個「戀人」就是梵谷患癲癇症後，割下耳朵送給她的那個妓女娜莎。

梵谷的愛情接近原人的坦率粗獷，他的純情與慾念如熾烈的火焰，魯莽突兀，不曾假飾，不懂虛偽，不理會文明的習氣，註定了他在人間受撥弄與擯斥的命運。但他深厚的同情心，沒有算計的獻愛，他那種把人當人，不曾計較榮辱利害的熱誠與寬弘的胸懷，正表現出一個赤子之心最高貴的情操：無保留的自我犧牲。

人道精神在梵谷可以說是與生俱來的。一方面表現在他的宗教熱忱上面，一方面表現在他的繪畫上面。不論是渴望獻身於傳道，以解救痛苦的人生；或者在繪畫中表現他對人生的關懷，與眾生共同體驗人生的痛苦，尋覓克服之道，梵谷的精神在這兩方面的表現，都自他統一的人格出發。換言之，牧師與畫家對於梵谷來說，不是一種職業，甚至不是一種事業，而是他的人道精神渴求撫慰人間痛苦所憑藉的手段。他原是木訥內向，不善言辭的人，而且亦不是一個天生的畫家（「他的手笨拙而生硬；他無法將心目中的線條移到紙上」）。也許梵谷一生一不忘教他拉丁文和希臘文的老師孟德對他的啟示：「文生，沒有東西是永遠把握得住的，只要有勇氣和力量去做自認為正確的事情，也就夠了。……至於最終的價值，那只有等上帝去評斷了。如果此刻你確定要採取一種方式為主服務，那麼這信仰就是你前途的唯一指標。……文生，每個人都有完整的自我，都有自己的特性，如果他能順性做去，那麼無論他做些什麼，結果總會美滿的。」梵谷第一個人生選擇是到貧困的礦區去傳道。他對上帝懷著期望，他希望他能撫慰礦工的痛苦，拯救他們的靈魂。但他看到礦工非人的生活，自己卻過著遠較他們舒適富裕的生活而感到可恥，而實行自我懲罰。他開始與礦工同甘共苦，為他們爭求生存權利，盡他所能協助他們苦渡災厄……但是赤貧、疾病、饑寒、礦坑爆炸、死亡……，在這些巨大的悲哀的震撼前面，突然之間，梵谷明白藉上帝來救贖人間無告悲慘的生靈，只是幼稚的逃避現實，只是謊言。上帝並不存在！梵谷深重的失望，他必須重新作人生的選擇。他開始覺悟自己舊日為傳道所壓抑的繪畫衝動，是他生命的唯一出路。

人道主義如果缺乏對普遍人性的認識，而成為階級對立偏狹的理論，常常得出反人道的結果。本書作者史東借塞尚的口，對曾為塞尚最久的朋友，大文豪左拉提出嚴厲的批判。左拉是自然主義作家，是專寫黑暗的、獸性的作家。他有改革社會的抱負，故他的小說往往遷就他的成見。他對群眾暴動，特別熱心，他的作品，也是煽動革命、罷工、暴動的「種子」。但左拉不是真正的人道主義者。他說：「你在礦區熬了兩年，文生。你送掉了自己的食物、金錢和衣服。你把自己累得要死，結果你得到什麼？一場空。他們叫你瘋子，把你趕出了教會。你走的時候，那裡的情形不比你去的時候好轉。可是我的方式卻辦得到。文字可以引起革命。……全國都騷動了。《種子》（左拉的小說）能夠創造一個新社會，而你的宗教不能，結果我得到什麼報酬呢？——法郎嘛。整千上萬的法郎。」（左拉的《種子》銷了六萬多本）。梵谷的真誠與投身在人生社會的痛苦中與眾生共苦樂，左拉的急功近利與自私，兩人的人格是判若雲泥。塞尚揭穿左拉的欺騙與偽善：「他現在的生活就像他媽的布爾喬亞。地板上鋪的是豪華的地氈，壁爐架上供的是瓶花，幾個傭人服侍著，還有雕金鏤玉的書桌，給他寫他的傑作。呸！」

梵谷是真正的人道主義者，他與郵差、礦工、妓女等卑微貧苦的人毫無間隔，他們是共同忍受著世間痛苦的兄弟。梵谷家族是大畫商，但他選擇深入人間痛苦的人生道路，是他自己的抉擇。而自貧苦出身的左拉，已成為布爾喬亞。史東在這裡表露他對左拉的輕蔑和諷刺。

從藝術的成就上來說，梵谷不是附麗於藝術發展史上的一位大畫家，因為他的創造成績的特異和突兀，他的技法完全獨立於當代風騷的時宜之外，即使他後來在乃弟的引導之下，接受了印象派畫風的洗禮，他在後期印象主義的畫家行列中，依然是那樣戛戛獨造，難以馴化。畫家梵谷之所以為梵谷，不是與生俱來的畫家天賦使他成為畫家梵谷，而是與生俱來的不屈不撓追求自我完成的獨立人格精神，使他做了畫家之後，憑他笨拙的雙手，竟然成為出類拔萃的畫家。他曾在傳道與繪畫兩者間猶疑抉擇，事實上，牧師與畫家兩種事業，在他都為了獻身人類靈魂救贖的工作。他的選擇，不曾為了傳道師的高潔尊貴或藝術家的嗜美酣樂，而是為了他熱愛眾生，願為蒼生承受痛苦的意志驅使他決心行此無償的奉獻。別人的享樂，梵谷只是犧牲。懷著「我不入地獄，誰入地獄」的悲壯，梵谷的行徑，在世俗看來，不只是「瘋子」，而且是傻瓜，但是在精神價值上，他確與基督在本質上是同一種人。作者史東確有這種提示：

與他相戀的那個可憐的老處女瑪歌對他說：「我母親對我說，你是個壞人。她聽人說，你在海牙跟壞女人住在一起。我對他們說，這是惡意中傷的謠言。」梵谷便把他與妓女克麗絲汀的事情說了一遍。瑪歌說：「你曉得，文生，你確實有點像耶穌。……你救她沒有成功，正如你救礦工們沒有成功一樣，並不是你的錯。一個人是無力抵抗整個文明的。」

只有犧牲或奉獻，梵谷才能求得他心靈的安寧。在他獻身於藝術之前，他不明白藝術是神聖的工作。他對喜愛繪畫的皮德森牧師說：「你花這麼多工夫（畫畫）不做正事，不會有時良心不安嗎？」皮德森大笑說：「你曉得魯本士的軼事嗎？當時他正任荷蘭駐西班牙大使，每天下午，常在御花園裡畫畫。有一天西班牙宮中有個瀟灑的侍臣走過，說道，『喲，外交家有時也畫幾張畫消遣呢。』魯本士答道，『錯了，藝術家有時為了消遣，也辦點外交！』」從事藝術需要投入整個生命，沒有什麼「業餘畫家」！梵谷決心做畫家之後，便把他的生命孤注一擲，至死無悔。他一生只賣過一幅畫，沒有榮譽，沒有名利，甚至多的是打擊、譏嘲、饑餓、落寞、困頓……。

梵谷的名字不為了在畫史上錦上添花（發明點描畫法的秀拉或注重分析結構的塞尚等畫家在藝術史上有極高的地位，但梵谷的意義遠不在增加一個新觀念與技巧的發明人），他的名字是一切苦難眾生的鼓舞與安慰，在悲劇中昭示人以勇氣與希望。《梵谷傳》不只是一位偉大畫家的傳記，而且是一部英雄的傳記。

讀這部傳記，感人至深的還有梵谷與弟弟西奧的手足之情。許多感人的事實讓人讀了禁不住潸然欲淚。他兄弟是不可分割的一個整體，有如盲人與跛子合作才得逃生的故事那樣相依為命。這一對在「人生苦海」中同患難的兄弟，互相依賴，互相扶持，才卅多歲，在半年中先後離開塵世，「死時兩人也不分離」。西奧極溫柔，有如慈母般寬容、體諒、信任他的哥哥，他常親暱地叫他「老孩子」。對梵谷藝術的肯定與支持，畫家生時唯有弟弟一人，西奧的遠見與令人敬佩的堅篤的信念，豈是後世梵谷的崇仰與讚賞者所能相提並論？沒有西奧，人類將失去這樣一位偉大的赤子與他遺留給歷史、人間的藝術珍寶。

《梵谷傳》的作者與此書的寫作過程，在譯者序中有清楚的交代。這一部中譯本，出自詩人、散文家、學者的余光中先生的手筆，分外珍貴。二十二年後的今天，光中先生再以一年的時間將舊譯從頭修潤。修改的地方，全書達一萬處之譜。工程之大，用力之勤，可以想見。今年春天我回國以後，正是新譯本《梵谷傳》即將由大地出版社出版之時，因為協助照顧校稿與插圖，比較知道一本精工「出爐」的書成書前的艱苦。光中先生與出版社常常為了某一處排印上的修正，函電往來，不惜「工本」，精益求精。這樣負責、盡心的態度，令人欽敬。《梵谷傳》是為提高國內書的水準作了示範。本書譯筆之美，造句之用心，尤其是對話之貼切自然，一與以前其他譯本對照，優劣互見，都不必在此多說。光中先生在百忙中不肯讓二十餘年前的「少譯」原樣再版，他的勤奮認真，使我們有了一本新生的中譯《梵谷傳》；他不論一字一句都不肯苟且的嚴肅態度，使這部傳記小說在今日坊間斑駁陸離的書海中，更讓人興起無限的敬意。

（一九七八年八月廿三日去國飛北美前夕於台北）

安德魯．懷斯

——一位現代隱士的啟示

楔子

人類藝術的傳統，表現了人有一個希冀，就是在短暫的生命中尋求某些永恆的東西。生命一縱即逝，而藝術可以彌補時空的無情隔阻之遺憾。心靈的呼聲藉著它可以邀得遠方以及百代之後的人們的共鳴。這個希冀，雖然促成人類藝術有史以來光輝燦爛的成就，但在本質上，可說是個體生命之感傷的表現。也因此故，深刻的文藝之本質多為悲劇性的。

然而，自從尼采宣布上帝已死，天國的永恆只是絕望的謊言；而現代世界隨著物質的擴張，精神之萎靡，表現在對人類精神永恆的徹底懷疑。但是永恆本是一個「精神價值」，一種信念，它是不能以科學的度量來檢定的，一旦精神價值遭到懷疑與否定，而由功利主義來代替之，便引發了美德的動搖，至善卻亦是至愚。積善若為了求取現實等量的酬報，實則表示喪失了對精神價值的信仰。因為美德的建立若寄望於因果律則的報答，時常會因它只是一紙空頭支票而灰心失望。另一方面，知識之發達，造成科技時代的來臨，時至今日，人類已漸漸為危機時代的黑影所籠罩，真是否能得善，人們亦已失去信心。二次大戰之後，更證明了人類長期的努力，並不能保證人間的圓滿與生命的安適。自從達達主義異軍突起之後，藝術的傳統理念已被毀棄，轉而尋求一條反叛文明的途徑，以宣洩其對人間現世的憤懣與譏嘲。從文化史的眼光來看，現代藝術是一種自暴自棄，由對永恆的追求轉為一時的發洩。人既生活在無目的，無永恆價值的宇宙中，當如狂獸奔突、嘶喊。精神的衰退，表現在物質與肉體的重視上。愛情的內容只剩下肉慾，藝術也成為視官的刺戟與物質材料的玩弄。希臘時代精神與肉體的和諧之理想在現代已蕩然無存。

自然，我們不否認現代新藝術建立了一個新的視覺世界，改變了人類對美術的古老觀念，增加了無限新的可能性，在美術史自身的進程上說不無貢獻；但是當藝術成為標榜視覺新觀念的奢侈品，一如流行的時裝，便不自覺地墜入虛無主義的境地，從為藝術而藝術降至為形式而藝術的淺鄙格局中，無論如何是可悲的。

藝術，不管用什麼樣式來表現，它都應該是人類精神的宣示。人類精神中有許多還是永久存在的，不可磨滅的，這正是在生命的局限中人類聊以自慰之處。生命之孤獨與艱困，在藝術中由心靈的聯絡而使我們突破了自我狹窄的樊籠，鼓舞我們生命的意志與力量，獲得無限的溫慰，一如在可怖的黑夜中向友伴呼喚：「你在嗎？」有聲音回答說：「在，在你身邊；天快亮了」，那是人類在藝術中所尋求的寄託。

安德魯．懷斯及他的繪畫向我們展示了獨特的天地，對現代的人生與藝術是一帖清涼劑，他的啟示將引發我們深刻的反省，並激起我們創造新時代的藝術的熱忱。

1從小羅賓漢到畫壇大師

公元一九一七年，美國賓夕凡尼亞州的查茲福（Chadds Ford, Pennsylvania）——一個只有一百四十人口的小鎮——一幢有兩百年歷史的石屋、插圖畫家紐威爾・康佛士・懷斯（Newell Converse Wyeth）的家中誕生了最小的兒子安德魯・懷斯（Andrew Wyeth）。小安迪（安德魯懷斯的暱稱）的家世、他本身的氣質與他童年的生活，都注定了他未來將成為一位出色的大畫家。

遠在一九〇三年，他的父親N・C・懷斯由麻州（Massachusetts）到德拉瓦州的威明頓（Wilmington, Del.）著名插圖畫家何威德・皮爾（Howard Pyle）門下學畫。皮爾常帶他的得意門生由威明頓到十二里外的茲士福旅行，在舊磨坊附近沿著布朗第墳（Brandywine）河岸作畫。三年裡，N・C・懷斯成了家，在賓州的山岡上紮下了根。N・C・懷斯的藝術風格為他的藝術家族立下了典範。因著他威爾斯（Welsh）祖先對室外的熱愛，N・C・懷斯最喜歡描繪在勞作中的粗人。每個人都曉得，他是兒童讀物羅賓漢（Robin Hood，英國傳說故事中一個著名的俠盜，他盤踞在森林裡，專門刺殺貪官污吏，抑強扶弱，為民除害。）故事最佳的插圖者。

老懷斯時常高聲朗誦莎士比亞的詩，並鼓勵他的小孩們在房子裡佈置玩具劇院。安迪是老么，而且自小健康較差，所以享受到特殊的自由發展的優待。當他進小學一年級的時候，才讀了兩週，查茲福的學校生活使他感到神經緊張，老懷斯很體貼地帶他回家，為他請了家庭教師。一直到十六歲，他完全在家庭與鄉野間長大，他很富於想像力，像童話中的彼得・潘（Peter Pan）一樣，是幻想的俘虜。N・C・懷斯引導他的孩子們在遊戲中培養他們的創造才能，為他們設立一個「城堡」，收集許多玩具。這個「城堡」現在仍在安迪的畫室裡。如今回憶兒時的事，他說：「我總是喜歡縮小了的東西，也許這就是我走向Tempera（這種畫法下文有詳細介紹）的細密技巧的原因」。

九歲，他練習水彩，畫了一本水彩畫冊，和他的遊戲一樣，他總是喜歡表現抑強扶弱的故事。老懷斯在兒童讀物的插圖中那些英雄好漢的形象都成為他嚮往與效法的角色。他自己相信他就是羅賓漢，在森林裡他和小伙伴們玩劫富濟貧的遊戲，甚或同他的伙伴一同去突襲雜貨店老闆的兒子，把「戰利品」帶到森林裡共享。

安迪自幼因患肺疾，故無法享受一般少年男孩的學校生活。他的教育，一方面是家庭教師的教導；在藝術方面，他的父親負擔了培養一位天才的責任。十六歲以前，他除了生病和作畫之外，因為別的小孩都上學去了，他就在他所鍾愛的鄉野孤獨的漫步，足跡遍及家鄉的任何地方，培養了他對自然深入的觀察與體驗以及對故鄉的深刻感情。而他父親的嚴格訓練與啟發式的教育，使他繼承了藝術家風。他沒有受過學院式的訓練，但在學院的圍牆之外，他有更自由而寬廣的天地，他的造詣令人歎服。一九五五年哈佛大學校長南桑・甫西（Nathan Pusey）在頒給懷斯美術榮譽博士學位（Honorary doctor of fine arts degree）的盛典前夕的晚宴中問他上過那一所大學，他回答說：「我沒上過大學，甚至從來沒上過學校。」懷斯曉得這個回答很可能使一位正規學院的領袖嚇呆的，但他很平靜地如此作答。後來懷斯回憶當時的情景，他說「當時校長幾乎要昏倒了」。

一九三六年，懷斯十九歲，費城（Philadelphia）畫家霍特（Earl Horter）和阿布（Yarnall Abbott）為他在費城的藝術同盟會舉行首次個展，羅勃・麥克貝思（Robert Macbeth）於翌年十月為他在紐約舉行第一次水彩個展，自此之後，他有一連串大展，均轟動美國畫壇，參觀他的展覽的觀眾人數打破紀錄，成為美國畫壇最傑出的大師。他的畫成為今天美國畫壇售價最高、也是繼畢卡索之後舉世畫價最高的一人，如今每件大作品約十萬美元，而在一九三七年只賣到十七塊錢。（見《*Time*》一九六三年十二月廿七日及《*Newsweek*》一九七〇年八月號報導）。

一九六二年夏，甘迺迪總統選擇懷斯作為自由勳章（Medal of Freedom）——美國人民的最高榮譽的象徵——的獲得者。翌年，由詹森總統頒發給他，並且說：「他置身說明、證明生命真理的偉大人道主義傳統中」。

2 查茲福的隱士

懷斯今年五十四歲，他一直生活在美國東海岸的兩個隱居地：查茲福是懷斯的出生地，在那兒他和他妻子貝絲（Betsy）十分簡樸地過活；另一個是緬因州的庫新（Cushing, Maine），他在那兒度過每一個長夏。

新英格蘭的風光、生活和它的傳統蘊孕著懷斯的想像力，並促成他成為一個有濃厚鄉土感情的大畫家。自十九世紀以來，新英格蘭的畫家輩出，如：Fitz Hugh Lane, Winslow Homer, Childe Hassam, Maurice Prendergast, Marsden Hartley, John Marin 等。懷斯的名字加入這張名單，更增加了它的光采。

距離懷斯出生一百年前，新英格蘭出現了大文豪梭羅（Henry David Thoreau, 1817-1862），他與哲學家愛默生（Ralph Waldo Emerson, 1803-1882）同是新英格蘭十九世紀初期自由主義運動的先鋒。梭羅曾以二年餘的光陰在華爾騰湖（Walden Pond）畔隱居，以他對自然的景慕與尋求離群索居的獨立生活的實際體驗，寫下了《湖濱散記》這一部名著。他在華爾騰湖畔以草木為侶，禽獸為鄰，但廿六個月後便結束他短暫的隱士生活，他終究是一位社會政治的熱心家。而懷斯真正是一位隱士。他的伴侶除了故鄉的山野草木，還有鄉人鄰居，他是一位靜默的鄉土眷戀者，一位忠實的本土子弟。他懷著安寧的心滿足於他家鄉的生活，在他熟悉的土地上，他是個永不疲倦、意氣昂揚的漫遊者。他興奮於破雲射出的陽光，蓊翳的林木，如茵的碧草；他熱愛他的鄉土中的一切人和他們的居屋，他們勞作的工具。這一切與他的生命放在一起的，都值得他長久凝視，而引起他的歡愉、感動、驚震與酷愛。古老的石屋、農具、一個蜂巢、一叢乾草、一隻死了的鹿、沉默的老人、婦孺與殘弱的鄰人，甚至對於砂石、小貝殼……凡造物者所創造的，在他的生活中出現的，他都懷著無比的虔敬、尊重的心情與無比的關愛。在他的畫中，他把這份心情表現了出來。

故鄉之外的世界，他不喜歡去作旅行。他說：「如果我正在試著做的有任何價值，那是因為我有意要表達我所居住的鄉土的本質。我並不是指歷史性的本質，而是一些事物的特性，就像這些牆面在冬天的色彩。身為一名畫家，這一切對我都有強烈的影響力。不必看塞尚（Cezanne，法國後期印象派大畫家），不必到巴黎，只不過實實在在的出生在這兒，在這山岡裡度過我的生活。我在童年剛好不太健康，所以我在田野遊蕩，認識了這兒的鄰居和農夫，和他們打成一片。我自己覺得，關於我的作品重要的一面是一種鄉土的有機物的特質……要能找到一些東西以象徵方式表達出來，而不只是彩虹餘暉或風暴將來時的美麗鄉村景色，那都不特別引起我的興趣。我所要實現的是那象徵表現。」所謂「鄉土的有機物的特質」，意即與他血肉相連的鄉土事物內在精神的特質。他以其過人的敏銳觀察力與深沉的想像力去捕捉它、發掘它，鄉土雖然只是一個狹窄的地域，但是既與他生命有緣，他覺得如果細心去體察，它蘊藏了無盡意義。當《紐約客》（*The New Yorker*）的主筆司徒敦納德（Donald Stewart）訪問他：「你是不是覺得在紐約市作畫是極困難的？」懷斯回答他：「是的，非常困難。此事難以解釋，或許是我的難題——也許是命運吧！有人問我為什麼不到意大利去，在那兒的石牆有賓州的兩倍之好。但對我而言並非如此。我曉得在蘭卡斯特郡（Lancaster County）有更感人的鄉野，但對我並沒任何意義。我看到它，我會說它是美麗的。但也只有如此而已了。這可能是我的大缺陷，但我希望這是一種美德（優點），究竟如何，我不曉得，我亦不會曉得。」懷鄉的濃厚情緒使他的思想不是向世界的橫的空間伸延，而是向縱深去探索。他不嚮往孤立的現象所呈現的美，而感動於與他的生命發生有機關連的事物與人物在他的生命歷程中深邃神祕的意蘊。

一個隱士的性格是獨善其身，這種個人主義的傾向，在懷斯身上是很明顯的，但是偉大的人道主義精神與民胞物與的心胸，使他像所有的傑出人物一樣，他在創立他自己的業績，同時對人類有不平凡的貢獻。他不是尋求個人快樂的自私者，他個人的創造成為一種奉獻，而且因為他的人格的感召提昇了我們的素質；在他的作品中拾回我們漸漸失去的人生價值，以及我們童年的純真與對大自然的悅愛──一切心靈歡愉安慰與健康活潑的源頭。同時亦使我們更加熱愛生命，忍受孤苦與困頓，敞開我們的胸懷，對生命的賜予者懷著深切的感激；對於苦難者發出誠摯的同情。

3 懷斯的世界

懷斯的繪畫世界有一個深遠的精神源頭，那必須追溯到十九世紀初期推動新英格蘭的文藝復興之自由主義運動，以及在文學與哲學思想上，由康德之先驗哲學蛻化為以愛默生為代表之超越論（Transcendentalism）。

愛默生是詩人，也是思想家、哲學家，他的思想成為美國自由傳統的一部分，且亦對世界發生巨大影響，為健康的個人主義建立了哲學上的論點。超越論反對獨斷主義與純理主義，傾向以精神為唯一實在之唯心論，斥經驗而重直覺，以為智慧不在感覺而在於心；真正的智識乃是超越感覺的，是源於心靈的直覺。超越論亦稱先驗主義。愛默生反正統，反教條，提倡獨立思想的精神，到了一八三七年在麻省發表的演說「美國哲人」成為美國在政治上脫離英國、在文化上擺脫歐洲的模仿，為美國文化獨立的宣言。但他並不是一位單純的急進派，他重視過去，吸收文化遺產，不只歐洲的，且遠及希臘、印度的。無怪乎耶魯大學教授譽其為美國思想界的以賽亞。在文學上，梭羅、惠特曼（Walt Whitman）和佛洛斯特（Robert Frost）的詩文，都可以看到愛默生哲學在文學上的影響，在文學思想上，他們都是愛默生的同志。而安德魯·懷斯在新英格蘭這個傳統中，他以繪畫來發揚這個優越傳統的精神，那就是一種自由不羈的，不屬於集團而是個人獨立思考的方式。但他們有某些共同的信念：人與世界之間形成了一種完美的和諧，我們可以從自然與人類經驗的每一個事實中尋出顯明的證據來證明它。當人類的心靈作直覺的探求時，應當摒棄過去的陳舊的思想，人類唯一的責任是對自己忠實；一個人所有的內容絕不會使他陷入孤立，將會領他進入一個偉大的、有一共同真理的活動領域。佛洛斯特說：「不管人們工作在一起與否，他們是工作在一起的」。愛默生說：「他越是潛入他的秘密的預感中，越會使他驚奇地發現這最使人滿意、最普遍、最真實。人們從它當中得到了喜悅；每個人都會覺得這是我的音樂，這是我自己」。此外，自然成為他所最熱愛的，也成為他們靈感的源泉。他們不約而同地宣示著偉大自然的福音，這是十八世紀盧騷自然主義的發揮。在自然中，睿智者將領悟到自然永遠是人類淨化心靈的源頭活水，人可覓回他真實的自我，正如愛默生所說：「人們走近森林時，習俗的包袱便立刻從背上滑落。」這個傳統還有一個特色，便是他們提倡一個屬於大眾普遍瞭解的而非為少數人狎玩的民主精神。他們代表了美國的心聲。

懷斯只是偶爾接觸愛默生的名著，但深深薰染於上一世紀的大文豪與一度作為隱士的梭羅及愛默生的追隨者狄金遜（Emily Dickinson）的詩，以及他對佛洛斯特的惺惺相惜與欽慕。但我們可以在懷斯的畫上發現它們表現著愛默生以來這個優越傳統的某些哲理。如所謂「結合」與「分離」（attachment and detachment）的學說。愛默生曾說：「藝術的真價，就在他能把一件東西從混沌繁雜的種類中分離出來。除非一件東西能邁出那混沌的群體，便不會有愉快之享受，不會有熟思，不會有思想。……某些心靈有一種習慣，就是把整個心靈交付給他們所發現的一個思想或一個字上，在那短期間，他們把思想和這個字當做宇宙的代表者。這些人就是藝術家……這種分離的能力，由分離而予以擴大的能力，便是修辭的基本要素，在畫家與雕刻家方面，這種修辭，或將暫時之崇高集中於一件物體的能力，（拜倫與卡萊爾都具有這種能力），則表現於顏色中，表現在石頭上。這種能力實源於藝術家對其靜觀之物體所具有之洞悉力。因為每一件物體都生根於一個中心的自然，當然，在我們看來，它所表現的就代表著這個世界……從這一連串的卓越物體中，我們知道了世界的廣袤無涯，知道了人生的豐饒，人性可以從任何方向流入無窮中。愛氏這一段話，很奇妙的解釋了懷斯藝術的真諦。也可以說，懷斯已領悟了愛氏藝術哲學的精髓。

懷斯時常置對象於一片單調平板的背景中，使主題從混沌繁雜的種類中分離出來。在他的畫中，人物都是單獨的；如果以物體來作主題，亦是單獨出現的。他不畫「群像」或龐雜的景色。

「分離」之外，「結合」也是同樣重要的。超越論基本上是一元論的，相信物質與精神的一體性。愛氏曾說：「每一項自然界事物都是某些精神事實的象徵」，「脫離上帝生活的事物變得醜陋，詩人們將事物與自然及整個宇宙重新結合——甚至結合人工的事物與違反自然的事物。」

有一幅題作《浣熊》（*Racoon*）的畫，其實是畫三隻獵過浣熊的狗。三隻狗表露出三個不同的精神世界：一隻扯緊狗鏈；一隻居中休憩；一隻沉浸在冥想中。這亦是一種分離。用它來強化性格，突出主題。

《室內的鸚鵡螺》（*Chambered Nautilus*）描寫一個療養中的少女坐在床上。她由一扇開著的窗子向外望，在床角櫃子上，躺著一只貝殼。這張床就是她的世界，由另一扇畫面上看不見的窗子吹來的風吹動床上的帳幔，帶來外面世界的壓力。海螺在陰暗的室內，少女在病床中，這雙關的意義，流露了畫家對弱者的同情。這個貝殼的象徵意義，就是畫家抽象表現的所寄（懷斯的畫題多半取含有抽象意義的）。

幾乎可說是他的代表作的一幅是《克麗絲汀娜的世界》（*Christina's World*）。這幅傑作的創作經過是這樣：有一天，懷斯正在閣樓作畫，不意間由窗口看到克麗絲汀娜（一位患小兒痲痺症的女子）爬過田野，「我凝望著她，她那粉紅色神異的身影看起來好像新英格蘭海灘上乾癟了的龍蝦，當我回到原來的工作時，我所看到的都一直縈繞心中，為此，當晚我作了簡單的鉛筆素描。」「我覺得那個身影的孤獨感——或許就是我們做小孩時所感到的那種孤獨，這不但是她的經驗，亦是我的經驗。」（括號所引係懷斯自述）。分離的原則在此畫中幫助作者把主題托出。

分離即在繁雜中剔去蕪雜，塑造有代表性的典型。克麗絲汀娜這個典型抒寫了作者對生命中的顛躓與缺陷所引起的憐恤的普遍感情。她的世界是孤寂的，充滿無可挽救的悲涼。她是被遺忘的，正如人們忘了兒時的孤獨感一樣。畫家不畫她痛苦的面部表情而畫她背對著我們，她不需求憐憫，她安詳、忍耐又倔強。使觀者付出同情與對她的尊重。

《海風》（*Wind from the Sea*）一畫是由室內的大窗望出去：大片草地、遠樹以及海的一小角。人為的世界（房子裡）與自然的世界兩者，用為海風吹動著的窗簾結合起來，表現了對自由的自然世界的憧憬。另一幅《河灣》（*River Cove*）是畫著小河曲處小洲上散落著貝殼，水像鏡般平靜，濃密的樹木倒影映在河中，沒有畫出天空。這樣靜定的氣氛，時間好像凝固在這個空間裡，但是沙洲上有數個蒼鷹的爪印，暗示了已逝去的時間及曾有過的活動。空間與時間的多層深度在畫面上的結合，成為一個優越的整體。

懷斯的創作是生活裡自然的收成，他從不作虛構的作品。他的畫好像他用繪畫表現出來的「日記」或「自傳」。靈感在他是意外的捕獲，他從不刻意安排或製造。但是，人們推崇他關於氣氛（mood）的創造，覺得他的作品有憂鬱、恐怖和寂寞的氣氛，而且是嚴肅的。他說：「我相信人們之所以認為我的作品是哀傷的，是因為他們害怕獨居以及靜默，我則喜歡抒發本性。」他並非刻意製造。他的畫表現他的藝術觀與人生觀有血肉的關連。一九六一年冬天，他沉醉在一幅叫《佃農》（*Tenant Farmer*）的創作中，因而謝絕了華府邀請他參加甘迺迪總統的就職大典；他為此畫所作的素描數以百計，這種嚴肅與辛勤只有在古典大師中才能找到例子，亦正是近世畫家所缺少的態度。

在技法的浮面觀察上，許多人因它極度寫實，近乎照相而引起許多誤解與非議。有人問他：「你是否用照片來做標準幫助你作畫？」懷斯回答說：「我的畫和照片毫無關係；我根本看不起照相機，我不能用它。」作為懷斯的畫的觀眾，是藝術世界中沉默的大多數，他們喜愛它，但是很遺憾地，他們時常帶著誤解，因為形式的易懂，使他們不能發現較深沉的內涵。懷斯時常表示，他不是一個寫實主義者，他所追求的是一種抽象的本質，不在寫實的形象自身，他只是用物體來賦予想像，把它們作為表達表層以下內在意義的工具。紐約惠特尼博物館（New York's Whitney Museum）的勞依德．葛瑞慈（Lloyd Goodrich）有一次坦率地說：「人們敬慕懷斯，但是為了錯誤的理由。」而施瑞德（Fred H. Schroeder）在《美國季刊》一九六五年秋季號中寫道：「任何人都能看得懂懷斯的畫，但極少人能夠真正評斷它們。」

懷斯自認為一個抽象觀念表現者（abstractionist），他不在模擬自然，而在發掘自然背後的意義與真實。他相信構成世界事物的神奇只有藉最辛勞及熱心的研究才能攫獲。他細心纖妙地刻劃物象，只是作他抽象觀念的象徵手段，而非其目的。只見手段不見目的，無怪乎人們所歌頌他的只及於皮相的寫實工夫而已。所以，與其稱懷斯為寫實主義大師，不如稱為象徵主義大師。但是任何現成的名稱對他來說都不盡適合，懷斯就是懷斯，他是一位神祕畫家。他沒有去過任何家鄉以外的地方；從不參加藝術家的集會；從不旅行；從沒上過學；沒去過歐洲……所有這些否定的條件造成他的鄉土氣質卻是肯定的，他稱這個特質為美國式的特質，它使他保持著「美國可以卓然獨立」的信仰，也藉此來保持他的風格。

人在大地上擁有大地，但生命短促，上帝給他擁有大地的時間是如此不夠，他不願做一個世界的走馬看花者，而甘願做一個深入的觀察者，自然所顯示的真理在每寸土地上是等量的豐富，所以他相信詩人威廉．布萊克的詩：「一砂一世界，一花一天堂；掌中藏無限，剎那即永恆」所蘊涵的真理。他不只描繪一地風光而已，他在表現那具有普遍性的無恨與永恆。這就是他的「抽象觀念」的解釋。

懷斯受的是學徒式的教育，他從小的訓練是心手並重的，甚至對工具材料製法的熟習，都使他有驚人的精確、篤實與游刃有餘。十九世紀以來，現成的藝術製作材料發達之後，藝術家再無須具備這些材料的知識。對於手的訓練，也無學徒制時代之重視。懷斯在技巧上卓越之點就是靈敏的「自由」與精確的「控制」之間的統一與結合。曾經經過嚴酷的約束後所獲得的隨心所欲的自由，使他的技巧達到人類繪畫史描繪技術的顛峰。處此境地技巧已變成潛意識而心靈得有完全集中在內涵精神的表達上的餘裕。他使用 Masonite 畫板（一種硬質纖維板），用繪圖用石膏粉和膠漆過四五回，然後用砂磨擦。這是十四世紀文藝復興期佛羅倫斯畫家也用過的一種畫板。他亦使用十四世紀的顏料。由地裡掘出的陳舊的土及礦物加以磨製後與蛋黃混合，用水稀釋，這就是他的 Tempera 顏料。他完全自己研製，摒棄時下的化學顏料，直接取材於自然。有些是由他姐夫在新墨西哥牧場帶來的，有的來自印度與西班牙。這種顏料塗在畫板上，要六個月才乾透，故凝固力特強。他說喜歡它的力量感與強大固著力。同時，它需要極大的耐心來加重事物的份量，不像水形那樣單薄，也不會像油畫會發亮，它有一種乾燥的特質，適於表現土地、乾草及一切沉重厚實的物體，它可以作最精密的描寫，它能充分表現出光線與空氣，這都是造成懷斯世界中豐富的詩意的因素之一。

其次他亦使用水彩。為達到把水彩成為油畫與素描的結合，他選擇了乾筆水彩畫法（drybrush water color）。他在這種水彩畫法中有時加上任意的、靈活的技法，如用砂紙磨擦、用手壓在未乾的色上來表現透明感等。他使用極優良的水彩畫筆，既能畫出大幅的面，也可以畫出像鴉管筆（crow-quill pen）一樣細膩的線。

懷斯的 Tempera 畫法是由他的姐夫彼得．赫德（Peter Hurd）處學到的。彼得曾隨老懷斯學畫，後來成為他的女婿。懷斯的 Tempera 畫法進行極慢，有時一張畫花了整整一年。它不像水彩那樣易於攜帶外出寫生，適於室內作畫。緩慢、耐心、細密的技巧，正是懷斯所擅長的。他說：「我喜歡在我畫室裡有一幅畫正在慢慢進行，我可以細細的咀嚼它，並且感到我能漸漸接近那本質。」這種宛如古典大師的作風，亦是現代許多狂熱浮躁而粗枝大葉的畫家所不敢正視的。

4 翱翔在狂瀾上的鷹

美國文化移植自歐洲，匯合了十分駁雜的種族人群，這些異鄉人胼手胝足在新大陸二百年來的建設，而有今日光輝的成就。在藝術方面，廿世紀四〇年代以前，美國仍脫離不了歐洲傳統的影響與模仿，但一九四〇年前後，抽象表現主義的創生，宣告了現代的美國獨立繪畫的序幕已經揭啟，結束了以往不是對西歐現代繪畫的模仿就是以十九世紀寫實主義為出發點的鄉土畫派兩者對壘的局面。但是，抽象表現派除了作為美國式現代繪畫的發軔點的意義之外，美國文化與社會的個人自由傳統決定了它並不能成為一個持久的權威來統治美國爾後的畫壇；另一方面，由於美國工業文明的發達所激起物質環境日新月異的進化，也刺激了美國繪畫在國族的色彩上絕無不可搖的固定模式與定於一尊的風格。歷史短暫的文化有最大的活力，而因為沒有真正屬於自己的「傳統家風」可循，故在精神風格的建設上，隨著環境與人才的不斷變換更新，它無法確立一個具體而深沉的、持久的精神與形式上的特色。崇尚新奇，不斷保持急遽的演變，有如滾動中的石頭無法生長苔蘚，或如急流中難以立基柱，故企圖以三言兩語來描述美國現代繪畫的風貌與特色是十分難以做到的。由抽象表現主義到抽除個性、否定內容的普普、歐普藝術的發生以及硬邊藝術、機動藝術的出現，都無法尋求像以往美術史中那條思潮發展的內在一貫的線索來作為瞭解的途徑。也無法說出到底那一畫派能作為美國現代繪畫的代表，因為也許更新奇的畫派就在這一個鐘頭內崛起以推翻已成為舊的。如此匆促的生生滅滅的遞嬗，美國繪畫無法得到往深刻與提高去鍾鍊的時間上的餘裕。便如同汽車與時裝一樣只是視覺花樣的翻新。作為表現人類心靈深度的感受的藝術，一旦以商品的競賽方式來推展，無可狡辯的，它必然走上膚淺、盲目、庸俗的形式主義的歧途。儘管這些新藝術拓展了視覺的世界，豐富了視官的經驗，或對環境設計、建築與實用美術有了不起的貢獻，但立足於人的靈性的深度來看，如此的繪畫已喪失了它的崇高與深刻的品性。工業文明的美學觀以及重實利與非人性的擴張，藉著美國經濟力的雄厚與大眾傳播工具的發達的威力，是否真能摧毀人類自古以來所確信的精神價值在藝術上的判斷準則？只要我們冷靜思索，我們的回答將是否定的。我們認為這只是一個危機時代中懷疑狂亂的過程。物質生活的富麗與心靈的貧乏、空虛與栖惶，尋求平衡的需求將成為當代人類努力的標的。現代美國的繪畫不管有意無意的都反映了價值墜失與虛無主義的色彩，一如嬉皮之成為文明之瘤。藝術不能以市場行情的漲落來判斷其所謂「主流」的趨向，它必須有堅定的、永恆的理想作為它的砥柱，才能在狂流猛浪中屹立。那些把藝術的創造性歪曲為形式上尋求新奇怪異的作風，實質上是把藝術降為官能的玩具。

但是，人類即使在最困頓的境地中，憑著他反省的自覺，時常能拯救自己。儘管美國現代繪畫之狂瀾洶湧，其勢未已，懷斯的執著之堅毅，他所貢獻的除了他在藝術上的成就之外，更重要的是啟示我們對人性中的崇高精神本質的篤信不致絕望。他堅定的按照他的天秉與他對人類與自然的信念從事他寂寞的奮鬥。這一份堅毅已足稱偉大。

懷斯一方面在愛默生以來的文學和思想的傳統中受薰陶，一方面在他父親的教導之下接受前代畫家的經驗，在古典大師中德國的杜勒（Dürer）與荷蘭的林布蘭（Rembrandt）對他啟發最大。懷斯寫實的技巧雖然來自歐洲的傳統，但他有他獨特的結構與色調，尤其在構思方面，他的獨創性是無可否認的。但若站在潮流的觀念，他的形式自然是陳舊的。故他引起許多批評。紐約畫派畫家中有一位對他說：「我非常欣賞你的作品，在某一種距離裡我很喜歡它，可是我一走近，我總是很失望的看到上面有物體（objects）」如果繪畫追求自由形式是一種需要，那麼，「一定必須排除物體」這個觀念未免也是一種保守的束縛，況且寫實的手法不一定就是寫實主義，試看超現實主義大師達利（Dali）亦採用許多嚴酷的寫實技法，可見寫實本身並沒有固定的效果，全看畫家如何安排。懷斯認為自然的豐富是無限的。而抽象形式色彩的塗抹容易陷入一種陳腔濫調，反而成為墨守主義。他說：「一旦你遠離自然，墨守主義就會得勢。」對事物的深刻觀察，並非視覺上機械的複現，而是有著一種個人新經驗的捕獲的欣喜與不可言喻的神祕，這是藝術創造的泉源。情緒與觀察分離之後才有自由表現，還是抽象派的理論，但能引發共鳴的感情如果沒有形象的依託，想像力便沒有引火點。懷斯有時被視為一位過時的人物，我們很難知道到底是他過時或是這個時代過於偏狂。但不論如何，一個藝術家不必迎合集團思潮，即使有一個新思潮是很好的，它也不一定完全合於某個個人。我們看到創造潮流者後面有太多是盲目附驥者，那才叫「自我的喪失」。潮流絕非藝術第一要義，個人的「真實創造」才是。

懷斯的世界中，雖然其悲劇性主題是很古老的主題，但是每個人有可能再發掘人生與人性的各方面。比如愛情是人類寫不完的題材。而懷斯的世界有現代感，他寫出他的時代中的一角景象。為現代機械的巨獸所遺忘的古老小鎮的風光以及一群被遺忘的平凡、篤實的人。他對古老、殘破、孱弱、不幸、孤獨、寂寞……這一切在他是懷著尊敬與憐恤。他似乎指出人類的發展如果遠離自然與人類的精神價值，人的靈魂就會枯萎，生命將失去意義。懷斯的藝術表現了屬於艱難藝術（difficult art）的潛能，他的風景畫是一個悲劇舞臺，人物則是這個舞臺上的悲劇角色，也可說是畫中的支柱（props）。懷斯覺得他過去的畫太強調主題，也即太仰賴支持物。懷斯漸漸把這些支柱捨去，將他的畫更趨向抽象意義的表現力。如同現代文學或戲劇，不依靠情節的曲折與角色的大量對話，而著重心理環境的描寫一樣，更簡潔的格式包容更多更深沉的內在。

有人問及他對當代畫家的看法，他說：「我很喜歡抽象表現派的活潑，那是我與他們不同之處。其實，我並不計較一幅畫在造型上是表現的還是純抽象的，那沒多大關係，反正它不是好的就是壞的。」「我很喜歡布拉克（Braque）的作品，我覺得他有漂亮的色彩——奇妙的綠色——他有一種新鮮的氣息。我喜歡畢卡索（Picasso），尤其是他早期的作品。此外，法蘭茲．克萊因（Franz Kline），我喜歡他黑色裡的昂奮；而傑克遜．波洛克（Jackson Pollock）有一種出色的彩氈的效果，他色彩的繽紛每使我想起我看過的那些漂亮織毯。一幅好的波洛克作品，它的美是相當保守的，我覺得和過去有某些淵源。」「抽象畫有些是好的——那些有質量的。」

談到他為什麼沒有採取流行的畫派的風格，他說：「我覺得抽象畫在某一觀點上是不錯的，但等到我把它們大概看了個夠後，發現它們令人厭倦。為什麼我們不能有更多東西？難道我們不能看著一樣東西，得到抽象的興奮，同時也得到些別的麼？我很喜歡傑楚德．史坦（Gertrude Stein）在紙面上的樣子，但他僅限於此，多半我無法由它再得什麼；不管是個什麼樣子的作家，噢，托爾斯泰（Tolstoy）他的《戰爭與和平》所呈現的一幅絢爛彩氈不僅令人興奮還有內涵的深義。我覺得繪畫必須蘊涵更多東西。……五〇年代的今天抽象畫是佔優勢的，但實在說，我無法想像今後四百年人們瞻仰這些抽象畫時會鞠躬致敬。」

抽象畫派以及其他注重新奇的畫派有一個共同點，即太重視用以作畫的物質及使用方法。把媒材與技術提高到排斥甚至取消意義、內容的地步，可以說是以婢作夫人。懷斯所堅持的乃是人文主義的價值觀念，技巧只能是表現觀念的佣人而已。他曾說他才是現代的，才是抽象表現的，他的意思即以為玩弄物質與技術是更保守、更原始的。人類繪畫史之歷程在技巧的進展上，不是把物質及使用法降到奴僕的地位，人的精神才有更大的自由，人方完成他的抽象觀念的最高表現的境界麼？無論如何，表現的材料與方法不能作為目的，只能是手段。現代藝術的理論，有一些實是玩弄概念，信口雌黃的詭辯術。

世界在沸騰，而安德魯．懷斯有如翱翔在狂瀾上的鷹。

5 餘論

對於一位藝術家的評價，有時碰到一個難題，那就是畫家與美術史的進程到底是應該密切結合呢，還是他可以獨立於此進程趨勢之外，仍然有其價值？就像對於懷斯，如果我們拿現代美國潮流中的繪畫觀念來品評他的成就，是否是一項正確公允的措施？我覺得美術史到底是人創造的，那些獨闢蹊徑的，一時的孤立，未嘗不能成為後來主流的開路者，故風潮一時的現象，實未足為最後評判的標準。況且有些是在技巧上有貢獻；有些在藝術思想上有貢獻。而後者有時不只於在藝術的範圍內，更可推廣到人文的其他方面。懷斯應是屬於後者。他的作品不只是一種審美或繪畫理論的提供，同時表現了藝術中的人文主義精神之再發揚。我們應從他的作品以及所反映的人格互相認同的重大意義上來認識懷斯，給他一個超越的地位。不應從狹義的新與舊；抽象與寫實；現代與古典等相對概念上來著眼。

懷斯在他的繪畫中還表現了他的民族主義的意識。他對鄉土及同胞的熱愛，他企圖表現美國的特質在藝術中，普遍必須通過特殊來表現。普遍的人性並非空洞概念的表示，而是通過活生生的特殊形象來表現與發揚。懷斯像齊白石一樣，他們都選擇與他生活最密切聯繫，有最深切感情的對象來表現。所謂「世界大一統的藝術」的提倡乃是無知的狂言。試看由機械製造的衣服與工藝品已漸漸為世人憎惡，人們開始到各地去尋購土產。藝術的品味一旦劃一，人類與機械也就相近了。

「藝術即道德」或者「藝術是道德表現的手段（或工具）」的論調都過於迂腐，也可說是對藝術的獨立性與更廣闊而崇高的價值認識不足（中國人一直說「藝術用來陶冶性情」，亦是對藝術沒有正確認識）。但是，藝術與道德並非就各無關聯或背道而馳。藝術是人類的文化行為，它本身便是道德的，而不必在藝術中存著傳道教化的內容。但如果藝術只是感官的刺激，對人類精神的提昇無助，可說是藝術自貶身價。

懷斯當然也有他的局限，在我看來，他的局限常常就是他的優秀特色的反面。他對逝去或即將逝去的舊日生活過於迷醉，對現代的逃避，使他如同隱士，但亦使他的思想過於保守；像他過於濃烈的鄉土感情一樣，他所熱愛的保守在一定的範圍中，心懷深邃而不夠敞開，不夠博大。自囿於對往日與故土偏執的熱愛，對整個世界與人類，多少有點隔膜。他精確的素描與繪畫技巧，承受了過多插圖的影響，每使他有太多束縛；而極寫實的手法，在表現個人的獨特感受上必定受到自然本相的約制，無法有更自由奔放的創造力。在「造型」上也因此喪失主觀的建構，只能運用構圖、畫面結構、題材選擇、色調控制等構思與技法，未免狹窄與單調。正如道格拉斯．達維斯（Douglas Davis）所說：「懷斯被他的目力觀察的精確所囿，一如佛洛斯特為他的節拍與韻腳（meter and rhyme）所囿一樣。」懷斯的畫常被視為寫實主義甚至被視為「像攝影般精確」而造成觀眾的誤解，不能不說是一項損失。

藝術題材固然必須是藝術最深刻感受的對象，但不必局限於生活中所接觸的事物上，直接經驗之外，間接經驗也一樣可以產生偉大的傑作的。這也是懷斯過分偏執之點。虛擬是創作藝術的重要方式，完美壯麗的藝術大都由此生出。虛擬是經驗的綜合與想像的高度發揮。小說與報告文學之區別是：前者為藝術的建構，後者只是紀錄與報導。懷斯的創作方式是被觸發的，不是虛構的，即是中國詩中所謂「興」的手法。他的畫是短小的即興詩，而不是長篇壯麗的史詩；是報告文學、傳記、特寫或抒情散文，而不是小說或戲劇。不過，對於一位感情纖密，技巧細膩的畫家，他的風格也許正適合他自己。

不論如何，懷斯的藝術是現代人類苦悶幻滅心靈中的安慰與鼓舞者，他不在開創一個單純的新視覺世界，而在於顯示並宣揚人類精神某些不可磨滅的可貴品質，啟示我們對未來寄予無窮希望。

附記：數年前便在中外雜誌看到懷斯的畫，感到十分受吸引與感動。近二年來國內報刊偶有兩三回介紹，但簡略之至，且有一些舛誤。我覺得懷斯的藝術對我們有非常可貴的啟示性，應該作詳盡的介紹，最好能加上我的看法。所以去年開始多方搜集有關懷斯的資料與複印品。曾託友人從美國購來懷斯畫冊共三本；而且陸續獲得相當多資料，這一切都蒙朋友賜助。懷斯的畫深得吾心，他可說是我心目中一個畫家的典範（雖然我對他有一些批評）。我在此不只對他作一個評介，而且對現代藝術作一番檢討；同時把我的藝術觀反映在這些文字夾縫裡。這件工作我認為很有意義，熬了幾個不眠的夜，終於寫出來。

本文的寫作，承蒙台北美國新聞處文化專員何慕文先生及夫人（Mr. & Mrs. Mervin E. Haworth）賜予提供寶貴資料、劉老師對我的疑難的解答、陳蓮涓小姐犧牲她許多休暇在英文資料的譯述上給我極大的幫助，這都是這篇文字能夠寫成的決定因素，在此一併表示衷心的感激。

（一九七一年九月四日黎明）

後記：這是我最早一篇用心的批評文字。雖然是評介一位畫家，實則我對藝術的基本觀念在這篇文字中有清楚的表達。

大眾藝術的真相

有許多人認為藝術品價格過高，大眾普遍買不起，只是少數有錢人的玩物，因而憤憤不平，覺得這簡直是一種罪惡。表面來看，似乎很有道理，當然更為信奉藝術社會主義者所支持，甚至用以指控藝術之遠離人民大眾。

這是一個不思不想的時代。許多似是而實非的流行觀念常常瀰漫一時。我知道這篇小文章不可能對這個問題能起澄清的功效，但因為關於「藝術品真贋問題」，我前幾天剛在《民生報》談過，我認為對贋畫的評價不可能有許多所謂「見仁見智」的不同「角度」。我不能不寫這篇文章的另一原因是我覺得「大眾」對藝術某些問題不可能都有清晰的瞭解，但從事美術教育的人對年輕一代影響較大，不能不持較嚴肅的態度。

《民生報》十六日有呂清夫先生〈從另一個角度看藝術品真贋問題〉一文。該文分三個子題，第一子題說「希臘雕像的摹刻仍具欣賞價值」，說「站在欣賞立場，摹本還是不能忽視的」。這當然沒錯。早已失傳的《女史箴圖》與王羲之的《蘭亭》，我們後世就藉著摹本才能略追古代大師傑蹟的遺緒。那是因為古代缺乏複製技術，所以摹本具有相當欣賞價值。近代以降，多藉複製技術產生許多幾乎相同的「副本」（如羅丹的雕刻，美國、法國、日本都有原作或複製品）及印刷品。以現在來說，不論就欣賞或研究，摹本幾乎沒有價值，因為寧可面對複製品，也比他人仿作之摹本為佳。比如范寬的《谿山行旅圖》，清代畫家有摹本。研究該畫或欣賞的人，當然寧可對著精印的複製品，也不會以清人摹本為代替。只有在古代原作既已失傳，唯一根據僅有後代摹本的情況下，摹本才有較高價值。況且，摹本之是否具「欣賞價值」與「藝術品的真贋」是兩回事。並不因「摹本不能忽略」，贋畫就不必計較。呂文題目是談「真贋問題」，卻沒把摹本與贋畫分別清楚，對摹本價值古今不同也未加區別，容易造成「真贋」不必斤斤計較的印象，很不妥當。

其次呂文談到「大眾無福收藏名畫原作」。確實有許多人對此頗感不平。試問如果稱得上是「名畫」的「原作」，哪裡能做得到大眾皆「有福」收藏？美術比較發達的歐美日本諸「富國」，也不可能做到這個地步。能真算得是「名畫」的作品，比如林布蘭、塞尚、畢卡索等等，怎麼可能大眾皆有福收藏？而「名畫」由大眾收藏，怎能算「有福」？試想大眾不可能皆懂得如何保護「名畫」，更不可能皆有保護的設施；這一代的「大眾」收藏之後，後世百代的「大眾」就更無福看到「名畫」（看看中國歷代多少畫在「大眾」手中因為日曬煙熏屋漏水漬以及手摸蟲咬所造成的浩劫可知）；況且即使在當代，若某一幅名畫既在你家，不見得不認識你的許多「大眾」都能看得到。彼此據為己有，大眾當更無福看到更多名畫。可見名畫由大眾收藏，並不算「有福」；更何況，名家比起大眾在數量上總不成比例，因此「大眾收藏名畫原作」根本就是不可能、不合理的幻想。我們甚且可以說，名畫原作為大眾所藏，必顯示了這個社會文明的落後以及對藝術的不重視。文明發達與珍惜藝術的社會，「名畫原作」的收藏只有兩途——公私立博物館或大學美術館等典藏機構以及私人收藏家（真正的收藏家，不是光憑有錢，完全不懂藝術與藝術收藏的「有錢人」；成為真正收藏家，「有錢人」並不是絕對條件）。而真正「名畫原作」，照呂文所形容，不論是「價值連城」、「價格變成天文數字」或「跡近神話」，都不應視為「近世美術市場的偏差」。我認為不論是由正常的供求原則（物以稀為貴；天才不可多得，名畫自然不可多得）或由於畫商「炒」畫，真正的名畫原作價錢之高，正表示了人類對偉大藝術的渴求、嚮慕與珍視，此對藝術家，對全人類，對歷史，毫無壞處。事實上，呼籲降低「名畫原作」價格以適應「大眾」收藏的經濟能力，雖然很富社會同情心或者所謂「人道主義」的色彩，但根本無濟於事。只要是真正優秀的「名畫」，其數量永遠甚為有限，其價格必然永為高昂。隨著世界經濟的富裕，它的價格還將更節節上昇。這是歷史與現實的鐵則。

只有在文明落後，藝術不受珍視的地方，或戰亂等災難之中，一件「名畫原作」才只值一斗米或一袋麵粉；或者根本不是佳作，卻因政治與其他非藝術因素，而價格奇高。齊白石、傅抱石的畫，二十年前只有新臺幣幾百元，現在是動輒幾千幾萬美金。這裡面反映了許多事實，並不簡單。

照這樣說來，是不是廣大的社會大眾注定無福享受、欣賞名畫呢？這種不合理與遺憾，是否要由「摹本」或「贋品」來彌補呢？是否像「普普」那種所謂「大眾藝術」以及攝影、版畫等複數藝術才是「站在大眾立場去設想」的「親民」的藝術呢？不。我們不能認為所謂「名畫原作」是「王公巨賈」、「有錢人」所獨佔，為「畫商所操縱，價格常被炒得非常離譜」而宣布大眾乾脆放棄，回頭擁抱「普普」、攝影、版畫等「大眾藝術」（何況這些「大眾藝術」頂尖的「名作」價格也不是「大眾」必然買得起的——台北不是有一張攝影或版畫幾萬元的事麼？這在歐美等「資本主義」國家，除非大師，版畫或攝影作品售價上千美金，會把歐美「大眾」嚇跑的）。我們應認為不管「名畫原作」多貴，多「跡近神話」，大眾欣賞、享受的權利絕不放棄，這就涉及呂文最後的子題：「民本主義的藝術論與複製作品」。

依我的看法，大眾所享受、欣賞的美術作品，固然如呂文所說「大家唯有去接近一些被視為低一級的大眾文化，如往昔的年畫、剪紙、描畫均屬之。」但要知道年畫、剪紙等之所以「低一級」，並非其藝術價值必定低，而是因為它大量生產，人人可以低價擁有，而且用於生活中之「消耗」——年畫、剪紙常貼在門上、窗上或「拜拜」的祭品、食物上，是消耗性的藝術品，其不能與「名畫原作」相提並論，不必不平，乃「理有固然」也。

此外，大眾可以買得起非「名畫原作」（比如尚未達到很高水準的各種畫的原作），以及價格必定只為繪畫（不論是油畫、水彩、水墨等只單數有的作品）的幾十分之一的版畫、攝影等「複數作品」。

上述兩項，大眾不但可以欣賞、享受而且可以擁有、收藏。

但是所謂「民本主義的藝術」（這個「術語」很新奇；其實呂文指的即「大眾藝術」），我們希望不應該限於那些呂文所稱「像唱片那樣，是複數的，是廉價的」。我們更不希望所有畫家都轉向年畫、剪紙、插畫、普普、攝影、廣告、漫畫、版畫。這樣表面上是在為「大眾」服務，但有什麼理由把「名畫原作」排除在外呢？就因為「名畫原作」不「像唱片那樣是複數的，是廉價的」？其實，各種風格、形式的美術品，只要達到極高水準，極卓越的成就，都會成為「名作」，雖然有的單數，有的複數，亦都不該是廉價的！就如漫畫、插圖之優秀者，一樣是藝術上令人敬重的成就，不該是廉價的。在市場上是因為它們複印成千萬份，所以廉價，但在文化發達的社會，好的漫畫家與插圖家的工作報酬絕不廉價（七、八年前，《時代雜誌》的封面每幅報酬一千美元，現在不知又高漲多少了）。誤以為大眾藝術必要廉價，豈不反而輕視「大眾藝術」的身價？

藝術要做到大眾化、做到「民本主義」，而不排除「名畫原作」為大眾所「共享」（不是獨享的「收藏」），不應如呂文所主張那樣。那麼該怎樣才是正途呢？

上文說過，「名畫原作」的收藏只有兩途，即公私立美術館和真正的私人收藏家。「名畫原作」只有進入公私立博物館、美術館才真正是「大眾的」、「民本主義的」。世界上不論是我國的故宮博物院或歐美及東西方各國的博物館，珍藏、保護並提供現在及以後任何人參觀欣賞平等開放的機會，就真正做到大眾「有福」享受。既明乎此，誰還要抱怨「大眾無福收藏名畫原作」呢？

至於私人收藏家，除非其人心胸狹窄，視名畫為私人財產，或根本不夠格，不懂藝術收藏為何事者之外，世界上真正的收藏家都不是把畫堆放倉庫，或四處張掛以作華屋巨宅的「裝飾」而已。他們要請專家做各種整理、編目、研究、出版、展覽等工作，而於作品的保護，更具專業知識。世界有名大收藏家往往出版有不可計數的各種複製或研究的書籍。我國名畫史家傅申先生為沙可樂先生的收藏寫成「Studies in Connoisseurship」八開三百多頁巨冊著作即一好例。而且，最後這些私人的收藏家往往成立財團法人私立美術館，原作永遠為世人所共享。我國亦已有國泰美術館。那些以名畫為私人財產，不肯示人的「收藏家」，當然不肯於暮年將名畫捐贈博物館，也不肯設立私人美術館以公諸天下人，結果往往為不肖子孫分散售出。數代人間輾轉換手，常使名作受損。但漸漸還是歸入大收藏家乃至公私立博物館之中。這是歷史的趨勢。當然，這個趨勢也因現代國家合理的稅制，鼓勵了藝術品的捐贈博物館或成為公產（財團法人的典藏機構）。這實在是功德無量。

還有，大眾從越來越多、越精美的印刷、複製品上欣賞而享受「名畫原作」，亦是現代人無量的「福份」。

呂文呼籲「順應普普的意識」，「矯正」「名畫原作」價格「跡近神話」的「偏差」，以「只能一人獨佔及手工製作的原作到底有何絕對的價值？」懷疑「名畫原作」，並說能破除這些迷霧，則「真贗問題將會迎刃而解」，姑不問「真贗問題將會迎刃而解」是什麼意思？（是說「真偽立辨」？或是「不足計較」？）請問為什麼應該「順應普普的意識」？呂清夫先生認為順應普普意識之後，真偽就不必談嗎？「至於真贗之辨，那不妨暫時留給有識人來煩惱吧！」那麼，從事「美術評論」所為何事？

許多人提倡藝術應為社會服務，提倡「大眾藝術」，我們也頗感同意。但以為粗糙、廉價的東西才大眾化，毋寧是對社會與大眾的輕視。依我的看法，真真實實的「大眾藝術」應該是最精緻、最高明、最優秀的作品，即呂文所稱「名畫原作」——就是那些普通人買不起、單數的、第一流的傑作。因為只有那些偉大或近乎偉大的藝術品，才有資格得到許多第一流的評論家深入研究、解釋、宣揚、而且每個世代都有許多文章發表嶄新的見解；才有資格被全球各地不斷反覆印製成許多「副本」，廣泛流傳；才有資格為百代的教師在講壇上滔滔不絕地闡析讚美；才有資格永久典藏在全球各地第一流的美術館，為百代愛好藝術的大眾所瞻仰、欣賞。我們想想范寬的《谿山行旅圖》、張擇端的《清明上河圖》、達文西的《最後的晚餐》，林布蘭的《夜巡》……，他們是人類無價之寶，再沒有人收藏得起，但它們才真正是為百世人人所享受的「大眾藝術」！而取悅當代，以廉價與「普及」取勝的東西，旋即灰飛煙滅，最多稱為「小眾藝術」而已。正如醫學上頂尖的發明，好像為「學院象牙塔」中的產物，不易為大眾所瞭解，但新的醫學成就，立即解救廣大人類所受疾病的糾纏，那才真正是為「大眾」的醫學。而大陸過去流行的「赤腳醫生」，表面看去似乎是醫學的「大眾化」，但實際只是落後與閉塞的權宜措施。這個例子不能完全切合藝術的性質，我只是拿來說明：真正偉大的創造才能長久的、廣泛地造福人類，才真正是「大眾化」的。低品質的、速成的、在生活中消耗掉的、廉價的、人人可擁有的藝術，雖然也有其功用，但其價值永遠無法超過第一流的藝術。而真正第一流的藝術才稱得上「大眾藝術」。

（一九八二年十月十八日凌晨三時）

從張大千仿文會圖的真偽說起

這兩天，因為香港蘇富比公司中國畫拍賣目錄上出現了《張大千仿周文矩文會圖》，經大千先生指出是「假畫」，《聯合報》與《民生報》皆有新聞，詳細報導了這一事件。《民生報》陳小凌小姐電話訪問我對此事的看法，我覺得中國畫贋品司空見慣；此畫原作既尚存摩耶精舍，自然勿庸多言。而對於中國假畫的問題，倒值得我們重視。我們應明瞭為什麼中國畫贋品層出不窮的原因何在，從而有一番振作與改革，以維護中國畫的前途。陳小姐堅欲我將這電話中一席話寫出來發表，盛意難卻。倉促應命，思慮不周；姑妄言之，聊備一說。

在中國畫的藝術市場上，從大名家到小名家，可以說假畫遠較真品多得多。有時到了驚人的地步。為什麼中國畫裡面假畫這麼多？好像很少有人想過、談過。造假畫最普遍的動機固然為了錢，但是，事實上，贋畫早已成為一個「傳統」，其間問題之複雜，源遠流長，斷不是三言兩語所能盡述。簡單言之，首先是中國畫從創造力衰退，崇古復古之風成主導思想以後，以追慕前人為本務，便為贋畫傳統奠定了基石。宋元之際的趙孟頫，明的董其昌到清的四王，雖然不無某種建樹，但復古的風氣之盛，「藝術第一義即創造」的觀念已逐漸忘失。以宗某派、擬某家過活的藝術家，不但毫無赧愧，且自恃以傲人。筆筆有來歷，得古人之秘，似乎成為中國畫之不二法門。這個濃重的復古風氣，遂使抄襲不成其為抄襲，剽竊也不必認為剽竊，更不用說以模仿充創造之毫無內疚之感了。因此之故，畫家能臨摹或仿襲某大家，若能瞞過專家法眼，居然引為藝壇「美談」，竟能笑傲古人，沾沾自喜。到了這個地步，剽竊抄襲成了榮耀之事，名利雙收，老實說，此就不只是創造力的衰退，而且是藝術道德的淪落了。

另一方面，因為崇古擬古，固然將前人畫藝歸納總結，成為許多典型技法，便於學習掌握。但也因為簡約成固定化的成套技巧，而遠離自然與人生生活，成為符號化的公式。如此，中國畫遂成為一些套式化的運作工夫的產物，個人不必為完成特定意象的創作在枝法上絞盡腦汁。有如按方配藥，聰慧者三年五載即可運用裕如，中下之資經過苦練，也可「雖不中，不遠矣」。中國畫法之公式化與簡約化，正為贗品的製造預備了方便的技術條件。西方古典畫家為完成一畫，先是素材的搜集（往往是透過素描與速寫），後是構思構圖，要經過反覆推敲的過程。即使是近代印象主義以下的寫生，也不曾有公式化技法可閉門造車，頃刻一揮而成。此所以中國贗畫品之盛為西方所「望塵莫及」也。中國畫家如果學得一套敦煌畫法，或者精通斧劈與披蔴等皴法，等而下之只要掌握師父畫花寫鳥之技，依樣葫蘆，便足資取用終生，成為畫家甚至大師，此西方人所不能理喻，也稍知藝術者所不能不有疑者也。

其次是中國畫近來之教學方法，也正是承接上述風氣而來。一人開山（其實也只是傳前人之衣缽而已），「門人」盈百，殘羹冷飯自甘果腹而不嫌其腐酸。技藝代代相傳，亦步亦趨。正不知門人乃至門人之門人，便是後來贗畫之巧匠。師生也者，「連鎖店」之正店與分店而已。從仿襲古人而成「一代宗師」到假冒宗師以博取金錢，正是這六百年來中國畫退墮幽黯一面的活見證。

還有，中國畫家在過去社會中不能成為一專業，「風雅」之事也「不屑」以斗米尺布論價。畫人多倚權貴豪門，形同古代之弄臣。近代商埠漸有賣畫行業，但時至今日，畫人以作品做人情應酬者，仍居大半。應酬的壞處，一方面是粗製濫造，一張畫稿不斷重複，有時壞的真品較諸用功夫的贗品猶不如；一方面是畫家的行業，在應酬之風影響之下，絕難求得受尊重的地位，也不易以之為活計。既然藝術市場不能建立，則自創門戶遠比仿冒名家不易求取財富。真畫而沒有名氣，比不上假畫而有名氣，好與壞倒不重要，故造假仿作者眾。因為應酬而留下大批雖真而劣的作品，試問中國畫的真假與優劣又有何必然關係？自來對於真偽大眾沒看得如何嚴重，對偽造者沒有多少譴責，中國人之馬虎與價值觀念之含糊，就這方面說，贗畫之傳統，簡直有其歷史、社會之廣泛因素了。

「贗畫傳統」影響到中國畫對藝術的創造沒有嚴格的要求，許多所謂大畫家常常把前人的成就據為已有，全部抄襲或局部抄襲都無所謂，公開標示仿自某大家與甚至不加標識，直題己名也毫無愧疚，這個「傳統」就不期然而然地鼓勵了作偽的風氣。臨摹，臨摹，臨摹，古人的粉本成為後代的「畫範」，師徒授受，只有「技」的傳承，沒有「道」的啟發與自我追尋，中國畫的創造精神死矣。

中國畫未來的發展，若不能發揚傳統真正的精華（歷代那些富於個人獨特風格的創造精神），不革除積漸已久的這個因襲仿竊的「傳統」，前途如何，不言可喻。

從生意眼來看，中國畫這種風尚，中國畫家這種行徑，在國際藝術市場上，也是自毀長城的原因。

最近不到十年光景，中國畫在國際市場上逐漸揚眉吐氣，身價上漲十、百倍，原因甚為複雜，無暇細說。這裡只說一端：許多西方收藏家、藝術市場經紀人、古董畫商發覺中國文化既然是世界文化最光輝先進的一部分，但中國藝術品，除瓷器之外，尤其繪畫作品，價錢之賤，與西方繪畫不成比例。近代西方大師，不論是畢卡索、盧梭、莫內、塞尚，大概半張畫的代價即可將中國大師一生包下來。人間不平，莫此為甚。另一方面中國瓷器精品越來越少，他們遂決意將搜藏、經營目標轉移到中國畫上面來。中國畫身價的高漲，是西方人的眼光與業績，我們中國有錢有力人士多半不過眼看中國畫在國際市場水漲船高，跟在後面附和，有的還充當掮客，乘機賺點錢而已（掮客賺小錢，洋人賺大錢）。我們的慚愧，此暫不說。中國畫熱潮方起，很快即由滯頓而至冷卻，便因為贋畫、偽作之多，以及同一畫稿，畫家自我抄襲，不斷重複，到了窮斯濫矣的地步。（大千先生說「我一向不重複同一張畫稿」——見《聯合報》十月十一日第三版——這話並不誠實）蘇富比近年拍賣近代中國畫，許多中國畫商與私人藏家，馬上送來吳昌碩、任伯年、齊白石……每位大師作品動輒數以百計，簡直把人嚇壞。他們請中國畫行家鑑定，絕大多數甚至全數皆為贋品。而且許多徒弟假冒乃師之作，出神入化，在行家也難以斷定，而且有時言人人殊。拍賣公司對中國畫真偽雖煞費苦心，務求正確判斷，但中國畫的「詭詐」若是，為西方人始料未及，他們之所以不再負責保證，就因為假畫、仿品超過了想像的程度遠甚之故。也因此，不少外人對中國畫失去信心。

中國畫過去以至現代，仿襲、偽造的「傳統」連綿不絕。不過在農業社會，藝術不為大眾所享有，社會對藝術也不曾有普遍的渴求，所以尚未顯示中國畫的危機；而當書畫只是少數風雅之士，用以消遣娛樂，用以交友酬酢，用以取悅權貴，用以博取功名利祿的時代，仿古復古之作，不但無傷大雅，而且正合脾胃。然而，在專業分工，工商發達的現代社會，中國畫的宿疾就將威脅到它的消長存亡。在國際藝術布場上，中國畫的怪現象則將自貶身價，無法與西方藝術平起平坐。中國當代畫家，尤其是年輕一代如果沒有這個自覺，沒有揚棄「贗畫傳統」與改革、振作中國畫的決心，則中國畫將仍然要遭受世人的懷疑、冷淡甚至輕視。

有些人責備蘇富比公司，認為有聲譽的國際拍賣公司不能賣假畫，而且出了問題應負全責。此表面上不無道理，但深入想想：假畫是中國「畫家」所造；賣主是中國人（委託拍賣，「貨物」並不是蘇富比公司所「生產」）；鑑定者為中國畫專家。在這樣情形之下，我們國人似乎應先自責，哪能靦顏責人。何況蘇富比公司事先表明態度，拍賣品的說明若與事實有出入，該公司不予負責；而在拍賣品賣出後半月期限內，提出贗品證據，可以退畫還款。而當證實為贗畫，即停止拍賣。這就不能不說沒有相當公平負責的態度。

我們國內多少古董字畫拍賣場，試問哪一個比洋人的蘇富比公司更有制度、更合理、更有權威、更像樣？我們真該自責自省。

我們公私文化教育機構，對於中國歷代藝術的鑑定，有哪一個儲備了人才、資料以及具備對於研究、鑑定的一大套方法與知識？極少數應有人才與設備的機構，肯不肯對國內外提供服務？（據我所知，歷史博物館曾有過這類服務。）我們美術系的大學教授有多少懂得中國書畫鑑定？尤其對於近代中國書畫，我們除了私人的國泰美術館以及藏秘自珍的許多私人藏家，還有什麼機構專門搜集、珍護、研究、展覽？我們對於少數近代中國畫有研究、有眼光的專家，是否予以重視？我們又幾曾有計畫、有組織對於近代中國畫天才以真正的研究與傳揚？近代大師的作品，最好的齊白石、傅抱石、吳昌碩，林風眠、黃賓虹等人的作品都在歐美日本乃至香港。我們對近代中國畫並不珍視，任其流失外邦；我們對近代中國畫的認識何其貧乏，何其無知！即使我們想望成為鑑定近代中國畫的權威，我們有沒有這個本領？

以上種種，我們能不自責自省？

這次蘇富比確曾請我去「看看」：說「鑑定」則言重了。我一向對於近代如溥心畬、張大千諸先生前輩的畫不敢判斷，因為看不懂，無法辨別真假。原因是晚近許多大師所培育出來的學生都能心心相印，神乎其技，令人不辨師徒。這確不容易，所以未敢河漢。

大千先生的舊文學令人欽佩，他有二句詩曰：一發猨臂之矢，遂中魚目之珠。（大千先生名爰，即蝯，猿也；大千先生有「黑猿轉世」之說）以他仿造八大石濤之奇技，他人之仿品，在他法眼所及，自皆混珠之魚目。這樣閱歷的人，以後不可能再有了。後世仿大千先生的畫，再無猨譬之矢，魚目必可混珠。大千先生技能亂真的軼事，固有美談，但也為後世美術史家、鑑賞家、收藏家與藝術市場製造了多少困擾？後生之人，宜引為鑑戒。要知「造人假者，人恆假之」。

最後還有幾句話告訴年輕學生：

重視傳統，尤其是傳統裡面的精華，裡面豐富的寶藏，是我們發展未來中國畫的依據。所以臨摹、學習傳統，絕對有益。而且一個人早期的作品，或多或少都有承繼前人的痕跡，也不必詬病，毋寧是十分自然的、中西古今畫家都存在的普遍現象。問題在於第一要如古人所言，應師其心，不是師其跡。第二要轉益多師，勿以一家一法自限，甘為奴僕。

其次，凡臨摹與仿作，要署明原作出處，更不能以之當作自己作品，應視為「習作」。許多傳統畫家以之當自己作品去展覽，我們不應再沿襲這個舊習氣。

《文會圖》真偽的風波，提醒我們明白不論從藝術發展與藝術市場而言，新一代畫人要有振衰起敝的自覺。為了中國畫的前途，中國畫家應好自為之。

（一九八二年十月十二日）

混沌中的追求

簡秀枝女士寫《絕對的藝術家——趙春翔的藝術世界》（一九九七年台北大塊文化出版；翌年修訂後由杭州中國美術學院出版社出版）一書之前，詢問過一位資深藝術史與評論家，本身也是畫家，而且在紐約多年作客，與趙春翔先生相識的長輩，他說：趙春翔有什麼值得寫的？

後來，秀枝女士詢問我的意見，我說，如果把他當作一位大畫家來立傳，或許不適當；但若把這樣一位迷失於歧路的人物，他的性格，他的際遇，他與中國藝術近現代的關聯，他的時代寫出來，就非常有意義。我之所以這樣說，一方面是我覺得趙先生的畫很有創新的意味，雖然似乎還不成熟。如果把他藝術追求的歷程呈現出來，也很有意義。一方面我受胡適之先生的影響，鼓勵傳記寫作。而且要糾正過去只為帝王將相與英雄偉人樹碑立傳，歌功頌德的積弊。任何能表現人生與時代深曲的傳記都有意義。

趙春翔先生的一生，是廿世紀不少中國人典型的經歷。由大陸因內戰來台灣；因求出路赴歐美；因為落葉歸根回台灣。而他是藝術的追求者，在他的人生經歷中更體現了中國藝術家在廿世紀的處境。一方面是中國文化與社會的崩解，一方面是強大的西方現代文化（近百年來挾軍事、政治、經濟、商業、意識形態、大眾文化等巨大的全球性擴張力量）的衝擊，像趙先生那樣飽受國破家亡之痛、顛沛流離之苦的這一代人的遭遇確是史無前例。探討一個典型的個案，可更深入理解一段歷史。簡秀枝女士以對一位藝術前輩的景仰與對一個受苦心靈溫厚的同情心，探索趙春翔的藝術世界，實在令人感佩。我也因此重新去認識趙先生。秀枝女士要出版研究趙春翔的文集，囑我寫小序。我對趙先生的畫並無研究，但對中國繪畫近百年的變革有許多心得體會。我只以一個藝壇的後輩，略說趙先生和畫的感想。

這近百年來，中國畫家除了甘為傳統的遺老之外，沒有不以融貫東西方藝術為抱負的。旅居歐美而有成就的華裔畫家如王己千、趙無極、趙春翔、朱德群等前輩，以及後來眾多旅居西方各國的畫家，都是身處中西文化藝術撞擊之中，而各自尋找自己的藝術道路。有一種是全心投入西方；有一種是以傳統文化為主體，大量吸收西方，改造了傳統的面目；還有一種是一方面眷戀中國傳統，一方面急切學習西方現代，所以出現了極強烈的兩種拼合的奇特風格。趙春翔先生就屬這後一種。他的奇特風格，最明顯的就是「強烈的不調和」的風格。我覺得他沒來得及把中西古今藝術熔鑄成一個均衡而和諧的整體，所以說他的風格似乎「還不成熟」。但是，了解他的處境與性格，「強烈的不調和」可能反而是他自然、必然有的風格。這正是令人感慨之所在。

趙春翔先生的藝術表現了老一代非常「中國」的畫人面對排山倒海的西方現代藝術與現代文化的徬徨、惶恐、掙扎與急切求出路的心態。最具代表性的例子是他五〇年代所作那一幅模仿傳統文人水墨的山水畫，到八〇年代把它「改造」成為一幅日月陰陽的「現代畫」。其他的例子是中國文人和墨竹、墨蘭以及有點八大山人意味的鳥，跟狂塗潑墨，裝飾性符號，塑膠彩與螢光顏料——一切中西古今全不相干的視覺物料大膽的組合，構成極詭譎、衝突、不協調的感覺。在他大膽的組合中，以一種視覺元素或符號去「否定」原來的元素與符號，成為趙先生作品的基本邏輯。例如以狂塗潑墨去否定規範式的傳統筆墨（墨竹、墨蘭、寫意的鳥等）；以大片色彩去否定墨色；以硬邊藝術的手法去否定中國水墨的格局；以幾何圖形抽象符號或裝飾符號（如圓點、圓圈、小方塊、小菱形）去否定流動的水墨與色彩……趙春翔先生的畫表達了他對傳統的留戀與猶疑，在西方藝術新潮衝擊中的徬徨、試探到豁出去的投入的心路歷程。表達了一個敏感的心靈的顫慄、矛盾與急切追求中新舊傳統融合的躁進。其結果是令人驚悚的怪誕、神祕、不協調、魯莽與喧鬧。有如低音管弦與尖銳的哨音和鳴；交響樂和著東方廟會的鑼鼓鐃鈸齊響；也如東方的吟詠與西方的流行音樂的同台演出。

趙先生的藝術還在見仁見智的討論中。不過，無可否認的，第一是他忠於他自己的感受，他以畫筆吶喊，渲洩他在藝術追尋中的苦楚。第二，他的畫表現他這個人的遭遇與經歷。第三，在東西新舊的交會中他盲目地衝刺，不斷在尋求他的時代中真正的「自我」，他與許多同類的人一樣，失陷於混沌之中。

這一本研究與討論文集不但幫助我們認識、思考趙春翔先生和他的畫，也有助於我們認識自己。

（一九九九年一月十日在澀盦）

悲愴的華麗
——侯立仁七十回顧展

前言

侯立仁兄告訴我要舉辦七十回顧展，我很高興。他似乎從來不辦畫展，終於要辦。這個畫展，對自己是回顧，對他人是共享。幾個月前他電話告訴我，並請我為他的畫集寫一序文。我不大寫被邀約的「畫評」文字，尤其在現代這個藝術也等同商品的時代。但是侯立仁，這位一生不展覽，不以畫求名利，差不多像苦行僧的學長，也是老友，我一口答應。人若能堅持其精神上之價值，不為利害，忠於自己者我都心存敬意，以此精神去從事藝術，或以藝術來呈顯這精神，在今天這個時代，極難能可貴。

大概有兩種大不相同的畫：有些畫，背後是那個人，那個人是一個典型。所謂典型，是普遍性與特殊性的統一體。普遍性使我們不只認識一個人，而且領悟了這種人的共同性；特殊性則使我們看到一個鮮明、獨特的個人。有些畫就不同於此，它背後沒有一個清晰的「個人」，只是他人或潮流的影子或附庸，這種畫家追逐名利，依附時尚：抽象流行則抽象之，波普流行則波普之。侯立仁這種畫家大不相同。他們不講派系，不搞宣傳，不入「市場」，他們的畫，是一個深入人間的旅行者不由自己的感動與呼喊。古今真正的藝術都是這類人所貢獻的。

天生的畫家

上帝創造人也有兩種：一種是沒有特定意願，隨遇而安，由機遇來決定自己的角色身分；另一種是生來便知道自己要做什麼，侯立仁知道自己天生是要畫畫的，他很早就顯示特殊的天賦，這種人精於此而拙於其餘，非常獨特，近乎孤僻。心理學家早說過，天才與瘋子大概多屬這一類。

十八歲時，侯立仁以唯一志願考上當時台灣唯一的師大美術系。但是，師大美術系的教學不能滿足他的渴望，他在竭盡所能蒐購到的西方大師畫冊中，突破當年的閉塞，打開他的視野，領受諸大師的啟迪。學長侯平治談到侯立仁，說他不惜代價收藏大師畫冊，到了著迷、瘋魔的程度。他所擁有的進口畫冊，多而且精，這等於是侯立仁請到了一群超級的導師，朝夕問道。他的眼界，自不是拜師學藝者所能比。當年師大美術系中國畫教學是臨摹教師畫稿，有志於繪畫的青年更無法接受。所以學生對西方繪畫的了解與熱情，遠遠超過中國繪畫，侯立仁與許多畫家以為，若不喜歡畫「國畫」，就去畫「西畫」，這是台灣美術教育長久以來的偏失造成的影響，不無遺憾。不過侯立仁畫的內涵多東方的情思，在表現形式上不隨西方現代、後現代起舞，所以保有鮮明的獨特風格。他畫油畫，但不是「西畫」。

侯立仁不但有許多「超級導師」，還有一位「超級戰友」羅清雲，這一位同樣熱愛藝術，孜孜不倦的同班同學，終身的好友，同樣是不慕名利、忠誠追求藝術的夥伴。「互相激勵，互相競爭，一起討論，一塊兒畫畫。」（侯立仁自述）這是智慧的選擇，也是幸運的緣遇。他們兩人個性相近，在藝術信念與表現技法上長期相濡以沫，相互切磋，並駕齊驅，在台灣南部畫壇，獨樹一幟，也可謂一時瑜亮。不幸羅清雲一九九五年鼻咽癌逝世，侯立仁沉痛送別老友，自己孤單奮鬥，不曾稍懈。

八〇年代初，侯立仁對化石發生了強烈的興趣。發狂似地到荒野蒐集化石，並研讀古生物學，追索生命的發源與演化。我曾到台南他家，看到他收藏的大量化石，千奇百怪，佔滿桌架空間。每一塊化石，他如數家珍，侃侃而談，充滿激情。宇宙的奧妙，生命史的縱深，必對這個熱情的畫家提供了無限的啟示與想像。

大量經典大師的畫冊與大量化石的蒐集、欣賞與研究之後，侯立仁第三個激情的浪潮是世界各地的萬里行蹤。飽遊飫看，體驗了這個世界的蒼老、廣漠與豐富、壯麗、新變、豪奢與滄桑、殘破，以及不同文化、民族、人生的種種處境與命運。其中以印度、尼泊爾最引發侯立仁創作的激情。人生的艱苦、宗教的虔敬、純樸自然的環境、奇幻而豐富的色彩，為天地芻狗、純真而辛勞的人民，使侯立仁又好像發狂地感動生情，將這一切寄意於畫幅。

畫的背後是這個人。侯立仁的畫，須循其人生經歷中去領會。因為這是個人的藝術，不是依循時尚、流派、技巧的藝術。

侯立仁的繪畫

七〇年代末、八〇年代初之前，侯立仁大多畫水彩。年輕時畫水彩可能是比較省錢。後來他覺得油畫不像水彩侷限於小幅，表現力也更強，技巧比水彩更豐富、自如。不過，對不以流派技巧的規範為旨趣的侯立仁，他的水彩與油畫區別不大。

從最早的水彩畫（一九六〇年，二十歲）到《愛貓的女孩》（油畫，一九七〇年，三十歲）以前，早年的畫，與一般青年學畫者一樣，多受流風與時人影響，超現實主義、表現主義、半抽象表現與拼貼等技巧都摻和著運用。《愛貓的女孩》以後，侯立仁的畫自覺地呈現兩個方向：一種是大量的風景畫——在寫生中創作；另一種是人物畫，數量不多。在一九八二年赴印度之前，他畫大量的本土風景畫，與羅清雲共騎一輛摩托車到處寫生。辛勤、用功、熱誠、同心，藝術的追求之於他們兩人，簡直是一種宗教。我沒看到他們開畫展、賣畫，只求創作中的滿足，也不在意別人的褒貶。這種堅守、勤奮、忠於自我的情操，在台灣藝壇不多見。我在八〇年代因為協助創辦國立藝術學院而恭請侯立仁學長賜助，與他們兩位多有晤面，看到他們真正無所圖地忠心追求藝術，心中懷著特殊的敬意。

「台灣鄉土走透透」，那是政客標榜的口號，羅清雲與侯立仁真正實踐。三次環島寫生，三次穿越中橫寫生，無數次定點寫生，很少人有此毅力與勤勞。這期間佳作甚多，有幾幅把地平線壓得很低，表現昊天渺渺，人世蒼涼，非常壯麗，如《蒼茫對落暉》、《寂寥對斜陽》、《朝夕唯與木石親》、《長天隱秋寒》等。其他大量水彩風景畫，取材之豐茂、技法之熟練、自如與老辣，色彩之繁富又和諧，完全捨棄一般水彩畫的輕薄流麗的特色，而趨向厚重沉著。有些逸筆草草，如大寫意水墨畫用筆，卻表現了嚴謹的質感與空間的層次。《澤國秋生動地風》、《微風過蕭瑟》、《橋危過客稀》、《風疾車行遲》都是。

《長路漫浩浩》及《悠悠涉遠道》兩幅都畫一條土路、枯樹與大幅天空，其情調與筆觸，使我想起俄國十九世紀大風景畫家，列維坦所作聞名世界的油畫《弗拉基米爾路》。那是流放到西伯利亞的囚徒必經的辛楚之路。風景畫不只是景物之美，更是心象境界的營造。

印度、尼泊爾之行，開啟了侯立仁走向世界之旅。此後他的視野開闊，對世界與人的理解與感受大為增強。他走遍西方與中國大陸、澳洲、東南亞與俄國。比一個立志環球旅行者所需去的地方更多些，看各地風土、文化、社會、人與美術館。從八〇年代初至今廿多年，侯立仁的畫開展了又一個境界。純粹風景畫不多，主要是人物、神像、寺廟、人生。基本上是他一接觸便深深感動而瘋狂愛上的印度及尼泊爾。也許他終於尋覓到他靈魂的故鄉。他的畫更不是憑藉技巧畫出來的，乃是心靈感動的力量引發而成。古印度的神祕，一邊是遲緩、綺麗、繁複、曲折，另一邊卻是樸質、古舊、殘破、貧乏；一邊是禁慾、苦行，一邊卻是縱慾、蠱惑。我廿多年前有次印度之旅，回來寫了〈身毒之謎〉（見拙著《孤獨的滋味》），述說我看到印度雕刻女體與西方大不同。西方是理性的真實，印度是詭異的幻想。「有如鮮美芬芳的花朵與蓓蕾，或甜美的果實，散發著誘人的吸引力，令人沉醉。」典型的女體有所謂「三道彎式」（Tribhamga），即頭部、胸部、臀部形成S形的曲折。這種姿態加上細腰、豐乳及向旁側聳突的渾圓臀部，是印度女性美典型的極致。這是慾念與肉感最誇張而強烈的表現。「……對照苦行者的自戕與汙穢的大地上悲苦無告的眾生，其詭異而不可思議，令人惶惑。」

侯立仁有關印度及尼泊爾的畫，不是一個觀光客浮光掠影的寫生。他多次造訪，留連不已。我看他這些年所畫，魂牽夢繞都是印度的種種。虔敬、慈愛、忍耐、堅守、悲憫、色慾的豐饒與命運的黯澹等，印度的宗教文化映現人生的真相便是在苦海中掙扎浮沉，終極的追求是靈魂的解脫。藝術家在這悲壯淒愴的人生苦海中看到美，因陶醉與震悼而不能自抑其創作的衝動，這是真正藝術的成因。

侯立仁的《創作自述》，有「我不喜歡畫那些擺著姿勢，裝模作樣和在生活中不可能見到的裸體的人。我喜歡在印度、尼泊爾鄉間、路上所見，最純樸、自然，依靠最簡單的物質生活而怡然自得的男女老少。畫他們在工作、休息，小孩子們在遊戲，參與宗教活動的人們，關愛幼兒的母親等，他們的歡樂和悲傷。這和我小時候的生活最為接近，所以感到那麼親切。」又說「生命的負擔是沉重的，歡樂何其少，而不愉快和悲慘何其多。我們之所以還值得活下去，是生活中還有那一絲溫情和虛幻的希望存在。我的畫只是想保留住我體會到的那一絲絲溫情。」這些話是畫家的自白，非常真實感人。

古今中外一切有真情的藝術家都這樣創作，不為得到利益。當代世界卻一切都為利益，藝術與宗教變質了，人的價值也漸漸淪落了。總得有人不願投身急功貪利的時潮，世變無常而不挫其志，堅持自己的道路。願與立仁兄共勉之。

（二〇〇九年一月）

甘當應聲蟲？

二〇〇八年一月十八日美國九十一歲畫家安德魯・懷斯（Andrew Wyeth, 1917-2008）前兩日逝世。台北兩大報，一家用一一・五×一〇公分、一家用一三×二二・五公分的篇幅，刊載同一幅畫家最著名的畫《克莉絲汀娜的世界》，以及同樣都有不到兩百字的簡介。最近另一位美國畫家安迪・沃荷（Andy Warhol, 1927-1987）在台北畫展的新聞與介紹文字，有一家特大，元旦那天還上頭版頭條。

報社舉辦藝術活動是好事；自己辦的活動，多些篇幅介紹、推廣也天經地義。值得尋思的是懷斯與沃荷都是美國著名畫家，「行情」卻大見懸殊，什麼原因？其次是，我們什麼時候對世界事務，或別人的文化、藝術有自己獨立不倚的見解與評論？不是人云亦云。此使我回想起三十多年前（一九七六年）四月一日歐洲大畫家馬克思・艾恩斯特（Max Ernst）八十五歲逝世，《紐約時報》於次日第一版到第三十七版佔大半個版面報導與評論這位畢卡索之後重要的歐洲畫家。我當時在紐約，沒有看見台灣各報有一個字報導他逝世的新聞，更不要談評論了。我覺得臉上無光，馬上收集資料，熬夜幾天寫了六千字評介寄回台北，心想有以彌補。《聯副》五月五日及六日登刊拙文〈小論艾恩斯特〉，那已是往事。現在有沒有人要問：懷斯的逝世與沃荷的畫展，媒體的「待遇」為什麼如此懸殊？藝術界有沒有思量：同樣都是美國名畫家，沃荷近年被炒得火熱，對七、八〇年代更受尊敬的懷斯似乎大不一樣，是因為台灣藝術新聞得追隨美國流行嗎？

當代世界越來越商業化，有沒有商機也是新聞業首要的考量。所以，原來媒體報導事實真相，提供知識，發表評論的天職鬆懈了。賣點比較要緊，這是時代的現實。醜聞八卦比思想、藝術好賣；沃荷比懷斯好賣。不也正如飯島愛比自愛的女星更有賣點一樣的道理嗎？

懷斯的畫與沃荷的畫在新聞上冷熱有別，台灣只是秉承美國的觀點，馬首是瞻。其實在美國就這樣，為什麼？

我們得知道美國超過半世紀以來，經營帝國霸業，在硬實力方面已無敵於天下；在文化藝術方面，他也要為天下師。這是一個全球「美國化」的大戰略。（所謂「全球化」事實上是「美國化」。可惜小布希使美國元氣大傷，恐怕難以永保霸業了。）懷斯的畫，具象又寫實，還有充滿鄉土詩情與人文關懷。他的畫從內涵到技巧造詣極高（一九七一年我曾發表一篇很長的〈安德魯．懷斯評介〉的文字）。但這一切原是歐洲的傳統，不能算是美國獨創的「品牌」，便不能用以建立藝壇霸主的地位。但要取代有深厚歷史與傳統的歐洲藝術，非要有一個爆炸性的藝術大革命，而且以國家的力量強力宣揚、推銷不可。二十世紀中葉，美國以抽象畫、波普藝術（及裝置藝術、偶發藝術、概念藝術等等反傳統、反文化、反繪畫的「前衛藝術」推行全球，並以「當代藝術」的名號概括稱之。）於是成為美國的「國畫」。美國正要以波拉克、沃荷這些美式藝術品牌，以其反叛傳統，顛覆文化的張力來奪取話語權與藝術「時尚」的領導權。所以，懷斯雖也是「國寶」，但只能委屈靠邊站了。台灣為什麼甘為美國應聲蟲，全無自己的觀點？

安德魯．懷斯這樣的畫家，以美國現在的文化氣象，大概不會再有了。波拉克與安迪．沃荷等新潮畫家與懷斯相比，正如癩蝦蟆與天鵝。這種耍噱頭、反繪畫的「畫家」，像瘟疫傳播全球，沃荷正是被霸權用來蠱惑全球，而使藝術死亡的原因之一。台灣的傳媒與藝術界，沒有獨立的判斷，跟在美國後面當應聲蟲，既不辨優劣，又喪自尊，何等可悲。

（二〇〇八年一月）

歷史的困惑

——我對文革時期泥塑《收租院》的看法

友人告訴我，大陸美術界近來有關文革時期的泥塑作品《收租院》被所謂「前衛藝術家」複製送往威尼斯參加四十八屆雙年展，當做「政治普普」展出，引發了是否「侵權」以及《收租院》的藝術評價等爭議。並問我對此有何見解。我首先覺得以沾上「政治普普」、「超級寫實」的邊，就是「當今世界泛政治藝術或藝術政治化的先聲」，這種附驥西方的所謂「中國前衛藝術」，還只是藝術界的「假洋鬼子」的作風。中國大陸與台灣從政治普普、痞子藝術、觀念藝術、裝置藝術、身體藝術到玩屍體等等，雖然各個大有不同，但是一窩蜂唯西方新潮是尚卻並無兩樣。把《收租院》複製當「政治普普」展出，算什麼藝術品？其藝術價值是：原來已有？或者因複製並重新使它出現在不同時空而有？或者是由「前衛藝術家」所賦予？等等問題，實在沒有什麼辯論的意義，因為那還只是杜象的小便盆及把蒙娜麗莎加上鬍子便成「藝術」的思路的因襲而已。但文革的藝術作品本身，該如何評價，才是我們值得討論的問題。

聽說彭德寫文章挖苦《收租院》，引起一些人不滿，並告了狀；高名潞則有長文批評彭德。

還有其他人不同的文章，分別持否定與肯定的見解。我除看到《中華讀書報》二〇〇〇年七月十二日「書評廣場．觀點」四篇文章之外，都不曾看過。我也不可能就各種論述提出我的看法或予以回應，現僅就《收租院》這種「特殊藝術」作品的評價發表一點淺見。

我覺得似乎「正」、「反」雙方，都沒有先搞清楚大家到底在討論什麼問題。肯定《收租院》的說它有「超前性」、「創新性」；否定的則說別忘了產生作品的歷史環境，不能遺忘那一段歷史的「恐怖記憶」。我認為兩方都有盲點。我們應反問：我們怎能因為《收租院》與西方前衛思潮（所謂「政治普普」）「巧合」而沾沾自喜？另一方面，我們豈能一概否定古今任何產生於「黑暗時代」的藝術？

我們在此要討論的問題是什麼呢？我認為是：對於那些不是出自藝術家自己真誠的意願（如此受制於其他勢力，藝術家變成被役使的工具）的藝術創作，其意義與藝術價值該如何評價？弄清楚問題的本質，才不會各說各話，才能有共同焦點。

回顧過去，將藝術當工具來利用，役使藝術充當教化、宣傳、蠱惑、洗腦的工具，有極悠久的歷史。這一類作品，歷史上何止秦代的「兵馬俑」，太多太多藝術品都是「奴工」（藝術家）在「宰制者」（皇帝、貴族、教皇、將軍、財主……）的命令、邀約或訂製之下才有的。從帝王將相的宮殿、陵墓乃至供玩賞、裝飾的一切藝術品，都不是出自藝術創造者個人的心意，也不可能為了表達他的感受、感情與審美品味。其他在宗教、道德、政治等宰制力量的權威之下產生的藝術品，也是同樣的情形。《收租院》也一樣，它不是那個時代藝術家個人的創作，它不反映藝術家的真誠的心聲，它是政治威壓，與政治氛圍之下，一群藝術家依據權威的指示的創作。權威宰制力量假藝術家之手來達到政治的目的（宣傳、鼓動、蠱惑、強制人民服從政治宰制者的指示）。歷史上這樣的建築、雕刻、繪畫、詩文太多了——相當大部分的古代藝術品都是藝術家受指使或受委託的創作。文藝復興以後才漸漸有藝術家個人的覺醒，才有藝術家表現自我的意識。我們的「國畫」到現在還有以「功力」為藝術創造，以傳統的集體意願為主題的「創作」（如「歲寒三友」、「出污泥而不染」、「黃山煙雲」、「大富貴亦壽考」、「年年有餘」……）；表現個人真誠、獨特、不倚傍、不落老套的創作，還如鳳毛麟角。此外，藝術家個人創作並不受外力的宰制，但卻出自他自己的名利慾，專門製作迎合市場需求，以媚俗換取金錢的「藝術」。這兩類藝術作品，雖與被宰制力重操控的藝術創作不全相同，但受制於藝術以外的勢力，或臣服於藝術市場，總之，其藝術同樣缺乏個人獨特的人格精神，同樣不出自個人真誠之心。

但是，即使是沒有鮮明個人獨特性的作品，或者媚俗以博取名利的藝術，我們也不能一概否定其藝術的價值。比如齊白石、張大千等著名畫家，豈無為名利、為媚俗，依附古人之作？只要技巧精純，不能全盤否定其藝術價值。

《收租院》與歐洲古代留下來的大教堂、埃及的金字塔、秦兵馬俑、畫院歌功頌德的藝術作品、專制時代的政治宣傳畫、畫家媚俗阿世之作……，都不是表現藝術家獨特人格精神的創造。對於古代，我們多一份歷史的寬容；但廿世紀的《收租院》，當個人創造蔚為世界趨勢的時代，還有以藝術為政治做「奴工」的事，令人不可思議，但了解當年的現實環境，當亦有一份同情。

這些藝術，雖不能反映時代精神的「應然」，不能表達藝術家個人的特色，但不可否認也反映了那個由權力者的意志所主宰的時代，那時代的氣壓與審美品味，反映了那個時代「實然」的狀況。（我們常說完整的美術史，不應只有當權者所肯定、所欣賞的美術作品，還應包括民間社會以及許多被壓抑、被掩蓋、被埋沒的美術作品。因此，我們也不宜反過來，完全否定、清除前者。若然，一切宗教、皇權、政治、意識型態所宰制的時代所有的藝術品得全數否定，全部銷毀？人類的藝術遺產豈不將黯然失色？）它們也是不可否認的歷史的一部分，也呈現了那個時空之下藝術創造的種種特色，其中也不無種種可貴的東西，不能全盤否定。

我一向認為，在我們的時代，最優秀的、健全的藝術必須具備三個要素：時代的精神、民族文化的特色與個人獨特的風格；三者合一，缺一不可。

《收租院》若以此三要素來衡量，在時代精神方面，它反映了當時的「實然」（政治宰制者的意識型態、政治教條、鼓動階段仇恨與鬥爭等等，是文革當時的「主流思想」）；不能反映時代精神的「應然」，是一大缺陷。（黑暗時代每有反抗黑暗的「實然」的偉大作品；《收租院》不是這種作品，而是「順勢而為」，依附權威，鼓吹「主流思想」，與《金光大道》等作品一樣。但想一想，在政治鬥爭那樣慘烈的時代，除了自殺，誰創作了反抗黑暗的作品了呢？）但那也是沒有人能抗拒的「時代精神」。在民族文化特色方面，《收租院》用玻璃眼珠，多少吸收了中國傳統民間泥塑的創意，但採用西方寫實主義的技法太多太明顯，也不能不說是有很大缺陷。第三方面個人的獨特風格，因為《收租院》是集體創作，不允許個人突出，所以這一項最欠缺。

但它也不無不同於同時代其他中國雕塑作品的風格在（比如極端寫實，注重「傳神」等）。

總之，《收租院》反映了中國社會那個特定歷史階級中的現實狀況，有某種程度的本土特色與特殊風格。它有很大缺陷，但它既是特殊歷史條件下的產物，不必全盤否定。不過，它應留置於博物館中，做為歷史的見證，就像兵馬俑一樣，使後人認識歷史、社會與藝術的演變。

把《收租院》拿來加工複製，附會西方前衛，企圖賦予它「新時代的意義」，那是盲從、懶惰、扭曲，也當然是剽竊。一味盲從、抄襲西方以「顛覆」為創造的後現代「圭臬」，毫無意義，也太沒出息。這才是應該否定的重點。

文藝自來有「載道」與「言志」兩派爭論，互相否定。在今日來說，不論藝術是為「載道」或「言志」，更重要是「表現你自己」。姑能表現自己，載道言志都無分軒輊。周作人說：「載自己的道，就是言志；言他人之志，也是載道」，我常覺得這是第一等的高見。當今許多中國前衛「藝術家」附驥西潮，所載之道是人家的，所言之志也是人家的，卻沾沾自喜。把載他人之道的《收租院》拿去再載洋人之道，言洋人之志，以求「與國際接軌」，實在等而下之。

（二〇〇一年七月）

我們沒有「我們」

八月十四日〈人間〉副刊刊出王嘉驥先生〈在地文化孕育藝術風華——以傳統蘇州和當代台灣為例〉一文，想起八月十二日時報李維菁小姐報導：〈國家文藝獎畫家夏陽決赴上海定居——中壯輩藝術家韓湘寧、鄭在東、于彭等人已先一步赴大陸發展，似暗示台灣藝術市場日漸衰微〉。兩文連在一起，啟人深一層去思考其中的玄妙，以及更根本的問題。

王文告訴我們蘇州在明代成為文藝之都，是由於「一種對於在地文化自傲的意義覺醒。而這種覺醒，絕不單純只依賴藝術家的主體意識自覺，同時，更憑藉一個地區的藝術贊助與收藏系統，是否能夠有等量齊觀的認知、熱情與奉獻，以共同打造一個文化與藝術的城市。」王文感慨台灣從未有這一傳統，即使在八〇年代後期台灣一度錢淹腳目，文化與藝術的贊助仍微不足道。

王文又說「晚近一項莫大的反諷更在於，台灣當政者高喊台灣意識，然而充斥在坊間藝廊，及許多稍以嚴肅自許的台灣本土收藏家，他們卻有漸捨台灣藝術之收藏，轉而選擇贊助中國大陸當代藝術之趨勢。」如此，「台灣人幾乎不可能建立起對自己的文化與藝術（的）自傲。」

王文的觀點，在地的資源財力應該熱情支持、贊助本土文化藝術，任誰都非常同意。王文批評台灣收藏家購買藝術品是當買股票、期貨一樣投機商業行為，沒能熱誠奉獻，積極支持在地文化也是事實，但是王文忽略更重要的前提：第一是：我們有沒有一個王文所言的「我們台灣人自己」（像「蘇州人」或「德國人」那樣的「一個」彼此認同、團結的「我們自己」）？第二是：我們有沒有一個王文所說「可自傲的台灣自己的文化與藝術」（像可自傲的蘇州的文化，或法國、美國文化）？

就第一點說，「我們」是誰？在台灣，二千多萬人不是一個「我們」。其間有「台灣人」、「新台灣人」（則其餘是「舊台灣人」？）、「中國人也是台灣人」、「本省人」、「外省人」、「原住民」、「客家人」、「愛台灣的人」與「不愛台灣或賣台的人」……還有有拿了美國等外國甚至中共護照長期居住、出入台灣的台灣人，還有「僑選立委」（世上所無）、有外國籍長住他國但常常對台灣政治「說三道四」甚至當國策顧問的「台灣人」（世上所無）。台灣有一個認同而且團結一致的「我們」嗎？許多政客為了爭權、奪權，長期以族群問題為工具來作政治鬥爭，使台灣原本老早可以認同一體的「我們」，因「群體破裂」而動搖社會安定的根基（那些政客卻成為「愛台灣」的聖人），我們缺乏一個互相認同的「我們」。

第二點。台灣過去受外族統治，難以發展自己有獨特主體性的文化和藝術，可以體諒，可以理解。但光復之後至今已半個世紀，台灣曾發展出有在地獨特性像王文所言「可自傲的自己的文化與藝術」嗎？台灣難道沒有人才嗎？不！台灣人才濟濟。近百年台灣有許多極優秀的畫家，可就缺乏自己在地的自主性與獨特性。台灣的油畫基本上是法國的，膠彩來自日本畫，中國水墨山水畫幾乎全是「渡海」四大師的模仿。而張大千、黃君璧、溥儒、江兆申四人的畫都是因襲明朝以上的中原老傳統（清朝最有創造性的畫家如石濤、金農、任伯年等畫家對中國近現代繪畫推陳出新的貢獻，遠不是此四人所能望其項背）。這些外來藝術並沒有被本地精英很自覺的本土化。我曾寫過〈藝術上的台灣經驗〉一文（一九九八年一月十七至二十日，《自由時報》「縱觀與遠望」系列之三）對歷史稍作回顧。「台灣在藝術心靈的舞台上，沒有當自己的主角，常常為他人作替身。……雖大師輩出，但很少表現台灣的時空、文化傳統與人的特殊性，沒能鮮明地呈現台灣本土心靈的脈息。」六〇年代以來則是轉向西方現代主義的追隨。

台灣把李仲生、東方畫會與五月畫會當先鋒，形成了一個寄生於本土，卻虛懸於空中，無法扎根於本土的急進西化運動。從過去數十年中東方與五月畫會大部分畫家長年離開台灣，居留歐美，雄辯地說明了其寄生性格，與台灣本土文化扞格不入。直到現在，西方後現代前衛藝術是台灣的「主角」，以「國際化」與世界接軌沾沾自喜。文建會、文化局、公立美術館、藝術館、藝術特區、國家文藝基金會與各私立基金會都以此為台灣藝術的代表予以獎助支持的對象。目前就有「文件展」與「雙年展」之爭；那是本土東西嗎？從日本式的法國畫與日本畫，傳統中原的文人畫到西方的現代主義與後現代主義，台灣畫壇一向是一副依附的心態，所依附的是強勢文化，一向缺乏本土主體性的自覺。真正的台灣藝術在哪裡呢？而如鳳毛麟角的真正最優秀的台灣藝術家，如黃土水、洪瑞麟、余承堯（後兩位第一次畫展是我最早多次寫長文予以肯定），藝術界不是等他們暮年才發現嗎？有誰真心認為他們是現代台灣本土藝術的前驅而給予第一等的尊崇、珍惜，並思繼承與發揚呢？

王嘉驥先生慨嘆我們沒能像當年蘇州一樣，由「我們自己」對「我們自己可傲的文化藝術」予以熱愛、支持與贊助。不錯，這誠屬遺憾。但是更加遺憾的是我們有沒有這兩個「我們自己」？如果我們連這「兩個」都沒有，或殘缺不全，或「歧義多出」，甚至各說各話，爭論不休，王文期望像當年蘇州那樣，當然根本不可能。

很可惜，台灣光復，回到台灣自己手中已半個世紀，雖然早期中原文化對此地本土文化多有壓抑（主要在語言方面，其他宗教、生活風俗等方面甚少干預），但是畢竟台灣與大陸在整體文化上是共一源頭，歷史上改朝換代，天下分合，政權更迭，屢見不鮮，但相對於長遠的文化而言，政治的變易是短暫的，文化卻是無法取消與替換，是木之根，水之源。台灣近二、三十年來民主化程度越來越高，本來正好在尚未臻民主的大陸之外，努力建設「有台灣特色的中華文化」，或換個說法，台灣要有雄心壯志讓中華文化的現代化得到全球刮目相看的卓越成果。台灣本來有此條件。因為台灣匯集了中國各省的人才，而且最早有自由民主，教育普及，又有最佳途徑吸收歐美日本的文化精華。但是台灣沒有把握最佳機會，沒有走上台灣文化上應然的，也是最適宜的發展方向，而是自斷根脈，往最沒有前途的方向冒進。有兩個錯誤：一是因政治的歧見逐漸疏離以至試圖「去中華傳統文化」；一是西瓜偎大邊，急進西化，妄想與「世界性」文化藝術接軌，實則是讓台灣文化「殖民地化」。台灣的美術館不一直在做讓本土文化自我消亡的活動嗎？

回頭看李維菁小姐的報導。令人真不明白，什麼藝術家？當年國家窮了，不安全了，動盪了，便找一個富強之國去依附；當富國也不景氣了，台灣卻有錢了，便以「國際性畫家」回來接受名利。有的得「國家」文藝獎，有的說「我出國三十年，回來看到台灣現代藝術一點也沒長進」。好了，現在台灣經濟跌到谷底，上海由貧困的「匪區」變成新的「紐約」，藝術家又紛紛投靠。良禽擇木而棲，豈不有奶便是娘？藝術家豈不比一個商人還要現實？對時代沒有感應，對土地與人民沒有榮辱與共的感情，對自己的族群、社會、自己的文化沒有認同，也沒有道義與責任，對歷史沒有回顧、繼承與發揚。似乎「藝術家」就是一群身懷特技哪裡有好處、有名利，便往哪裡移居的人嗎？這不跟哪個大爺有錢便跟他去一個德性？現在，在台灣受國家「嘉獎」或受評論與媒體多方「肯定」的許多畫家棄台灣而去大陸，可以說是「良有以也」。台灣向來不是最欣賞「國際性」畫家嗎？現在一邊一國，這一群「國際性」藝術家正在「國」際間進出，不也名副其實乎？

如果台灣出了一個王嘉驥先生所欣賞的收藏家，懂得用他的財富來贊助、收藏「在地的文化藝術」，他會去支持這樣的藝術家嗎？當台灣更多有思想的收藏家看多了歐美前衛藝術回來，發覺台灣的美術館、當代藝術館、文藝基金會、新派的評論家與策略人所策展、鼓吹的「台灣當代藝術」原來是「西方三流四流」的貨色，他還有「贊助在地文化的熱情」嗎？（三個引號中語詞均來自王文）。

我一向主張「傳統應現代化、外來應本土化」。我們三十年來對傳統不是抄襲，便是顛覆與割裂；對外來的則奉為聖經，臣服膜拜。喪失「我們自己」的獨特性，不但不可能有讓人尊重的在地文化，而且，恐怕「我們」只是一群面目模糊的人，還妄想「我們的文化」在世界佔一席之地？

（二〇〇二年八月《中國時報》〈人間〉副刊）

「全球化」我們應有的自覺

——致中國大陸藝術界的朋友們

大陸藝術界的朋友給我寫信並寄來《榮寶齋》期刊編輯部約稿函。這一本迎向兩千年的新刊物將對中國藝術有重大的影響與貢獻。這是我的祝頌，也是期望。

藝術方面值得談的題目太多了，我現在先選這個議題，因為這是我最急切想說的衷心的話。

「全球化」的迷思

一九九九年八月十一日香港傳訊電視中天頻道訪問北京幾位新潮畫家、評論家和畫展策劃者，看後感慨良深。一方面驚詫於中國改革開放十幾二十年間，文化藝術一窩蜂地崇洋，生吞活剝把西方的「前衛藝術」當自己的目標，何其急躁而速成！另一方面不免深感中國藝術未來還有一段坎坷的長路。從過去的一個極端，如今是擺向另一個極端，這種迷惘倒錯的困境，何時能夠擺脫？何時才能找到有自己文化主體性的現代中國藝術的方向？

那三位中國大陸藝壇「新銳」都認為西方的現代、後現代主義已是「全球化藝術」的共同語言。也說到現在已進入現代生活，也西方化了，很難分辨中西；他們還說，雖然表面上是西方的，其實那是全球化的藝術樣式。

這些觀點在台灣的我們來說，一點也不陌生。而且台灣自六〇年代早已有此聲響。台北的「五月」和「東方」兩個畫會，就是響應西方的前衛藝術而起來「革命」的。

全球化（globalization）確是近代以來西方隨著資本主義崛起的霸權文化所鼓吹與運作的目標。一個半世紀之前馬克思在寫《共產黨宣言》時就說過：「資產階級由於開拓了世界市場，使一切國家的生產和消費都成為世界性了。」這種全球化的世界市場，使「落後國家」只能充當墊底的角色。若不能努力追隨附驥便被淘汰，所以永難有自主性之可言。

近年亞洲金融風暴受國際金融資本體系全球支配性的威力，國際投機資金的抽吸，亞洲經濟的榮景似乎一夜間而破滅。韓國的金融體系兩年前曾遭到接管的命運，韓人的悲憤，覺得不啻淪為經濟殖民地。可見失去自主性之可悲。當「全球化」的權力握在西方經濟強權手中時，你妄想融入「國際」，結果只是墊底。我從來沒有想到經濟問題與藝術發展有如此相類的一面。總以為藝術應強調文化的主體性；政治與經濟則不然。因為「民族主義」、「愛國主義」很容易走向極端，而「地球村」的經濟結構自由化、全球化當是最佳途徑。最近觀看亞洲金融危機的背後種種，才知道並非如此簡單。

在一篇談經濟的文章〈警惕金融權力的全球支配性〉（《亞洲週刊》一九九七年十二月一號）中說金融不只是金錢的一種，更是一種權力。一九八〇年國際經濟的南北會議發表的「阿魯沙提案」，說「貨幣是一種實力。這個簡單的真理存在於國家的，國際的種種關係中。那些實力雄厚的國家控制著貨幣。國際貨幣體系是現實實力結構的一種功能體現及一種運作工具。」任何國家的金融體系被接管時（如被「國際貨幣基金組織」即ＩＭＦ），該國即失去借著金融決策制訂經濟發展策略的自主性；因ＩＭＦ的運作，國際垂直分工將更加確定，更無法突破。因此，就古典政治經濟學裡有關金融資本的理論而言，亞洲貨幣危機應視為國際金融資本支配性角色的一次「功能體現」。它抽吸了亞洲累積的大量成果，更壞的是還將亞洲掉進再也難以攀爬的國際分工體系的下層。

文化霸權

我特別引用了談論國際經濟問題的這些論述，因為金融資本全球支配性的可怕情景，在文化藝術方面也並沒有不同。經濟方面西方霸權所鼓吹的全球化的事實，啟發了我對當代西方前衛藝術的思考與進一步的批判。從經濟上的例子，也說明了我多年來強調現代中國藝術文化主體性的堅持；抗斥盲從、屈服於西方現代、後現代主義；批評有人將其當作國際性、世界性範式的謬誤與迷思等論述並非我個人的偏見。仿上述經濟論題的話來說藝術，相類似的述說便是：西方現代、後現代藝術不只是藝術的一種，更是一種權力。那些實力雄厚的國家控制著藝術「進步」的主導權。國際性、世界性的模式與論述是現實實力結構的一種功能體現及一種運作工具。

所謂「現實實力結構」便是西方中心的文化霸權。任何文化體系中的藝術若被他文化體系中的藝術所取代，原來的文化體系中的藝術便失去創造發展的自主性，也失去源泉。因為自陷於「全球化」的迷夢之中，藝術殖民地化的命運便不易掙脫，難有回復自我獨特創造的可能。

強勢文化推廣所謂「全球化」的前衛藝術，其實是一種文化霸權的擴張。「後進國家」的「前衛之士」以為與「全球化」的主流接軌，實則是強勢文化的俘虜。全球化的文化霸權的擴張，以藝術為手段（運作工具）。我們可以舉美國五〇年代後期所謂「抽象表現主義」運動之所以成為「國際化的主流」，使以紐約為中心的美國賴以由地區性的藝術地位轉變成「國際化」的領導者，歸功於美國的《藝術新聞》（*Artnews*）雜誌長達十五年持續不斷的鼓吹；更重要的是白宮政府「刻意拿美國當代藝術作為文化宣傳的利器，以及整個美國大眾所凝聚而成的社會慾望（socialdesire）——期望美國成為全球政經、文化、軍事的主導者，此三大因素促成抽象表現主義運動的國際化。」（對此事的真相很詳細的論述參見謝東山《當代藝術批評的疆界》，台北帝門基金會出版）

我們應可明白：全球性、世界性、國際性等名稱的虛妄以及背後的政治動機。

藝術，有時不是單純的藝術，而是一種權力，一種強國為實現全球支配性文化霸權的「運作工具」。文化霸權因「國力」而膨脹，但終將受到抵制與抗拒；依附這「權力」，可能博取一時的虛榮，但終必歸於虛妄。

獨特自主的文化心靈

中國兩岸三地，即大陸、香港與台灣。因為近代歷史的原因，中國文化在三個地區從過去到當代，各有不同的發展和變遷。就接受西化現代藝術的影響來說，港台最早，大陸則自開放後才「急起直追」。將來的歷史如何姑且不論，中國文化歷史共同的傳承在與外來文化的衝擊交流之後所應有的理想的方向，三地不應該也不可能有巨大的差異。

很可惜，港台文化藝術在現代歷史中的經驗，大陸沒有研究與了解，也就不能借鑒，港台近數十年以西方現代、後現代前衛藝術為先進的、世界性的、全球化的模式追逐附驥，唯恐不能得到西方藝術界、美術館、畫廊、評論家、收藏家與社會的青睞。試看港台出名的藝術界人物，哪一位不經洋人的品題而能身價百倍？當然，洋人不無有極高明的品味力與眼光者，但洋人而能站在中國藝術的民族特色來看中國創新的藝術，豈比鳳毛麟角更多？（洋人喜歡異國古董，收藏山水畫、美人圖者另當別論）港台以外的「新潮」藝術，差不多是西方現代、後現代的翻版，或者說「逾淮之枳」。

香港的文化藝術，處於中國與西方兩者的「邊陲」地帶，這是很特殊的情況。傳統的「中國畫」以嶺南派為主，而大幅度的商品化，與高氏兄弟首創時不同，趨向豐麗悅人，主要在賣錢。全盤西化的藝術則完全是西方的「複製羊」。居中的是中西摻半的水墨創作：用中國線與筆墨，糅合美術設計的理念與技法，或以分割的畫面，或以幾何形，或以自動性技法，具象抽象都有，這是香港本土的特殊產物，是中國與西洋現代派的混血兒。香港的文化歸屬的矛盾造成在過去歷史中的尷尬處境，因而孕育了藝術上特殊的產物，好像半杯白干與半杯洋酒拌攪而成，其異化了的歷史的無奈，也說明了時空條件對藝術的制約。

大陸近代以來，二十世紀前期已有許多先鋒人物，開創了新局面。大略而言，這裡面有從傳統發展出來的（如齊白石、黃賓虹、潘天壽等），也有融中外於一爐而不失中國文化主體性的創造（如林風眠、徐悲鴻、傅抱石、李可染等）。而外來畫種的「中國化」（如油畫、水彩的中國風格的追求），都是非常了不起的抱負。中國藝術的現代化，應該說已經有了總體的大方向，而且也已取得相當豐碩的成果。這個大方向大概可以歸納為：「本土藝術的現代化，外來藝術的本土化。」這裡面包含了：一、中國藝術不論如何創新，中國文化的主體性、獨特性的堅持；二、中國藝術的多元化。「中國畫」以及「文人畫」是中國繪畫寶貴的遺產，應該有現代的新創造，不再必定是中國繪畫的「正宗」式「主流」，它要與其他繪畫公平競賽。而外來的畫種不再是「洋畫」，它要融入中國文化；它也是現代中國畫壇參與公平競賽的新成員，它必須努力本土化，落地生根。

但是，改革開放以來，由於種種原因，上述這個大方向混亂了，偏離了。似乎大半個世紀以來先輩的努力頓成絕響，歷史的承傳不能延續發展，這是非常令人憂慮的事。這種種原因之中，大概有兩個重要的因素，一個是崇洋之風，一個是商業市場的興起。我們看到大陸（包括由大陸移居海外）的藝術界在這兩大因素的衝擊之下，表面上風起雲湧、花團錦簇，但本質上是依附商業大潮，喪失了理想性；追逐、臣服於西方前衛藝術，喪失了自主性與獨立性。

以前百餘年中國人對於列強軍事、政治的侵略與壓迫，艱苦卓絕地反抗，終於擺脫控制，維護自己的主權，如今以經濟與文化的「全球化」，中國人都不自覺地以「全球化」為目標。尤其在文化藝術上，西方文化霸權全球化的擴張，中國文藝界相當多的人認為是「世界性的主流」而追隨膜拜。我們已於不知不覺中喪失了文化大國具現代性的自我。我們看國內外的報導、圖片與評論，西方後現代千奇百異的前衛藝術在中國文化中異軍突起，沛然莫之能禦。此外則是追逐市場利益的各種商品藝術。近代以來艱辛探索、創造、積累的成果，在西化與商業化的衝擊之下，我們忍看它灰飛煙滅？

即使中國的科技與軍力強盛，政治獨立自主，經濟繁榮，但如果文化心靈卻喪失獨特的主體性，在二十一世紀「世界藝術」中拿不出具有中國文化與民族特色的獨特創造，我們是什麼？如果在經濟及其他方面得到成果，而失去我們的文化心靈，我們所有努力的意義是什麼？

這不但值得所有關心中國文化的人深思，更值得藝術界急切認真的省思。

（北京《榮寶齋》十月創刊號，一九九九年七月應邀所寫）

今日的「藝術」與「評論」

自古以來，藝術常常成為「權力」的奴婢。有至少三個「強權」，宰制了藝術的命運。依序是：宗教、政治與商業化。

歐洲在宗教統制一切的中世紀，藝術是宗教的奴婢。千篇一律以宗教的思想為內涵，以宗教的歷史與故事為題材，藝術成為宣揚教義的工具。當政治成為獨斷的勢力，藝術換了主題，也換了題材，完全臣服於政治教條。雖不能說在宗教與政治的威壓之下，完全沒有傑出的作品，但基本上，絕大部分，藝術失去了廣袤的自由天地，也不允許個性與獨創性的發揮。千人一面，眾口同聲。藝術只是宣傳品，是權力的附庸。

一、藝術商業化的危機

現在改革開放，每個從事藝術的人可以自由創作，但不幸遇到資本主義全球化所帶來空前巨大的商業化大潮，藝術被捲入商品化的時潮之中。這個危機，是藝術有史以來更巨大，更徹底，更難以抗拒與逃避的危機。因為在宗教與政治主宰一切的時代，藝術家創作是「被動」而為；而商業化的時代，因為藝術家在競爭中有利可得，差不多都「主動」投入。為金錢而創作，藝術便走向僵死之路。

今日世界最大的危機，是精神價值的崩潰。美貌、青春、肉體、愛情、愛心都可以成商品，可以出賣。導致精神價值、道德倫理與人的尊嚴的墮落。藝術也是一種精神價值。一首詩，一張畫無法馬上估量其商品價值，因為精神價值是無法量化的。藝術作品要經過許多評論家研究、評介，名家品題，大眾的欣賞、確認，在時間的淘洗中彰顯他的藝術價值。但在急切而功利的當代，一切要以商品來交換商業價值，所以有藝術公司、畫廊、經紀人、拍賣公司來操作，各方以求取利益為目的。藝術價值遭到扭曲，其市場價格則追求最大化的利益，極盡誇大、哄抬甚至詐欺炒作之能事。經由各種宣傳技巧與速成捷徑「成名」的藝術「明星」，其作品不經藝術批評的檢驗，不經大眾的欣賞與確認，也不經歷史與時間的考驗與淘洗，完全以「市場」的行情為標準。市場行情無法衡量藝術價值，便以畫家地位、官銜、名氣為依據，所以爭官位，造虛名，買新聞，擺排場，蔚為風氣，與媒體或拍賣公司勾結作假、炒作，不擇手段。有些畫家因為市場行情看俏，匆忙趕畫，製造噱頭，重金買捧場評論，「藝術商品」與「期貨」、「股票」的投資、炒作越來越相似。當代藝術空前的商品化，導致藝術根本的異化。

二、藝術批評在藝術商品化中死亡

似。

「藝術批評家」這種「物種」在當代已經無法存活。其情形與北極熊及許多生物瀕臨絕滅相似。

本來藝術批評是極嚴肅的工作，批評家要有相對廣博的學識（藝術史、文化史、社會、心理等知識），有自己的美學觀念與藝術理論，還要對所批評的藝術品有專業的研究（不可能有天下各種藝術門類都精熟的批評家。例如雕刻、油畫、水墨、書法、建築、壁畫等不同領域與對象都需要專門的研究。沒有「萬能批評家」，有則必為江湖術士）。此外，對不同藝術產生自不同的文化、歷史與傳統，也要有特別的研究背景（如書法、水墨之於中國文化；印度雕刻之於印度與希臘文化；法國印象派油畫之於歐洲近代文化等等）。不是一般漫談藝術的寫作者都可以勝任藝術批評的寫作。

近百年來從現代主義、後現代主義到當代藝術，原來的藝術生態環境已經崩壞、裂解、溶混、變質。西方自二十世紀初，藝術內部產生裂變。近代西方歐美成為強權，不僅在政、經、軍事上稱霸，其意識形態，包括藝術不斷擴張、滲透，以「全球話語」、「普世價值」、「全球化」、「國際前衛藝術」、「當代藝術」衝擊、引誘、蠱惑非西方世界，以統制全球為目標。東方七零八落，唯美國藝術馬首是瞻，已超過半個世紀。現在的中國藝術，主體性與獨特性岌岌可危，全盤西化成「先進」的指標。這一場藝術的「大革命」顛覆並摧毀了傳統的文化。以任意、混亂、怪誕為突破、創新、自由。沒有東西方之分（其實是西方藝術的全球化，消滅了藝術的民族文化獨特性。）；顛覆了平面與立體、藝術媒介中材質的統一性、藝術種類的不同獨特性等差異；否定了藝術的基本訓練的必要性；人人可為藝術家，任何怪異的形式都是新藝術。其混亂與虛無，與當代人間社會男女可變性，顛覆了性別的界限；同性婚姻，顛覆了夫婦與家庭的定義與本質；「桔子汁」的飲料中沒有桔子、「豆漿」中沒有黃豆、「松露巧克力」中沒有松露（都是化學物質合成）等當代商品一樣，反映了當代文化的虛幻與「真實的缺位」。

面對當代藝術的異化，加上商業化，藝術批評無可施其技。而當代藝術活動之普遍活躍，商業藝廊大增，藝術市場之熱絡，藝術評論形同「產品促銷」廣告的文宣。產品的出品人（即畫家）以優厚的稿費為報酬請評論家寫文章（這等於當代文人無顧忌為金錢而折腰），所得到的當然是誇大的頌揚或轉彎抹角，過分溢美之詞。報刊雜誌刊登作品多要畫家付費，而只要有搖筆桿本事的人，都可成藝評家。藝術批評已壽終正寢，良有以也。

三、荒謬的藝術教育制度

記得剛剛改革開放的時候，外國遊客爭相恐後來華旅遊，一睹這個文明古國的風情。萬里長城遊客最多，許多小朋友向遊客兜售禮品，以「國畫」為主。當時所謂全國一窮二白，「國畫」是成本最低，生產速度最快的產品。記者報導，外國遊客說：中國有十億人口（當時），大概有九億個畫家。

當代中國畫家之多，大概古今中外之最。為什麼有此現象？原因不能一語說盡。大概「國畫」之套式化與「簡潔」，最易依樣畫葫蘆。另一個原因是「美術系」太多了。認為美術是民族文化中重要的一環，所以近半個世紀，我們的大學中廣設美術、音樂兩個系，乃至成立了太多美術學院。這一錯誤的教育政策，結果沒有把我國的藝術水平提高，反而拉低了。這是十分弔詭而遺憾的事。

重視藝術教育，正確的政策應是不分科系，普遍加強藝術教育，培養藝術欣賞品味的能力，不但是有助於人格的完善，而且使高等人才有人文修養。但是透過廣設藝術專業科系，以為可多培養藝術專業人才，其結果不啻是青年生命的虛擲，國家的負擔，而且製造大量既沒有專業的知識與能力，又成不了藝術家的一群「藝術遊民」。

因為文學家與藝術家（小說家、作家、詩人、畫家）從來不是靠文學系或藝術系能直接培育的。真正的文學家與畫家在人群中永遠是鳳毛麟角，出自天賦與個人不懈的努力追求。各朝各代在歷史上都只有幾大家，明朝只有四大家，揚州只有八怪，文藝復興只有三傑，印象派大畫家也只有幾個。天下有興趣追求藝術的人越多越好，但有大成就的畫家不會多。沒有專門學問，又沒有一技之長，培養一大批以畫畫為職業的平庸藝術人才，是人才的浪費，國家社會的負擔。而且也是這些不入流「藝術家」個人的不幸與痛苦。

許多美術學院本位主義，只求不斷增班、擴大，廣招學生，有的為壯大聲勢，有的為多收學費。尤其大量設立碩士、博士，只是為了增加教授的職位與收入。「博導」滿街，藝術教育氾濫成災，每年各地有大量美術系學、碩、博士湧入社會，他們既「獻身」於藝術家的「行業」，也頂著國家所授學位的銜頭，所以他們要畫畫，要展覽，要出版畫集，雜誌上要介紹他們的畫，這一切每年、每一代不斷的增加，藝術水平因而逐年下降，乃勢所必然。還有畫家分級制，分一級二級（世界所僅見）；各地設有無數「畫院」，由國家供養（只有古代皇帝時代曾有）；藝術官方機構疊床架屋，每位有名畫家都有官位銜頭……藝術教育的錯誤，藝術政策的荒謬，造成中國藝術家多如牛毛的奇景。吳冠中先生常說些很武斷，很引起爭議的話。但他批評「畫院」制度不應繼續存在，是正確的。我早在一九九一年第一次去北京就說過畫院制度的不合理。許多畫家私下告訴我不要提冒「天下大不韙」的此事。現在已過了二十年，中國畫家傑出的少，平淡無奇，努力作怪，尸位素餐的多，還是不能說的「禁忌」嗎？

四、「藝術評論」要負起匡正風氣的大任

我們沒有真正的藝術評論已久了，有的只是吹捧與溢美的文章，甚至如「產品推銷文案」，盡寫些言不由衷、牽強附會、誇大不實、故弄虛玄、崇洋媚俗、陳腔濫調的「諛詞」。

如何建立現代中國藝術的審美基準，探索中國藝術的現代方向，批判西方後現代主義反文化、反藝術的虛無主義與偽自由主義的意識形態，批判西方文化強權以全球化與商業化宰制全球

藝術的霸道策略，重建「有中國特色」的藝術思想與風格。提倡尊重並維護有民族特色、傳統根基與文化理想、合乎人性渴求的藝術。

我們在此危機時代絕不應隨波逐流，而應撥亂反正，重建藝術評論的自主方向，為中國文化的重振，向世界提供我們的獨特的貢獻。

這是我的期望。

（二〇一一年八月二十八日南瑪都颱風之夜）

寫生與創作

——我對李可染先生畫的體會

我在拙著《大師的心靈》書中，評論二十世紀最後一位中國水墨畫大畫家李可染先生，以〈黑雲壓城城欲摧——李可染〉為文題。此書在台北是立緒文化公司，在天津是百花文藝出版社所出版。茲先摘錄論述可染先生與「寫生」有關的部分。

「外師造化，中得心源」是唐代張璪的名言，中國畫家差不多都耳熟能詳。此外，歷來又有師古人、師造化與師心的說法。不過，古人必然先師造化；而古人的成就也有其心源在其中。因此，「古人」裡面，其實有「造化」，也有「心源」。

所以簡略而言，「造化」（宇宙、自然、人生、生活等）與「心源」（理想、想像、主觀精神、生命特質、心靈修養等），是藝術創造的兩大源泉。沒有任何藝術創造不來自這兩個源泉，而此兩者，也不能只賴其一而可成就。

不過，藝術家因種種不同的主客觀條件，其創作靈感之所賴，於此兩者之偏重或偏好，也容或各有差異。也就是說，不同的藝術家，有的偏重於「造化」，有的偏重於「心源」。所以我們可以說，由於各有偏重與偏好，造成了創作靈感來源以客觀世界為主的藝術家與以主觀世界為主的藝術家兩大類型。

只要我們對李可染的作品稍有瞭解，便可以知道李可染在四十歲前後到六十歲大概二十年間已經完成了一生最重要的作品。他在四〇年代初以逸筆草草的大寫意所畫人物與山水，顯示他獨特的審美趣味和極富魅力的筆墨風格，而在五〇年代至六〇年代，他因為遊歷中國名山大川，風景名勝，畫了大量水墨寫生作品，開闢了一條在山水寫景中創作的新路，已奠定他的歷史地位。他膾炙人口的名作與獨特的風格在六十歲前後已經登上個人藝術巔峰。

李可染傑作甚多，海內外各公私收藏都有佳作。到目前為止，最重要的畫集，先後出版的有：一九五九年人民美術出版社的《李可染水墨山水寫生畫集》（收作品六十三幅），與一九九一年天津人民美術出版社的《李可染書畫全集》（分山水、人物．牛、書法、素描．速寫卷），差不多收集了他各時期主要的作品，足為鑒賞與研究主要的依據。

李可染早期最膾炙人口的人物畫如《執扇仕女》、《牧牛圖》（齊白石題：忽聞蟋蟀鳴，容易秋風起）、《浴牛圖》、《芭蕉美人》、《種蕉學書》（以上三幅徐悲鴻紀念館藏）等大半從傳統及近代大家脫穎而出，逸筆草草而格趣高簡。此後只有《牧牛圖》這一題材不斷再製，五〇年代之後主要的作品多為山水。偶作其他人物畫，亦基本上接續早期風格。

奠定他在繪畫史上重要也位也當以五〇年代以後的山水作品為骨幹。我認為李可染的山水畫，在一九六五年以前的十一年裡已經創造了他自己的巔峰。最佳作品如：《江山如畫》、《峨眉秋色》、《蜀山春雨》、《漢代的古柏》、《魯迅故鄉紹興城》、《易北河上》、《嘉定大佛》、《凌雲山頂》、《魚米之鄉》等（見一九五九人美版畫集）。其中《魚米之鄉》我以為是李氏山水中的代表作。《魚米之鄉》即為人美版畫集的「畫衣」封面，可見畫集之主編在三十多年前早有慧眼。此畫以後不曾見刊於其他畫集。我於一九八九年受可染先生之囑，為台北崇雅出版社的《李可染中國畫集》寫序之後，記出版社呂石明兄詢問可染先生該畫下落，回說是《魚米之鄉》等一批五〇年代作品，在一次四川省借展之後遺失了，殊為可惜。《魚米之鄉》是我所認識李可染一生的山水畫中的代表作。一位畫家一生有這樣的作品，已足登上巨匠的地位而不可置疑。這一幅畫表現了可染先生中西藝術的修養，他身後的基本功，現實生活經過他的慧眼、熱情以及第一流的意匠手段所創作的吾土吾民的動人風情。這是一首拙樸而充滿激情的中國民歌，是中國水墨的「表現主義」繪畫。這裡面有石濤的奇險，石谿的深沉，齊白石的豪邁淳樸，也有黃賓虹的渾厚華滋。這裡面有酣暢、有苦澀、有歲月的蒼老，也有生生不息的生命無言的悲歌。若沒有對古老的中國山川與人的深情與激情，畫不出這樣的作品。

此外，天津版《山水卷》中所刊，前集所未刊者如：《漓江邊上》、《畫山側影》、《黃海煙霞》、《陽朔渡頭》、《萬山夕照》、《榕湖夕照》、《崑崙山》、《巫山雲圖》……也是李可染的重要作品。

如果上列佳作確可以代表李可染最重要的成就所在，那麼，便很明顯地可以看出李可染的創作靈感多來自客觀的「造化」、「借景寄情」，創造了個人獨特的藝術境界。雖然是「寫生」，但不容否認也是有高度創造的藝術作品。

李可染在中壯年時代到達自己藝術創造的峰頂之後尚有二十多年歲月。李氏在最後十年尤其用功，不但畫了許多墨瀋淋漓，黑入太陰的畫，藝術活動也很多姿多彩。但我認為他的藝術頂峰在中壯年而不在晚年。對於這一點，不但有一部分美術界的朋友不大贊同，李可染先生也然。

一九九〇年北京人民美術出版社《李可染論藝術》一書有李氏〈讓世界理解東方藝術——最後一課〉（一九八九年十一月廿四日在師牛堂談話——李松先生記錄）一文中李可染先生說：「有的台灣朋友對我一九五六年的寫生非常讚美，而對我現在的作品倒有疑惑。」（見該書一八九頁）這一段話其實是我所引起的，因為我應李可染先生之邀在台北崇雅出版的大畫集所寫的序文，約略透露了我對他前後期作品的看法。崇雅編輯部與李先生有多次接觸，告訴我李先生看了我的「序」之後，說：「何先生大概不知道我現在畫些什麼」。其實我自五〇年代以來景仰李先生，他的作品我一直非常注意，不論早期或晚期，不但不是一無所知，而可說近乎「如數家珍」。

不過，對藝術作品的評價是相當主觀的判斷，仁智之見也不易人人相同。我對李可染作品的看法，不但是主觀感受，也有客觀的理由。我所認為的「理」，就是李可染晚期的作品之所以未能超越自己前期所創造的高峰，乃因為他無可奈何地走向背逆自己創作所偏重的靈感來源的方向。

一九五八年「反右鬥爭」以及以後一連串大規模的政治運動，任何人均不能逃避，藝術家也然。一九五四年到一九五九年，李可染幾度旅行寫生，直到一九六四年，依據寫生再創作了一系列名作。但是一九六六年，「五十九歲，十年『文革』，被迫停筆，無法創作，通過書法作基本功練習。」「文革」阻絕了這一位優秀的藝術家向更高峰攀登的可能。「文革」後期為周恩來所「調令」回京接受製作歌頌祖國江山的大畫，是他晚年活潑藝術創造開始定型化的開端。根據孫美蘭《李可染》書中年表所載，一九七二年至一九七八年，為民族飯店作大幅《漓江》、為外交部作六米巨幅《漓江勝景圖》，為國慶二十五周年作《清漓天下景》，為日本華僑總會作大幅《漓江》、《井岡山》圖軸。一九七八年再次至黃山、九華山，因心臟病發，未能完成再次去三峽寫生的計劃。

可知自一九六六年到一九八九年李可染辭世的二十多年間，他不大能出門，他的畫不再是「對景創作」，只能在過去的經驗與成果上再製作，而以漓江、桂林山水、黃山以及綜合式的山水畫，還有就是大量的《牧牛圖》為主。

我們將李可染最後歲月的創作概況，依據《年表》做了以上的排比，知道李氏自一九六五年以後，受政治運動的衝擊，畫了許多自由想像的山水畫。李可染由所擅長的「借景寄情」轉為向壁虛構的「境由心生」。我們所見多為僵硬而雷同的作品。全然不同的創作途徑，背逆了自己的性向，也背離了其藝術創作成功的方向，可說是捨棄了自己的特長。這就是他晚年作品無法超越中壯年所已達到的高峰的根本原因。

李可染是在寫生中創作成功的畫家。離開這一途徑，要走向黃賓虹、傅抱石、林風眠等畫家那條以想像來造境的創作之路，顯然是捨長取短。當然，我們不應對這兩條不同的創作途徑有所軒輊，因為不論靈感是來自客觀現實或主觀心象，都可能產生第一流的佳作。而且，也不能說黃、傅、林等畫家就不曾有由寫生而創作的作品。不過，不可否認，借景寄情的成就較之中國二十世紀諸大師，李可染最為出色。

李可染先生在寫生中創作，我還有補充論述。

有關「寫生」與「創作」，如果我們沒有破除習慣性的思維，實事求是地來看待，我們便很難有正確的判斷。寫生與創作，確可以成為相關的兩個階段。許多畫家都以寫生作為練習或搜集創作素材來看待。他的創作不以寫生為底稿，而出自主觀的構想。但我們不能否認有另外一種藝術家，是以現實材料為基礎，點鐵成金，變成創作。李可染就是這種畫家中極傑出的一位大畫家。

寫生而能轉化為創作，需要有一個飽含詩情的心靈，以及點鐵成金的藝術手段。首先，李可染的畫，許多從實景中來，但他能營造意境，使畫面變成詩化的境界，有獨特的韻味和雋永的魅力。其次，他造型的手法，有一套別出一格的形式語言，恰當地提供了建造他鮮明個人風格所需的梁柱磚瓦，以經營他的繪畫世界。茲就此兩點來論述李可染畫的創造性成就。

第一，有意境則有魅力。李可染的許多寫生創作，如《魯迅故鄉紹興城》），經空中鳥瞰，把白牆黑瓦的古老江南典型的風味全景呈現。畫家不可能坐直升機，這個取景角度是心智的高揚。畫家繞城觀察，慘淡經營，靈思飛動，而有此佳構。迤邐的小河，鱗次櫛比的老屋，去蕪雜，存精粹，其取捨、誇張、組織、虛實、概括、統一等藝術處理手法，如大匠運斤，切中肯綮，創造了典型，便成經典。有如李白「孤帆遠影碧空盡，唯見長江天際流」與杜甫「無邊落木蕭蕭下，不盡長江滾滾來」佳句一出，後來者寫大江的氣勢，便難以下筆。

其他如《漓江邊上》、《夕照中的重慶山城》、《漢代的古柏》、《魚米之鄉》、《峨眉秋色》、《社戲》、《萬山紅遍》、《青山密林圖》、《雨中漓江（水晶宮）》、《樹杪百重泉》是李可染一生最經典的傑作。范寬與倪雲林一生經典只有極少數二三幅，達文西以《最後的晚餐》與《蒙娜麗莎》已足。李可染這些寫生創作，絕不是對景畫圖的寫生，而是以實景為本去營造詩意的境界。

第二，略談李可染別出一格的「形式語言」。

李可染從他多位老師（包括傳統的龔賢、石濤、石谿等）那裡繼承了重、拙、黑、澀、崛等美感情調。他的構圖多半充天塞地。在用筆方面，以慢筆中鋒，澀崛厚重為主。用色則以赭石、花青的傳統色作輔助，而以墨色為主軸。我注意到他的花青有時加水彩的群青，顯得活潑有生氣。在造型語言上，如詩文中排句與複沓的運用。許多極相似而又各個不同的形、筆、點、線大量以複沓的形式組織成畫面，加強了節奏的力量。音量強弱的對比，重音震耳欲聾的驟響，形成磅礴的氣勢。而積墨的大量運用，使層次豐富，渲染的多次反覆，以至漸漸疊生黑者變化微妙，白者越發閃亮。這些技法特色，就是李可染畫的魅力所在。從黃賓虹與齊白石兩位恩師那裡，吸取轉化而成個人獨特風格，而沒有斧鑿痕，李可染是唯一的一位。

李可染好似不擅作詩，但他畫中的詩，不是文字的詩，乃是圖像的詩。正如許多大作曲家不是文字的詩人，而是音象的詩人一樣。詩不必只有文字能表出，視覺與觸覺的詩與文字詩鼎足而三，各擅勝場。

在寫生中創作，李可染五六〇年代的作品，已使他在現代中國繪畫史上取得第一流獨特的地位。

（二〇一二年一月十七日於台北）

卸下鐐銬之後

——兼悼念兩位天才畫家

一九四九年以後，大陸的中國水墨人物畫開創了一個新局面。以徐悲鴻、蔣兆和為主（其他如呂鳳子、黃少強等等）的新派人物畫家，在明清的基礎上（尤其是任伯年開了先河），結合西方寫實的造型手法，創生了一個表現當代，面對現實人生的新畫風。有了前面的開導者，就有景從者。二十世紀下半，一時人才輩出，著名者如李斛、李震堅、黃胄、石魯、盧沉、周思聰等等。隨後有第三世代一批優秀畫家，以及其再傳許多新秀。

當八〇年代改革開放以後，個體戶的活躍展開。在藝術上，政治長期對創作的指導與規範也完全解除了，於是，迎來了一個全新的局面：有了個人思想的自由與創作的自主，畫家個人正可以大展宏圖。但是，畫家們立刻普遍陷入一個新的困境。這個困境是因為鬆綁之後，畫家忽然獨自面對「畫什麼？為什麼畫？怎樣畫？」竟然舉步維艱。

在過去，這三個問題差不多不曾困惑過。因為畫畫是為人民服務，其實就是為政治服務，也是為黨，為國家而工作。（國人自來對領袖、黨、政府、國家等概念本質的異同缺乏正確的認識。）身為畫家，努力畫畫當然是積極表現政治態度，做出專業成績，完成創作任務。所以為什麼要畫畫從來不是問題。而「畫什麼」的問題，也不用個人操心，「為人民服務」就是畫群眾喜見樂聞的東西。在不同時期，創作的題材與內容，差不多都有可依循的文件與資料，畫家個人所要用心的，便只有「怎樣畫」；「畫什麼」與「為什麼畫」便成了大問題。

藝術為表現藝術家個人對宇宙人生（大到天地，小到一草一石）獨特的感受與思想，過去沒有這個訓練，也不鼓勵表達個人的思想感情（過去個人主義與小資產階級的感情都要受批判）。因為長期受政治思想的支配與控制，藝術家動輒犯錯，數十年間都以「政治正確」為藝術之思想內容。一旦鬆綁，獨立思考的能力與修養，絕非一朝一夕所能達成。八〇年代之後大陸畫家五六十歲以上比較修養有素的老一輩（如吳冠中、黃秋園、何海霞等等）之外，那些青少年成長期都在歷年政治運動中，既不能自由讀書、思考，也不能遠離政治正確，因此改革開放，絕大部分都面臨上述各窘境。聰明的趕緊努力練基本功，獨立思想還期諸來日。不幸「八五新潮」以後，西風長驅直入，加上許多崇洋的西崽在前面搖旗吶喊，圓明園、宋莊、以及後來的「七九八」西化前衛浪潮席捲畫壇，連美術學院原來紮實的基本功都異化，中國再沒有周思聰、杜滋齡、王明明那樣基本功深厚的畫家了。

九〇年代開始我多次去北京，與盧沉、周思聰有過幾次懇切的晤談。當時周思聰生病已很久，手掌關節變形，執筆為艱，只畫小卡片及水墨氤氳的墨荷之類。盧沉則強烈自感跟不上時代，正在刻意改變畫路，琢磨新潮畫法。他送我出版不久的《盧沉論水墨畫》薄薄一冊，後面附圖，略見有以立體派分割法、平面構成、抽象、變形等西化形式主義繪畫方法畫水墨的新嘗試。盧沉誠樸憨直，謙卑好學，在西潮衝擊之下，急於求變，顯得惶急。

這是一個大變局的開頭，由一群不明人士發起星星美展，掀起一個後來稱為「八五新潮」的前衛藝術運動。自此西方的現代主義以及五花八門美式的當代藝術風潮如破堤之浪，衝擊大陸藝壇。其實，這個西方新潮，早在二十世紀六〇年代已攻陷台灣，並鳩佔鵲巢，台灣美術館差不多是「現代」與「當代」藝術的安樂窩。那時大陸文革正閉門內鬥，西潮不得其門而入。改革開放才數年間，大陸也已步台灣後塵。我一向持懷疑與批判，反對盲從，以我的創作與無數文章表達我的思想與主張，表達我堅持藝術的時代性與民族性不可偏廢的藝術思想。一九九一年我帶去我過去所寫所出版從《苦澀的美感》到《藝術與關懷》等七、八本書，一套送給中央美院圖書館，一套交郎紹君給諸藝友參閱。那時候，他們每人連一本著作都未曾有過。我很誠懇對盧沉夫婦說：你們千萬不要動搖信心，以為不走「前衛」路線便是「落伍」。西方現代主義起初很有新生命，有營養可汲取。但後來異化，也有毒素。現在，其流毒已逐漸擴大，吞沒了優秀的部分，變成反傳統，反文化，反人文的「當代藝術」狂潮。我反對傳統的復古主義，也反對以美國為首的前衛藝術。我告訴他們夫婦，你們是從傳統（中、西）中淬煉出來當代最優秀的水墨人物畫家，沒理由放棄你們的成就與優勢，在西潮面前自感「落後」。一代有一代的藝術成果，各自不可取代。你們應該把自己最拿手的本事彰顯出來，過去只會畫「政治正確」的主題，你們畫的《清潔工人的懷念》與《人民和總理》就是上階段中國水墨人物畫最優秀的作品，將留在歷史紀錄上。

現在你們要擺脫政治的指使，自由表現自己的所思所感。我勸他們把這一代中國人的形象表現出來：有受壓抑委屈鬥爭後倖存的老教授、作家、藝術家、學者、幹部與老邁貧苦的人，有茫然、麻木的，隨波逐流的、天真無邪的；有某些可敬的青史上劫餘的名人……畫你自己所熟悉，所懷念所關切的人。一點也不必趕時髦，以你本來最好的方法去畫……。

但我知道他們不一定，甚至不太可能一下子接受我的建議。周思聰病體越來越壞，沒法握筆了。《盧沉論水墨畫》寫得那樣精采，表現了他對中國水墨傳統的認識與筆下的技巧都是不可多得的。但是他在書中談「中國畫的創新問題」，說了很多表面很中庸的話，但骨子裡就是以西方現代藝術為師，在當代狂潮中，我看出盧沉失去自信與堅持，因為他過於謙抑與自省。一九九六年周思聰逝世；二〇〇四年盧沉也過世。我在台北，心中沉痛極了。

兩位最純樸，最有才氣，最有品格的夫妻畫家太短命了，一位六十九，一位五十九。也許天妒英才吧！現在大陸的美術教育為商業大潮衝擊而淪落，西化的傾向更變本加厲。受到美國當代藝術的影響，過去人物畫嚴格的基礎訓練也已變質，差不多都走向錯誤的方向，以新奇怪誕，顛覆傳統為創新。加上藝術受商業化的侵蝕，大陸畫壇前頭半個世紀所建立的成就已然退墜甚至消失，自唐代以「水墨為上」的中國繪畫傳統的優勢也快速喪失，中國繪畫似乎甘於為妄稱全球化的西方當代藝術所收編。我們已看到用「當代水墨」來切斷與傳統的關聯，以為找到前衛的進步標籤。再沒有畫家重視藝術的民族風格，這正是最嚴重失誤的根源。

過去對藝術創作的管制，並不僅僅因為不允許「形式美」的追求而已，內容的「政治正確」

也是一種八股、教條，足以降低藝術品質。解除管制，獲得自由，也絕不因為努力追求形式美便獲得生路。一切文學藝術的成功，情思的內涵是否豐富、深刻，與表現技巧是否精當與具創造性，兩者永不可缺。開放後，鐐銬去掉了，天秉與功力俱佳的盧沉與周思聰兩位所碰到的難題與困惑，後來者應可得到某些啟示。

（二〇一二年十月）

藝術死亡與再生

——清華大學厚德榮譽講座

藝術死亡

「藝術死亡」，這是一個複雜的問題。

二百年前，黑格爾最早提出過（一八一七年，黑格爾海德堡美學演講），他是說「藝術已經走向終結」。它的意思是說藝術是感性形式，它傳達真理的功能將為哲學所取代。專家說「終結」德文「der Ausgang」，譯為英文「end」，再翻中文，變成「死亡」。其實是簡單化。原文的「終結」有雙重含義：是階段性的「終點」，又意味著新的「起點」。

這是一個很深奧的哲學美學問題，不是今天的題旨。但我們不應忘記這是西方的文化發展中所產生的問題。不同文化不同民族各有不同觀念，不可能有完全相同的文化發展的途徑與命運。中西最大的差異在分與合。西方的文化主「分」，中國文化主「合」。但是西方最早的哲學原本也注重整全的智慧，即所謂愛智。後來因知識日增，系統太龐大，無法精專，所以不斷分化，而有不斷從哲學獨立出來的類別，如科學、倫理、政治、心理、邏輯、法律、語言、美學等等。因為「分」，所以西方能不斷進步；也因為「分」，所以分崩離析，人文精神無法統御思想與技術；各自獨立，各走極端。造成人文世界文化與社會層出不窮的危機。中國因為注重「合」，便不可能有西方物質科學的突飛猛進，也不能產生科技巨大的力量。但因為「合」，所以中國不走極端，不追求強霸，王道而中庸，較穩定和平，可長可久。到了近代中西文化不再孤立隔閡，且已成短兵相接之勢。霸勝王敗，而有中國之百年來為列強侵侮的痛苦經歷與民族自尊自信的大損傷。因為自卑，所以把西方文化奉為圭臬，看不起自己的傳統文化，共產主義在中國的興起與全盤西化在中國文化、文學、藝術界取得主流地位，就是西方近代文化在政治與文化上的大勝利。西方說「黃禍」，我們從不曾有「西禍」或「白禍」之說，多麼值得深思！

中國藝術在十九世紀末到二十世紀開頭受到西方近現代文化的刺戟，有一個很短的時期，大概在清末到「五四運動」前後，湧現了一個中國傳統文化與近代西方文化相撞擊而創生的文化躍進，清末民初，一長串文化巨人的名字出現於暮氣沉沉的中國，其情形與俄國十九世紀相似。忽然湧現了普希金、柴可夫斯基、鮑羅廷、萊蒙托夫、果戈里、赫爾岑、屠格涅夫、杜斯妥也夫斯基、托爾斯泰、契珂夫、列賓、蘇里科夫等大藝術家。足以與整個歐洲比美。中國十九世紀末二十世紀上半，有梁啟超、王國維、魯迅、周作人、胡適之、老舍、梁實秋、陳衡恪、聞一多、巴金、錢鍾書、傅雷、齊白石、黃賓虹、徐悲鴻、傅抱石、林風眠、李可染、冼星海、聶耳、馬思聰等藝術家、文豪，構成近現代中國歷史光輝的一頁。以繪畫來看，從清末、民初到紅色中國的頭十幾年，一方面是傳統的老樹開出新花（如齊白石、黃賓虹、傅抱石、潘天壽等），另一方面是融合中西開創出新局（如徐悲鴻、林風眠、蔣兆和、李可染等）。可惜時代風雲變色，中國文化藝術應然之路崩毀，外來衝擊，竟成自卑，而有全盤西化以至淪為附庸，而至走上自我否定的虛無之境而迷途難返。

今天兩岸藝術界都同樣成為美國殖民地而沾沾自喜。一個文化大國淪落至此，令人悲慨！陶潛〈歸去來辭〉說「實迷途其未遠，覺今是而昨非」。我們迷途已久，至今未覺其非。古人說欲滅其國先滅其史。我們的史已全扭曲了。藝術也可亡國。美國的野心之大，比昔日的日寇過之。任何文化皆有優缺點，中國文化也不例外。我們的衰敗，主要在自卑，喪失信心與勇氣。

「當代藝術」的歷史背景

西方藝術誕生於歐洲。到十九世紀末有印象主義繪畫出現，被指為西方「現代繪畫」（modern painting）的開端。印象派回到大自然，面向平凡人生，開展一個色彩繽紛的世界。但重感官輕心靈也埋下隱憂。自此，西方各種主義、流派不斷湧出，也開啟一個標新立異的時代。這也是歷史上前所未有之現象。當科學變成科技之後，而有「進步主義」之思想，藝術也受傳染，追求「先進」。印象主義之後有立體派、超現實主義、野獸派、達達主義、歐普、波普、抽象、裝置、行為、觀念等等流派，令人目不暇給。新藝術流派以前衛、先鋒、實驗等名目，藝壇成為藝術競技場。二戰後歐洲衰落，美國崛起，遂接收西方現代藝術成果、令紐約取代巴黎成為世界藝術之都。一切新奇怪誕之藝術如雨後春筍，統稱「當代藝術」。此「當代」兩字與過去的「現代」兩字一樣具有新歷史之標幟與意識型態的意義，並不是通常的「現在」或「今天」的意含。所以成為「專有名詞」，須加引號。

西方藝術如何劃下「終點」並開啟全新的（進步的，先鋒的）「起點」？大略可以杜象（Duchamp, 1887-1968）為驚世駭俗的第一人。一九一七年他以小便器為「作品」參展紐約獨立美展；一九二〇年用印刷品加手繪二撇鬍子的蒙娜麗莎為作品以蔑視傳統而喧騰西方。美國則以波洛克（Pollock, 1912-1956）一九四七年開始獨創把顏料任意滴灑在鋪於地上的畫面的「技法」，成為美國五〇年代抽象表現主義的先鋒。也可說創立美國「國畫」的第一人。其次是安迪・沃荷（Andy Warhol, 1929-1987）六〇年代以大眾崇拜的人物或用物如夢露、貓王、毛澤東及罐頭等超市名牌商品的照片，用絹印重複印成畫面，故意用這些大眾俯拾即是的圖像，表現大眾化、流行文化、無思想，無個性的藝術。寫《藝術的終結》一書的亞瑟・丹托認為藝術終結於六〇年代。開啟了繪畫就是不必畫畫，徹底嘲弄、顛覆傳統的「前衛」派。所以「繪畫」至此實際上已經消亡，繪畫二字已文不對題。奪得領導地位的美國，把這些荒謬膚淺的所謂「藝術」，以「當代藝術」為名原因在此。

「當代藝術」全球化

二戰結束，世界局勢重新布局，開始所謂冷戰。兩個對立的陣營都企圖稱霸世界。一邊要「赤化」全球，一邊要推動各國「現代化」。共產主義與資本主義兩種意識型態的對壘，到二十世紀末，「蘇東波」解體及中共改革開放，終於分出勝負。歐美的資本主義社會制度、意識形態、生活方式最後勝利。所以日裔美國學者福山有《歷史之終結》之論（西方自由民主將傳萬代；資本主義消費文化將永遠一枝獨秀）。但福山高興太早太過，後來他終告放棄謬論。

資本主義為什麼先敗後勝？共產主義為何先勝後敗？馬克思主義本是一種人道主義，一種社會主義，開始時獲得全球中下層大眾及知識份子的擁護者就在他對資產者的批判，對「普羅大眾」的關懷。但共產黨勝利後斯大林與毛澤東兩人由革命者變成專制的獨夫，紅色政權都走上殘暴鬥爭，美夢幻滅之路，遂有崩解的結局。簡言之，共產主義理想過高，違反普遍的人性，易為野心家所乘，變成暴政，終於失敗。資本主義為何最後勝利，因他順從人性好逸惡勞，自私貪欲一面，迎合平庸大眾，所以成功。但半世紀以來人性貪慾的擴大，造成今天世界普遍陷入道德與生存環境全面的大危機。

二戰前歐洲的帝國主義掠奪殖民地，還只限於軍事、政治、經濟層面，二戰後興起的帝國主義，是全面的宰制，是文化帝國主義。此即全球霸權美國的崛起。對全球的操控，不只軍事、政經層面，而且要擴及文化範疇所有的領域。從思想觀念到物質工具，從文學藝術、生活方式、娛樂消閒以至飲食服飾等等，無微而不至。所謂全球化乃是美國化。地球村幾可改稱「美國」。

後冷戰時代至今，大約三十年，新的世界局勢已不是國與國單純的關係，而是美國單極霸權對世界各國軍事、政、經與全面的文化與生活的介入與操控。藝術是霸權宰制心靈的利器，也可為灌輸價值觀念的迷藥。何況藝術可以是名利的工具，是投機投資的標的物，是社會腐敗行賄、洗錢的中介，操控者與被宰制者都樂於有「當代藝術」這種既不高雅，也不深奧，如同寬鬆貨幣大量印鈔一樣的廉價「創造品」來作為籌碼。美式「當代藝術」就是全球金融界最權威的美元計價的「貨幣」。這是符合美國願望的「文化戰略」。「當代藝術」全球的擴散，像基因改造工程一樣使全球不同民族傳統的藝術被摧毀了；原來的基因，因被異化而成異形，也就是變成美式怪胎。怪胎便不是原來本土的民族藝術，這就是我的講題「當代藝術之死」的第一個解題的意涵。即是說：人類自古各國各族所創造的各有特色的藝術，在今世被一個稱為「當代藝術」者所侵凌而死了。

霸權的謬妄與附驥尾之可悲

這個美式「當代藝術」的新潮一如海嘯，不但沖蝕全球藝術家個人創造的自主性，而且原來不同國族，不同傳統，極多元的藝術特色與風格都被擊潰。各國本土的美術館，以「當代藝術」

為主流，甚至有直接稱為「當代藝術館」者。這種完全喪失國族本土文化主體性，清一色自願被殖民而能談笑自若的現象，可謂藝術心靈的麻痺。不止於此，藝術刊物、出版品，藝術新聞與評論，甚至大中小學美術教育，也以歐美當代藝術為圭臬。組成分子大變質的藝術界沾沾自喜，藝術界之外則一頭霧水，搞不清楚藝術為何如此異化；也漠不關心。其實，當代人士因為拜金，因為重物質，所以心靈的追求很少，藝術大概只剩下美容術罷。

歷史上沒有一個時代像今日這樣，每個人、每個民族受到外來的一隻隱在幕後的手在統一指揮、操控，不肯順從潮流者，不願與主流接軌者則被排斥，被邊緣化。依附主流才有話語權，才有地位、榮譽與名利。不然，等於生物缺氧而逐漸窒息。這是一個文化霸權兵不血刃以藝術的同一化來達成宰制全球，心靈空前陰晦荒謬的時代。媒體、藝術機構、藝術教育、策展人、美術館與活動，都甘附「當代」新潮的驥尾或充當幫兇而不自覺，也無愧疚。可悲至極。

美國從原來的天使漸變成惡魔。原來以民主、自由、人權、個人主義為傲，且常以此作為宣揚人道的大纛，也常藉此冠冕堂皇以干預別國內政。二十世紀中葉以來，美國以藝術為世界文化戰略的重心，奪取領導世界的權力，強力推銷「當代藝術」突破各國疆界成為後現代世界統一的藝術新潮。這種文化上全球性統一的藝術風尚，其「集體主義」（collectivism）的意識形態，與過去共產主義又有什麼不同？這似乎從來沒有受到思想界的叩問與批判。的確，藝界之無思想，學界之不關心藝術，良有以也。

大約不到一百年中，因為西方社會劇烈的變動，引起社會、思想、宗教、藝術……巨大的變動。也因為近代西方爭霸天下，非西方國族被迫捲入這個西方中心的全球化的大變動中。形成各國族文化被改造，被替換，不同程度的文化殖民的局面已然確立。最明顯的是傳統的式微與變形，反傳統力量幾乎無法抑阻。正如馬克思在一八四八年《共產黨宣言》所說：「一切堅固的東西都煙消雲散了，一切神聖的東西都被褻瀆了。」今日的「當代藝術」之惡形惡狀，任何物件，任何物與物的組合，任何念頭，任何行為，都可稱「藝術」，任何人都可為藝術家。而且不排除極端的物質材料，如糞便、鮮血、屍體、精液、生吃人肉……。台灣觀眾熟知的大概有蔡國強的「爆破」與徐冰的「無字天書」。

台灣半個多世紀以來依賴美國的庇護，對美國的崇拜，可說是早期特殊歷史處境所使然。但青年一代一代對傳統文化不斷的疏離與放棄，固然一部分可歸咎來自「五四」過激反傳統的後遺症，但西方的宣傳、鼓動與崇洋風氣的推波助浪，加上台灣分離主義去中國化的意識型態的發酵，在在都使此岸的中國文化主體性之信念日趨消淡。很遺憾，以民族意識自強的彼岸，在八〇年代之後，西潮亦為大陸新一代所崇奉，以致如水銀瀉地，無孔不入。因為反右與文革，掏空傳統文化的基石。西方現代主義的自由、放任，迅即填充了心靈的空缺。今日大陸藝界，從報章雜誌到美術學院，各種展覽及藝評，策展人的制度，歐美後現代藝術的概念、思想與術語……其全盤西化（應說美國化更恰當）的程度，與台灣已沒有區別，或有過之。在藝術上自甘為「當代藝術」的附庸而毫無反思。

西方今日藝術上的大危機，根本就是西方近代文化危機不可免的宿命的一部分。今日西方文化的全球化波及全球，「世界的終結」或「末日」，已不是輕鬆的玩笑話。西方的「民主」與消費文化，對物質世界與心靈世界的戕害，已成全球的噩夢。

非藝術界不關心藝術界的巨變所隱涵「世界終結」的警訊；藝術界在亂世名利的追逐中不知自己及世界整體的大危機。這是今日這個時代的悲哀。後世對今日藝術界的顢頇、淺薄、荒謬、虛榮與無知的鄙夷，必可預見。希望還有「後世」。當代藝術等同垃圾，今日的大師也極廉價。一個自欺欺人的時代。這是世界許多大學者所發出的警示與沉痛的批判，藝壇似乎充耳不聞。

今日藝術之所以如此，美國以藝術為手段宰制全球，不惜以滅絕各國的傳統文化來遂行美國一元化獨霸全世界狂妄的野心是最大原因。他以世界性、國際性為誘餌，使「落後」國家以為與之接軌便躍上龍門。「當代藝術」那樣與傳統切斷，那樣淺薄無趣，那樣狂妄荒唐，為什麼會風行天下？我認為那是美國用來奪取文化領導權的極端手段。美國自己文化短淺，不以極端手段斷無法變天，其次，利用群眾的盲從，宣傳洗腦的有效性，我們回顧歷史：中世紀、希特勒、麥卡錫、大陸文革……。群眾很容易在大潮中被操控而盲動。第三，大多數天資平庸，又毫無基本訓練，而想一步登天的人，一旦給他大解放的機會，他會以大膽妄為為創造。試看現代主義流行以來「藝術家」人數之多，成名之易，正是民粹的勝利。去年我曾在上海發表〈全球性的「文化大革命」〉一文，揭露美國操縱的「當代藝術」的真相。

這已不只是「藝術之死」的世紀，也是價值崩毀的世紀。不過，不必喪志，世界的局勢與氣氛已逐漸反轉。只要人性不滅，藝術便不死。而藝術要有生命，必要從各國各族不同的、可貴的傳統中衍生、發揚。藝術不會是無根之木，無源之水；有民族精神的藝術才有多元、獨立的思想觀念、才有各不相同表現風格與藝術形式。藝術不但不能「全球化」，而且應該有強烈的民族與地域特質。以撒·柏林（Isaiah Berlin, 1909-1997）說：文化的單一化便是文化的死亡。

西方中心世界正在沒落，非西方世界正在崛起。其中中華文化的再興，將是無可阻擋的偉大力量。

我用龔定盦「九州生氣恃風雷」的名句來做結語標題，九州指全中國。我期待台灣與大陸，不久有許多敢向美國文化帝國主義荒謬淺薄的「當代藝術」說不的人。當時代的大風大雷起來，中國文化必將復興，中國的藝術家要提倡「文化的民族主義」，各具獨特性的藝術光華，要互相尊重，互相欣賞，共存共榮。

我五十年來秉持此信念，寫過無數文章，成為藝壇的「異端」。我堅信其實正是中華文化的大道。

（刊於二〇一五年七月十五日上海《藝術評論》）

余承堯・洪瑞麟與我

楔子

今天（二〇一五年四月十八日）《中國時報》A16版吳垠慧有畫家余承堯史博館畫展的報導。刊出一幅大圖片，二篇短稿，簡介余承堯的一生和他的畫，言簡意賅。不過當年的事與她所聽到的不盡相符，相關人士所說也有不實處。與簡秀枝女士閒談中，她要我把事實寫出來，有感於她的熱誠，我答應把手頭的工作挪開，將未來《澀盦回憶錄》裡面的一段故事提前下筆。我曾說過：過去一百年，最優秀的「台灣畫家」有兩位：余承堯與洪瑞麟。秀枝女士馬上說，是不是還有蕭如松，我說，也可以，蕭如松的水彩在過去百年台灣確無出其右。其實，過去百年台灣著名畫家當然不只二三人，水彩畫家還有李澤藩。不過，許多享盛譽的「台灣畫家」，只是籍貫上的，沒有本土的精神內涵與獨特的表現風格。

這兩位台灣畫家與我確有特別的緣分。如同北京的李可染先生與我有特別的緣分一樣。他們三位在世時都曾請主事者特別要我為他們寫一篇畫評。回想這一切，我寫此文時特別感到有特殊的榮幸；而我差不多久已忘卻這份特別的榮幸了。這三位大師（「大師」兩字，現在很廉價；這三位才真正名副其實。）先後於二十世紀末謝世。不過，知道這三位與我有特殊緣分者都還健在，不能說謊。我所寫那三篇評論文章都可見於兩岸不只一種出版品中，不必贅述。本文主要是記述這兩位二十世紀台灣大畫家與我所親見親歷的故事，或有裨於未來的「台灣文獻」，也必有讀者有興趣知道其中一些秘辛。

余承堯與我

余承堯先生何時、如何以畫家的身份為藝壇及社會所知？根據現有的資料以及我親身所經歷，我稍作一番整理，情形應是這樣：第一位發現余承堯的人是紐約大名鼎鼎的 C. C. Wang 王季遷（己千）先生。因為他是修養有素的書畫家，更是大收藏家。開放前數十年中，大陸不能去所以常到港台訪友看古董書畫。王先生藏有中國古琴，也喜歡玩彈，遂結識了台灣古琴名家梁在平先生。梁先生的國樂團常到海外宣慰僑胞，也必為己千先生所常請教。他們兩人的交誼我不清楚，但王先生親口告訴我，有一次在梁在平家，見牆上掛著一幅山水畫，問是誰所畫？答曰：福建同鄉退伍中將余承堯。王覺得余畫很有意思，遂由梁引薦認識余老，並向余老買了幾幅水墨大山水，帶到美國去宣揚台灣這一位了不起的素人畫家，所作完全在傳統之外，奇特清新，不可思議。余老在美國的畫名比在台灣早為關心中國現代水墨畫者所知，乃起因於王己千先生的慧眼。（雄獅圖書出版的《余承堯》，執筆者林銓居，該書第九十頁說是李鑄晉由梁在平家中牆上的山水畫，而認識余承堯，與我親耳聽王先生所言，故事相同，卻換了主角，顯然是林銓居弄錯傳聞，張冠李戴。因為林較年輕，與王、李、梁可能不熟，甚至未曾見過。因梁在平與余老是同鄉老友，才有機會讓余老的畫為外來客所發現。梁在平是古琴家，在他家王己千發現余畫，是因為梁王二人都玩古琴，順理成章。余老完全是隱者，也沒有電話，所以欲見余老必經由梁才能找到。李鑄晉經王己千而梁在平而認識余老，頗為曲折。傳聞中把王與李二人換位，變成李在梁家發現余畫，把王己千省略了。王與梁是多年琴友，我曾一起見過，這一段故事，王不可能搶當主角。）

二十世紀美國中國美術史教授知名者有方聞、何惠鑑、李鑄晉、吳納蓀（師大美術系王詠香老師之弟）等人。還有一位早年在台北多年的中國繪畫學者羅覃（Thomas Lawton，我大學時代曾見過他）。因為其中羅、李與台灣有特殊淵源，也較關心台灣。一九六三年，李趁到台北故宮作研究之便，也通過王、梁而認識余承堯。那時候台北受美國前衛藝術的影響，某些「先進份子」開始搞反傳統的新派水墨。我認為羅、李兩位美術史學者，意識到他們出面來提導這個新潮流，鼓勵並贊助一批新秀，把中國新一代與美國潮流結合起來，對美國藝術的世界化有功，對古老的中國藝術的現代化也有功。他們便不只是寫史，也有心協助創造歷史，這是一個美術史學者額外的歷史勳業與地位。那時候，台北有兩個走西化道路的前衛畫會，就是「五月」與「東方」。兩畫會已於李鑄晉一九六三年來台北故宮研究之前數年（即一九五七年前後）成立並展開活動。其中有學院背景的五月畫會與李鑄晉可謂一拍即合。回美國時便與羅覃計畫推出「中國山水畫的新傳統」，由王己千、陳其寬（陳為建築師，喜歡畫諧趣水墨小品，沒有傳統根基。其風格一半是水彩，一半是卡通。因為此時在「前衛」潮流中，沒有傳統根基甚且已成「創新」的不二法門，陳也就堂而皇之廁身水墨畫家之列。他與王己千皆美籍華人），以及五月畫會最活耀的劉國松、莊喆、馮鍾睿，再加上新發現的余承堯共六人聯合展出（見林銓居書第九十頁）。從一九六六年開始，由紐約「美國藝術聯盟」負責辦理，在美國作了兩年的巡迴展。到了一九六八年，李又籌劃了一個名為「中國繪畫的新方向」的展覽，包括畫家八人，由當時李所執教的堪薩斯大學美術館負責辦理。展覽從一九七〇年起，又巡迴了兩年（畫家有：陳庭詩、馮鍾睿、何懷碩、徐術修、洪嫻、劉國松、歐陽如水（旅日）、吳昊、余承堯。（以上完全錄自李鑄晉〈遲開的花朵——余承堯，代序〉，漢雅軒一九八八年出版《余承堯九十回顧展　千巖競秀》第七頁）。一九七二年，李又應美國其他美術館的要求，作第二次「新方向」聯展，裡面除余承堯之外，增加了香港畫家五人，共十一人。李鑄晉成為提導中國繪畫新傳統祖師爺的壯志，更加清楚，聲勢也更為浩大了。

這時候有一個插曲，是關於我與李的故事。

一九六九年是我師大畢業四年後第一次個人畫展。地點是當時葉公超先生為我安排的中美文化經濟協會，地址在台北車站今日新光大廈同一邊的一間日據時代老式日本瓦房（當時全是平房）。地點是人來人往的「火車頭」。那時候，台北除了中山堂之外，幾乎沒有什麼正式展場。那個協會理事長是梁寒操，與公超先生同鄉。那時候五月畫會剛創立三年左右，正與李鑄晉彼此如魚得水之時。劉國松學長陪同李教授來看我的畫展，是第一次見李。他一番稱讚之餘，甚欣賞我一幅水墨掛軸，題目叫《凍河》。劉學長建議我把那幅畫送李，我當面答應了。因為認識了李教授，一九七〇年他在美國舉辦的「中國繪畫新方向展」便邀我加入。此後，他與夫人前後請我吃飯有二三次。有時他回堪薩斯再來台北，又找我見面。他與夫人都是廣東人，我們便用廣東話交談，更顯親切。李吩咐我把我所畫的畫給他一份全部照片（當時只有黑白，還未有彩色），同時要我發表的文章全部影印一份給他。那時候我第一次畫展，既沒有畫冊，拙文也沒有出版過，我遵囑給他一份。那時第一個得到洛克菲勒獎助赴美展覽的已有劉國松。關於此事，又有一個插曲。劉的好友莊喆忽然沒有在李鑄晉策劃的「新方向」聯展中，這事出有因。

五月畫會成員最初劉與莊喆兩人原是「革命夥伴」，聽說本來先邀請赴美的是莊喆，因故通知不達，由劉先得。也有一說兩友有所爭執，以至從此影響友誼，分道揚鑣。這是當時畫壇盡人皆知而不知詳細情形的一件事。

李教授與夫人一次請我吃飯時，當面告訴我未來我可能就是洛氏基金會獎助赴美訪問、展覽的人。因為還未最後拍板，不要對人言。後來很奇怪。李教授來台北，與我見面時不再提起以前所說的事，我也以為不必急躁，從未詢問。居然好幾年過去全無消息。一九七四年我應邀到美國許多文化中心與大學博物館去畫展，一九七八年才回台北。多年沒機會與李教授碰面，也沒收到他回我的信。我想一定事出有因，不必再提。好在我從未告訴過畫壇中人，免得招人笑話。後來，有人告訴我：別忘了你曾經批評五月畫會，又反對美國推行的「抽象主義繪畫」，我才恍然大悟。一個有獨立見解的人，常常直言不諱，月旦天下事，難免傷人利益，常「顧人怨」（台語）。我也曾指出雄獅出版大陸名勝石碑上的文字釋文許多錯誤，使人聞過則怒，也自此結怨。做人實難，做評論家更難。不是鄉愿，便是懦夫，不然便為眾矢之的，或為「烈士」。但種瓜得瓜，志既在此也不須有怨。

很多年過去，李教授與夫人來台北，我們都會見面。我從不再提往事。我心頭那個疑問也不想知道答案了。

上面所述，我把我所經歷，仔細對照參看李鑄晉、林銓居和我一九八八年在漢雅軒《千巖競秀》我所寫的〈獨立於傳統與時潮之外〉一文。脈絡已明確呈現，余老何時、如何被發現的故事已相當清楚。

我從王己千口中知台灣有此奇才，也在「中國山水畫的新傳統」聯展目錄上看到余老的畫，當然很想認識他。等到一九八三年王己千先生來台在史博館個展，我與王先生、陳其寬、徐小虎等數人才由梁在平先生處取得地址找到余老。我記得余老在門口小爐子上煮菜。居室光線不充足，很老舊，一張桌子上滿是紙筆用具，顯得零亂。櫃上、床下似乎有許多大大小小一捆一捆的水墨畫，也有水墨著色的，都顯得破舊，有些有汙漬、灰塵。一個孤老兒，過著刻苦而散淡至極的生活，看了使人難受。我們暗中商量每人買幾張余老的畫，以示敬意。余老很客氣，說要送，後來大家商量個價錢，各拿三、五張，總共大約幾萬元。世事難料，我們原是要對老人家一點幫助，沒想到不數年間，余老的畫走上市場，價格飛升，反而是我們受了余老的恩惠，這是後話。

我第一次見了余老，不但沒有「摒於門外」當他成「棄卒」，而且極想盡力幫他辦個展以饗世人。我特別去史博館見當時館長何浩天。他見我大力推薦，說：何教授說好一定是好的，並答應安排。過一段時間，風聞何館長因一件什麼事而退休，換了別人做館長，此事便從長計議，一擱兩三年。有一天，遇到石守謙與李賢文，那時雄獅已有畫廊，我跟李說我介紹一個特優老畫家余承堯給你幫他辦畫展，二人均不知余老。李說畫得真好嗎？我說：保證難得的好。本來我要在史博館為他辦展，因為拖太久了，不如介紹給你辦。如此才有雄獅畫廊一九八六年十月舉辦余承堯畫展。並不是「李賢文聽聞石守謙等師長提及余承堯此人，便登門拜訪。」而石守謙先生說「在那之前，余承堯在台灣是被畫壇摒於門外的棄卒；在那之後，他卻是各大美術館、畫廊畫展不可或缺的明星。」吳垠慧說「打開余承堯在台知名度的推手之一就是《雄獅美術》雜誌創辦人暨雄獅畫廊負責人李賢文。」（見四月十八日《中時》文化新聞）這些說法很多地方不是事實。第一，余老不露鋒芒，不與社會往來，幾乎沒有人知道他。他畫畫只是個人愛好與排遣歲月得寄託，毫無名利之想。畫壇無人知道有此人，當然談不上被畫壇摒於門外，更不能說是「棄卒」。「在那之後」余老變成明星，則是事實。第二，「打開余老知名度」第一功應記在王己千先生頭上，然後是李鑄晉教授，第三是我為余老個展奔走。我推薦給李賢文時余老已名聲在外國，只是台灣不知而已。李賢文連我推薦余老的事實都要掩蓋。李賢文不算推手；李只是受益者。

雄獅一九八六辦余老個展尚未開幕之時，香港拍賣公司目錄剛巧到台北，余承堯的畫第一次上了拍賣市場，估價不低。在此緊要關頭，雄獅畫廊馬上改變常規：開幕而不標價，等待香港拍賣結果作參考再定價。畫廊界都知雄獅畫廊不止一次買下余老一大批作品，是因而獲厚利者。所以第二年雄獅又推出余老第二次個展。最近史博館展出也有雄獅的收藏在其中。

我自一九八三年拜識余老，到他於一九九三仙逝，前後約十年。為發揚余老的人與藝，演講之外，寫過多次長短文章發表於報刊。承余老對我的厚愛，並把我視為後輩知音。他的義女陳美娥很清楚我與余老的緣份，他晚年除了二次回福建故鄉，在台北的時間，找他的人多，他總是主動要請我吃飯。那時我住在敦化南路隔壁四維路，巷口有一家驥園（先前叫季園），我請他吃過之後，他喜歡驥園，離我家又近，他三不五時要請我吃驥園。有時吃完因為走沒幾步就可到我家，余老有時會來飲茶、寫字。有時候我去基隆路他家看望他。

有一次，美娥兄妹與余老都在，大家幫忙余老整理他尚存的作品。《長江萬里圖》當然是他最重要的作品，其他都是些零碎的小幅（他另三件大作是四屏與八屏大山水已為收藏家收藏了）。他說，《長江萬里圖》要交給我，由我去處理。我嚇一跳，千萬不能答應。我說這是一件最珍貴的余老傳世之作，我們大家應尋找一位適宜的藏家，以適當的高價讓他收藏，並附帶條件：精印一本《長江萬里圖》畫冊，請許多名家寫序跋評論；開一個展覽會。我又說，我沒資格接受這麼貴重的東西；而且，若接受了，世人會說我為余老所做微薄的一切，就圖謀得到好處。余老覺得我說的有理，不再說話。後來翻到一件余老畫《長江萬里圖》試筆的一小段。約全圖十分之一，一二〇公分。余老說：那麼這一小段送你做紀念吧。如今這一小段在我家，我曾想把它補畫成一幅余何合作畫，後來想還是原樣留著好，改天在上面寫一個跋就是了。

過了些時，有一天遇到美娥兄妹，他哥哥說：「何教授，余老的《長江萬里圖》我收藏了。」我一愣，余老九十出頭了，他的珍寶還能自己擁有嗎？我才悟到余老托付我的心願與原因。但我絕不能接受，這是我的原則。今天我想通了，余老的畫，不論存在哪裡，在何人手上，總在這個地球上；他的風格與成就，永遠在歷史上，在後人心裡，這幅巨製也不止一次有了印刷品，為天下所共賞。想想看：如果博物館中《最後的晚餐》被竊，有損達文西的成就嗎？

一九九三年余承堯先生九十五歲在廈門逝世，我應邀在《典藏》六月號寫〈悼念余老〉，在《中國時報》寫〈被漠視的天才——敬悼余承堯先生〉。雄獅也來邀稿，我也把稿子給他，在當年七月號。二十二年後寫這些故事，感慨萬分。

洪瑞麟與我

一九七九年上半年，當時尚未停辦的《雄獅美術》主人李賢文先生來找我，他說他們要為洪瑞麟先生辦畫展，出畫冊。洪先生要求能不能請何先生寫一篇評論文章。我突然錯愕。我知道洪瑞麟的大名，因為曾從什麼舊報刊上看過他畫礦工的畫，極佳。但我腦海中以為他是日據時期的台灣畫家，早已作古。李賢文說他還在台北，我很驚喜，立刻答應。

我那時候三十多歲，畫水墨畫，寫藝術論評文章，可說正值「年富力強」的階段。我敬重的名家點名為他寫評論，可以想見，我內心如何興奮。我們原不相識，在藝術上共鳴，這不是人生的特殊緣份麼？我之所以馬上欣然應命，因為我僅從少數幾張洪老的礦工圖便對他的圖畫藝術水準的判斷有了自信。很快，李賢文帶我去見洪老，彼此便有一見如故之感。我問洪老為什麼選我來寫，他說：你的文章我看多了，我很佩服你的見解，常常剪貼你發表的文章給我日本的老同學。我當然極感榮幸。洪老對我的信任，他給我觀看他的畫，還有他很多素描、速寫，並且要我幫他挑選出最好的展出及出版。我一下子看這麼多洪畫，贊歎不已。他還讓我自選幾幅作禮物送給我。我只要了五小幅，感謝不已。到今天，我除了轉贈友人二幅，尚存三幅。

大概四天的功夫，我為洪先生寫了七千五百字一篇評論，題目為〈地底的靈魂——論洪瑞麟先生的畫〉。稿子于一九七九年六月上旬交給李賢文。七月刊登在《中國時報》和雄獅美術。七月雄獅美術出版社馬上出版與我文題相近的一本《地底之光——洪瑞麟礦工速寫集》，卻沒用我〈地底的靈魂〉一文，而由別人寫序，我可以感到其中必有蹊蹺——《雄獅美術》編輯部有人對我不爽也。

春之藝廊洪瑞麟畫展開幕致詞，我被邀，但排在最末上台，我更不樂，但我轉念一笑置之：雄獅再見。後來，雄獅又開畫廊。他們沒有人懂得如此一來，《雄獅美術》雜誌自然便淪為變成畫廊宣傳手冊。這正是所謂球員兼裁判，大失公信力也。台語叫「自己殺（台刀），賺腹內」，我曾表示有違「行規」，但聞者不悅，這也是我不再寫稿的原因。後來雄獅雜誌與畫廊都「雙關」，良有以也。

許多人不知道雄獅創辦的往事。雄獅原以鉛筆廠起家，而進到中小學美術用品的經營。一九七一年年初，雄獅鉛筆董事長李阿目先生設家宴（好像在北投）邀請美術界人士吃飯，宣告此事，敬請支持。我記得有席德進，何政廣和我，其他人忘了。當時何政廣就是董事長聘請的主編。開始時《雄獅美術》薄薄一本小冊子，類似現在善士印贈的《道德》月刊。現在查Google「雄獅美術」首頁稱「李阿目已經營回饋社會的公益理念，支持次子李賢文創辦《雄獅美術》月刊，何政廣擔任主編。」這個首頁當然是後人所編撰，與我四十多年前所親歷印象不同。當時此「創辦人」還是中學生，董事長沒介紹給大家，也不讓他上餐桌。當然李阿目才是真正的創辦人。更奇的是，後來雄獅若干週年出專輯慶祝，李賢文寫慶賀文一個字也沒有提及雄獅美術是在李阿目先生在世時創辦的，也令人驚奇。

後來不久，何政廣離開雄獅，自己創辦《藝術家》，直到現在。雄獅月刊開頭那一段故事，只有何政廣最清楚了。

洪瑞麟畢生第一次畫展，在春之藝廊大成功，洪老享有盛名之後，專家多了，爭辦展覽多了，收藏家多了，畫廊也樂了。我當時正忙於「國立藝術學院」創校的事，沒多聯繫。聽說他赴美定居並遊覽歐洲寫生。這一位樸素的真誠的畫家，在熱潮中勇退，大概不習慣在名利場中當別人的籌碼吧。

幾年後，他兒子曾寄洪老新畫冊給我。他一九九六在美逝世。我在《聯副》發表〈為受苦者造像——悼念洪瑞麟先生〉。當年我寫洪瑞麟，沒有人提供我任何背景資料，僅憑我對他的畫的見識與接觸其人之後的悟性。我討厭餖飣瀨祭，虛文軟語的文章。我寫此文，理性的思路，連繫歷史；強烈的感性，對表現受苦者的景仰。文中我指出有三種畫的品流：畫家的畫；顧客的畫與人生的畫。洪瑞麟是後者。台灣沒有讓洪老的藝術思想與創作態度在美術教育中發光發熱，所以一般台灣畫家的作品常是西方世界櫥窗的山寨版，比日本與東南亞更沒有自己的特色。洪瑞麟不是顧客畫家（或投資收藏家喜愛的畫家，他是珂勒惠支、奧魯那種畫家。他的藝術在未來的「台灣文獻」中有最高的地位，為當代許多台灣人所不自知。

洪老晚年不在台灣，也不見媒體報導。我與洪老的緣份，邂逅了，又永別了。一切只能化為心中深沉的憶念而已。

（刊登《典藏．古美術》二〇一五年五月二七二期）

藝術的異化

「異化」這個詞，在生物學與哲學中有專門的意涵。此處採取一般的用法，指一物性狀根本的變易。如木燒成炭，水化為汽，人變成鬼，友化為敵。當今藝術已異化而成他物，與冰山融為海水差可比擬。

二十世紀歐洲引爆兩次戰爭，後來演變成第一次及第二次世界大戰，全球遭殃。本來從文藝復興與啟蒙運動以來，意氣風發的歐洲，隨著工業革命的成功而繁榮壯盛。但經歷了兩次大戰的大破壞之後，西方世界陷入一片悲哀、沒落的景象。歐洲社會與人心對西方文化與人生的失望與悲觀，反映在思想、文學、藝術上是一片悲情、頹廢、墮落、虛無，而激起了憤恨與反叛；對過去的否定，對未來的徬徨與絕望的情緒。這就是近現代百餘年來西方有所謂「現代主義」與「後現代主義」的大背景。二十世紀中葉，美國奪得西方龍頭地位，變本加厲，提倡「當代藝術」，造成藝術徹底異化。所謂「當代藝術」居然成為當前全球化的洪流。

「現代主義」從哪裡開始？大多數史家都同意提前到十九世紀末的「印象主義」為發端。我們耳熟能詳的歐洲近代畫家如馬奈、莫內、塞尚、馬蒂斯、畢沙羅、羅特列克、德加、西斯萊、克林姆、梵谷、高更、孟克、雷諾瓦、恩斯特、魯奧、盧梭、珂勒惠支、莫迪良尼、席勒……。這許多人人贊美，也是我所推崇的近百餘年來歐洲最負盛譽的畫家，他們有創造，有革新，但基本上承接了過去傳統的光輝。等到這些堅守傳統人文價值的優秀畫家漸漸老邁凋謝，世界也因科技的飛躍而越來越商業化、大眾化；巴黎的藝術桂冠也一步步為紐約所奪去，傳統折斷，局勢轉瞬丕變。

美國這個年輕的牛仔，歷史短淺，卻精力旺盛。老邁的歐洲，經過兩次世界大戰的廝殺，元氣大傷，已無心無力逞勇稱雄。形勢比人強，後來竟還反過來成為牛仔的附庸，令人感慨。美國取代了歐洲老牌帝國主義，其野心且有以過之。他不僅在軍事、政經上全球稱霸，在文化、藝術、生活與休閒娛樂等等方面都要宰制全球，同時也搶盡商機。第一步，美國要奪得話語權，一切的標準都由他來定。遂宣告藝術的新時代到來了，他們妄稱過去歐洲的繪畫叫「具象繪畫」，是模仿的、保守的舊傳統；美國所倡導的「抽象表現主義」以及其他波普與後現代藝術才是創新的，非模仿的，當代的。那才是「先鋒文化」、「前衛藝術」。美國領導全球的「當代藝術」的代表性畫家如傑克遜·波洛克（Jackson Pollock, 1912-1956）、馬瑟韋爾（Robert Motherwell, 1915-1991）、克萊因（Franz Kline, 1910-1962）、安迪·沃荷（Andy Warhol, 1928-1987）、涂尼克（Spencer Tunick）、赫斯特（Damien Hirst）等。藝術理論家代表人物格林伯格（Clement Greenberg）則為美國先鋒派藝術大肆鼓吹，把粗劣、淺陋說成前衛英雄。

西方自文藝復興到十九世紀，從波提切利、達文西、米開朗基羅，十七世紀的魯本斯、林布蘭，十九世紀的安格爾、戈雅、米勒、庫爾貝，二十世紀如上舉許多大畫家，這個西方繪畫偉大的傳統，竟然那麼輕易為一個魯莽的後生小子所頂替！近現代偉大的西方文學藝術，十九世紀還正在高峰，為何數十年間便異化到這個地步？令人不禁對思想界的先知，德國人史賓格勒致敬。他於一百年前寫《西方的沒落》，用一本大書來述說，預告西方近代文化的命運。我寫此文時正是二〇一六年七月，英國經過公投已經脫離歐盟。說明當代的歐洲正在崩壞、衰弱中。

二十世紀初西方藝術界最早的新潮，是達達主義和超現實主義。他們拆毀了西方藝術從文藝復興以來所建立的大廈。達達主義拿出現成物為「藝術」；超現實主義以潛意識心理發現「自動性技法」，自此藝術創作近乎扶乩或亂塗，不啻否定了傳統的智慧與功勳，所以，傳統繪畫被宣判「過時」了，其實令其死亡。這呼應了哲學家尼采（1844-1900）「上帝已死」的宣告。除了上帝與藝術被宣判死亡，其實，哲學、文學、道德、宗教，這些所謂真善美的「價值」在二十世紀以來，都岌岌可危，不是死亡，就是異化。異化是死亡而成殭屍，而能站立、行走，更為可怕。

商業化與大眾化成為時代主流的結果，在當代就是川普取代傑弗遜；哈利波特取代莎士比亞；沃荷取代了林布蘭；村上春樹取代夏目漱石；賈伯斯的蘋果（謀利的電子商品）取代牛頓的蘋果（宇宙的物理定律的發見）；女神卡卡之取代卓別林；九把刀、韓寒取代了梁實秋、魯迅……。當代因為一切產品都商業化，文學藝術電影等成為娛樂的商品。商品目的在謀利，便不能高唱「陽春白雪」，而要取悅「下里巴人」，所以大眾化是文藝低鄙化、粗俗化的關鍵。

當代藝術由後生小子美國取得領導權；當代藝術家大部分由不曾經過傳統基礎訓練的「素

人」來擔當。也就是說，沒有自己輝煌藝術史的美國（美國的藝術原來只是歐洲的移植）才最有可能革傳統的命；而不會畫畫、狂妄霸倔的熱血牛仔才會去搞無厘頭的抽象畫、搞身體藝術、觀念藝術，登上當代藝術的主流地位。這就顯露了商業化、大眾化以來世界的人與文化素質的普遍下降。

我自二十世紀下半，漸漸驚覺世界的劇變日亟，長期讀書思考，留心默察人類世界文化、藝術不斷異化。除了科技的猛晉，物質與工具的進步神速之外，人文價值包括人性中的良知、品格、道德、審美品味，文學、藝術等方面不斷劣化或分崩離析。近三十年來，其變遷、下降可說形成加速度的趨勢。

對於二十世紀中期美國鼓吹其領導世界的「抽象表現主義」所形成的巨大浪潮，我長期潛心研究，歷三十年，一九九四年在兩岸三地同時發表〈論抽象〉一篇長文（現收入《懷碩三論》之「藝術論」中。台北立緒出版公司，天津百花文藝）從理論上批判抽象畫的空洞虛妄。

美國繼抽象畫之後，流行波普藝術。完全反繪畫，以俗世生活中的平庸之物為題材。那是效法杜象以實物「小便斗」為藝術的思想，以安迪．沃荷為代表。他常用照片（名人人像或罐頭等常見之物的照片）來印刷成像海報一樣的「作品」，平庸到藝術與生活同等；強調藝術不應該凌駕日常生活之上。二〇一五年有涂尼克（Tunick），以裸體人群做攝影題材。他多次招募數百乃至上千名自願參加的男女，在世界各地公共場所全身赤裸集體躺臥在地供他拍攝各種肉林、肉河、肉海的畫面。這就是又一風格的「當代藝術」。他的「藝術」曾受到歡迎，也遭到抗議。

近年走紅的另一位西方藝術家是一九六五年出生的赫斯特（Hirst）。早年他只是在建築工地打工的無名之輩。他以大膽、激進、頑皮、精於製造噱頭，在「當代藝術」中打響名聲。例如他最驚人的作品是一個腐爛中的牛頭與一群嗜臭的蒼蠅，裝在透明的玻璃箱中。另一件「作品」是一條巨大的虎鯊，張著可怕的大口，被懸吊在滿是福馬林溶液的玻璃櫃中，作品命名為《生者對死者無動於衷》。赫斯特喜歡玩弄死亡的題材，他也醃製了母牛與牛犢分裝二個玻璃箱，題為《母子分離》。他繼承沃荷的衣缽而變本加厲。二〇〇七年，赫斯特做了一個作品，名叫《為了上帝的愛》（*For the Love of God*），以二千一百五十六克鉑金和八千六百零一顆鑽石鑲貼在一個骷髏頭上。他自己解釋：「它是把最為貴重的東西：財富、金錢和成功，扔到死亡面前。」這件作品成本高達一千四百萬英鎊，而後竟以一億英鎊的天價成交。他得到博物館、評論者與藝術市場的推崇與讚歎。他也挑戰人類對藝術的認知與藝術意義的反思。

我用「藝術的異化」來寫這一百多年來西方對人類悠久的藝術傳統的衝擊與石破天驚的改變。簡略介紹這個歷程，與略舉數位「名家」的作品，讀者自會從這一段藝術發展中去體會、思考而有所認知，進而有所評判。

這些完全反叛、顛覆人類長久建立起來的藝術傳統的「藝術」，完全以美國宰制全球的「利益」為出發點，不惜摧毀各國各族各有特色的藝術與文化的珍貴傳統，我多次表示反對。曾寫了〈全球性的文化大革命——我所經歷與理解今日世界的危殆與藝術死亡之源〉（上海《東方早報》的《藝術評論》週刊，二〇一四年五月二十八日及六月四日）等等分析當代文化藝術危機的文章，在上海、香港、台北發表。

簡而言之，世局的變遷，人文的退墜，藝術的異化甚至死亡的原因，就我的觀察，乃來自世界資本主義一枝獨秀所造成的「商業化」與「大眾化」。而商業化與大眾化的背景，是被過度歌頌讚美的「科技」與「民主」。也就是曾經在一九一八年「五四運動」所擁戴的「賽先生」與「德先生」。科學與民主本是好東西，經歷不斷的破壞與異化而變質。科學促成科技，民主變成民粹，成為今世最不可擋的洪流，不但腐蝕藝術與文化，也威脅人類的生存。

科技造成世界的商業化。物質慾望的激發與猖獗是道德與人文危機的源頭。生產力的過分發達，不但造成地球生存環境的破壞、資源的耗竭，也造成帝國主義對他國的掠奪與欺凌。而民主的不完美及漸漸被扭曲，政客與富人相結合，又回到貧富懸殊的境地。民主不可避免變成民粹，大眾化必然使理想、價值、品味下降。庸俗、膚淺、聳動、粗野……正是大眾化的特色。商業化加大眾化，人類文化日日在大衰退之中。似乎沒有引起大多數人的驚覺——因為大多數反傳統的新潮紅人（如美國的川普、女神卡卡與赫斯特們）正享受這種使他當家做主、雞犬升天、無所忌憚的民粹、低俗文化中稱先鋒的名利。所以，另一個悲哀就是人才的壓抑與凋零，漸漸造成菁英的絕種。我們試看當代世界各國政客、領袖、藝術家、影歌星、藝人的品格、行為，可知各界「人才」普遍下降是世界性的趨勢。中國古成語所謂「黃鐘毀棄，瓦釜雷鳴」就是當代世界貼切的描述。

寫這一段文章的時候，是二〇一六年七月三十一日碰巧《中國時報》有紐約的台灣藝術家謝德慶被提名威尼斯雙年展的新聞。謝德慶一九五〇年生於屏東，高中沒唸完，開始學畫畫，辦過一次畫展便停止畫畫，改做時髦的「行為藝術」。嚮往美國現代主義藝術，一九七四年以海員跳船到美國，繼續以身體自我囚禁做「行為藝術表演」多次。其臣服美式前衛藝術的投名狀被美國「摸頭」而居留下來，一九八八年獲大赦而入籍。這就是一個不畫畫卻當上知名「國際名藝術家」的例子，也是一個跑到美國在藝術上尋求自我殖民成名的例子。台灣媒體一直都毫無自覺的認為是「台灣藝術家走向國際」的光榮。後來，大陸追隨西方前衛藝術名利雙收的藝術家也不遑多讓。這是一個恥辱與榮耀界線模糊的時代，原因在於這是一個拙劣平庸要奪取桂冠，低俗膚淺要爭佔藝術殿堂的時代。一時多少「豪傑」，豎子堂堂成名。古人說焚琴煮鶴，當代所謂藝術，正是如此。

我寫《給未來的藝術家》這本書，原在藝術未普遍異化的三十年前，要為真誠追求藝術的朋友提供我的建議和忠告：奉獻我的經驗與知識；提醒追求者勿因迷惑不明走上大多數人曾經陷入的歧路。（請你再讀《給未來的藝術家》自序〈我為什麼要寫這本未見先例的書〉）。但是，才過三十年，當代人類的藝術已異化到這麼不可思議的地步，我不能不略述其根源與情勢，使迷者醒。我要誠懇奉勸我的同志：今日世界的激烈變遷，種種重大危機層出不窮，不論是天災地變，物質性的災難，或虛妄背德，精神（心靈）上的陷落，都與今日藝術的虛妄荒誕正是同根共生。我們惟有以明智的頭腦，瞭解世局的真相，勿受蠱惑，堅持個人忠於良知的判斷，繼續努力找尋自己的道路，絕不動搖。如果以為「渺小的個人豈敢違抗時代？」而自餒，請想想歐洲中世紀一千年黑暗時代。後來豈不為文藝復興所撥亂反正，去陰翳而重見光明？盲目屈從或跟從反文化，反人道的時潮，常常是懦怯愚昧，或貪求名利，盲從短視，喪失自信心與自尊心。個人雖渺小，但人能思考。一個人以至一小撮人的覺醒，未來會醞釀時代風雲變色。只要人心不死，便有希望。人類曾經一次一次從黑暗時代掙脫而出，戰勝愚昧、虛妄，扳倒邪惡、宰制，重新找回人文的光輝。我們應朝著這個目標，永不放棄。

（二〇一六年八月）

憂思、期望與信心

當今藝術的異化，如上一篇所述。新起的所謂「當代藝術」，是不自然的產物，來自粗鄙的野心。透過權力的操作，宣傳獎勵與蠱惑，把藝術作為全球文化殖民的工具，連同軍事、政治、經濟力與一切商品的擴張，旨在建立美國全球化帝國的霸權。宰制全球，獲取利益，操控思想，消除異己，終結或同化其他國族的歷史與文化，遂其一元獨大的策略，使全球美國化。中外有些專制制度常令人詬病，世人卻對美國一步一步遂行其專制的野心不大措意，甚至無所覺悟，願為驥尾，令人扼腕。從藝術的全球宰制上言，美國有文化戰略，有計畫與步驟，其行徑何嘗有真正的民主，乃是空前的霸權主義。只因其手段之細膩、精緻，經由滲透、蠱惑、收買、利誘等等途徑，不惜工本，以邀訪、展覽、嘉許與獎勵，培養種子部隊，也鼓勵各地本土掮客，為虎作倀。在不知不覺間長期溫水煮青蛙，使各地藝術變天。半個世紀的功夫，美式「當代藝術」竟成為全球藝術一枝獨秀的「主流」，這是歷史上從未有過的可怕現象。

中國藝術界追逐西洋的現代新潮，一波一波，不絕如縷。有名的「先鋒人物」，在台灣如李仲生、劉國松、蕭勤、林壽宇等，在歐美如趙無極、朱德群、趙春翔、蔡文穎等，在香港如呂壽琨、文樓、王無邪、張頌仁等，在大陸如栗獻庭、高名潞、徐冰、蔡國強、艾未未、岳敏君、張曉剛、曾梵志等。他們雖然承襲自歐美的前衛藝術，但也各人各有自己的閱歷與經驗，也有一套新論述。不論在理論上或創作實踐上，都各有不同作風。不過，他們的共同特色都明顯的承接歐美現代主義以來的新思潮，接受達達主義、超現實主義、抽象主義、後期表現主義觀念藝術、多媒體或實物裝置等名目繁多的新派的理念與形式。其次，他們是歷史上第一批認同歐美現代藝術以來的新派藝術，是新時代全球化的（或言國際性的）藝術，也是第一批不認同藝術是民族文化的一部分，也不贊同藝術必帶著鮮明的民族文化精神的中國藝術家。（很可笑，他們也許不以為自己是「中國藝術家」，而喜歡自稱「國際性藝術家。」）他們大不同於上一代的畫家。上一代畫家們深感中國傳統應開放門戶，迎接世界文化，吸取外國文化的營養來促進中國文化的創新發展。不論是中西融匯，引西潤中或中西折衷，第一代的先行者如徐悲鴻、林風眠、李叔同、常玉、龐薰琴、高劍父等等，他們留學巴黎或東京，然後回國創作和教育下一代，或為中國藝術增加新品種（如油畫、水彩等），或激發傳統水墨畫（原來稱為文人畫或中國畫）的創新。二十世紀中期前後的新一代，與他們的上一代大不同之處，就是他們認同歐美的藝術就是國際主流藝術，所以他們與傳統疏離或遠離，甚至有人入外國籍，以成為巴黎或紐約畫家為榮。另一部分，回到中土的新派畫家，認同西方現代主義的思想，也認為文化藝術的民族特色是「過時、落後的觀念」。有人甚且要「革毛筆的命」。直到中國崛起，才回頭攀附中國傳統，自認為是傳統現代化的先鋒。僭妄投機，不勝枚舉。

許多人常說：「在今天全球化的時代……」。似乎很少人去徹底的想想：這全球化是誰在推銷？這不是「同化」他者的圈套嗎？為什麼連文化、藝術、生活方式……都要鼓吹、推銷全球化？文化若沒有個人、民族、國家的獨特性，哪有多元文化？哪有多元價值？一元文化哪有百花齊放的風格？似乎很少人想想，「全球化」不就是「美國化」嗎？全球人類再沒有富於民族特色的文化傳統，一律美國化，這不就是文化的一元化，也即文化的死亡嗎？其他方面的殖民（軍事、政、經），還可保有習俗、語文、宗教、藝術、生活方式、價值觀與品味的民族自尊與自由。藝術是文化的「領頭羊」，藝術的全球化，便等同放棄文化的主體性，自願被強勢文化所殖民。古人說：欲亡其國，先亡其史。若連文化都被同化（即亡文化），還有民族與國家的認同嗎？天下豈不統一為「美國」嗎？

西方藝術數十年來透過舉辦、推動「×××雙年展」，「×××文件展」來建立全球領導權；「策展人」也無國界，東方常請洋人策展。這些都是西方「牧羊人」牧「殖民羊」的手段。有思想，不願追逐當代藝術，真正的藝術家，沒有人會認同這些「兒戲」。這些名利與虛榮有一天必成泡沫。

堅持守護藝術的人文價值，珍重民族傳統特質，期望藝術的重生，我認為我們應重新認識「什麼是藝術」這一古老的問題。只有當我們對什麼是藝術有起碼的共識，我們才能共同來為藝術的未來催生。

為一物定義，確不容易。比如「人」的定義，中外哲人各有高見，五花八門，莫衷一是。哲學、歷史、美、愛……自來都難以有不引起異議的定義。藝術也一樣，尤其在今日比過去更難。為什麼？因為現在世界的局勢就是多數要打倒少數，庸眾要菁英讓位，美國要歐洲聽命。「藝術」要由「非藝術」、「反藝術」來取代。所以，他們第一步就要使藝術的定義模糊或不能確定，才有利於推翻傳統，使藝術與非藝術處於相同地位，才能達到最後顛覆藝術的目的。

我們認為求藝術的共識比定義更重要。就我的記憶和理解，概括而言：藝術是藝術創作者憑藉媒介（即材質）創造一個有美學價值的客觀化的感性形式。（即成功一個客觀的藝術品。不同種類的藝術品是因其訴諸不同的感官去感受其存在。所以有音樂、詩、繪畫、文學……等等）。這個感性形式必須透過藝術家高超而有獨特創意的技巧來製作（所以藝術家必須有良好的訓練，以及擁有自己的風格），目的在表現創作者的意念，思緒與感情（此即其藝術的思想感情，這方面即藝術的「內涵」，要求飽含作者可貴的人格特質），藝術便是這樣的創作品。這裡面什麼是「美學價值」、「高超而獨特的表現技巧」雖然很難有客觀標準可言，但起碼告訴我們藝術必須具備這些不可缺少的條件。即使永遠沒有一個鐵打的標準定義，我們對於藝術的共識，有了這些理解與認知，也絕不會迷失。

新潮的理論常用對「新事物」的排斥就是落伍與保守來辯護。我在一九九四年寫〈論抽象〉一文有一段文字可以破除迷惑，明瞭真相：

> 現代人應該認清楚，所謂的「新事物」在過去與在現代已有很大差別。哥白尼發現

「地動說」而受迫害，梵谷創作他獨特的畫風備受冷落。過去的「新事物」是少數人真誠、努力與智慧的成果，因為觸犯了權威與習慣勢力而受排斥；現代的「新事物」多為利益團體或當事者為獲取名利所發起、鼓動而形成。「市場」與無孔不入的「大眾傳播」正是製造「新事物」的「東風」；只有譁眾取寵、驚世駭俗的「新事物」才能引起消費的慾望，才能霸佔「市場」，攫取利益。「新事物」或許是非凡的貢獻，但現代不少「新事物」來自人性的貪婪與卑劣，常常是欺世盜名，甚至隱藏著無盡深廣的災難。「新」即「進步」即「價值」的現代風尚正引導人類走向虛無與衰敗。這不僅僅是藝術方面的危機，而且根本就是現代文化的危機。

對西方現代文化的批判，本世紀上半以來已有太多讜論諍言，不過，藝術界根本不想聽到逆耳之音。六〇年代之後，「後現代主義」接續前段而變本加厲。種種反叛、顛覆、解構（deconstructive）、重構（reconstructive）的革命行動，致力於藝術種類的分解、混雜、拼湊、替換與否定。當代藝術的極端個人主義、剛愎自用與反溝通，史學家湯恩比說：藝術家鄙視公眾。反過來，公眾則通過蔑視藝術家作報復。由此造成的真空被江湖郎中一樣的冒牌藝術家所填充。一九八四年出版的《現代主義失敗了嗎？》（*Has Modernism Failed?* by Suzi Gablik, first published by Thames and Hudson New York, 1984）徹底批判現代主義的墮落與欺詐及藝術之商業化。這書是關心現代藝術的人不能不讀，也可能是追隨前衛潮流者不敢一讀的書（台北遠流出版社有譯本）。它最後一句話：現代主義和其他觀念一樣也有壽終正寢之時。如果我們想再度以（藝術的）社會責任取代個人主義，就必須強調藝術的意圖而不是其形式。

沒有比貢布里希（E. H. Gombrich）的洞識與睿智更能引導吾人在這個價值混亂的時代冷靜地思考，審慎地抉擇。這一位生於一九〇九年，被譽為當代藝術學領域中的泰斗，二十世紀的蘇格拉底，在他的名著《藝術發展史》（*The Story of Art*, 1950）〈後記〉中論及第一次世界大戰前的「藝術革命」（泛指印象主義、後印象主義）的那些鬥士確需有迎接苦難的勇氣，但今天，千奇百怪的新藝術已經成為「主流」。今天的鬥士反而是那些不肯一窩蜂追求造反的藝術家了。（見拙著《創造的狂狷》，台北立緒文化出版，一四八頁）

當代藝術與我們所認識的，所認同的藝術大不相同。它把繪畫、雕塑、版畫、攝影、陶藝……的類別通通打破，所有材質都可混搭，而以形式的錯亂、無釐頭為創新，也不論有沒有內涵，通通可以是「藝術」。連糞便也可以是「藝術」。義大利畫家皮耶羅．曼佐尼（Piero Manzoni）用自己的三十克糞便裝在罐頭中密封，以「藝術家之屎」為題在畫廊展出並拍賣（共做了九十罐，每罐以等重黃金市價出售。巴黎龐畢度現代藝術博物館也收藏了一罐。）這是最極端的前衛藝術之一種。把糞便當藝術，西方居然還有詭辯家為它說項。顛倒是非黑白的陳述，公然對人智的嘲諷與踐踏，令人憤慨！其他不必多舉。從達達主義的杜象以小便斗當藝術展出以來，西方藝術界的極端主義者對傳統的偉大由震撼、恐懼、妒羨轉為痛恨，因為他們無法超越，所以用潑糞的方式去對抗，用一切反藝術的方式去建立「當代藝術」，這是一個大「文革」，一個騙局。雖然鼓動了大批不可能是藝術家的大眾只要大膽妄為，便可成為畫家，但對於偉大的藝術傳統的汙衊與打擊，對於加速人類向下沉淪的新時代之惡，所將引發的世紀之怒，豈能沒有撥亂反正之日哉。

我在《給未來的藝術家》「餘論」第六篇〈創造的三要素〉，請再參看。我們在第一流的藝術傑作中體會什麼才配稱藝術，以及藝術更深刻意義何在。過去中外普遍對藝術很粗淺的見解，如藝術美化人生，陶冶性情；或藝術使人有教養，給我們美的享受，使人類由野蠻提昇為文明……這些都沒有錯，但藝術絕不僅此。藝術一直在啟導人生為何值得活。（我寫這樣一本書已許多年還未寫成，先在此預告。）藝術真正的意義和價值，還應繼續追索發掘。

人類的藝術發展史中，傑作太多了，豈是膚淺的後現代、當代藝術以一句「那是過時的傳統」所能否定？文化藝術的「傳統」不是供後人繼承、再創造嗎？難道是供後人顛覆、否定，踩在腳底下，然後重起爐灶？何況是當代這樣無厘頭，幼稚淺薄，甚至令人噁心或令人鄙視的「前衛」藝術？我苦口婆心告訴你，當代只是一場騙局，我們已盲信很久了。我相信只要地球還能容許人類生存，人類的藝術不可能就此走向滅亡，必有重回正軌的一天！「後之視今（這個『今』，就是所謂『當代、後現代新潮』），亦由今之視昔。（這個『昔』便是我們上世紀的『文化大革命』及更古昔的『黑暗中世紀』）」。這是一千六百多年前晉朝王羲之《蘭亭序》中的話。

人類未來可不可能又有一個文藝復興（Renaissance）？我不知道。但可以預測：如果沒有，人類世界大概將要終結；若有，我想不再可能再由科技一枝獨秀，發展出商業掛帥的文化的歐美來主控這個世界；必期望有一個崇尚人文價值的，新的，王道而非霸道的文化來澄清天下，重建人文的世界。

（二〇一六年九月）

今日藝術界的危機

記得二十世紀八〇年代李小山一篇〈中國畫窮途末路〉的文章發表，震驚四方。現在「中國畫」的現況及命運、前途，當前的問題百十倍於當年，誰會真誠坦率來檢討？因為現在有各種禁忌，一說便涉及名利：不是傷人，便是害己。這些沒有人敢提出來討論、批評的禁忌，這些極難改變的局面，這些已成了集體享受利益，大家埋頭分食國家社會富裕的「大餅」，沒有人著急，亦無暇顧及傷害國族藝術文化前途的大危機的事實，如果全國沒有勇於面對的決心與氣魄，予以徹底的診斷並謀求一步步改善、改革，扭轉危機，只想逃避危機，保護利益，枝枝節節討論中國繪畫專業的課題，那是只注意秋毫之末而不見輿薪。我個人的觀察與思考，問題之嚴重，是一九四九年以來空前未有。有這樣一些根本的問題應予正視，恕我直言。問題不少，但時間匆忙，篇幅也有限，我只能簡略、慎重地述說：

第一是美術教育的問題。

全國美院及其各種美術教育機構（包括軍中）在數量上已過分龐大。我們都知道優秀畫家古今都是極少數，絕不全靠學校所能培養。學校教育雖有其催生作用，但特高的天分與自身極專注的自我追求才有成為一個優秀畫家的可能，絕非批量生產可奏效！國家設立如此多的美院、美術系、美研所，每年收納大量學生（有多少人？我沒有數字，必定極多）做專業的培養，這種藝術教育是極錯誤的政策。一國哪裡需要每年畢業一大群「畫家」？容許全國各美術院校本位主義，不斷擴充編制，增加碩、博班，擴建校舍，增聘教授、增聘博導，大量招生……好壯大聲勢，增加院校創收，提高地位，但浪費國家公帑，也浪費青年的生命，影響其人生前途——因為培養了許多「專業」而非優秀的畫家，也造成社會的負擔。於國家於其個人何益？大學美術教育擴大的結果，不夠格的教授與勉強入學的學生。造成師生水平急速下降，也就是大學的虛有其名。今日去哪找徐悲鴻、林風眠、常書鴻、潘天壽……？一堆教授也每況愈下。

適應經濟發展的需求，許多實用美術人才的培養，有其合理性，可多培養。純繪畫人才的培養，使畫家多如牛毛，呈現了畸型的發展，使藝術水平急速下降與社會的負擔，個人前途的茫然，非常錯誤。

第二是藝術界官本位之嚴重。

各種藝術衙門、官方機構之多，製造了官本位現象，藝術成就比不上官位有力。聽說為爭官位要「出錢出力」才掙得到，千真萬確。這是腐敗的根源之一。從文聯、美協、音協、作協……中央到地方，各級大學、學院、系主任；各博物館、美術館、畫院、研究院……從主席、館長、院長及各部門主任、博導……。公辦刊物、出版社等機構又有各種官銜。還有我不知道，沒想到的。這個龐大的「藝術官」構成一個大網，主宰了一國藝術的命脈與政策制度。因為牽涉既得利益，沒人會檢討、批評。

藝術界有了權貴，藝術成就的高下優劣便別有標準。藝術界沒官銜的畫家、學者、教授、藝術史論批評家與社會上的藝術人才沒有參與制度、決策與領導的地位，或只有服從支配、被付托辦事的義務。

因為有官銜的畫家作品最貴（中國社會自來有以官為貴的傳統），權力、地位高者比沒官銜的畫家更受尊重。這就是爭官位之風甚盛，以及大量增設許多藝術機構，製造官位大家來分享的原因，造成官本位於是屹立不搖。

第三是博物館、藝術館的問題。

國家到地方的展覽館，除公辦展覽外，畫家辦展覽都收費。也等於公辦展覽場所，可由展覽者付租金展出。這便使公家大小展館展出品質不能嚴格把關，使國家或地方公立展覽館沒有權威性，也造成展覽者因為不是光榮受邀聘而沒有榮譽感。更造成良莠不分的現象。每個展期很短，因為辦展貪多，一年馬不停蹄換展品，使藝術品如走馬燈匆匆而過，似乎重租金收入，不重藝術的品質，成就與社會教育功能。更因為「官本位」，位高畫劣者堂堂展出大有人在。

第四是藝術批評的死亡。

十多年前內地有一創刊藝術雜誌寄來台北給我，我欣喜之餘，寫信謝謝並願訂閱；我還詢問他們為何古書畫傑作印得很小，當代畫家作品卻印很大？沒得到回音。後來我到北京開會，問同道才知道當代畫家因為自己付錢所以登很大，而且評介文章也要付費的。我一驚。後來聽慣了當今畫家請名家寫畫冊序或評介文都要付高價才動筆。此種情況應沒有人不知道，這當然是造成藝術批評死亡的原因。所以許多畫評盡說好話，有的遮遮掩掩，說得玄之又玄。付費寫評，這是古今中外未有的赤裸裸的行賄。但學者文人待遇菲薄，有權力者從未予以關注。稿費、版稅、演講、編審等工作都沒有高待遇，與能賣的畫家一尺千金不成比例。造成畫家與評家利益分潤的怪現象。批評死亡，畫壇失去追求藝術往更高境界提升的助力。

第五是畫院不減反增。

當人民未能當家做主的社會制度之下，古代畫院的歷史很長，因為有其功能；西方過去也有由教皇、皇帝貴族供養藝術家的歷史事實。但當代沒有國家養畫院的事了。大陸過去在禁止私有制，全國一盤棋的時代，畫家也要生存，所以設畫院，無可厚非。改革開放後，社會制度已有私有制。現在不但沒有安排畫院退場的政策與步驟，各地還常見增加有俸祿的畫院。這也是畫壇衰敗眾多原因之一。我早在一九九一年第一次來京曾表示畫院應逐步解散的意見。吳冠中先生後來也曾對此有批評。雖然吳先生「筆墨等於零」等說法我不同意，這一點我完全與他是「同志」。

第六是美術書、冊、刊物出版過於泛濫的問題。

三十年來，內地出版品的編審、文章的水平、作家資格的審查……越來越放鬆，越來越不謹嚴。而且因為商業化大潮之中，花俏媚俗，花樣百出，只為營銷，學術水平下降，也不盡職，不敬業，只求銷售暢旺。有許多不應該浪費紙張與油墨（很不環保）的平庸甚至不夠格的今人書畫冊與美術雜誌大量出版，有公費，也有少數私費，都可見出版機關的眼光與品管的尺度之寬鬆。

不良書畫出版品泛濫成災的後果，不但糟蹋物資，更有混淆藝術價值，良窳不分，尤其青少年以為出版的都必是典範，但此類出版物不能發揮教育的功能而反其道。

第七是西方新潮的衝擊。

中國社會、文化與藝術全面進入現代化的新時代之後，強烈面對「創新」的難題。由於以美國為首的所謂「當代藝術」的擴張、傳播、誘惑，「發展中國家」新派人士的崇奉與追隨（以為那是「世界性」的新思潮，新方向。不追隨，不迎合便是保守落伍。），我們中國的水墨畫在時潮洶湧中有些人以為找到反叛傳統為唯一「創造」之路。形形色色的新派「中國畫」，在水墨宣紙（或其他中國紙）上沒有禁忌的衝刺。有傳統根基的正在猶豫觀望，沒有根基的正好響應了「當代藝術」的肆無忌憚。抽象、寫實、新文人畫、痞子、刁鑽、即興、色情……各種無以名之的「當代水墨」早已鋪天蓋地。好像土石流淹滅了村鎮、原來的房屋與道路，面目全非。「中國畫」不但沒有窮途末路，而且已經是無奇不有，花樣百出。

第八是拍賣。

另外一個衝擊來自拍賣市場的誕生。在大陸知情者會告訴你，許多洗錢、行賄、畫家炒作行情等不正當的事，利用拍賣市場來操作。這些荒謬的行徑，腐蝕了藝術的靈魂，使藝術發展方向扭曲變形，甚至曾經推出「中國藝術院校優秀作品專場」的拍賣。即是藝術院校自甘成為「商品畫家」的養育場，可怕復可悲。如果國家可制定有中國特色，獨立自主的法律，規定藝術拍賣市場以過去的藝術品為對象。凡在世的藝術家的作品，可在畫廊出售，但不准進入拍賣市場。總之，拍賣市場毫無限制的被扭曲、利用，必使中國美術的發展徹底委頓或異化，是極應正視的大危機。

林木兄要我就「中國畫畫壇，你想說的一切問題寫一篇文章」。我想了幾天，因為可下筆的範圍、層面、性質……太多了，心中想表達的各種題目與看法如潮湧出，而無所適從。最後決定何不就寫最令人驚心動魄，憂慮萬分的美術界整體現狀的呈現。並把我的憂慮與淺見寫出來。於是提筆直書暫且談最須迫切正視的「八大件」。因為我身處邊緣，只有愛中國藝術的初衷，沒有個人利益的考慮，比較超然，比較能說出大陸美術界先進同道所不願、不屑、不敢、不便、不肯說的這些問題，真誠坦率地寫出來，求教也求救於關愛中國文化，中國美術的各界先進人士。願共同關注，並謀改革是幸。

（二〇一五年十一月二十日於台北，刊《中國畫學刊》）

中國藝術不必加帽子

楔子

鳳凰藝術年展以「超當代」為主題，引起對「超當代」一詞的熱烈討論。四川大學林木教授代《中國藝術》跨海向我邀稿，我很樂於略表拙見。

在台北我平生的寫作，許多與中西藝術的交流與交戰有關。檢點過去所寫，正在編輯《批判西潮五十年》的文集。批判西潮我確最早。因為大陸受阻於文革，西潮不得進入，沒有崇洋之風，當然無從批判。待「八五新潮」乘大陸藝術一片淨空，西潮湧進，幾成決堤之勢。至今已三十多年。且看「宋莊」、「七九八」及「當代水墨、油畫」拍賣之盛，可見西崽聲勢之不可小覷。改革開放前後藝壇的滄海桑田，是史所未見。

大家來關心中國藝術的前程，應有另一個「百家爭鳴」。

「當代」與「當代藝術」

今世、現世、現代、當今、當代……這些詞，本來是任何時代世人對共同生存的時代或時段的泛稱。

當「西方中心主義」要使西方的文藝佔世界唯我獨尊的地位，鼓吹其文藝思潮是「世界性」的，以之與非西方的文藝只是國族的、地域性的，便有新舊、先進與保守之分，以顯示其世界主流的地位。於是用了有時間性的「現代」加上主義，為「現代主義」。在這裡，現代這個詞就不是泛指，而有其時代背景下西方的意識形態，也以之製造了「國際文化語境」。接著，「後現代主義」與「當代藝術」都標明是全球化文學藝術國際思潮主流，普世一系列的名稱。當歐洲在二十世紀中葉，藝術之都讓位與美國，歐洲的烏衣巷只剩夕陽。美國的野心在操控全球軍、政、經、科技、資源、思想、娛樂、生活方式……之外，對文學、藝術也不擇手段引君入彀，以美國馬首是瞻，以達到全方位掌控全球的戰略目標。其文化帝國主義的蠻霸，更甚於前者。

後來發展為平面立體不分，任何觀念，任何形式，以任何手段，任何材質，任何現成物（包括人體與排泄物）都可成「藝術」時，因為不再是「畫」，故改稱為「當代藝術」。

這種從內涵到形式，定義到規範都打破，都虛無、荒謬的藝術，為什麼得到大多數人支持？回答這個問題專家可寫一本書。簡言之：第一、民粹與商業利益。因為不必訓練，不必技巧，可任意而為，美醜不分，沒有標準，沒有紀律，只要狂怪、大膽，人人可當藝術家，物物可當藝術品，所以，藝術家以及藝術市場有關的人口暴增，民粹大眾當家做主，當然支持這個藝術的群眾運動。加上商業的介入，製造了一條「食物鏈」，名利共享。第二、美國要藉此保持其世界霸主的地位。這與軍工複合體宰制全球同樣重要。美國政府投資當代藝術的宣傳與操控，不惜工本，而賺得更多。

美國以最先進的武器去打韓戰、越戰，摧毀阿富汗、南斯拉夫、伊拉克、利比亞、敘利亞……。美國也以「當代藝術」摧毀世界各民族歷史悠久，光輝偉大的藝術文化。儘管「當代藝術」膚淺、荒謬、可笑，但美國贏了。二戰以後，美國漸漸從天使變惡魔。因發動戰爭，全球多少人命、家園被摧毀；發動邪惡的藝術革命，多少優秀的文化與藝術傳統被破壞，被汙染而扭曲變形。美國對全球的傷害與掠奪，就為了維持全方位全球霸主的地位。美國歷史短淺，自己本來沒有什麼悠久的藝術傳統，把別人的藝術文化毀了，可減少自己的寒傖，而且在「當代藝術」的發明上，他是全球「教父」，為一己利益而不擇手段蠻幹，歷史的悲劇還少見嗎？

我們還能沉迷不醒嗎

美國藝術從「現代主義」到「當代藝術」，變本加厲，越來越往全面文化大革命的方向發展，在全球有計劃，有步驟的擴展、滲透。近百年來已汙染了全球許多追隨美國文化的國族。

許多不成畫家的人竟成了明星，許多有天份的畫家若不肯隨波逐流，便默默擱筆。從二十世紀下半以來，全球不再出現大畫家。僅僅略憑記憶提醒大家百多年來全球優秀畫家的名字：吳昌碩、齊白石、傅抱石、橫山大觀、竹內栖鳳、羅丹、莫內、西斯萊、亨利·摩爾、凡高、維米爾、孟克、恩斯特、珂勒惠支、安德魯·懷斯、列賓、列維坦、夏卡爾、席勒、克林姆、莫迪利阿尼，更不必提更早的大師：范寬、石濤、八大、達文西、米開朗基羅、林布蘭、蘇里柯夫等等無數天才。「當代藝術」最令人寒顫不堪的明星就如安迪·沃荷（Andy Warhol）、涂尼克（Spencer Tunick）、赫斯特（Damien Hirst）等等。中國有許多「當代水墨」以及所謂觀念藝術、人體藝術、裝置藝術。有人搞爆破，有人裸體拍一虎八奶圖，有人搞無字天書書法……，中國出了許多依附美國當代潮流，附驥求榮的藝術家（包括兩岸三地）。其他山水、花鳥、人物、寫意、工筆，雖算從傳統出發，但受「當代狂風」的吹襲，幾乎沒有人站得穩腳跟。

我大半生苦口婆心寫文章想說服藝術界朋友，藝術本來就是民族傳統、歷史、文化開出的花果。一九七二年我寫了一篇〈藝術中的民族性〉，認為民族主義有兩種：一種是政治上的，一種是文化上的。認為即使到了「大同世界」（根本永不可及），政治上的民族主義失去歷史意義，但文化上的民族精神永遠是珍貴的。許多人不贊同我提倡藝術的民族主義。直到九〇年代我才讀到西方自由主義思想家以撒·柏林（Isaiah Berlin, 1909-1997）的書。他論民族主義也分兩種：進攻性的與非進攻性的。我對藝術的民族性是藝術價值重要因素的觀點更無懷疑了。去年我應邀為紀念潘天壽誕辰一百二十周年寫了〈潘天壽藝術思想中的強骨〉一文，努力推崇他對民族精神的堅持。在藝術受到外力衝擊的時候，堅守民族主義的藝術宗旨更是藝術家的責任與使命。有些新潮人物認為這是舊時的觀念，其實是受到文化帝國主義的誑騙。很淺顯的例子便可解惑，如中國的戲曲，歐洲的歌劇，日本的能劇，印度的歌舞……許多國族都有他們獨特的歌舞、戲劇、樂器，獨特的身段與曲調。民族性使藝術有獨特性，獨特性是藝術價值的要素。所謂世界藝術，世界文學是泛指人類全部最優秀的文學與藝術，並非在各國、各族的文學之外，另有一種「世界文學」或「世界藝術」。「全球化、國際性、世界性的當代藝術」，只是個荒謬的假概念，竟能誑騙數十年於天下，豈非奇蹟？

對「超當代」所引發的討論文章，我在台北所能讀到的只是少數。但令人欣慰大約都是陶潛〈歸去來辭〉中「悟已往之不諫，知來者之可追。實迷途其未遠，覺今是而昨非」的意思。林木兄說了，儘管「思維方式有可商榷處」，大體是「贊成甚至高興」，我也同感。他用「超當代」未必超「當代」做文題，已巧妙的表達了他的卓見。與黃河清先生說「超當代」「這個概念本身便是缺乏文化自信的」一樣。他們都分析當代與超當代都是時間性的概念，不愧為史論家。河清先生說要表現文化自信，就去辨一個以中國人的藝術價值觀為基準的國際展覽，才真正「樹立中國的主體性、話語權、標準的地位」。跟我曾經有過的說法完全一致。我自來不贊成中國畫家去參加歐美的威尼斯雙年展或文件展等等，因為我們怎麼能遵從外國的標準呢？林木、黃河清、王家春、張書雲等諸位的觀點，我都很共鳴。張書雲的文章從歷史回顧去看中外文化交流。她說改革開放後，普遍對西方文化傾注熱情（就是崇洋吧），「以西方理論解讀中國問題，超當代之說概莫能外。」她說要有慧眼識真偽，不誤入歧途。對極了。

我常感當代藝術商業化之後，對民族藝術前途是莫大的傷害。應有一條法律：「活著的藝術家作品一概不准上拍賣場」。這差可救假藝術打敗真藝術的危機，而且才能維護藝術生命的純淨與崇高。可能有人會認為這違反人權的，不可以。張曉凌先生文章中說「當代藝術墮落為晚期資本主義邏輯的寵物是最大的不幸的話，那麼，當代藝術家的助紂為虐，更是人類精神陷落的象徵。問題是：誰能來拯救這一切？」我的答案是「生者禁拍」。社會禁毒，禁烟，為什麼不能制定「有中國特色的藝術拍賣法則」來救藝術？我們藝術界有權力，有地位的人不少，應站出來號召當代有志氣，有責任感的藝術家，為挽救中國步入險境的藝術界，透過爭鳴，宣揚、革新、奮起，在大國崛起，民族偉大復興的當代，不應做畏崽的自了漢。

不要再追逐虛假的「國際藝術」與「先鋒藝術」，不要再做沒出息的「與國際接軌」的夢，堅守藝術的民族精神，提振中國文化的自尊、自信。我們抗戰再苦都不屈服，今天我們享受歷史上中華民族未曾有過的富足生活，我們對中國藝術的前程無憂，不作為，對得起潘天壽、傅雷……等上一代的前輩嗎？

（二〇一八年一月二十三日，在台北澀盦）

劉國松抄襲李長之新證

四十一年前（一九七七年），我在美國哥倫比亞大學中文圖書館看到一本一九四四年重慶獨立出版社出版的舊版書《中國畫論體系及其批評》，書號6153/4473，作者是李長之，我發現台灣畫家劉國松一九六七年由文星書店出版的口袋書《臨摹・寫生・創造》書中抄襲這本絕版書的部分內容。

台灣這位畫家的畫論早年已有過被揭發抄襲著名美學家宗白華舊文的「前科」。我發現了劉君又一個抄襲的新公案。因為當時我客居紐約，沒有對此寫文章揭弊，後來我回台北任職，日久也忘了。

二〇〇九年五月，我收到《國父紀念館館刊》第二十三期，裡面有劉國松的文章，文題：〈我的創作理念與實踐〉。文末並注曰：本文為作者於二〇〇八年美國哈佛大學演講中文稿。劉文說：

文人畫的基本精神可以分三方面來講：一、是男性的，二、是老年的，三、是士大夫的。

一九六七年劉國松《臨摹・寫生・創造》書中第四頁語句略有不同：

中國繪畫的基本精神可由三方面來說：一是男性的，二是老年的，三是士大夫的。

在這裡，作者無意中透露了「中國繪畫」與「文人畫」在他的認識中是同一個東西，顯然不對。但這不是本文重點，且不談。這三個論點是劉氏自己研究、思考所得嗎？不！一九四四年只有三十三歲的那位山東老鄉李長之在《中國畫論體系及其批評》裡面第五頁便有：

在主觀上看，中國人對於畫所要求的，是三點，一是要求男性的，二是要求老年的，三是要求士大夫的。

劉君與李長之所說這三點，字眼與次序都一模一樣，不僅此，劉文連這三點的延伸論述，以及所舉古書上的論述，都多所抄襲。顯然一九六六年及二〇〇九年的劉文剽竊了一九四四年學者李長之的智慧財產，成為劉的見解，前後兩次，絕無疑問。（但劉君把李長之「中國人對畫的要求」說成「中畫的基本精神」，卻是牛頭馬嘴。）

一九四四年重慶出版李長之該書現在很難見到，我在一九七七年已從哥大中文圖書館影印全書，後來收入由我主編，台北藝術家出版社一九九一年出版的《近代中國藝術論集…藝海鈎沉》第六集之中。有此書者便可查證。

劉國松論畫的書只有薄薄二冊：《中國現代畫的路》（一九六五）及《臨摹．寫生．創造》（一九六六）。最早於一九七〇年，台北《新夏月刊》第八期就出現了第一篇揭弊文章〈抄啊—抄啊—畫論竟是由抄中得到的——從劉國松君的「畫與自然」談起〉。作者是新竹高中教師黃祖蔭先生。這位藝壇前輩，一直在新竹教書、寫文。

黃先生揭發劉氏剽竊宗白華的〈中國藝術意境的誕生〉（原刊一九四〇年大陸當年極負盛名的《哲學評論》第八卷第五期）。黃先生將「劉文」與「宗文」大量抄錄對照，然後說「劉君這樣東抄西襲，游擊式的惡性剽竊，令人眼花撩亂。」並諷刺劉君在《自序》中說自己「表裡一致，對藝術熱愛，對藝術忠誠。……我一直認為一個人如果對人不誠，就談不上人格；如果對畫不誠，就談不上畫格」。結果他的「文章」卻是大量剽竊。而且是「囫圇吞棗地亂抄，甚至抄也抄錯了……」這樣大膽「盜作」，卻敢如此自我標榜。黃文最後說，「心黑如炭，頭尖如鑽，臉厚如牆，三管齊下，萬無一失矣。」

十幾年後，香港藝文界又有多人寫文章檢舉劉氏更多抄襲、剽竊的實證，是當年香港轟動文壇的醜聞，這些都可以查閱一九八五、八六年香港《南北極》、《FOCUS 週刊》等報紙、雜誌。歷史檔案俱在，這裡不必詳加引述。劉氏兩本小書，竟先後被揭發剽竊了宗白華、無名氏（卜少夫）、林風眠等名家的著述。這是少見「店小贓多」的案例。正如香港作家齊以正所批：「欺世盜名」。

四十年來揭弊已多，但還沒有人發覺劉氏抄襲李長之的著作，因為李長之那本書大概已快絕迹了。該書出版於抗戰末期，物資極度匱乏，該書紙張粗而薄，見證了那個不可思議的艱苦時代。我為了在台北收入文獻，逐字用放大鏡抄錄，一九九一年在《藝術家》出版社印行。（編按：二〇〇六年，河北教育出版社已經出版了《李長之文集》十卷本，第三卷收錄文藝理論）。

李長之（1911-1978）是才華洋溢的學者。二十五歲寫《魯迅批判》，後來寫過《司馬遷之人格與風格》等名著，數十年來被引為經典，他曾為譯康德三大批判而苦學德文，惜因戰亂未酬壯志。文革被批鬥，一九七八年去世。台灣因為有那一個禁書的時代，助長了抄襲、剽竊之風。但那不正是考驗文人的「人格與風格」的試金石嗎？在改革開放之前台灣六〇年代有劉鳳翰的《圓明園興亡史》，八〇年代有劉文潭的《美學》，兩者都因被揭發抄襲、剽竊前人，劉鳳翰從此退出文壇，劉文潭當年從台大哲學系退出回到政工幹校，亦早已退休，黃祖蔭先生八五高壽二〇一五年辭世。

劉國松被揭發多次。他以前都以早年台灣戒嚴，不能書寫大陸學者姓名為由搪塞，但到了二〇〇九年早已解嚴、開放，仍沒有反省、改正，竟重施故技，便難以自圓其說。我是四十年前「故事」的知情者，很難再緘默不語；知情不報，等於協助作偽。

創作與寫作，誠實是起碼的自律。當代是訊息、出版泛濫的時代，助長了文風的虛浮。所幸法律對智慧財產權的重視，以維護正義。古人所謂「太史簡」、「董狐筆」，今人以為是天方夜譚。其實中華民族之所以能屢顛躓，屢復興，正因為有此脊梁，有此正氣。

（二〇一八年二月二十一日）

後記：平生寫文章，不知共寫了幾百萬字。而這一篇所遭逢的命運，是唯一的，空前的坎坷曲折，值得一記。一九七七年在紐約我已發現劉某抄襲前人智慧財產又多一新事證，但我沒有寫文章揭發，日久忘了。一直到二〇〇九年五月，劉某又在台北《國父紀念館館刊》發表同一個抄襲自李長之的論點，才提醒了我：我既然早已發現這一「竊案」，不予舉發，豈不是「從犯」。所以，我寫了一文交與館刊。當時國父紀念館館長是鄭乃文，他當面說，一定會找時機刊出。當時我還是該館審議委員。《館刊》是半年刊。鄭乃文久久不敢刊登，小官僚沒有維護正義的勇氣，只在乎官位，不惜違背刊物有刊出真憑實據質疑文章的行規。我只好轉寄香港《明報月刊》潘耀明先生。我兩度曾為該刊專欄作家，應無問題。很快，《明月》排版打樣給我校對。很快，似乎不對了。潘主編希望我把文題改含蓄些。我接受了，從原來「畫家劉國松應有所反省」改「某畫家應有一些反省」，再改「不忠誠，豈有藝術？」最後顯然有有力人士施壓，潘主編找一個藉口，說很抱歉。煮熟的鴨子又飛了。兩次見證了私情、鄉愿與懦怯袒護腐敗，我灰了心，文稿藏在屜中發霉，日久也又忘了。

二〇一五年四月，台北《典藏投資》月刊的老板簡秀枝突生義憤，親自撰文批評劉君因為拍賣畫價衝高，「成當紅炸子雞，交易行情三級跳，逼得藝術家汗流浹背，日夜趕製作品，幾乎透不過氣來。」我告訴秀枝女士，我有一文揭發劉君抄襲前人文章，她說太好了，她的《典藏》雜誌要登。但是，她對劉國松微不足道的「批評」，引起許多畫廊、畫商、拍賣行及畫家大不諒解。她面對排山倒海的反彈與責備，其實就是總體的「商業利益」的反撲，馬上反悔。我很能諒解，所以並沒寄稿子給她。這篇可憐的文字，於是第三次見棄於勢利的人間。

今年我編輯出版四本新書，此文當然要收入其中。當我丁酉歲暮，拿起這篇未見天日的「苦文」，忽然想到九年前香港《明報月刊》潘耀明主編不敢「得罪」友人，現在說不定會覺得應彌補昨日之非，我為什麼不再試運氣，也給他一個機會？所以，標題不提劉君，改為「抄襲之風不可長」，並附有關李長之一九四四年原著影印等資料，以及致潘先生信，掛號寄去。這樣慎重其事的信與稿，一個月後全無回音。我於三月二十三日再以電郵請《明報月刊》主編及編輯部告訴我拙文是否擬予採用？十天仍沒有音訊。這是自〇九年以來第四次失望。

我沒想到，這篇可憐的文章，因為想維護人間公義，文壇正氣，也為文革枉死的天才文化人李長之討公道，豈料到港台「文化界」名人，沒有一個敢主持公義，最後時來運轉，是由上海「澎湃新聞網」的藝術評論，成為此稿與世人見面的落腳媒體。這是第五次才成功的「苦史」。

回顧與此文有關的這一段歷史，從抗日戰爭勝利之前夜（一九四四年）李長之出版《中國畫論體系及其批評》；劉國松六〇年代剽竊其智慧財產；我七〇年代發現其弊；二〇〇九年其弊再犯，我寫文揭弊；此文屢遭壓抑，到二〇一八年才公諸於世，前後七十四年。我的感慨太深了。我一夜功夫寫這樣長的「後記」，幾與主文相埒。記錄其坎坷歷史，表達對藝術界與文壇的失望，對未來了解過去數十年的歷史真相，應該不無益處。

「澎湃網」讀者極廣，這篇文章後續的波瀾，在時間與空間的延袤上，比刊登在台北《國父紀念館半年刊》與香港的《明月》當然大得多。這一頁「苦史」，卻不意中得到更大的報償。

（二〇一八年四月一日凌晨四時在澀盦）

吳冠中的藝與人

歷史的鐘擺常常往復擺盪。當藝術的形式過分受內容壓抑，便有提倡形式美（形式主義、唯美主義）的呼聲；過分要求藝術應走出象牙塔直面現實人生，出現極端偏重功利的社會現實主義，便有重視純美感的表現出來抗衡；過分傾向藝術要關注大我，為人民服務，便有努力表現自我的個人主義；過分將藝術的情思、內容受制於意識形態，便有擺脫宰制，追求自由與精神自主的藝術。

經過歷史的裁汰與嚴選所肯定的藝術成就，不會只是齊一的類型。上述兩端以及介於兩端的種種不同風格，都可能獲得藝術成就的冠冕，只是大小、性質不同而已。換言之，有成就的藝術有無窮類型，多元的價值。

吳冠中的藝術觀點與藝術創作，剛好在文革後新舊時代的交接點上點燃。他勇氣過人，個性鮮明，論述白直，畫風鮮亮，令人矚目。他不能不是藝界爭議的中心，媒體與藝壇的風雲人物。

在二十世紀中國文革結束之後，吳冠中在中國藝術的新時代的開端，留下許多貢獻。過去意識形態長期抑制了藝術思想，大我壓窒小我，內容決定形式，藝術追求的自由與精神自主還未展開，許多清規戒律，思想韁鎖，條條框框正要解除，但歷史的鐘擺，應向何方？乘著鄧小平改革開放的順流，藝術界的吳冠中在這個轉捩點登高一呼，以「解放形式美」為號召，如春風綠了江南。

六〇年代中期文革開始。因為當時大陸隔絕了與外界的文化交流，我在台北面對洶湧的西方現代主義，開始發表我的藝術論。我認為「傳統文化的現代化與外來文化的本土化」才是正確的道路。這些觀點，其實從清末、民國以來，許多先行者面對中外文化交接與交流，有許多主張與策略，如全盤西化，迎頭趕上，融貫中西，中學為體、西學為用，引西潤中，中西合璧，中西折衷……。後來者在反思與實踐中，也不斷修正、發展這些策略。我覺得中國傳統藝術應走出中古，進入近現代；而外來藝術應有批判的接受，要使它落地生根，開花結果，然後才有新的生命，也才算是外來文化本土化的成功。吳冠中對藝術中西交流的主張，贊成油畫的民族化，水墨的現代化，與拙見大致相同。不同的只是吳冠中主張以「現代主義形式實驗與抽象觀念促進中國畫的現代化」。我認為西方的現代性並不等同於中國的現代性；若有「現代主義」，東西方也不可能全然相同。過分以西方為指標必損害價值多元的民族文化珍貴的獨特性，造成世界文化的一元化與受強國宰制的局面。必亦與以意識形態決定藝術形式相同的不自由。我們看吳冠中一九九八年的水墨抽象畫《逍遙遊》（中國美術館藏）與許多近似的吳冠中水墨作品，幾乎是美國抽象派畫家傑克遜．波洛克的水墨翻版；再看吳冠中許多同題材，同構圖的油畫與水墨風景畫，幾乎同一圖式，同一畫法，便可知吳冠中對兩個不同文化相逢時的衝突、扞格與排斥的無感，而掉以輕心，失諸粗疏；急切認同西方現代主義所顯露的天真與荒率，雖亦有鮮亮與清新的可喜，但難免圓鑿方枘之感也。

畫家又是作家，古今中外例子太多，並不稱奇。近現代有些人以為畫家寫文，是撈過界，兩邊通吃，不務正業。雖似乎挖苦，實亦讚美。畫是造形，寫是神思。能畫能寫，說明形與神的表現兼擅，並不容易。而古今有此差別，也正是過去重人文精神的那個傳統，在當下分工益細的時代形勢之下的式微，也正是藝術的危機。

吳冠中先生與我相同之點是都同時從事繪畫創作與文字寫作；同是以藝術論與散文的寫作為主。藝術論屬於藝術哲學範疇；散文是文學類。我不能代表吳先生回答為什麼他又畫又寫？我的答案是：一個有思想，又有滿腔情思的人，畫畫之不足，不能不兼賴寫作為所寄託也。

更深層的原因是藝術受制於創造他的人的局限，藝術也各有其局限。豐沛的情思要求有所渲洩，有所宣達，有所寄託，不能不依賴藝術的媒介。繪畫單項之不足，便外溢於相鄰的詩文之寫作。不過，正因藝術各有其局限性，才迫使藝術家竭智盡慮去經營藝術表現的技法，也才成為藝術創造性之重要關鍵。吳冠中上下求索，努力探尋繪畫的新語彙，新感受，其敏銳、生猛、大膽與新穎，常別開生面。在畫筆不足處，他以文字記述這一切的發現與喜悅，他大量的畫，大量的寫作，以如同嬰兒的初眼，迫不及待地捕捉這世界的新鮮與驚奇的形象。上世紀末，他是以美式西化取代過去俄（法）式西化的第一人。

畫家有千百種。有人因天賦而熱愛藝術創作，不為利益，甘於淡泊而畫畫；有為國族文化的承續發揚與創造新生命的使命感而畫畫；在商業化，傳統毀棄，價值虛無的當代，也有不擇手段，欺世盜名追求個人無饜的名利的畫家……。而畫家成就的歷史評價，不但遠非蓋棺而能論定，甚至百年後的評價，也常因不同的藝術與學術觀點而有所調整。另一方面藝術家對藝術的初心、動機、態度與行為是否真誠，毫無偽詐，不圖利益，卻最能映現畫家的人格精神，而不待蓋棺。吳冠中幾乎與梵谷是同一種畫家。一生對藝術的熱忱與不計利害，毫無偽詐之心，最令人感動。有好多事證可以看到吳冠中的嶔崎磊落。

我們從他二〇一〇年六月以九十一高齡逝世之前約二十年間，他的名氣與拍賣行情已如日中天，但他一九九一年自己燒毀二百件不滿意的作品，後來，又多次大批捐贈他的作品給予國內及新加坡與香港許多著名美術館。我多年來讀過吳冠中寫的文章，深知他是一位熱情與質樸，真情洋溢的中國藝術家，他對人生，對國家民族，對人世間有極強烈而真摯的愛。吳冠中與許多純正的畫家一樣，在藝術觀念，藝術主張與表現技法上，各有不同特色，但在動機與態度的真誠，毫無偽詐與貪求財貨之心，他是令人敬佩、敬愛的一位辛勤的畫家，他的純真、熱情、率性可說舉世少見。

我們也有不同，我批判文化帝國主義，他太愛他去過兩回的歐洲，他因歐洲過去文化的光采而拜倒，超過了他對中國文化的了解。沒見過他批判過歐美的現代主義敗壞的部分與當代藝術的虛妄。他一九四六年公費留歐的考卷上寫道：「（歐洲）中古繪畫全作教會之宣傳手段，正如我國張彥遠所記『成教化助人倫』者，藝術家無自由創作之餘地。」歐洲黑暗的中世紀與張彥遠的唐朝，怎麼會同樣阻礙藝術家創作自由？我們可以看到從青年起，吳冠中對西洋的嚮往與偏愛。但他不像趙無極、朱德群終生留在巴黎，變成華裔的郎世寧。他一九五〇年毅然回北京，與民族共甘苦，成為終生的中國畫家吳冠中。他大半生在中西藝術的十字路口奔逐求索，最後回歸自己的土地。

吳冠中很值得大家深入研討，在他身上，我們可以追索一百年來中國文化面對生存與發展許多新議題的苦惱與竭慮，提供當代人再反思。吳冠中曲折豐富，多姿多采的一生，從二十世紀初到本世紀頭十年，他的人生與藝術的經歷，非常特殊，非常艱辛，也非常幸運。他一生有許多珍貴的機遇與恩師，他又是一位少見的辛勤奮勉的人，繼二十世紀第一代大師之後，他努力在繼續前人的志業，為現代的中國藝術探路。他一生澹泊名利，生活簡樸，確為典範。他的無私與大度，很少人做得到。吳冠中為人真誠坦率，熱切而衝動，有過不少驚人之語。如「筆墨等於零」、「造型藝術是形式的科學」之類，白直而奇特，易生爭議。他的畫與畫論，純樸爛漫，大而化之，正反映了他獨特的人格特質，令人難忘。

（二〇一八年六月四日在台北）

第三輯

社會批評

德行的邊界

——評呂秀蓮、王中平論何秀子

楔子

我國報紙的副刊，其創造性與獨特性，建立了一個優良的傳統。從報業草創迄今，持續不斷地發揚了這個傳統，近代以來在副刊發表的重要言論與創作，對國家社會的影響與貢獻，實在難以估量。副刊雖然不無消閒益智、趣味娛樂的成分，但在傳播觀念、領導輿論、交流知識、探討問題和發表文學作品等方面的貢獻，自有它更高的意義與使命。它的社會的與文化的功能，在速度與廣度上，稍遜於廣播和電視，在觀念的深度與密度上，在文獻徵信的價值上，則遠非廣播和電視之可比。在出版傳播事業尚未達到真正高度發達（相當程度的銳敏性、深刻性與普遍性），在尚且缺乏各種具有高度權威性、擁有極其廣大讀者的雜誌（消閒娛樂者除外）之時，報紙副刊的重要功能與偉大貢獻，還是無可取代的。

對於中國知識份子來說，報紙副刊廣開言路，在科舉廢除以後，成為有抱負（這種抱負即傳統中國士人所標舉的「天下之心」）的知識份子奉獻才智，參與國是之「英雄用武之地」。中國傳統知識份子的「士」的精神，在狹窄的「學而優則仕」的傳統趨向之外，找到了廣闊的、自由的與更有影響力的「書生報國」的途徑。傳統的「士」以天下為己任的崇高抱負，不再只是「在朝」者的專利，也是所有「在野」者的使命。傳統社會「野有遺賢」的遺憾，在日益開放的社會中，幾已消除。對於知識份子來說，這是近代以來歷史上最可欣慰的進步。

我認為今日的知識份子仍應珍惜這個「進步」；知識份子與廣大社會人士應珍視我國報紙副刊的重要功能與巨大的貢獻。把副刊作為「報屁股」固然是落伍的舊觀念；把它作為新聞之後無關宏旨的「餘興」節目，也是漠視中國報紙傳統特長，抹殺其迄今仍然具備的社會的與文化的功能。這都將使國家社會蒙受了無形而重大的損失。

對於知識份子來說，當他利用社會的「公器」對社會發言的時候，不論他個人的專業是什麼，他所討論的題目是如何的專門化，如果他不失有以天下為己任的抱負，他必以整個社會、整個民族（或擴大到整個人類世界）的最高利益為最終的奔趨。尤其當他的國家民族面臨劫難的時候，一切言論的最高宗旨當為對於民族文化危急存亡的關切與繼往開來的探索。不論是對國家社會的獻議，學術思想的建設，現實問題的討論乃至對社會、人群的觀念與行為作無情的針砭，都不能輕率地忽略或稍離這個最高的宗旨。我們可以說這就是知識份子言論的道德責任。

一

一九七六年六月廿六至廿八日《聯副》刊王中平女士〈一個名女人的升起與隱沒——何秀子訪問記〉以及七月五日呂秀蓮女士〈為什麼訪問何秀子〉兩文。我以為兩文反映了她們認識與處理一個社會問題在觀念上嚴重的錯誤。我必須表示，對於以呂女士為中心的「新女性主義」，我認為是近世女權運動在現代我國的發展，一個對社會的進步有貢獻的社會運動。它的根本意義沒有懷疑的餘地。而對她們為改革社會在制度上、行為上與觀念上的不合理、不公平、不道德乃至不人道而作的種種努力，令人由衷欽佩。本文不但不為反對女權運動或呂女士等的「新女性主義」，而且為表示我對這個有意義的女性自覺自強運動的關切與坦率的意見。

《聯副》發表王、呂兩位的這兩篇文章我覺得很好。因為呂、王兩女士可說是「新女性主義」的主將，她們對何秀子其人其事的認識如果是錯誤的，抑制或拒絕其發表並無益處，因為她們在倡導與推動這個「主義」的過程中已成為社會上知名之士，而且有相當的社會影響力；即使不發表於《聯副》，它亦必將在其他地方（如她們自己出版成書）發表；如果她們對這個問題在觀念上有錯誤而不在文章上發表出來，觀念的存在，一樣要指導她們的工作與行為。她們既然是有代表性的主將人物，她們的想法必然代表了相當比例的女性「同道」的想法，而從已發表的讀者投書一票反對，兩票贊同上來看，呂、王兩位女士的觀念，在我們社會中，確有其某種程度的普遍性。

二

王中平女士的〈何秀子訪問記〉一文的產生，起於《她們為什麼成名》一書的內容決定把何秀子列入「名人」的名單之內。勇敢的呂秀蓮女士已在〈為什麼訪問何秀子〉一文開頭坦承是她「始作俑者」。（這兩篇發表於《聯副》的文章下面簡稱「王文」與「呂文」）王文與呂文對何秀子其人其事的認識在基本觀念上是一致的；而呂文為王文作辯護，所提出的「理論」，更明顯地暴露了其觀念上的謬誤。

何秀子的訪問，乃至拿這個著名鴇母的典型故事，「經由客觀的成名事實探討我們這個社會以及它所潛存的問題」（見呂文；對於「成名」二字，呂女士的說法無法同意，見下文），如果處理得當，是可能的，有益社會的，所謂處理得當，我以為在報導其事跡，必須客觀，發掘事實，不濫作感情用事的褒貶；在報導之後，應該有深入的分析，而提出嚴正的，有普遍意義的價值判斷。這兩方面任何一方面做不好，或只做其一方面，缺漏另一方面，都不為得當，反而造成價值觀念的混淆與錯亂，對社會反有害處。

呂、王兩女士以為這個訪問不存在價值判斷，就是公正，實在是大誤。因為對於一個在社會上引起法律與道德問題的鴇母及其事跡的研討，如何能夠閃避價值判斷？而無價值判斷，報導與研判的意義何在？假如說呂、王女士的目的只在發掘男性社會的不道德一面，故於何秀子的價值判斷從略，也完全站不住腳。因為就何秀子事件來說，不道德的造成，乃兩性雙方「合作」的結果；更周延地說，社會道德的不良一面是造成娼妓問題的溫床，而鴇母與娼妓又反過來成為社會問題的重要原因。這兩個相關的環節，均不能孤立來看待。

棄價值判斷於不顧，已不應該；在報導訪問中，卻大量流露了價值判斷的意味，而且是有意無意對何秀子大加褒揚，這就表露了在觀念上嚴重的錯謬，非但不符合上舉「得當處理」的原則，亦違背了呂女士她們自己原想客觀地，不帶價值判斷的原則。

王女士在訪問記一文中，絕非沒有價值判斷，而是將價值倒置過來，反貶為褒。她說：

「當我決定訪問何秀子時，心中懷著又驚又喜的心情」、「第一次和她見面時，我幾乎情不自禁被她吸引住了，她會讓人忘了用世俗的道德模式去裁判她。……她有女性的細緻和仁慈，懂得化粧和衣飾，又具有男性的氣魄和威力。……她就是這樣一位有血有肉，敢愛敢恨，敢做敢當的女人，她臃腫厚實的身體，充滿著用不完的精力和旺盛的生命力。她是屬於那種有個性、感情豐富、做事果斷、善解人意的敏銳型女性。」這種大量的獎飾與褒揚，只有令讀者感到何秀子是何等一位人傑，連王女士都不禁羡慕，這不是價值判斷嗎？不有顛倒價值的可疑嗎？讀者陳世杰六月廿八日的投書說得極中肯：「這篇專訪從一開始就以帶有強烈感情的語調，描寫何秀子給人外表的感覺，幾乎把現代所有女性美都加在何秀子身上，如此刻意美化這個女人，是否要全國婦女一同來景仰學習？」

呂、王兩位可能要說，何秀子是一個鴇母，不能否認，但她本人確有許多過人之處，訪問記完全是從實感得來，絕非刻意塑造。我們要說，正是在這個地方，顯示了呂、王兩位漠視價值觀念，漠視對於社會人群可能的不良影響。亦顯示了呂、王兩位對此一社會現象與問題在感覺、認知與判斷上驚人的謬誤。而報導訪問之濫施感情，這種訪問記，已失去客觀平正的特色，也失去可信性。從王女士準備訪問起，王女士的出發點、態度、提問的內容與方式、記述的口氣、文章的遣詞用字等等，都表現了一個喪失道德立場的社會工作者，拋棄她對社會所應有的良知。彷彿面對一位英雄與偉人，王女士搜羅了大量美德的形容詞句，堆砌在這樣一個參與侮辱女性「事業」的「名女人」身上，而且所問的問題，一如訪問一位可敬的學者。

王女士問何秀子「平時看些什麼書？」、「妳個人的一套人生哲學」、對她的偏狹和自私說是「有點」而已。且稱讚何秀子對「自私」的論調「很別致」。問她成功的秘訣，聽信何秀子以「真誠和有毅力」的回答，以及毫無調查與批判地記下大量由何秀子口中而來的對她自己的掩飾與美化的妙論。更令人不堪聽看的是王女士問她「婚姻是愛情重要還是條件重要」，問她對於「貞操」的觀念，而代何秀子宣揚她的「為客人守一個晚上的貞操」也算「貞操」的謬論。這個訪問以王女士對何秀子的仰慕始，提供何秀子為她的敗德劣行作種種「翻案」式的辯說，並無條件地代何秀子的荒謬「哲學」作公諸文字的傳播。到了最後，毫無王女士立於社會道德與個人道德的分析與評判，便表示了王女士同意其說。（一個人寫文章不可能通篇盡是與己意相左的話，而不說明自己的態度；除了在脅迫之下。）我們可以說，這種驚人的「背德」，到了明目張膽的地步而不自覺，竟出自意圖改革不合理的兩性道德者的筆下，令人扼腕！

三

讓我們再看看呂秀蓮女士的態度：

呂女士提出「成功」與「成名」之不同，她的解釋只有某一面的可能性，並沒有全面的正確性。成功容或比成名含有較肯定的價值意味，但也不然。我們常用「成名作家」等等來表示一個人的成功；相反地，我們也用「成功」來表示某些非肯定價值的事象。如：「江青奪權成功之後，加緊實行控制」，「革命者成功地利用暴民的力量」之類。（這個「功」字，雖然大多指功績或目的的達成，但也有「功狗」一詞，乃為貶詞。）即使我們完全依照呂女士對「成功」與「成名」的定義，但她認為「成功」一詞「含有太多鄉愿道學的意味」，實太無稽。（呂文又有數處說到假道學：「對從事賣淫行業的人，我們固然無法加以恭維，卻也用不著太過假道學。」這兩處指斥「假道學」，似過籠統。談論娼妓的事實與廢除，在今日社會並不少見，也不乏客觀的報導與積極改善或謀求解決的建設性意見。而「成功」一詞，怎樣可能是鄉愿道學，呂女士不免以偏概全，過於偏激。）

呂女士以為「成名」一詞的採用，是一種「突破性的超然態度」，她所「擬訂的前提要件有二，一是知名度高，一是靠己力而成名」。自要件之一看，若要真正客觀，只有通過統計與民意測驗，呂女士有沒有這樣做，姑置不論；要件之二，卻已含有價值色彩而不自知。理由有二：一是呂女士為什麼要強調靠己力？靠外力之「成名」者為何不算數？其所靠之「力」不同，其「成名」則一，擇此棄彼，顯然含有優劣、好惡、高下等價值判斷在；二是「成名」不論靠什麼「力」，既然呂女士稱「美惡暫置不論」，然則「成名」之有善惡，並不能否認。如岳飛與秦檜；呂秀蓮與何秀子，皆為「成名」。但善惡、優劣、高下各居極端，而將其一視同仁，皆以「成名」看待，並非價值之「超然」，乃為價值之「混淆」或「混同」乃至「等同」；其為價值態度之又一種，實難以否認。

貿然以「成名」為要件，若所並列的十來位女士，裡面善惡並舉，優劣齊列，則必產生兩種作用：甲：反襯（優者更優，劣者益劣）；乙：類同（互相映發，互相涵染）。除去此二作用之外，良窳並列，能有「超然」的「第三種作用」？倒要請呂女士說出來。試問如果有人寫一本書，名為《兩個成名女性——呂秀蓮與何秀子》，在這樣的標題之下，能否沒有價值色彩？上述甲、乙兩種作用之一，能否逃避？如何客觀平等看待？我想呂女士若不提出誹謗的訴訟，至少也要洋洋灑灑地寫一篇「拓荒者的血淚」吧。或者呂女士只有承認「反襯」作用，聊以自慰。

對於何秀子明顯的袒護，呂女士說：

「如若她的名噪一時，是可恥的，是罪惡的，那麼問題癥結應在於，為什麼這個社會會使一個可恥、罪惡的女人成名——而不是另外一些不可恥，不罪惡的?!」

呂女士似乎暗示：可恥與罪惡的是「這個社會」而非何秀子。假若我們承認任何社會該不無可恥罪惡的一面，則我們社會自不能例外。但是如果因此而可洗清何秀子的罪惡與可恥，我們提議呂女士回答這些問題：為什麼絕大多數的婦女公民都不至於成為何秀子這種人？對於絕大多數的婦女公民，「成名」而「罪惡、可恥」難道值得爭取？大多數既無「成名」之野心，更不甘願復不屑於淪入罪惡與可恥的婦女，為什麼也生長於「這個社會」，而並不妨礙其正常與健全？呂女士的本意是拿何秀子這個問題女人的發跡來發掘社會上局部（只能說是局部）不良的情況，從而揭露兩性在社會生活上的不公平遭遇，揭露由於男性中心社會的殘餘觀念的作祟，有許多地方尚待我們大家共同努力革新。（這雖是我代呂女士擬出的宗旨，相信也只有此一宗旨是研析何秀子事件應有的與可能有的正確目標）但是呂女士由於偏激，由於自以為是，又把握不住正確的目標，故把何秀子事件的研判，已然變為胡亂放砲，善惡不辨，是非不明；從歸咎於社會到為何秀子粉飾、「湔雪」，大加袒護，最後反問「不可恥、不罪惡的」婦女為何不能成名？其思想之混亂，宗旨之忘棄，我們不禁為她捏一把汗了。

為王中平女士代庖辯解，呂文提出四點。第一點是聲明王女士動機絕對純正，只是她太天真，太善感，這對我們不了解王女士的人來說，姑妄置信。但第二點，呂文說「作者」（王中平）「旅居海外多年，且有一女六歲有餘，閱歷既不可謂無，見識常非乳臭未乾，方其與何某人晤談時，乃竟生傾慕之情，你或可笑她單純，何某人的魅力，卻頗堪玩味」。這一點幾乎推翻第一點。因為一個有女六歲，留洋多年，閱歷見識皆不為幼稚之中年婦女（旅居海外，如果讀過書，便是「回國學人」；然則就某年齡，已可知非「乳臭未乾」，我們倒不管她是居海外或國內）。如何天真、善感、單純到對一個操賣淫業的鴇母產生「傾慕之情」？如果說王女士動機「絕對純正」，我們起碼應說呂女士委派這樣毫無道德感，無理性，也就是無見識的人去訪問何秀子，簡直兒戲。不說不配寫這種文章，簡直連作為正常健全的女性應有的心智與情操，是否具備都令人大費猜疑。更遑論參與倡導「新女性主義」需要目光遠大，德行崇高，心智健全，見識過人諸重要秉賦與修養了。

比較令人同意的是第三點。但「訪問何某人既不等於認同她，肯定她」。這一點王、呂兩女士均遠未做到，且已正面的褒揚了她，此前文都已指出，不贅。第四點，說該文「自無哀思追悼之意」。該文寫於四月，發表於六月，是何秀子死得「趕巧」。被訪問之後，在該文發表前後而死去，使此文之出現，在時間上似乎成為「悼念」。這或為偶然。且不必提它。可就在王、呂兩文中，各出現了這樣幾句話，我們姑且相信她們絕非有意表示「哀思追悼」，奈何她們自己的文字洩露了喪失了自己應有的道德宗旨與價值判斷，為何秀子的「成名」所「傾慕」，為其「魅力」所絕倒。請看：

王文：「何秀子怎麼樣都不會想到，這篇訪問稿寫成時，她已撒手人寰吧！」

呂文：「生死一線，幽冥永隔，而今何秀子既已香消玉殞，……」（下面是「貓哭耗子雖然用不著，落井下石卻又何必。」因為太長，且無關此旨，故略。讀者可對照原文，筆者並無斷章取義。如果呂女士用「香消玉殞」的用意是表示調皮玩笑或有反面諷刺之意，則須加引號，此為作文常識，當不會不知。）

不待請教文學批評家，上面所引王、呂兩女士的親筆文字，任何讀者皆可大笑。這不是追悼與哀思，不是悼念又是什麼？而用「香消玉殞」，曹雪芹寫林黛玉之死，搜索枯腸，也不過這四個字。呂、王兩女士看待事物之草率，觀念之偏激，見識之含糊，感情之濫用，本末之倒置，在這個例子上，必非巧辯所能掩飾，而為公眾所有目共睹。天下文章，奇則有之，把一個鴇母，一個社會寄生蟲，無知女子的吸血鬼（儘管她是一切鴇母、寄生蟲、吸血鬼中出類拔萃之尤；儘管她曾偶於「惡中行善」。我們雖無須全般否定一個人的種種方面，但是大前提是我們不能忘卻的。她作為人類中的喪行敗德者，為害人群者，她可恥的名號是她自加的，便罪有應得。）之死亡以「香消玉殞」來形容，以「撒手人寰」來感慨，未免令人不知今世何世！令人懷疑文字語言究為遊戲而創造，抑為更高目的！

對於娼妓制度，呂女士抨擊「學者專家」所說「猶如陰溝之於高樓大廈，乃是維繫社會、鞏固家庭，亙古以來永難滅絕的傳統制度」。這位「學者專家」是何許人，不得而知，這個謬見，我們當無法完全贊成。但呂女士的凡娼妓即男性中心社會之產物之說，也站不住腳。須知現代也有男妓，為「富婆」取樂之對象。我們便只能把賣淫認為是人類社會中一個敗德的行為來看，或說是人性弱點中難以滅絕之劣行來看。（其他貪污、盜竊等等，都是人性弱點之表現，皆不局限於男與女，乃共同的。）有許多社會問題，是整個人類社會的問題，性別的重要性並不大。提倡女權的人，不應強加割裂，硬納入女權運動用以向「男性」提出攻擊的資料，實無補於男女共同追求社會進步與幸福之最高目標。

沒有人懷疑一個可恥、罪惡的人可能也略有學識，「對答如流」；也必沒有人懷疑她（或他）對人生、婚姻有其一己的看法。問題是學識與能力，並不能救贖其已有的罪辜，在人間必終將無法逃脫法律與道德良心的審判。呂女士提出何秀子日據時代即有高等教育等語，完全白費。代她炫耀「見識」、「能力」與發表她的種種觀念，而無批判，這個訪問的「純正動機」業已變質。而對於「衛道」，呂女士多次表示痛絕。我以為衛道並不一定不對，只有衛腐朽的、不合理的、不人道的、不公正的、阻礙社會向上發展的「道」才是我們應抨擊的。籠統地單說「衛道」，甚而將凡與呂女士不同的看法與見解，通通打成「假道學」、「鄉愿道學」，都只見出呂女士的含糊、混淆、霸道與幼稚。

我們社會對於像何秀子這樣不見「經傳」，難容於世的「名女人」的事跡可以報導，研評，但是否應該予以「平反」，甚至表揚、讚美？贊成者與反對者人數多寡如何？呂女士究掌握了多少材料？姑且不說；我們社會的言論是否「壟斷」在知識份子手中？此外，一個社會的言論不由知識份子來起領導的作用，應由誰？以及領導觀念、輿論等是否叫壟斷？也姑且不論，呂女士以王文與呂文這樣的東西，說是「對知識份子壟斷言論界的現象予以反擊，不失為一個嶄新嘗試」。我以為她自謂的這個「新嘗試」不但沒有正面意義，而且徒見荒謬。另方面，也不能如她所謂的是「我們社會之雍容開放」之福。我以為開放社會需要社會份子（尤其是常對社會發言的知識份子）有自覺的約束；有理性的、道德的權衡之自覺、自省與自律。兩相配合，才成全了「開放社會」的真正意義。如果社會份子沒有自覺，沒有維護社會價值觀念的責任心，則對開放社會的自由只有濫用，造成可怕的混亂；如果知識份子這樣濫用自由，更不可恕！

呂、王兩女士對何秀子所說「那種行業我不做，仍然不斷有人會做，而且做得更糟更亂」這句似乎「擲地有聲」的「名言」，毫無批評，說是「惡中行善」；而對何秀子給予的諒解，甚至袒護，已如上文所論。究竟何秀子這句話，能否成為我們對她加以諒解的理由？在我的意思還是否定。舉例來說，我們對於以極殘忍的方法殺人者，不但切齒痛恨，且必予以無情制裁；若另有殺人者改進殺人技術，如採用藥物，使死者不致有大痛苦。試問我們基於人道與法律之精神，對後一種殺人者，應予寬貸麼？

四

呂文有三處反覆陳述社會上有些男人，對何秀子一型的人物，「稱皇冠后」，暗地裡激賞她。公開裡又道貌岸然的鄙斥她。認為此即表現我們社會瀰漫著偽善與假道學之風，而表示了她對道德的不信任。也許因此憤激，呂、王兩位女士，「慷慨地」予何秀子以大量同情、諒解、美化與袒護。我以為她們對男士們這種明暗不同的態度的揶揄與抨擊，是十分正確的，但對何秀子的態度，則偏差太過。對道德的失望與不信任，只看到人間盡是偽善，也過於虛妄。男士們對她們的揶揄與抨擊，必無反對，但若否定道德的存在與意義，毋乃過激。一個人對不正當之事，暗中欣賞或享受，明裡反對，固然可說是其人之偽善，也可說明其人道德良心之未泯滅。比較極少數歹徒，明裡暗裡，毫無忌憚，還略有一點人性。明裡不肯承認，正是羞恥感之存在，可見普遍的道德性，乃人心所共有遍有。道德的存在與價值，還是不能否認。道德固不一定可保證人生社會盡善盡美，但因而否定、懷疑，是因噎廢食，更不是一個正確的態度。再說偽善一事，也不分男女；女子與男子都共同有許多人性的弱點。強調兩性的對立面，歸罪男子，也不見公平。而對於男女雙方來說，形同挑撥，也不是促進呂女士所嚮往的男女更和諧合作的社會之健全途徑。

以呂女士為主將的「新女性主義」運動，是婦女民權的覺醒，道德的覺醒之一個有益社會的運動移植自歐美。除了極頑固自私，極冬烘腐敗者之外，社會上大多數男女，當必贊同。（所以對於男性中極少數鄙劣者對新女性運動不堪入耳或入目的攻擊，薇薇夫人不以呂女士將這些謾罵侮辱的信收入《數一數拓荒者的腳步》一書中為是，我以為不無從大處著眼的遠見。但呂女士深不以薇薇夫人的意見為然，實在太過剛愎自用。）而「新女性主義」運動基本上是一個改革不合理的道德與制度，建立新的兩性道德的運動。它的基本性質，當然是一個社會道德的改良運動。（它不可能是政治的、經濟的或宗教等的改革運動，雖然任何性質的革命或改革均與文化的各層面發生關聯。我們說「基本上」是道德的改良運動，當不為謬。）女子在政治、經濟、法律等方面所受的傳統性的歧視，比較明顯，卻也比較容易改革。在民主國家裡，這些不平等雖不能說完全消除，至少可說大都消除了。剩下來在道德上的歧視，因為傳統觀念的根植人心（中外皆然），比較隱晦而頑固，但必亦可逐步清除。所以較諸早期的女權運動，現在如呂女士所提倡者，其道德的基本性質更加顯著。如果呂女士等瞭解這一點，則可知做一種社會道德的改革工作而宣稱不作價值判斷，漠視或取消道德，實是不應有的迷誤。若堅執這個迷誤，則無異推翻新女性主義建設新社會道德之本旨，亦令人懷疑以這樣的道德意識與價值判斷力哪堪肩負改造社會道德的重任！

說到在道德與觀念上去爭取男女的平等，一方面固應揭露並反對男性中心的傳統，一方面也應由女性的自覺與自強，革除女性自身傳統性的錯誤與不良的心態、生活習慣、生活方式。在目前業已相當開放的民主自由社會來說，後者應得到新女性運動者更加重視。比方今天不少女子仍以脂粉與衣飾為生活的重心，崇拜者皆某些靡靡的歌星、明星，選擇對象所重視的不是才德，而著重權衡「條件」是否優渥等等。新女性如果不多著力在自身的改造與提高上，只寄望於攻擊，從而希望男性從社會上自動退讓，虛位以待新女性的登基，那麼，這樣的「新女性」還只是恃寵撒嬌的舊女人，則「新女性主義」的提倡，還是失敗。與其抓住幾個已漸漸消失的男性中心社會的不合理現象，大肆渲染，以製造女性對社會的「同仇敵愾」，不如轉而努力於啟迪新女性，使與男性在德、智與能力上公平競賽，以及努力發展女性的社會福利事業，則新女性主義運動或更有真實的大成功，必為天下刮目相看。

五

什麼是「新女性主義」運動所期盼的新女性形象與品性，我對此不便妄加倡議。但男女的平等，絕非男女無別，這幾乎是自然的法則，不是人力所能改易。「取悅男性」，並無必然不對之處，因為在男子來說，「取悅女性」，也一樣應該而可行。所謂愛情，即兩性相「悅」。而將「取悅」二字改為「吸引」，也是一樣的意思，問題是相悅或相引，其間地位平等，不是主奴關係，便為健全合理。假如男子希冀女子溫柔可愛，便為「新女性主義者」所鄙斥，則應指令所有女子，皆不許希冀男子的英勇可敬。此似違反自然律，也失之心理與生理的依據。娘娘腔的男子多不為女子所喜愛，似乎不見有男子指責女子的不公平，也不曾見女子稱讚這種男子為「男中裙釵」而予以特別的敬愛。

在〈航向西南西〉一文（呂秀蓮作，《聯副》六月廿二日）中，我們很難同情作者對這些問題站不住腳，經不起推敲的立論。一個男子不懂得或不喜歡欣賞一位「女中丈夫」，不能即把他視為「男性中心主義」者的頑固與落伍，因為愛情是最自由而真誠的，不喜歡就不喜歡，沒有人願意希圖博得「進步」的讚美而去與他所不喜歡的「女中丈夫」戀愛。所以，作者的艾怨是無謂的。但「沒有人願意與他所不喜歡的女中丈夫戀愛」並不等於「沒有人會與女中丈夫戀愛」（因為或許有因利益與虛榮，做了自己本來不願意做的事的糊塗蟲），娘娘腔的男子或許較多喜愛女中丈夫的女人。退一步說，一個女人若因有了過高的「才華與抱負」，便不能不只有做「女中丈夫」（這是否有必然性？），不能不只有拋棄「英雌」而立志做「英雄」，那麼，她必須有戰勝一切孤寂與挫折、險阻的志氣。也用不著喟嘆「為什麼不能也擁有一份醇厚甜美的愛情呢？」了！

我感到「新女性主義」者對男女兩性的合理（心理、生理、自然之理）的分別與真正的平等之間，似乎還是觀念錯亂，想法偏頗。從而幫助我們明白某些女性難以得到愛情的原因。

最後，我但願呂、王兩位女士的觀念嚴重的謬誤，多半是因為熱情與成就感的急切鼓蕩而致，則期望糾正，亦必較易。搞「運動」的人，常在興致勃勃之後，忘了冷靜自省；也許人一旦以「運動」為職業，不繼續苦幹，才華與精力，便感無處發揮，而不自覺地變成「為運動而運動」。如此，其「事業」反成為社會的負擔。我想這也許可以提起一切從事社會運動工作者的猛省。美國一位碼頭工人出身的作家賀佛爾（Eric Hoffer）也說過很精闢的話，值得銘記：

「當一種群眾運動開始吸引僅對個人事業有興趣的人士時，就是那種運動業已過了全盛階段的跡象……彼時它就不再是一種運動，而變成了企業。」

（一九七六年七月二十二日於紐約）

後記：群眾運動會變成企業，也可能變成權位。沒有人料到二十多年後呂女士當上中華民國總統陳水扁的副手。這四十年來呂女士的心智言行之可議，其來有自，這篇舊文，有點像出土文物。

（二〇一七年六月）

求解放的歷史

寫了〈德行的邊界〉一文（見《聯副》一九七六年七月廿九日至八月一日），很得好些朋友與讀者的贊同。但批評了兩位做女權運動的女士，或難免給人對女權運動不以為然或者不敬的表面印象，雖然拙文曾說過這一個對社會的進步有貢獻的社會運動，它的根本意義沒有懷疑的餘地等話。

一個促進社會進步的社會運動，重要在於須為大眾所共同參與，方有真實的收穫；而正確的觀念與方法，必為成功不可或缺的保證。觀念的宣導，固成為知識份子的「言責」，而有效方法的推行，必須邀得大眾的參與。如果觀念盲目錯誤，方法乖謬，或許就斷喪這個社會運動的前途。國內女權運動目前的現況，便值得關心社會的人深思。

最近臺北的朋友寄來一套《近代中國女權運動史料》兩巨冊（主編者：李又寧，張玉法；六十五年臺北傳記文學社出版），友人希望我為這種花了大功夫而不甚為一般讀者所注意的珍貴史料書寫點介紹。我覺得寫介紹只是做媒人，不必「登堂入室」。而且，即使是男人，亦皆有母親、祖母，或兼有姊妹妻女，故對女權的問題，不能沒有一個明確的態度以及多少主張。這兩冊史料，提供我們對近代中國歷史中女權運動的認識。凡是歷史與知識，任何人多一些了解，總有益處，更不必限於專事女權運動的人士。所以，我還是寫一點。

我既樂於介紹，卻不想說些自謙的客套話。我們常見有些人談問題，喜歡先聲明他完全外行；似乎自己一經表明對某物事的無知，便有權胡說。這種虛偽的謙撝，實是狂妄。現代學術分工之細，先儒「一物不知，以為深恥」的理想，自然不能拿來要求現代人；但局守門戶，天地狹窄。知識份子不能以其智慧來共謀人生社會全面的進境，則知識何以益天下，大可懷疑。所謂為學術而學術，為藝術而藝術，實是現代式的「陋儒」的口號，亦為「迂腐」的現代形式。況且嚴格地說，學藝領域之無涯，誰能真以為自己是內行呢？說了上面一段似乎題外的話，只是期望女權運動不應成為三二人的職業，有現代意識的人，都應關切這一個近代史上重大的時代使命。近代以來許多中外人士倡導「科際整合」，對於婦女問題及其運動，便是一個需要多種學科配合的工作。或許社會、心理、法律、民俗、政治、經濟、醫學、文藝與歷史等等學科都用得上。一種社會運動，絕不是一種學藝的專業。明乎此，所謂內行外行的隔膜才能打破，男女平權這個歷史進步的趨勢才能健全地發展。

《近代中國女權運動史料》所提供頗為完整的歷史文獻，對研究中國女權運動的貢獻，與對研究者的嘉惠，自不待言。對於當今從事女權運動者，乃至各行各業的社會人士，都各有不同的意義與得益。觀今鑑古，鑑往知來。對於一個歷史性的社會運動，歷史的認識是首要的一步。這一部第一手史料的選輯，一千五百多頁，共一百五十多萬字。內容除蕭公權先生序，自序，凡例，導言之外，分為：甲編，中國婦女的傳統地位；乙編，對外國婦女地位及女權運動的認識；丙編，鼓吹女權的重要言論；丁編，女權運動及其成果；戊編，清末的傑出婦女。最後有：近代中國女權運動大事記；徵引書目；索引。所有資料，分別搜集自美國和台灣各大圖書館。兩位近代史家用三年時間，廣收精編，而成此鉅製。其辛勤努力，令人欽佩。因為這一部書的出版，使我們對近代史極突出的部分有直接接觸的機會，令人感謝。

史料不是為供閱讀而編輯的，尤其對我們不是從事歷史研究與女權運動史研究者，這一部書的珍貴，或不大能夠了解。但是我瀏覽全書，覺得它的趣味與知識之豐富，大概任何頗喜讀書的人，都有興趣。而且我們對於女權運動種種錯誤的認識以及對歷史了解的貧乏，都可得到糾正和填補。

女權運動，是近代世界歷史的一個大趨勢。現在的人，有的以為起於美國，有的以為大陸共黨所倡導，質諸史實，都不攻自破。近代中國的大變革，不僅在政治、經濟上，而且更突出的在於另一半人口的興起，即婦女從歷史的「牢獄」中解放出來，逐漸走上歷史的舞臺。我們可以不誇張地說，過去的歷史，主要是男人的歷史。婦女的地位，因其才智與人格受到壓抑與鄙視而淹沒。不分中西，過去人類的歷史文化，不論是王道或霸道，都是鄙視或侮辱婦女的文化。即使宗教文化，其慈悲博愛，婦女們亦並沒能與男性共享。極高明而道中庸，標榜仁愛的儒家，尚且以陽尊陰卑為天理。碩學如亞里斯多德與孔子，都把女人與奴隸（或小人）等量齊觀。其他更不論矣。而宗教上，佛教以女子為罪障之叢；基督教以毒蛇喻女子，且女人是男人一根肋骨所做成，女子當生死服從男子。男尊女卑，古代中外如此，近代也然。雖然歐洲近世女權運動比較早倡，但婦女地位的普遍提高，人格之普遍尊重，還是本世紀以來之事。《史料》中載一九〇七年的《天義》期刊中〈石破天驚〉一文，首段說：

「亞洲之男子，用申韓之術者也；歐洲之男子，用黃老之術者也。亞洲男子，其馭女子也以剛；歐洲男子，其馭女子也以柔。惟其用剛，故奪其實權，並施以壓力；惟其用柔，故與以厚寵，而奪其實權。二者相衡，則一猶劫財之人，一猶騙財之人，男女之間，其實權固未嘗平等也。」這一段趣文頗能道出近代中西男女相處之形勢。不過，雖同為不平等，黃老之術，較申韓之術，在表面上較不野蠻。翻閱此「史料」，令人追想整部歷史對婦女種種摧殘、抑制、賤視與侮辱，不免感到是人類之恥。而對近百年來一班熱血正義的男女的呼號、控訴，倡導改革的勇氣與毅力，由衷欽仰與擁護。

《史料》羅集了反映各種摧殘婦女的記載，對婦女纏足的「拜腳狂」及妓鞋行酒等極腐敗無聊的故事，奴婢優伶及娼妓的生活，不合理的貞節觀念的毒害，種種翔實的記述。又編集了近百年來女權運動的言論與成就的紀錄，不但使我們了解歷史的真相，而且明確了今後努力的方向。

中國的女權運動，在解救婦女個人獲得自由平等之外，更有興家救國的抱負，這是與西洋女權運動不盡相同的一點。這當然是中國近代飽受侵凌所激發起來的。閱讀清末報刊上許多女傑的文章，常有「我輩既有公共責任，寧袖手旁觀，甘為亡國之奴隸，甘為印度，波蘭也」？等愛國自強的呼喊。

清代大學問家與大作家等名流，如袁枚、李汝珍、俞正燮、康有為、梁啟超、張之洞、楊度等人，都從不同的角度（雖然免不了歷史的局限性），參與這一具有政治與社會意義的運動，鼓吹婦女解放，男女平權。讀了這些名家的言論，很覺得現世專家學者的不聞世間事，那種門禁森嚴的狹隘，實在缺乏「古人」恢宏通博的氣度以及敢言、能言的膽識與責任感。

我很期望這一部《史料》能對目前國內女權運動的健全發展有激勵與借鑑的作用。從事運動的人，光憑熱情與盲勇，只有賁事。高遠的眼光，正確的觀念，切實的方法，或更重要。

我讀過《新女性主義》一書及其作者的其他一點發表的文字。我覺得缺乏歷史的了解與借鑑，徒發空論，不免無的放矢，而做法不當，惟引人反感。《新女性主義》的提倡仍然拿一百年或數十年前抨擊舊時代的言論來批評現在的國內社會，而且有時竟採用了不顧損害社會道德的方法來從事婦運，都宜反省糾正。我想今日中國婦女在爭取公正平等的待遇之外，還應重視婦女本身在德、智、能力與體質上的提高，也可以說是婦女應自覺自發地起來消除由傳統社會長期所造成的在這些方面一般存在的貧弱的積弊。現在女子就學率較諸男子，局部已呈優勢，故「興女學」一事，已不合現代情況，但女權運動者，或應大力推行婦女的社會教育，社會福利，醫藥衛生，職業訓練……等工作。其他政治、法律、經濟地位等方面的平權，雖不能說已盡善盡美，但是，一口咬定今日男性社會如何欺壓女子，恐難得大眾共鳴；只空喊口號，不重實際工作，恐難得大眾支持，都必無實效。

一個社會運動在不同的時空應有不同的觀念、態度與方法，則歷史的了解，不可忽視。《近代中國女權運動史料》不單對我們普通人有益，對搞運動的人應更有益。「新女性主義者」有沒有好好研讀，以為借鑑，無法知道。我們只有期望這一本「歷史教材」對當代女權運動的貢獻發生了它應有的作用。

（一九七六年十月於紐約）

與損友卡特絕交書

卡特損友足下：

驚悉足下罔顧民意，獨斷孤行，已決心助紂為虐，不勝令人扼腕太息而寒心失望！連日全球各方非議，聲震屋瓦，怒斥嘲罵足下之語，充塞江海。有曰：花旗之國，今何不幸有總統如閣下之猥葸窩囊，「美利堅」之國號，宜正名為「醜鈍軟」乃名實相符；有曰：閣下膝蓋之軟，雖尼克森不堪與匹。余為未雨綢繆，月初已交郵局陸空聯運，寄上本國產「硬骨強心丹」一包。不想藥未到而老弟膝蓋已頹然疲軟矣，思之能不憾恨交集耶！

足下提倡之「人權」，似是而非。對誠正開明者與對兇殘橫暴者，各有不同之標準與不同之態度，欺善怕惡，骨氣蕩然！「人權」云者，今已證實乃瀰天大謊，無人肯信。食言背信，為政客之慣技，老弟深諳個中三昧，以為得計，實失民心之舉。而把盟友如花生米論斤出賣，普天之下，焉再有真正朋友哉！

聞閣下痔瘡暗疾再發，坐臥難安，正延醫以施刀圭。知有回平原鎮渡假之想，藉以迴避此「政治風暴」。恐平原鎮也將不平，抗議斥責之聲，閣下豈能安枕呼！

據本國古醫典《金匱五藏風寒積聚病脈證篇》書上云：「小腸有熱者必痔」。按痔因血行障礙，直腸發炎而起。余知閣下之外交內政，內外煎迫，直腸乃再發炎，痔疾復生。而思聯暴政以炫「膽識」，賣老友以求「榮寵」，實則如火中取栗，緣木求魚。不智之舉，將為萬世竊笑矣！

余念舊誼，值此閣下內外交困，身心俱病之際，本當趨白宮以探病友，並為閣下曉以大義，望能懸崖勒馬。此乃余之「溫情主義」也。奈何訪友之事消息外洩，余之私人座機已為臭雞蛋所毀損，無法啟程。愛余之群友義壙填膺，並發起自強救國，團結自救之運動，余感動之餘，深感慚愧。反省三日，靜誦聖人之訓。讀《論語》〈季氏篇〉，乃幡然大悟。

孔子曰：「益者三友，損者三友。友直，友諒，友多聞，益矣！友便辟，友善柔，友便佞，損矣！」因念老弟對中國文化素乏了解，茲略作解釋：閣下不直不誠不明之輩，當非益友，而諂媚，巧言令色，奸詐欺騙，空論滔滔而目光如豆，正是損友也！孔夫子二千多年前已有此訓示，今日閣下既原形畢露於天下耳目，余恥與為友，即此表示割席絕交。而今而後，望深悔改，願好自為之。順祝　痔疾早痊。

（太瘦生　一九七八年十二月廿日台北）

後記：一九七八年十二月，美國與中華民國斷交。當時高信疆主編《中時副刊》「人間」，囑我寫一文諷刺卡特，匆匆寫此，並用了筆名「太瘦生」。大陸因為早期「反右」及「文革」，使民心盡失。四十多年後煥然一新，正在追求民族偉大的復興。此文留在歷史中，與後人為笑談。

（二〇一七年七月）

另一個中國人的想法

中央研究院最新的院士，我的朋友丁邦新先生，四月九日及十日在《聯合報》「和著眼淚」寫了〈一個中國人的想法〉一文，讀後頗令人吃驚。

第一個飛過腦際的感想是：這篇文章是民國六十一年「孤影」者在《中央日報》所撰〈一個小市民的心聲〉的七十六年新版本。

巧合的是，這篇〈一個……〉與十五年前那篇〈一個……〉都發表在四月九日。不同的是，這次由「一個小市民」提升為一位中研院院士與大學教授。院士教授與小市民在社會地位、知識水準上大有高下，影響力也大不相同。不過，丁先生此文（以下簡稱「丁文」）所表達對社會現狀的觀察，對國家前途的見解，對民意與「國病」的診斷，與小市民一樣大多不能教人同意。我們正面對抉擇國族前途禍福的關頭，不能自抑，謹以這篇文字，略表另一個中國人的想法。（為節省計，本文所用引號除行文所需之外，引號中字句均引自「丁文」。）

現實的恩怨與國家的忠愛

在討論「丁文」之前，先將常常嚴重混淆的基本觀念與常識予以澄清。任何人發表對國家社會的意見，固然要本乎「良知與良心」，而更要排除一己之私，力求客觀公正。沒有人能做到絕對的客觀公正，但應努力拋棄因個人現實際遇而來的私情與偏見。知識份子的言論如果不是別有他圖，意見的錯謬常常來自個人特殊的經驗，特殊的心理背景。當然，那些孜孜矻矻為一己名利而趨炎附勢，挖空心思，掩飾巧辯的言論很快將灰飛煙滅，根本不值一提；而像丁先生這秉著「良知良心」的言論，若因蔽於私見而不得公正客觀，對社會的不良影響更可怕。任何執政黨與政府皆不可能沒有「民怨」，而某些民怨其實是宿命注定不完美的「人」所造成。因為政策法令的制訂是人，執行者也是人。某些來自「人」的錯誤，不應全然歸咎於政、黨。何況即使有所謂「完人」主政，但任何公共政策措施皆不可能兼顧天下不同條件，不同慾求，不同性狀的個人之所欲，故民怨不能絕對避免或消除。值得重視的只是民怨的多寡、大小、性質與輕重而已。政府所應該、能夠做到的，只是造天下「最大多數的最大幸福」與儘量照顧特殊的少數而已。（編按：本文楷體文字皆為報社刊載時所刪除。）

有人因為團體、家庭或個人遭遇過某些來自權威當局的挫折或損害，而不認為個人這些不幸只是因為政府的錯失，或者只是政府中某些有缺陷的人的「罪惡」，卻將所有怨氣指向「國家」，不惜對國家、民族懷恨甚至成為仇敵，因而造成了個人或者國族的大小悲劇，實在可嘆。

我們認為這就是因為蔽於一己之私。就因為不明白政權就歷史的長程而言是短暫的、變動的，而國家民族是永恆的、不變的。

反過來說，如果政府或執政黨造成了某些個人「較為幸運」，因而有了「小小的成績」，也不宜以個人特別懷有感念的主觀感情來討論國家大事。因為國家的利益是千萬億萬人民的利益，並非那千億萬人都得到同樣的「幸運」。談論國是，尤其是高級知識份子，只能也必須以天下億萬人的利益為利益，不然，也免不了蔽於一己之私人恩怨而不得客觀公正。至於個人對政府或黨國或某些有力人物的感激之情的表達，應該另找機會。我們也應該說，表達感激也人性之常，並無不當。

某些人對國家民族的忠愛，如果其動機是來自「得益」於政府或政策，而另一些人對國家民族的怨恨卻來自「受損」於政府或政策，則天下各懷其私，一無共識，焉得「和諧團結」？果如此，則遇外患內亂當不能同仇敵愾，承平時必亦各爭其利，互相鬥法，互相搶奪。

個人在現實中的恩怨，可以避讓，可以努力化解，可以忍耐，也可以訴諸公理與法律。但個人的恩怨與對國家民族的忠愛不能混淆。愛國家，愛民族是人類的美德之大者。忠愛國家的感情應該是恆久的、純潔的、忠誠的，不應受任何事物的牽制與左右而有所改變。

如果執政的人不能把由執政黨所組成的「政府」與「國家」有所區別，而有「本黨」即「政府」即「國家」的心態；如果連高級知識份子也不能把個人恩怨與對國家民族的忠愛釐清界線，則不但我們國家與社會「民主之路是艱辛崎嶇的」，而且還要無限崎嶇下去。然則，「知識份子」云者，也只是人間現實利益中斤斤於個人得失的匹夫匹婦而已。

歷史上許多「忠臣」不滿於「政府」（朝廷）對天下蒼生的孽政，犧牲自己大好性命自殺以報國，他們都是對「政府」與「國家」有正確區別的「真正的知識份子」。不滿政府不是什麼大逆不道的事情，而且常是愛國志士的偉大志業。不過，如果對政府的不滿有錯誤，便因為毋視天下民意之所歸向，或以一己之私仇、私怨、私慾、私見來評判政府之行為，這種判斷錯誤，不得人心的「不滿」，斷成不了什麼氣候。如果違拂民意的「政府」特施大量恩惠予本來不滿政府的「忠臣」（如使他加冠晉爵，榮登廟堂），試問這個「忠臣」應不應該感激涕零？而要不要將《離騷》（屈原所作）原文「長太息以掩涕兮，哀民生之多艱」馬上改為「撫予懷以安慰兮，喜民生之多福」哉？

我與丁先生都「不是學政治法律的人」，但上述一點粗淺的「見識」根本也不算法政的學問，卑之無甚高論，只是一個有感受能思考的讀書人，對與我一樣不懂政治的人談一點常識而已。

但是，常識的錯誤，常常引導了觀點的偏頗。下面，我願將丁文中某些「重要的觀點」略加分析，並表示我不同的意見。

語言、省籍、華僑

政府推行國語，沒有什麼人反對；反對訂立「語文法」，七十四年十一月我也寫過兩文（現收入拙著《煮石集》）。丁先生說「我不懂誰禁止你講媽媽教的話？」丁先生是「一個研究中國語言學的人」，怎麼可能不知道面對百分之八十以上本省同胞家庭播放的電視節目，用閩南語發音者所佔比例甚少，閩南語新聞更少得近乎沒有的事實。而且昨天（九日）《聯合報》第二版張新聞局長說「依據廣播電視法的規定，方言節目應逐年減少，因此不宜增加閩南語的時間……」而「丁文」自己不也說到「聽說有的小學因為孩子說了方言，施以重罰，這當然不好，但並不代表政府推行國語的政策有什麼錯誤！」嗎？這是自我矛盾又不合邏輯。「說了方言施以重罰」與「推行國語的政策沒錯誤」是兩回事，豈能因後者對，前者就不必深究國語政策的重大錯誤？政府中人對閩南語長期以來豈能不承認多少有點歧視？這種錯誤的語文政策與態度造成了多少不應有的卻極廣泛的民怨，如何不肯認錯！

「丁文」說到「美國當年的立法者真有眼光」，所以美國出生就是美國人。我似乎覺得在大陸時期也如此。許多人祖籍與後來子孫籍貫不同，便因戶口登記以出生地為籍貫。政府遷臺之後，不採此辦法，兩、三代子孫，只要祖父是「山東」或「四川」，即使在臺娶的本省婦女，也籍隸原祖。這豈不應承認我們的籍貫政策恰恰不是「有眼光」嗎？此外，政府用人，每以外省黨員優先，早期尤甚；本省公司行號用人，則以用本省人為優先，以之「相報」。這是現實中長期存在的事實，我們不敢說，不能說，為什麼？省籍之「講」，事實上有關因素至為複雜，不能簡單歸咎於任何一方。但政府為了保持萬年不改選的「民代」所組成便於「運用」的「國會」，而堅持這些不合理的政策，省籍分裂，豈能全無責任？為此付出了全民和諧團結受損之慘重代價，焉能不痛切檢討？

「丁文」對「華僑」的說法，也令人無法苟同。我們今日對旅外「華僑」政策之寬嚴不一，實因為我們朝野太多既得利益者，擁有雙重國籍。多少達官貴人有產業在外國，有子女歸化美國？這一問題已不堪聞問。對一般人我們不必多言，但是，任公職的人如果雙重國籍，拿什麼來號召四海歸心？拿什麼來感召大陸同胞為明日非共產的、自由的中國而同心奮鬥？真的是「現實的原因使他們取得居留地的國籍是不得已的事」嗎？許多人寧花多少錢，多大力氣去搞移民，這「不得已」不變成為要「免於恐懼的自由」而能離臺麼？「只要他們在心理上覺得是中國人時，他就依然是中國人」這種話只是主觀的想法，毫無法理上的依據。那麼，為什麼外籍華裔心理覺得是中國人，就可以有權參與國家決策大計？「兩國發生戰爭，……他至少不會打中國人。」這是沒有常識的話。到那時他若成為「敵國」的士兵，我看他必一邊流淚也一邊開槍——頂多亂放。不放的話，違抗軍令，「敵國」豈念其為華裔而恩免軍法制裁耶？至於說到「抗戰的時候，在自己人之中反而有所謂的漢奸。」那是偏離了話題，更不合邏輯了。因為一邊是民族中少數可惡之奸佞，一邊是「敵國」不肯打中華民國人可愛的華裔；拿自己人中「最壞的」與「敵國」中的「最好的」相比，而暗示敵國公民比自己人還可靠的結論，這是什麼邏輯。

「國民革命得到多少華僑的幫助」是事實，歷史與整個民族都應感念。但是政府豈能因為某人祖父從前對國家有過貢獻而把目前國家的權力授予其子孫享受特權？何況，現代「華僑」裡面也不無嫌「家貧」「母醜」離家出走的人！

民意低劣，國病嚴重，不配民主？

有什麼人民，便有什麼政府。這句老生常談當然也可以顛倒過來說；有什麼政府，便有什麼人民。今天我們引以為傲，而且得到國際社會敬重，大陸同胞羨慕嚮往的，主要是經濟發達，民生富足，政治有些民主，大致安定，教育普及，國民生活素質遠非大陸可比。大多數人都同意這是政府近四十年來的領導與全體國民勤奮努力的共同成果。這是我們很大的光明面。就黑暗面而言，如「丁文」所指出的「民意」低劣與國民嚴重的「國病」，所批評的都是老百姓，政府對此該負多大責任，則一味掩飾，此不但不能得其事之公正客觀，也喪失知識份子對政府忠諫的道義責任。「丁文」指責這樣自私愚昧的有「國病」的國民與差勁的民意，哪能要什麼民主？而「應該停留在訓政階段，先教人民了解你有什麼樣的權利和義務，你有什麼樣的自由之後，才能有真正的民主。」這種由上而下施捨式的民主，如何算是「真正的民主」呢？我們這個「民主國」已七十六歲，為什麼到現在我們走民主之路還是「三級跳」？我們要民主還是「不夠資格實行民主制度」的國民的奢求與妄想？請問民主的心態與修養由誰來「教」呢？為什麼一直不予好好「教」呢？如果說早已開始「教」，那麼為什麼這些人民老學不會呢？我們的人民為什麼老要有這些「國病」，不肯好好享受高品質的民主呢？有誰能說哪個民族生來不配享受民主呢？

「如果一定要說現在的民意已可代表一切，我不大相信。我寧可信任有遠見的領袖，有為有守的人才，否則專制千年，我們何以要等到孫中山先生才走向民主？」照「丁文」此說，似乎我們的領袖與有為有守的人才不是經由民意所選出，這符合我國的現況嗎？不經由民意直接、間接選舉，我們的領袖與政府的人才是由哪裡來的？「丁文」不但對民主制度的理解有錯誤，而且對我們實行大半個世紀的民主制度（姑不論是否很完美的民主）認識錯誤。按照「丁文」的意思，便是不夠格的人民，還該由明君賢臣來「牧」之「教」之，等到民意素質夠水準，再賜予民主的美果。這種理論，骨子裡是專制思想，能不令人吃驚？

「丁文」歷數「國病」有五，大體而言，確有其病。（要仔細診斷，尚不止此，更重的病還不在「丁文」「五病」之中，容後再談。）「丁文」首提納稅問題。我不懂財經，但只知民代及學者說目前稅負不公平，稅制不合理，而有諸多抨擊。政府也努力在改革稅制。如稅制真的不公平，不合理，試問如何要人民規規矩矩納稅？我們到處聽到商人異口同聲說：如果按照政府的稅法規規矩矩納稅，只有賠本。而工商界一直有所謂「兩本帳簿」之事實，無人不知。「丁文」痛責國民，我們也大都同意。但是所見都只及於現象，對於本質與現象產生的原因，完全忽略不論，尤其對官方多所偏袒。不僅對納稅問題如此，整篇文章也大致如此。例如攤販、石油價格、工廠黑煙、垃圾、民代特權、貪污舞弊、學生請願……等問題，「丁文」的基本「想法」是這一切都是差勁的人民自私、愚昧所自食的惡果。說到官員或警察貪污舞弊的原因，「丁文」竟說「社會既是如此，自然成了染缸，要多堅定的道德修養才能把送到手的白花花的銀子退回去？尤其在錢數很大，又附贈美女的時候，有幾個人抵抗得了誘惑？反正多拿一點，坐牢也夠本了，貪官污吏於是產生，原來納賄的人齊聲指責，我們反省一下，究竟誰害了誰？」官警貪污，罪在國民？這是什麼妙論！平心靜氣來讀「丁文」，實在不必多費筆墨分析批評，「丁文」的偏頗與倒果為因，自相矛盾已自行顯露。單就自相矛盾一點略說幾句：「丁文」上面才說他「寧可信任有遠見的領袖，有為有守的人才」，為什麼政府上層竟用了這樣不能引導社會發展，反而在社會的「染缸」中一下子變黑的官吏？這叫什麼「有為有守」？也許丁先生馬上會說：這只是官吏中的一小部分。是的，我們絕不能說貪官是全部或絕大部分。但是，政府中「少數」之外的「有為有守」的官員多少年來拿出什麼辦法來根絕官吏與警察的貪污？——我們在這方面連新加坡與香港還大不如，這是什麼道理？我們如果不能武斷說是官員上下貪墨之風太盛，起碼應說是沒有決心又沒有能力，談得上「有為有守」嗎？

說到「愚昧」，「丁文」說早年知識份子「熱情有餘，理性不足」，許多人在共產政權中後來「自食惡果」，我們也同意，此誠愚昧之至。但是，為什麼當年許多優秀的學者如此愚昧呢？政壇中人，對於神州變色，很少坦承錯誤，也沒有對民族與歷史負責，也就罷了，丁院士是高級知識份子，是學者，你相信罵一聲「愚昧」就足以解釋當年，中國多少第一流人才做了招致「自食惡果」的抉擇的原因嗎？丁先生必熟讀過的語言學前輩大家王力、高名凱、呂淑湘、郭紹虞、陳望道等人可能因愚昧而留在大陸；趙元任也沒有來，為什麼？其他名流如胡適之、雷震、殷海光、徐復觀等學者較不愚昧，沒有「到延安去」。但後來不識時務的結果，又何嘗不以「愚昧」為結局？他們一生也寫過許多「一個中國人的想法」的文章，他們一樣說了許多「良心話」，又有多少人「聽得進去」呢？對於當年大陸變色前，政府在政、經、軍事等等方面的腐敗與潰決，廣泛失去民心與知識份子的支持，所招致的失敗，執政黨早年有過「知恥知病」，反省覺悟，湔雪前恥痛切的檢討。而「丁文」一味指責知識份子「愚昧」，而且是因「愚昧」而賠上整個民族幾十年的光陰，幾千萬人的生命，幾億人的痛苦！」又說許多人在文革中是「自食惡果」。這種倒果為因，掩飾史實，對民族浩劫與知識份子的苦難全無同情憐憫，對我們自己全無自咎自責，虛心痛省的心態，是何等可怕的「想法」！

不誠無物，國何能保？

「丁文」所有論點，大體都無法令人同意。如果逐一細論，太繁太瑣，篇幅過大，似不相宜。「丁文」對國民黨的批評與反對臺獨兩點，時論已多所陳述，我也完全同意。不過對前一點，「丁文」未能切中肯綮；後一點，反臺獨，反分離是因為國太小容易被人吞併，「丁文」主要見解如此，我覺得與我們所抱「中國統一」的崇高理念與使命感相較，未免太小太窄，這些問題，暫不細說。下面容我說說我的「想法」：我認為我們今天最大的「國病」，首要是「不誠實」。「不誠實」包括：不肯誠誠實實探索「真理」，心悅誠服服膺真理；不肯面對真實，常常自欺欺人；不肯報導真實，讓誠實的意見交流、傳播；不肯誠誠懇懇承認錯誤，而是百般掩飾；不肯實實在在苦幹實幹，而是欺騙敷衍；不肯言行一致，而是口是心非，甚至言行背馳；不肯坦誠質實為人處事，喜歡陳腔濫調，冠冕堂皇，官腔口號，阿諛諂媚，油滑圓通，虛情假意，因循苟且……都缺少一切皆以國家民族利益與前途為大前提而努力的誠心實意！這個「國病」，不是民病或官病，而是政府、政黨、在野勢力、學者專家、大學教授、老百姓等一切人大部分具備或已感染的通病。而引致、助長此病之因素，固然不只一端，而應由政府及官吏首負其責。為什麼說政府及政府的官吏要負最大責任？因為現代國家，組織嚴密，法律法令「多如牛毛」，行政、執法皆為政府權能，尤其像我們這種處境特殊，國情特殊（「丁文」有言「專制遺毒」者是），人民長期接受政府政策種種限制，一切政、經、法、宗教、教育等等之政策、制度、內容與形式皆由「大有為政府」所控制的國家，假如政府要戴「民生富足，國家進步」，首先歸功於政府領導有方的「桂冠」，便不能不對民意低劣，社風墮落負起最大責任。

許多大家所目見耳聞種種令人憂慮、痛心的現狀，報紙新聞無日無之：最近雛妓與色情行業之廣泛與駭人聽聞；官員與警察屢屢貪污瀆職（害群之馬真是「少數」嗎？）；監獄裡香煙一枝一百五；權貴子弟升官、發財皆有捷徑；國營企業與保護政策長期犧牲大眾利益；電視節目之日趨低俗；環境污染到了生存最低限度；教育與聯考制度之摧殘青少年，學生近視比例為全球之冠；核能電廠毫無顧忌大事興建，不惜與民意敵對；求生與進步之工具無線電對講機之不准開放使用；學術研究所需大陸資料不肯開放；地球上發生之大事，若與政權不利則予查禁，這一切全以「國家安全」為由剝奪現代國民之權利。如果要列舉這些大大小小的事項實在厭煩，也沒個完。實在說，國步艱難，誰都懂得；誰也不能否認：現代社會之複雜，政府工作之繁鉅，責任之重大，社會上某些問題，也不是只有我們如此，也不能全部歸咎於政府，人人皆有責任。但是，我們不能不說，「在野」有許多好意見不採用，有許多好人才不拔擢重用。凡說真話，有個性，有真見解，有判斷力的人才，常受猜忌、排斥甚至打擊，認為這種人是「目中無人」，最客氣的評價是「協調性太低」。於是，多少人才離心離德，而庸駑諂媚正好紛紛登場。教育與社會風氣所培植出來而受重用的不少是庸碌聽話的中下資質人物，國家寶貴的才智之士若不肯成為工具便投閒置散，或者遠走他鄉，或者隱入商界；少數甚至成為「麻煩份子」。我們不能否認政府中確也有不少有德有才有能力之士，但在社會發展，民間財富與智能發達，世局詭譎萬變的新局勢之下，少數能臣殫精竭智，常感力不從心，而面對一群顢頇無能，僚氣十足，尸位素餐，唯唯諾諾，拖拉推托，因循苟且等各色毛病的官吏，少數能臣的努力實已為所抵銷而有餘；何況庸臣之外，更有無才無德的貪瀆誤國之輩。經濟犯罪，官商勾串，種種重大弊案，如果只有中下層不法官吏參與豈能成其事？司法、教育、環境衛生、交通、外匯管制、外交以及反統戰……等等方面，官員是束手無策，或依違敷衍，老調重彈，其或任其日趨惡化，而至民心沮喪，怨聲載道。

為了維持「人」的「法統」，讓少數一群人戀棧權位，不肯新陳代謝；為了黨派利益，為了莫大的私心，任由國家機器生銹朽壞，社會喪失公義，風氣頹敗，詐欺與迷信流行，行險僥倖，廉恥淪失，一切惡行如傳染疾病，腐蝕著我們的國家社會，我們焉能不痛切反省！

結語

近來不少寫文章的人喜歡引用狄更斯的名言：這是最好的時代，也是最壞的時代；是最光明的時代，也是最黑暗的時代。誠然，朝野數十年來辛勤奮鬥，換來了空前的繁榮富足；而人民犧牲了多少應有的自由與利益，才換取了過去多年來的安定。令人鼓舞的是，自從總統宣布將解嚴、解禁，立刻出現了國家開朗的局面與活躍的生機。過去不同政治觀點的鬥爭是「成王敗寇」，今後將在憲法之軌道上和平競爭。這是歷史上從來不曾有的光明希望。但是最近朝野各種表現，非常令人失望。新興在野勢力尚未對國人展示國家未來建設的宏圖偉願，已在為既得的一點利益你爭我奪，而不以國家民族整體為念的，狹窄的，排他性的本土情緒，以及魯莽急躁，嘩眾取寵的行徑，使人對它原先寄託之熱望不免漸感灰心。而我們對負有最大責任，目前乃至可見的未來仍為全民希望所寄的執政黨與政府過去至今的成績雖絕不應任意抹殺，但對今日國家社會所面對的種種嚴重問題，不能不有更嚴格的批評。因為這是知識份子良心責任之所在。

記得民國七十年我參加國建會，當時行政院孫院長曾有「開大門，走大路」的宣示，多麼鼓舞人心！我們為執政黨，為政府，也只有這個方向能將危機中的國家引向活路。大概在未來這數年中，國家前途是光明是黑暗，完全由我們政府領導下全體朝野的行為所決定。如果還是以黨派利益為唯一考慮，以少數人的利益為利益，以黨派爭鬥的勝負置於國家存亡絕續之上，則黨派的勝利可能就是國家的淪亡！如果能體認到國家是天下人的國家，誠誠懇懇回歸憲政，不考慮黨派利益用人唯才，非常時期用非常人才，有非常的舉措，則天下人心振奮，何事不可為？我們已經蹉跎許多歲月，時機迫切，不容趦趄。歷史已給我們夠多教訓，我們特以此提醒朝野，勿以一念之差，糟蹋光明，誤入黑暗。我們當好自為之！

（一九八七年四月十二日凌晨五時，原刊於四月二十日《中國時報》）

支持老兵

政府施政之權威，來自合法性與道德性。而在民主程度尚低或非民主之社會，合法性並不能使政府之施政必然具有公信力，因之政府的權威仍然無法建立。如果法律是由不民主的政府所「製造」，也由其控制執行，那麼，在不夠民主的社會中，政府之施政，合法與否無關宏旨，而是否合乎道德，反而是決定政府施政是否具有權威，具有公信力之重要條件。

最近一連串的翻案風以及自力救濟事件，正顯示了政府過去長期施政所累積無處不有之弊端。不是政府自己違憲違法，便是所制訂之法律缺乏道德的基礎，或者根本沒有法律，而施不合道德性之政。這才是動盪的根源。

如果說「法治」是西方民主政治的精髓，我們政府與社會七十多年還不能徹底學會，應該「原諒」；那麼「德政」可是我們的傳統文化，到今天還是歌功頌德時習用的名詞。不合於法，起碼合於德，也算差強人意。遺憾的是，我們政府固然常常連自己制訂的法也視若無物，更常有違背普遍道德的舉措。公權力與公信力之低落，良有以也。

「老兵問題」的措施，暴露了政府最嚴重的不道德！老兵的自力救濟，足以揭穿「德政」的真面目！

老兵當年入伍，或為壯懷激烈自願請纓；或為國破家亡，飢寒交迫，投奔軍旅；也有不少是強迫拉丁，綁赴前線者。為國捐軀或糊糊塗塗死去的已不知幾十百萬，活到現在的，也為數日減。他們或自少年、或自青年，生離父母手足，拋棄妻子，離鄉背井，出入戰陣，與生死賭博。遷台以後，則開山闢路，以其血汗與生命為經濟建設墊底。對他們，不但在台灣的中國人應深深感念，他們更是既得利益的政權的恩人。一黨操縱的政府壟斷政經資源四十年，國防預算歷年都佔國家預算之半，現在政府又是如何「奢侈」；官商勾串，可以縱容經濟犯罪大量吸血，五鬼搬運；因決策錯誤虧損千百億而可毫無愧疚，甚至振振有詞；數百億美元外匯存底因匯率之損失更是天文數字……。但是，政府對於在國共鬥爭中，將生命與幸福奉獻給國民黨的老兵，其苛薄與不人道，其毫無感恩圖報之心，竟至於此！看了〈全國老兵自救聯會宣言〉，令人心酸落淚，心中滴血！想到一位長輩示我詩人于右任的〈讀史詩〉：

風虎雲龍已偶然，欺人青史話連篇；
江山代有英雄出，各苦生民數十年。

又想到老兵李師科。現在一群人的悲劇的因正是另一群人榮華富貴的果。英雄的紀念堂下面是千萬人的枯骨；而驕將、權臣與富商三位一體，還在左右生民的命運。

對於老兵，我們要表達敬意與支持。如果說老代表對政府、對「黨國」有貢獻，不過以其權位；而老兵一樣有貢獻，而且是以其生命。老兵更值得尊敬，更應該獲得政府與國家對他們的慰勞與酬報。我們不應使老兵成為荒謬歷史的畸零人！

（一九八八年五月十三日，《自立早報》）

在海德公園想起七號公園及其他

今夏六月在倫敦小住半月，住在英國友人家，對門就是著名的海德公園。海德公園的特色是大而且蒼翠。裡面的草木如果用「草原」與「森林」的字眼，不免失諸誇張，但若僅說是「草地」與「樹木」，則分明是貶抑。

海德公園有多種各式姿態與形體不同的大樹，望不到邊的草地，有湖泊和馬路（騎馬用的沙土路）。偶見一些兒童遊樂設備，還有一處供人自由發表意見的「演說角」。

最令人陶醉的還是搖曳多姿的高樹與自然生長的綠草地。男女老幼，在廣袤的園林綠野間，坐臥跑走，車聲與市囂，可以拋得老遠，以致耳根清「靜」。忘記了這是在倫敦市中心。

我不想寫遊記。在海德公園所見，引發我想到我們懸而未決的「七號公園」，當然也想到台北種種。

最近幾個月，台北七號公園到底應該興建綜合體育館，還是應該是只有草木綠地的自然公園？官員與學者和社會人士有激烈的爭論。見諸文字已不知有多少，而電視上的辯論中幾個鏡頭則令人印象深刻。市政府教育局長以提倡全民體育為冠冕堂皇的理由，力主興建大型體育館。並強調多功能，說是不只體育比賽，而且可做聚會或慶典之用云云。附會此說者也不少。反對的專家學者幾乎聲淚俱下，說破了嘴，似難挽頹勢。局長滿臉傲岸，並帶冷笑，慢條斯理地說體育館是一定要建的，早已決定了。似乎「上面」的決定，絕不改變。局長不激動，因為他是有恃無恐。

我們常常自稱台北已是國際大都會，的確，台北的國際交通網絡四通八達，可以到達世界各處。但是，台北已經是一個不大適合人居住的生存的城市，我們無法否認。世界最著名的大都會，不論是倫敦、紐約、巴黎、東京都有巨大的公園，而且常常不只一個。就連人口密度世界之冠的香港，山頂上有公園，又有不算小的維多利亞公園，還有海洋公園。紐約的中央公園與東京的明治神宮，更不用說，裡面也有小森林。像我們台北的新公園、植物園、國父紀念館與中正紀念堂這種小兒科的公共活動空間，簡直不能算是「公園」；青年公園不在市中心，也不能起多少都市之肺的功用。何況兩個紀念館、堂以水泥為主，連土地的呼吸都窒息了，遑論都市之肺！至於台北空氣之壞，交通之亂，商業與住宅之混雜，色情行業之無所不在，更顯得台北市之不三不四，毫無格調。

中國哲學常講「天人合一」，幾乎成陳腔濫調。我看倫敦人在海德公園草地上看書、打滾、曬太陽、躺在地上擁吻，才感到他們真的嚮往「天人合一」。海德公園在中國人看來實在是土地的「浪費」，裡面可以蓋多少大樓，多少商場，多少公寓，簡直可以建大半個台北市吧！即使建一座公園，我們的官員必然要大興土木，不是「館」便是「堂」，更少不了「偉人」雕像。一方面表現忠貞，一方面表現政績。是不是有了水泥建築，也才有油水？一個只有天然草木，沒有人工建築物的公園，有什麼搞頭呢！七號公園要蓋大體育館，我們的官員以為是利用土地，其實是短視與無知。

海德公園近牛津大道的「演說角」，舉世聞名。任何有發表慾的人可以在此演說，批評時政，宣揚宗教，鼓吹思想，放言高論。警察不能干涉，也沒有情治人員混在人群中「蒐證」。許多演說者自備一個簡陋而輕便的梯形站台，站在上面口沫橫飛，或者與聽眾中不服氣者展開辯論，甚至粗口互罵，旁觀者哈哈大笑，爭辯雙方也哈哈大笑。水準參差不齊，但卻未聞有動武之事。大概因為既成傳統，自有規範。

一個民主自由的社會，應該容許多種主張與想法共存；應該互相尊重表達不同見解的權利；而且要讓各種思想有發表的管道。如果沒有發表的管道，對不同意見的容忍與尊重便只是空話。因為如果沒有抒洩，便只有積鬱，社會便隱藏諸多病因；而以一種意識形態來壓制各式不同主張並統一思想，結果必然不是製造了「叛徒」（其實是思想上特立獨行之士），便是培植了大批趨炎附勢的奴才，牧養了一代又一代的「愚民」，民族的生機便漸漸凋萎了。

英國這樣保守的國家，因為民主自由，才有羅素這種「異端」人物出現。海德公園的「演說角」讓我想起羅素的大著《懷疑論集》（*Sceptical Essays*）。我覺得中國社會的混亂、落後、互相不尊重，並不像政客與統治者所說，因為沒有「正確的中心思想」的緣故。恰恰相反，國共兩黨的思想統一與思想改造，正是混亂與落後的根源。我們缺少懷疑精神，不鼓勵甚至不允許懷疑。中國人養成一種可怕的習慣心理：凡事非白即黑。所以，不是擁白，便是擁黑。不如此，似乎便失去「安身立命」的「立場」。即使黑白被顛倒，也還是黑白；我們不容黑白之外的其他顏色，因為不允許懷疑。受控制的傳播媒介不能充分做到獨立客觀的判斷，而且有時幫助宣揚政策性的說謊。大學教授也然，「表態」時常是扮演忠貞或反叛英雄的手段。我們不容既非忠貞，也不專為反叛的其他態度。意識形態的一致性是中國人的特色。於是，非左即右，非統即獨，非馴順即偏激，非好人即壞人。最特殊的是「英明偉大」與「歷史罪人」的評判在不同時段可以同指一人。從歷史人物的翻案（如曹操、王安石等）到現代的翻案層出不窮，都顯示了我們是一個極端的民族。中國人缺少懷疑精神，非常熱中二分法，這是悲劇的總源，也是中國的現實長久表演荒謬劇的原因。

海德公園所見，允許懷疑，視各種異端為正常，沒有政治勢力對不同意見做仲裁，告訴你誰忠貞，誰別有用心；誰正確，誰反動。更沒有因為「思想錯誤」而受迫害，也不會有「內容不當」而因文字賈禍。在思想言論上，誰能成為別人唯一的導師與判官呢？

世界上沒有固定的真理，更不應有人專司真理的判定。只有在不斷的懷疑與批判之中，慢慢形成的比較客觀的，大多數人能接受的共識，算是暫時的「真理」。懷疑論者所能接受的，只有「世界上沒有永恆不變的真理」這句話是唯一的真理。

海德公園每個世代都有滔滔不絕為「真理」而辯護的思想鬥士。雖然像海浪一樣，後浪掩蓋了前浪，永遠沒有最後的答案，也永遠不止不息。這就是民族的「生機」喲！

（一九八八年七月廿七日《中國時報》）

政治核心、民間社會與中國知識份子

——回應墨子刻的觀點

今年四月號《當代》雜誌刊登了美國加州大學歷史系教授墨子刻（Thomas Metzger）先生〈從約翰彌爾民主理論看台灣政治言論……民主是什麼——一個待研究的問題〉一文。讀後本想寫文章表達我的不同意見，但因為他事耽擱，沒有寫成。

八月二、三兩日《中國時報》〈人間〉副刊又出現墨子刻先生同性質的文章〈道德與民主的辯證〉，勾起我四月裡的記憶。《當代》那篇（以下簡稱〈從〉文。）與〈人間〉副刊的這一篇（以下簡稱〈道〉文），一長一短；一繁一簡，事實上所談論是同一問題。甚至兩文中許多句子與概念也都互相重複。可以說，〈道〉文即是〈從〉文的綱要。墨先生對當代中國知識份子的政治言論非常關切；對台灣政治與社會改革所「追求的社會和富裕與文明，以及個人的自由與平等」這些「最根本目標」，墨先生認為「沒有太大的分歧」；但是他懷疑「使社會盡可能地民主化是不是實行（現？）這些目標的最佳方法？」

對於非專攻政治思想史的人來說，儘管墨先生的「論點容或有高度爭議性」（〈道〉文之前

「人間」編者按語），卻亦提示了自彌爾（John Stuart Mill, 1806-1873，嚴復於一九〇三年翻譯出版中文本；譯其人名為「穆勒」，其書為《群己權界論》。後多以《自由論》稱之。）以來乃至現代美國有關自由民主觀念的發展與爭論，給外行人上了一課。但是，對於中國政治社會的實際情況，對於中國知識份子所付出的心血，所作的奉獻，所承受的痛苦與犧牲，墨子刻先生根本缺乏「同情的了解」；似乎所言冠冕堂皇，但是充滿了蔽於偏視而來的偏見和謬誤。本文僅就其中幾個關鍵性的論點，以一個中國知識份子在現實環境中的感觸，提出不同的看法。

墨先生引赫爾德所說「近代自由主義的民主思想的方向多半為約翰彌爾所決定」，而彌爾式的政治模型的第一個特徵是強調「國家」與「民間社會」的分別。赫氏所謂「民間社會」，是指在國家直接的干涉以外的自動自發而有社會性的活動。強調國家與民間社會的分別化，不但是尊敬（重？）個人在法律上的權利（包括私人財產的權利在內），而且是把提昇社會道德、智慧水準的責任，從國家移轉到民間社會上去。」墨先生又說「彌爾模型是以民間社會為主，政治核心為僕，既然稱僕，又怎可能有提高主的道德水準之責任？」（墨先生所稱「政治核心」，是「指一個國家最重要的領袖們或向心的精英份子」，有時又直以「國家」代替之）所以他認為，去年四月丁邦新先生在《聯合報》與我在《中國時報》所發表，兩個「中國人的想法」的「筆戰」，雖然觀點大不相同，但是有相同之處，便是同樣「強調政治核心的作用」，而彌爾模型則認為「需要減少國家干涉社會的範圍」。墨先生的意思是說不論丁先生認為「國民黨有改善民間社會的能力」或我以為「國民黨有引致這樣國病的罪」，結果都同樣犯了過分地將「提昇社會道德、智慧水準的責任」推給「政治核心」的毛病。換言之，墨先生認為以彌爾的民主政治模型而言，社會道德的淪喪，責任主要應由「民間社會」來承擔，不應怪罪「政治核心」。（墨先生不但把「政治核心」與「國家」等同，又同時可以與「黨」等同，那麼，三者的共同名稱，倒不如說是「權力階層」更恰當吧。）

丁先生的「想法」是否可取，姑且不談。墨先生認為我過分責怪「政治核心」，實際上是過分「看重政治核心」，反過來便是忽視「民間社會」應有的自主性活力。換言之，社會與人民的許多病症，「民間社會」不深自檢討，反求諸己，卻把一切社會毛病歸罪政府，這便不是對民主社會應有的期望。在墨先生看來，似乎這些中國知識份子表面上是以自由派的姿態批判政治核心，骨子裡卻仍然希冀統治者是聖人來作之君，作之師。事實真是如此嗎？

坦白說，墨子刻先生如果不是昧著良心說風涼話，起碼是對中國現實政治，對中國知識份子所知不但皮毛，而且多所曲解。墨先生所說，「用政治核心與民間社會的關係，將政治活動作一分類。如果這個關係多半偏向到民間社會的政治架構，就是『被民間社會所控制的政治核心』，即是彌爾模型（民主）；假如這個關係多半偏到國家最重要的領袖身上，這就是個『無限制的政治核心』（極權主義）；如果民間社會與國家領袖平分秋色的架構，就是『有限制的政治核心』（權威主義的社會）。」試問墨先生以為台灣社會在這三者中究屬哪一種？墨先生不了解台灣社會不但與第一種（彌爾模型）相距甚達，連第三種的「平分秋色」也無法完全達到。那麼，台灣算什麼型式的政治架構呢？即使民意機構算是「民間社會」的一部分，墨先生談台灣也說過「可是領袖們能依靠資深委員制度與限制，而不必常常服從民間社會的政治要求」，更何況賄選與配票，墨先生當不至一無所知。所以，我們的社會如果依據墨先生非常簡陋的區分法來衡量的話，便只能說是第三型偏第二型的架構了。那麼，有人有「五十步笑百步」之譏評，墨先生為什麼卻又說不公允呢？（我的看法，台灣並不能簡單地是三者中的一種。台灣是很特殊的複合型。）而最重要的問題是，墨子刻先生不明瞭，不同情，或者說是故意視而不見的是台灣的「民間社會」為什麼不但無法成為控制政治核心的力量，連平分秋色（權威主義的政治架構）也做不到呢？

墨先生引用韋伯與熊彼得的說法「民主的特徵不在投票者自己控制政策，而在國家領袖最後需要服從透過精英份子而來的民間社會的政治要求」，那麼，構成「政治核心」的領袖以外的「精英份子」，應有傳達民間社會意志的功能才是。但是台灣的政治核心的「精英份子」完全是領袖人物的家臣、內侍或門生、故舊，與民間社會相當絕緣，甚至對立。而民間社會不論是個人或團體，假如政治觀點與當政者稍有不同，則為異端，便難以逃避被摧殘撲滅的命運，即使民間社會非政治性的組織，如藝術、體育、教育、農工生產等等組織，也無不為政治核心直接間接的控制、操縱，成為政治核心外圍的工具或裝飾。墨先生如果一無所知，就不具資格談這些問題，也不必扮演中國通的角色。

墨先生不應曲解中國知識份子故意不重視民間社會的力量，而願意過分依賴政治核心。事實上當政權過分膨脹，過分壓制，民間社會無由成長，或常遭摧折，不能展現力量，自然也談不上負起責任。墨先生反過來說知識份子對政治核心寄望過高，這不是風涼話嗎？

就雷震案以及最近燒毀《雷震回憶錄》的這種「個別事件」來說，這與極權社會有什麼兩樣？這豈只是「五十步笑一百步」，難道不是「一百步不必笑一百步」嗎？墨先生覺得被視為保守派非常委屈，其實墨先生豈止「保守」而已！

對於「民間社會」非常難以生長茁壯，難以免於「國家直接的干涉」的政治環境：對於以一黨的意志（其實只是「權力階層」的私願）來統御國家機密，來貫徹黨化教育，來壓制民意，來決定大自國家大政，小至小學課本的內容，來作思想言論的判官，來限制人民的基本權利的政權，知識份子秉著良知，對「政治核心」多所建議、規勸與批評，其無奈與悲痛，其苦口與苦心，豈是墨先生所能體會。如果「民間社會」能有自由的活力，能夠「控制政治核心」（事實上連與「國家領袖平分秋色」都差得遠！）墨先生當可以看到中國知識份子的言論將大為不同。當年「公德心」的自覺運動為什麼不能收效？便因為「民間社會」根本沒有力量，所以社會問題的解決，在「政治核心」的所作所為未能順應潮流與民意的局面之下，「民間社會」的努力，即使是非關政治的要求，也注定白費力氣。又如幾年前的「梅花餐」與「書香社會」之所以流為口號，便因為由「政治核心」所導演的「民間」運動，不能切合民間最熱切的願望，終於無法得到共鳴。試問社會風氣奢靡與庸俗，言路之狹窄，知識之不受尊重，教育之僵化……等問題，所衍生的病態，又豈是梅花餐與書香社會的提倡所能治療？

解嚴以來，許多保守心態覺得社會混亂了。事實上，這正是「民間社會」衝破長期壓抑所呈現的自覺現象。如果「政治核心」不願意嚴守其應為「民間社會」之「僕」的身分，這種混亂只會加劇。而知識份子的批評必然還是直指「政治核心」。知識份子的無奈、痛苦與某些犧牲當亦注定未能全免。墨先生滿腹歷史，試問知識份子批評「政治核心」，從來都要面對或大或小的悲劇命運，知識份子是生來專為自苦自虐嗎？在民主化完全實現之前，知識份子的苦心，墨先生說什麼風涼話呢？

此外，墨先生不但覺得中國知識份子誤解西方的民主思想，而且，因為中國傳統文化的影響，中國式的民主（由「彌爾模型與中國固有的樂觀主義所合成）也只是烏托邦而已。他列舉了牟宗三、胡秋原、徐復觀、殷海光、楊國樞、余英時……等人的片言斷句，來證明他的看法。認為中國知識份子希冀萬能政府，希望政府成為人倫秩序的楷模，自古已然，現代仍然如此，還是中國傳統文化的「德治」與仰賴「明君」實現完美的治世想法。而且以為民主化之後，便有普遍性的道德共識。這都與西方民主政治的真諦有相當距離。墨先生反覆表示的，質直而言，便是說我們不懂民主是什麼，民主也不可能在中國實現。對於後者，墨先生指出我們不像「當代歐美國家沒有危機四伏的困境」（指「國家安全」），所以西方式民主自由的社會不可能得以實現。因為中華民國處境險惡，危機四伏，墨先生以為按照彌爾的看法，這樣的國家「就不一定應該考慮人民隱私生活的自由與權利」。所以中國人「追求社會的富強與文明，以及個人的自由與平等」的目標，努力「使社會儘可能地民主化是不是實行這些目標的最佳方法？」墨子刻先生深為懷疑。然則，墨先生能給我們什麼良策呢？環顧當世，民主政治若不能成為拯救落後國家的可行途徑，墨先生有何更超越的良方呢？今日中國知識份子容或為墨先生所言，對民主的本質的了解不盡完善，但是我們當前所爭求的只是最低限度的民主條件。張忠棟先生在五年前與墨先生的「筆戰」曾明確地提出過民主具體的內涵，諸如定期選舉民意代表的議會、政治權力的劃分和制衡、司法獨立、人民基本權利獲得保障、言論自由、政黨政治以及文人對軍隊的控制約束等等。（見張忠棟著《政治批評與知識份子》一六五頁）墨先生五年後還是拿出這樣的舊論調，既不面對張先生的答辯，又不修正自己的觀點，而且一文兩投，這樣子發表陳言，有什麼意思呢？難道墨先生認為這些符合人性需求，為全世界多數民族所接受的最基本的民主條件，唯獨中國人不能享有？中國國情之不同，連基本人性之需求也不相同嗎？

墨先生在〈從〉文中提到十八世紀保守主義大師柏克（Edmund Burke），對他頗為欣賞。愛爾蘭人柏克，卻在英國統治階層取得地位而出人頭地。他攻擊法國大革命，一生言論在維護舊有秩序的價值，反對變遷。（見耶魯大學華特金教授（Prof. Watkins）所著，張明貴譯《意識型態的時代》）墨先生隱然自感與柏克有某些近似。墨先生的言論，似乎要為中華民國的前途做軍師。但他與柏克一樣，對他所評論的對象「幾乎沒有第一手的了解」。（同見上書）

中國有俗語說「遠來的和尚會唸經」。這位洋和尚所唸的經，大概只有此地「權力階層」非常入耳，「民間社會」可能不是反感，便是唾棄。墨先生如果還想再寫這類論調的文章，起碼應該先把張忠棟先生等人對他的「回應」做一番反省或答辯。老拿舊調自彈自唱，要誰聽呢？

註：本文引號中所引字句，除特別說明者外，皆引自墨子刻先生的〈從〉文和〈道〉文。他的中文有小疵，無傷大雅。

（一九八八年八月廿五日，《中國時報》及第二十九期《當代》月刊）

《河殤》與《一同走過從前》

大陸中央電視台在六月播放六集電視片《河殤》；台灣在七月四日起四天，播出由《天下》雜誌製作的片集《一同走過從前》（以下簡稱《一同》）。雖然前者涉及東西一萬里，上下四千年，後者只是「攜手台灣四十年」的回顧，但兩邊同樣在回溯歷史。

《河殤》大氣磅礡，企圖將四千年歷史重新詮釋，加上知識份子感人的愛國心與優美而富震撼力的章句，引起廣泛熱烈的爭論。《一同走過從前》只擷取台灣近四十年歷史，而因其缺少新意，沒引起多少談論。

《河殤》雖由思想活躍的一群中、青年新銳所創作，但並非民間作品，而是大陸官方機構的製作，播出後大陸官方有震怒與查禁，也有讚揚與護航。《一同走過從前》是民間製作，被安排在國民黨十三全會前夕播出，可見官方滿意的程度。

兩岸參與策劃、製作這兩部電視片集的文化人，不能說是兩岸文化人的代表；但從兩片的對比，卻可顯示兩種文化人的心態。《河殤》的作者的胸襟、見識、勇氣與才華都非常令人敬佩，而《一同》的作者們的心態，非常遺憾，不能不說十分令人失望！

《河殤》所探討的是中國歷史文化的大問題，其基本觀點是否正確中肯？有無民族文化虛無主義的偏失？對傳統的詮釋是否過於簡陋粗疏，過於自圓其說？對西方以及現代化的嚮往是否過於盲目與一廂情願？他們對大陸政權不敢過分批判，因而只能「繞過批判現實的險灘去安全地鞭笞祖宗」，是否可予曲諒？……這些都值得討論，本文暫不置喙。我們從《河殤》所感受到的是大陸這一班自覺的知識份子敢於直面整個中國歷史文化，操刀剖析，提出理性的反思；對於傳統與現實，勇於批判；對未來，有所憧憬。誰也不能武斷什麼是唯一的「真理」，所以不能因為其對中國文化的觀點不能盡人皆能同意而否定其成就。而他們的勇氣、朝氣、器識與才華，值得肯定。

同樣地，回顧台灣四十年的歷史也無法武斷什麼樣的觀點為唯一的「真理」。不同的立場與史觀，必有各不相同的描述。不過，我們要問，以民間文化人或知識人自許的《天下》雜誌社與參與《一同》片集製作的諸作者是以什麼心態？站在什麼角度？懷著什麼目的？我們要看他們對餘溫未退的歷史，有沒有扭曲、偏取、變造與掩飾？

很遺憾，《一同》片集基本上是依附官方的立場來回顧台灣四十年的歷史。並不是以知識份子的眼界，更不是以國民大眾的切身處境來看歷史，自然不必期望什麼春秋之筆。片中除了「行之經年的政策，由於不能隨時代的變遷而調整，因而衍生種種不良副作用」及借紀政之口說出「殘缺的教育，培養殘缺的人格」等少數批評字句之外，幾乎全無批判，有的只是讚美與歌功頌德以及對社會大眾的訓示。只是比較講究技巧，不使過分露骨而已。

站在知識份子所應努力把握的客觀立場而言，四十年來政府不無優良政績，尤其早期的土改、加工出口等等農工業與經濟方面的政策，以及經國先生最後急速開放與改革的措施。但是《一同》片集所呈現的歷史，是以當權派意識型態之剪刀，將歷史剪碎，選取某些「適用的」片段加以接合，丟棄許多「不適用」的片段。而對於許多重要的事實採取規避，掩飾，或含糊帶過去的手法。比如大陸是如何丟失的；二二八事件的原因與後果；許多冤、錯、假案與被蹂躪的人權；長期戒嚴之扭曲憲政體制，破壞法治、箝制思想言論的自由，束縛社會的發展與進步；新聞傳播界的墮落，清議之受扼殺；特權橫行，官商勾串之破壞社會公義，耗蝕國家資源；教育如何「殘缺」，教育預算長期被侵佔；外交之失策與顢頇；只重經濟的主政方針，長期漠視文化、自然生態與社會道德……等等，在《一同》片集裡完全空白，更談不上對過去的某些秕政有絲毫的批判，這種畏懼面對歷史真相，逃避歷史的心態，其製作動機實已不堪聞問。因為該片集沒有附文字「劇本」，僅就記憶所及略言：比如片中說劉必稼是四十八萬老兵的縮影；片中充滿了偉大人物的形象；訪問了許多由困苦而追隨而得意的「成功」人物，讓他們懷著感恩再吐露「一個中國人的想法」；對於某些被拿來點綴的異議人士，經過剪輯的技術，似乎都異口同聲在唱讚美詩；對於開放、解嚴以來社會力的爆發引起的動盪，片中說：「短視，急功近利，粗暴不安，不知珍惜，沒有尊重，不懂感激，原因為我們怯於回顧，忽略記憶，沒有歷史……」我們不知道這些話是對誰而發的指責與「訓詞」？我們有可信的歷史嗎？那些要求平反，要求道歉，要求對湮滅史料暴行予譴責，不正是要求恢復歷史真相的呼聲嗎？感激誰呢？為什麼那麼多中國人，那麼長久的時間「相忍為國」，犧牲了權益、自由與人的尊嚴，有人甚至犧牲生命與幸福，沒有人肯表示歉疚與自責？《一同》片集不是在幫忙蒙蔽歷史嗎？

我們比大陸自由民主的程度高得多，這是無可否認的。但是《河殤》有勇氣反思、批判；《一同》只有掩飾，搽粉。《一同》片集相形之下，太慚愧了。為什麼文化人與知識人一沾上權勢與利益，嘴臉就變了呢？為什麼我們只能有《一同走過從前》與《一切為明天》這樣令人失望的影視片呢？《河殤》中有「民族的心靈在痛哭」、「我們的驕傲，我們的悲哀，常常就是一碼事」兩句話。看了自己的影片後，不由得我們別有一番悲哀的滋味。

新聞局要公視小組結合史學家、文學家籌拍八集甚至二、三十集的中國文明系列片集。大家可等著看。但我們新聞局與大陸「政壇老朽」（闞杰明語）都在阻止《河殤》播放。探討中國文化，要政治作指導，卻說「不把歷史政治化」，其誰能信？

（一九八八年十二月十九日《自立早報》）

我對當前國事的看法（一九八八年）

中國近代歷史到了今天，又面臨一個大轉捩點：是走向真正的民有民治民享，實行不折不扣的民主憲政呢？還是永遠忍受專制統治，任由派系的權力鬥爭犧牲了人民的權益與國家民族的前途，讓歷史的悲劇永無休止延續下去？

四十年來兩岸微妙的變局，已出現了千載一時的轉機。中共雖然贏得奪權的勝利，但四十年來的統治，已證實共產主義徹底的失敗，在現實形勢的逼迫下不得不做大幅度的改革；放棄階級鬥爭，走現代化之路，企圖起死回生。但是過量的人口與一窮二白的困窘，加上四個堅持的包袱，在矛盾混亂中束手無策。這一切對台灣而言，是極難得的機會。

在毛澤東死亡，四人幫垮台，以及蔣氏兩代強人凋謝之後，「解放台灣」與「反攻大陸」神話的幻滅，敵對兩黨的意識形態逐漸從根本發生動搖，人民的力量才逐步從過去的壓制之下獲得解放。中國的未來在我們當代的中國人手中，我們正在寫歷史。這是近百年的苦難所換來的，千載難逢的契機。

雖然現在兩岸已展開了各層面越來越頻繁的交流，統、獨及其他國家認同的種種論調也正爭鳴不已。但是，如果兩岸不能真正實現民主自由，必無真正富強康樂的社會，則統一與獨立皆無意義。主宰兩岸政權四十年的國共兩黨，在過去的對峙與競賽中，兩個社會有了明顯的差異。台灣的成績，尤其在經濟發展與民生生活等方面的成績，更明顯地遠非大陸所能相比。這也正是彈丸之地的台灣能夠生存發展，甚至對中國未來有舉足輕重的影響力的原因所在。我們認為，全體中國人目前都應珍惜台灣社會的存在。

我們目前還談不到有可能、有力量直接去協助改變大陸的情勢，但我們應創造條件，在中國前途的抉擇上爭取積極主動的作為與主導的地位。這樣的歷史使命，無疑地是我們應有的抱負，也是不可推卸的責任。因此，我們對台灣今日的形態的關心，對國家前途的憂慮，有極熱切的緊迫感，也因之促使我們不能不對我們的社會有痛切的反省與批評。因為我們堅信只有負有歷史使命的台灣能真正走上現代化的民主憲政的軌道，我們才能免於被安排、被支配的命運，也才有希望繼續生存發展，以至主導國家未來的方向。所以，我們認為未來的短時間內，是決定在台灣的中華民國存亡絕續的關鍵性時刻。這絕非危言聳聽。

我們認為台灣之所以四十年沒能走上民主憲政，之所以有今日種種政治危機與社會混亂，執政黨要負完全的責任。我們並不全盤抹殺執政黨與其領袖們對國家民族有過某些貢獻，但是當我們在國家面臨重大危機的時候談論國是，不能不對政府的所作所為有嚴重的批評。何況自我標榜與歌功頌德已經太多，更何況綱紀的廢弛與政治結構的破壞，斷非民生方面的「德政」所能抵償。我們很難得在台灣有四十年生聚教訓，休養生息的機會，但是執政黨沒有把握珍貴的時機，使國家走上長治久安的民主憲政。以蔣氏父子為中心的「黨國」不分的權力集團長期壟斷國家政治經濟與一切資源，沒有切實遵行，也沒有誠意實行國父的三民主義。國家命脈所寄的憲法遭到凍結，以違憲的臨時條款及將近四十年的戒嚴來遂行一黨一家的專權統治，犧牲了國民應普遍享有的人權與民權，也破壞了政治倫理與憲政體制。這一切都以國家安全為合理化的藉口，實則四十年來台灣社會一切問題與罪惡皆由此而起。四十年不改選的荒謬的國會，完全不能代表民意，只成為維護黨政獨裁的工具。人民的參政權既遭剝奪，民心乃告渙散與背離。而新舊民代不少不能充分彰顯民意，卻有為一己之私利與政權交換利益，甚且有的與權貴親友子弟共同成為社會上的特權階級，耗蝕國家資源，謀取不當利益。而官商勾串，在與民間工商企業競爭中成為天生大贏家，直接破壞了社會公平的法則。人間公義之摧毀，莫此為甚；社會道德之淪喪，乃所必然。軍隊不但未能國家化，而且成為對內政治控制的後盾，形成了強人、黨、政、軍、特的強力控制系統。箝制思想言論，實行嚴格的管制與檢查，包辦或支配資訊與傳播媒體，清議噤聲，謊言與諛詞掩蓋了真理與事實。黨化教育扼殺了獨立思考，製造了愚昧、怯懦、被動與滿腦子僵化意識型態的國民。除了財經科技與工具型的人才之外，思想、政治、社會與人文方面的人才，若不依附政權則前途一片黯淡。知識之士遂重仕途而輕學術。學術的獨立與尊嚴被貶損，知識與價值的原創力、想像力及追求精神理念活潑的生命力遂告萎頓。而政治用人以統治利益為主要考量，可用之人才必少之又少，奴才與庸才卻有倖進之機會。賢才不是在野，便被目為叛徒。政府官吏素質下降，不論是決策與施政，與國家發展的理性目標及民意要求常有相當距離。諸如司法、外交、公共建設、社會福利、生態環境、金融政策、交通、治安、社會風氣……等等皆百孔千瘡，危機日益嚴重。民意既然無法彰顯，毫無責任政治可言，貪污腐敗當無法遏止。解嚴之後，社會力爆發，廟堂與社會所出現種種脫法脫序，派系鬥爭，自力救濟與某些暴力衝突，一片混亂；加上與大陸關係的遽變，大陸政策搖擺不定，完全處於為應付現實形勢的被動狀態。長此以往，這些層出不窮的內部問題與喪失操之在我的兩岸關係，將突現更嚴重的危機！

坦白說，這一切已暴露了政府的威信、智慧、道德與能力在現實嚴酷的考驗之下不能勝任。拼拼湊湊的內閣改組也不能滿足形勢的需要。政府若不徹底改造，政治體制不誠誠懇懇回歸民主憲政，民心必無法凝聚，以後更嚴重的危機根本無法應付，則我們希望所寄的中華民國，恐難逃覆亡的命運！

我們不能永遠以經濟奇蹟來掩飾我們的現實危機，來麻痺我們對國家前途的憂慮。台灣物質的富裕與驕人的「進步」可以毀於一旦！

知識份子永遠的責任在為人類的自由與幸福而奮鬥。首先必效忠於他的國家、民族與社會。而知識份子之所能，便在於以其獨立的判斷為國家社會盡言責。應該超越任何黨派之上，摒棄權力與利益的企圖心，為時代與人民忠誠的代言人，對現實作理性的批判。最高的目標是為全體中國人自由幸福的明天而努力。

（一九八八年十二月廿一日）

後記：本文是「澄社」成立宣言未定稿之前我所寫的一篇草稿。幾經討論，再三斟酌，最後以胡佛兄的草稿為基礎，參考各人的草稿，重新改寫。「澄社」於一九八九年四月十七日成立，今將此文收入本書，代表當時我個人對國事的淺見。

雷聲忽送千峰雨，海峽應吹萬里風

——神州巨變所思所悟

中國啊，你是荒謬劇的舞台

人類的歷史充滿了諷刺，充滿了無奈，有時甚至十分荒謬。越不民主的國度，越是荒謬劇理想的舞台。

「一個中國」，那就是一葉殘缺了的「秋海棠葉子」加上一個膨脹了的「蕃薯」；一個「神州」加上一個「寶島」。四十年來，多少動人的口號，多少偉大的領袖，多少壯烈的行動，中國人民犧牲了多少生命與幸福，忍受了多少苦難與悲辛。現在回頭一看，似乎一切都只是欺騙，都是白費。中國仍然不是中國人的中國。中國人民也弄不清楚誰是「反動派」？誰是「匪」？只知道「中國」的所有權都在他們手裡。兩邊的人民都效忠一個黨和英明的領袖，到頭來都發現人民自己永遠不是國家的主人。

近日中國大陸，尤其在天安門所發生人民爭民主自由的運動，震撼世界，令人熱血沸騰。我們台灣地區度過了五一六、五一九、五二〇的小危機，正忙著又一次政權和平轉移的準備工作，無暇他顧。臺北「澄社」於五月十八日記者會發表〈我們對大陸學生運動的看法〉首表聲援，但是十九日大部分報紙竟隻字未提。稍後，報紙出現批評台灣朝野對大陸如火如荼的運動過分冷漠，便見到許多專家學者、名流政客、黨政要員評論、聲援大陸民主運動的言論。我們又看到荒謬劇的新唱本。

荒謬劇的對台戲

今年二月，台灣學界簽署〈支持大陸知識份子爭取民主與人權的聲明〉，就有人以台灣自己都管不好，管什麼大陸，表示不以為然，近日立法院兩黨增額立委之間也為支援大陸民主運動一事，意見分歧，爭吵不休。增額國代臺聯會也一樣，有人認為大陸學運是「人家的家務事」。我們也看到有些報紙文章表露類此心態。這種短視與心胸狹隘，令人吃驚。大陸人民是我們同種同源的同胞，他們在苦鬥，我們怎能不予聲援支持？即使只為台灣的「利益」著想，試問當菲韓政局發生動盪與變化，尚且對台灣造成相當的衝擊，大陸的變局，我們豈能隔岸觀火？

在朝諸公的荒謬也毫不遜色。有宣稱送愛心到天安門，還要送營養品去。似乎北京的學生不是絕食，而是饑荒，有勞國民黨要員慷慨「救災」！尤有甚者，黨政當局為表示對大陸民主運動的支持，發表聲明，「要求中共政權立刻解除戒嚴，徹底實現此次民主運動的願望」，這不正是借台灣反對派昨日對當局抗爭訴求的錄音重播嗎？荒謬的表演，卻義正辭嚴。事實上沒有正義，只有反諷。

很明顯，台灣對大陸民主運動的心態又捲入統獨之爭。在野者有人幻想台灣可以自外於中華民族的苦難，只想「立足台灣」；在朝者有人「胸懷大陸」，藉以表示民心歸向台灣富裕安定的優越感。不過，說幾句冠冕堂皇的空話之後，在朝者也何嘗不只為「立足台灣」？內閣換人，選戰已開，權量利害得失，有什麼比權力的爭衡更要緊，更實際呢！

熱血與悲淚，只是權力鬥爭的祭品

從四月中旬以來，由北京青年學生發起的學生運動，一個多月來，已發展成為包括新聞界、工人、農民、文化界、黨政機構人員，甚至部分軍、警等各階層共同參與的民主運動，地域更擴大到全國大部分地區，尤其是各大城市。其波瀾壯闊，風起雲湧，聲勢浩大，為中國歷史上所僅見；而其和平、秩序、理性與堅韌，在全球人民運動中也堪稱未之曾有。多少可歌可泣的場面，多少悲壯感人的表現，震撼了全世界。他們的苦鬥與犧牲，還正在延續。但是，我們在感動、歡呼、讚佩之餘，我們心中也在滴血，因為這樣純潔、崇高、悲壯的民主運動，即使能獲得最後的勝利，中國人民所能得到的與所已付出的代價是不成比例的懸殊。當國家政權不是掌握在人民手裡的時候，人民的抗爭所付出的熱情、血淚甚至犧牲，都只是政壇權貴們權力鬥爭的祭品而已！

整個政治體制沒有改革，不論是李鵬當道或是趙紫陽敗部復活，專制體制並無改變。只有程度之異，沒有本質之別，人民艱苦的鬥爭，最後不能不淪為權力鬥爭的工具。正如二十三日《休士頓紀事報》社論所指出，這是一場中國特有形式的革命。這不是一場政府與學生之間的鬥爭，而是政府內部派系的鬥爭。

回過頭來，我們看看台灣的情形。

閣揆俞國華辭職，這位被某新聞媒體喻為「時空錯置的政治人物」以三點理由提出辭呈，裡面透露了不滿與怨憤。同一日晚上，閣揆夫人接受電視訪問時說，能提早離開這個是非之地是明智的決定，政治太可怕了！我們要問：人民作何感想呢？他不是因為追隨他奉化同籍的老闆才有數十年的榮華富貴嗎？「政治」不一直是他們那一群英明的人物在「搞」的嗎？多少年屆耄耋仍然戀棧不已的權臣大老，不都還在捨我其誰不肯放手嗎？誰把國家的「政治」弄得如此可怕呢？為什麼這些英明睿智的大人物不能做到「不要讓嫦娥笑我們政治太骯髒」（俞夫人的名言）呢？知識份子靠攏權力叫「學者從政」，但若加入反對黨便成偏激的異端，便須有奮鬥犧牲的決心。為什麼知識份子從雷震、胡適以後沒有組織反對黨的「大志」？

台灣的中國人的無力與無奈，似乎與大陸中國人民並無太大不同。不過，台灣錢淹腳目，因而「悲痛」大為減輕。中國人民經過這數十年的煉獄的折磨，已經既害怕也不信仰「革命」。兩岸人民都盼望體制內的改革，但是體制不在人民手中，而且體制旁邊有槍桿子。中國人，你即使生氣了，有什麼用！

學生運動——民族心靈永遠不死的火種

「中國知識份子有一種救亡圖存的傳統，每當國家危急的時候，他們就會挺身而出，和腐敗的權力進行殊死的抗爭。從東漢到五四，莫不如此。他們沒有武力，只是賭上自己的生命和前途。他們的正義和忠誠，他們為國家社會的理想所作的犧牲和奉獻，在這次大陸學生的抗爭運動中，實已表現無遺。」這是五月十八日「澄社」聲援大陸學運原文的一段。

五月二十日新聞局長邵玉銘說：中國近代史中任何一個廣大知識份子走向街頭運動，就是改朝換代的徵兆。他對這個運動及新聞自由、打倒腐敗特權的訴求表示肯定，並指出中共如果對爭取民主自由運動採取鎮壓，中共可能就此完了。

政府發言人在此刻似乎與有批判精神的知識份子同聲相應，同氣相求。但是在以前，當他寫文章批評中國知識份子的時候，卻有大不相同的說法。當知識份子的觀點與政府或英明領袖不同的時候，他便認為是感情衝動代替理智思維，有時是因「幼稚」受到敵人的利用與誘騙。現在當學生運動發生在敵對政權下的中國社會中，他卻大加讚美與聲援，似乎大陸知識份子「情緒大於理智，失去了歷史的角色」以及易受別有用心的人煽動的「缺點」全沒有了。我想他一定有點後悔出版了《文學・政治・知識份子》一書（聯合文學），將來必更後悔。

海隅的燈塔，能放多少光明？

當我們為大陸學生與群眾的悲壯行動歡欣而落淚的時候，當我們在心中說「中國有望」的時候，我們看到天安門前巨大的毛像依然高懸拱門之上。當毛像受到憤怒而勇敢的人民潑灑油漆之後，北京的學生們馬上要找出行動者，以澄清不是學生所為。我們立刻感到多麼遺憾。關掉電視，我們或可從窗口看到台灣各中小學入門處千篇一律的偉人銅像。中國啊中國，你還是一個舵手與救星的神話蠱惑萬民的國度。當人民不能有徹底的大覺醒，當中國人不能做一個堂堂正正的人，當我們還要含著淚去歌頌貧賤不能移，威武不能屈的時候，中國還只有恥辱！當中國人民不能當家做主的時候，希望哪一個偉大無比的黨來救中國，一樣失望。

不論天安門以及全大陸事態如何發展，也不論台灣有多少可貴的經驗與嚴重的問題，兩岸中國社會不但未能使人的尊嚴與自由幸福得到合理的滿足，甚至相對於兩黨在建立他們的「國家」

時對人民的承諾還有相當大的距離。我們不禁要問：是什麼緣故「一國兩岸」的社會與人民要永遠承受專制或威權的壓抑，不得揚眉吐氣？為什麼中國人無法毫無遺憾地以做中國人為榮？

坦誠的說，答案只有簡單的一句話：因為兩個以「人民」與「國民」為名義的政府都不能代表民意。換言之，中國人民還不曾有過一個人民真正做主的政府。所以，中國的政府不能為人民做事，也不能吸引或者不肯延攬民族的人才來為民服務。最壞的結果，必然因愚昧昏聵而致與人民為敵。中國將來如何統一，這太遠了。如果兩岸人民不能做主，中國的動盪與落後，還要延續。就這一點來說，兩岸的難局，並無本質之異，只有程度之別。

台灣無疑有更佳的條件完成民主憲政的歷程，使國家走上現代民主法治的軌道。台灣最大的使命應該加速度誠懇地實現真正的民主，才有存在的價值，也才能對全體中國人民從歷史的夢魘中解放有傑出的貢獻。捐錢、簽名、呼口號等對大陸民運的聲援方式，未免太表面化，毫無實質意義。台灣朝野所應該做的，是更長程，更艱鉅的行動。再沒有另一個四十年供我們蹉跎了。我們不能不有所警惕。

對於「水深火熱」中的大陸，台灣這海隅的「燈塔」能放多少光明呢？歷史對我們正有所期待。

（一九八九年五月廿七日，《中國時報》）

後記：一九八九的「六四」慘案，在歷史上是繼文化大革命之後又一大事。當時我在台北幾個大報寫了幾篇文章。我們「澄社」最先發表文章聲援北京民主運動。

歷史已過去近三十年了。大陸與台灣各有「驚天動地」的變遷。政治與社會批評是我一生批評文章中的一部分，現選「六四」時期二篇作紀念。（此文略刪小部分。）

（二〇一七年七月）

匍匐在地，怎能做國家的主人？

中國人似乎不曾覺悟：直接阻撓或扼殺民主的固然是暴君、獨裁者與強人們，但是被教育培養出來沒有民主認識，沒有人格尊嚴，沒有獨立思考與判斷的國民，更是民主前景黯淡坎坷的原因。

以天安門為中心的民主運動，恐發展為變亂，經過中共強硬派的鎮壓，終於被平息下去。這是一場震撼全球的悲壯事件。

學生與人民的血不會白流？

在台灣，不論是官辦或民辦的抗議、控訴與悼念活動，都相當熱烈，動人心弦。這些訴諸感性，以音樂與美術來激起共鳴的方式，可以喚起熱情的關懷，可以激發同胞愛，可以發揚人道精神，當然有其意義。但是似乎沒有人去想想，中華民族的苦難為什麼永沒個完？如果我們明白一時絕無什麼救國救民的神效良方，那麼，在台灣的中國人除了呼口號，唱歌哀悼，捐款捐血之外，難道不應有更深一層理性的思考和行動？有人認為學生與人民的血不會白流，但何以見得呢？

辛亥革命流了血，換來了中華民國。但民主並沒有實現，人民大失所望。共產黨乘機革命，人民又流了血，建立了「人民的中國」，民主更加縹緲。台灣四十年的變遷發展，比大陸進步得多，有了富裕與享受，但是真正的民主仍然是望梅止渴。不折不扣的民主在中國社會徹底實現為什麼這麼艱難呢？民主在繁榮富足，教育普及的台灣尚且如此迍邅難進，何況在專制又赤貧的大陸？

真正的民主仍是望梅止渴

任何當權者雖然不敢公然反對民主，但都不會誠心喜歡民主。他比較喜歡的是「作民之主」（民則為奴），或者「為民作主」（所以感歎公僕難為）。人民所期望的民主與統治階層所樂意施予的「民主」並不一樣。有人會告訴人民，因國情不同與時局、處境不同，所以民主各有標準，各有內涵。所以，有社會主義的「民主」，實行無產階級專政下的民主集中制；有資產階級或帝國主義的「民主」，那是願意做英美帝國主義的走狗才要的「民主」；有中國式的「民主」，也有非常時期動員戡亂體制下的「民主」。所以，中國老百姓更搞不清楚什麼是「民主」。「民主」變成最熟悉又最陌生的東西。

當「強人」在某種環境條件下，逐步變成「開明專制」，又逐步變成「獨裁」，最後發展成「暴君」的時候，人民又受苦、流血了。於是，大家痛心疾首，呼號痛哭，義憤填膺。但既然「手無寸鐵」，誰輸誰贏不說可知。

自甘卑賤的心態產生強人

固然因為沒有實行民主的制度，政府不遵守憲法，不行法治，便容易產生強人；但是更重要的是中國人民沒有覺悟，老是縱容「強人」產生。強人怎麼來的呢？強人是從中國人民崇拜政治權威，自甘卑賤的心態中滋長出來的。

「革命領袖」不願意人民作主，要享受帝王的威權，所以不讓人民瞭解、學習、實踐民主。從幼稚園教育到整個社會的大環境，都在灌輸服從權威，感恩效忠等思想。從「偉大」、「萬歲」到「英明」、「睿智」，目的都在塑造超級強人，使人民崇拜權威，自我矮化。我們回想當中國的領袖逝世的時候，那匍匐在地，流淚成河的感人景象以及那些敬悼的文章、詩歌與音樂，沒有人懷疑那份感情不完全出自肺腑。正是這樣如寡婦孤兒似的人民，如何能做「公僕」的朋友，平起平坐？期望這樣的人民做「公僕」的主人，更簡直是做夢。親愛的朋友，當我看到中國人民這樣動情的時候，也感動流淚，但我想到這樣的人民，「民主」怎麼可能會從天上掉到他懷裡來呢！

支持大陸的學運，我們朝野都一致同聲。而台灣的學運相對之下，本來就只是扮家家酒。但我們當局的不容忍，防範之「嚴峻」，不使支援大陸學生運動的義正詞嚴顯得荒謬滑稽麼？

台大學生《圖騰與禁忌》行動劇只是一種反思與反諷風，學生卻差一點遭到退學處分。台大校長孫震接受雜誌訪問時說為什麼不能容納一個銅像呢？又說到底是因銅像而產生困擾，還是因為這些人在製造困擾呢？有一位台大教授說，台大並不需要這座銅像，如果有人需要，為什麼不搬到他家裡去？我們也應同情孫校長，他若不具備這種心態，能當台大校長嗎？

沒有真正民主苦難無了時

台大的景況尚且如此，其他等而下之的大學連家家酒也少見，大學還是繼續推行擁護權威，矮化自我的教育，中小學更不必說。而且美稱這種教育叫做「愛國教育」。中國人似乎不曾覺悟：直接阻撓或扼殺民主的固然是暴君、獨裁與強人們，但是被教育培養出來沒有民主認識，沒有人格尊嚴，沒有獨立思考與判斷的國民，更是民主前景黯淡坎坷的原因。沒有真正的民主，中國人民的苦難還將沒完沒了。

（一九八九年六月十二日，《自立早報》）

「文化統一論」？

未來中國如何統一？不論是「一國兩制」、「三民主義統一中國」、邦聯……都尚未成為大家都能認同的共識。我覺得這種自上而下，過分「政治掛帥」的口號，徒然造成各說各話的爭辯，甚至只是觀念上的角力，無補實際。我認為假如結束對立分裂是兩岸一致的、僅有的共識，則企望「統一」，應該先拋棄意識形態的壁壘與敵對，先從文化交流做起。只有兩岸在民族認同、人民福祉、人生理念、生活方式、價值觀念、歷史使命、前途展望……各方面經過交流、了解、觀摩、思考、討論、互助、合作等漸進的歷程，取得了共識，建立了信念，進一步才能談到「統一」的方式。

這個文化先行論的統一途徑，不管兩岸政權是否贊同，我相信必然是「和平統一」的不二門徑。不過，如果政治勢力頻頻干擾，文化的交流便要受到阻礙或扭曲，便還只是權力與武力鬥爭的民族悲劇舊戲重演！

這就是我今日提倡的「文化統一論」。

（一九八八年四月一日《中時晚報》）

後記：高信疆奉命當《中時晚報》社長，請我寫小文，此文提出拙見。

希望的九〇年代

十九世紀末尾，「世紀末」一詞指變動、混亂、不安與頹喪。而二十世紀的「世紀末」雖然也處於劇烈的變動之中，但是卻展現了空前的希望，令人歡欣鼓舞。當代的人類活著看到歷史的光明面突然衝破雲翳，展現燦爛的金光；民主的狂飆如風捲殘雲，掃除著神話與荒謬，是最值得慶幸與安慰，最值得「活」的時代。

二十世紀人類承受的災難之慘重，為過去任何世紀之最。經歷了兩次世界大戰，出現了希特勒、史達林、毛澤東等魔王，使生靈塗炭，社會成為獸檻，人性遭到扭曲。二次大戰中核子武器的出現，大戰已不可能。世界集團的軍事霸權漸為意識型態的鬥爭所取代；而科技對生產與生活的影響，促使經濟的角力漸漸取代意識型態的鬥爭。經濟的飛躍進展，瓦解了原來從軍事到政治的世界性鬥爭的均勢。這個世紀末遂顯示了出人意表的巨變。

就世界而言，意識型態神話已經解體，專制政體與老舊的政黨紛紛倒台或加速朽壞。經濟競賽展開了不流血的戰鬥，而科技的不斷創發，每天都在刷新產品的量與質的紀錄。物資的世界性傾銷代替了武力的征服與意識型態的擴散，經濟的困窘銹蝕了共產集團的鐵幕。隔著戈巴契夫大刀闊斧的改革與對東歐改革的鼓勵，蘇聯與東歐令人驚喜地解凍。而東方頑固的中共、北韓、越南、伊朗與南美的古巴，雖然暫時自我隔離於世界潮流之外，但其窘迫與孤立，本身也正搖搖欲墜。

就台灣而言，這個世紀末是中國歷史轉變的開端。不容諱言，中華民國七十多年來並沒有出現過名副其實的民主政治。最近十年中，反對黨從醞釀到成功，政黨政治才初步實現。荒謬的歷史正暴露它內在結構的不合理。民意在政權防波堤外洶湧，強人、法統、黨意、主義都成為譏笑唾罵的對象。台灣社會的混亂，是四十年積弊的總爆發，說它是算歷史的總帳也不為過。一九八九年十二月二日三項大選的結果，透露了長期被壓抑、被歪曲、被誤導的「民意」一旦有自由表達的機會，所表現的是對一黨專權的厭倦與不信任，民意已用選票對執政黨提出嚴重的警告。台灣的民意算是最溫和，最「中庸」的了。

這是一個激變的時代。對於與民意違悖的政權與政客而言，激變中驟然升高的「折舊率」與「淘汰率」將難以抵擋。謊言、藉口與恐嚇在烈日曝曬中頃刻消融。九〇年代是人民當家作主，結束本世紀罪惡歷史的世代。這個偉大的世紀末，將是數千年文明史中人類普遍的渴望——自由、民主、平等、繁榮——成為希望的關鍵。

台灣如何以最小的代價贏得最大的收穫，將看當政者的覺悟與決心以及人民的智慧。讓我們為台灣祈福！也為全中國與世界祈福！

（一九九〇年一月，第三四三期《中國論壇》）

後記：二十世紀末，我感到世界很有希望，稱為「偉大的世紀末」。但後來很快希望動搖，以致失望。新世紀更令人大失望。有一段歲月我不再寫批評文字。終至如鯁在喉，又偶而應邀提筆，而有後來更強烈的批評。

老大哥與自由民主

「一九八四」的夢魘

八〇年代的最後一年即將過去了，但是，喬治．歐威爾筆下的《一九八四》並沒有真的過去。在非民主的國度裡，總有人要當「老大哥」。不論好意的「老大哥」或惡意的「老大哥」，「老大哥」總要扮演君王、教師、母親、舍監與牢頭合而為一的角色。告訴你該如何做人，如何思想，什麼是真理，怎樣愛國等等。台灣的「老大哥」善意告訴我們：搞社會運動，幾近流氓；好國民應早睡早起，凌晨三時還不睡覺，絕非「正常」；KTV、MTV、賓館、三溫暖常有罪犯藏匿，所以不准通宵營業；而所有民宅也有少數人不法活動的可能，所以警察可以進入民宅臨檢（他還會說絕大多數好國民不怕臨檢，一如以前有人說好國民並不覺得戒嚴的存在）。可能有一天，「老大哥」說：不聽話的媒體以及社會批評家與政治評論家都是「輿論流氓」。「老大哥」會告訴你：這些人別有用心，挑撥政府與國民對立，破壞團結，是國民公敵；接著，「老大哥」將主張增設「真理部」及「新生活運動委員會」。最後，將設立「人性改造院」，終於，台灣將成為整齊劃一，寂然無聲的「美麗新世界」。

缺乏人的自覺，民主緣木求魚

上面虛實參半的描述，並不是台灣今日已然的「境界」。但是，不可否認，這幾個月來台灣社會的動向，不無往這個方向稍然移步的趨勢。這種趨勢所顯示的是每移一步，便距離「民主」更遠一步。

是什麼原因造成民主只退不進？

這到底是政治的疾病，還是文化的疾病？是劣質的政治所造成的腐敗的文化，還是腐敗的文化衍生出來劣質的政治？——這也許又是蛋生雞、雞生蛋的問題。無論如何，兩者相生相剋，又互相依存。過去八十年來中國社會的變遷與慘痛的歷史經驗，使有頭腦的中國人已明白絕非一二強梁就能造成國族的浩劫與苦難。這一切歸根究柢還是「文化」的問題，還是「中國人」的問題。

中國人缺少「人」的自覺，不能勇於衛護自己的尊嚴與權利，也更不可能尊重並維護別人的尊嚴與權利。處於不同的社會地位或人生境遇，中國人不是自覺「高人一等」，便是自感「矮人一截」。這種「欺人自欺」（此處應將「欺」字作「欺侮」解）的習性，是凌虐與屈辱互相依存的根源。凌虐被順民崇為「英明」；屈辱在當權者眼中是為「良民」。崇拜領袖，崇拜權威，缺乏尊嚴與理性分辨能力的中國人促成並鼓勵了強人作聖君的文化，這種文化便產生不講法理的政治，這樣的政治掌握了教育與管制的大權，又培育了順從這種體制的國民，如此循環反覆，痛苦的日子沒完沒了，中國社會、政治、文化與人，大概不易有「超生」的希望，要想得到「民生」？談何容易。

德治即人治，魄力只是獨斷

根據最近《中國時報》以八十一位增額立委對郝內閣的評鑑，郝院長個人在「領導與決策能力」及「政治擔當」方面，得到七十一及七十二分，而「民主素養」只有四十九分，「長期施政規劃能力」只有五十九分。而另一張報紙所公佈郝揆的聲望卻高達七十八分。為什麼民主素養連五十分都不足的行政首長，在社會中還能得到相當高的聲望呢？進一步說，民主素養大有問題，其能力與擔當，對民主憲政的改革與推動，有什麼意義或指望呢？

郝內閣以治安的整頓入手建立他的聲望。最立竿見影的便是抓人犯、用重典。最近更以國民生活導師的姿態，捨法治而行德治。這種侵犯民權的舉措，居然得到不少民眾的喝采。其實德治就是人治。人治的社會，所需要的正是習於仰賴強人，又慣於泛道德思考的國民。於是郝內閣與我們的國民的關係，正是「如魚得水」。似乎「老大哥」應升格為「嚴父」，才更能符合中國社會群眾的期望。

我們不能不承認，民主之一再「流產」，憲政之退回訓政，不只是因為未曾有一個民主的政制與行政體系，尤其是因為未曾有大部分自覺為「主人」的人民。我們所有國民要深刻反省：在強人去後，台灣短暫的混亂，大家立刻感到生活受影響，幫閒學者便鼓吹民主不能破壞安定。剛剛解放的社會力沒能凝聚成自主性的民間團體，所以我們沒有民間社會，沒有社會性的公民意識，便不足以壓迫不肯實行真民主的專權政府放棄獨斷與封閉，建立一個民主的開放社會。時機早已稍縱即逝，我們甚至寧可由軍人主政。當初知識界所憂慮的種種，現在已逐項出現。一個不肯實現民主的政府，其「魄力」、「擔當」、「決斷力」必不能保障人民的福祉與權益，只在建制一個使國民越來越恐懼的政府而已。我們不耐民主誕生前的陣痛，有人更愚蠢地自亂步調，民主終於流產。現在清晨三點不准唱歌，實在不算什麼；清晨五時全國吹起床號，人人看電視學做早操，那才該感戴天地君親師呢！

要自主性呢？還是甘被訓育

前幾天英國首相鐵娘子下台，有人扼腕嘆息。英國畢竟是民主的老牌正店，柴契爾主義的「新生活」早已為有識之士所共棄。「老大娘」與「老大哥」一樣，使「民主」發抖。幾個月前，牛津大學聖安東尼學院院長批評柴契爾夫人時說「……她以國家的力量協助摧毀民間社會。她摧毀了大學的自主性，說大學必須對政府負責；她摧毀了英國廣播公司的自主性，說那只不過是特權的囈語爛調；她攻擊醫學界的自主性，說要是聽從這些醫生的話，國家的公款就要大筆大筆的浪費掉。所以說，民間社會和自由民主終究是脆弱的，在共產極權之下如此，在保守的自由市場主義者主政下的國家亦復如此。」

可憐台灣的大學、專業團體與大眾傳播，根本從未有「自主性」可供強人「摧毀」，因為從來就是「黨國」的工具。

我們到底是要開放、自由、公平、競爭的民主體制呢？還是要育民如子弟的「老大哥」與「嚴父」呢？

（一九九〇年十二月，「澄社專欄」）

中東新聞與「我們的」文化

「新聞戰」開打

中東戰火點燃以來，台灣的傳播媒體都以此一世界性大事為焦點，全力投入，展現了另一個新聞媒體之間的「戰爭」。台灣這個相當開放的社會，對於世界資訊的敏感度與接收能力，頗為值得嘉許。不過，戰事展開三四天後，便有少數評論指出台灣新聞界對中東戰爭的報導，幾乎全為歐美日本電視網的轉播站，毫無「中國人」或「台灣人」的觀點；尤其對此戰爭我們自己的立場與評價，完全與「美帝」如響斯應，不免有「出主入奴」之憾。

平心而論，以台灣的國際地位、國力、物力、人才與技術，要在新聞傳播上與歐美日本匹敵，毋乃過於奢想，但台灣輿論有此反省，卻也甚為可貴可佩；雖然這種反省只是少數報紙中的少數評論家的卓見。

非常不幸，此地的評論究竟應稱為「中國人的觀點」或「台灣人的觀點」或「在台灣的中國人的觀點」？都令人煞費周章。姑以「我們的觀點」來「敷衍」似較不涉爭論。（其實，此「不幸」的來源就在於今日「我們」的面目非常模糊，我們都拿不定主意，究竟「我們」是什麼呢！）

對於萬事萬物的品評，假如希望有「我們自己的觀點」，第一要件當然要確定「我們」是誰？如果是一群烏合之眾，共稱「我們」，而同床異夢，各懷鬼胎，當然不可能有「我們自己的觀點」。報載有一位台灣旅美「名作家」，兒子當了美國大兵開赴美伊戰場，請問這位台裔作家，她要跟誰合稱「我們」呢？我們看到太多既要享受美國的「富強」，又要挾「中國（共）」的「威勢」以驕其同胞，卻時時不忘來台灣撈取名利的「中國人」或「台灣人」，我們還有「僑選」立委；有「國統會」與「台主會」，我們怎麼會有「我們」呢？既無「我們」，如何有堅定不移的「我們的觀點」呢？既然同床異夢，「我們」如何不是一群烏合之眾呢？

建立自己的文化

其次，假如希望有「我們自己的觀點」，便應有我們自己的文化。如果沒有自己的文化，便喪失自主性，也不會有自己的世界觀與獨立自主的判斷力。沒有這些，自然只有以強勢文化馬首是瞻。——我們喪失自我，附驥他人，數十年來早已養成習慣。「現代主義」是台灣文藝的聖典，所以有「現代文學」、「現代畫」、「現代舞」、「現代音樂」、「現代詩」……。若有誰提倡「民族」、「本土」，不是被譏為「狹隘」，便是「落後」。那些沒有自主性的靈魂的「文藝」，繼早期「反共八股文藝」沒落之後，粧點了台灣三十年來文化虛假的繁華。去年年底由台灣筆會主辦的「台灣文學會議」，三位演講人有極感人的論述（刊自立晚報一月十七及十八日）。但是這種覺醒，還未能普遍。「巴黎—台北」與「紐約—台北」還是主奴間的韌帶。台灣的文化，在政治的扭曲，盲目崇外與對本土的蔑視加上庸俗的商業主義的戕害之下，其虛榮與荒謬，已不是「沙漠」兩字可適切形容。去年十一月，在台北觀看「印度卡達克傳統舞樂」（Kathak Dance of India），女舞蹈家蕾努．巴絲一個人的示範演出，她一舉手一投足都表現了印度文化獨特的魅力，表現了傳統的光輝藉由代代相承的民族天才的自尊自信中放射出來，使人覺得一個有文化的民族，沒有富裕、豪奢的驕傲，卻因有獨特的文化精神而贏得敬重。而我們既迷失了文化的方向，又錯認文化的人才，甚至找不到真正的天才。起鬨與作秀成為「文化英雄」的捷徑，便只有粗陋、淺薄、模仿與抄襲的文化。

台灣文化缺陷浮現

一個沒有自己的見解、判斷、品味、自信的國家或社會，就不會有尊嚴。而要有自己的見解、判斷與自信，先得有自己獨特的、真實的文化。經濟的富裕如果不用於支持文化向上發展提昇，富裕便很容易只帶來庸俗與罪惡。「財富腐蝕了羅馬人最好的品質」。吉朋論羅馬之衰亡的名言，令人如醍醐灌頂。

中東戰爭中台灣新聞的缺失，只是台灣缺陷的文化冰山一個尖角的浮現而已。這應引起我們對台灣文化的深刻自省，不能只苛責電視新聞。

（一九九一年一月，《自由時報》）

急所不急與為所當為

剛剛推出令人跌破眼鏡的所謂「兩岸三邊會談」計劃，才隔了兩天，便因「提前曝光、緊急降溫」，國統會研究委員召集人邱進益表示，「在各界疑慮下，舉辦的可能性已經不樂觀。」

但我們還未忘記，七月七日各報頭條新聞刊出邱進益的談話，像這樣攸關人民禍福與國家前途的大事，應先徵集各方意見，凝聚共識，經過深思熟慮，才能決定怎麼進行，何時曝光，怎會有「提前」之憾而慌忙改變？

事實上，「三邊會談」的草率構想，早就已經成了「決策」，連時間、地點、人選、內容都已成竹在胸，言之鑿鑿，斷不能以「試探氣球」自圓其說。而一經各界疑慮，馬上改口。我們看到這樣草率的做法，不能不為台灣的未來捏一把冷汗。我們再看「改口」之後，說是「沙龍座談」、「學術會議」、「國統委員與研委都不參加」，尤其說是「宣導國統綱領」，試問誰有興趣來接受「宣導」呢？（「宣導」兩字，不免有「居高臨下」之勢，如何「對等」？）

如今這一臺戲大概將在雷大雨小中敷衍過去，也是未來有關兩岸關係的「大計」，由誰決策？流程如何？社會輿情與民意不必考慮嗎？我們深以為憂。我們期望：（一）國家認同問題，

「黨國大老」與中青年比較，關係後者及未來子孫遠大於年高德劭者。此事總該多聽聽中青年的意見；（二）國家認同，問題太大。應預期在長期自由表達不同意見，與自由討論中，才能期望有朝一日形成共識。果不如此，任何不具民意的決策強力執行，台灣必亂，則對岸跨海「平亂」正其時矣；（三）現在在朝之士，勿忘自身尚缺乏真正民意基礎。此雖「非常時期之非常狀況」，但若有此自覺，便能虛心探求民意，凡所決策，當較能得民心為後盾。（四）台灣若不實施真正民主，共識必不可期。沒有共識，不能團結，前途將一片黯淡。所以「民主」工程的早日成功，還是我們最熱切的期望，其他都居次要。

兩岸關係與國家認同問題，現在有了國統會、陸委會、海基會、陸指組、陸策組，又有國統委員、研究委員，還有府院、執政黨中常會……重重疊疊，令人連名稱與職權都弄不清楚。而且預設大前提連步驟也都設計完成。這樣的「統一」方案與多頭馬車，結果如何不言可喻。

我認為中國兩岸的未來，應循和平之路，自然發展。在未有結果之前宜各好自為之，以國家繁榮富強，社會自由進步，人民的安樂幸福為施政最高目標。統一與否，可以追求，但絕不能凌駕於終極目標之上，甚或毀損最高目標。若兩岸無此共識，必然是戰禍、屈辱或無止境的混亂、不安與內鬥。而戰禍與屈辱之後，還將醞釀未來無止境的仇恨與禍亂。那麼急切強求的統一與獨立，必同為悲劇而已。

政府目前不應急於企圖解決統獨問題，而應在文化、學術、經濟、交通等等方面多做些「為所當為」的事，以嘉惠兩岸同胞，平等互惠，互助互利，促進繁榮進步為目標。這些方面做得越多越好，將來政治上的談判，不但水到渠成，而且必可收「如此善因，必有善果」之效。

在文化學術交流互惠互助方面，我謹提出台灣對大陸為所當為的兩件事為例：

第一，我建議台灣贈送一個博物館給北京故宮博物館。北京故宮博物館係以舊皇宮的一部分充當館屋，老舊殘破，原不適為博物館之用。光線、濕度、溫度等條件對該館藏品均極不理想；管理與展示等方面也不現代化。台灣經濟以「小龍」自傲，如能出資在北京興建一座現代化的故宮博物館，不僅在國際形象，增進與大陸同胞的情誼，表現台灣的能力與胸襟等方面有大益；事實上，同文同種對祖先藝術遺產的維護與珍惜的誠懇之心，對中國文化承續發揚的虔誠，能超越地域與一時的政治意識的分歧，在這種建設性的舉措上表達出來，其長遠意義與深刻影響，比起一廂情願的宣導，簡直不可同日而語。如果台灣所能炫耀的只有「財富」，而台商到大陸除尋求利潤之外，還藉金錢的優勢「魚肉」大陸婦女，則台灣的富裕只表現了貪慾與粗鄙而已，為什麼不多想想我們能為大陸兄弟，為共同的中國文化做些什麼？

第二，我建議兩岸協商交換訪問教授，進行以人才為主導的文化學術交流。台灣與大陸在大學教育與學術研究上各有長短，如果能互相交流合作，可以互補互利。在人文、數學與藝術等方面，大陸的人才與水平，正可以刺激台灣的現狀；在社會科學、經濟與管理等方面，台灣也可以予大陸以協助。當台灣與大陸第一流的學者、教授在兩岸進行交換教學，合作研究，不但在學術與教育上將因智慧的交流、借鑑與合作而促進彼此的進步；更因打破隔膜，增進了解，漸進的發揮了深遠的政治影響而改變了兩岸的局勢，為兩岸良性關係的發展，提供了政治經濟層面的較勁所不可夢想的功益。篇幅所限，只有概略提出上述兩點。

最後，我希望文化、學術上交流互惠的工作，應本著誠正之心，多多努力。缺乏遠見與自以為是將使我們的路愈走愈窄。朝野各路英雄，宜深思之。

（一九九一年七月十四日，《中國時報》）

後記：二〇一八年的二二八，大陸宣布惠台十一項政策。現在大陸富強，它把台灣視為同胞，把富裕與台灣同胞來分享。

一九九一年，那時大陸剛改革開放，還自認「一窮二白」。我提議台灣贈送一個博物館給故宮博物館，因為當時「台灣錢淹腳目」。可惜台灣當權者沒接受這個建議。現在大陸世界第二富，台灣在蔡英文上台之後因不認同「中國人」而急速沉淪。反倒輪到大陸來「惠台」。世事難料，有如此之甚者。

（二〇一八年三月）

「父老兄弟」與「大家長」

在過去數十年的「戒嚴」歲月中，每逢雙十或元旦，兩位蔣氏父子總要透過大眾傳播媒體發表「文告」。開頭第一聲總會是「全國父老姊妹兄弟們」。這種「黨八股」現在已欲繼乏力，也無人願聽了。

二十二日在計程車中聽到某廣播電台報導，「新公園隧道」原擬稱為「文英隧道」，因為黃大洲市長「謙沖為懷」，不願以其夫人名字命名，才打消這個主意。廣播員說黃大洲是台北市的「大家長」；她又訪問了捷運局長賴世聲，也稱賴為捷運「大家長」。

這兩件事隱藏著「中國文化」什麼「奧秘」？反映了台灣社會哪些「暗疾」？我們大多數人似乎很少反思。

粗略而言，中國文化以道德倫理一枝獨秀，而眾枝枯槁；倫理中又以家族倫理為核心，其餘皆不足輕重；家族倫理中又以老人為不可懷疑的權威，輩份較低者皆受壓抑。任何人際關係若不以家族倫理為參照架構，中國人便無法與另一個人相處。所以只要有二、三人在一起，便要以「序齒」來定尊卑；即以年齡的長幼來決定誰應讓誰三分。所以中國人喜歡「義結金蘭」，結拜兄弟。黑社會如此，政界、商界又何嘗不如此。即使沒有結拜，中國人習以兄弟叔伯稱呼，可見若不將他人納入家族倫理結構中來相對待，簡直就不知以什麼「禮」事之。這是非常陳舊落後的文化。

如果我們真是一個民主社會，國家的各級行政首長皆直接間接由人民選舉產生，為國家人民辦事，官民之間可以說完全是一種契約關係（人民付託以權力，行政官吏依法為人民辦事，受人民監督），與家族倫理完全是兩回事，哪裡是兄弟姊妹之可比？尤其是過去兩個完全喪失民意基礎，以破壞憲政、實行獨裁專制的「總統」，卻稱呼被強行統治的人民為「父老姊妹兄弟們」，毋寧說是十分滑稽的事。統治者剝奪了人民多少憲法所明訂的基本人權與福利，卻以家族倫理的親密稱呼來表示謙卑，這不過是一種懷柔的手腕。數十年受強力管制，完全喪失國家主人身分地位的人民，卻被稱為「父老兄弟」，其虛偽與「陳言」確應「務去」（韓愈語）。

這幾年有黨國大老發起倡導「群我倫理」，以補傳統中國社會舊倫理之不足。這當然不能說毫無意義。因為如何對待陌生人確為現代民主社會最重要的人際關係，也確為從數千年農業社會急速發展為工商社會的中國歷史經驗所缺少的新「文化」。但是新倫理關係絕不是由「賢者」倡導而可奠其基，而必須在人的良知良能不受惡勢力阻撓的新環境中，由公義自然發展與集體自由意志的凝聚才可能逐步成形。台灣長期的威權統治，不但皇親國戚與裙帶關係形成一個超級權力與利益的集團，而且所有依附這個超級集團的「忠臣倖妾」都得以雞犬升天。在這樣不合理、不民主的政治制度之下，法治全然被毀壞，為什麼沒看到「賢者」忠言直諫或辭官歸田？為什麼對阻抑「新倫理」自然發展的惡劣制度與毀憲違法不積極促其改革，卻要呼籲廣大人民學習實踐新倫理？這豈不是只見秋毫不見輿薪？其實這個觀點費孝通幾十年前早已說過，但統治者願意以平等與尊嚴善待國家的主人嗎？其實，只要政治結構與制度是真民主，法治真正貫徹，「新倫理」必然自然發展，且廣為社會所認同。也可以說，只要過去數十年來政府誠誠懇懇實行中華民國憲法，根本不需「賢者」倡導，新倫理早已根深蒂固。

民國成立八十一年後的今天，我們的傳播界工作者還會以總統為中華民國的「大家長」，以市長或某部門首長為「大家長」，我們的民主教育，我們的民權覺醒，我們國民的自我人格尊嚴還是多麼糟糕！多麼令人喪氣！他們竟不知所謂「家長」豈不與「父母」同義？政府官吏與人民還是「君父」對「子民」的關係？而且是「人民」自願如此稱呼他的「公僕」為父母，這多麼令人扼腕！

黃市長不是民選，施政成績自打八十分也沒有大多數市民認同。況且隧道之為物，竟有人想到以市長夫人名字命名，雖意在拍馬，而其不雅，實則令人噴飯而已。

（一九九二年七月廿七日，《自立早報》）

後記：這文是二十七年前我寫的「澄社」專欄，刊《自立早報》一九九二年七月二十七日。本文所言，今日仍未改進。

（二〇一九年三月）

政府對文化可做與不可做的事

數十年前，名散文家陳源在《西瀅閒話》中寫文藝復興時代有人遊歷西班牙，導遊指一個乞丐似的老人說，那就是寫《唐吉訶德》的塞萬提斯。遊客驚曰：「塞萬提斯？你們政府怎可讓大作家這樣窮困？」導遊說：「要是政府養了他，他就不寫《唐吉訶德》了。」

文化的創造是每個時代中有創造力的人辛勤努力的成果。在最壞的時代，政治、宗教的迫害尚且不能壓制；在「最好」的時代，也不會因政府的領導、保護、資助、獎勵而必然蓬勃。何況，選擇的錯誤、偏頗、不公、人情、派系等很難避免的流弊，反而產生更多的負面作用。

所以，政治力最好不要與文化掛鉤。這也就是為什麼除法國（「文化部」已改為「文化及傳播部」）之外，只有共產國家設「文化部」（為了管理與箝制），英美等國均不設部的原因。台灣該不該設文化部，實在令人猶豫。從政經長期漠視、壓縮文化來看，與從文化官僚結合政客型文化人壟斷文化資源，使多數不趨時附勢、不甘匯入「主流」、獨特的、有創造力的必更加落寞灰心來看，文化設部與否，都令人左右為難。

文化內涵的廣袤與複雜，很難以一個「部」來統領。近日文化界的「建言」，各說各話，莫衷一是；對於總統的許多期望，等於要他和政府官員具有哲學大師的高瞻遠矚與全知全能的神智，這都是「美願」而已。這近乎神話，現實官場絕無可能。不設文化部，文化的建設沒有著落，好像不好；但有了文化部，多了一批官僚，希望他領導有方，不搞意識型態，公平公正，實在做夢。

如果文化設部已不可改變，我謹提幾點實際的建議聊供參考：

首先，不要包括「文化」的過多內涵，僅選取應行而可行的部分業務即可；其次應依據我們國內的實際情況，創造文化部的特色，不必過分仿照西方國家；第三，要做民間不能或不易做的工作，千萬別老是扮演「文化表演」的角色；第四，鼓勵文化、藝術界建立有自己文化主體性的創造，維護公平競爭，多元價值的尊重，不予一時成為「主流」的藝術以特殊的優待，鼓勵本土的現代化（提升，去蕪存菁），外來的本土化（消化，再創造），以擺脫臣服於西方強勢現代文化的迷思與追逐（即「去（文化藝術的）殖民地化」）；第五，設文化諮議委員會（民主化、透明化；任期兩年），集體決策，不為少數人所掌控，下設各專門項目委員會；第六，辦一本由部出資，完全由文化學術藝術界精英主持的「文化評論」刊物，以探討觀念，介紹世界文化思潮及發表各種文化批評；第七，創設一個非營利的出版社，由專家主持，有計劃地大量翻譯我們所欠缺的世界文化、思想、學術、文學、藝術著作；因為難以暢銷的好書我們長期空缺，便使我們的文化難以提升（千萬別再出版華貴而沒有意義的官方印刷品，那是浪費公帑）；我要特別強調文化部對翻譯與出版的工作的重要性，因為台灣市場太小，民間商業出版社無法像歐美日本那樣負起提供世界文化成果（即文化輸入）的任務；這工作可與台灣及大陸學界及出版界合作，我相信這是千秋事業，期望文化部必要重視這一工作；我也建議大幅提高「翻譯家」的稿酬，出版品務必以較低售價來供應我們的青少年，這個文化投資才是高瞻遠矚。

最後我建議少做或不做對於文藝表演、藝術創作的資助或獎助的事。許多文藝獎助應由民間基金會去做比較恰當。西班牙的塞萬提斯像個乞丐的時候，國家管文藝部門會給他一個大獎嗎？搶食文化資源大餅的人這麼多，熱中等待一個多金、權大的文化部的人也已排成長龍。希望把納稅人的錢公正地、有遠見地去獎助真正的文化創造，誰有這樣的心胸與遠見呢？

提供沒有意識形態、「政治正確」的自由環境，充實些文化設備，供應心靈思想豐富的資料，然後由民間、團體與個人去發揮創造力。這已是文化部門的大功德。期望政府管領文化，引導文化發展，責掌人文、藝術……文化必死，便不如沒有文化部。天何言哉？四時行焉，百物生焉，天何言哉！

（二〇〇〇年四月十二日，《聯合報》文化版）

什麼是衰敗之源？

學生佔領立院超過十天了。從文章、名嘴、網路到社會輿情，全台鼎沸。但論述能確切依據民主法治原則，堅定站在公理正義一方，不鄉愿，不閃爍者只有少數。其中黃智賢女士所言最為典範，令人敬佩。

台灣這麼多大學校長、政法學院院長、系主任、教授……大多挺學生。如果出自真誠相挺，便令人懷疑台灣公私立高等教育界有夠格的師長；如果出自其他任何立場與動機，則相挺者人格可疑。大學師長如此，更不必說政客與更多各有立場，知識水平良莠不齊的民代與社會人士了。而這一代國立台大、清華等等大學的學士與碩博學生，其政法知能、修養如此，台灣下一代人才品格與能力之水準即暴露無遺，也顯示了台灣教育之失敗。台灣社會整體陷入錯亂之中已二十餘年而日甚一日，令人扼腕！

台灣不止國家認同無共識，連客觀的民主法治亦無共識。何以致此？因為沒有人把民主法治作為崇高的價值與相對理想的社會生活方式來維護，而把它當遂行意識形態的工具，而且隨意扭曲、變造（如立法院的「黨團暗中協商」、少數黨霸佔講台、拆麥克風、癱瘓議事等），以達成其政治目的。政黨、媒體與各級政府機構不但沒有對民主善盡宣導、教育、示範與堅守之責，而且二十年來不斷鼓動民粹浪潮，不斷戕害公義，歪曲法理。從元首、官僚、政客、媒體到被煽動的庶民，不分藍綠，摧毀民主法治，使寶島沉淪，很多時候，可說是有志一同。數十年前希望以民主來救台灣，好不容易民主已到手卻不加珍惜，而且任意曲解、破壞，暗渡陳倉，巧言狡辯，只為一時取勝，不顧台灣日漸衰敗。

此次學生破毀門窗，強闖並佔據民選政府機構，已經犯法，便須負法責。警察為國家尊嚴與社會安定，不能不執法驅離以維國政正常運作，此全球皆然。假如學生所佔的是街頭，以非暴力發表反政府言論，若有人以暴力對付學生，警察為保護學生言論自由，對暴徒必強力制伏。此為民主政治之ABC（基本概念）。當年六四學生抗暴，面對的是一個非民選政府，但因在公共場所，也沒有用暴力的手段，才叫和平抗爭運動。對和平抗爭，政府以軍警武力鎮壓，才能稱為「國家暴力」。台灣學運以破壞民主制度的非法手段，而且訴諸暴力打破門窗，不尊重私人財物，怎麼配稱為「和平學運」？「非暴力抗爭」？有目的而使用「奸巧」手段，使許多概念歧義頻生，莫衷一是，豈能不精神錯亂？

執政者的昏聵無能，反對黨的偏狹自私，社會的反智與錯亂，雖有民主，卻沒有幸福。民主與民粹一字之差，但謬以千里，有賴知識界為社會公理正義發聲。但民粹壓倒一切，黃鐘早已毀棄。卻見社會「名人」一味媚俗、隨潮、投機、鄉愿。比如說：有點暴力，但暴力也可促進民主；又如說：青年宅男宅女叫他草莓族；起來抗爭又被稱為暴徒；青年何其無辜！這種狡黠、兩面討好、沒有擔當的巧言，被當作「中庸」。卻鮮少告誡學生，懷著正面的目標，但以負面的途徑，破壞體制，由有知識的青年去開啟違法亂紀之門，對國家社會更是莫大傷害。何況其目標是否全對？對民選政府上下官員是否可以用無上威權命令與要脅的口氣？所有訴求是否合法？對社會中沉默的大多數人不同的意見是否有所顧及？

各懷鬼胎，藍綠分裂，兩造若不能共同嚴格恪遵民主法治的真諦，而任由社會的一切叛離軌道，一片錯亂，台灣不斷衰敗，真是所有在台灣的人不分黨派、朝野、貧富、高下、老幼的共業。何忍台灣來日成海隅的落寞之島，白頭老嫗再唱當年寶島遺事？我們能甘心未來青史發此感慨？

（二〇一四年三月廿八日）

北捷案更大的原因

北捷爆發鄭捷殺人案之後，報紙、評論界、學界、精神醫師、電視名嘴及社會大眾之索解與評論，沸沸揚揚。所言各有心得也各有所見。有歸咎其父母；或批評教育過於功利，喪失人本精神；或責兇手的反社會人格，心存仇世的幻想；或指受廷帆發起學運的刺激；或指其小學時暗戀受挫，種下殺機；或因無法走出虛擬世界，與人太隔絕；或認九〇後生長的世代所受正是李、扁教改後殘缺教育所致，指出父母、學校、師長、媒體、政客都責不可卸；或曰道德與民主崩壞之結果……。還出現很費解的兩句話：「因為黑暗，更見人性光芒」（馬總統）；「鄭捷是我們的家人」（東海大學）。

此案殺人原因與動機完全超脫傳統，既沒有仇怨，沒有特定目標，也沒有殺某人具體因由，隨機而為，令人駭異；殺人者無驚恐激動之態，沒有喜怒哀樂之情，殺後更無負疚不安之心，尤為可怖。

更值得關注的是，案發後網路上有為鄭捷歡呼者；有為響應鄭捷，嗆聲要在其他捷運線繼續作案者；有將鄭捷當偶像者……人數竟以千計。可見懷此心態的人有「部分的普遍性」，絕不能以只是特殊個案看待。

如此令人震驚的現象，欲追溯其源，從家庭、學校、社會的教育功能；從犯罪學、心理學去分析；或從民主、自由、法治是否健全去求解等傳統思維之外，更應針對當代文化形態、時代風氣與生活方式等「數千年未有之變局」，從更深更廣的層面上來考察，方能切中肯綮。

當天我見此新聞，即想起比日本〇八年秋葉原隨機殺人事件更早，一九六〇年代美國影片《冷血》（原著為非虛構同名小說）。當時震驚全球，就因為美國出現的是完全異於傳統的殺人案件。「冷血」之後這半世紀以來，不論其「發源地」美國，歐洲或亞洲，同類型殺人新聞越來越頻繁，已罄竹難書。近日美國，幾乎每月每週都有所聞。這次北捷案之轟動，大家印象中似乎是第一次，其實不然。台灣早已有過騎機車青少年群，呼嘯過市，揮刀沿街隨機砍人的類似案例。

觀察現代世界，我認為凡全球化（其實應稱「美國化」）所及之處，都難免出現「冷血」殺戮之現象。台灣是儒家文化圈核心地區之一，如何竟生出與美國社會文化相似之毒瘤？因為大陸赤化不久，韓戰發生。美國為了鞏固西太平洋防線，派第七艦隊協防退到台灣的中華民國。從此由軍、政、經到文化以及民生生活，台灣從無奈到熱衷，差不多是美國的崇拜者（粉絲或曰跟屁蟲）。

爭當美國人，拚居留權，留學對象幾乎清一色是美國（「來來來，來台大，去去去，去美國」的「民謠」可見證）台灣的教育（內容與方法）、藝術（抽象畫、普普、照相寫實、裝置、觀念、身體藝術、當代藝術等。我們的美術館、藝文中心等公家藝術館，差不多是美國「當代藝術」的殖民地。文化部（局）都大力支助當代藝術。好萊塢電影與娛樂完全美國為主。

衣食住行、生活方式更是無孔不入。麥當勞、熱狗、可口可樂、炸雞、漢堡、牛仔褲、芭比娃娃、熱門音樂、電視劇、訊息與玩具（蘋果手機、平板電腦、電玩遊戲。）……數不清的用品、玩品、商品。既要賺你的錢，同時要洗你的腦，要灌輸美式價值觀念、審美觀念；給你方便，給你進步，給你玩樂，實際上是誘惑你上了無形的美式腳鐐手銬，一舉一動，美國老大哥在引導你、規劃你、控制你。給你麥可．傑克森，給你瑪丹娜，給你女神卡卡，使你嗨，爽，痛快。玩樂、消費、名牌、哈雷重機、性自由、同性婚、轟趴、大麻、嗑藥、重金屬震破耳膜……全世界青少年被美國文化磁吸。

美國文化太迷人了，它像鴉片一樣難以抗拒。慾望開放，物慾享受，拜金主義，不論用什麼手段，賺到了錢，你便可得到最大自由與享樂。而縱情之後是疲乏與空虛。為什麼一部分美國青年成為冷血殺手？因為物質與肉慾，娛樂與享受，自由與放縱，掏空了人的身心，因而虛無空虛，如行屍走肉，生命沒價值。故不愛惜自己，也不會愛重他人，因此心靈空洞無物：沒有精神上的依戀與期望，包括親情、愛情、友情的珍惜；對宇宙未知世界的好奇心；求知的渴望；審美感情的尋求滿足；善與正義的追求等等。

人類如果沒有這些心靈（精神）的追求，人如何能創造文化？何以異於禽獸？從孔孟老莊到康梁、孫逸仙、梁漱溟，從柏拉圖、亞里斯多德到康德、羅素、愛因斯坦，真善美的追求是人類東西方共同的宏願。二戰後美國以高度發達的資本主義，變成帝國主義崛起成為世界霸主，世界警察，這個世界已變成以民粹（大眾化）與商業化（經濟掠奪與拜金主義）為重心的美式當代文化擴張全球的局面。中西傳統文化被當成過時的遺留物鎖入歷史的檔案中。

數十年來，台灣全面追隨美式文化的方向，所以傳統被踩在腳下，被顛覆了，道德崩壞了，去中國文化了，藝術漸漸垃圾當道了，人與人疏離了，親情淡薄且形式化了，愛情剩下肉慾與拜金了，學問、思想、文藝上的傑出人物漸漸沒有人了，不斷整型的明星、歌星、性感名模越來越替代了過去的「偉人與名人」，享受最高「名聲」與待遇了，從前一位大文豪的死，送葬行列萬人空巷，全球頭條新聞的時代過去了，貓王與麥可·傑克森等人取代世界偉人了，愛寵物以填補心靈的空洞，其受關愛超過父母的新時代降臨了，大學生上課吃雞腿、抽菸，街頭裸奔與露鳥，中學女生援交，小學生吸毒，早已不是新聞了，祖母枕下有錢卻不給我買毒品，乾脆把她殺了……。

我們（包括大陸同胞）如果不警覺，起來謀求發展我們最悠久最偉大的傳統文化，創造出今日與明日世世代代中國人安身立命的新文化，我們斷不能自立自強，斷不能擺脫美國所設下「全球化」的羅網。過去效法過蘇俄，有人崇拜日本，現在兩岸追隨美國文化，自甘自我殖民而以為是「趕上時代」或「與國際接軌」。即使中國崛起，心靈上仍沒有自立與光榮。美國以侵略（越南、伊拉克……），與侵吞（金融衍生商品；大量印鈔票）而致富強，他國未必有此霸權與力量。所以追隨美國文化，未必能得其利益，卻必然毀了自己的文化傳統與世代人生的幸福與光榮，而且必承受美國文化的惡果，不能自拔。

對於鄭捷案深入思考，我認為：如果繼續崇洋媚美，在文化與人生生活上不思振作，不走自己的路，未來台灣社會的「鄭捷」，恐難以抑止。

（二〇一四年六月六日《中國時報》）

得失哀樂，何妨一笑

鞏俐沒獲本屆金馬影后，無冠一怒，狠貶金馬，影界攪起一番漣漪，難怪有「輸不起」之譏。藝術界一班早已不看當代「電影」的老影迷，對這裡面的高下優劣，不大措意，也不熟悉。但看當今評審者多為影界中人，便知這種評審，藝術至上，似嫌高調，但求親和民意，迎合時尚，兼顧友情與「行情」，欲求真正藝術之評判，不大容易。

評論電影，確不容易拿捏。要從商品之成敗，或從大眾胃口之滿足，或重意識形態與政治正確，或著眼于題材之刺激，明星之養眼，都各有立場與考量；若純粹從文藝美學比較超越的角度評論，必又是一番境況也。不過，後者在當代，不但奢侈，簡直迂闊，已乏人問津。

遙想宋楚瑜當年，初任新聞局長，雄姿英發，對金馬獎欲有大興革。那幾屆金馬獎遂掀起前未曾有之高潮。評委除難免循例有少數衙門中人之外，特別禮聘文學、藝術界知名人士為評審委員，公開名單，以昭大信。記得當時如徐佳士、姚一葦及在下等，皆中壯之年，沒日沒夜觀看參賽影片，經過討論再三，推出得獎名單，在國父紀念館晚會上即時公佈。當時「評審感言」中有一句「評審客觀公正……」在下建議改為「力求客觀公正」，得到同仁贊同。因為凡人皆不可能絕對客觀。力求客觀則為評審者應有之態度。因為這些文藝界專家教授，並不與影劇導演與明星熟識，更不會有「球員兼裁判」之弊。但怎料卻有不測風雲；存心公正，還有偶然因素來攪局。猶記當年有一件張冠李戴的烏龍事件，當時有兩位女演員，不知何故新聞局廣電科提供給評審委員文字資料把劇中人與飾演者名字弄錯：甲誤為乙，乙誤為甲。等到公佈得獎名單之後，評委才驚覺有誤，但一切已經無法挽救。當年得失易位，暗留遺憾于冥冥之中。三十年後，驚見社會新聞，某影星遇人不淑，獨吞苦果。令人感嘆，當年得失易位，後來卻哀樂殊途。人生之荒謬，有如此者。

此事也側面反映了由學術界可信任之專家，因為不是影藝界中人，有學養，較能超然大公，才能有當年金馬影獎的盛況。今後如果仍由影藝圈中聘請評審委員，因為人人彼此皆熟，雖然不會再有張冠李戴之事，但重要的是，電影與演員藝術的評量，有種種不同考慮與情感，便很難得其純一之判斷矣。

且看現實世界中，大文豪沒得諾貝爾獎者多的是。文藝之為物，得獎與否，仙機眉角甚多，何妨一笑置之，實勿庸耿耿於懷也。

（二〇一四年十一月廿七日）

弊政

餿油又爆，司法起初判五萬交保，形同兒戲，這是「餿油司法」；地方各級政府不知道轄區有餿油工廠，那是「餿油地方政府」；中央管食品衛生一再出事，那是「餿油中央政府」；總統說餿油不傷身，但傷心，這種總統，豈不是「餿油總統」，他還玩冷笑話，令人失望。

立法院長長期放任反對黨霸佔講台，癱瘓議事，不是「餿油院長」嗎？教育部長論文有弊，十二年國教行不通，是「餿油教長」；兩岸談判代表洩密，陸委會主委與副主委公開角鬥，不是「餿油官員」嗎？現在正在競選的地方市長互相吐槽，耍嘴皮，玩變魔術，沒有讓市民看到見諸文字、紮實的政見，形同兒戲，這種民主，不是「餿油民主」嗎……。

「餿油」案不只是不合格，毒害顧客的食物而已；也是道德蕩然，毋視國民健康，只求暴利，不擇手段，不負責任的商界；而且是官箴敗壞，素質低下，人民眼睜睜看著一群沒有能力也沒有決心、責任心與資格但卻佔據那些官位而無所作為的官員與司法人員，是朝野全面的敗壞。

我們的民主政治，自甘下流，不思改進。藍綠政客有志一同，扭曲民主，變造規範，違背憲政、法律與制度。我們的選舉制度與選舉文化的窳劣，使有德有能有志有心的人才退避三舍或不屑參與，正好讓其餘三教九流或別有懷抱、別有特色的民粹政客去爭奪權位。選上了也不過是為下一波的弊政埋下病因而已。

要檢討我們社會政、經、公衛、教育、文化……等弊端，枝枝節節的檢討、道歉、流淚、鞠躬沒有用，這種老梗看多了，人心沮喪、渙散，甚至對政府徹底絕望；社會綱紀更崩壞，台灣向下急速沉淪，那個政黨贏得政權都一樣的沒有希望。我們社會上下怎能容許各種重創一再發生，而不從根改革，令人憂慟。

（二〇一四年九月七日）

最醜的風景是貪婪之心

二三十年前我的專欄文章中寫過說宗教、說慈善、說果報等文，收入拙著《孤獨的滋味》中。近來媒體揭發慈善事業變質成財團地霸，令人感慨台灣社會各領域中名不符實，甚至詐欺的行業不在少數，連宗教竟也經不起檢驗。許多批評一針見血。我想補充說說這些現象的根源。

一個現代社會，寺廟教堂若愈來愈多，「慈善事業」愈見龐大，並不是健康、理想的社會。常常相反，可能是一個政治窳劣，民主法治不及格，貧富極端懸殊，不公不義的社會。因為政府不能善盡保護民眾，維護公平，使人民安居樂業的職責，所以慈善事業才大有用武之地。

台灣為什麼有這麼多龐大的宗教「事業體」呢？因為慈善捐款，若靠平民涓滴之捐，無法撐起「慈善機構」儼然如大財團與大地主那樣的規模。其捐款必靠大企業、大商人。這裡面有正當的錢；也有不正當的錢。不正當的便是不義之財。不義之財因為取得太容易，數目也極大，暴富者因為內疚神明，極願意拿出一小部分作善款，一方面減少罪惡感，另方面又獲得大善人之美名，況且可以減稅，一舉三得。所以慈善機構善款的來源，不會間斷，不會僅賴平民百姓涓涓之水，而賴各方巨款。況且與宗教合作的另類企業家，賺錢容易，回饋必多。用純潔的宗教去成就一方霸業，距離宗教的宗旨遠矣！

一個篤信算命、摸骨、風水、占卜、擇吉、祈福、師公、乩童、命理師十分活躍的社會，一個反智的社會，宗教與慈善事業常常異化成為攫取權勢與財富的工具，以建造一個掛著宗教招牌，卻與俗世無異的勢利王國。是以出世的手段去建立入世的霸業。正如清華大學楊儒賓教授所言「佛教入世，錢多壞事」。宗教如果入世爭取利益，又何必披袈裟？穿皇袍更能得到俗心的滿足。不是嗎？

任何社會都有好壞、美醜兩面。台灣的熱心、禮貌，被讚「最美的風景是人」；現在我們看到台灣最醜的風景則是貪婪的心。

（二〇一五年三月廿日）

走出「西潮」的夢魘

幾個月前胡佛兄給我拜讀了他為得意弟子朱雲漢先生新書《高思在雲——一個知識份子對二十一世紀的思考》所寫的序文，便期待一讀這本大著。我所學的是藝術，愛讀專業以外的書，似乎是另類的附庸風雅，其實不是。因為政經社會，時代風潮與藝術的關係極密切。《高思在雲》可謂深得我心，欽佩之至，我想略作延伸評論，以就教於諸位。

中國藝術到二十世紀下半，有一個大變局出現：有些中國的畫家開始離棄傳統，向歐美去接軌。一九四九年兩岸分治，台灣較早接受歐美新潮，幾乎按照西方各種「主義」，亦步亦趨。後來不單油畫如此，連本民族特有的水墨、書法、版畫等都漸漸匯入這個西化的潮流中，而竟成為主流。中國大陸較遲，八〇年代以後才漸漸走上西化的主流的方向。這是中國數千年歷史所不曾有過的情況。

這種情況好不好，對不對呢？五十年來台灣藝術界幾乎是一面倒的認同，而且奉為圭臬。因為絕大多數人認為歐美「先進」，不追隨豈不保守、落伍？不贊同而且極憂慮的是極少數，直言不諱的更少之又少。我從二十幾歲發表文章表達我不贊同的觀點到今日從未改變初衷。我為什麼這樣堅持呢？簡單說，我一生堅信真正的藝術必有三個不可缺乏的要素：一、時代的精神（不是反映時代的生活與現象，如美國登月球就有「太空畫」之類。而是表現藝術家之所憧憬，對時代人生之所發見，所感受或批判的各方面）；二、文化傳統的特質；三、藝術家個人獨特的人格特質的表現。

傳統真傳失落的悲劇

為什麼中國藝術界這半個世紀以來會以為「民族性」便是落後、狹窄、保守？因為誤認西方現代主義以來的藝術就是「國際性」、「世界性」、大一統的、最先進的藝術。我個人批判這些誤解、錯謬與自甘依附西潮，摭拾西方唾餘的藝術觀點已快半世紀。我深知為什麼會有這種現象，就因為西方中心主義以世界性自居，大力在全球膨脹，更加深非西方民族自卑的結果。

朱雲漢的大著論述世界政經局勢的發展與變遷，為我們描述世界一百年來乃至三百年來的風雲變色的始末。不知道這個大背景，就沒法真正理解藝術喪失民族自主與獨立的原因。西方中心世界如何宰制全球，文化帝國主義長期的「軟侵略」（假如軍事入侵可稱「硬侵略」的話），如何有計畫地一步步催眠、鼓吹、蠱惑造成美國藝術的全球化的深遠背景，必要從全世界政經文化演變的脈絡中去認識。

長久以來，「落後國家」的藝術家要與美國接軌已成渴望與信仰，因為西化思想半個多世紀已根深蒂固，傳統的臍帶已斷，傳統的真傳已失落多年，這已是世界性的悲劇。

台灣自六〇年代開始出現「現代畫」（現在已隨美國改稱「當代藝術」〔contemporary art〕）。有全盤照抄者（如早期的「照像寫實主義」，如近來的「裝置藝術」、「觀念藝術」）；也有用中國材料（如宣棉麻紙、水墨等）與文化圖騰（如老莊、禪宗、太極、陰陽等）與西方前衛做某種拼接與附會者。藝術的大革命，鼓勵反傳統，廢除基本訓練，以鹵莽滅裂，草率兒戲為「創新」的同義詞。鼓吹革毛筆的命，打倒「封建的文人畫」，主張材料與工具的顛覆性革命。完全以物理的「特殊效果」來製作「作品」，大膽反叛即可成「大師」。無所不用其極，任何東西，任何方法都可以稱之為藝術。何等廉價！

三百年來最大的變局

《高思在雲》指出西方中心世界的沒落，美國獨霸的形勢已逐漸反轉，以及非西方特別是中國的復興，「我們正進入一個三百年來未有的大變局」。我堅信一個更重視民族自尊與文化差異，和而不同的思潮將取代近百年的西化狂潮；「世界性的藝術」將是歷史的笑談。這本書有太多啟發與震撼，不及細說。我覺得兩岸藝術界應該一讀，才能取得衡盱天下大局的眼光，走出一隅之蔽障，而有所反思。

（二〇一五年三月三十日《中國時報》）

這種「民主」，只是災難？

台灣的政治走到今天這個地步，我看許多有資格，有學養的人都不想談論。一方面是談也無益，一方面是不知從何談起。政黨政治有點敵對，本來是競爭，民主制度本來如此，也不是不好。但台灣政客，連國家認同都不一致，這種兩黨政治，世界罕見；這叫什麼民主政治？

不肯認同憲法，卻要搶奪政權。用盡一切甜美堂皇的承諾來討好、欺瞞選民，對於重要的難題與對策，則用盡狡詐空洞的言詞來閃躲，來愚民。等權力騙到手，再露狐尾。台灣一次次被政客玩弄，現在是第四次了。

台灣不是一無人才。但是，有品格，有學養的人才，敢跳下來玩這種政治嗎？有理想、有熱忱的君子，會願意與為名利不擇手段之徒雞兔同籠嗎？台灣要好，我看一定要改變體制，尤其要大改革選舉制度——因為現在台灣這種選舉制度，有品有才，有熱忱抱負者不易出頭。台灣為什麼沒有像新加坡，像北歐那樣有志氣，敢於建立適合我們自己獨創的政制與法律？如果我們把國父的三民主義、世界各國政制中可取可用的部分、以及我們政治學者與政治家創造性的綜合發明，創發一套獨立特行的制度，然後不斷在實踐中修改，我們的政制法治必能使我們社會生機勃發，富足安樂。譬如新加坡有鞭刑，我並不喜歡；但小國新加坡敢於有獨立自主的主張與說到做到的魄力，我欽佩。「鼻屎大」比「大番薯」可敬。

台灣的選舉制度，當年由間接民主改為直接民主，大家以為是更進步，其實不然。政客喜歡直選，便於操弄民粹，老百姓易受騙。一人一票直選總統，在民主素質未成熟的地方，簡直是災難。因為政黨與政客可操縱，可作弊。庸才通過民粹造勢可以打敗人才而登基。直選甚至是台灣衰敗之源，大家不知道而已。

選舉制度第二件要大改革的，我認為一定要徹底取消一切形式的「政治獻金」。候選人透過合法途徑取得資格（恕不細論）之後，一切選舉經費都由國家平等提供。政治獻金是腐敗的溫床，要完全杜絕。貪取一塊錢政治獻金其人資格即取消。第三要項是不准什麼後援會、樁腳活動；不准造勢大會、不准掃街、插旗等等。候選人一年前出版競選政見書，及宣揚理念小冊，全由公費出版，同樣規格、公平公正。公開其治國政見，媒體組織學者研究、訪問、評論各候選人，公私媒體都不能獨家訪問某些人，要機會均等。候選人有同等機會在公辦電視台發表政見，接受提問，交叉辯論。

候選人的產生制度是極重要而難得圓滿的第四項。應參考古今各國的辦法再創造性發揮建立制度（可逐屆不斷修改完善）。各黨當然可推出候選人，若黨內有志之個人，也應使其有機會參加黨內之競逐。此外，各黨之外，無黨派之個人應有合理機制使候選人不為大黨所壟斷。為國掄才之制度，要嚴正公平。破除舊習，沒有什麼天王、A咖、B咖之分，要杜絕幾十年來以資歷、地位、論資排輩、政商關係、樁腳、幫派人脈、各種討好選民的宣傳洗腦活動與賄選等惡習。候選人的人品、政見、學識、經歷與經驗、職業與成就等人格特質才是選民所應重視人才的條件，其具體政見與政策才是選民選才的依據。

上述這個由非政治人所陳述的「政治夢」，可能幼稚，卻正是可貴的理念，一新耳目的創意。如果台灣不敢有一個超脫的政治夢，台灣不敢有想像力、魄力與意志力，我們便永遠在虛假、庸俗、惡劣的政治環境中忍受百病叢生的「民主」，我們不會有安居樂業的社會，我們也不可能對大陸有「燈塔」作用。甚至與彼岸相較，我們日趨蹇連，將不斷沉淪。我們便只能成為歷史巨浪邊的浮漚。

（二〇一五年五月廿日）

台灣根本沒有「我們」

台灣沒有「我們」

過去我寫評論，數十年間，常把藝術與時代變遷與國族文化連繫起來論述，強調西方所鼓動的藝術新潮，不能以為是世界性的、先進的主流，更不可能取代各國族傳統的特色與價值。目睹台灣追隨西潮，以西方後現代前衛藝術（後來統稱「當代藝術」）為目標。當時的文建會及各公私立機構與基金會都予以獎助支持。本土的「藝術」以及「藝術家」，除了因襲前人，便是追隨西潮，南轅北轍。沒有共同的文化特質，卻以「多元化」為掩飾，根本沒有「我們」。我寫了一篇〈我們沒有「我們」〉，刊登在《中國時報》〇二年九月。很巧，三年後，美國政治學者塞謬爾・亨廷頓（Samuel P. Huntington, 1927-2008）寫了一本《我們是誰？》（*Who Are We?*）。〇五年大陸中譯版讀後感到心有慽慽，一陣寒暖兼有的複雜感受。亨廷頓憂慮的是，雖然「美利堅民族主義精神在獨立戰爭之後得到發揚光大。然而到了二十世紀六〇年代，亞民族的、雙重國籍的和跨國的身份與特質在美國開始抬頭而損害了國家認同的重要性。」諷刺的是，美國霸權幾乎宰制了全球已久，它使其他國族的文化獨特性受其衝擊、侵蝕、摧殘與同化而逐漸頹萎或消亡，卻還感受到美國民族主義有從內部鬆垮的危險，而憂慮不已。我在台灣堅持文化的民族精神，卻幾乎被批為「落後份子」。同一憂慮，遭遇殊途！

國族文化認同的喪失

台灣近來社會與政治現象更為錯亂，似乎複雜之至。其實不然。簡而言之，很久以來，就是國家認同的問題，其根源乃是國族文化的認同的荒謬所致。因為面對各種程度不同歪曲的歷史；各種不同的意識型態的宣揚、洗腦，而凝結成不同的「信仰」。在台灣，有人親日，覺得自己是，或極願意是日本人；有人親中，覺得自己是「炎黃子孫」，代代相傳，沒有懷疑；有人親美，認為美國是「自由民主」的先進強國，最有力的靠山，應向它一邊倒。所以有婦人「帶球」搭機赴美，未到洛杉磯，迫不及待以該「球」為火箭，向安格拉治軟著陸，撞出嬰兒，就為當美國人的媽。當然還有左右為難，不知何去何從的糊塗人。兩千三百萬人起碼分為四派，源自民族感情，血緣道義，文化歸屬，歷史真相，私人經驗，現實利益等各不相同的原因，而造成各各有自己所認同的「君父之邦」。這種荒謬絕倫的錯亂，如何有台灣社會相親相愛的「我們」？如何有一個和諧的，有共識的台灣？

蔡朱誠信之辨

柱下朱上之後，朱批蔡：不承認九二共識，如何能「維持現狀」？蔡即回批：國民黨不等於中華民國，民進黨不等於台灣。可惜國民黨的辯才常常不如民進黨狡黠、犀利，不會回應：黨當然不等於國，不過，是國民黨創造了中華民國。長久以來，民進黨與蔡誣稱中華民國政府是外來政權；過去不掛國旗，不用中華民國的國號；不參加國慶典禮，不得已唱國歌也選擇唱；譏嘲國民黨主張中華民國領土及於全中國是神經不正常。（其實這正是九二共識，一中各表能為國共兩方共同接受的「關鍵」；民進黨主張領土只及台澎金馬，這個主張本身客觀上便等於「台獨」。）現在蔡竟相爭與朱共同擁有中華民國；自己也從兩國論分裂的角色，立刻變裝為找到了與國民黨「團結與和解的新希望」的溫柔角色。完全是爭取中間選票的策略。其偽騙與不誠信，比較朱從多次說「做好做滿」，到臨危服命帶職參選總統，其嚴重性豈能同日而語？

難演老唱本

台灣統獨情結一日不解，兩派鬥毆，永無寧日。略如中東，不同教派之戰，國破家亡，足為殷鑑。民族與文化的認同錯亂，便沒有一致的國家認同。希望有安寧的社會，和諧的家園，除了獨立成功，便是統一完成，難有長久的不統不獨不武及其他途徑。只有一個因素使台獨為一切中國人民所贊同：那就是殘民以逞而赤貧的大陸，人民紛紛以腳投票，冒險離開祖先的土地。事實是大陸改革開放三十多年來，以腳投票的方向早已顛倒過來。大陸雖然達到兩岸人民認可的理想還有相當距離，但今日連昔日的帝國主義也對大陸以禮相待。我們豈能不對一個美好的中國寄以大期望？

台灣不久的未來，如國家的認同不合於歷史應然的方向與兩岸人民的期望，兩岸必有坎坷，藍綠惡鬥也永遠不會自動消失。因為政客不會在乎人民幸福與否，他（她）所要的是政權；有權便有財富。此外，假若「台獨」的口號消隱，「獨台」的事實仍存，未來便不可能一再搬演過去二十八年中藍綠「浴盆裡風波」的老唱本矣。

（二〇一五年十月廿一日）

人類文化向下沉淪

文化與文明，只在偏於精神或偏於物質上面略有差異。但天下沒有絕對與物質無關的文化；亦沒有只有物質，沒有精神的文明。人類的文化、文明正面臨毀滅性的危機。地球上面眾人營營逐逐，我很懷疑，活在當下全球七十多億人中，有多少人真正驚覺到人類世界正遭逢空前的大劫？

大劫包括兩個方面，物質的地球正在崩壞：氣候劇變，物種逐漸滅絕，資源枯竭，海面升高，空氣、水、土地大污染等等。精神的世界也不斷在下墜：價值翻轉，道德棄守，慾望膨脹，反智力量與暴力殺戮升級等等，且難以逆轉。不論物質與精神都急遽下降，正醞釀著來日全球與人類不測之大患。

台灣已進入第三次政黨輪替。我們沉溺於藍綠蝸角之爭已久，忘了人類世界之危殆；我們關心台灣，是理所當然，但我們不能不關心天下；我們太重政治，輕忽了文化；我們只對華而不實的文化表演與展示有興趣，無心於社會生活的改善與民眾心智的提升。我們只看到眼前，失去遠見。我們的時代普遍長壽，但老多幼少不啻是逐漸走向「絕後」的警訊；消費商品、生活物資極豐裕，奢侈虛榮，好逸惡勞，爭奇鬥怪成為時尚生活的新樣板。

這是一個「人」的素質普遍下降的時代。不久前的上個世紀，卓越人物不少，在外國如：托爾斯泰、羅素、愛因斯坦、卓別林、邱吉爾、羅丹、梵谷、孟克、甘地、弗洛依德、史懷哲、卡羅素等等；在中國如：王國維、梁啟超、孫中山、蔡元培、梁漱溟、魯迅、梁實秋、胡適、傅雷、齊白石、傅抱石等等。中外這些人傑都在上世紀中期前後逝世之後，全球再無堪與比肩的巨人。

二十世紀下半到二十一世紀初這數十年，不論在思想、學術、政治、文藝，中外一樣，幾乎沒有任何可比得上上述的人物。就拿台灣來說，政治人物常常被標舉的三位典範：孫運璿、李國鼎、趙耀東，不但在專業、能力與見識上令人景仰，在人格精神上，更令人感到後無來者。

是什麼原因使人類有逐漸走向「絕後」之虞？是什麼原因使人的素質普遍下降？我們當代的全球文化出了什麼問題，使生存環境的地球與萬物之靈的人類逐步向下沉淪？

如果我們關心世界，反思我們的時代，便會曉得我們今日的困境，其大原因是台灣也是全球的一部分，當然難逃世界共同的命運。如果我們反思台灣自己的昨天和今天，便會驚覺在這個全球憂患的時代環境中，我們更有自己特有的問題與危機；我們雖比世界上最壞的地方好些，但我們已是亞洲四小龍之末。而且我們似乎再無多少優越的條件能展望未來的願景。

（二〇一六年一月）

選舉制度非改革不可

去年前美國總統卡特與前英相布萊爾都質疑過西方「民主政治已死?」」，台灣的民主政治更糟，不僅只剩下選舉，而且只是花樣百出的造勢、表演，卻不重視候選人的政見與其人的品質。這種選舉能選出什麼人才呢?一個貪腐可換一個無能；一個無能也許換一個巧言令色；也許再換一個小法西斯，甚至「一蟹不如一蟹」。似乎成了台式民主的宿命。

政客都曉得要製造一個民意的「勢」，可以透過媚俗、民粹、騙術與造謠，便能得逞。只需極盡奸巧詭計，就是不需要真材實料。台灣選舉本質上就是爭先舖設機變以造民意之勢。如吻土地、帶病下跪、興票案、宇昌案、兩顆子彈、追綠卡、誣走路工……。民粹社會最重視「民意」，以為貼近民意就等於佔上風。而「民意」的指標則透過藏魔鬼於細節中的各式「民調」。民主政治的軟肋是：不以民意為依皈則何以談民主?而「民意」卻是可以製造，可以誘導，可以鼓動，可以作假的。這種種「民意」，意義何在?就算有完全自動、自由形成的民意，也不全都是有價值的。因為民意有優劣、有大小、有隱有顯，有智慧，有愚蠢，有遠見，有短視。何況「民意如流水」，河東河西，朝三暮四，常隨波逐流。君不見文革時期百萬人舉小紅書山呼萬歲，你能說全是拿槍押著或發走路工僱來的嗎？數百萬票選一個貪腐或一個無能總統不也曾經是民意之所鍾？

我們為什麼總是選錯了？因為政治家出不來，出來候選的都是投機政客；因為我們選舉的制度與方法都很糟，積弊太深（施明德先生與許多專家學者曾有批評，當局永不改進。混水才能摸魚。）；因為我們缺乏民主素養，又被政客牽著鼻子走，我們盲從、盲信，永遠西瓜靠大邊，我們沒有遠見，也沒有判斷力……。

民主化以後，我們社會反而出不了政治家。因為愚蠢的民粹力量太大；因為偏狹的意識形態信仰太理盲。真正的政治家不能存活，我們連學術上的政論專家也難以說話，所以我們沒有公正，不偏不倚，深入而有遠見的政論家為我們開導。媒體也因僧多粥少，生存不易而只重視攸關利潤的收視率，遠遠沒有盡到教育、引導社會突破「實然」的困境，尋求「應然」的目標的職責。

我們卻有舉世罕見的怪現象：有一群長年無休，各護其主的政客型名嘴，天天臆測造謠，上綱上線，抹黑扣帽，羅織誣陷，無所不為。媒體則可違背其宗旨與使命，「說播批評，挑戰新聞」，說學逗唱，只求聳動以增加收視率，良幣每為劣幣所取代。

再過幾天台灣又將面對一個四年或八年，休咎興衰的抉擇。許多人估計總投票率會創新低——這表示大家對候選人信心不足。坦白說，此亦一蟹，彼亦一蟹，差別不大。台灣全體人民所應好好考慮的是：我們若只從「實然」中去選擇，便要小心到頭來另一個更大的「實然」將否決我們近三十年來民粹的吵鬧。我們若有此覺悟，未來應從「應然」去探求我們的目標。「應然」是什麼呢？要從大，從長遠；從為全民，去私慾上去著眼。在未來的世局中，我們要扮演什麼角色？什麼選擇才是上不辜負祖先，下不愧對子孫；什麼選擇才是遠離霸道，靠攏正義；免除戰爭，維護和平；走向民族團結，戢止派系鬩牆；什麼選擇才是放下歷史恩怨，使文化光大之路？

違背「應然」之道，即使一時的成功，只是再繞歷史的枉路，再增添民生之多艱而已。投票之前，有自覺的民眾，不能不想到這些遠大的問題。

（二〇一六年一月七日）

商業化與大眾化是萬惡之源

什麼原因使當代全球文化面臨大危機？使物質與精神的文明、文化走向沉淪與毀滅？這些大問，若請教歷史哲學家，那位一九三六年同樣與魯迅以五十六歲去世的德國大學者史賓格勒，他可寫一本像《西方的沒落》那樣的大書來解析。

紐約世貿雙星被毀一個月之後，我搬離大安區到台北「邊陲」，十多年來用心研究這些問題，現在勉力用少許的文字來淺釋我所領悟的原因。

萬物都在發展變化之中。開始時是最好的東西，有一天卻走向它的反面。這不同於佛教的輪迴，而是不可逆的發展，熱力學第二定律，稱為「熵」的法則。我頓悟到「五四運動」全國歌頌西方的德先生與賽先生（民主 Democracy 與科學 Science），他們就是由利變害典型的例子。的確，近代世界，民主與科學確曾某種程度解生民於倒懸，也給人類帶來物質上的福祉以及醫病救命等功德。但曾幾何時，世界因而變壞了，這回與歷史上任何時代的「壞」大不同。不只是古今常見的天災、戰禍，或苛政，而是價值的翻轉，倫理道德的崩潰，信實、忠誠、真樸全面貶值、動搖與淪喪。波德萊爾對「現代性」的預言：現代性就是短暫、偶然、瞬間即逝。一百六十多年前馬克思已宣示資本主義社會生產的不斷革命，一切社會關係不停地動盪，永遠的不確定和騷動不安。這就是資本主義時代區別於過去一切時代的特徵。他說：一切堅固的東西都煙消雲散了，一切神聖的東西都被褻瀆了。

德先生（民主）帶來「大眾化」；賽先生（科學）轉變的科技，帶來了「商業化」。商業化是資本主義發達所帶動的現代社會的趨勢；大眾化是近代民主政治帶動的民粹力量的時代思潮。於是我領悟到「大眾化」與「商業化」就是當代人類社會質變的根本原因。

科技不斷發明先進機器，促使生產力不斷提升，產品過剩，便要促銷。必然造成資源的耗竭與勤儉節約美德破產的危機。對外則壓抑、衝擊了當地生產事業與商機，造成壟斷；也發展為侵占市場、掠奪資源等帝國主義行徑。更壞的是社會高度商業化之後，一切以商品價值為權衡。連人的智力、勞力、身體、美醜與愛慾的滿足都成為「商品」，便是人的物化。高度發達的資本主義使拜金主義（money worship）對整個社會占支配地位，根本摧毀了價值觀念與道德。民主使大眾化的思想、觀念、德行與品味在人間占支配地位，「下里巴人」徹底壓服了「陽春白雪」。菁英文化無以生存，古語所謂「黃鐘毀棄，瓦釜雷鳴」，生動貼切描述了當代全球性文化的現象。

（二〇一六年二月）

殺人者的悔悟有意義嗎

又一個稚齡女童被歹徒隨機殺害。殺人魔鄭捷之後，有一個殺手說「在台灣殺一二個人也不會判死」，最近他不是只被判無期徒刑嗎？這幾年類似的案子已有多少孩童遭殃？生存權如此沒保障的社會怎不引起大多數人的憤慨而發出怒吼？因為麻木了，過了這個新聞熱潮，就會被另一個新新聞熱潮所掩蓋而失憶。

檢討社會惡化的原因與責任，恐怕有許多方面。這兩天許多人譴責「廢死聯盟」。我對此主要批評這一小撮主張廢死的學者、專家與自以為有良心熱血的青年人，最大的盲點是他們自以為知天下，通國際，開口閉口西方某國如何，而不知每一個國家各有自己的文化。西方有原罪的文化與中國文化大不同。中國自古「殺人者死」四字，幾乎成為中國社會人人服膺律法的極則。現代常常有以兇嫌乃精神病人為惡人開脫。其實，這種有重大危險傾向的病人若未殺人，應在「病監」醫治看管；若已殺人，除非意外，便應沒有差別，一律償命。因為此人已殺了別人，生病也應處決。去一害蟲，除千萬良民之憂患，乃理所當然，沒有理由對殺人犯，心存他可能不再殺人的善念，期望他悔改，而拿千萬大眾的安危為賭注，放任他存活！所謂殺人犯有悔意，便以為可以教育的觀點之謬誤，在於忽略了無辜被殺者的生存權已被剝奪的事實，卻重視加害者可能的悔悟。凡殺人者必償命。殺人犯的悔改與償命是不相干的兩回事。殺人者既殺了他人，已無法補救。即使他真誠悔改，對於被殺害者已無法有任何補償，其悔悟便沒有意義。（若只使被害者受傷，其悔悟才可能有意義。）所以不管殺人者任何動機，也不管有沒有悔悟，既已殺了人便沒理由逃掉「殺人者死」的鐵則。

法律有普世認同的部分，也有因傳統、歷史、宗教、文化、民俗風情等不同而有獨立自主的部分。中國文化是世界上有最堅強的核心，龐大的規模，也是最悠久，最偉大的文化之一。我們的法律必有自己的傳統文化所形成的自主風格。連新加坡都有自己獨特的刑法（姑不論吾人是否贊同，但必佩服其獨立自主的精神），我們豈須處處以歐美馬首是瞻？不客氣說，台灣的廢死論者自甘為歐美殖民的心態，崇洋媚外，以博取「先進份子」的虛榮而已。台灣處處喜歡討好一時的「小民意」；

「殺人者死」這自古至今仍為多數華夏子民所遵從的「大民意」卻不被重視，因小失大，豈不錯亂？

至於責任，那些為病犯診病的精神醫師，應可預測其人之危險傾向與可能之後果，應負有向有關單位報備列管之責；那些努力討好選民而當選的市、村、區、里以至鄰長也有責任。了解轄區內的民情與民瘼，監管地方的人魔、人渣、人妖的動態，應與治安機關隨時通聯以維民生之安全。曾見報載，社區流浪犬橫行，使小女生視出門與赴校為畏途，且有被咬傷者。地方大小官員、警察，都有保護人民之責任。野狗殘忍捕殺固然應改善，但若處處採取偏頗矯情的心態，便使良善者沒受保護，橫暴者都可得到「人權」或「狗權」的慫恿與優待，難怪民不聊生。邯鄲學步，猶如桀犬之吠堯。

家庭與父母更有責任。嚴重出軌的成員，家長能不主動通報地方警察機關，而放任其危害民眾？所有不盡責者都應有各種處罰的法律，才不會成無政府社會。

馬總統法律人出身，連司法改革都令人失望，最不可原諒。台灣掌法律判決者，政治信仰常超越天理國法，而且以考試而為法官，頗多年輕識淺，不知榮辱之重，生死之大者。台灣司法之荒謬，形同兒戲，令人民對法治失望，也就對政府失去期望，對國家更沒有仰望。

未來若干年，新政府如何在經濟之外，於司法、教育、環保各方面有所作為，尤其生存權的保障，應在一切之先。使「明天會更好」，而不是「明天會更好笑」，是天下人之寄望。

（二〇一六年三月廿九日下午）

追尋兩岸的「王道」

最近北朝鮮數十萬人遊行，對領袖高呼萬歲的畫面，使人聯想希特勒、毛澤東老早製造過同樣的「盛況」。而想到台灣近年政客口中以「貼近民意」來騙選票，向人民獻媚的事實。才想到「民意」其實一錢不值，因為民意是可以教育，可以宣傳、洗腦、裹脅、哄騙、製造而成的。所以民意是常變的、不持久的、不堅固的。但難道沒有有價值的民意？當然有。就是不變的、普遍的民意：期望世界的和諧、族群相尊重、民族團結、國家富強、家庭孝悌、個人自由幸福。只有後者值得以民意為依皈，前者不值。在民粹的社會，以為民意如同聖旨，是不正確的，只是政客媚俗騙票的謊言。可惜老百姓永遠易於受騙。

登台主政，從李登輝十二年、阿扁八年、馬英九八年以來，已過了二十八年。那是長壽八十四歲的人生的三分之一。大陸從文革之後才三十多年已由「一窮二白」發展成全球第二大國。台灣這近三十年中，李是潛伏者，他與扁都主台獨，馬被評為獨台。也就是說，台灣近三十年來基本上在向獨的方向移動，漸漸衰敗。到今年，第三次政黨輪替，由綠軍全勝，可說是「良有以也」。大陸由貧弱轉為大國崛起；台灣由藍轉綠。都是辛勤工作的成果，只是盛衰大異而已。

寫〈台灣是文革受益者〉的黃清龍兄見人之未見，一語道出關鍵的真相。使人更敏銳領悟到勝敗其實齊同的原理。勝利就同失敗；失敗亦同勝利。因為交互輪替，是非成敗轉頭空。還是拿民意來說：人為製造的、短暫的民意，是白費力氣的虛幻；合乎「天命」的、普遍的、恆久的民意才是可依恃的「王道」。兩岸原來同一個祖先，同一個文化，同一個大國是客觀的事實，要否定這個事實，任憑耗盡多少智慧，多大力氣，豈能成功？我認為，台灣要走民族大團結之路；大陸要還自由民主於人民。（不應是美式或台式的民主；應由中國人的智慧創造設計的並可以不斷完善的民主）。這是兩岸今後要努力的大方向。離開這個大方向，便是遠離那個持久的、恆常不變的、堅強不可動搖的民意，終將成空！

（二〇一六年五月十八日）

去中國，何來文化

某女立委「反對扯鈴」之說，被譏「太扯了」。其褊狹荒謬，與「去中國化」同。不過，我們對「中國」這個名詞現在普遍誤解，應先糾正。

「中國」在民國以前是文化所在地的名稱，更古叫「華夏」，後來稱為中華；過去沒有一個政治統一的朝代用「中國」做國名，可知「中國」是東亞古老的地域的泛稱；中國文化多次成為一個大國，歷史上也曾經分裂為多國；不論一國或多國，中國文化是華夏共同的陽光、空氣和水，超越地域、國家、政府、黨派的分別，是東方最古最大的文化；與中國文化相對的是「歐洲文化」（或稱西洋文化；後來美國崛起壯大，合稱歐美文化）。日本、韓國與東南亞各國的文化，在譜系上是中國文化的子孫輩。尤其日本，漢字、衣冠、宗教、寺廟等等皆學自中國文化；若把中國文化抽去，就不成其為日本。

日韓等國都無法做到「去中國化」，台灣豈能？所以許多人會說台灣若要去中國化，應去漢字，去閩南語，去媽祖，去故宮博物院……。台灣未來應何去何從，要看二千多萬居民，也要看十四億人的意向。但不論統獨，都在中國文化中，「去中國化」是不可能的事。

某報社論把領土、人民、主權的統一與文化、文字的統一混為一談。說秦代的書同文是秦王為了統一思想而下令統一文字。其實不對。難道先秦的法家、儒家等百家學說不已是同用漢字所寫？秦代在不違背「約定俗成」的基礎上，選汰整編，以小篆建立漢字統一的規範，使漢字通行天下，稱為「大語文」，功在青史，人所共知。（而苦心孤詣製作的「台文」，因為「小語文」行之不遠，注定沒有遠大的生命，終必成「遺留物」。這不是有意輕視小語文，是語文天生的法則。）美國跟英國二百多年前曾打過獨立戰爭，美國勝，但英語文化仍為兩國所共享。可知統一與獨立，在領土主權上不可妥協，但在文字等文化上卻都是百花齊放，百家爭鳴，自由取捨，可以共享。

近日關於爭奪「中華文化總會」這件事，只要看綠營「黨產會」的強橫，便可知執政黨不會客氣，必也通吃。我不談藍綠在此事上的是非，從此會的緣起上說；當年大陸文革批孔子，破壞中華文化，因此國民黨在台灣成立「中華文化復興運動推行委員會」，還辦了一份同名雜誌。後來大陸文革落幕，政治改革開放。再後來重新肯定孔子與中華傳統文化，研究中國文化漸漸不是台灣所專擅，所以改為「中華文化總會」。從官辦後來改為民間文化團體。但看其執委名單，都是黨國大官要角與大財主，沒什麼民間文化人，便知它只是衙門，名利所在，引人垂涎。綠營新主入厝，必也一樣由眾官商名流來玩文化。不管官辦或民辦，第一次「中華文化復興推行委員會」在當時可說名正言順，有其時代意義。但後來改為「中華文化總會」就不恰當；民辦後便更甚。什麼叫「總會」呢？豈不是自認「源頭」？這與多年前馬英九曾在電話中問我漢字問題，我告訴他，將「繁體字」稱「正體字」並不恰當，因為歷史上「正體」不只一種，他不以為然一樣。他們不喜聽不合己意的意見。我看《兩岸常用詞典》也是自我感覺良好。此典工程不小，贊助公司之多，所費必不貲，但這樣的一本大詞典，在現有各種中文詞典中有點「多此一舉」。

台灣社會最嚴重的病就是國民在國家認同上的分歧與對立。這種環境，設「文化總會」不會有意義，設「文化部」也不會有正面的作用。因為當文化成為政治的工具，政治只是把褊狹的意識形態裝扮成「真」與「美」，以表現政績，對政黨地位的鞏固有利，對社會常造成誤導。文化的偏執更加深政治的對立。

很荒謬，台灣的兩黨政治竟以惡鬥與民怨互相「拉拔」：受唾棄的A黨正好促成B黨上台，如此互相依賴，政黨品質一輪比一輪下降。不過，這回綠營第二度取得政權，它比以前學乖了。它更曉得徹底癱瘓反對黨才能絕其後患。許多違法、將就的事急切出手，可以看出權力的饑渴與對利益佈建的精密，以及在陶醉中對客觀世局反應的遲鈍與漠視。

綠營當然不會熱愛中華文化。它在政經之外要掌控文化，只是要將形而下與形而上，兩端都抓在手裡。文化總會得到之後，很可能去「中華」二字，不敢太露骨改為「台灣文化總會」。但不改不甘心，大概還是改為「國家文化總會」吧。

今年選舉後用「髮夾彎」已很熟手，何況超級民主大國的川普選後何止用髮夾彎而已。可以預言，現在選舉「智商」升級，未來選舉政見必更近乎詐騙也。

（二〇一六年十一月廿四日）

價值不可錯亂

西方一位二十六歲女子經過千刀萬剮整形，使其腰細如蜂，胸、臀膨若汽球，電視新聞展現這一超級「性感」尤物，令人有多層面的驚愕。西方文化自恃人定勝天，追求感官慾望極大化的滿足。這是西方現代文化最極端的呈現，與中國文化的價值觀念是強烈的反差。

西方文化主導世界二、三百年來，已造成今日全球生態環境的敗壞與人文道德的沉淪，在此驚愕中，可以追索今日世界危局的源頭。中國文化尊崇自然，行中庸之道，對慾望的節制，不令氾濫成災。古希臘文化與此大致相近。但在近代功利主義的西方文化衝擊之下，中華文化相當程度西化。因為民族性的差異，在人文教化與價值觀念等核心層面，中西各有追求，也各有堅持。尤其在對待家庭倫理、性、同性戀與死刑等問題，必不可能，不必要，也不應該全球一致。以歐美為「先進」，為全球化的「標準」，是對國族文化差異的無知，民族文化的自卑，也等於以西方為文化上的「宗主國」，自居附庸的地位。近日所謂「同性婚姻」、「婚姻平權」，更是觀念的錯亂，是對民族文化主體性的放棄與踐踏。這樣說並不表示我們對同性愛有任何不尊重。

自古可稱為「婚姻」者是指男女娶嫁之事。「嫁謂女適夫，娶謂男娶女。婚姻之禮所以明男女之別也。」所以「同性婚姻」與「婚姻平權」的說詞是觀念的錯亂。當代同性相愛，屬個人自由範圍，他人無置喙、干涉餘地；同性間建立親密關係，以至組織家庭，養育下一代以及分担扶、養之責任與財產繼承等等權利義務問題，應尋求在傳統兩性婚姻與傳統家庭之外有另一套法律之規範，以保障同性伴侶間與異性婚姻同等的地位與權利，現在完全可以得到社會普遍的認同。

但是，若要修改民法，把同性的結合也稱為「婚姻」，是名不符實、觀念錯亂；也有認為為了兌現政客「選前承諾」，那是以小我犧牲大我；連有人引用德國的「同性伴侶法」都不被「民法派」所接受。這便是霸道。

平心而論，選舉前的承諾與現在民意代表之爭議，都只是一時的、少數暫時掌權的人的「利益」。有關死刑與婚姻、家庭、同性戀等法律上平等的權益等問題，憑什麼少數人一時的意向便可以動手顛覆倫理的秩序與社會的穩定？在民主選舉制度之下，掌權者既然不可能永遠在位，而意識形態與政治利益隨不同黨派的盤算而有不同的主張，等於將民眾的福祉與國家的安定建基於動盪不定的政治博弈上，此豈是治國之良方？何況此問題還牽涉到國族文化的光榮、尊嚴與歸屬感是否不受損傷？也即文化傳統的根脈是否受到斲喪？中國文化絕不可能也不願意發展到如本文開頭誇張的性感異形人那樣的可怕地步，就因為我們有自己國族的文化基因，有中國人的自尊自信。斷不能以西潮是尚。

同性戀在中外過去受到歧視，甚至迫害。不論如何，今天在人道的立場上是不可容忍的，但追求平權如果到了錯亂、荒謬的地步，又如何能稱為正確？衡盱宇宙萬物並不生而平等，並不生而自由。自由平等只是有靈性的人崇高的理想與追求。在軍隊與許多工作的性質（如獄官、飛行員、重量級體力等工作），多數以男性為宜。這種男女分工不能看作歧視。而同性戀乃至組織類似夫妻的家庭，若不能視為「異常」，也應承認只是少數。可以得到尊重與法律的保護，但不能積極宣揚、鼓勵與贊助。同志之間不能生育，天生沒有絕對「平權」，難道就要打倒上帝？若然，又於事何補？

我們不能找到一個標準的「正常人」，有如我們知道宇宙並不存在一個標準的「圓」，（標準的「圓」只存在我們的觀念之中）。所以，每個人都不是絕對「正常」，多少有些「異常」（不論視覺、聽覺、觸覺、嗅覺；心、肺、腎……，所以一切器官個個都百分之百正常、完美、絕對標準是不可能的。），在性的方面，各式各樣的偏差與「異常」也是稀鬆平常的事。為什麼為爭人權的平等便連某種「異常」的客觀事實都要強力否認與抹殺？這是多數人對霸道的「同志」最不能諒解的一點。我們對同志不應輕視或歧視，但是如果我們對積極從病理、心理努力矯正性心理的異常這件事認為是對同性戀的歧視、侮辱與誣衊，那麼我們便要理解在急速少子化、人口老化的當代趨勢中，長遠來看，我們不啻主動放任國族走向絕種的未來。如果我們一切隨「潮流」（過去二千年中國文化居上風，近二三百年世界潮流都由歐美主導。從現代主義到後現代主義一切「潮流」由西方而生），且看看歐洲與美國社會近日的景象，我們便要考慮是否願隨其沒落而沒落。中國文化若沒有獨特的光榮與意義，「台灣的主體性」更是虛妄的泡影。有關對於人生歸屬、價值、倫理、家庭與性關係等等大事的法律與規範，我們豈能任由一時的政客與迷茫的大眾草率決定，整個社會無人關切。

（二〇一六年十二月一日夜三時半）

探索中華民族民主之路

台灣從蔣經國總統以後，政界最高層人士，剛巧百分百為台大法律畢業生所「凍選」。有的還留美、留英，取得洋博士學位。但是，從小蔣先生之後，哪一位對中華民國，狹義一點，對台灣有值得未來歷史推崇的貢獻？台灣從中國的模範省，台灣錢淹腳目、四小龍之首、大陸民主的燈塔……經歷了李扁馬蔡以來已二十九年。現在台灣岌岌可危，前途空前黯淡。數十年來台大法律系的「菁英」，積極方面，沒有為全體中國人的政法制度，殫精竭智，設計出有創造性的一個新局；消極方面，也沒能在小蔣之後讓台灣人民揚眉吐氣，過上較好生活。而且，台大法政政客給台灣帶來的多半是不歇的煎熬、衰敗、墮落、貧窮、不公不義，社會混亂，公民、教育素質下降，國際地位也更見不堪。

哈佛法學博士，也與扁、呂同為台大法律系出身的名大律師陳長文，八月七日發表了一篇〈期待習近平領導下的憲政曙光〉，即使非法政專業的讀者，讀後也難以緘默。

陳文說他一生「對中華民族的法治進程有深度使命感。最簡僅一個提問；既然兩岸都宣稱為人民幸福，何不讓中國『人民』自己選擇要哪一種制度？」

這位有使命感的法學博士，本來應該為中華民族的國政、制度在新時代草擬藍圖，提供獻策。應該在他的專欄中分析古今中外政制的類型及其不同命運；應該告訴不懂政法的人世上有多少種「民主制度」？各種的利弊得失；告訴大眾「民主」不只一種，沒有一種「民主」全球適用；不同的民族、文化、傳統就必然有自己獨特的「民主」；更應該告訴國民，當今各種政制的優劣、利弊，哪一種民主最容易變成「民粹」？並對兩岸目前以及未來的政制、法治，發表高見，以啟蒙國民，以引起討論，並尋求實現。但我們只看過少數目的在為「台獨」設計的憲政藍圖，沒見到對全體中華民族未來理想的、適合的、目的在為全民族謀福的憲政草圖。（我們卻看到尚未有充分自由言論的大陸有劉曉波草擬不成熟的、西化的「零八憲章」）台灣有眾多法政高才。過去有雷震、陶百川、胡佛等前輩，為法政的革新、改良奮鬥、犧牲，他們的下一代法律人所關注只是權力與利益。今見其中佼佼者對法政有如此見解，令人失望。出身與學位大不如良知與人品。台灣社會的溷濁，良有以也。

邱吉爾說民主政治很不好，但還未見有更好者。陳長文博士竟說出制度應「讓人民自己選擇」。其實，由人民自己選擇的必然正是極壞的制度，因為那不只是民粹，而且就是極端的民粹。因為民意變動不定；民意有派別，分歧而混亂；民意易受蠱惑，可以誘導，可以洗腦，可以收買，可以脅迫，可以欺騙，民意盲從，欠遠見，隨潮流……。民主政制在古希臘或從近代英國，到本世紀越來越顯露了它的變質、異化與衰敗。從川普當選、法國的當代小希特勒——勒班女士差點當選，可見，由「人民」自己選擇絕不保證是好的結果。台灣效法美國的民主選舉，只對政客有利，人民永遠是輸家。台灣已一再受害，卻還屢以這劣質的「民主」傲人，毫不警醒。

世界上出現了不完全拷貝歐美的「民主」，而有另一套選擇治國人才制度的國家，卻能切實為廣大老百姓造福。這便令人猛省、驚覺而發問：「民主」究竟可能有多少種？而懷疑美式民主是不是已被盲目崇拜，成為新的「聖旨」？投機造勢，詐騙媚俗，鼓動民粹熱潮，大喊「凍選」的「民主」選舉，絕無可能選出有德有能的治國人才。一次一次讓人民失望，為什麼沒有人敢對「聖旨」懷疑、批判？……這才是「人民」想了解的，也是不懂法政的大眾所寄望於政、法專家來為我們解惑的。

台灣的法律人以及留歐美回來的法學博士們，不要只會對權力垂涎，或低頭不語，或為權力抹粉。不要只為統治者服務，請忠實為全民作民主啟蒙；請為全民族的政法制度貢獻創造性的思考，引導人民發揮智慧，繞過民粹的「坍方」，擺脫對西方的依附，拋棄三十年來普選、民粹、失敗的選舉制度，探索全體中華民族自己的民主路。

（二〇一七年八月十四日）

褒揚令與米其林的反思

對於客觀世界與社會有系統的思想觀念，都必反映在哲學、政治與文學、藝術上。所以，政治人物（或政客）與文藝作家的思想、言行，很難掩蓋其意識形態與政治立場；其實應該說，宣揚、散佈其思想觀念正是他們的目標與使命。

前幾天報上新聞有「余光中未獲總統褒揚令，文壇熱議」。作家張曉風認為余光中因為「政治不正確」，所以沒獲褒揚，說「這是政府和社會的損失」。陳芳明則說「作家可以有意識形態和政治立場；但身為掌權力的執政者，應有跨越意識形態的氣度和高度，給予余光中應有的肯定。」

很奇怪，兩位名作家的反應與識見有些出人意表。

要求政治人物（或政客）應跨越意識形態，豈不如同奉勸警察不要太計較駕車者喝了多少酒？其實，他們生來便是意識形態與政治立場最鮮明、最強烈者。要求他們跨越意識形態，豈不如聖經所說，比駱駝穿過針孔還難？執政者褒揚其擁護者不稀奇；要他褒揚異議者，這不啻是意識形態的錯亂，政治立場的動搖，或教政客假意悅納論敵，能稱為「氣度和高度」嗎？

更重要的是，真正的文學家，會期待或在乎政府當權者的褒揚嗎？對此事有這樣「熱議」的文壇，令人感到這文壇未免太熱衷權勢吧！

無獨有偶。台北恭請米其林來為餐廳評等級。

台灣竟沒有人理解並且相信文學、藝術、烹飪的「美」本來並無客觀的普遍性？難道不相信中國菜或台灣美食最適當的評判者就是本國的老饕？不相信中文文學作品或中國書畫最有資格評判的應是中國文學家或書畫家？若然，米其林何來權威？

為什麼那麼沒有自尊、自信？試問：歐洲數百種乳酪。我們的美食家有可能被西方請去評獎嗎？真正懂文學的人會拿諾貝爾文學獎做最高的準繩嗎？歐洲第一流美食評論家如何能評判北京烤鴨，廣東燒鵝與台灣的燻鵝肉呢？君不見北京已把「麥當勞」改名「金拱門」；柏林的德國豬腳台北人覺得不如台北的德國豬腳。此兩例很耐人尋思：外來文化要落地生根，獲得新生命，久之必經一番本土化的創造性轉變。這正是文化主體性的表現；這就是文化自尊、自信。

有些事積非成是，應該反思。

（二〇一八年三月十七日）

台灣病灶：反智

行政院長跟許多媒體常說大陸對台政策「鴨霸」，基本國策與陽謀就是「併吞台灣」。且拋開統獨的爭論，「併吞」是把外國領土或他人財產奪為己有。大陸奉行統一全國的政策，在台灣的中華民國自成立之日起一百餘年，一直也是採統一的國策，不同的只是全國實行什麼政制？由誰主政？國共內戰也為此而起。「國家統一」與「併吞」完全是本質不同的兩回事。「最高行政首長」指鹿為馬，非常不當；眾人不思，隨之學舌，非常錯亂。不論大陸統一了台灣，還是台灣統一了大陸，自古由戰爭決定（美國獨立戰爭最著），最好的辦法是和平統一，那便要經由談判達成，不能以不統不獨，維持現狀為敷衍。統一不是收歸一方，所以不能稱「併吞」。在統一之後，合併的兩方成為一國，領土、主權為全民共有共享。說「台灣屬於二千三百萬國民所有」此語與「上海是二千多萬上海人所有」，同樣是笑話。台灣不能由二千多萬人投票就可以獨立成國，正如高雄不能自己獨立同理。我們過去主張「三民主義統一中國」。中華民國主權涵蓋全中國，大陸政府不急，說等一百年也可以。要由兩邊比賽，看誰為人民所選擇。現在有人要獨立，就是分割領土、主權，分裂中華民族。任何國家不願領土四分五裂成碎片，民族分裂而成敵我。

且看東西德的統一及南北韓近日的和合；且看蘇聯分割成多國，國力大衰。中東國家因民族對立而內戰不息，難民到處流竄。

任何執政黨阻止國、族分裂，是為最高宗旨，與帝國主義奪人領土的併吞，完全不同。日本曾併吞台灣，有人卻不譴責併吞，反自甘奴顏媚骨，為它美容，附和稱日本投降為「終戰」，是不可思議。

台大校友吳嘉隆說「我只反對文化大學的人來當台大校長」。這種以學歷出身來看人，十分幼稚丟臉。管中閔曾是文大人，後來也有洋學位，有自己成就，得到國內外尊重，吳嘉隆又何嘗不是先土後洋。誰永遠必為「文大人」？誰認為洋博士就必定偉大？舉世知道錢穆與王雲五等等人傑沒有大學學歷，其學識與人格受全民所尊崇，在古代，在中外各地，學歷在第一流人才面前算得了什麼？如同吳嘉隆這種心胸與見識，即使畢業自紐約、倫敦、巴黎又怎樣？

電視新聞主播聽行政院長說大陸想併吞台灣，若覺得「併吞」二字有必要查辭典，便不會不加查證照本宣科。張雅琴女士新聞系出身，當然對新聞學ＡＢＣ瞭若指掌。但他用「說、播、批、評，張雅琴挑戰新聞」的標題來主播新聞，似乎完全違背新聞ＡＢＣ。播新聞是依據事實報知；批、評是新聞評論的工作。二者混在一起，而且用「說」書人的口吻，談笑嘻哈，夾帶月旦，便很難做到堅守新聞嚴格依事實來客觀播報；評論則提出批評、分析作主觀論述。世界媒體上播新聞與評新聞常是不同的角色，除非現場報導（如戰地記者）。新聞評論常是經歷豐富，見識與學識很高，為廣大觀眾所信任甚至擁戴者。但不論一人一職或能兩職兼美，新聞與評論，總要井水河水不相混淆。把魚肉菜瓜一鍋煮，說是「挑戰新聞」，不知挑戰的對象是誰？明明是彩色有聲電視，每天卻用一張大圖表，分格有文有圖，外加大量手示小看板。張女士口角春風，手操花俏看板，加上字幕，這種全球所無的播報方式，很像布袋戲，以此來挑戰本應「簡明清晰的影像與語音純正，語詞妥當的新聞節目」，是為了收譁眾取寵之效嗎？別把觀眾當稚童、傻瓜吧！

上面評論三孤立事件，都有知識與見識上的謬誤。「統一與併吞」，「人才與學歷」，「新聞與評論」，因知識與見識的謬誤，而天天把我們的社會挑戰得雞犬不寧。他們如果冷靜對待問題，不見得會犯這些謬誤，因他們受過不低的教育。是政治慾望塑造了意識形態；意識形態選擇了於己有利的說法，不惜扭曲、放棄知識與見識。在這種地方，多高的學位與地位都失去意義。如果看過齊聲呼叫「讚嘆師父、感恩師父」那一大群穿同色衣的追隨者，裡面沒有學、碩、博士嗎？想想反智的力量多麼普遍，這是我們今日的台灣。知識是力量，無知更是力量，歐威爾說。台灣的問題嚴重，在這上頭。

（二〇一八年五月二日）

誰將是世界文化的共主？

統獨問題最近似乎急速成為台灣一切的焦點。但我覺得它已是一個小問題，因為未來的趨勢已定；而且也已為一個世界性的大問題所涵蓋。

最近，希臘、美國、大陸、日本等國為史上未見的野火、颱風、暴雨、龍捲風、洪水、泥流所進襲，傷亡、損失慘重。另一方面是空前的熱浪，地球上許多地方已超過四十度。少數竟有出現五十度者。兩極冰山快沒了，北極夏天已三十度……世上弱國（所謂未開發）固極悲慘，最強（所謂進步）的國度也一樣令人驚心。我記起一九七〇年在台北讀卡遜（Carson）著《寂靜的春天》，寫人類生存環境的警訊，好像是不久前的事，四十多年後，全球已面臨「末日」的恐懼。

西方近代文化的發皇、壯大，以至領導世界，是從文藝復興起，不過六、七百年；工業革命以來，生產技術飛躍進步，才三百年。這三百年，正是中國人自卑的開始。因為眼見一個強大的西方文明崛起，很快由抗拒轉為服膺，以至崇洋，至今未歇。從未如川普見大陸崛起瘋狂遏阻。十九世紀清廷派人留洋，努力學習洋務；國父倡「迎頭趕上」；五四運動以德先生（民主）、賽先生（科學）為訴求，都可以看到見賢思齊的美德。民主與科學原是好東西，而它的變質，是晚近的事。先由科學發展出技術，生財有道，促進商業化，使價值不幸為價格（金錢）所取代。民主演變為民粹，大眾打倒菁英，騙術打倒智慧，一個墮落的時代於是展開。商業化與大眾化兩大怪獸主宰了現代世界。近年，一連串的變局出現：金融危機的襲擊、歐盟的風暴、川普當選、民主破產，全球極端氣候肆虐、戰禍頻仍、難民激增……，人類逐漸驚覺：極端功利主義、物質主義、利益掛帥、消費主義、拜金主義、貧富兩極化、道德消蝕、反傳統、強淩弱、人文價值與藝術文化不斷被扭曲、摧折……這一切豈不正是西方文化不到二百年間帶給世界可怕的演變？美國承接西方近代霸權，稱雄天下，自珍珠港事變參與反法西斯的二戰，戰後為掌控全球，很快成為帝國主義。肆無忌憚，發動韓戰、越戰、阿富汗與中東各國等系列的戰爭，使人國破家亡，千百萬生命死於兵燹，古文明被毀於一旦，宗教與種族矛盾被挑起，互相廝殺，難民四處流竄，戰爭與殺戮不息，製造多少人間悲劇。美國從天使變惡霸，才七十多年。

今日世界的大問題是：我們地球這個世界，不論物質層面或精神層面正在急速全面「劣化」，世界文明與人類生存的危機，何時是大限？人類還有多少機會？哪個國家，什麼文化能挽救、導正這個岌岌可危的世界？再由近三百年主控天下的德、法、英、日、美嗎？剩下只有希臘、埃及、印度、波斯（伊朗）等古文明國，當然也不可能。君不見過去早有華人「國粹派」在二十世紀冷戰時代預言：「未來將是中國人的世紀」，許多人必耳熟能詳。我心存懷疑，但很同情那些人的國粹感情。那時國家分裂，國力薄弱，台港人民小康，大陸人民一窮二白。七十年來，全球華人只有用腳投票。第一志願美國，第二香港或加拿大。無權選擇者，只能腳留大陸或台灣，最多移步南洋。誰知三十多年後兩岸局勢天差地別，台灣與大陸投票的腳兩地互換！又誰知「西方的沒落」如此之快！幾百年醞釀，已有了初步雛形的歐盟竟一夕崩壞；誰又能想像美式民主會選出如此一個川普？當年「國粹派」的預言竟然變成漸漸可信的原因，正是當前「用腳投票」新局勢的大翻轉所致。請想想未來如果中國文化不能引領人類走出西方近代文化的噩夢，重回合乎天人之道的境界，世上還有哪個文化能？

中國文化是世上最早最大的一支，數千年唯一不曾中斷，未被征服的偉大文化。由中國文化來撥亂反正，一洗西方文化的「自我中心」，使人類重返與自然和諧的境界，可謂世界性真正的「轉型正義」。崇尚自然、倫理、道德、誠信、節制、儉樸、惜物，仁愛、忠恕，己所不欲，毋施於人，成為未來的普世價值。此過程必很曲折，中國人必須首先重行修身齊家治國，把近代受西方影響的不良部分改造（如崇洋、奢靡、重利），要使中國文化日新又新。而且，不是由人、黨、政府或國家權力來主導，因為人、黨、政府都會替換，文化沒有人的缺點，才可大可久。由中國文化來做未來人類的「共主」——不是政經軍事的霸主，是文化的共濟。試問，世上哪個文化能與天下共濟艱難？除了中國文化，還有誰？但願所有中國人，相信這個很近的遠景必將到來。感到鼓舞，也感到責任重大。

統獨只是蝸角之爭。在這個大遠景中，統獨會消失於無形。我們若不能看清天下大勢，便不能有正確作為，我們將失去共襄盛舉的機會，只能被決定或成為民族叛徒，為未來所拋棄。若自困於心牢，只有自我窒息。中華民族大團結的時候到了，我們應為中國文化將可能再度貢獻於天下而歡躍。我們每個人都應盡一己的心力，超越翳霾，告別眼前，對未來伸出援手——救自己，救天下。

（二〇一八年七月卅日）

柯大尾秘辛

柯文哲忽然爆紅，似乎二〇二〇年總統的龍椅離他的尊臀不遠了。他心中樂不可支，可以看出來。不過他不會知道報紙頭條「台灣最大尾」這個榮銜怎會輕易掉到他頭上；他也未必了解這個現象深層的根源是什麼？只覺得手氣特順；他一向自認聰明過人，所以也自認當然。

台灣仿效西方兩黨政治，近三十年經過本土政客加油加醬，調成「台式民主」。各路政客，已熟門熟路，竟然一夕變調，能不驚恐？一個素人柯P，才做了三年台北市長，還未連任，全台竟有一大群柯粉要他選總統；民調且竟把今上及兩黨「正統儲君」通通打趴在地！如何理解「柯大尾」崛起的秘辛，及它所顯示時代衰變的真相？

如果略知藝術從現代、後現代及當代藝術以來異化的軌迹，便不難探測西方政治蛻變為民粹政治的必然命運。川普已是範例。

世人都愛印象派莫內與梵谷的畫。那可說是西方藝術大破壞前夜最後的光采。進入二十世紀，因為大戰的失望、悒鬱與頹廢，西方現代主義思潮由歐洲始。二戰後美國的崛起與獨霸全球的野心，更把現代主義推向極端化。美國以抽象畫掀起反傳統全球美國品牌，透過擴張、威迫、利誘，奪取了世界性藝術領導地位。現在你去「當代藝術館」一看，你瞠目結舌，不曉得是什麼，只能自認無知。新潮藝術成為主流以後，藝術質變，價值空虛，規範毀棄……如果不能稱為藝術「死亡」，也已「異化」。

台式民主，已毫無民主法治的真實內涵，只剩下民粹式選舉一項。柯文哲為什麼會成「大尾」？他入政壇，可說是適才適性，因為其時正是規範毀棄，價值顛倒，認知錯亂，無厘頭、幼稚化、粗俗化的時候。藍綠惡鬥死傷枕籍的政壇，因為他沒有信仰，便滑如泥鰍。柯最初自認是墨綠，後來又說兩岸一家親及床頭吵床尾和，可見他綠、藍、紅通吃，沒有政治理念與志節，只為名利。他由葉克膜專家入政壇，由笨拙、狂妄的素人，很快掌握了台式政客的伎倆——心口不必一致，凡事變換說法或說謊，要面不改色；要善於製造噱頭與話術，以他淺白、率直、粗魯可引庶民尤其年輕人喊爽，喊酷；以媚俗、討好普羅大眾喜愛的技巧，扮豬吃老虎。他很快熟能生巧。可憐丁守中與姚文智還在表達政見。柯P卻輕鬆表演親民，盡日吃喝跳舞，賣萌耍酷，佔盡媒體優勢。

台灣從一黨獨大轉入兩黨制衡，本是極可喜的發展。但政客不是陰險或貪婪，就是懦弱或狡詐。加上人才急速凋零，選舉法、制不善，機巧與詐術翻新，大有餘地。一個急救醫生，放棄救生而嚮往權勢榮華，由民粹而當上市長。試問他憑什麼能主持市政，管建大巨蛋、交通、商務、民生、教育等工程？這種台式民主，豈不正是低級、錯亂、民生塗炭的必然？其價值何在？政論家竟說笑：台灣政治既為權貴與世家所把持，偶有白目素人參選，大眾才有表現做「主人」的良機，一吐心中鳥氣，藉以「救贖民主的失落」云。台灣不論專家、政客、名嘴都荒謬錯亂如此，還敢以民主模範生自許，其「愛台灣」不亦太超過乎？

（二〇一八年八月九日凌晨四時十分）

何懷碩著作一覽

著述：

●大地出版社

《苦澀的美感》（一九七三年）
《十年燈》（一九七四年）
《域外郵稿》（一九七七年）
《藝術·文學·生活》（一九七九年）
《風格的誕生》（一九八一年）

●圖文出版社

《中國的書畫》（一九八五年）

●圓神出版社

《煮石集》（一九八六年）
《繪畫獨白》（一九八七年）

● **聯經出版公司**

《藝術與關懷》（一九八七年）

● **林白出版社**

《變》（一九九〇年）

● **天津百花文藝**

《何懷碩文集》（一九九四年）

● **立緒文化出版社**

《藝術論：苦澀的美感》（新編）（一九九八年）
《藝術論：創造的狂狷》（一九九八年）
《畫家論：大師的心靈》（一九九八年）
《人生論：孤獨的滋味》（一九九八年）

《給未來的藝術家》（二〇〇三年；二〇一七年增訂版）

● **天津百花文藝**

《苦澀的美感》（原藝術論二冊合編）（二〇〇五年）

《大師的心靈》（二〇〇五年；二〇〇八年增修版）

《孤獨的滋味》（二〇〇五年）

● **安徽美術出版社**

《給未來的藝術家》（二〇〇五年）

● **廣東人民出版社**

《大師的心靈》（二〇一六年一月；十一月增訂版）

《給未來的藝術家》（二〇一七年增訂版）

● **立緒文化出版社**

《批判西潮五十年：未之聞齋中西藝術思辨》（二〇一九年）

《什麼是幸福：未之聞齋人文藝術論集》（二〇一九年）

《矯情的武陵人：未之聞齋批評文集》（二〇一九年）
《珍貴與卑賤：未之聞齋散文、隨筆》（二〇一九年）

編訂：

《復讎者：契訶夫短篇傑作選》（台北遠景出版社，一九八一年）
《近代中國美術論集》（六冊）（台北藝術家出版社，一九九一年）
《傅抱石畫論》（台北藝術家出版社，一九九一年）

畫集：

《何懷碩畫集》（何懷碩畫室出版，一九七三年）
《懷碩造境》（香港Hibiya公司出版，一九八一年）
《何懷碩畫》（香港Umbrella公司出版，一九八四年）
《何懷碩庚午畫集》（香港Umbrella公司出版，一九九〇年）
《何懷碩四季山水長卷》（香港Umbrella公司出版，一九九〇年）
《何懷碩九九年畫集》（國立歷史博物館，一九九九年一月）
《The Paintings of Ho Huai-Shuo》（M. Goedhuis, London, 1999）

內容簡介

何懷碩教授是當今中國藝術界重量級人物，不僅是水墨畫家與書法家，同時也是知名的評論家與文學家，創作與著述甚豐。

「未之聞齋四書」為《批判西潮五十年》、《什麼是幸福》、《矯情的武陵人》、《珍貴與卑賤》，是將其近二十年所發表的文章，與過去已經絕版的舊文，在立緒文化出版的《懷碩三論》及《給未來的藝術家》之後，分類合集，耗時近兩年編為四部文字精華選輯。

《批判西潮五十年》是何懷碩教授大半生對中西藝術五十年思辨歷程的文集。全書共分為兩輯。第一輯「昔我往矣，楊柳依依」收錄一九六四至一九九九年文選，第二輯「今我來思，雨雪霏霏」則為二〇〇〇至二〇一八年之論述文章；不僅是其一生藝術評析之精要紀錄，同時更是一部中國藝術、文化在西潮衝擊之下困頓顛躓的滄桑史。

《什麼是幸福》是人文與藝術的論集。

《矯情的武陵人》為批評文集。分文學、藝術與社會批評三輯。

《珍貴與卑賤》是隨筆、散文集。

何懷碩教授一生致力於思考藝術與民族文化，中西的異同，傳統與現代，以及中西藝術傳統中的成就與如何借鑒、融通等等論題。二〇一九年「未之聞齋四書」之編輯出版，集結了他自二十多歲到七十多歲的文章，可見其思路發展的軌迹，一生堅持的觀點；是寫給現在，也是寫給未來，以召喚今日與明日同聲相應，同氣相求的同志。

作者簡介

何懷碩

一九四一年生，台灣國立師範大學美術系畢業；美國紐約聖約翰大學藝術碩士。先後任教於文化大學、國立藝專、國立師範大學、清華大學、國立台北藝術大學教授。文字著述有：大地版《苦澀的美感》、《十年燈》、《域外郵稿》、《藝術．文學．人生》、《風格的誕生》；圓神版《煮石集》、《繪畫獨白》；聯經版《藝術與關懷》；林白版《變》；立緒版《孤獨的滋味》、《創造的狂狷》、《苦澀的美感》、《大師的心靈》、《給未來的藝術家》等。繪畫創作有《何懷碩畫集》、《何懷碩庚午畫集》、《心象風景》等，編訂有《近代中國美術論集》、《傅抱石畫論》等。

藝術・文化

換一種眼光看美
Arthur C. Danto◎著
鄧伯宸◎譯

ISBN:978-986-7416-85-8
定價：320元

大師的心靈
懷碩三論之畫家論
何懷碩◎著

ISBN:957-8453-46-9
定價：480元

創造的狂狷
懷碩三論之藝術論上卷
何懷碩◎著

ISBN:957-8453-48-5
定價：350元

苦澀的美感
懷碩三論之藝術論下卷
何懷碩◎著

ISBN:957-8453-47-7
定價：350元

孤獨的滋味
懷碩三論之人生論
何懷碩◎著

ISBN:957-8453-49-3
定價：320元

創造的勇氣
羅洛・梅經典
Rollo May◎著
傅佩榮◎譯

ISBN:978-986-6513-90-9
定價：230元

上癮五百年
菸草、咖啡、酒...的歷史力量
David T. Courtwright◎著
薛絢◎譯
朱迺欣、林耀盛◎序

ISBN:978-986-360-098-5
定價：350元

遮蔽的伊斯蘭
西方媒體眼中的穆斯林世界
Edward W. Said◎著
閻紀宇◎譯
單德興◎導讀

ISBN:957-0411-55-4
定價：320元

墮落時代
明代文人的集體墮落
費振鐘◎著
劉季倫◎序

ISBN:957-0411-53-8
定價：280元

反美學
後現代論集
Hal Foster◎主編
呂健忠◎譯

ISBN:978-986-6513-73-2
定價：300元

年度好書在立緒

文化與抵抗
- 2004年聯合報讀書人最佳書獎

威瑪文化
- 2003年聯合報讀書人最佳書獎

在文學徬徨的年代
- 2002年中央日報十大好書獎

上癮五百年
- 2002年中央日報十大好書獎

遮蔽的伊斯蘭
- 2002年聯合報讀書人最佳書獎
- News98張大春泡新聞2002年好書推薦

弗洛依德傳
（弗洛依德傳共三冊）
- 2002年聯合報讀書人最佳書獎

以撒・柏林傳
- 2001年中央日報十大好書獎

宗教經驗之種種
- 2001年博客來網路書店年度十大選書

文化與帝國主義
- 2001年聯合報讀書人最佳書獎

鄉關何處
- 2000年聯合報讀書人最佳書獎
- 2000年中央日報十大好書獎

東方主義
- 1999年聯合報讀書人最佳書獎

航向愛爾蘭
- 1999年聯合報讀書人最佳書獎
- 1999年中央日報十大好書獎

深河(第二版)
- 1999年中國時報開卷十大好書獎

田野圖像
- 1999年聯合報讀書人最佳書獎
- 1999年中央日報十大好書獎

西方正典(全二冊)
- 1998年聯合報讀書人最佳書獎

神話的力量
- 1995年聯合報讀書人最佳書獎

國家圖書館出版品預行編目 (CIP) 資料

矯情的武陵人：未之聞齋批評文集 / 何懷碩著.
-- 新北市：立緒文化, 2019.05
面； 公分. --（新世紀叢書）
ISBN 978-986-360-134-0(平裝)

1.文藝評論 2.文化評論 3.文集

812.07　　108006224

矯情的武陵人：未之聞齋批評文集

出版——立緒文化事業有限公司（於中華民國 84 年元月由郝碧蓮、鍾惠民創辦）
作者——何懷碩

發行人——郝碧蓮
顧問——鍾惠民

地址——新北市新店區中央六街 62 號 1 樓
電話—— (02) 2219-2173
傳真—— (02) 2219-4998
E-mail Address —— service@ncp.com.tw
劃撥帳號—— 1839142-0 號 立緒文化事業有限公司帳戶
行政院新聞局局版臺業字第 6426 號

總經銷——大和書報圖書股份有限公司
電話—— (02) 8990-2588
傳真—— (02) 2290-1658
地址——新北市新莊區五工五路 2 號
排版——菩薩蠻數位文化有限公司
印刷——祥新印刷股份有限公司

法律顧問——敦旭法律事務所吳展旭律師

分類號碼—— 812.07
ISBN —— 978-986-360-134-0
出版日期——中華民國 108 年 5 月

定價◎ 760 元　立緒